아웃랜더
1

OUTLANDER SERIES
1

아웃랜더 1

OUTLANDER

다이애나 개벌돈 지음 심연희 옮김

orangeD

내게 글 읽는 법을 가르쳐 주신 어머니,
이제는 세상을 떠나신 재클린 사이크스 개벌돈에게
이 책을 바칩니다.

차례

1권

제1부 1945년 인버네스

1. 새로운 시작 · 13
2. 선돌 · 45
3. 숲속의 남자 · 83
4. 성으로 가다 · 124
5. 매켄지의 일인자 · 143

제2부 리오흐성

6. 콜럼의 홀 · 155
7. 데이비 비턴의 진료소 · 184
8. 밤의 여흥 · 208
9. 대모임 · 232
10. 충성 맹세 · 259

제3부 길에서

11. 변호사와 나눈 대화 · 293
12. 수비대의 지휘관 · 326
13. 혼인이 공표되다 · 344
14. 혼인이 성사되다 · 371
15. 신방의 폭로 · 386
16. 어느 멋진 날 · 421
17. 거지를 만나다 · 458
18. 바위 속의 침입자 · 482
19. 물말 · 507
20. 인적이 드문 공터 · 512
21. 연이어 닥쳐온 불쾌한 순간 · 535
22. 정산 · 560
23. 다시 리오흐로 · 604

2권

제4부 유황 내음

24. 나의 따끔 대는 엄지손가락들 때문에 · 9
25. 마녀를 살려 두지 말지니라 · 114

제5부 랄리브로흐

26. 영주의 귀환 · 187
27. 마지막 이유 · 221
28. 입맞춤과 속바지 · 236
29. 더욱 정직하게 · 257
30. 난롯가의 대화 · 276
31. 사분기 결산일 · 286
32. 난산 · 311
33. 위치 · 324

제6부 추적

34. 두걸의 이야기 · 345

제7부 안식처

35. 웬트워스 교도소 · 375
36. 맥라노흐 · 424
37. 탈출 · 469
38. 수도원 · 484
39. 한 남자의 영혼을 대속하기 위하여 · 507
40. 속죄 · 541
41. 지구의 자궁에서 · 575

감사의 글 · 594

연대표 · 596

일러두기

1. 주석은 모두 옮긴이 주이다.

2. 원문에서 이탤릭체로 강조한 곳은 **진하게** 표시했다.

3. 단행본과 정기간행물 등은 『 』, 시와 단편 등은 「 」, 회화는 〈 〉, 노래 제목은 ' '로
   구분 지어 표기하였다.

사람들은 항상 사라진다. 아무 경찰이나 붙잡고 물어보라. 아니, 기자에게 묻는 게 낫겠다. 실종 사건이 있는 곳에는 으레 기자가 있는 법이니.

어린 소녀들은 가출한다. 부모의 곁에서 벗어난 어린아이들은 다시는 볼 수 없게 된다. 인내심의 한계를 느낀 주부들은 장 볼 돈을 들고서 택시를 잡아타고 기차역으로 향한다. 국제 금융가들은 이름을 바꾸고 수입산 시가 연기 속으로 사라진다.

그래도 실종된 이들은 언젠가 발견될 때가 많다. 살아 있지 않다면, 죽은 채라도.

결국, 사라진 데는 이유가 있기 마련이니까.

대개는 말이다.

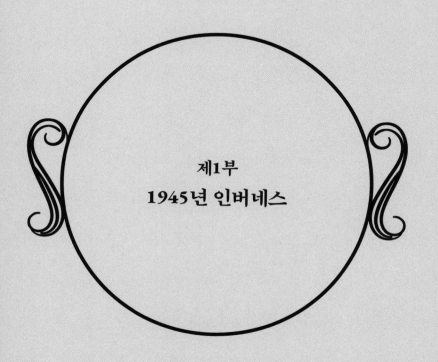

제1부
1945년 인버네스

1
새로운 시작

언뜻 보기에, 그곳은 사람이 실종될 만한 데가 아니었다.

베어드 부인의 여관은 1945년 하일랜드 지방에 있던 수천 군데의 B&B와 다를 게 없었다. 깨끗하고 조용한 여관방 벽에는 빛바랜 꽃무늬 벽지를 발라 놓았고, 바닥은 반짝반짝했으며 화장실에는 동전을 넣으면 온수가 나오는 보일러가 달려 있었다. 베어드 부인은 땅딸막한 체구에 좋은 분이었다. 자그마한 장미꽃 무늬 벽지로 사면을 두른 응접실에 프랭크가 언제나 가지고 다니는 책과 서류를 잔뜩 늘어놓아도 별말 하지 않았다.

나는 외출하는 길에 베어드 부인을 현관에서 마주쳤다. 그녀는 오동통한 손으로 내 팔을 잡더니 내 머리카락을 쓰다듬으며 말했다.

"어머나, 랜들 부인. 이런 모습으로 외출하면 안 돼요! 자, 내가 머리를 묶어 줄게요. 됐다! 한결 낫네. 저기, 내 사촌이 요새 새로 나온 파마를 했는데 예쁘게 됐다고 그러대요. 머리 모양을 환상적으로 잡아 준다나. 다음번엔 부인도 그런 파마를 해 봐요."

제멋대로 곱슬거리는 나의 연갈색 머리카락은 태어날 때부터 이 모양이었지, 파마를 망친 결과가 아니었지만 차마 진실을 말할 수는 없었다. 베어드 부인의 머리카락은 컬이 풀리지 않게 단단히 잘 잡힌 곱슬머리인데, 이런 사람들은 머리가 뻗치는 사람의 마음을 모른다.

그래서 난 거짓말을 했다.

"네, 다음번엔 그 파마를 해 볼게요, 아주머니. 프랭크를 만나러 마을에 가려던 참이에요. 차 마실 때쯤 돌아올게요."

나는 얼른 현관문을 열고 산을 향해 길을 나섰다. 이대로 있다가는 부인이 제멋대로인 내 외모에서 어디가 또 문제인지 계속 짚어 낼 것 같았으니까.

영국 육군 간호사로 4년간 근무한 나는 현재 군복에서 벗어나 화려한 무늬의 가벼운 면 원피스만을 즐겨 입는 중이었다. 물론 그런 원피스는 헤더꽃이 우거진 거친 산길을 걷기에는 전혀 적합하지 않았지만 말이다.

사실, 산길 산책 따위를 하려고 이곳에 여행 온 건 아니었다. 원래 계획은 아침 느지막이 일어나, 프랭크와 침대에서 오랫동안 누워 오후까지 게으르게 지내는 거였다. 하지만 베어드 부인이 우리 방문 바깥에서 진공청소기를 맹렬하게 밀어 대는 바람에 나른하고 로맨틱한 분위기를 제대로 잡기가 어려웠다.

그날 아침에도 우리가 함께 침대에 누워 있노라니, 바깥 복도에서 진공청소기의 굉음이 들려왔다.

"우리 방 복도에 깔린 카펫은 스코틀랜드 하일랜드 지방에서 제일 더러운 게 분명해."

프랭크가 가만히 소리를 들으며 말하자 나는 고개를 끄덕였다.

"그렇지. 우리 주인아주머니의 머릿속도 그만큼 더럽고 말이야. 그냥 브라이턴으로 갈 걸 그랬어."

프랭크가 옥스퍼드 대학의 역사 교수로 부임하기 전, 우리는 하일랜드에서 휴가를 보내기로 했다. 스코틀랜드는 영국의 다른 지역

보다 끔찍한 전쟁의 여파를 덜 겪은 곳이었고, 종전 후 닥쳐온 휴가 열풍 덕분에 미어터지는 인기 여행지보다는 사람이 덜할 거라고 여겨서였다.

그리고 굳이 따지지 않아도, 우리 둘 다 이곳이 다시 시작하는 우리의 결혼 생활에 의미 있는 장소라고 여겼던 것 같다. 결혼 후 하일랜드에서 이틀간의 신혼여행을 보냈기 때문이다. 하지만 그 후 곧바로 7년 동안 전쟁이 터져서 우리는 내내 떨어져 지내야 했고, 전쟁이 끝난 지금 이곳을 평화로운 피난처 삼아 서로를 재발견할 수 있을 거라고 생각했다.

그러나 우리가 미처 예상하지 못했던 점이 있었다. 스코틀랜드의 야외 활동으로는 골프와 낚시가 가장 유명하고, 실내 활동으로는 남을 두고 이러쿵저러쿵 수다 떨기가 제일 인기라는 사실이다. 그리고 스코틀랜드답게 이곳에는 비가 아주 많이 와서, 사람들은 대부분 실내에서 시간을 보낸다.

"어디 가려고?"

프랭크가 침대 밖으로 발을 뻗는 모습을 보고 내가 물었다.

"주인아주머니를 실망시켜 드리면 안 되지."

그는 이렇게 대답하고서 낡은 침대 한쪽에 앉더니, 몇 번 부드럽게 위아래로 몸을 들썩였다. 날카롭게 삐걱대는 소리가 리드미컬하게 울리자, 복도에서 나던 진공청소기 소리가 뚝 그쳤다. 한 일이 분 들썩였을까, 프랭크가 연극 톤으로 커다란 신음을 흘리며 뒤로 쓰러지자 침대 스프링은 무게를 견디다 못해 텅 소리를 냈다. 나는 어쩔 수 없이 베개에 대고 깔깔 웃었다. 바깥에서 숨죽이며 듣고 있을 베어드 부인을 방해하고 싶지 않았으니까.

프랭크는 눈썹을 치켜뜬 채 나를 보더니 속삭이며 충고했다.

"여기서 황홀한 듯 신음해 줘야지, 깔깔 웃으면 어떡해. 아주머니는 내가 제대로 못 한다고 생각할 거 아냐."

15

"황홀하게 신음하길 바랐다면 이보다는 더 오래 했어야지. 2분짜리 남자한테는 깔깔 웃어 줄 수밖에 없어."

"참 생각이 짧은 여자로군. 난 여기 쉬러 온 거잖아. 그새 잊었어?"

"이 게으름뱅이를 어쩌나. 좀 더 열심히 노력하지 않으면 당신 가문 족보는 여기서 끊길 줄 알아."

프랭크는 계보학에 무척 관심이 많았다. 하일랜드를 휴가지로 고른 건 그런 이유이기도 했다. 그가 이리저리 챙겨 다니는 지저분한 종이들의 내용을 보면, 18세기 중반인가 아니면 17세기인가, 하여튼 어떤 조상이 이 지역에서 무슨 일을 했다고 한다.

"내가 우리 가문의 대를 잇지도 못하게 된다면, 그건 누가 봐도 여기 계신 힘 좋은 마나님 잘못이지, 내 잘못이 아니야. 우린 결혼한 지 거의 8년이나 됐잖아. 프랭크 2세가 생겨도 전혀 이상할 게 없다고."

"그 애가 생겨야 말이지."

나는 비관적으로 말했다. 우리는 하일랜드에 휴가를 오기 일주일 전에도 임신이 되지 않은 사실을 알고 실망했었다.

"공기도 좋고 건강한 음식을 먹고 있으니 좋지 않을까? 여기선 어떻게든 되지 않겠어?"

전날 밤 저녁 식사에는 튀긴 청어가 나왔다. 점심은 절인 청어였다. 그리고 계단 위로 풍겨 오는 자극적인 냄새를 맡으니 아침 식사는 훈제 청어라는 걸 알 수 있었다.

"당신이 2분짜리라고 생각할 베어드 부인의 오해를 풀기 위해 다시 한번 쇼를 벌일 거야? 아니라면 어서 옷 입어. 10시에 교구 목사님 만나러 간다고 하지 않았어?"

그 지역 교구 목사인 레지널드 웨이크필드 씨는 프랭크의 조사에 필요한 세례 명부를 주겠다고 했다. 그건 눈이 번쩍 뜨일 만큼 대단히 흥미로운 제안이었다. 그 자료 안에서 군대의 노획물이나 악명 높은 조상에 대한 기록 등을 찾아낼지도 모른다는 희망도 품을 만했다.

"당신 할아버지의 할아버지의 할아버지 성함이 뭐라고 했지? 자코바이트* 봉기 때 여기 계셨다던 분 말이야. 윌리던가? 월터던가? 기억이 가물가물하네."

내가 물었다.

"음, 정확히 말하자면 조너선이야."

프랭크는 내가 가족사에 전혀 흥미가 없어도 태연한 척했지만, 실은 언제나 호시탐탐 설명할 기회를 노렸다. 그래서 아주 작은 구실이라도 생기면 그 틈을 타 초기 랜들 가문과 친척에 대해 지금까지 알려진 사실을 전부 이야기해 줄 준비가 되어 있었다. 지금 셔츠 버튼을 채우면서도 그의 눈은 광기에 사로잡힌 강사처럼 활활 타올랐다.

"그분 성함은 조너선 울버턴 랜들이야. 울버턴이란 이름은 조너선의 어머니의 숙부 이름을 딴 거야. 서식스 지방에 살던 무명의 기사였지. 하지만 조너선은 군대에서 '블랙 잭'이라는 나름 근사한 별명으로 이름을 날렸대. 아마도 여기에 주둔해 있을 때 얻은 별명이었나 봐."

나는 침대에 털썩 엎드려 코 고는 척했다. 하지만 프랭크는 나를 무시하고서 학자답게 강의를 늘어놓았다.

"그분은 30대 중반에, 그러니까 1730년대에 장교직을 구입하고서** 용기병대의 대위로 복무했어. 내 사촌 메이가 보낸 옛 편지를 보면, 그분은 군대에서 아주 혁혁한 공을 세우셨나 봐. 집안의 차남이었으니 입대는 현명한 선택이었지. 조너선의 남동생은 집안 전통

---

* 명예혁명 당시 추방된 스튜어트 왕조의 제임스 2세와 그 후손을 왕으로 복위시켜야 한다고 주장한 세력.

** 17~19세기 후반까지 영국 육군에서는 돈을 내고 장교직을 사는 관행이 일반적이었다.

을 따라서 목사보*가 되었지만 아직 남동생에 대한 건 많이 알아내지 못했어. 어쨌든 잭 랜들은 자코바이트 봉기 이전부터, 그러니까 1745년에 일어난 두 번째 봉기 말이야, 그 봉기가 일어나는 동안 공을 세워서 샌드링엄 공작에게 많은 찬사를 받았어."

프랭크는 혹시나 내가 못 알아들었을까 봐 친절하게 부연 설명을 했다.

"알지? 보니 프린스 찰리**랑 그 추종자들이 벌인 봉기라는 거."

나는 일어나 앉아 뻗친 머리를 빗는 척하면서 프랭크의 말을 끊었다.

"스코틀랜드 사람들은 봉기에서 자기네가 졌다는 걸 과연 알고는 있을까? 내가 보기엔 아니던데. 어젯밤 우리가 갔던 술집에서, 주인아저씨가 우릴 보고 새서나흐***라고 하는 거 똑똑히 들었어."

프랭크는 차분한 목소리로 대답했다.

"뭐, 그렇게 부를 수도 있지, 왜. 어쨌든 '잉글랜드인'이란 뜻이잖아. 나쁘게 생각한다 해도 '이방인'이란 뜻밖에 더 돼? 우린 잉글랜드인이고 이방인이기도 하니까."

"나도 그 뜻은 알아. 말투가 마음에 안 든단 말이었어."

프랭크는 옷장 서랍을 뒤져 허리띠를 찾았다.

"그 사람은 내가 맥주 맛이 약하다고 해서 짜증이 났던 거야. 내가 그랬거든. 제대로 된 하일랜드 맥주는 낡아 빠진 장화 한 짝을 맥주 통에 넣고 만들어야 하는 법이라고. 그리고 최종 단계에선 곱게 짠 속옷으로 걸러야 한다고 했지."

"아, 그래서 우리 영수증에 어마어마한 금액이 찍혔구나."

---

* 영국의 귀족 작위는 장남에게 계승하는 것이 원칙이어서, 차남 이하의 아들은 전통적으로 군인이나 목사가 되는 일이 많았다.
** 찰스 에드워드 스튜어트 왕자의 별명. 제임스 2세의 손자로 자코바이트 봉기를 일으켰다.
*** 이방인이라는 뜻으로, 스코틀랜드인들이 잉글랜드인을 비하할 때 쓰는 단어.

"음, 물론 내가 저 말을 그대로 한 건 아니야. 좀 더 재치 있게 표현했어. 하지만 게일어에는 속옷을 가리키는 단어가 없더라고."

나는 내 속옷을 만지며 호기심 어린 질문을 던졌다.

"왜 없어? 고대 스코틀랜드 사람들은 속옷을 안 입었대?"

프랭크는 음흉한 눈짓을 했다.

"당신 그 민요 못 들어 봤어? 스코틀랜드 남자는 킬트 아래 뭘 입는지 몰라서 그래?"

"신사들이 입는 무릎 길이 팬티는 아니겠지. 당신이 교구 목사님에게 신나게 질문하는 동안 나는 이 동네 킬트 짜는 분이나 찾아다가 물어볼게."

"음, 그렇다면 경찰에게 체포될 짓은 하지 마, 클레어. 세인트 자일스 대학 학장이 알면 전혀 좋아하지 않을 테니까."

———

막상 마을에 나가 보니, 광장을 어슬렁거리거나 주변 상점에 단골손님으로 오가는 이들 중 킬트 차림은 없었다. 광장에 사람은 많았어도, 대부분 베어드 부인 같은 가정주부들이 오늘도 장을 보러 나왔을 뿐이었다. 똑같이 차려입은 수많은 여자들은 한결같이 말이 많고 수다스러웠다. 그들의 온기가 가게 안을 따스하게 채워서 문 밖에 서린 차가운 아침 안개를 든든히 막아 주었다.

난 아직 내 집이 없었기에 뭔가를 살 필요가 없었지만, 그래도 새로이 물건을 채워 놓은 상점 선반 사이를 여기저기 거닐어 보았다. 다시금 많은 물건이 팔리는 모습은 보고만 있어도 좋았으니까. 전쟁 동안 배급을 받으며 살아왔는지라, 비누나 달걀 같은 소박한 물건조차 없이 살던 기간이 참 길었다. 뢰르 블뢰 향수 같은 사소한 사치품은 꿈도 못 꾸던 시절이었다.

그러다 가정용품이 가득한 상점 진열장에 문득 눈길이 닿았다. 수놓은 냅킨과 찻주전자 덮개, 물병과 유리잔, 아주 아기자기한 파이 틀 세트, 그리고 세 개짜리 꽃병 세트였다.

내 평생 꽃병을 가졌던 적은 없었다. 전쟁 동안에는 간호사 숙소에서 살았다. 처음에는 펨브로크 병원이었고, 다음에는 프랑스 전선이었다. 하지만 전쟁 전에도 한곳에 오랫동안 머문 적이 없었기에 꽃병 같은 걸 가질 이유가 없었다. 혹여 꽃병이 있었다 하더라도, 내가 어디서 데이지꽃 한 다발을 꺾어 오기도 전에 벌써 램 삼촌이 유적지에서 파낸 질그릇 조각을 가득 담아 두었겠지.

삼촌의 이름은 퀜틴 램버트 비첨이다. 고고학과 제자들과 친구들은 삼촌을 '큐Q'라고 부르고, 삼촌이 교류하며 강의하고 살아가는 학계에서는 '비첨 박사'라고 부른다. 하지만 나에게는 언제나 램 삼촌이었다.

삼촌은 우리 아버지의 하나뿐인 형제였고, 내가 다섯 살 적 부모님이 교통사고로 돌아가셨던 당시 내게 남은 유일한 친척이라 같이 살게 되었다. 당시 중동으로 여행을 떠날 참이었던 삼촌은 잠시 여행을 미루고 장례식에 참석한 다음 부모님의 재산을 처분하고 나를 적당한 여자 기숙학교에 등록시켰다. 하지만 나는 완강하게 학교 입학을 거부했다.

나는 절대로 학교에 가지 않겠다며 통통한 손가락으로 차 문을 꼭 잡고 버텼다. 나를 억지로 떼어 내 학교 계단으로 끌고 가야 할 상황에 직면한 램 삼촌은 너무 화가 나서 한숨을 쉬었다. 그분은 인간관계에서 비롯되는 갈등이라면 뭐든 질색했기 때문이다. 그래도 조카를 어떻게든 학교에 보내는 편이 좋은 선택이건만, 결국 삼촌은 어깨를 으쓱이고는 새로 산 나의 정장용 밀짚모자와 함께 그 선택지를 창문 밖으로 던져 버렸다.

"골치 아프게 됐네."

삼촌은 기어를 잔뜩 높이고 핑음을 내며 달렸다. 그리고 경쾌하게 굴러가는 밀짚모자를 백미러로 바라보며 이어서 중얼거렸다.

"어쨌든 난 여자들이 쓰는 저 모자가 언제나 너무 싫었어."

삼촌은 내 쪽으로 슬쩍 고개를 돌리고는 사나운 눈초리로 노려보더니 무서운 말투로 말했다.

"이거 하나는 꼭 명심해. 페르시아 무덤에서 발굴한 내 인형으로 인형 놀이 하면 **절대로** 안 된다. 다른 건 몰라도, 그건 안 돼. 알았어?"

나는 만족스럽게 고개를 끄덕였다. 그리고 삼촌과 함께 중동과 남아메리카를 비롯한 전 세계 수십 군데의 발굴지를 여행했다. 삼촌이 쓴 논문 초안으로 읽기와 쓰기를 배웠고, 땅을 파서 공중화장실을 만드는 법과 물을 끓이는 법 등등 점잖은 집안 출신 아가씨에게는 어울리지 않는 수많은 일을 익혔다. 그러다 검은 머리카락을 지닌 잘생긴 역사학자를 만나게 되었다. 이집트 종교 관행과 연관된 프랑스 철학의 주장을 두고 램 삼촌에게 조언을 구하러 온 학자의 이름은 프랭크였다.

결혼한 후에도 프랭크와 나는 신진 교수 부부로 이곳저곳 떠돌며 살게 되었다. 유럽 대륙에서 열리는 학술회의에 참가하려고 여행을 떠나지 않으면 어딘가에 단기로 집을 빌려 사는 삶이었다. 그러다 전쟁이 터지자 프랭크는 장교 교육단에 들어갔다가 MI6에서 복무했고, 나는 간호사 훈련소로 보내졌다. 그래서 결혼한 지 근 8년이나 되긴 했어도, 옥스퍼드에 있는 새집이 진정한 의미에서 우리의 첫 번째 보금자리가 될 예정이었다.

나는 핸드백을 겨드랑이에 단단히 낀 채 가게 안으로 성큼성큼 들어가 꽃병 세트를 샀다.

———

하이 스트리트와 게러사이드 로드의 교차로에서 프랭크를 만나, 우리는 함께 집으로 돌아갔다. 그는 내가 산 물건을 보고 눈썹을 치켜뜨더니 미소를 지었다.

"꽃병을 샀네? 멋있는데. 그럼 이제 내 책 사이에 꽃을 끼워 두는 일은 없겠군."

"그건 꽃이 아니라 식물 표본이잖아. 나에게 식물학을 공부해 보라고 한 건 당신이었어. 이제 더는 간호사 일을 하지 않게 됐으니 다른 걸 해 보라면서."

내가 지적하자, 그는 기분 좋게 고개를 끄덕이며 웃었다.

"그랬지. 하지만 참고 서적을 펼 때마다 무릎에 풀이 우수수 떨어질 줄은 몰랐거든. 터스컴과 뱅크스가 쓴 책에 끼워 둔 그 말라비틀어진 끔찍한 갈색 풀은 뭐였어?"

"산미나리야. 치질에 아주 좋지."

"벌써 내가 노년에 치질로 고생할 걸 대비하고 있는 거야? 정말 생각이 깊구나, 클레어."

우리는 여관 대문을 밀면서 웃었다. 프랭크는 내가 먼저 좁은 계단을 오르도록 뒤로 물러섰다.

그런데 갑자기 그가 내 팔을 잡았다.

"조심해! 저거 밟겠어."

나는 맨 위 계단에서 발을 조심조심 들어 올렸다. 바닥에 검붉은 얼룩이 커다랗게 보였다.

"정말 이상하네. 베어드 부인은 아침마다 계단 청소를 하는데. 오늘도 하는 걸 봤어. 대체 이 자국은 뭐지?"

프랭크는 계단 위로 몸을 굽히고 조심스럽게 냄새를 맡았다.

"딱 보기엔 피 같은데."

"피라고?"

나는 바깥으로 한 걸음 물러서며 집 안쪽을 초조하게 슬쩍 들여다보았다.

"누구 피? 혹시 베어드 부인이 사고라도 당하신 건가?"

무척이나 깔끔한 베어드 부인이 현관 앞에 이런 핏자국을 남겨 두었을 리는 없었다. 그러니 대단히 무시무시한 재앙이 닥친 거란 생각밖에 들지 않았다. 혹시 도끼를 든 미친 살인마가 응접실을 어슬렁거리는 건 아닐까, 지금도 무시무시한 비명을 지르며 우리에게 달려들 태세인 건 아닐까 하는 생각마저 잠시 들었다.

하지만 프랭크는 고개를 저었다. 그리고 까치발을 하고서 울타리 너머 옆집 정원을 들여다보았다.

"사고가 난 건 아닌 것 같아. 콜린스 씨네 현관에도 비슷한 자국이 있거든."

"정말?"

나는 프랭크에게 가까이 다가갔다. 우리는 함께 울타리 너머를 엿보았다. 남의 집을 함부로 보는 건 실례되는 행동이지만, 둘이 하면 그래도 좀 마음이 편하니까. 하일랜드 지역은 연쇄 살인범이 나올 만한 곳처럼 보이지는 않았지만, 따지고 보면 그런 범죄자가 논리적인 기준을 두고 범행 장소를 물색하는 것도 아니지 않은가.

"이거 좀…… 기분 좋지는 않네. 대체 뭘 한 거지?"

나는 핏자국을 바라보며 말했다. 옆집에도 사람의 기척은 보이지 않았다.

프랭크는 눈살을 찌푸리고 생각하더니, 무언가 알겠다는 듯 무릎을 손으로 찰싹 쳤다.

"뭔지 알 것 같아! 잠깐 기다려."

그는 대문을 뛰어나가 빠른 걸음으로 길을 걸었다. 나는 현관 끝에 덩그러니 남겨졌다.

잠시 후 프랭크는 확실하게 알았다는 미소를 한껏 지으며 돌아왔다.

"그래, 그거였어. 당연하지. 이 구역 집집마다 다 있어."

"뭐가 있어? 정신 나간 연쇄 살인마가 방문한 흔적이 있어?"

나는 약간 신경질을 내며 말했다. 커다란 핏자국이 난 곳에 나를 두고 말없이 불쑥 사라진 남편 때문에 아직도 불안했기 때문이다.

프랭크는 웃으며 대답했다.

"아니야. 이건 희생 제물의 흔적이야. 정말 멋지다!"

그는 바닥에 손을 대고 풀밭 위로 무릎을 꿇은 채, 흥미로운 표정으로 얼룩을 바라보았다.

희생 제물이라니, 미친 연쇄 살인범은 아니라지만 역시 나을 게 없었다. 나는 그의 옆에 쪼그려 앉았다. 아직 시기가 일러 파리가 꼬이지는 않았지만, 벌써 하일랜드의 산비탈에 사는 커다란 날벌레 두 마리가 느릿하게 핏자국 위를 돌고 있었다.

"희생 제물이라니, 무슨 소리야? 베어드 부인은 독실한 기독교 신자야. 이곳 사람들도 다 마찬가지고. 여기가 무슨 드루이드가 모여 사는 언덕인 줄 알아?"

프랭크는 바지로 풀밭 끝을 쓸면서 일어섰다.

"충분히 알지는 못하시는군요, 우리 아가씨. 스코틀랜드의 하일랜드 지역만큼 일상생활에 옛 미신과 마법이 뒤섞인 데는 세상에 또 없어. 교회를 다니든 안 다니든, 베어드 부인은 전통 신앙을 믿고 있는 거야. 여기 사는 사람들도 다 마찬가지야."

그는 깔끔하게 광을 낸 신발 끝으로 핏자국을 가리키더니 기쁜 얼굴로 설명을 시작했다.

"이건 검은 수탉의 피야. 여기 집들은 새로 지었잖아. 조립식 건물이라고."

나는 차가운 눈빛으로 프랭크를 바라보았다.

"그렇게만 말해도 내가 다 알아들을 거라고 생각해? 아니잖아. 이 집이 새집인지 아닌지랑 피가 무슨 상관이야? 그리고 사람들은 다들 어디 갔대?"

"주점에 있을 것 같은데. 우리도 가서 보자. 응?"

프랭크는 내 팔을 잡고 대문 밖으로 이끌었다. 우리는 함께 게러 사이드 로드를 걸었다. 그는 길을 가며 설명을 시작했다.

"고대에는 새집을 지으면 무언가를 죽여서 집터 아래에 묻는 게 관행이었어. 그리 멀지 않은 옛날에도 했던 관행이야. 그 지역에 머무는 지박령들을 달래기 위해서였지. 이런 말 알지? '기초를 놓다가 맏아들을 잃을 것이요, 성문을 세우다가 막내아들을 잃으리라.'* 아주 오래된 전통이지."

그 구절을 듣자 몸이 부르르 떨렸다.

"그렇다면 사람 대신 닭을 죽이는 게 아주 현대적이고 계몽된 거겠네. 여기 집들은 아주 새것이니까, 그 아래 묻은 건 아무것도 없을 거 아냐. 그래서 입주민들이 대신 이렇게라도 제물을 바쳤다, 자기 말은 그 뜻이지?"

프랭크는 내가 배워 가고 있어 만족스러운 표정이었다. 그는 내 등을 두드렸다.

"바로 그거야. 교구 목사님 말에 따르면, 지역 주민 중에는 전쟁이 일어난 이유가 사람들이 자신의 전통을 외면하고 제대로 된 예방 조치를 하지 않았기 때문이라고 믿는 사람이 많대. 그러니까 집터 아래에 희생 제물을 묻거나 집 안 난로에서 생선 뼈를 태우는 미신 있잖아. 하지만 생선 뼈 중에서도 해덕** 뼈는 당연히 안 되고."

프랭크는 즐겁게 설명했다.

"절대로 해덕의 뼈는 태우면 안 돼. 알고 있었어? 해덕 뼈를 태우면 다시는 해덕을 잡을 수 없다는 말이 있어. 해덕 뼈는 반드시 땅에 묻어야 해."

---

* 여호수아기 6장 26절.
** Haddock, 대구과의 생선으로 주로 훈제한 상태를 일컫는다.

"알았어. 명심할게. 그런데 난 청어가 너무 싫거든? 혹시 다시는 청어를 보지 않는 방법이 있다면 알려 줘. 당장 할 테니까."

프랭크는 고개를 저으며 자신만의 생각 속으로 빠져들었다. 지금처럼 학자 특유의 황홀경에 빠져 주변 세상과 단절되는 순간이 그에겐 가끔씩 찾아온다. 머릿속에 완전히 들어가 온갖 지식의 근원으로부터 정보를 불러내려는 것이다. 이윽고 그는 멍하니 대답했다.

"청어에 대한 건 모르겠는데, 쥐를 안 보는 법은 알아. 방울새풀을 한 다발 걸어 두면 돼. '집에 방울새풀을 두어라, 그러면 쥐가 싹 없어질 테니'라는 말이 있잖아. 그건 그렇고, 집터 아래에 이렇게 시체를 묻기 때문에 거기서 지역 유령들이 많이 나오는 거야. 하이 스트리트에 있는 커다란 저택 봤지? 마운트제럴드 저택 말이야. 거기에도 유령이 나온대. 집터에 희생 제물로 바쳐진 일꾼이었대. 18세기인가 있었던 일이었지. 꽤 최근의 일이야."

그는 생각에 잠겨 계속 말을 이었다.

"그게 어떻게 된 거냐면, 집주인이 명령을 내린 거야. 먼저 벽을 하나 쌓은 다음에 그 위에서 돌을 떨어뜨려서 아래에 있는 일꾼 머리에 맞혔어. 아마 마음에 안 드는 사람을 제물로 골랐겠지. 그 사람은 지하실에 묻혔고, 시체 위에 집을 계속 지었어. 그래서 그 사람이 죽은 지하실에서 유령이 나온대. 그런데 본인이 죽은 날과 올드 데이스 나흘간은 보이지 않는다는군."

"올드 데이스가 뭐야?"

내가 묻자, 프랭크는 여전히 머릿속에 가득한 정보에 잠긴 채로 설명했다.

"고대의 명절이야. 섣달그믐을 의미하는 호그머네이, 하지제, 벨테인* 그리고 만성절 이렇게 나흘 말이야. 이제껏 알려진 바에 따르

---

* 고대 켈트족의 축제.

면, 드루이드들과 비커인*, 고대 픽트족**을 비롯해서 태양제와 불 축제를 지키던 이들은 모두 다 이 네 절기를 지켰어. 어쨌든, 유령은 이 명절에 자유를 얻어서 어디든 돌아다닐 수 있어. 그래서 마음껏 착한 일도 나쁜 일도 다 할 수 있지."

프랭크는 생각에 잠겨 턱을 문질렀다.

"이제 곧 벨테인 축제일이야. 춘분과 가까운 날이거든. 그러니 다음에 묘지를 지날 때는 조심해."

그는 눈을 반짝였다. 드디어 머릿속에서 벗어난 거다. 나는 웃었다.

"여기에 지박령이 많이 있어?"

프랭크는 어깨를 으쓱였다.

"몰라. 교구 목사님에게 물어보자. 다음번에 뵈러 갈 때. 어때?"

이 말이 끝나기 무섭게 잠시 후, 우리는 교구 목사를 만났다. 그는 대다수 마을 주민들과 함께 새로이 축성한 집을 기념하는 의미로 주점에서 도수 낮은 라거맥주를 마시는 중이었다.

그는 목사로서 이교도의 행위를 묵인하는 장면을 우리에게 들켜 좀 당황한 듯했다. 하지만 이런 행위를 역사적 의미가 짙은 지역 행사 정도로 일축했다. 마치 '녹색 옷차림'***과 다를 게 없다는 듯 말이다.

"아시겠지만 아주 매혹적인 관습입니다."

목사는 솔직하게 말했고, 나는 속으로 한숨을 쉬었다. 마치 개똥지빠귀가 트르르-횟! 하고 특유의 소리로 울듯, 그의 말에서 학자

---

* 선사 시대에 유럽에 살던 종족 중 하나.
** 옛 스코틀랜드에 살던 종족.
*** 아일랜드의 수호성인 성 패트릭의 상징인 토끼풀 장신구를 옷에 달거나 녹색 옷을 입는 것으로, 1798년 아일랜드 봉기 당시 영국군이 녹색 옷을 입은 사람들을 처형한 일을 애도하는 민요에서 유래되었다.

특유의 어투가 드러났기 때문이었다. 그러자 동류의 말투를 알아챈 프랭크는 학문적 짝짓기 과정에서 구애의 춤을 추듯 곧바로 화답했다. 이윽고 두 사람은 고고학적 미신과 현대 종교 사이의 전형성과 평행성에 대한 토론에 푹 빠졌다. 나는 어깨를 으쓱이고는 사람들이 가득 모인 주점 뒤편으로 가, 양손에 브랜디를 탄 소다수 큰 잔을 하나씩 받아다가 자리로 돌아왔다.

프랭크가 이런 토론에 일단 빠지면 좀처럼 현실로 꺼낼 수가 없다는 걸 그간의 경험으로 잘 알았다. 그래서 남편의 손에 술잔을 쥐여 준 다음, 알아서 마시려니 생각하고 자리에서 일어섰다.

이윽고 창가 쪽 후미진 구석에 있는 베어드 부인이 보였다. 그녀는 어떤 노인과 흑맥주 한 잔을 사이좋게 나눠 마시고 있었다. 가까이 다가가자, 그녀는 옆에 앉은 분을 내게 소개해 주었다. 노인의 이름은 크룩이었다.

베어드 부인은 술도 한잔하고 옆에 일행도 있어서 그런지 눈빛을 한껏 밝게 빛냈다.

"내가 이분에 대해서 말씀 안 드렸지요, 랜들 부인? 크룩 씨는 식물에 일가견이 있답니다."

그녀는 다음으로 크룩 씨에게 내 이야기를 시작했다. 그는 소리가 잘 들리지 않는 것 같기도 하고 예의를 갖추어 열심히 들어 주는 것 같기도 한 자세로 고개를 갸우뚱 기울였다.

"랜들 부인은 잡초에 아주 관심이 많아요. 책 같은 데 풀을 막 끼워 둔다니까요."

"그러시오?"

크룩 씨는 흥미로운 기색으로 수북이 난 하얀 눈썹을 치켜떴다.

"나는 식물 압착기가 있소. 진짜 표본 제조용이지. 내 조카가 대학에서 방학을 맞아 왔을 때 주고 간 것이오. 걔는 날 주려고 샀다는데, 솔직히 그런 건 안 쓴다고 말할 용기가 나지 않아서 받기는 했지. 약초가 필요하면 벽에 걸어 말리면 되잖소. 아니면 틀에 넣고 말려서 천 주머니나 단지에 넣어 두면 되지. 그런데 무슨 놈의 잡초를 눌러서 평평하게 만드는 건지, 도통 알 수가 없다니까."

그러자 베어드 부인이 친절하게도 끼어들었다.

"아유, 그거야 감상하려고 그러는 거지요. 랜들 부인이 아욱꽃이랑 제비꽃을 말려서 아주 예쁘게 만들었어요. 크룩 씨가 풀을 눌러서 벽에 걸어 두는 거랑 똑같더만요."

"으으음."

이 말을 들은 크룩 씨가 얼굴을 찌푸렸다. 그는 내가 정말로 식물 표본에 관심이 있을지도 모른다고 생각하기 시작한 것 같았다.

"뭐, 혹시 필요하거든 압착기를 가져가시구려, 부인. 언제든 환영할 테니. 그걸 갖다 버리고 싶지는 않지만, 나한테는 도통 쓸모가 있어야지."

나는 크룩 씨를 설득했다. 물론 식물 압착기를 쓸 수 있다면 참 기쁘겠지만, 그보다는 이 지역 어디에서 희귀한 식물이 나는지 알려 주신다면 더 기쁘겠다고 말이다. 그는 마치 나이 든 황조롱이처럼 한쪽으로 고개를 기울이고는 날카로운 눈빛으로 나를 바라보았다. 나의 관심이 진짜인지 최종적으로 판단하는 듯했다. 결국 우리는 아침에 이 지역 관목 숲을 한 바퀴 돌기로 약속을 잡았다. 그날 프랭크는 인버네스에 가서 그곳 시청에 있는 기록들을 살펴볼 예정이었기 때문에, 나는 함께 가지 않아도 될 구실이 생겨서 기뻤다. 내가 보기엔 기록들은 다들 너무나 비슷비슷해서 재미가 없었으니까.

내가 크룩 씨와 만날 약속을 잡자, 마침내 프랭크가 교구 목사와의 대화를 마치고 현실로 돌아왔다. 우리는 베어드 부인과 함께 집으로 향했다. 나는 문가에 있던 수탉의 피에 대해 물어봐도 괜찮을까 머뭇거렸지만, 프랭크는 그새를 참지 못하고 대번에 질문을 던지며 이 풍습의 배경이 뭔지 열심히 물었다.

"아주 오래된 풍습 같은데, 맞지요?"

그는 길가에 난 잡초를 지팡이로 휘두르며 물었다. 명아주와 양지꽃이 벌써 무성했다. 양골담초 꽃망울이 불거진 모습도 보였다. 한 주만 더 있으면 꽃이 피겠구나.

"아, 맞아요. 얼마나 오래됐는지 아무도 모르는 풍습이지요, 랜들 씨. 아마 거인들의 시대 이전부터 전해 내려올걸요."

베어드 부인은 우리 같은 젊은 사람들에게 전혀 뒤처지지 않는 속도로 뒤뚱뒤뚱 빠르게 걸으며 대답했다. 나는 물었다.

"거인이요?"

"그래요. 핀Fionn과 페인Feinn 있잖아요."

프랭크가 흥미롭다는 듯 덧붙였다.

"게일 전설 속 영웅이었지. 분명히 스칸디나비아 쪽에서 유래된 이야기일 거야. 이곳은 북유럽의 영향을 많이 받았거든. 여기부터 서쪽 해안가까지 쭉 그렇지. 어떤 곳의 지명은 게일어가 아닌 아예 북유럽어로 되어 있어."

나는 눈을 흘겼다. 베어드 부인이 화를 낼 것 같았기 때문이었다. 하지만 그녀는 친절하게 미소를 지으며 프랭크의 말을 거들었다. 그 말이 옳다고, 자기도 북쪽에 가 본 적이 있었는데 거기서 '두 형제 돌'*을 보았다며, 그게 북유럽인들이 한 게 아니겠느냐고 물었다.

프랭크는 구름에 휩싸인 바이킹 선박들이 보인다는 듯, 꿈꾸는 듯한 시선으로 수평선을 바라보며 말했다.

"북유럽인들은 서기 500년에서 1300년 사이 그 해안으로 수백 번 내려왔습니다. 바이킹들 말입니다. 그들이 오면서 저들의 신화도 많이 가져왔지요. 그곳에는 신화가 아주 많거든요. 그것들이 여

---

* 스코틀랜드 국경지대 브라더스톤 언덕에 있는 거대한 두 개의 석상.

기에도 뿌리를 내린 것 같습니다."

그 말은 믿을 수 있었다. 지금은 황혼이 다가오는 중이었다. 폭풍 역시도. 구름 아래로 으스스한 빛이 서렸고, 길가를 따라 쭉 서 있는 집들은 아주 최근에 지은 것들인데도 30미터 떨어진 교차로에서 천 년째 지키고 서 있는 고대 픽트족의 오래된 돌기둥처럼 낡고 불길하게 느껴졌다. 이런 날 밤에는 창문을 모두 잠그고 집 안에 있는 게 좋을 것 같았다.

그러나 프랭크는 베어드 부인의 아늑한 응접실에서 다 같이 퍼스항의 풍경을 담은 환등기를 즐겁게 감상하는 편을 택하지 않았다. 오히려 이 지역 역사 기록에 관심이 많은 변호사인 베인브리지 씨와 셰리를 한잔하기로 약속했다며 외출하려 했다. 하지만 어젯밤 베인브리지 씨와 있었던 일을 떠올린 나는 퍼스항의 경치를 보며 집에 머물기로 마음먹었다.

"폭풍이 몰아치기 전에 집에 오도록 해. 그리고 베인브리지 씨에게 안부를 전해 줘."

나는 프랭크에게 잘 다녀오라고 키스하며 말했다.

"음, 그래, 물론 그래야지."

프랭크는 나와 눈을 마주치지 않으려고 조심하면서 외투를 입고는 문 옆에 둔 우산을 챙겨 집을 나섰다.

나는 문을 닫았지만, 나중에 프랭크가 돌아올 수 있도록 빗장을 지르지는 않았다. 응접실로 돌아오던 나는 문득 프랭크가 분명히 아내 이야기는 한마디도 안 할 거라는 생각이 들었다. 그리고 베인브리지 씨 역시 기꺼이 거기에 장단을 맞추겠지. 하지만 이건 프랭크를 탓할 일이 아니었다.

어제 오후, 우리가 베인브리지 씨를 방문했을 때까지만 해도 모든 게 꽤 순조로웠다. 나는 얌전하고 점잖으며 지적이지만 그 점을 과시하지는 않는, 단정하고 수수한 모습을 지닌 완벽한 교수 부인의 모습을 유지했다. 그런데 차를 마실 때 일이 터졌다.

나는 오른손을 돌려 손가락 네 개의 끝부분을 따라 커다랗게 잡힌 물집을 후회하는 마음으로 살펴보았다. 따지고 보면 이건 내 잘못이 아니었다. 아내와 사별한 베인브리지 씨가 제대로 된 찻주전자가 아니라 싸구려 양철 주전자로 차를 끓인 탓이었다. 게다가 그가 예의를 차린답시고 나에게 차를 따르라고 권한 탓이었다. 그런데 찻주전자의 손잡이가 닳아 있어서, 그걸 잡자마자 시뻘건 금속이 곧바로 내 손에 닿아 버린 탓이었다.

그래, 아무리 생각해도 내 잘못이 아니었다. 내가 찻주전자를 떨어뜨린 건 지극히 당연한 반응이었다. 그걸 베인브리지 씨의 무릎에 쏟은 건 그저 자리를 잘못 잡아 생긴 불운한 사고였을 뿐이다. 그래도 어디 다른 데다 떨어뜨릴 걸 그랬나. 베인브리지 씨가 뜨거움에 못 이겨 비명을 지르는 가운데, 나는 "이런, 쌍!"이라고 소리치고 말았고, 프랭크는 스콘을 먹다 말고 나를 노려보았다.

잠시 후 충격에서 정신을 차린 베인브리지 씨는 아주 용감하게도 내 손의 상처를 두고 호들갑을 떨면서, 내가 내뱉은 비속어를 두고 어떻게든 변명하려는 프랭크를 싹 무시했다. 프랭크는 내가 2년 넘도록 야전 병원에서 일했기 때문이라며 변명을 했다.

"죄송합니다. 제 아내가 어, 그러니까 미국인들과 지내면서 온갖 말을, 음, 많이 배운 모양입니다."

프랭크가 어색한 미소를 지으며 말하자, 나는 물에 적신 냅킨을 손에 감으며 이를 악물었다.

"맞아요. 남자들은 상처에서 파편을 뽑을 때 '온갖' 말을 다 하더라고요."

베인브리지 씨는 어떻게든 대화 주제를 온건한 역사적 관점으로 풀어 보려고 재치 있게 노력했다. 그는 시대를 거치며 불경스러운 언어라는 것들이 변해 가는 모습에 언제나 관심이 있었다고 말했다.

예를 들어 '빌어먹을(gorblimey)'이란 말은 원래 '신께서 내 눈을 멀게 하시리(God blind me)'라는 맹세가 변형된 말이라는 이야기였다.

프랭크는 새로운 대화 주제를 덥석 받으며 말했다.

"예, 물론이지요. 아, 나는 설탕 안 넣을 거야, 클레어. 그렇다면 '염병할(gadzooks)'이란 말은 어떻게 생각하십니까? 여기서 'gad'는 신을 의미하는 게 확실하지만, 나머지 'zook' 부분은……."

그러자 베인브리지 씨가 끼어들었다.

"글쎄요. 제가 보기엔 그건 옛 스코틀랜드어가 변형된 것이 아닌가 싶습니다. 사실 'yeuk'라는 말에서 말이죠. 그건 '가렵다'라는 뜻이거든요. 그러면 말이 되지 않습니까?"

프랭크가 고개를 끄덕이자, 학구적인 이미지와 맞지 않게 앞머리가 이마 위로 흩어졌다. 그는 무의식적으로 머리를 쓸어 올리며 말했다.

"흥미로운데요. 불경스러운 언어가 이런 식으로 진화를 하다니요."

"당연하죠. 아직도 그런 말은 발달하고 있는걸요."

나는 각설탕을 집게로 조심스럽게 집으며 말했다. 그러자 베인브리지 씨가 공손하게 물었다.

"그렇습니까? 혹시 부인께서는, 그, 전쟁 중에 재미있게 변한 언어의 용례를 아십니까?"

"그럼요. 제가 제일 좋아하는 말은 미국인에게서 들은 것이랍니다. 뉴욕 출신의 윌리엄슨이라는 사람이었죠. 제가 상처를 치료해 줄 때마다 했던 말이 있어요."

"어떤 말이었습니까?"

"예수고 루스벨트고 아파 뒈지겠네."

나는 태연하게 말하며 프랭크의 커피에 각설탕을 떨어뜨렸다.

———

베어드 부인과 평화롭고도 그다지 불쾌하지 않은 시간을 함께 보낸 후, 나는 위층으로 올라가서 잠들 준비를 했다. 프랭크의 주량은 셰리 두 잔이라, 곧 돌아올 거라고 생각했기 때문이다.

바람이 점차 거세게 불었다. 침실의 공기 중으로 정전기가 따끔따끔 일었다. 머리를 빗는 동안 머리털 사이로 정전기가 탁탁 튀어대서 결국 머리는 온통 엉키고 산발이 되고 말았다. 오늘 밤에는 백 번씩 빗질하고 자지는 말아야겠군. 이런 날씨에는 이나 닦고 자는 것으로 만족해야 한다. 벌써 머리카락 몇 가닥이 뺨에 착 달라붙었다. 아무리 뒤로 부드럽게 넘겨 보려 해도 머리카락은 끈질기게 떼어지지 않았다.

물병을 보니 물이 없었다. 베인브리지 씨와 만나러 떠나기 전, 프랭크가 몸단장을 하느라 쓴 것이다. 나는 구태여 화장실에 가서 물병을 채우지 않았다. 뢰르 블뢰 향수병을 집어 들고 손바닥에 넉넉히 따랐다. 그리고 향이 날아가기 전에 재빨리 손바닥에 문질러 머리카락에 빠르게 발랐다. 그리고 빗에도 향수를 약간 바른 다음 귀 뒤쪽의 곱슬머리를 빗었다.

됐어. 이러는 편이 좋아. 이렇게 생각하며 얼룩진 거울 앞에서 고개를 이리저리 돌리며 머리카락을 검사했다. 습기를 먹어 정전기가 사라지자, 가라앉은 머리카락이 얼굴을 감싸고 윤기 있게 곱슬거렸다. 그리고 향수가 기화하며 아주 기분 좋은 향이 났다. 프랭크가 좋아하겠지. 뢰르 블뢰 향수는 그가 제일 좋아하는 향이니까.

순간, 번개가 번쩍 쳤다. 곧바로 천둥이 울리더니 집 안 전기가 나갔다. 나는 나지막이 욕설을 내뱉으며 서랍 안을 더듬었다.

분명히 양초와 성냥을 봤는데, 어디 있더라. 하일랜드 지방에서는 전기가 나가는 일이 너무 잦아서 양초는 모든 여관과 호텔의 필수품이었다. 최고급 호텔에서도 전기가 나가는 걸 본 적이 있었다. 물론 그곳은 비싼 호텔답게 인동꽃 향이 나는 양초를 빛나는 펜던트 장식이 달린 유리 촛대에 담아서 제공하긴 했다.

베어드 부인의 양초는 그보다는 훨씬 실용적이고 평범한 하얀 양초였다. 하지만 개수도 넉넉하고 성냥갑도 세 개나 있었다. 이런 때까지 품격을 따져 가며 까다롭게 굴 마음은 없었다.

다음번 번개가 쳤을 무렵, 나는 파란 도자기 촛대에 양초를 꽂은 다음 방 안을 이리저리 거닐며 다른 양초에 불을 붙였다. 이윽고 온 방에 부드럽게 일렁이는 빛이 가득 찼다. 아주 로맨틱하네. 나는 침착한 마음으로 전등 스위치를 껐다. 갑자기 전기가 다시 돌아오면 중요한 순간에 분위기를 망칠 수 있기 때문이다.

양초가 1센티미터 남짓 탔을 때 문이 열리더니 프랭크가 획 들어왔다. 그가 계단을 서둘러 올라와 안으로 들어오는 바람에 촛불 세 개가 꺼졌다.

게다가 문을 쾅 닫는 바람에 촛불 두 개가 더 꺼졌다. 그는 흐트러진 머리칼을 손으로 쓸어 넘기며 갑자기 어두워진 방 안을 우두커니 들여다보았다. 나는 일어서서 다시 초를 켰다. 그리고 이렇게 불쑥 방에 들어온 점에 대해서 부드럽게 몇 마디 했다. 그런 다음 돌아서서 혹시 술을 마시고 싶냐고 물어보려던 순간, 하얗게 질려 불안해하는 프랭크의 얼굴이 보였다.

"왜 그래? 유령이라도 봤어?"

그러자 그가 느릿느릿 대답했다.

"그게 말이지, 유령을 보긴 본 것 같아."

프랭크는 멍하니 내 머리빗을 집어 들어 머리카락을 빗었다. 하지만 뢰르 블뢰의 향기가 확 끼쳐 오자 코를 찡그리며 빗을 내려놓았다. 그리고 대신 휴대용 빗으로 머리를 빗었다.

창문을 슬쩍 바라보자 느릅나무들이 가지를 사방으로 휘날리며 흔들리고 있었다. 집 어딘가에 덧창이 열려 있는지 흔들리는 소리가 요란하게 났다. 바깥에서 바람이 휘몰아치는 걸 보니 신이 났지만, 그래도 우리 방 덧창은 닫아야겠다는 생각이 들었다.

"유령이 나타나기에는 바람이 너무 심하게 부는데? 유령이라면 조용하고 안개 낀 밤에 묘지에서 나타나는 거 아니었어?"

내 말에 프랭크는 살짝 소심하게 웃었다.

"뭐, 베인브리지 씨가 해 준 이야기도 있고, 셰리를 생각보다 좀 많이 마셔서 그런 게 아닐까 싶어. 뭐, 그래서 그렇겠지."

그러자 정말로 궁금해졌다.

"정확히 뭘 봤는데?"

나는 화장대 앞에 앉은 다음 눈썹을 살짝 치켜뜨고 위스키 병 쪽으로 손짓했다. 프랭크는 즉시 위스키 두 잔을 따랐다. 그리고 한 잔은 내게 주고 또 한 잔은 본인이 들고서 이야기를 시작했다.

"그게, 말하자면 어떤 남자였어. 집 바깥 길가에 서 있더라고."

"뭐야? 이 집 밖에? 그러면 진짜 유령이겠네. 이런 날 밤에 살아 있는 사람이 바깥에 서 있을 거란 생각은 안 드는데."

나는 웃었다. 그러자 프랭크는 물병을 들어 잔에 따르려다가, 물이 없는 걸 보고 나를 비난하듯 쳐다보았다.

"나한테 뭐라 하지 마. 물을 다 쓴 건 당신이잖아. 난 위스키에 물 안 타도 돼."

프랭크는 화장실에 가서 잔에 물을 받을까 잠깐 생각한 눈치였지만, 곧 그 생각을 버리고 하던 이야기를 계속했다. 손에 든 잔에 최고급 글렌피딕 싱글 몰트 위스키가 아니라 무슨 독극물이라도 든 것처럼 조심스럽게 홀짝였다.

"그래, 그 남자는 정원 이쪽 끝에 있었어. 울타리 바깥쪽에 있었던 것 같아."

그는 잠시 머뭇거리며 잔을 내려다보았다.

"그런데 당신 있는 창문 쪽을 올려다보는 것 같더라고."

"내가 있는 창문을? 정말 이상한 일이네!"

나는 몸이 살짝 떨리는 걸 참을 수가 없었다. 그래서 창문으로 가서 덧창을 잠그려 했지만, 그러기엔 이미 늦은 것 같았다. 프랭크는 나를 따라오며 계속 말했다.

"그래. 저 아래에서 당신이 보이더라고. 머리를 빗으면서 욕을 했잖아. 끝부분이 뻗쳐서."

"그렇다면 그 남자는 분명히 엄청 웃었겠네."

나는 톡 쏘아붙였다. 프랭크는 고개를 저었다. 하지만 얼굴에는 미소를 지으면서 두 손으로 내 머리를 쓰다듬었다.

"아냐, 웃지 않았어. 정확히 말하자면 어쩐지 굉장히 불행해 보였어. 그 얼굴을 자세히 보지 못했지만 말이야. 그냥 서 있는 모습부터 그랬어. 내가 뒤로 다가갔는데도 움직이지 않더라고. 그래서 공손하게 물어봤지. 혹시 무슨 일이시냐고. 그 남자는 처음에 내 말이 안 들리는 것처럼 굴더라고. 혹시 바람이 너무 심하게 불어서 못 들었나 싶어서, 다시 물어보면서 그 남자 어깨에 손을 뻗었어. 내 쪽을 보게 하려고 말이야. 그런데 내 손이 닿기도 전에 그 남자가 휙 돌아서더니 내 옆을 성큼성큼 지나가는 거야."

나는 술잔을 비우면서 프랭크를 빤히 바라보았다.

"좀 무례한 것 같긴 해도, 유령 같지는 않은데? 어떻게 생긴 남자였어?"

프랭크는 기억을 떠올리며 눈살을 찌푸렸다.

"몸집이 아주 컸어. 그리고 완벽한 하일랜드식 복장을 한 스코틀랜드 사람이었어. 스포란*까지 갖추고 플래드**에 브로치를 달고 있었는데, 달리는 사슴 모양 브로치가 아주 아름다웠어. 어디서 난 거

* 킬트 앞에 다는 작은 주머니.
** 스코틀랜드 전통 복식으로, 어깨에 두르는 커다란 격자무늬 숄.

냐고 물어보고 싶었는데, 미처 말을 꺼내기도 전에 사라졌더라고."

나는 위스키 병 쪽으로 가서 술을 한 잔 더 따랐다.

"뭐, 이 지역에서는 별로 특이한 복장인 것도 아니잖아? 그런 옷차림을 한 남자를 마을에서 가끔 봤어."

하지만 프랭크는 내 말에 수긍하지 않는 눈치였다.

"그게 아니라…… 내 말은 옷차림이 이상하다는 게 아니야. 스쳐 지나갈 때 내 소맷자락을 건드리는 느낌이 나야 할 정도로 가까이 있었단 말이야. 그런데 아무 느낌이 없었어. 그 남자는 게러사이드 로드로 걸어갔는데, 모퉁이에 이르렀나 싶은 순간…… 사라졌어. 그때부터 등골이 오싹해지기 시작했다고."

"아마 당신 주의력이 잠깐 흐트러졌나 보네. 그때 마침 그 남자는 안 보이는 곳으로 들어갔고. 그 모퉁이에는 나무가 아주 많잖아."

내 생각을 말했지만 프랭크는 납득하지 않고 중얼거렸다.

"아냐, 그동안 난 눈을 떼지 않았다고……."

순간, 그는 고개를 번쩍 들었다.

"알았다! 아까는 미처 깨닫지 못했는데, 왜 그 남자가 이상해 보였는지 이제야 알겠어."

"왜 그런데?"

난 이제 유령 이야기에 약간 싫증이 나기 시작했다. 그보다는 좀 더 재미있는 걸 하고 싶었다. 침대에서 하는 일 같은 것 말이다.

"바람이 휘몰아치고 있었는데도, 그 남자가 걸친 킬트와 플래드가 전혀 펄럭이지 않았어. 그런데 그 사람이 걸어갈 때는 또 움직였고 말이야."

우리는 서로를 가만히 쳐다보았다. 그러다 내가 입을 열었다.

"어, 그거 좀 오싹하네."

프랭크는 어깨를 으쓱이더니 갑자기 미소를 지으며 생각을 떨쳤다.

"적어도 다음번에 교구 목사님을 만나면 할 말이 또 생겼네. 어쩌면 이 지역에서 유명한 유령일지도 몰라. 목사님이 뭔가 유혈이 낭자한 역사적 사실을 알려 줄 수도 있고."

그는 손목시계를 슬쩍 보더니 말을 이었다.

"어쨌든 지금은 잘 시간이야."

"그렇지."

나는 중얼거리며 프랭크가 셔츠를 벗고 옷걸이를 집어 드는 모습을 거울로 지켜보았다. 그런데 그는 셔츠 단추를 풀다 말고 불쑥 물었다.

"간호사로 근무하면서 스코틀랜드 환자도 많이 치료했어, 클레어? 야전 병원이나, 아니면 펨브로크에서나?"

나는 좀 당황한 채로 대답했다.

"당연하지. 아미앵에 있던 야전 병원에는 시포스와 캐머런 출신 사람들이 꽤 많았어. 그리고 나중에 캉에 갔을 때는 고든 지방 사람이 많았고. 다들 좋은 사람들이었어. 평소에는 매사에 아주 초연했지만, 주사를 맞을 때는 심각하게 겁쟁이가 됐었지."

나는 그중 어떤 한 병사를 기억하며 웃었다.

"시포스 제3연대 소속 파이프병*이었던 환자가 하나 있었어. 좀 화를 잘 내는 아저씨였지. 그런데 주사 맞는 걸 못 견뎌 하는 거야. 특히 엉덩이에 맞는 주사를. 누가 주사기를 들고 다가오기 몇 시간 전부터 너무 안절부절못했어. 근육 주사를 놓아야 할 때도 우리한테 엉덩이가 아니라 팔에 놔 달라고 계속 부탁했어."

나는 치점 상병을 떠올리면서 웃었다.

"그 사람이 뭐랬는 줄 알아? '내가 엉덩이를 까고 엎드려야 할 때는 여자를 내 **아래**에 깔 때뿐이야! 바늘을 들고 내 뒤에 서는 여자

---

* 백파이프를 불면서 아군에게 움직임을 알리고 사기를 돋우는 병사.

는 필요 없어!'라고 소리쳤지."

프랭크는 미소를 지었지만, 약간 불편한 기색이었다. 내가 별로 우아하지 못한 전쟁 이야기를 할 때마다 그는 이런 모습을 보였다. 그 표정을 알아챈 나는 그를 안심시켰다.

"걱정하지 마. 교수 휴게실에서 차 마실 때는 이런 말 안 할 테니까."

프랭크는 환하게 미소 지으며 화장대에 앉은 내 뒤로 다가와 정수리에 입을 맞추었다.

"걱정하지 마. 교수 휴게실에서 당신이 무슨 이야기를 들려주든 사랑할 테니까. 으으음. 머리카락 향기 정말 좋다."

"마음에 들어?"

대답 대신 그의 두 손이 내 어깨 위를 쓰다듬더니 얇은 잠옷 위로 가슴을 쥐었다. 내 머리 위로 그의 머리가 내려앉았고, 정수리 위에 턱을 댄 그의 모습이 거울에 비쳤다.

"당신의 모든 게 좋아. 촛불에 비친 당신 모습이 정말 아름다운 거 알아? 두 눈은 크리스털 술잔에 담긴 셰리 같고, 피부는 상아처럼 은은히 빛나. 촛불에 비친 신비한 마녀 같아. 아무래도 전깃불은 앞으로 영원히 쓰지 말아야겠어."

"그러면 침대에서 책 읽기 힘들 텐데."

가슴이 마구 뛰기 시작했다.

"침대에서는 더 좋은 걸 해야 하지 않을까."

프랭크가 속삭이자, 나는 일어서서 그의 목에 팔을 감으며 물었다.

"그럴 수 있겠어? 뭐 하고 싶은데?"

———

닫아 놓은 덧창 뒤로 서로를 포근하게 끌어안은 채, 어느덧 시간이 흘렀다. 나는 프랭크의 어깨에서 고개를 들고 말했다.

"아까 그건 왜 물어본 거야? 내가 스코틀랜드 병사를 많이 만났느냐고 물은 거 말이야. 당신도 알았을 거 아냐. 야전 병원에는 온갖 남자들이 다 있다는 걸."

프랭크는 몸을 꿈틀대더니 내 등을 부드럽게 쓸어내렸다.

"으음, 아, 아무것도 아니야. 그냥, 아까 바깥에서 그 남자를 봤을 때 혹시나 했거든……."

그는 말을 잇지 못하고 나를 끌어안은 팔에 살짝 힘을 주었다.

"그게, 그러니까, 당신이 돌봐 주던 남자가 아니었나 싶어서……. 당신이 여기 머무른다는 이야기를 어디선가 듣고 보러 온 게 아니었을까……. 뭐 그런 생각을 했었어."

나는 현실적인 입장에서 되물었다.

"그렇다면 왜 집에 들어와서 나를 보지 않고?"

프랭크는 정말 아무렇지도 않다는 듯 대답했다.

"음, 그러다 혹시나 나랑 마주치고 싶지는 않아서였겠지."

나는 한쪽 팔꿈치로 몸을 일으키고 남편을 노려보았다. 촛불 한 자루는 꺼 두지 않았기 때문에 프랭크의 얼굴이 잘 보였다. 그는 너무나 아무렇지 않다는 태도로 보니 프린스 찰리의 모습이 담긴 다색 석판화 쪽으로 고개를 돌렸다. 베어드 부인이 우리 방 벽에 걸면 좋겠다고 생각하고 둔 것이었다.

나는 프랭크의 턱을 잡고 돌려 나를 마주 보게 했다. 그는 움찔 놀라는 척 눈을 휘둥그레 떴다.

"그러니까 당신 말은…… 바깥에서 봤던 남자가 나의……."

대뜸 묻긴 했지만, 적당한 말을 찾을 수가 없어 나는 머뭇거렸다. 그러자 프랭크가 말했다.

"불륜 상대라고 생각했냐고?"

골라도 저런 말을 고르다니. 나는 애써 말을 끝맺었다.

"연애 감정 대상이었냐는 뜻이었어?"

"아니, 아니야. 그렇지 않아."

하지만 그 말에는 확신이 없었다. 프랭크는 얼굴에서 내 손을 떼어 내고 키스하려 했지만, 이번에는 내가 고개를 돌렸다. 그는 나를 억지로 돌려 자기 옆에 눕힌 다음 말을 이었다.

"그냥…… 알잖아, 클레어. 우리가 떨어져 있던 세월이 **무려** 6년이라고. 그동안 세 번밖에 만나지 못했잖아. 게다가 마지막에는 겨우 하루 같이 보냈고. 그러니까 만약에…… 다들 알다시피 의사와 간호사는 응급 상황에서 극도의 스트레스를 받는다잖아. 그러니까…… 그게…… 그럴 수도 있겠다 싶어서……. 음, 나는 다 이해한다는 거야. 만약에, 어, 어쩌다가 본능적으로…….."

두서없이 말을 내뱉는 프랭크를 나는 확 뿌리치고 침대에서 벌떡 일어서서 소리쳤다.

"그럼 내가 바람을 피웠다는 이야기야? 그렇게 생각해? 정말로 그렇게 생각한다면, 당장 이 방에서 나가. 이 집에서 아예 나가 버리라고! 어떻게 그런 생각을 할 수가 있어?"

속이 부글부글 끓었다. 프랭크는 일어나 앉아서 나를 달래려고 손을 뻗었지만, 나는 홱 쏘아붙였다.

"건드리지 마! 솔직하게 말해. 창문에서 낯선 남자가 우연히 날 올려다본 것 때문에, 내가 환자랑 불륜을 저질렀다고 생각하는 거야? 정말 그래?"

프랭크는 침대에서 일어나서 나를 끌어안았다. 나는 소금 기둥이 된 것처럼 뻣뻣하게 섰지만, 그는 굴하지 않고 내가 좋아하는 방식으로 머리카락을 쓰다듬고 어깨를 매만졌다.

"아냐, 그런 생각은 안 했어."

그는 단호하게 말하며 나를 더욱 끌어안았다. 나는 살짝 긴장을 풀었지만 그를 마주 안아 줄 마음은 아직 없었다.

얼마나 그러고 있었을까. 프랭크는 내 머리카락에 입술을 대고 속삭였다.

"아니야. 당신이 절대로 그런 짓을 하지 않았다는 건 잘 알아. 다만 설령 그랬다 하더라도…… 클레어, 내 마음은 전혀 변하지 않는다는 말이었어. 당신을 그만큼 사랑하니까. 당신이 어떤 행동을 해도 내 사랑하는 마음은 변치 않을 거야."

그는 두 손으로 내 얼굴을 잡고 날 똑바로 바라보았다. 남편의 키는 나보다 겨우 10센티미터 컸기 때문에 나와 눈을 정면으로 마주할 수 있었다.

"용서해 줄 거지?"

그는 조용히 물었다. 글렌피딕 위스키의 자극적인 향기가 서린 숨결이 내 얼굴에 따스하게 와닿았다. 나를 유혹하는 도톰한 입술이 불안할 정도로 가까웠다.

순간, 바깥에서 번개가 번쩍이며 폭풍이 시작되었음을 알렸다. 곧이어 천둥과 함께 비가 양철 지붕 위로 세차게 쏟아졌다.

나는 남편의 허리를 천천히 껴안았다.

"자비란 그 본질상 강요할 수 없는 것이니, 그것은 하늘에서 내리는 부드러운 이슬 같도다……."*

나는 셰익스피어 한 구절을 읊었다.

프랭크는 웃으면서 위를 올려다보았다. 천장에 물이 샌 자국이 여러 겹 얼룩져 있었다. 오늘 밤 습하지 않게 잠들기는 틀렸구나.

"당신의 자비심이 천장에서 내리는 물방울이라면, 복수는 그보다 얼마나 더 끔찍할까. 보고 싶지 않아."

순간, 프랭크의 말에 화답하듯 천둥이 박격포처럼 울렸다. 우리는 다시금 기분을 풀고서 웃었다.

* 셰익스피어의 『베니스의 상인』 제4막 제1장 중 포셔의 대사.

하지만 잠시 후, 내 곁에서 잠든 남편의 고른 숨소리를 듣고 있자니 난 다시 궁금해졌다. 아까 말했듯, 내 쪽에서 바람을 피웠음을 암시할 만한 증거는 전혀 없었다. 적어도 난 그렇다. 하지만 프랭크가 말했듯, 6년이란 긴 시간이었다.

2
선돌

다음 날 아침, 크룩 씨는 약속대로 정확히 7시에 나를 불러냈다.

"그러면 미나리아재비에 맺힌 이슬을 보러 가 보겠소?"

그는 호기롭게 노익장을 드러내며 말했다. 크룩 씨는 본인만큼이나 오래되어 보이는 오토바이를 가져왔고, 우리는 그걸 타고 교외로 나갔다. 식물 압착기가 커다란 오토바이 양옆에 단단히 묶여 있는 모습이 마치 예인선의 범퍼 같았다. 조용한 시골길을 한가로이 덜컹대며 달려가는 크룩 씨의 오토바이 소리가 어찌나 크던지, 그렇지 않아도 조용한 사방이 더욱 숨을 죽이는 듯했다.

노인은 정말로 이 지역 식물에 통달해 보였다. 풀이 자라는 곳은 물론이고 그 효능은 무엇이며 어떻게 써야 하는지도 잘 알았다. 공책을 가져와 필기하면 좋았겠다는 후회가 들었지만, 어쨌든 노인의 갈라진 목소리에 열심히 귀를 기울이며 최선을 다해 정보를 기억하면서 나는 무거운 압착기에 표본을 넣었다.

점심을 먹으러 멈춘 곳은 윗면이 신기하게 평평한 언덕의 아래쪽이었다. 풀이 무성하게 자라고 바위가 삐죽삐죽 튀어나오기는 다른 곳과 마찬가지였지만, 언덕에는 특이한 점이 있었다. 잘 다져진 오솔길이 언덕 한쪽으로 이어져 툭 불거진 화강암 바위 뒤로 꺾어 들어 사라졌기 때문이다.

"저 길을 따라가면 뭐가 나오나요? 소풍을 하기엔 좀 힘든 곳 같아 보이는데요."

나는 햄샌드위치를 든 손으로 그곳을 가리키며 물었다. 그러자 크룩 씨는 언덕을 슬쩍 보고서 말했다.

"아, 저건 '크레이크 나 둔'이오. 점심 먹고 보여 주려고 했지."

"정말요? 저기 뭔가 특별한 게 있나요?"

"그렇소."

그는 이렇게만 대답했을 뿐 더는 설명하지 않았다. 나중에 보면 안다고만 말했다.

노인이 과연 저 가파른 언덕길을 올라갈 수 있을까 걱정이 들었지만, 막상 올라갈 때는 오히려 내가 그분 뒤를 헉헉대며 따라가는 꼴이 되었다. 마지막에는 크룩 씨가 굽은 손을 내밀어 나를 언덕 꼭대기의 가장자리로 끌어 올려 주기까지 했다.

"이런 곳이오."

그는 이곳이 마치 본인 소유라는 듯 팔을 내뻗어 소개했다.

"와, 헨지*네요! 자그마한 헨지!"

나는 기뻐하며 말했다. 요 몇 년 동안 전쟁을 치르느라 솔즈베리 평원을 방문하지 못했지만, 프랭크와 나는 결혼한 후 곧바로 스톤헨지를 보러 갔었다. 다른 여행객들이 거대한 돌기둥 사이를 둘러보며 감탄하는 동안, 우리는 돌 제단 앞에서 입을 딱 벌렸다(그때 우리 옆에는 이탈리아 관광객들을 버스에 실어 데려온 여행 가이드가 있었는데, 그는 낭랑한 런던 말씨로 "요기서 고대 드루이드 사제들이 무시무시한 '인신 공양'을 드렸다"라고 설명했다. 그동안 관광

---

* 거대한 목조물 혹은 석조물을 둥그렇게 세워 놓은 선사 시대 유적.

객들은 다소 평범해 보이는 돌덩이를 의무적으로 찍어 댔다).

프랭크는 옷걸이에 넥타이를 걸 때 끝부분을 모두 일정하게 맞추어야 직성이 풀리는 사람이었고, 여기서도 똑같은 열정을 발휘했다. 우리는 돌기둥이 세워진 원형을 한 바퀴 돌고 Z홀과 Y홀* 사이를 서성였고, 거대한 돌기둥의 가장 바깥쪽 원인 사르센 서클 위에 놓인 상인방이 몇 개인지 세어 보았다.

그리하여 세 시간 후, 우리는 Y홀과 Z홀이 총 몇 개인지 알아냈다(궁금하다면 말해 주겠다. 59개였다. 나는 솔직히 궁금하지 않았다). 하지만 지난 500년간 수십 명의 아마추어 고고학자 및 전문가들이 이곳을 조사하느라고 기어 다녔어도 스톤헨지의 목적이 무엇인지 알아내지 못한 것처럼, 우리도 별 단서를 발견하지는 못했다.

물론 학설은 많았다. 나도 학계 사람들과 오랫동안 알고 지내다 보니, 그럴듯한 말로 표현한 학설이 그렇지 않은 학설보다 보통은 잘나가며 학계에서 입신양명한다는 사실을 알고 있었다.

사원이다, 매장지다, 천문 관측소다, 처형 장소다(그래서 한쪽으로 쓰러져 구덩이에 반쯤 묻힌 돌에 '처형석'이라는 부적절한 이름이 붙었다), 노천 시장이었다 등등 스톤헨지를 두고 온갖 의견이 분분했다. 난 시장이었다는 가설이 좋았다. 거석문화 시대의 주부들이 바구니를 들고서 상인방 아래를 오가며, 최근에 들여온 황토 잔에 유약이 잘 발려 있는지 살펴보고 석기 시대의 빵 장수와 흥정하며 사슴 뼈 삽과 호박옥을 파는 상인의 호객 행위를 미심쩍게 듣는 광경이 눈앞에 생생하게 떠올랐다.

그 가설과 맞지 않은 유일한 증거는 제단석 아래에 시체가 있었고, Z홀 아래에는 화장한 유해가 있었다는 것이다. 손님에게 무게를 속여 판 상인이 고발을 당해 불운하게 처형된 게 아니라면, 시장

* 스톤헨지의 돌기둥 바깥쪽으로 동심원을 그리며 나 있는 구덩이로, Z홀은 안쪽 원을, Y홀은 바깥쪽 원을 말한다.

에 시체를 묻는 건 좀 비위생적이지 않을까.

어쨌든 이 언덕 위에 세워진 자그마한 헨지에는 시체를 묻은 흔적 같은 건 없었다. 내가 이 돌기둥들을 자그맣다고 말한 건 스톤헨지에 비해서 작다는 뜻이었지, 사실상 이곳의 돌 하나하나가 다 내 키의 두 배쯤 되었고 부피도 그만큼 육중했다.

스톤헨지에서 마주친 또 다른 가이드의 설명을 엿들은 바에 따르면, 이런 환상열석環狀列石들은 영국과 유럽 전역에서 나타난다고 했다. 어떤 곳은 복원이 잘 되어 있고, 방향이나 형태가 살짝 다른 곳도 있지만, 어쨌든 그런 것들 모두 언제 만들었는지 또 왜 만들었는지는 알려지지 않았다고 했다.

나는 돌 사이를 헤매며 이따금 멈춰 서서, 마치 내 손길이 이 기념비에 뭔가를 남길 수 있다는 듯 기둥을 부드럽게 쓰다듬었다. 크룩 씨는 온화하게 웃으며 나를 바라보았다.

선돌 중에는 둥글게 다듬어져 흐릿한 줄무늬가 칠해진 것도 있고, 운모가 점점이 박혀 있어 아침 햇살에 명랑하게 반짝이는 것도 있었다. 주변에 고사리가 우거진 땅에서 불쑥 튀어나온 자연 암석과 비교하면 이 돌기둥들은 다들 확연히 달랐다. 이 환상열석을 누가 무슨 목적으로 세웠는지는 몰라도, 이 독특한 돌덩이를 캐내어 다듬고 여기까지 운반해서 기념비로 세운 걸 보면 분명히 중요하게 생각한 것이다. 하지만 대체 어떻게 다듬고, 어떻게 여기까지 가져왔을까? 또 얼마나 먼 곳에서 이걸 날라 왔을까?

"우리 남편이 보면 무척 좋아할 거예요. 나중에 남편을 데리고 와서 보여 줄게요."

나는 멈춰 서서 크룩 씨에게 이곳과 식물을 알려 주어 고맙다고 말했다. 노인은 오솔길 시작점에서 굽은 손을 다시 내게 호기롭게 내밀었다. 나는 엄청나게 가파른 길을 한번 쭉 내려다보고는, 이분이 나이는 들었어도 나보다 더 튼튼할 거라는 결론을 내리고 그 손을 잡았다.

———

그날 오후 마을로 향한 나는 프랭크를 데리러 목사관에 갔다. 헤더꽃과 세이지, 금작화 향기 사이로 집마다 달린 굴뚝에서 튀긴 청어 냄새가 밴 연기가 솟아올라 어우러졌다. 나는 드문드문 서 있는 오두막을 지나며 꽃과 생선 냄새가 섞인 하일랜드 특유의 짙은 내음을 즐겁게 들이마셨다. 이 마을은 하일랜드 황야 위로 하늘을 찌를 듯이 불쑥 솟은 바위산 기슭의 자그마한 내리막길에 자리 잡은 곳이었다. 길 근처의 오두막들은 멋있었다. 전쟁 후 부흥의 물결은 이곳까지 다다라 오두막은 페인트로 새 단장을 했고, 적어도 100년은 족히 되었을 목사관의 내려앉은 창틀도 밝고 노랗게 칠해져 있었다.

목사관에 다다르자 가정부가 문을 열어 주었다. 목에 세 줄짜리 가느다란 인조 진주 목걸이를 차고 있는 키 큰 아주머니였다. 가정부는 내가 누구인지 듣자 반갑게 맞이하고는 길고 좁고 어두운 복도로 데려갔다. 복도의 양쪽 벽에는 당대 유명인인 듯한 이들, 혹은 현재 목사의 아끼는 친척인 것 같은 이들의 세피아 잉크 동판화가 쭉 걸려 있었다. 하지만 복도가 어두워서 정확하게 보지는 못했기에, 의외로 왕실 인물의 판화일 수도 있었다.

어두컴컴한 복도와는 반대로 목사의 서재는 눈부시게 환했다. 한쪽 벽 천장에서 바닥까지 이어지는 거대한 창문에서 빛이 들어왔다. 벽난로 옆에 있는 이젤에는 저녁 하늘을 배경으로 한 검은 절벽을 그린 유화가 반쯤 완성되어 있었다. 그림 안에 펼쳐진 풍경을 보니 이 창문이 왜 있는지 짐작이 갔다. 창문은 목사관이 지어지고 나서 한참 후에 만든 게 분명했다.

프랭크는 빳빳한 성직자용 목깃을 두른 작고 땅딸막한 남자와 함께 방 저쪽에 놓인 책상 앞에 서서 어지러이 쌓인 서류를 기분 좋게 들여다보고 있었다. 프랭크는 나를 보는 둥 마는 둥 하며 맞이했지만, 교구 목사는 설명을 멈추고는 공손한 태도로 급히 나에게 다가와 악수했다. 그리고 둥근 얼굴에 사근사근하니 즐거운 기색을 가득 담고 미소 지었다.

"랜들 부인! 다시 뵙게 되어 반갑습니다. 마침 들려드릴 소식이 있습니다!"

그는 내 손을 힘껏 흔들며 말했다.

"소식이요?"

책상 위에 놓인 무척 지저분한 서류들의 활자체를 보니, 그 소식이란 것은 어림잡아 1750년쯤의 일이라는 계산이 나왔다. 그렇다면 뉴스 속보까지는 아니겠구나.

"예, 그렇습니다. 우리는 남편분의 조상인 잭 랜들을 당시의 군 공문을 통해 추적하고 있었지요."

교구 목사는 내 쪽으로 몸을 숙이고서 미국 영화에 나오는 갱처럼 한쪽 입가로 말하며 나지막이 덧붙였다.

"저는, 으음, 지역 역사학회가 소유한 원본 공문을 '빌려' 왔습니다. 이건 아무에게도 말씀하시면 안 됩니다. 아셨죠?"

나는 웃으면서 목사의 치명적인 비밀을 드러내지 않겠다고 약속한 다음, 18세기의 최신 속보를 앉아서 받아 볼 수 있을 만한 편안한 의자가 있는지 둘러보았다. 창문 가까이에 있는 안락의자에 앉으면 좋겠다 싶었지만, 책상으로 향하며 들여다보니 거기는 벌써 누가 자리 잡고 있었다. 반짝반짝 빛나는 검은 머리카락을 흩뜨린 꼬마 소년이었다. 그 애는 의자 깊숙이 몸을 웅크리고 깊이 잠든 채였다.

"로저!"

목사는 나를 도와주려고 다가오며 소리쳤다. 그 역시 나만큼이나 놀란 듯했다. 소년은 깜짝 놀라 벌떡 일어났다. 커다란 눈은 이끼 색이었다.

"이 녀석아, 여기서 뭐 하는 거냐?"

목사는 꼬마를 부드럽게 나무라더니 총천연색 책을 집어 들고는 그 애에게 건네며 말했다.

"아, 또 만화책을 보다가 잠들었구나? 이제 나가 봐라, 로저. 나는 랜들 씨 부부와 볼일이 있단다. 아참, 소개하는 걸 깜빡했군. 랜들 부인, 이 애는 제 아들 로저입니다."

나는 살짝 놀랐다. 이제껏 내가 만난 남자 중에서 독신남을 떠올리라면 가장 먼저 생각날 법한 남자가 웨이크필드 목사였기 때문이다. 나는 소년이 내민 손을 예의 바르게 잡아 따스하게 악수했다. 하지만 속으로는 손에 묻은 끈적한 무언가를 치맛자락에 닦고 싶은 마음이 굴뚝같았다.

웨이크필드 목사는 주방으로 달려가는 꼬마의 뒷모습을 다정하게 바라보았다. 그리고 사실을 털어놓았다.

"사실 저 아이는 제 조카의 아들입니다. 조카사위는 영국 해협 상공에서 격추당해 죽고, 조카는 나치가 대공습을 했을 때 죽었지요. 그래서 제가 아이를 맡았습니다."

"정말 마음씨가 고우시군요."

나는 램 삼촌을 떠올리며 중얼거렸다. 대공습 당시, 영국 박물관의 강당이 폭격당하면서 그곳에서 강의하던 삼촌은 돌아가셨다. 하지만 나는 삼촌을 잘 안다. 옆방인 페르시아관에 있는 유물들은 무사하다는 걸 알았다면, 삼촌은 죽으면서도 다행이라고 여기셨을 것이다.

목사는 민망한 기색으로 손을 내저었다.

"아뇨, 그렇지는 않습니다. 이 적적한 집에 어린애가 있어서 다행이라고 생각합니다. 자, 어서 앉으시죠."

내가 핸드백을 내려놓기도 전에 프랭크는 접어 둔 표시가 있는 서류를 손가락으로 넘기며 열변을 토하기 시작했다.

"정말 대단히 운이 좋았어, 클레어. 목사님이 조너선 랜들에 대해 쓴 일련의 군사 공문을 찾아내셨어."

옆에서 지켜보던 목사는 프랭크에게 서류를 몇 장 받아 들며 말했다.

"아, 그야 랜들 대위님이 워낙 활약상이 좋으셔서 눈에 띌 수밖에 없어 그랬지요. 이분은 포트윌리엄에서 4년쯤 수비대를 지휘했습니다만, 그보다는 정부의 명령을 받고 국경 너머의 스코틀랜드 농촌 지역을 오랫동안 괴롭혔던 것 같습니다."

그는 서류를 조심스럽게 분류하여 책상에 놓고서는 말을 이었다.

"이 서류를 보면 다수의 가문과 부동산 소유주들이 대위를 두고 항의를 제기했다고 합니다. 수비대 병사들이 하녀들을 괴롭혔다는 것부터 시작해서 뻔뻔하게 말 도둑질을 했다는 내용까지 다양합니다. 심지어 무엇인지 모를 '모욕'을 당했다는 내용도 있습니다."

나는 흥미가 일어 프랭크에게 말했다.

"그렇다면 당신 가문에 유명한 말 도둑이 있었다는 거네?"

하지만 프랭크는 아랑곳하지 않고 어깨를 으쓱일 뿐이었다.

"원래 그런 분인 걸 어떡하겠어. 내가 이제 와서 할 수 있는 건 아무것도 없지. 난 그저 조상을 찾고 싶었을 뿐이야. 당시 상황에서는 이런 항의가 전혀 이상할 게 없어. 전반적으로 하일랜드 지역에서는 잉글랜드인을 눈에 띄게 좋아하지 않았어. 특히 군인을 싫어했지. 정말 이상한 점은 따로 있어. 이렇게 항의를 했는데도 윗선에서 아무런 반응이 없었다는 거야. 아주 심각한 사안에 대해서도 말이야."

오랫동안 말을 하지 못했던 목사는 그새를 참지 못하고 끼어들었다.

"맞습니다. 물론 당시 장교들의 권한은 현대의 기준과는 다르긴 했습니다. 사소한 사항에 대해서는 마음대로 할 수 있었지요. 하지만 이건 이상합니다. 항의에 대해 조사가 이루어졌다가 기각된 수준도 아니라, 아예 다시는 언급조차 되지 않았거든요. 이 점에 대해 제가 어떤 추측을 하느냐면요, 랜들 씨. 당신의 선조께서는 아마도 뒷배가 있었을 겁니다. 상부의 질책을 받지 않도록 누군가 보호해 주었다는 뜻이지요."

프랭크는 머리를 긁적이며 눈을 가늘게 뜨고 공문을 바라보았다.

"목사님 말씀이 맞을 겁니다. 아주 권력이 대단한 뒷배가 있었겠지요. 군의 고위층이거나, 귀족의 일원이었을 겁니다."

"그렇지요. 아니면 혹은······."

목사가 자신의 이론을 말하려던 순간이었다. 가정부인 그레이엄 부인이 들어와 대화가 끊겼다.

"신사분들, 이것 좀 드시면서 하세요."

그녀는 책상 한가운데에 차 쟁반을 떡하니 내려놓았다. 목사는 소중한 공문서를 아슬아슬하게 치울 수 있었다. 그레이엄 부인은 내가 팔다리를 하릴없이 움직이며 눈가에 지루한 빛을 띠고 있는 걸 알아보고는 재빨리 내 상황을 파악했다.

"찻잔은 두 개만 가져왔어요. 랜들 부인은 주방에서 저랑 같이 있어 주지 않으실까 생각했거든요. 제가 살짝······."

나는 부인의 말이 채 끝나기도 전에 제안을 덥석 받으며 잼싸게 일어났다. 우리가 주방으로 통하는 문을 휙 열자, 등 뒤로 아까 말하려던 이론을 다시 줄줄 내뱉는 소리가 들려왔다.

차는 뜨겁고 향기로운 녹차였다. 찻물 안에서 찻잎이 빙글빙글 돌았다. 나는 잔을 내려놓고 말했다.

"으음, 우롱차를 참 오랜만에 마셔 보네요."

그레이엄 부인은 고개를 끄덕이며 차를 칭찬하는 내 말에 환하게 웃어 보였다. 얇은 찻잔 아래 직접 짠 레이스 매트를 깔고 스콘에 클로티드 크림까지 곁들여 내느라 수고가 많았을 것 같았다.

"맞아요, 전쟁 중엔 우롱차를 구할 수가 없었어요. 우롱차가 찻잎점을 치는 데는 최고인데 말이지요. 그동안은 얼그레이로 하느라참 힘들었네요. 얼그레이 찻잎은 너무 빨리 가라앉아서 점괘를 읽기가 꽤 어렵거든요."

"아, 찻잎 점을 보세요?"

난 살짝 흥미가 생겼다. 그레이엄 부인은 어딜 봐도 집시 점쟁이처럼 보이지는 않았다. 짧은 진회색 파마머리 아래로 세 줄짜리 진주 초커를 찬 모습이었으니까. 부인이 차를 한 모금 삼키자, 길고가느다란 목 안으로 찻물이 넘어가 반짝이는 진주 목걸이 아래로사라지는 과정이 그대로 보였다.

"응, 그래요, 부인. 점치는 법은 우리 할머니가 가르쳐 주셨지요.할머니는 또 증조할머니에게서 배우셨고. 차를 마저 들어요. 그러면 찻잎 점을 봐 드리죠."

하지만 찻잔을 받아 든 부인은 오랫동안 말이 없었다. 다만 이따금 찻잔을 기울여 빛에 비추어 보거나 야윈 손바닥 사이로 잔을 천천히 돌리며 다른 각도로 바라보았을 뿐이다.

마침내 그녀는 잔을 조심스럽게 내려놓았다. 잔이 얼굴 가까이에서 폭발할까 봐 두렵다는 듯이. 게다가 입가에 주름이 깊게 팬 것도모자라 곤혹스럽다는 듯 양미간마저 지그시 모은 얼굴이 되었다.

부인은 마침내 입을 열었다.

"으음, 이제껏 본 것 중 제일 이상한 점괘네."

이제껏 흥미롭기만 했던 기분이 슬슬 궁금증으로 변하기 시작했다.

"그래요? 혹시 제가 키 크고 검은 피부의 낯선 남자를 만나게 되나요? 아니면 바다 건너 여행이라도 하게 되나요?"

나의 빈정대는 말투를 들은 그레이엄 부인은 그 말투를 따라 하며 살짝 미소를 지었다.

"그럴 수도 있죠. 아닐 수도 있고. 부인의 잔이 이상한 점이 그래요. 안에 든 게 모두 모순적이에요. 여행을 떠난다는 의미인 구부러진 잎이 있지만, 그 이파리가 또 가만히 머무른다는 의미인 부서진 잎과 겹쳐 있거든. 이상한 점도 몇 가지나 돼요. 제가 제대로 읽었다면, 그중 하나가 바로 남편분에 관한 거예요."

흥미롭던 기분이 다소 가라앉고 말았다. 6년간 떨어져 있었고, 이제 다시 여섯 달째 같이 살고 있지만, 남편은 여전히 내게 낯선 존재였다. 하지만 찻잎이 어떻게 그걸 알아챘다는 걸까.

그레이엄 부인은 여전히 눈살을 찌푸린 채였다.

"어디, 나한테 손 좀 줘 봐요."

내 손을 잡은 부인의 손은 앙상했지만 깜짝 놀랄 정도로 따스했다. 내 손바닥을 들여다보느라 고개를 숙인 희끗희끗한 머리카락의 단정한 가르마에서 라벤더 향수 냄새가 은은히 났다. 그녀는 내 손을 아주 오랫동안 바라보았다. 이따금 손금 위를 쓸어 보는 손가락은 마치 지도를 보며 모래에 쓸리고 쓰레기로 뒤덮인 길을 따라가는 것 같았다.

"저기, 뭐가 보이시나요? 아니면 제 운명이 너무 끔찍해서 차마 말해 주실 수 없나요?"

나는 애써 가벼운 태도를 유지하며 물었다.

그레이엄 부인은 알 수 없는 눈빛을 들어 내 얼굴을 골똘히 바라보았지만, 내 손을 놓지 않고 꼭 잡았다. 그러더니 입술을 오므리며 고개를 저었다.

"아니, 아니에요. 운명은 손금으로 정해지는 게 아니거든. 그저 그 씨앗이 보일 뿐이지."

그녀는 새처럼 고개를 한쪽으로 갸웃거리며 곰곰이 생각했다.

"알다시피 손금이란 변하기 마련이라. 인생에서 어떤 순간에 이르면, 손금이 지금과는 아주 달라질 수 있거든요."

나는 손을 홱 잡아 빼고 싶은 충동을 억누르며 말했다.

"그런가요? 몰랐어요. 저는 손금이란 한번 타고나면 끝이라고 생각했거든요. 하지만 그렇다면 손금 보는 게 무슨 의미가 있나요?"

무례하게 굴고 싶은 마음은 없었지만, 내 손바닥을 빤히 들여다보는 이런 행동이 조금 불편해지기 시작했다. 특히 찻잎 점괘가 나온 다음에 곧바로 이런 말을 듣게 되다니.

그런데 그레이엄 부인은 뜻밖에도 미소를 지으며 내 손을 오므려 주었다.

"그건 말이죠, 손금을 보면 어떤 사람인지 알 수 있기 때문이죠. 그래서 손금이 변한다는 거예요. 당연히 변해야 하고. 하지만 개중에는 손금이 변하지 않는 사람도 있지요."

그녀는 모아 쥔 내 손을 꼭 잡은 다음 쓰다듬었다.

"하지만 부인은 그렇지는 않을 것 같아. 부인의 손은 이미 꽤 많이 변했다는 게 보이거든. 젊은 아가씨인데도 어쩜 이렇게 변했을까. 물론 전쟁을 겪어서 그렇겠지."

그레이엄 부인은 혼잣말하듯 대답했다.

나는 다시 호기심이 생겨서 이제는 자발적으로 손을 폈다.

"그러면 제 손금에 나타난 제 모습이 어떤데요?"

그레이엄 부인은 얼굴을 찌푸렸을 뿐, 내 손을 다시 잡지는 않았다.

"그건 말할 수가 없어요. 다른 사람 손은 대부분 그 사람을 닮긴 하는데, 이상도 하지. 봐요, '하나를 보면 열을 안다'라고 함부로 말할 수는 없지만, 그 말이 맞을 때가 종종 있거든. 패턴이라는 게 있으니까."

그녀는 갑자기 미소를 지었다. 묘하게 매혹적인 미소 안으로 너무 하얘서 의치인 게 분명한 치아가 드러났다.

"점쟁이들이 일하는 게 다 그렇잖아요? 나는 매년 교회 축제 때 점을 봐 줘요. 아니, 전쟁 동안에는 안 하긴 했구나. 이제는 다시 해야 할 것 같네. 어쨌든 그럴 때 나는 도널드슨 부인에게 빌려 온 공작새 깃털 달린 터번을 뒤집어쓰고 화려한 동양풍 가운으로 차려입고 천막에 앉는답니다. 사실 그 가운은 목사님 잠옷이에요. 해님처럼 샛노란 색 위에 공작새 무늬가 막 찍혀 있는 옷이거든. 어쨌든 그러면 어떤 아가씨가 안으로 들어오죠. 나는 손금을 보는 척하면서 그 아가씨를 살펴봐요. 그런데 블라우스가 가슴골이 다 보이게 확 파여 있고 싸구려 향수 냄새가 풍기고, 어깨까지 귀걸이가 주렁주렁 매달려 있단 말이지. 이럴 땐 굳이 수정구를 들여다볼 필요도 없이, 내년 이맘때가 되기 전에 아기를 낳을 거라고 말해 줄 수 있어요."

그레이엄 부인은 잠시 말을 멈추고 회색 눈동자를 장난기로 번뜩였다가 입을 열었다.

"그런데 만약 손에 낀 반지가 없으면, 그 아가씨가 곧 결혼하리라고 미리 예측하는 게 점쟁이의 요령이 아니겠어요?"

내가 웃자 그레이엄 부인도 따라 웃었다.

"그러면 손금을 전혀 안 보신다는 말인가요? 그냥 반지가 있나 없나만 확인하시고요?"

내가 묻자 그녀는 놀란 표정이 되었다.

"오, 손금은 당연히 보지요. 다만 먼저 눈에 보이는 걸 토대로 판단이 된다는 거죠. 일반적으로는."

그레이엄 부인은 나의 펼친 손을 보며 고개를 끄덕였다.

"하지만 부인의 손은 내가 전에 보던 손금과는 달라서 말이야. 일단 엄지손가락이 크네요."

그녀는 앞으로 몸을 숙이고는 내 엄지를 가볍게 만졌다.

"이건 많이 변하지 않는 부분이지. 그렇다면 부인은 심지가 굳세고 의지가 쉽게 꺾이지 않는다는 뜻이에요."

그녀는 나를 보며 눈빛을 반짝였다.

"남편이 이미 말했을 수도 있겠네. 그리고 이것도."

이번에 가리킨 곳은 엄지 아래 도톰한 살집이었다.

"이건 뭔데요?"

그러자 그레이엄 부인은 가느다란 입술을 오므렸지만, 입꼬리는 어쩔 수 없이 위로 치솟았다.

"금성구라는 곳인데. 남자라면 여자를 아주 좋아한다는 뜻이겠지요. 하지만 여자의 경우는 조금 다르죠. 점잖게 말하자면, 이렇게 예측할 수도 있겠네. 부인의 남편은 침대에서 좀처럼 떠나지 않겠어요."

그녀는 놀라울 정도로 그윽하고 호탕하게 깔깔 웃었다. 나는 얼굴이 살짝 빨개졌다.

그레이엄 부인은 다시 내 손을 뚫어지게 바라보더니, 손끝으로 손바닥 여기저기를 찌르며 말을 이었다.

"자, 여기 생명선은 짙게 잘 나 있네. 지금 건강한 상태고 앞으로도 그럴 거란 뜻이에요. 그런데 생명선이 끊겼다는 건 인생이 확 바뀐다는 뜻이고. 뭐, 우리네 인생이 다 그렇지 않나? 그런데 부인의 생명선은 지금껏 봐 온 것보다, 뭐랄까, 더 잘게 나 있어요. 조금조금씩 자잘하게 말이죠. 게다가 결혼선을 보면……."

그녀는 다시 고개를 젓더니 이렇게 말했다.

"나뉘어 있네. 이게 드물지는 않지만, 이러면 결혼을 두 번 한다는 뜻인데……."

나는 멈칫했다. 하지만 그리 큰 반응도 아니었고 곧바로 그런 기색을 눌렀다. 그런데도 그레이엄 부인은 눈치를 채고는 대번에 고개를 들었다. 이런 면을 보면 꽤 약삭빠른 점쟁이란 생각이 들었다. 그녀는 회색 머리를 저으며 나를 안심시켰다.

"아니, 걱정하지 말아요. 착한 남편에게 무슨 일이 생긴다는 뜻이 아니니까. 그냥 만에 하나 그렇다는 거지."

그녀는 '만에 하나'라는 말을 강조하며 내 손을 꼭 쥐고는 말을 이었다.

"만에 하나, 그런 일이 생긴다면 부인은 슬픔에 잠겨서 평생을 허비하는 사람은 아니라는 뜻이라우. 무슨 말인고 하니, 첫사랑을 잃게 되어도 다시 사랑할 수 있다는 거예요."

그레이엄 부인은 눈을 가늘게 뜨고 나의 손바닥을 가까이에서 바라보더니, 세로줄 난 짧은 손톱으로 짙은 결혼선을 부드럽게 쓸었다.

"하지만 결혼선이 끊긴 경우는 대부분 앞쪽 선이 사라지는데, 부인의 경우는 갈라져 있네요."

그러더니 음험한 미소를 지으며 나를 보았다.

"혹시 결혼한 상태에서 또 몰래 결혼한 건 아니겠지요?"

나는 웃으며 고개를 저었다.

"아니에요. 그럴 시간이 있었겠어요?"

나는 손을 돌려 가장자리를 보여 주었다.

"손 옆쪽에 작은 자국을 보면 아기가 몇 명 생길지 알 수 있다고 들었는데, 맞나요?"

나는 애써 아무렇지 않은 목소리를 냈다. 하지만 나의 손바닥 가장자리는 딱하게도 그저 매끌매끌했다.

그레이엄 부인은 내 말에 코웃음을 쳤다.

"하! 아이를 한둘 낳은 다음에는 손에 주름이 생길 수도 있겠지. 아니, 사실 손이 아니라 얼굴에 주름이 생길 가능성이 커요. 아기를 얼마나 낳을지는 아무도 몰라."

"아, 그래요?"

나는 이 말을 듣자 바보 같게도 안심했다. 그런 다음 손목을 보여주며 여기에 깊은 선이 난 건 뭘 의미하는지(혹시 자살한다는 뜻은 아닐지) 물으려고 했는데, 마침 웨이크필드 목사가 다 마신 찻잔을 들고 주방으로 들어오는 바람에 우리의 대화가 끊겼다. 목사는 개수대 옆 그릇 건조대 위에 찻잔을 올려놓고 서투른 손짓으로 우당탕 소리를 내며 찬장을 뒤지기 시작했는데, 딱 봐도 그건 도와달라는 뜻이었다.

그레이엄 부인은 신성한 주방에서 남자를 쫓아내기 위해 벌떡 일어서더니, 솜씨 좋게 목사를 밀어내고는 서재에 갖다줄 차를 더 챙기기 시작했다. 목사는 만족한 듯 물러나 나를 한쪽으로 데려갔다.

"서재에 오셔서 저와 남편분과 함께 차를 한 잔 더 하시지 않으시겠습니까, 랜들 부인? 상당히 만족스러운 사실을 발견했거든요."

겉으로는 침착한 태도를 보였지만, 목사는 마치 주머니에 두꺼비를 넣어 둔 꼬마처럼 새롭게 발견한 사실 때문에 한껏 기뻐하고 있었다. 그래 봤자 조너선 랜들 대위의 세탁 요금 청구서나 군화 수리 영수증이나 뭐 그 비슷한 서류겠지.

내가 서재에 들어갔을 때, 프랭크는 너덜너덜한 문서를 어찌나 열심히 읽던지 고개도 들지 않았다. 마지못해 목사의 통통한 손에 문서를 넘겨주긴 했지만, 거기서 잠시도 눈을 뗄 수 없다는 듯이 웨이크필드 목사의 뒤에 서서 어깨 너머로 종이를 바라보기만 했다.

나는 정중하게 더러운 종이 어딘가를 가리키며 말했다.

"이거로군요? 으음, 그러네요. 아주 흥미롭네요."

사실 꼬불꼬불한 필기체가 너무 화려하고도 흐릿해서 어찌나 읽기 힘들던지, 이 고생을 하면서까지 해독해야 하나 싶었다. 그래도 나머지 서류보다는 좀 더 잘 보존된 종이가 있었는데, 위에는 가문의 문장이 찍혀 있었다.

"샌드링엄…… 공작? 맞나요?"

나는 빛바랜 문장을 가만히 들여다보았다. 웅크린 표범 무늬 문장 아래에는 손 글씨보다는 좀 더 읽기 쉬운 글씨가 있었다.

목사는 훨씬 더 환하게 웃으며 말했다.

"네, 그렇습니다. 지금은 아시다시피 멸문된 가문이죠."

그 사실은 몰랐지만 난 다 안다는 듯 고개를 끄덕이며 새로운 발견에 미친 듯이 집착하는 역사가들에게 장단을 맞추었다. 이럴 때는 적절한 순간마다 "어머, 정말요?"라든가 "너무너무 신기하네요!"라고 추임새를 넣어 주며 주기적으로 고개를 끄덕여 주는 정도만 해도 족했다.

프랭크와 목사가 어느 정도 대화를 주고받은 다음, 목사는 참으로 영광스럽게도 무엇을 발견했는지 내게 알려 주는 기회를 얻어 냈다. 사실상, 이 쓰레기 더미 같은 공문서들을 본 결과, 프랭크의 조상인 악명 높은 블랙 잭 랜들께서는 영국 왕실을 위해 복무하는 용맹스러운 군인이었을 뿐 아니라 샌드링엄 공작의 믿음직한 '비밀' 요원이었음이 밝혀졌다는 것이다.

"거의 앞잡이라고 보면 되겠지요. 안 그렇습니까, 랜들 박사님?"

목사가 너그럽게도 프랭크에게 주도권을 넘겨주자, 프랭크는 얼른 기회를 받아 마구 말을 늘어놓기 시작했다.

"그렇습니다. 물론 여기 쓰인 언어는 매우 조심스럽지만……."

그는 깨끗하게 닦은 검지손가락으로 문서를 부드럽게 넘겼다. 나는 추임새를 넣었다.

"어머, 정말?"

"하지만 조너선 랜들이 맡은 임무는 그가 있던 지역에 사는 저명한 스코틀랜드 가문 중에 혹시 있을지도 모르는 자코바이트 정서를 자극하는 일이었던 것 같아. 정확히 말하자면, 그런 성향을 몰래 품고 있을 거라고 알려진 준남작과 씨족장들을 모두 찾아내는 거였지. 그런데 이상한 점이 있어. 샌드링엄 공작도 자코바이트라는 의심을 받았지 않았습니까?"

프랭크는 이맛살을 찌푸리며 목사 쪽으로 고개를 돌려 물었다. 목사의 매끈하고 반질반질한 민머리에도 역시 똑같이 주름이 졌다.

"어, 그렇지요. 박사님 말이 맞습니다. 아니, 잠깐만요. 캐머런이 쓴 책을 좀 볼까요. 거기 분명히 샌드링엄 공작에 대한 이야기가 있을 겁니다."

그는 송아지 가죽 장정본이 잔뜩 꽂힌 책꽂이로 얼른 뛰어갔다.

"너무너무 신기하네요."

나는 중얼거리며 여기저기를 살펴보다가 커다란 코르크판에 눈길이 닿았다. 그 판은 서재의 한쪽 벽을 바닥부터 천장까지 덮고 있었다.

거기야말로 놀라운 것들이 가득 꽂혀 있었다. 대부분 이런저런 종이들로, 가스 요금 청구서부터 시작하여 지인 간의 서신들, 교구장이 보낸 공고문, 소설책에서 떨어져 나온 페이지, 목사 본인이 직접 쓴 쪽지까지 다양했다. 종이 말고도 열쇠며 병뚜껑, 자그마한 자동차 부품 같아 보이는 작은 물건들도 압정과 끈으로 판에 붙어 있었다.

나는 한쪽 귀로는 뒤에서 들려오는 토론에 귀를 기울이면서 (그들은 샌드링엄 공작이 분명히 자코바이트였을 거라고 단정했다.) 앞에 놓인 잡동사니를 하릴없이 바라보았다. 그러다 판 한쪽 구석에서 네 귀퉁이에 압정을 꽂아 두어 누가 봐도 특별 대우를 받고 있는 가계도가 보였다. 가계도 맨 위에는 17세기 초기까지 거슬러 올라가는 이름들이 있었다. 하지만 내 눈길을 사로잡은 건 가계도 맨 아래 보이는 '로저 W. (매켄지) 웨이크필드'라는 이름이었다.

나는 공작의 문장에 있는 표범이 앞발에 백합을 들고 있는 거냐 아니냐로 벌어지던 마지막 토론에 끼어들었다.

"실례합니다만, 이게 혹시 아드님의 가계도인가요?"

"응? 아, 예, 예. 그렇습니다."

잠시 정신이 흐트러졌던 목사는 서둘러 이쪽으로 다가오며 다시금 환하게 웃었다. 그는 벽에서 조심스럽게 가계도를 떼어서 내 앞 탁자에 놓았다.

"그 애가 원래의 가족을 잊지 않기를 바랐거든요. 아들의 가문은 아주 유서가 깊습니다. 16세기까지 거슬러 올라가지요."

가계도를 훑는 그의 뭉툭한 검지손가락은 경건하다 싶을 정도였다.

"그 애가 여기 살고 있으니 제 성을 따르는 게 좋겠다 싶어서 이름을 주었지만, 자신의 조상을 잊도록 두고 싶지는 않았습니다."

목사는 겸연쩍다는 듯 얼굴을 찡그렸다.

"사실, 제 가문은 혈통상 별로 자랑할 게 없습니다. 교구 목사 아니면 목사보였지요. 가끔 그런 직업에서 벗어나 서적상을 하는 분들이 나오기는 했지만요. 그리고 가장 오래된 선조 님의 기록도 겨우 1762년쯤입니다. 기록할 만한 업적이 없었던 셈이지요."

그는 별 볼 일 없었던 조상들이 안타깝다는 듯 고개를 저었다.

마침내 목사관에서 나섰을 때는 날이 저물고 있었다. 목사는 아침에 일어나는 대로 시내에 편지를 보내 복사를 요청하겠다고 약속했다. 베어드 부인의 여관으로 돌아가는 길에 프랭크는 첩자니 자코바이트니 하는 소리를 행복하게 지껄여 댔다. 그러다 마침내 내가 아무 말이 없다는 걸 깨달았다.

"여보, 왜 그래? 몸이 안 좋아?"

프랭크는 걱정스레 내 팔을 잡았다. 이렇게 묻는 목소리에는 염려와 더불어 혹시나 싶은 희망이 뒤섞여 있었다.

"아니야, 몸은 멀쩡해. 그냥 생각을 좀 했어……."

나는 잠시 주저했다. 예전에도 이 문제를 두고 이야기를 나눴던

적이 있었기 때문이다.

"로저 생각을 하고 있었어."

"로저?"

나는 참지 못하고 한숨을 쉬었다.

"아, 프랭크! 당신 어쩜 이토록…… 싹 잊을 수가 있어? 웨이크필드 목사님 아들 이름이 로저였잖아."

그는 애매하게 대답했다.

"아, 맞다, 그랬었지. 귀여운 애. 근데 걔가 왜?"

"그게…… 그런 애들이 참 많다는 생각을 했어. 부모 잃은 아이들 말이야."

프랭크는 나를 쏘아보더니 고개를 저었다.

"안 돼, 클레어. 사실 나도 그러고야 싶지만, 내가 입양을 어떻게 생각하는지 이미 말했잖아. 그게…… 내 핏줄이 아닌 아이는…… 내 자식이라는 생각이 안 들 것 같다고. 당연히 우습고도 이기적이라는 걸 알지만, 내 마음이 그래. 시간이 지나면 이런 마음이 바뀔 수 있겠지만, 지금은……."

우리는 가시 돋친 침묵 속에서 얼마간 걸었다. 그러다 프랭크가 갑자기 멈추더니 내 쪽으로 돌아서서 두 손을 꽉 잡았다. 그는 낮은 목소리로 말했다.

"클레어, 난 진짜 우리 아이를 원하는 거야. 이 세상에서 내게 가장 중요한 존재는 바로 당신이야. 그 무엇보다도 당신이 행복하길 바라. 하지만 난…… 그게, 난 당신을 나만의 것으로 독점하고 싶어. 그런데 바깥에서 아이를, 우리랑 아무런 관계도 없는 애를 데려온다면 우리 사이에 끼어든 존재란 생각이 들 거라고. 난 그럼 싫을 것 같아. 하지만 내가 아이를 만들어 준다면, 그래서 당신 안에서 그 애가 자라고, 태어나면…… 그렇다면 난 그 애를…… 당신의 존재가 이어진 거라고 생각하겠지. 그리고 나의 존재가 이어진 거잖

아. 진짜 우리 가족의 일부로 여길 거라고."

그는 눈을 둥그렇게 뜨고 애원했다.

"그래, 알았어. 나도 다 이해해."

나는 이제 이 이야기는 그만하고 싶었다. 적어도 지금은. 그래서 몸을 돌리고 계속 걸으려 했지만, 프랭크는 팔을 뻗어 나를 품에 안았다.

"클레어, 사랑해."

그의 목소리가 어찌나 부드럽고 압도적이던지, 나는 그의 재킷에 가만히 머리를 기대고 날 안은 남편의 따스함과 힘을 느꼈다.

"나도 사랑해."

우리는 잠시 서로를 꼭 안고서 거리를 휩쓰는 바람에 몸을 살짝 맡겼다. 그러다 갑자기 프랭크는 몸을 살짝 떼고 나를 내려다보며 미소 지었다. 그는 내 얼굴에서 바람결에 흩어진 머리카락을 부드럽게 쓰다듬어 넘기며 속삭여 물었다.

"그리고, 우리 아직 포기하지 않았잖아?"

나는 마주 미소 지었다.

"그래. 안 했어."

그는 내 손을 잡고 그의 몸에 편안하게 붙였다. 우리는 숙소 쪽으로 다시 걷기 시작했다.

"그럼 또 시도해 볼까?"

"그래. 좋아."

우리는 손을 꼭 잡고 게러사이드 로드 쪽을 거닐었다. 그러다 길모퉁이에 있는 고대 픽트족의 선돌인 바라 모어를 보자 아까 봤던 환상열석이 떠올랐다.

"아, 맞다! 당신에게 보여 줄 게 있어. 아주 흥미로운 거야."

내가 소리치자 프랭크는 멈춰 서서 날 내려다보더니 더 꼭 끌어안았다. 그리고 손을 꼭 잡으며 빙긋 웃었다.

"지금은 나도 보여 줄 게 있어. 그러니 당신 건 내일 보자."

———

하지만 막상 내일이 오자, 우리에겐 다른 일이 있었다. 그레이트 글렌에 있는 네스호를 보러 당일치기 여행을 떠나기로 했다는 게 그제야 생각이 났다.

글렌까지 가는 길은 멀었기에, 우리는 해가 뜨지도 않은 새벽에 출발했다. 살을 에는 듯한 추운 새벽 공기를 맞으며 대기하고 있던 차에 서둘러 들어갔다. 차 안에서 담요로 몸을 녹이고 다시 손발에 온기를 주니 편안해졌다. 뒤이어 더없이 달콤하게 졸음이 쏟아진 나는 프랭크의 어깨에 기대어 단잠을 잤다. 마지막 기억은 밝아 오는 하늘을 배경으로 붉은 실루엣 형태로 나타난 운전기사의 머리였다.

이윽고 도착했을 때는 9시가 넘은 시각이었다. 오늘 하루 프랭크가 고용한 가이드는 소형 보트와 함께 호수 가장자리에서 우리를 기다리고 있었다.

"선생님, 제가 보기에는요, 호수 옆을 따라서 어커트성城까지 가는 게 좋을 것 같습니다. 거기서 식사를 한 다음에 계속 가시죠."

가이드는 시무룩한 얼굴을 한 작은 몸집의 남자로, 비바람에 닳은 면 셔츠와 능직 바지 차림이었다. 그는 옆자리에 피크닉 바구니를 가지런히 두고서 내게 굳은살 박인 손을 내밀어 배의 움푹 파인 자리에 앉혔다.

오늘 날씨는 참 좋았다. 가파른 둑을 따라 피어오른 푸르른 초목이 수면까지 자라 물에 초록 그림자가 일렁였다. 우리 가이드는 재미없어 보이는 외모와는 달리 박학다식하고 말이 많았다. 그는 길고 좁은 호수를 빙 둘러 있는 성들과 폐허, 섬들을 가리키며 설명했다.

"저쪽에 보이는 게 어커트성입니다."

그는 나무 사이로 잘 보이지 않는 어딘가를 가리켰다. 그곳에는 매끈한 돌벽이 있었다.

"지금은 폐허만 남았지만요. 글렌의 마녀들에게 저주를 받아서 불행한 일이 계속 벌어졌지요."

그는 영주였던 어커트 가문의 딸 메리 그랜트와 그녀의 연인인 도널드 던의 이야기를 들려주었다. 시인이었던 도널드는 보헌틴 가문의 맥도널드의 아들이었는데, 메리의 아버지는 도널드가 가는 곳마다 가축을 '슬쩍하는' 버릇(가이드는 이게 하일랜드에서는 고귀하고도 유서 깊은 직업이라고 우리에게 장담했다)이 있다는 이유로 둘의 만남을 금지했지만, 그와 메리는 비밀리에 계속 만났다고 했다. 그러나 메리의 아버지는 둘 사이를 눈치챘고, 거짓으로 꾸며낸 만남의 장소로 그를 유인해서 체포했단다. 사형 선고를 받은 도널드는 흉악범처럼 교수형에 처해지느니 신사답게 참수형을 받겠다고 애원했다. 그의 요청은 수락되었고, 젊은 도널드는 사형장으로 끌려가면서 "악마는 그랜트 영주의 신을 벗길 것이요, 도널드 던은 죽지 않게 되리라"라고 소리쳤다 한다. 그는 사형당했고, 전설에 따르면 잘려 나간 머리가 처형장에서 데굴데굴 구르며 이렇게 말했다고 한다. "메리, 내 머리를 들어 줘."

나는 몸을 부르르 떨었다. 프랭크는 내 어깨에 팔을 두르며 조용히 말했다.

"도널드가 남긴 시가 좀 있어. 이런 거야."

"내일 나는 저 언덕에 머리 없는 채로 있으리.

나의 슬픈 아가씨를 동정해 주지 않으려나,

아름답고 부드러운 눈망울을 지닌 나의 메리를?"

나는 프랭크의 손을 잡고 가볍게 쥐었다.

그 후로도 배신과 살인, 폭력의 이야기가 계속 이어지는 걸 듣고 있자니, 마치 이 호수가 불길한 데는 다 이유가 있는 것 같았다.

"괴물 이야기도 있나요?"

나는 배 밖으로 고개를 돌려 어두운 호수 속을 바라보며 물었다. 아무리 봐도 이 호수는 괴물 이야기의 배경이 될 만했다.

우리의 가이드는 어깨를 으쓱이더니 물속에 침을 뱉었다.

"뭐, 호수는 확실히 좀 이상하긴 합니다. 이 속에 한때 살았다던 오래된 사악한 괴물 이야기도 있긴 있지요. 그래서 희생 제물을 많이 바쳤어요. 암소도 바치고, 가끔은 심지어 조그만 아기들도 바쳤지요. 버드나무 바구니에 담아서 물속에 던지는 식으로요."

그는 다시 침을 뱉고서 말을 이었다.

"호수 바닥은 끝이 없다는 말도 있어요. 한가운데에 거대한 구멍이 있는데, 스코틀랜드에서 제일 깊은 곳이라고 하더라고요. 한번은 말입니다……."

그렇지 않아도 주름진 가이드의 눈가에 더욱 깊이 주름이 잡혔다.

"……몇 년 전에 랭커셔에서 온 어떤 가족이 비명을 지르며 인버모리스턴 경찰서로 달려왔었어요. 호수에서 괴물이 나왔는데 고사리 수풀 속에 숨는 걸 봤다면서요. 아주 무시무시한 괴물이라고, 빨간 털로 뒤덮인 몸에 섬뜩한 뿔을 달고서 입안 가득 뭘 씹어 대는지 피를 뚝뚝 떨어뜨리고 있더랍니다."

나는 겁에 질려 비명을 질렀지만, 그는 손을 들어 저지했다.

"그래서 순경이 출동했다가 다시 돌아와서는 이렇게 말했답니다. 와, 피가 뚝뚝 떨어진다고 했던 건 아주 정확한 설명이었다고요."

그는 극적인 효과를 주려고 말을 잠시 멈췄다.

"알고 보니 멋있는 하일랜드 암소가 입안 가득 고사리를 씹고 있더럽니다!"

우리는 호수 둘레를 반쯤 돈 다음 배에서 내려 늦은 점심을 먹었다. 그리고 거기서 차를 타고 글렌 협곡을 따라 운전했지만 별로 불길한 장면은 보지 못했다. 다만 우리가 쏜살같이 커브를 돌았던 길가에서 깜짝 놀라 이쪽을 올려다보는 붉은여우 한 마리를 보았을 뿐이다. 입에 축 늘어진 사냥감을 물고 있던 여우는 길옆으로 펄쩍 뛰더니 그림자처럼 재빠르게 둑을 기어올랐다.

마침내 지친 몸을 이끌고 베어드 부인의 여관으로 돌아왔을 때는 꽤 늦은 시각이었다. 프랭크가 열쇠를 더듬어 찾는 동안에도 우리는 문가에 꼭 붙어 서서 그날 있었던 일을 생각하며 웃어 댔다.

잠자리에 들려고 옷을 벗고 나서야 나는 크레이크 나 둔의 작은 헨지를 떠올리고는 프랭크에게 말했다. 그러자 그는 피로가 싹 사라진 얼굴이 되었다.

"정말? 그럼 그게 어딘지 안단 말이지? 정말 멋지다, 클레어!"

그는 환하게 웃더니 여행 가방을 뒤지기 시작했다.

"뭐 찾아?"

"자명종."

그는 시계를 꺼내 들며 대답했다.

"자명종은 뭐 하러?"

난 깜짝 놀라 다시 물었다.

"제때 가서 보고 싶은 사람들이 있어."

"누군데?"

"마녀들."

"마녀라고? 마녀가 있다고 누가 그래?"

"목사님이 그랬어. 본인 가정부도 마녀라고."

프랭크는 본인이 방금 한 농담에 아주 즐거워했다. 나는 그레이엄 부인의 위엄 있는 모습을 떠올리고는 조롱 조로 코웃음을 쳤다.

"웃기지 마!"

"뭐, 진짜 마녀는 아니긴 하지. 수백 년간 스코틀랜드 전역에는 마녀들이 있었어. 18세기 들어와서도 사람들은 마녀를 화형시켰고. 하지만 그 여자들은 사실 드루이드나 그 비슷한 존재로 봐야 해. 정말로 악마 숭배를 자행하는 마녀회는 아니었다고 난 생각해. 하지만 목사님은 아직도 고대의 태양제 의식을 보존해서 지키는 지역 주민들이 있다고 그러더라고. 그런 고대 의식에 목사님이 너무 많은 관심을 보일 수는 없지. 목사라는 직함을 가졌으니 말이야. 하지만 그걸 아예 무시하기에는 호기심이 너무 많은 분이기도 해. 어디서 의식이 열리는지는 모른다고 했지만, 만약 근처에 환상열석이 있다면 분명히 거기서 의식이 열리겠지."

프랭크는 기대감에 손을 비비며 외쳤다.

"정말 운이 좋구나!"

———

날이 밝지도 않았는데 모험을 떠나러 일어나는 건 솔직히 할 짓이 못 되었다. 이틀 연속이나 같은 시각에 일어나다니 마조히스트가 따로 없었다.

오늘은 온풍기와 담요를 갖춘 따뜻하고 안락한 차도 없는 상태로, 나는 프랭크의 뒤를 따라 반쯤 졸며 터덜터덜 언덕을 올랐다. 걷던 중간중간 나무뿌리에 걸리고 돌부리에 발이 채었다. 안개 낀 공기는 차가웠다. 나는 카디건 주머니에 더욱 깊숙이 손을 넣었다.

마지막 힘을 짜내 언덕 꼭대기에 오르자 헨지가 앞에 나타났다. 새벽녘 희미한 빛에 싸인 선돌들이 어렴풋하게 보였다. 프랭크는 미동도 없이 서서 감탄하며 그 광경을 바라보았고, 나는 옆에 있던 바위에 주저앉아 숨을 헐떡였다.

"아름다워."

프랭크는 이렇게 중얼거리더니 조용히 환상열석의 바깥쪽으로 다가갔다. 이윽고 그의 어두운 형체가 선돌의 커다란 그림자 속으로 사라졌다. 헨지는 아름다웠지만 또 그만큼 오싹할 정도로 무시무시했다. 나는 몸을 덜덜 떨었다. 추위서만이 아니었다. 저 돌들을 누가 세웠는지는 모르겠지만, 사람들에게 놀라운 인상을 줄 마음이었다면 대단히 성공한 셈이다.

프랭크는 잠시 후에 돌아왔다. 그가 뒤에서 불쑥 속삭이는 바람에 나는 깜짝 놀랐다.

"아직 아무도 없어. 이리 와. 우리가 숨어서 구경할 만한 장소를 찾았어."

이제 동녘이 서서히 밝아 왔다. 아직은 수평선 아래로 창백한 회색빛이 도는 정도였지만, 그래도 넘어지지 않고 걸을 만큼은 밝았다. 프랭크는 오솔길 꼭대기 근처의 오리나무 덤불 사이에 난 틈새로 안내했다. 덤불 안에는 우리 둘이 어깨를 맞대고 간신히 설 만한 자그마한 공간이 있었다. 그곳에 서니 오솔길이 선명하게 보였고, 선돌 내부의 원형 공터와도 6미터밖에 떨어져 있지 않아서 눈에 잘 들어왔다. 예전에도 생각한 것이었지만, 대체 프랭크는 전쟁 동안 어떤 일을 했던 걸까. 어둠 속에서 인기척 없이 움직이는 법을 아주 많이 알고 있는 것만은 분명했다.

아직도 잠기운이 가시지 않았던 나는 아늑한 덤불 아래 몸을 말고서 도로 자고픈 마음뿐이었다. 하지만 그럴 만한 공간도 없어서 계속 일어선 채로 드루이드들이 오나 안 오나 가파른 오솔길을 바라보았다. 등이 쑤시고 발이 아팠지만 머지않아 동쪽에서 떠오르는 빛줄기가 옅은 분홍빛으로 변했다. 이제 날이 밝기까지 30분도 남지 않은 듯했다.

그때, 누군가 나타났다.

처음 다가온 사람은 프랭크만큼이나 소리 없이 움직였다. 그러다 아주 희미하게 바스락거리는 소리가 들렸다. 언덕 꼭대기에 있던 조약돌 하나를 잘못 밟아서였다. 이윽고 단정한 회색 머리카락이 소리 없이 떠오르며 그레이엄 부인의 얼굴이 나타났다. 목사님 말이 사실이었구나. 그녀는 트위드 스커트에 모직 외투를 입고 한쪽 팔 아래 하얀 꾸러미를 들고 있었다. 그리고 잠시 후 유령처럼 선돌 사이로 사라졌다.

뒤이어 아주 빠르게 삼삼오오 사람들이 다가왔다. 그들은 숨죽여 깔깔 웃거나 속삭이며 오솔길을 올라오더니, 위로 올라와서는 재빨리 입을 다물고 환상열석 속으로 들어갔다.

그중 몇몇은 나도 아는 얼굴이었다. 우선 마을 우체국장인 뷰캐넌 부인이 보였다. 파마한 지 얼마 안 된 금발에서 이브닝 인 파리의 향이 진하게 풍겼다. 나는 웃음을 참았다. 현대판 드루이드는 이런 모습이었어!

모인 이들은 열다섯 명이었고, 모두 여자였다. 그레이엄 부인처럼 60대의 여자부터 이틀 전에 상점에서 유모차를 밀고 가는 걸 봤던 20대 초반의 여자까지 연령대도 다양했다. 다들 옆구리에 꾸러미를 든 채로 험한 산길에 오를 대비를 한 복장이었다. 그들은 말수를 최대한 줄이며 선돌이나 덤불 속으로 사라졌다가, 다시 나타났을 때는 온통 하얀 옷을 입고서 빈손에 신발도 신지 않고 있었다. 그중 한 여자가 우리가 숨은 덤불을 스치고 지나가자 비누 향이 났다. 그들은 침대보를 몸에 두르고 어깨에 매듭을 지어 고정했다.

여자들은 환상열석 바깥에 모여 나이 많은 사람부터 어린 사람 순으로 줄지어 섰다. 그리고 선 채로 말없이 기다렸다. 동녘의 빛이 더욱 밝아 오기를.

이윽고 태양이 수평선 위로 조금씩 떠오르자, 여자들은 줄 선 채로 움직이더니 두 돌 사이로 천천히 걸어 들어가기 시작했다. 무리의 지도자인 그레이엄 부인은 일행을 데리고 곧바로 원 가운데로 들어갔고, 그곳에서 여자들은 원형을 이루어 움직이는 백조 떼처럼 위풍당당하게 지도자를 따라 천천히 맴돌기 시작했다.

순간, 부인이 갑자기 멈추더니 팔을 들고 원형 대열 가운데로 들어갔다. 그녀는 동쪽과 가장 가까운 두 개의 돌을 향해 얼굴을 들고 높은 목소리로 외쳤다. 크지는 않았지만 환상열석 가운데 낭랑하게 울려 퍼질 정도의 소리였다. 아직도 서려 있는 안개에 부딪힌 소리는 메아리를 자아내, 사방에서 들리는 듯 혹은 선돌들이 직접 소리를 내는 듯한 효과를 냈다.

그 외침이 무슨 뜻이었는지는 모르겠지만 다른 여자들 역시 입을 모아 소리쳤다. 이제 여자들은 춤을 추기 시작했다. 서로를 향해 팔을 쭉 펴면서도 닿지는 않은 채로, 고개를 까닥거리고 몸을 좌우로 흔들면서 원형을 유지하며 춤을 추었다. 그러다 갑자기 원형 대열이 반으로 갈라졌다. 일곱은 반원형을 유지하며 시계 방향으로 돌면서 춤을 추었다. 나머지 일곱도 똑같은 형태로 시계 반대 방향으로 돌았다. 두 반원 무리는 점점 빠른 속도로 서로를 스쳐 가며 춤을 추었다. 때로는 다시 완벽한 원을 이루고, 때로는 두 줄을 이루는 식이었다. 가운데 선 그레이엄 부인은 여전히 가만히 서서 구슬프고 높은 목소리로 이제는 쓰이지 않는 언어를 거듭해서 외쳤다.

누가 보면 이 무슨 웃긴 짓이냐고 생각했을 것이다. 어쩌면 정말로 웃긴 짓일지도 모른다. 침대보를 몸에 감은 여자들이라니. 게다가 대부분 통통하고 굼뜬 여자들이 언덕 위에서 원형으로 빙글빙글 돌고 있다니. 하지만 그들이 외치는 소리를 듣자, 뒷덜미에 소름이 돋고 말았다.

그들은 반원형을 이룬 채로 일제히 멈춰 서더니 떠오르는 태양을 마주 보았다. 두 대열 사이는 길을 낸 듯 뚜렷하게 갈라진 채였다. 수평선 위로 태양이 떠오르자, 동쪽 돌들 사이로 빛이 밀려와 여자들이 만든 대열의 길 사이를 정확하게 지나며 반대편에 있던 돌의 커다란 틈을 비추었다.

여자들은 빛줄기의 양편으로 드리워진 그림자 속에서 잠시 꼼짝도 하지 않은 채로 섰다. 이윽고 그레이엄 부인이 무어라 말했다. 여전히 알아들을 수 없는 이상한 말이었지만, 이번에는 외침이 아니라 대화 크기의 소리였다. 그녀는 빙글 돌더니 빛이 만든 길을 따라 진회색 머리카락을 반짝이며 앞뒤로 걸었다. 그러자 여자들은 한마디 말도 없이 그녀 뒤로 보조를 맞추어 걸었다. 이윽고 그들은 하나씩 중심 선돌 사이에 난 틈새를 지나 소리 없이 사라졌다.

이제는 다시 웃고 떠드는 여자들이 옷을 챙겨 입는 동안, 우리는 오리나무 덤불 속에 웅크린 채 그들이 언덕 아래로 삼삼오오 내려갈 때까지 기다렸다. 여자들은 이제 커피를 마시러 목사관에 갈 것이었다.

그들이 다 사라지자 나는 뻐근한 팔다리와 허리를 풀려고 기지개를 켰다.

"세상에나! 정말 멋진 광경이었어. 안 그래?"

프랭크는 열광적인 반응을 보였다.

"대단했어! 이런 볼거리는 절대로 놓칠 수가 없지."

그는 마치 뱀처럼 덤불 속에서 슬며시 빠져나갔다. 그리고 내가 나오는 걸 도와주지도 않고 환상열석 안으로 들어가 블러드하운드 사냥개처럼 땅에 고개를 처박았다.

"대체 뭘 찾는 거야?"

나는 이렇게 물으며 조금 주저하다가 돌 사이로 들어갔다. 이젠 날이 완전히 밝아서 그런지, 선돌은 여전히 웅장하긴 했어도 새벽에 봤던 것처럼 무시무시하게 위협적인 기세는 확연히 줄었다.

프랭크는 손과 무릎을 땅에 댄 채 기어 다니며 짧은 풀들을 유심히 바라보았다.

"자국을 찾고 있어. 언제 의식을 시작하고 멈추는지 어떻게 알고 있었을까?"

"좋은 질문이야. 난 아무것도 안 보여."

하지만 땅을 바라보자, 커다란 선돌의 아랫부분에 신기한 식물이 자라고 있는 게 보였다. 물망초인가? 아니, 그럴 리 없어. 이 꽃은 진청색 꽃잎의 가운데가 주황색이니까. 흥미가 생긴 나는 그 꽃으로 다가갔다. 그때, 나보다 청각이 예민한 프랭크가 벌떡 일어서더니 내 팔을 덥석 잡고서 급히 돌 밖으로 이끌었다. 잠시 후 아까 춤을 추던 여자 하나가 저쪽에서 안으로 들어왔다.

나타난 사람은 그랜트 씨로, 작고 통통한 외모에 걸맞게 시내의 하이 스트리트에서 제과점을 운영하는 여자였다. 그녀는 주변을 슬쩍 둘러본 다음 주머니를 더듬어 안경을 꺼냈다. 그리고 안경을 코에 쓱 걸치고 주변을 맴돌다가 마침내 아까 잃어버렸던 머리핀을 잽싸게 주웠다. 그것 때문에 돌아온 거였구나. 하지만 그랜트 씨는 숱 많고 윤기 나는 머리카락에 핀을 도로 꽂고 나서도 빨리 돌아갈 마음이 전혀 없어 보였다. 다만 바윗돌에 앉아 선돌에 친근하게 등을 기대고는 한가로운 자세로 담배에 불을 붙였을 뿐이다.

프랭크는 내 옆에서 나지막이 탄식하다가 체념한 채로 말했다.

"음, 우리는 가는 게 낫겠어. 보아하니 저 사람은 오전 내내 저기 앉아 있을 것 같네. 그리고 아까는 아무리 봐도 뚜렷하게 보이는 흔적 같은 건 없었어."

"나중에 또 오면 되지."

나는 이렇게 말했다. 아까 본 파란 꽃이 여전히 궁금했기 때문이었다.

"그래, 맞아."

하지만 프랭크는 보아하니 환상열석 자체에 대한 호기심은 잃은 듯했고, 이제는 의식의 세부 사항에 푹 빠져 있었다. 그래서 내려오는 길에 나에게 무자비할 정도로 질문을 퍼부으며, 나더러 부인이 외쳤던 말이나 춤의 타이밍을 최대한 자세히 묘사해 보라고 다그쳤다.

마침내 결론을 내린 그는 만족하며 말했다.

"북유럽어야. 그 언어의 어원은 고대 북유럽어가 확실해. 하지만 춤은 모르겠네."

프랭크는 고개를 저으며 곰곰이 생각했다.

"아냐, 그 춤은 그보다 훨씬 오래됐어. 바이킹 문화에는 원형무가 없다고 했으니까."

그는 까다로운 얼굴로 눈썹을 치켜떴다. 원형무가 없다고 말한 게 마치 나인 것처럼 말이다.

"하지만 두 줄로 서서 위치를 바꾸는 방식이라, 그건…… 음, 마치…… 음, 비커인이 도자기에 새긴 춤에서 일부 그런 방식이 보이기는 하지만, 그래도…… 음."

프랭크는 이따금 혼잣말을 중얼거리며 예의 학구적인 무아지경에 빠졌다. 그러다 언덕 아래에 다다라 예상치 못한 뭔가에 걸려 넘어지는 순간에야 겨우 제정신을 차렸다. 그는 넘어지면서 깜짝 놀라 소리를 지르며 팔을 마구 휘젓다가, 결국 몇 미터 남은 길에서 볼썽사납게 데굴데굴 구르며 길가에 핀 전호나물 군락 위에 엎어졌다.

나는 재빨리 언덕을 내려왔지만, 아래에 도착했을 때 프랭크는 파르르 흔들리는 풀밭에 앉아 있었다. 멀쩡해 보였지만 그래도 물었다.

"괜찮아?"

그는 멍하니 손을 눈 위로 올려 짙은 색 머리카락을 뒤로 넘겼다.

"그런 것 같아. 뭐에 걸려 넘어진 거야?"

나는 누가 먹고서 버리고 간 정어리 깡통을 보여 주었다.

"이거. 문명에서 비롯된 위협이지."

"아아."

프랭크는 내게서 깡통을 받아 든 다음 안을 들여다보고는 뒤로 휙 던졌다.

"안이 비어 있어서 안타깝네. 잠깐 산에 올라갔다 왔더니 배가 좀 고파. 베어드 부인이 늦은 아침 식사로는 뭘 주시려는지 가서 볼까?"

"그럴까."

나는 프랭크의 머리카락을 마저 넘겨 주며 의미심장하게 그를 바라보았다.

"아니면, 조금 더 늦게 들어가서 점심을 빨리 먹어도 좋고."

"아아."

그는 아까와 똑같은 감탄사를 뱉었지만, 그 어조는 완전히 달랐다. 그리고 천천히 내 팔을 쓰다듬어 목까지 어루만졌다. 엄지손가락이 내 귓불을 슬며시 간지럽혔다.

"그럼 그럴까."

"많이 배고프지 않다면 말이야."

내가 대답했다. 프랭크의 다른 손이 나의 등으로 다가왔다. 쭉 펴진 손바닥으로 내 몸을 자기 쪽으로 슬며시 당기더니, 손가락이 점점 아래쪽으로 내려왔다. 살짝 벌린 입에서 더없이 가벼운 숨결이 흘러와 내 드레스의 목덜미를 휘감더니, 따스한 숨이 이제는 가슴 윗부분을 어른거리고 있었다.

프랭크는 나를 조심스레 풀밭에 눕혔다. 그의 머리 주위에 전호 나물의 보송보송한 꽃송이들이 둥둥 뜬 것처럼 보였다. 그는 내 위로 몸을 숙이고 부드럽게 입을 맞추었다. 그리고 키스를 멈추지 않으며 내 드레스 버튼을 끌렀다. 한 번에 하나씩 단추를 끄를 때마다, 그 손끝은 나를 놀리듯 푸는 걸 멈추고는 옷자락 안으로 파고들어 부풀어 오른 가슴 끝을 희롱했다. 마침내 그는 목덜미에서 허리까지 드레스 단추를 활짝 풀어헤쳤다.

"아아."

이번에도 같은 말이었지만, 어조는 또 달랐다.

"하얀 벨벳 같아."

그는 거친 목소리로 말했다. 쓸어 넘겼던 머리카락이 도로 앞으로 흩어졌지만, 이번에는 빗어 넘길 마음이 없어 보였다.

엄지손가락은 익숙하게 브래지어의 훅을 풀었고, 프랭크는 언제나처럼 나의 가슴을 감탄하듯 바라보았다. 이윽고 그는 몸을 젖히고 양손으로 내 가슴을 그러쥐고는 손바닥을 가슴 둔덕 사이로 천천히 모으다가 곧바로 손을 바깥으로 부드럽게 밀며 등까지 또렷이 이어진 갈비뼈 자국을 어루만졌다. 위로, 또 아래로 계속해서 원을 그리며 가슴을 애무하는 손길에 결국 나는 신음을 흘리며 그를 향해 팔을 뻗었다. 프랭크는 입술을 내게 겹치고는 몸을 끌어당겼다. 우리의 하반신이 서로 단단히 겹쳐졌다. 그는 내게 고개를 숙이고는 귓가를 부드럽게 잘근잘근 씹었다.

내 등을 쓰다듬는 손이 점점 아래로 내려가더니, 갑자기 움찔 멈추었다. 이윽고 손길이 다시 느껴지면서, 프랭크는 고개를 들고 빙긋 웃으며 나를 내려다보았다. 그리고 마을 순경 흉내를 내며 물었다.

"이 아래, 대체 뭘 입었습니까? 아니지, 이 아래에 대체 왜 **아무것도 안 입었습니까?**"

나는 단정한 목소리로 대답했다.

"혹시나 몰라서요. 간호사들은 우발적 상황에 대비하라는 교육을 받거든요."

"아, 정말, 클레어."

그는 중얼거리면서 내 치마 아래로 손을 넣고 허벅지를 쓸어 올리다가 다리 사이의 따스하고 부드럽고 무방비한 지점에 이르렀다.

"이제껏 내가 본 사람 중에서 당신만큼 무섭도록 실리적인 사람
은 없었어."

———

그날 저녁, 거실로 들어온 프랭크는 의자에 앉아 무릎에 커다란
책을 펼쳐 놓은 나를 보았다.

"뭐 해?"

그는 내 어깨에 머리를 슬쩍 얹으며 물었다. 나는 읽은 부분에 손
가락을 끼워 놓고서 대답했다.

"그 식물을 찾아보고 있었어. 환상열석에서 봤던 식물 말이야. 여
기……."

나는 책을 펼치며 말을 이었다.

"초롱꽃과일까, 아니면 용담과나 꽃고빗과일까. 혹시 지칫과이
려나. 내가 보기엔 물망초인 것도 같은데. 하지만 알고 보면 파텐스
할미꽃의 일종일 수도 있어."

나는 총천연색 할미꽃 그림을 가리키며 말했다.

"어딜 봐도 용담 같지는 않아. 꽃잎이 별로 둥글지 않았는데……."

"음, 그럼 다시 가서 채집해 오는 건 어때? 크룩 씨가 고물 오토바
이를 빌려줄 수도 있고, 아니면…… 아, 좋은 생각이 났다. 베어드
부인의 차를 빌려 가. 그 편이 안전할 거야. 언덕 기슭까지 차를 타
고 가면 조금만 걸어도 되잖아."

"언덕길을 1킬로미터나 올라가야 하는데 무슨 조금이야. 그런데
당신은 왜 그리 꽃에 관심이 많아졌어?"

나는 프랭크를 돌아보았다. 그의 머리 위로 응접실 램프 빛이 가
는 금빛을 드리워서 마치 중세 시대 석판화에 그려진 성인 같아 보

였다.

"식물에 관심이 있는 건 아니야. 하지만 당신이 거기 가야겠다면, 환상열석 주변을 한 바퀴 둘러보고 왔으면 좋겠어."

나는 고분고분 대답했다.

"알았어. 그런데 뭐 하러?"

"불을 피운 흔적이 있나 봐 줘. 내가 이제껏 읽어 온 벨테인 축제 자료를 보면 의식에는 항상 불이 나오거든. 하지만 오늘 아침에 본 여자들은 불을 전혀 쓰지 않았어. 그래서 혹시 전날 밤에 벨테인 불을 피운 게 아닌가 싶어. 그런 다음 아침에 와서 춤을 춘 거지. 역사적으로 보면 소치기가 불을 붙인다고 했거든. 오늘 봤더니 원 안에는 불을 피운 흔적이 전혀 없더라고. 하지만 우리는 바깥은 확인하지 못한 채로 내려왔잖아."

"알았어."

나는 다시 말하고는 하품을 했다. 이틀 연속으로 일찍 일어난 여파가 심했다. 나는 책을 덮고 일어섰다.

"내일 9시까지 깨우지 않는다는 조건으로 갈게."

그리하여 나는 밤 11시쯤 환상열석에 도착하게 되었다. 비가 부슬부슬 내렸지만 비옷을 가져올 생각도 못 했기에 나는 흠뻑 젖고 말았다. 일단 선돌 바깥을 대충 훑어보았지만 흔적은 없었다. 누군가 여기서 불을 피웠더라도 그 흔적을 힘겹게 없앴을 것이다.

봤던 풀은 쉽사리 찾았다. 기억하던 곳, 가장 커다란 선돌 아랫부분에 그대로 있었다. 나는 풀을 잘라 임시로 손수건에 담았다. 나중에 베어드 부인의 차에 두고 온 무거운 식물 압착기에 제대로 넣을 생각이었다.

가장 큰 선돌은 세로로 쪼개져 있었다. 수직으로 갈라진 틈을 따라 거대하게 두 조각이 난 형태였다. 묘하게도 그 돌들은 마치 누가 떼어 놓은 것 같았다. 서로 마주 보는 면은 한 조각처럼 맞아 들어

가겠다는 게 보이는데, 두세 발짝 떨어진 채로 나뉘어 있었으니까.

그런데 어딘가 가까이에서 낮게 웅웅 대는 소리가 났다. 돌 틈새에 벌집이 있나 싶어 나는 돌에 손을 얹고 틈 사이로 몸을 숙였다.

그러자 돌이 비명을 지르기 시작했다.

난 최대한 빠르게 뒤로 물러섰다. 어찌나 빠르게 움직였던지 그만 짧은 풀에 걸려 넘어져 주저앉고 말았다. 나는 식은땀을 흘린 채 돌을 바라보았다.

그건 살아 있는 생명체가 내는 소리와는 전혀 달랐다. 뭐라고 표현할 방법이 없는 소리였다. 그저 돌에서 소리가 난다면 이런 비명을 지를 거라고 이야기할 수 있을 뿐. 너무 무시무시했다.

이윽고 다른 돌들도 고함을 지르기 시작했다. 전쟁터의 소음과, 죽어 가는 인간과, 처참하게 조각난 말들의 비명이 들려왔다.

나는 격렬하게 머리를 흔들어 소리를 듣지 않으려 했지만, 소리는 계속 들렸다. 간신히 일어선 나는 비틀거리며 원 밖으로 나가려 했다. 하지만 소리가 나를 온통 둘러싼 나머지 치아가 아프고 머리가 빙빙 돌았다. 급기야는 눈앞마저 흐려지기 시작했다.

선돌 사이의 틈 속으로 들어가서 이런 일이 생긴 걸까. 아니면 우연히 이런 소음의 안개 속을 헤매게 된 걸까.

언젠가 밤에 여행을 하면서 차 조수석에 앉아 잠든 적이 있었다. 그때는 자동차 소음과 덜컹이는 움직임을 자장가 삼아 고요한 무중력 상태에 빠져드는 듯한 느낌이었다. 그러다 운전자가 너무 빨리 다리 위를 달리던 도중 그만 차를 제어하지 못했고, 그 순간 나는 둥둥 뜬 것 같던 꿈에서 깨어나 곧바로 이글거리는 헤드라이트 불빛을 마주하며 엄청난 속도로 떨어지는 오싹한 느낌에 사로잡혔다. 고요한 꿈에서 깨어나 다급한 현실로 불쑥 던져졌던 기억이 지금 내가 경험하는 느낌과 그나마 비슷하긴 하지만, 솔직히 그조차도 지금과는 결코 비교가 되지 않았다.

말하자면 이런 느낌이었다. 시야가 수축하여 하나의 검은 점처럼 보이다가 다시 사라지면서 이제는 어둠이 아닌 환한 공허가 나타났다. 온몸이 빙빙 도는 것 같기도 하고, 안으로 빨려 들어가는 것 같기도 했다. 이 모든 게 맞는 말이었지만 또한 어느 것 하나 내가 느끼는 무시무시한 혼란과 있지도 않은 곳에 심하게 부딪친 타격감을 제대로 설명하지 못했다.

하지만 사실은 아무것도 움직이지 않았고, 아무것도 변한 게 없었으며, 아무 일도 **일어나지** 않은 듯했다. 그러나 나는 내가 누군지, 무엇인지, 지금 여기는 어딘지 감각을 깡그리 잊을 정도로 너무나 근원적인 공포를 느꼈다. 내가 선 혼돈의 중심에서는 정신과 육체의 힘이란 그야말로 무용지물이었다.

의식을 잃은 것은 아니었어도, 얼마간 나는 제정신이 아니었다. 그러다 언덕 아래 바위에 발이 걸려 넘어졌을 때에야 비로소 '깨어났다'. 나는 길 마지막 부분을 반쯤은 미끄러지다시피 내려와 아래에 있는 무성한 풀밭에 다다랐다.

속이 메스껍고 현기증이 났다. 나는 떡갈나무 그루터기로 기어가 몸을 기댔다. 근처에서 혼란스러운 고함 소리가 들렸다. 내가 환상열석에서 들었고 또 느꼈던 소리가 떠올랐다. 하지만 지금 들리는 소리에는 비인간적인 폭력성이 느껴지지 않았다. 이건 사람끼리 싸우는 평범한 소리였다.

그래서 나는 그쪽으로 향했다.

3
숲속의 남자

처음으로 눈에 들어온 그 남자들은 멀리 떨어져 있었다. 킬트를 입은 남자 두세 명이 자그마한 공터를 맹렬하게 달려갔다. 저 멀리서 커다란 폭음이 들렸다. 멍한 상태에서도 나는 그게 총소리라는 걸 깨달았다.

총소리에 이어 붉은 코트와 무릎까지 오는 반바지를 입은 대여섯 명의 남자들이 머스킷 총을 휘두르며 나타났다. 내 눈에 아직도 헛것이 보이나 보네. 나는 눈을 깜빡이고는 그들을 응시했다. 그리고 눈앞에서 손을 움직여 손가락 두 개를 들어 보았다. 손가락 두 개가 모두 생생하고 정확하게 보였다. 눈앞이 흐릿하지도 않았다. 조심스럽게 코를 킁킁거려 공기의 냄새를 맡아 보았다. 봄에 피어오른 나무들의 톡 쏘는 향기와 발밑에 무리 지어 핀 클로버의 냄새가 희미하게 났다. 후각 역시 정상이었다.

이번에는 머리를 만져 보았다. 아픈 곳은 없었다. 뇌진탕에 걸린 것 같진 않았다. 맥박이 좀 빠르긴 하지만 안정적이었다.

멀리서 들려오던 고함 소리가 갑자기 바뀌었다. 이제는 말발굽 소리가 천둥처럼 울리더니, 말 몇 마리가 이쪽으로 돌진했다. 그 위에 탄 킬트 차림 스코틀랜드인들은 게일어로 무어라 소리쳤다. 나는 민첩하게 몸을 피했다. 내 움직임을 보니 머리가 이상해졌는지는 몰라도 몸이 다치지는 않은 것 같았다.

그때, 빨간 코트 차림을 한 남자가 말 탄 스코틀랜드인에게 정면으로 얻어맞고서는 일어서서 주먹을 보란 듯이 휘두르며 말을 쫓아갔다. 아하, 영화 촬영 중이구나! 이제야 깨닫다니, 스스로의 둔함에 나는 고개를 절레절레 저었다. 시대극 촬영장에서 충격 신을 찍고 있는 거였어. 보니 프린스 찰리가 황야에서 도망치는 장면 같은 게 분명해.

음. 이 작품이 얼마나 예술적일지는 모르겠지만, 어쨌든 촬영 팀이 시대에 맞지 않는 인물이 필름에 나온 걸 본다면 고마워하지는 않겠지. 나는 다시 숲속으로 들어갔다. 공터 주위를 크게 한 바퀴 돌아 차를 두고 왔던 길로 다시 돌아갈 마음이었다. 이 숲은 오래된 게 아니라서 발밑의 덤불이 빽빽하게 자라 있어 자꾸 옷자락이 걸렸다. 나는 어린나무들을 조심스럽게 헤치면서 발길마다 붙잡는 검은나무딸기 덤불에서 치마를 떼어 내야 했다.

그러다 어떤 남자에게 팔을 확 잡혔다. 그가 나무 사이를 어찌나 조용히 움직였던지, 마치 나무와 다를 게 없어 보여서 난 알아차리지도 못했다. 만약 그가 뱀이었다면 나는 분명히 그 몸뚱이를 밟았을 것이다.

나는 떡갈나무 숲으로 도로 끌려갔다. 겁에 질려 마구 몸부림치자, 다른 쪽 손이 내 입을 막았다. 날 잡은 사람이 누구인지 몰라도 나보다는 별로 커 보이지 않았지만 팔 힘은 확실히 강했다. 그에게선 라벤더 향수 같은 희미한 꽃향기와 좀 더 자극적인 향도 났는데, 그 향기들이 남자의 시큼한 땀 냄새와 섞여 풍겨 왔다. 길을 가는 우리의 앞을 가로막는 나뭇잎들이 몸을 찰싹 쳐 대는 와중에도, 나는 허리를 잡은 팔뚝과 손이 어딘가 낯익다는 사실을 깨달았다.

그래서 고개를 마구 돌려 내 입을 막은 손에서 얼굴을 떼고 버럭 소리쳤다.

"프랭크! 대체 이게 무슨 짓이야?"

여기서 남편을 찾았다는 안도감과 더불어 도를 넘은 거친 장난에 짜증이 나서 어떡해야 할지 종잡을 수가 없었다. 아까 선돌 사이에서 이상한 경험을 한 탓에 마음이 아직도 어지러웠던 나는 남편의 과격한 장난에 장단을 맞출 마음이 전혀 없었다.

드디어 남자의 손이 나를 놓아주었다. 하지만 그를 바라보자, 뭔가 이상했다. 낯선 향수 냄새도 그랬지만 미묘하게 다른 점이 있었다. 가만히 서 있으니 머리 뒤로 소름이 오소소 돋았다.

"당신은 프랭크가 아니네요."

그 남자는 상당히 흥미로운 기색으로 나를 바라보며 고개를 끄덕였다.

"그렇소. 물론 프랭크란 이름의 사촌이 있기는 하오. 그런데 그와 나를 혼동한 것 같지는 않소만, 부인. 우리는 서로 전혀 닮지 않았으니까."

그 사촌이란 사람이 어떻게 생겼는지는 모르겠지만, 이 남자는 프랭크의 형제라 해도 믿을 만큼 닮았다. 유연하고 여윈 몸통과 섬세한 뼈대도 그렇고, 조각 같은 얼굴선도 그렇고, 날렵한 눈매와 커다란 헤이즐넛 빛깔 눈, 검은 머리카락과 매끈하게 휘어진 눈썹까지 정말 똑같았다.

하지만 이 남자의 머리카락은 가죽끈으로 묶어 뒤로 드리울 만큼 길었다. 그리고 거무스름한 피부를 보자 몇 달, 아니 몇 년은 햇볕에 진하게 탄 것 같았다. 이건 스코틀랜드에 휴가를 와서 옅은 금빛으로 그을린 프랭크의 피부가 아니었다.

"당신은 누구세요?"

나는 너무 당혹스러운 나머지 대뜸 물었다. 프랭크는 친척과 지인이 참 많았지만, 그래도 나는 영국 쪽 친지들은 모두 다 알고 있다고 생각했었다. 게다가 그 사람들 중 프랭크와 이토록 닮은 사람은 없었다. 게다가 하일랜드 지방에 사는 가까운 친척이 있었다면 프랭크가 왜 말하지 않았겠는가? 말만 하는 정도가 아니라 항상 가지고 다니는 족보와 공책을 챙겨 들고 반드시 그를 방문해야 한다고 우겼겠지. 저 유명한 블랙 잭 랜들의 가족사에 대해 뭐라도 알아낼 마음으로 말이다.

내 질문을 들은 낯선 남자는 눈썹을 치켜올렸다.

"내가 누구냐고? 나 역시 부인에게 묻고 싶습니다. 그것도 아주 정당한 이유로 말이죠."

그는 내가 입은 모란꽃 잔무늬 면 원피스를 다소 무례하고 음흉한 시선으로 바라보며, 나를 위아래로 천천히 훑었다. 난 저 표정이 뭔지 전혀 이해하지 못했지만, 그 모습에 극도로 불안해져서 뒤로 두어 걸음 물러서다 나무에 확 부딪쳐 더는 갈 곳이 없게 되었다.

남자는 마침내 시선을 거두고 옆으로 고개를 돌렸다. 그러자 마치 날 잡은 손에서 풀려난 것 같은 기분에 나도 모르게 참고 있었던 숨을 안도하며 내쉬었다.

그는 어린 떡갈나무의 낮은 가지에 던져두었던 코트를 집었다. 그리고 옷에 붙은 나뭇잎을 턴 다음 입기 시작했다.

내가 무심코 숨을 헐떡였던지, 그가 이쪽을 다시 올려다보았다. 그의 코트는 짙은 주홍색에 뒷면이 길고 옷깃이 없는 형태였고, 앞부분은 늑골 모양 장식 단추가 달려 있었다. 소매 끝단은 족히 18센티미터나 뒤집은 형태로 황갈색 안감을 드러냈고, 위에는 작게 꼰 금줄과 견장이 반짝였다. 용기병 장교의 복장이었다. 그러자 머릿속에 떠오르는 것이 있었다. 당연히 그렇겠지. 이 사람은 배우니까. 숲 저쪽에서 봤던 사람들의 동료겠구나. 그렇지만 그가 찬 소검은 이제껏 봤던 소품들보다 훨씬 더 진짜 같아 보였다.

등 뒤의 나무줄기를 몸으로 밀어 보자, 안심할 수 있을 만큼 단단했다. 나는 몸을 보호하듯 팔짱을 꼈다.

"당신은 누구시냐니까요?"

나는 다시 물었다. 하지만 이번에는 목소리가 갈라져 나와서 내가 듣기에도 겁먹은 사람 같았다.

그는 내 말을 듣지 못했다는 듯 질문을 무시하고는 코트의 단추를 느긋하게 여몄다. 그리고 옷을 다 갖춰 입은 다음에야 다시 나를 바라보았다. 그는 가슴에 손을 대고는 비꼬듯 절을 했다.

"저는 향사鄕士 조너선 랜들이라고 합니다, 부인. 지엄하신 국왕 폐하의 제8연대 지휘관입니다. 잘 부탁드립니다, 부인."

나는 몸을 홱 돌려 도망쳤다. 앞을 가로막는 참나무와 오리나무를 헤치고 검은나무딸기 관목과 쐐기풀, 돌멩이와 쓰러진 나무를 마구 밟으며 앞길을 가로막는 것들을 피해 달아나느라 숨이 차서 가슴이 터질 것 같았다. 뒤에서 고함 소리가 들렸지만, 너무 당황한 나머지 어디서 들려오는지 알 수가 없었다.

그래서 무작정 달렸다. 나뭇가지가 얼굴과 팔을 할퀴었고, 움푹 팬 땅에 발이 잡히고 바위에 걸려 비틀거렸다. 하지만 이성적인 사고를 할 여유가 없었다. 그저 저 남자에게서 도망치고 싶었다.

그러다 무거운 체중이 내 허리를 강하게 쳤다. 나는 숨 막히는 쿵 소리와 함께 앞으로 확 넘어졌다. 거친 손이 내 등을 후려치더니, 잠시 후 조너선 랜들 대위가 내 위로 일어섰다. 그는 가쁜 숨을 몰아쉬고 있었다. 날 쫓아오다 칼마저 잃어버린 그는 흐트러지고 더러워진 모습에다 아주 짜증이 난 것 같았다.

"대체 왜 이런 식으로 도망친 거지?"

그가 물었다. 진갈색 머리카락 한 타래가 이마 위로 굽슬굽슬 흘러내리자 프랭크와 더욱더 닮은 모습이 되었다.

그는 몸을 숙여 내 팔을 잡았다. 나는 숨을 몰아쉬며 그에게서 벗어나려 했지만, 그럴수록 남자의 몸이 내 위로 끌려올 뿐이었다.

그는 균형을 잃고서 내 위에 털썩 쓰러졌고, 다시금 나는 그의 아래에 깔리고 말았다. 놀랍게도, 이러니까 남자의 짜증이 한순간에 사라진 것 같았다.

그는 낄낄 웃었다.

"아, 이런 거였군. 그렇지? 자, 그렇다면야 기꺼이 응해 주지, 예쁜아. 하지만 지금은 때가 좋지 않은 것 같은데."

그의 몸무게 때문에 내 엉덩이가 땅에 짓눌렸고, 자그마한 돌멩이가 등을 파고들었다. 나는 아픔을 없애려고 몸을 비틀었다. 그는 하반신을 나에게 더욱 밀어붙이며 두 손으로 내 어깨를 찍어 눌렀다. 나는 너무 화가 나서 입이 딱 벌어졌다.

"지금 대체……."

입을 여는 순간, 그는 고개 숙여 내게 키스하며 말을 막았다. 남자의 혀가 내 입속을 파고들어 대담하고 익숙하게 탐험했다. 원을 그리며 찔러 대는 혀는 입속에서 후퇴와 돌진을 반복했다. 그러다 느닷없이 입맞춤을 시작했을 때와 마찬가지로, 그는 또 갑자기 몸을 떼었다. 그리고 내 뺨을 어루만지며 말했다.

"아주 좋았어, 예쁜아. 나중에 너를 제대로 처리할 여유가 생기면 보자고."

이제 나는 제대로 숨 쉴 수가 있어서 반격했다. 곧바로 그의 귓가에 비명을 지르자, 그는 뜨거운 철사로 귓구멍을 찔린 것처럼 고개를 홱 젖혔다. 난 그 틈을 타서 무릎을 확 구부려 남자의 옆구리를 가격했고, 그는 썩은 나뭇잎 더미로 몸을 뻗으며 쓰러지고 말았다.

난 엉거주춤 일어섰지만, 그는 옆으로 몸을 잽싸게 굴려 내 옆으로 다가왔다. 도망칠 곳을 찾아 미친 듯이 주위를 둘러보아 봤자, 우리가 있는 곳은 스코틀랜드 하일랜드 지방의 하고많은 땅덩이 중 화강암 절벽이 불쑥 솟아오른 암벽 지대의 기슭이었다. 암벽이 안으로 움푹 꺼져 얇은 네모꼴을 이룬 지점에서 그는 나를 붙잡았다. 그는 나를 그곳으로 밀어 넣고 앞을 막은 다음 양편에 팔을 뻗어 벽 사이에 가두었다. 잘생긴 거무스름한 얼굴에는 분노와 호기심이 뒤섞여 드러났다.

"누구랑 같이 지냈지? 프랭크라는 사람인가? 내 동료 중에는 그런 이름을 가진 자가 없어. 아니면 이 근처 사는 남자와 지냈나?"

그는 비웃음을 지으며 말을 이었다.

"너는 피부에서 똥 냄새가 나지 않는군. 농부를 상대하진 않았다는 거겠지. 하긴, 넌 시골 농부들이 사기에는 좀 비싸 보이니까."

나는 주먹을 쥐고 이를 악물었다. 이 웃긴 인간이 무슨 생각을 하든, 정말이지 질색이었다.

"무슨 말인지 전혀 모르겠지만, 어서 비켜 주면 고맙겠군요!"

나는 노련한 간호사의 목소리를 최대한 끌어내어 말했다. 보통 이런 목소리를 들으면 반항적인 조무사와 젊은 인턴들은 고분고분해지곤 했지만, 랜들 대위는 그저 재미있어하는 눈치였다. 겁에 질린 암탉 떼처럼 공포와 혼란스러움이 가슴 속에서 요동쳤지만, 나는 단호하게 그 감정을 억눌렀다.

그는 천천히 고개를 저으며 다시금 나를 유심히 살피고서는 대화를 트려는 듯 말했다.

"지금 그렇게는 못 하겠는데, 예쁜아. 널 보니 궁금해지는군. 어째서 속옷 차림 창녀가 신발은 신고 밖을 돌아다니고 있을까? 그것도 아주 좋은 신발을 말이야."

그는 나의 평범한 갈색 구두를 슬쩍 바라보며 말했다.

"무슨 소리야!"

나는 고함을 질렀지만, 그는 내 말을 완전히 무시했다. 그리고 다시 내 얼굴을 살펴보더니 앞으로 성큼 다가와서는 한 손으로 내 턱을 움켜잡았다. 나는 그의 손목을 잡고 떼어 내려 했다.

"이거 놔!"

하지만 그의 손가락은 끄떡도 하지 않았다. 어떻게든 몸을 빼내려고 안간힘을 썼지만, 그는 내 얼굴을 이쪽저쪽 돌려 희미한 오후의 햇살에 비추어 보았다.

"아무리 봐도 숙녀의 피부란 말이야. 게다가 머리카락에서 프랑스 향수 냄새도 나고."

그는 혼잣말을 중얼거리더니 턱을 놓아주었다. 나는 분개한 채로 내 피부에 닿은 남자의 손길을 지우려는 듯 턱을 문질렀다.

"향수며 신발은 후원자가 주는 돈으로 살 수 있다지만, 말씨도 숙녀인 건 설명이 안 되는데."

그는 곰곰이 생각에 잠겼다. 나는 버럭 쏘아붙였다.

"알아봐 주어 고맙군! 어서 비켜. 내 남편이 기다리고 있으니까. 내가 10분 안으로 돌아오지 않으면 남편이 날 찾으러 나설 거야."

"아, 남편이 있으시겠다? 그렇다면 부인의 남편 성함은 어찌 되시는지 알려 주시겠습니까? 어디 계시죠? 그리고 남편분은 어째서 자신의 부인이 속옷 차림으로 황량한 숲속을 헤매도록 놔두시는 겁니까?"

존대하는 말투에 조롱 조는 다소 누그러졌지만, 완전히 사라지지는 않았다.

오후 내내 일어난 이 상황이 대체 뭔지 이해해 보려던 나의 머리는 완전히 뒤죽박죽된 상태였지만, 그 와중에도 나는 머리를 애써 굴렸다. 정신없는 와중에도 이런 생각이 들었다. 내가 추측한 게 아무리 말이 안 된다 하더라도, 내가 이 남자에게 남편의 이름이 프랭크 랜들이라고 말했다가는 더 큰 문제가 일어나겠지. 그래서 대답하지 않고서 남자를 밀치고 지나가려고 마음먹었다. 하지만 그는 강인한 팔로 내 앞길을 막았고, 다른 손으로 나를 잡으려 했다.

그때였다. 위에서 휙 소리가 들리더니 곧바로 눈앞이 흐릿해지면서 둔탁하게 쿵 소리가 들렸다. 정신을 차려 보니 랜들 대위가 발밑에 쓰러져 있는 게 아닌가. 낡은 격자무늬 헝겊 뭉치처럼 모이는 육중한 덩어리에 깔린 채로 말이다. 그 덩어리에서 갈색 돌덩이 같은 주먹이 쑥 나오더니 어마어마한 힘으로 랜들의 관절을 단호하게 내리쳤다. 이어서 뼈 부러지는 소리가 났다. 반짝이는 커다란 갈색 부츠 발을 버둥거리던 대위는 갑자기 축 늘어져 조용해졌다.

정신을 차려 보니 날카로운 검은 눈동자가 날 빤히 보고 있었다. 내게 달갑지 않은 관심을 보이던 대위를 잠시나마 잠잠하게 만들어 준 억센 남자는 이제 내 팔뚝을 꽉 잡았다.

"당신은 또 누군가요?"

난 놀라서 물었다. 이 사람이 날 구해 주었다고 봐도 좋을까? 어쨌든 그는 나보다 몇 센티미터는 작았고 몸집도 여위었지만, 누더기 셔츠에서 불쑥 솟은 팔은 근육으로 울퉁불퉁했다. 전체적인 몸통이 마치 침대 스프링 재질같이 탄력 있는 소재로 이루어진 것 같았다. 게다가 전혀 잘생기지 않았다. 피부에는 마마 자국이 있고, 안쪽 눈썹이 쑥 내려앉은 데다 턱도 작았다.

"이쪽이오."

그는 내 팔을 휙 잡아끌었다. 나는 이제껏 일어난 사건들 때문에 넋이 나간 채로 순순히 그를 따라갔다.

새로이 만난 남자는 오리나무 숲을 아주 빠르게 헤치고 나갔다. 이어서 커다란 바위를 불쑥 돌자 갑자기 앞으로 오솔길이 나타났다. 높다랗게 자란 가시금작화와 헤더꽃 사이로 이리저리 난 길이라 3미터 앞도 제대로 보이지 않았지만, 이곳은 언덕 꼭대기까지 가파르게 이어져 있던 그 오솔길이 맞았다.

언덕 저편으로 조심스럽게 내려가고 나서야 나는 한숨 돌리고서 어디로 가는지 물을 정신이 들었다. 하지만 남자는 아무런 대답이 없었다.

"대체 어디로 가는 거냐니까요?"

다시 물은 순간, 너무 놀랍게도 그는 내 쪽으로 돌아서더니 얼굴을 일그러뜨린 채 나를 확 밀쳤다. 내가 무어라 소리치려 하자 그는 손으로 내 입을 막고서 바닥으로 쓰러뜨린 후 내 위를 덮쳤다.

또 이런 일이 벌어지다니!

필사적으로 몸을 버둥거려 빠져나오려고 하던 순간, 내 귀에 소리가 들려왔다. 이 사람도 저 소리를 들었던 거로군. 나는 급히 발버둥을 그만두었다. 무언가 짓밟고 철벅이는 소리와 함께 사람의 목소리가 여기저기서 들려왔다. 잉글랜드인의 말씨가 분명했다. 나는 필사적으로 몸부림치며 입을 막은 손을 떼어 내려 했다. 그래서 그의 손을 이로 콱 물었다. 그가 절인 청어를 손으로 먹었구나 싶었던 순간, 무언가 내 머리 뒤쪽을 가격하며 사방이 어두워졌다.

———

자욱한 밤안개 사이로 돌로 만든 오두막이 불쑥 나타났다. 빗장이 단단히 질러진 오두막에서는 그저 한 줄기 불빛만이 흘러나왔다. 내가 얼마나 오랫동안 의식을 잃은 건지 몰랐고, 이곳이 크레이크 나 둔 언덕이나 인버네스 시내와 얼마나 떨어져 있는지는 알 수 없었다. 우리는 말을 타고 가는 중이었고, 나는 안장에 손이 묶인 채로 남자 앞에 앉아 있었다. 하지만 제대로 된 길을 따라가는 게 아니라서 말을 탔어도 가는 속도는 다소 느렸다.

기절한 시간은 오래되지 않았을 것 같았다. 얻어맞긴 했어도 뇌진탕이나 여타 아픈 증상이 나타나지는 않았다. 다만 두개골 아랫부분이 쓰라렸을 뿐이다.

날 잡은 남자는 말수가 거의 없었고, 내가 뭘 묻거나 요구하거나 신랄하게 쏘아붙일 때에도 그저 이상한 스코틀랜드어로 대답할 뿐이었다. 그의 말은 아무리 들어도 "으으으흠"이라고밖에 들리지 않았다. 그가 어느 지역 사람인지 몰랐다 하더라도, 그 소리를 딱 들으면 스코틀랜드인이라는 걸 대번에 알아차렸을 것이다.

가시금작화가 핀 돌투성이 땅을 말이 휘청거리며 나아가는 동안, 이제껏 나의 시야는 오두막 바깥으로 새어 나오는 희미한 불빛에 적응해 왔다. 그래서 새카만 바깥에서 안으로 들어오자 방 안의 불빛이 어찌나 밝던지 눈에 충격이 느껴졌다. 이윽고 어지러움이 잦아들자, 사실 이 단칸방 안을 밝힌 불빛은 겨우 벽난로 하나와 양초 몇 자루, 위험하리만큼 낡아 보이는 기름 등불 하나라는 걸 깨달았다.

"뭘 데려온 거야, 머타?"

족제비 같은 얼굴의 남자가 내 팔을 잡더니 벽난로 앞으로 끌고 가서 나는 눈을 깜빡였다.

"새서나흐 여자야, 두걸. 본인이 그러더라고."

방 안에 있던 남자 여럿은 모두 날 빤히 바라보았다. 어떤 이는 호기심 어린 눈빛이었고, 또 어떤 이들의 시선은 명백히 음흉했다. 오후에 도망쳐 다닌 탓에 내 원피스는 여러 군데 찢긴 채였다. 나는 서둘러 찢어진 옷을 살펴보았다. 아래를 내려다보자 찢어진 가슴팍 사이로 한쪽 가슴이 대놓고 드러나 있었다. 여기 남자들도 이걸 분명히 봤겠지. 지금 찢어진 부분을 가리려 해 봤자 이들의 관심만 더 끌 뿐이라고 결론을 내린 나는 대신에 아무 남자나 골라 그를 대담하게 바라보았다. 이러면 적어도 그 남자는 정신을 딴 데 팔게 되지 않을까 해서였다. 아니면 나라도 이런 식으로 정신을 딴 데 팔고 싶었다.

"어, 새서나흐건 아니건 예쁘게 생겼군."

벽난로 옆에 앉은 뚱뚱하고 느끼하게 생긴 남자가 말했다. 그는 빵 덩이를 들고 있었는데, 그걸 그대로 들고 일어서서 나에게 다가왔다. 그리고 손등으로 내 턱을 받치고는 얼굴에서 머리카락을 걸어 냈다. 빵 부스러기가 원피스 목덜미로 떨어졌다. 다른 남자들도 이쪽으로 모여들자 내 주위엔 온통 격자무늬 플래드와 구레나룻뿐이었고, 땀과 술 냄새가 코를 찔렀다. 이제야 그들이 모두 킬트 차림이라는 게 보였다. 아무리 하일랜드 지방이라지만 이것 역시 이상했다. 내가 혹시 씨족 회의장에 들어온 걸까? 아니면 스코틀랜드 전우회에 온 건가?

"이리 와, 아가씨."

창가 옆 탁자 앞에 가만히 앉아 있던 남자가 나를 불렀다. 검은 수염이 난 덩치 큰 사람이었다. 지휘관의 태도를 풍기는 것을 보니 그가 이 무리의 지도자인 듯했다. 남자들은 마지못해 길을 터 주었고, 머타는 자기가 날 잡았다는 걸 뻐기는 태도로 나를 앞으로 끌고 갔다.

검은 수염 남자는 무표정한 얼굴로 나를 주의 깊게 살펴보았다. 그는 잘생겼지만 친절해 보이지는 않았다. 하지만 주름진 미간을 보니 쉽사리 짜증을 내는 성격은 아닌 듯했다.

"이름이 뭔가, 아가씨?"

그의 목소리는 커다란 덩치에 맞지 않게 가늘었다. 커다란 가슴을 울림통으로 삼아 묵직한 저음이 날 것 같았지만 아니었다.

"클레어…… 클레어 비첨이에요."

나는 순간 결혼 전 성을 말해야겠다고 마음먹었다. 만약 이들이 몸값을 뜯어내려는 거라면, 프랭크를 추적할 수 있는 이름을 말해 줄 마음은 없었으니까. 그리고 험상궂어 보이는 사내들이 알아내기 전에는, 이들에게 내가 누군지 알려 줘야겠다는 마음이 들지 않았다.

"대체 이게 뭐 하는 짓……."

하지만 검은 수염 남자는 내 말을 무시했다. 남의 말을 듣지도 않는 행태에 나는 금방 지쳐 버리고 말았다.

"프랑스 성씨 보샹* 아닌가?"

그는 짙은 눈썹을 치켜뜨며 물었고, 주위에 있던 남자들은 놀라서 웅성거렸다. 그는 실제로 내 이름을 정확한 프랑스어로 발음했다. 내가 이름을 표준 영어식으로 "비첨"이라 말했는데도 말이다.

"네, 맞아요."

나는 좀 놀라서 대답했다.

"어디서 이 아가씨를 찾았나?"

두걸은 머타를 바라보며 물었다. 머타는 지금 가죽 술병을 들고 마시는 중이었다. 그는 작고 건장한 몸집을 으쓱이며 말했다.

"크레이크 나 둔 기슭에서. 용기병 대위랑 이야기하고 있는 걸 내가 발견했어."

그는 눈썹을 의미심장하게 치켜뜨며 이렇게 덧붙였다.

"이 여자가 숙녀인지 창녀인지 묻고 있는 것 같던데."

두걸은 다시금 나를 유심히 바라보며 내 꽃무늬 면 원피스부터 신발까지 하나하나 빠짐없이 훑었다.

"그렇군. 그래서 이 숙녀분께선 뭐라 하던가?"

솔직히 난 신경 쓰지도 않았건만, 그는 '숙녀'라는 말을 빈정거리듯 강조하며 물었다. 그의 스코틀랜드 영어는 머타라는 남자에 비하면 발음이 나름 정확한 편이었지만, 억양은 여전히 강해서 '숙녀'가 '쑥녀'라고 들릴 정도였다.

머타는 음침하게 웃는 듯했다. 그의 얇은 입꼬리 한쪽이 슬며시 올라갔다.

"저 아가씨 말로는 창녀가 아니라던데. 하지만 대위는 숙녀인지

---

* 클레어의 결혼 전 성인 'Beauchamp'은 프랑스와 영국에서 모두 쓰이는 성씨로, 프랑스어로는 보샹, 영어로는 비첨이라고 발음한다.

창녀인지 확신이 잘 안 섰던지 직접 알아보려고 했지."

"그렇다면 우리도 직접 알아볼 수 있지."

뚱뚱한 검은 수염 남자가 씩 웃으며 내게 다가오더니 자신의 벨트를 잡아당겼다. 나는 급히 최대한 뒤로 물러섰지만, 방이 좁아서 별로 멀리 가지는 못했다.

"그쯤 해 둬, 루퍼트."

두걸은 여전히 나를 노려보고 있었지만, 목소리에는 위엄이 서렸다. 루퍼트는 발걸음을 멈추고는 실망스럽다는 듯 우스운 표정을 지었다.

"강간을 하는 건 상관없는데, 지금은 그럴 시간이 없어."

그의 신념을 듣자 다행이었다. 물론 이 신념의 도덕적인 근거가 어째서 그따위인지는 의아했긴 했지만 말이다. 하지만 다른 남자들 중에는 노골적으로 음란한 표정을 드러내는 이들도 있어, 여전히 조금은 불안했다. 어처구니없게도 내가 속옷만 입은 채 보란 듯이 공공장소에 나왔다는 기분이 들었다. 그리고 이 하일랜드 산적 떼들이 누구고 무슨 짓을 꾸미는지는 몰라도 무시무시하게 위험해 보였다. 다소 경솔한 언사가 자꾸만 입 밖으로 튀어나오려고 해서 나는 혀를 지그시 깨물고 말을 삼켰다.

두걸은 나를 잡아 온 남자에게 물었다.

"넌 어떻게 생각하나, 머타? 이 여자는 루퍼트를 별로 좋아하지 않는 것 같은데."

그러자 땅딸막한 대머리 남자가 반박했다.

"그게 창녀가 아니라는 증거가 될 수는 없지. 돈을 주겠다는 말이 없었잖아. 세상 어떤 여자가 돈도 많이 안 받고서 루퍼트 같은 놈을 상대하겠어? 줘도 선불로 줘야 할 거라고."

그의 말에 모인 남자들은 심하게 웃었다. 하지만 두걸이 휙 손짓하자, 좌중은 다시 조용해졌다. 그는 머릿짓으로 문을 가리켰다. 대머리 남자는 여전히 실실거리면서도 고분고분 문밖 어둠으로 사라졌다.

머타는 같이 따라 웃지 않았다. 다만 나를 훑어보며 얼굴을 찌푸렸을 뿐이다. 그는 고개를 저으며 이마에 드리운 숱 많은 앞머리를 흔들고서 단호하게 말했다.

"아니, 이 여자가 뭔지 모르고 정체도 모르겠지만, 창녀는 아니야. 내 제일 좋은 셔츠를 걸 수도 있다고."

제일 좋은 셔츠라는 게 혹시 지금 입은 누더기는 아니기를 바랐다. 저건 아무리 봐도 내기에 걸 만한 게 못 되었으니까.

"음, 네가 그렇다면 그런 거겠지, 머타. 너는 창녀들을 많이 봤으니까."

루퍼트는 놀려 대듯 말했지만, 두걸은 그도 단번에 입을 다물게 만들었다. 그는 무뚝뚝하게 말을 이었다.

"그건 나중에 알아보기로 한다. 오늘 밤은 갈 길이 머니까. 그리고 먼저 제이미에게 조치를 해야 한다. 저 상태로는 말을 탈 수가 없어."

나는 모두의 눈을 피하고 싶은 마음에 벽난로 근처의 그림자로 몸을 숨겼다. 머타라는 남자는 여기에 들어오기 전에 내 손을 풀어 주었다. 어쩌면 이들이 다른 데 정신을 팔고 있을 때 몰래 빠져나갈 수도 있지 않을까. 남자들의 시선은 구석에 있는 의자에 웅크려 앉은 청년에게로 향했다. 그는 내가 들어와 취조를 당하는 모습을 간신히 쳐다보긴 했지만, 계속 고개를 숙인 채 손으로 반대편 어깨를 잡고 고통에 몸을 떨어 댔다.

두걸은 청년이 움켜쥔 손을 부드럽게 치웠다. 남자 하나가 청년의 플래드를 젖히자 피로 얼룩져 더러워진 리넨 셔츠가 드러났다. 숱 많은 콧수염의 자그마한 남자는 칼을 들고 청년의 뒤로 다가가 셔츠의 깃을 잡더니 가슴과 소매까지 쭉 찢어 셔츠를 벗겨 냈다.

나는 숨을 헉 몰아쉬었다. 남자들도 마찬가지였다. 어깨에 상처가 심했다. 상반신을 가로질러 깊은 상처가 너덜너덜하게 났고, 가슴에서는 피가 뚝뚝 떨어지고 있었다. 하지만 제일 충격적이었던 건 어깨 관절이었다. 한쪽이 무시무시하게 불쑥 솟아오른 팔은 저래서는 안 될 각도로 달려 있었다.

두걸은 투덜거렸다.

"음, 관절이 빠졌군. 가엾은 녀석."

청년은 처음으로 고개를 들었다. 고통이 배어들긴 했지만 붉은 턱수염이 듬성듬성 난 강인한 얼굴에는 장난기가 어려 있었다.

"머스킷 총탄에 맞았을 때 말에서 떨어지면서 손을 뻗었어요. 한쪽 손에 몸무게를 실은 채로 착지했더니, 우드득! 소리가 나면서 이 꼴이 됐죠."

"우드득이라."

콧수염을 기른 남자가 말했다. 말투를 보니 그 역시 스코틀랜드 사람이었고 교육을 받은 것 같았다. 그가 어깨를 살펴보자, 청년은 고통에 겨워 얼굴을 찌푸렸다.

"총에 맞은 상처는 괜찮을 거야. 총탄이 관통했지만 깨끗해. 피는 충분히 빠졌어."

남자는 탁자에서 더러운 헝겊 뭉치를 집어 들고 피를 닦았다.

"어긋난 관절을 어떻게 치료해야 하는지는 모르겠어. 뼈를 제대로 맞춰 줄 접골의가 있어야 해. 이 상태로는 말을 탈 수가 없어. 그렇지 않나, 제이미?"

머스킷 총탄? 접골의? 이게 무슨 말이야? 나는 멍하니 생각했다.

청년은 하얗게 질린 얼굴로 고개를 저었다.

"앉아만 있어도 아파요. 이 상태로는 말을 못 타요."

그는 눈을 질끈 감고서 아랫입술을 세차게 물었다.

머타는 성급하게 말했다.

"뭐, 애를 두고 갈 수는 없어. 그렇잖아? 랍스터백* 녀석들은 어둠 속에서는 힘을 못 쓰지만, 조만간 여길 찾아낼 거라고. 제이미는 어딜 봐도 순진한 농부는 아니잖아. 게다가 어깨에 커다란 구멍도 났고."

두걸은 짧게 말했다.

"공연한 걱정 하지 마. 제이미를 두고 갈 생각은 없다."

콧수염은 한숨을 쉬었다.

"그럼 어쩔 수 없군. 어떻게든 억지로 관절을 맞출 수밖에. 머타, 너와 루퍼트가 애를 잡고 있어. 내가 한번 해 보지."

그가 청년의 팔목과 팔꿈치를 잡고 억지로 들어 올리는 모습을 나는 안타깝게 지켜보았다. 저 각도는 틀려도 너무 틀렸다. 굉장히 아프기만 할 텐데. 청년의 얼굴에서 땀이 줄줄 흘렀지만 그는 작게 신음만 흘렸을 뿐 아무런 소리를 내지 않았다. 그러다 갑자기 앞으로 풀썩 고꾸라졌다. 다행히 잡고 있는 사람들 덕에 바닥으로 쓰러지지는 않았다.

누군가 가죽 술병을 꺼내 청년의 입에 물렸다. 독한 술 냄새가 내가 선 곳까지 풍겼다. 젊은이는 기침하며 입을 막는 와중에도 술을 삼켰다. 호박색 액체가 남은 셔츠 조각 위로 뚝뚝 떨어졌다.

"자, 그럼 다시 한번 해 볼까, 애야? 아니면 이번에는 루퍼트가 해 보는 게 좋겠군."

대머리 남자는 땅딸막한 검은 수염 깡패에게 제안했다.

루퍼트는 덥석 말을 받더니, 마치 각목 던지기 놀이에서 각목을 던지려는 듯 손을 풀고서 청년의 손목을 잡았다. 힘을 써서 관절을 돌려놓으려는 것 같았다. 하지만 그렇게 하면 팔이 빗자루처럼 뚝 부러질 게 뻔했다.

---

* 잉글랜드군을 비하하는 말로, 빨간 코트 군복이 바닷가재의 색과 같다 하여 붙은 별명.

"당장 손 저리 치워요!"

순간 나는 직업병이 도진 나머지 분노로 모든 생각이 싹 날아가고 말았다. 주변 남자들의 깜짝 놀란 시선 따위는 알 바 없이, 나는 앞으로 나섰다.

"그게 무슨 소리요?"

대머리 남자는 내가 끼어들어 짜증이 역력한 기색으로 쏘아붙였다. 나는 맞받아쳤다.

"그렇게 하다간 이 남자 팔이 부러진다는 소리예요. 그러니 비켜 주시죠."

나는 루퍼트를 팔꿈치로 밀치고는 환자의 손목을 직접 잡았다. 그는 다른 이들처럼 놀란 얼굴이었지만 저항하지 않았다. 그의 피부는 아주 따뜻했지만 열은 없는 듯했다.

"상완골을 관절 안에 넣기 전에 제대로 각도를 잡아 줘야 해요."

나는 청년의 손목을 위로 당기고 팔꿈치를 넣으며 투덜거렸다. 그의 덩치는 무척 컸고, 팔은 납처럼 무거웠다.

"무척 아프겠지만 잠깐 참아 봐요. 이후에는 이만큼 아프지 않아요."

나는 환자에게 경고했다. 그리고 팔꿈치를 움켜잡고 위로 휘둘러 넣을 준비를 했다.

그는 입술을 실룩였지만, 원하는 대로 미소를 짓지는 못했다.

"뭘 해도 지금보다 아플 수는 없을걸요. 어서 해 주세요."

이제는 내 얼굴에도 땀이 송송 솟아났다. 어깨뼈를 다시 맞추는 건 환자의 몸 상태가 좋아도 힘든 일이었다. 그런데 이건 탈골된 지 몇 시간은 족히 된 건장한 남자의 뼈를 맞춰야 하는 상황이었다. 지금 이 남자의 근육은 부어서 관절을 잡아당기고 있었던지라, 나는 온 힘을 다해서 뼈를 맞추었다. 게다가 벽난로가 위험하리만큼 가까이 있었다. 자칫 관절이 홱 돌아가서 우리 둘 다 불구덩이로 들어가 버리는 일은 없어야 할 텐데.

순간, 어깨가 부드럽게 딱! 소리를 내면서 관절이 제자리로 들어갔다. 환자는 감동한 표정을 짓더니, 믿을 수 없다는 듯 손을 들어 상태를 살폈다.

"이젠 안 아파!"

청년의 얼굴에 기뻐하며 안도하는 웃음이 활짝 피어올랐다. 남자들은 감탄하며 손뼉을 쳐 댔다.

나는 힘을 쓰느라 땀을 뻘뻘 흘리면서도 결과에 은근히 만족했다.

"그래요. 안 아플 거예요. 며칠 지나면 더 부드러워질 거고요. 하지만 이삼 일 동안은 절대로 어깨를 펴서는 안 돼요. 어깨를 꼭 써야 한다면, 아주 천천히 펴세요. 하지만 아프기 시작하면 바로 동작을 그만두시고요. 매일 따뜻한 온찜질을 해 주세요."

내가 조언을 하는 동안, 환자는 주의 깊게 설명을 들었다. 하지만 다른 남자들은 눈을 커다랗게 뜨고서 나를 쳐다보고 있었다. 놀랍다는 눈빛부터 대놓고 의혹을 드러내는 기색까지 가지각색이었다.

"보시다시피, 나는 간호사예요."

나는 다소 방어적인 태도로 설명했다. 그러자 두걸은 무시무시하게 매혹적이라는 듯한 시선으로 내 가슴을 바라보았다. 루퍼트도 마찬가지였다. 그들은 서로 눈빛을 주고받았고, 잠시 후 두걸이 다시 내 얼굴을 바라보며 눈썹을 실룩였다.

"그런 것 같군. 젖어미*치고는 치료법도 아는 것 같고. 혹시 이 녀석이 말을 탈 수 있을 만큼 상처를 지혈시킬 수 있겠소?"

나는 다소 거친 말투로 말했다.

"상처를 치료하란 뜻이라면, 할 수 있어요. 하지만 치료할 것을 좀 주셔야겠죠. 그런데 젖어미는 무슨 뜻인가요? 그리고 내가 왜 당

---

* '간호사(nurse)'는 과거에 주로 유모라는 뜻으로 쓰였다. '젖어미(wet nurse)'는 젖까지 물리는 유모를 뜻한다.

신들을 도와줄 거라고 생각하죠?"

하지만 두걸은 내 말을 무시하고 구석에 웅크려 앉은 여자에게 게일어인 듯한 언어로 무어라 말했다. 나는 이제껏 남자들에게 둘러싸여 있던지라, 이제야 그녀의 존재를 알아보았다. 여자는 보기에 이상한 옷차림이었다. 길고 너덜너덜한 치마 위로 블라우스를 입고, 상체를 보디스인지 조끼 같은 걸로 반쯤 가렸다. 그녀의 얼굴도 그랬지만 온몸이 다 지저분했다. 하지만 주위를 슬쩍 둘러보니, 이 오두막에는 전기만 없는 게 아니라 실내 배관 장치도 없었다. 그러니 이렇게 더러운 것이겠지.

여자는 고개를 까딱여 얼른 절을 하고는 루퍼트와 머타를 지나쳐 난로 옆에 있는 페인트칠한 나무 궤짝을 뒤졌다. 그리고 마침내 지저분한 천 무더기를 꺼냈다.

나는 조심스럽게 천을 가리키며 말했다.

"아니, 그건 안 돼요. 상처를 먼저 소독한 다음에 깨끗한 천으로 묶어야 해요. 멸균 붕대가 없다면 말이죠."

그러자 옆에 있던 남자들이 일제히 눈썹을 치켜떴다. 그중 작은 남자가 조심스레 말했다.

"소독이라니?"

저 남자는 교육받은 말씨인데도 약간 머리가 둔한가 보네. 나는 단호하게 대답했다.

"그렇다니까요. 상처에서 먼저 더러운 것들을 제거한 다음 세균을 억제하고 치유를 촉진하기 위해 화합물을 가하는 과정 말이에요."

"이를테면 어떤 화합물 말이오?"

"아이오딘 같은 거요."

하지만 아무도 이해하는 사람이 없어 보여서 나는 다른 것들을 읊었다.

"메르티올레이트 있나요? 희석한 석탄산이나? 아니면 알코올은 있겠지요?"

알코올이란 말을 듣자, 사람들은 드디어 안도한 표정이 되었다. 마침내 알아들을 만한 단어가 나왔다는 식이었다. 머타는 가죽 술병을 내 손에 덥석 쥐여 주었다. 참을 수가 없어 한숨이 절로 나왔다. 하일랜드 지방이 원시적이라는 건 알고 있었지만, 이건 너무하잖아.

나는 최대한 인내심을 발휘하며 말했다.

"저기요, 그냥 이 사람을 도시로 데려가는 게 어때요? 별로 멀지 않잖아요. 거기 가면 치료해 줄 의사가 있을 텐데요."

그러자 여자가 나를 빤히 쳐다보았다.

"도시라니요?"

두걸이라는 덩치 큰 남자는 이번에도 내 말을 무시하고는 커튼 틈으로 어두운 바깥을 주의 깊게 살폈다. 그리고 다시 커튼을 치고 조용히 문으로 다가갔다. 그가 짙은 밤 속으로 사라지자 나머지 남자들은 모두 조용해졌다.

잠시 후 두걸은 대머리 남자를 데리고 들어왔다. 그에게선 코를 찌르는 흑송 냄새가 났다. 두걸은 남자들의 질문 어린 눈빛을 보며 고개를 저었다.

"아니, 근처에는 아무것도 없어. 안전한 동안 곧바로 출발한다."

그리고 나를 본 두걸은 잠시 멈춰 서서 가만히 생각했다. 그리고 결정을 내렸다는 듯, 갑자기 내게 고개를 끄덕였다.

"저 여자도 같이 간다."

그는 탁자 위에 둔 옷가지들을 뒤적거리다 너덜너덜한 헝겊을 집어 들었다. 멀쩡했을 때는 목도리였던 것 같았다.

대체 어디를 가려는 건진 몰라도, 콧수염 단 남자는 날 데려가는 걸 반대하는 모양이었다.

"그냥 여자를 여기 두고 가면 안 되나?"

두걸은 못 참겠다는 듯 그를 노려보았지만, 머타에게 설명을 대신 맡겼다.

"지금은 빨간 코트 놈들이 어디 있는지 모르지만, 새벽이 되면 여기에 올 거라고. 생각해 보면 멀리 있지 않을 테니까. 만약 이 여자가 잉글랜드 첩자라면, 여기에 두고 가면 안 돼. 우리가 어디로 가는지 말할 거 아냐. 그런데 그놈들과 사이가 좋지 않은 여자라면……."

머타는 의심스러운 듯 나를 쳐다보았다.

"속옷 차림의 여자를 혼자 남겨 두고 갈 수는 없잖아."

그리고 내 치맛자락을 만지작거리며 약간 밝은 기색으로 덧붙였다.

"어쩌면 몸값을 좀 받을 수 있을지도 몰라. 몇 가지 안 되는 소지품이지만, 질 좋은 걸 걸쳤으니까."

두걸도 대화에 끼어들었다.

"게다가 이 여자는 가는 길에 쓸모가 있을지 모른다. 의술에 대해서 좀 아는 것 같으니까. 하지만 지금은 치료할 시간이 없어. 안타깝게도 제이미, 너는 '소독되지 않고' 가야 할 것 같군. 한 손으로도 말을 탈 수 있겠어?"

그는 청년의 등을 치며 말했다.

"네."

"좋아."

이제 그는 나에게 기름진 헝겊을 던지며 말했다.

"받으시오. 이걸로 상처를 빨리 묶고. 우리는 곧 출발할 거요."

다음으로 두걸은 족제비 상인 남자와 루퍼트라는 뚱뚱한 남자를 보며 말했다.

"너희 둘은 말을 데려와."

104

나는 불쾌한 기분으로 헝겊을 돌려 보았다.

"이건 못 써요. 더럽잖아요."

그러자 두걸은 눈 깜짝할 사이에 내 어깨를 꽉 잡더니, 얼굴을 가까이 대고 검은 눈동자로 날 노려보았다.

"어떻게든 하시오."

남자는 날 확 밀치고는 문으로 성큼성큼 걸어가 부하 둘과 함께 사라졌다. 온몸이 적지 않게 떨려 왔어도, 나는 최선을 다해 총탄을 맞은 상처를 감았다. 더러운 목도리 천을 사용한다는 건 의학 교육을 받은 나로서는 생각할 수조차 없는 일이었다. 그래서 무섭고 당황스러운 마음을 애써 누르며 좀 더 적당한 걸 찾아보았다. 재빨리 넝마 더미를 뒤져보았지만 쓸 만한 건 아무것도 찾지 못해서, 결국 내 속치마 레이온 천을 잘게 찢어 사용하기로 했다. 멸균은 아니더라도, 당장 쓸 수 있는 천 중에서는 제일 깨끗했다.

청년의 리넨 셔츠는 낡고 해졌지만 놀랄 정도로 질겼다. 난 힘들여 나머지 소매를 찢어 그걸로 임시 팔걸이 붕대를 만들었다. 그리고 한 걸음 물러서서 즉석에서 야전 치료를 한 결과를 살펴보려다가, 조용히 들어와 지켜보고 있던 커다란 남자에게 확 부딪치고 말았다.

그는 내가 만든 붕대를 흡족한 눈빛으로 바라보았다.

"잘했소, 아가씨. 나오시오. 준비가 됐소."

두걸은 여자에게 동전 하나를 건네고 나를 급히 오두막에서 밀어냈다. 아직도 얼굴이 조금 하얗게 질린 제이미도 뒤에서 천천히 따라왔다. 낮은 의자에서 몸을 일으킨 모습을 보자, 그가 키가 아주 크다는 게 드러났다. 두걸도 꽤 큰 남자인데, 제이미는 두걸보다 몇 센티미터는 더 컸다.

밖에는 여섯 필의 말이 있었다. 검은 수염을 기른 루퍼트와 머타는 말을 잡고서 나직한 게일어로 짐승들을 다정하게 얼렀다. 밤하늘엔 달이 없었지만, 별빛이 환하게 비춰 마구에 붙은 금속이 수은 빛으로 번쩍였다. 나는 하늘을 바라보며 경이로움에 감동해 숨이 멎을 지경이었다. 밤하늘은 이제껏 한 번도 본 적 없는 찬란한 별들로 가득했다. 주변 숲을 살펴보자 이해가 되었다. 밤하늘의 빛을 가릴 도시의 불빛이 없기에, 이곳 별들은 거리낌없이 밤을 가장 환하게 빛내는 존재가 된 것이다.

그러다 그만 우뚝 멈춰 서고 말았다. 문득 드는 오싹한 기운은 싸늘한 밤공기 때문이 아니었다. 도시의 불빛이 없다니?

아까 "도시라니요?"라고 묻던 여자의 말이 떠올랐다. 전쟁 동안 공습경보와 정전에 익숙해진 터라, 조명이 없는 상황이 이번이 처음도 아니었다. 하지만 지금은 전쟁이 끝났잖은가. 그러니 인버네스 시내의 불빛은 몇 킬로미터 떨어진 이곳까지 보여야 한다.

어둠 속이라 모여 선 남자들은 형체가 보이지 않았다. 나는 몰래 빠져나가 숲속으로 들어갈 생각했지만, 두걸은 내 생각을 예측했다는 듯 팔꿈치를 잡고서 말 쪽으로 끌고 갔다.

"제이미, 일어나라. 이 아가씨를 네 앞에 앉히고 가."

그는 청년을 부르며 내 팔꿈치를 꽉 쥐었다.

"제이미가 한 손으로 고삐를 다 쥘 수 없다면 당신이 고삐를 쥐시오. 하지만 우리와 멀리 떨어지지 않도록 주의하시오. 혹시라도 허튼짓을 한다면 목을 베어 버리겠소. 내 말 알아듣겠지?"

목이 바짝 말라와 대답을 할 수가 없어 그저 고개를 끄덕였다. 그의 목소리가 특별히 위협적인 건 아니었지만, 그 말엔 의심의 여지가 없었다. 나는 '허튼짓'을 할 마음이 없었다. 무슨 짓을 해야 할지도 몰랐으니까. 여기가 어딘지, 같이 있는 이 사람들은 누군지, 왜 이토록 급하게 떠나야 하는지, 어디로 가는지 아무것도 모르는데. 하지만 이들과 함께 가지 않는다면 뭘 해야 할지 합리적인 대안이 떠오르지도 않았다. 지금쯤 벌써 나를 찾고 있을 게 분명한 프랭크가 걱정되었지만, 지금은 그런 생각을 할 때가 아닌 것 같았다.

두걸은 내가 고개를 끄덕이는 걸 본 모양이었다. 그는 내 팔을 놓더니 갑자기 옆에서 몸을 불쑥 숙였다. 내가 멍하니 내려다보고 있자, 그는 결국 쇳소리를 질렀다.

"발을 주시오, 아가씨! 발을 내놓으라고! 아니, **왼쪽 발!**"

그는 혐오스럽다는 듯 덧붙였다. 나는 급히 오른발을 그의 손에서 내리고는 왼발을 올렸다. 두걸은 나지막하게 투덜대며 나를 제이미가 앉은 안장 앞에 번쩍 들어 올렸고, 제이미는 성한 팔로 나를 바짝 끌어안았다.

처한 상황이 참 어색하긴 했지만, 그래도 스코틀랜드 청년의 온기가 느껴지니 고마웠다. 그에게 나무를 태운 연기 내음과 피비린내, 안 씻은 남자 냄새가 강하게 났어도, 내 얇은 원피스 사이를 파고드는 밤공기가 차가웠기 때문에 그 몸에 등을 기댈 수 있어서 다행이었다.

말굴레가 조용히 흔들리는 소리만이 들리는 가운데, 우리는 별이 빛나는 밤을 헤치며 나아갔다. 남자들은 이따금 조심하라고 경고를 건네는 것 외에는 아무 말이 없었다. 이윽고 제대로 된 길에 이르자마자 말들이 달리기 시작했다. 그러자 온몸이 어찌나 심하게 흔들려 불편하던지, 누가 옆에서 기꺼이 들어 준다고 해도 말을 하고픈 생각이 없어졌다.

나와 같이 말을 탄 청년은 한 손만 사용하고 있었는데도 별로 불편한 것 같지 않았다. 그가 말을 몰기 위해 이따금 자세를 바꾸며 몸을 밀어 올 때마다 내 다리에 그의 허벅지가 느껴졌다. 나는 짧은 안장 끝을 움켜쥐며 어떻게든 가만히 앉아 있으려고 했다. 전에도 말을 타 본 적이 있긴 했지만, 이 제이미라는 남자만큼 많이 타 본 건 아니었으니까.

이윽고 교차로에 도착하자 우리는 잠시 멈추어 쉬었다. 대머리 남자와 지도자인 두걸이 낮은 목소리로 대화를 나누었다. 제이미는 말고삐를 목 위에 얹고서 말이 길가에 난 풀을 뜯게 두었다. 그리고 내 뒤에서 몸을 꿈틀대며 돌리기 시작했다.

"조심해요! 그렇게 몸을 비틀지 말아요. 자칫하다가는 붕대가 풀어진다고요! 지금 뭐 하려는 건가요?"

"내 플래드를 덮어 드리려고요. 떨고 있잖아요. 하지만 한 손으로 할 수가 없네요. 제 브로치 걸쇠를 풀어 주시겠어요?"

이리저리 당기고 어색하게 자세를 움직인 끝에, 우리는 플래드를 느슨하게 풀었다. 그는 놀라우리만큼 능숙한 솜씨로 천을 돌려 펼치더니 숄처럼 자기 어깨에 둘렀다. 그리고 플래드 끝을 내 어깨로 넘겨 안장 가장자리에 단정하게 끼웠다. 우리는 둘 다 천에 따스하게 감싸였다.

"됐다! 이러면 도착하기 전에 당신이 꽁꽁 얼지 않겠지요."

나는 따뜻한 온기에 감사하며 말했다.

"고마워요. 하지만 우리 어디로 가는 건가요?"

그의 얼굴은 내 뒤에 솟아올라 있어서 보이지 않았지만, 그는 잠시 말이 없었다. 그러다 마침내 짧게 웃으며 대답했다.

"솔직히 말하자면, 저도 몰라요, 아가씨. 도착하면 알게 되지 않을까요?"

———

우리가 지나는 전원 지역은 어쩐지 희미하게 낯이 익었다. 저 앞에 보이는 커다란 바위는 확실히 아는 것이었다. 수탉 꼬리 모양 바위 맞지?

"코크나몬 바위네요!"

내가 소리치자, 제이미는 내가 알아봤다는 사실에 침착하게 대꾸했다.

"네, 그렇군요."

"잉글랜드인이 저기 매복하고 있는 거 아니에요? 여기에 잉글랜드 순찰대가 있다면……."

나는 지난 몇 주 동안 프랭크가 나를 즐겁게 해준답시고 지역 역사 이야기를 지루하리만큼 세세하게 늘어놓던 순간을 떠올리며 물었다가 그만 말꼬리를 흐렸다. 만약 잉글랜드 순찰대가 정말로 여기 있다면, 방금 괜한 말실수를 한 것이겠지.

하지만 그들이 매복 공격을 한다면, 나도 이 청년과 같이 플래드를 덮고 있으니 구별이 되지 않을 것이다. 게다가 조너선 랜들 대장을 떠올리자 나도 모르게 몸서리가 쳐졌다. 갈라진 선돌 안으로 걸어 들어온 후 일어난 모든 일을 따져 보면 한 가지 결론이 나왔으니까. 전적으로 말도 안 되는 이야기이긴 했다. 내가 숲속에서 만난 남자는 사실 프랭크의 6대 선조라는 것이다. 이 생각을 정말이지 받아들이고 싶지 않았지만, 그렇다고 사실에 입각한 또 다른 결론이 있는 것도 아니었다.

처음엔 이게 평소보다 좀 더 생생한 꿈이 아닐까 싶었다. 하지만 랜들의 키스는 무례할 정도로 친근했고 또 즉각적인 신체의 감촉으로 다가왔기에, 아무리 생각해도 꿈일 수가 없었다. 게다가 머타에게 머리를 얻어맞은 것도 역시 꿈이라 볼 수가 없었다. 아직도 두피가 쓰라렸으니까. 지금은 안장에 쓸리는 안쪽 허벅지도 쓰라렸다. 그리고 그 피. 나는 종종 피가 나오는 꿈을 꿀 만큼 피를 많이 보며 살아왔다. 하지만 피비린내가 나는 꿈을 꾼 적은 없었다. 지금 내 뒤에 있는 남자에게 풍겨 오는 톡 쏘는 듯한 구리 냄새가 어떻게 꿈이란 말인가.

"워, 워."

제이미는 우리가 탄 말을 조용히 몰며 두걸 옆으로 다가갔다. 그리고 어두운 형체만 보이는 남자와 게일어로 조용히 대화했다. 이 윽고 다른 이들도 달리던 말의 속도를 늦추어 걸었다.

이제 지도자의 신호에 맞추어 제이미와 머타, 자그마한 대머리 남자는 뒤로 물러섰고, 나머지 두 남자는 말에 박차를 가해 오른편 으로 400미터쯤 떨어진 바위를 향해 달려갔다. 어느새 하늘에 떠오른 반달 덕분에 길가에 핀 아욱 잎사귀가 또렷이 보일 만큼 밝아지긴 했지만, 바위틈에 난 그림자 속엔 얼마든지 숨을 수 있었으니까.

두 사람이 바위를 향해 달려가는 순간, 움푹 팬 바위틈에서 머스킷 총의 불꽃이 튀었다. 내 뒤에서 오싹한 비명이 들리더니, 말이 날카로운 막대기에 찔린 듯 앞발을 펄쩍 들었다. 순간 우리는 헤더 꽃이 펼쳐진 벌판 위의 바위로 달려갔다. 머타와 다른 남자들도 나란히 달리며 밤공기 사이로 모골이 송연해질 비명과 고함을 질러 댔다.

나는 필사적으로 안장 머리에 매달렸다. 그러다 커다란 가시금작화 덤불 옆을 지날 때 제이미가 갑자기 말을 세우더니 내 허리를 잡고서 인정사정없이 덤불 위에 내던졌다. 날 버린 말은 급히 방향을 바꾸고선 다시 질주를 시작했다. 제이미는 말을 타고 바위를 빙돌아 남쪽으로 향했다. 안장에 낮게 웅크린 청년을 태우고 말은 바위 그림자 뒤로 사라졌다. 잠시 후 다시 말이 달려 나왔을 때는 안장 위에 아무도 없었다.

바위 표면은 그림자가 드리워져 있었다. 고함 소리와 더불어 이따금 총성이 들렸지만, 내가 본 움직임이 사람인지 아니면 바위틈에서 어정쩡하게 자란 떡갈나무의 그림자인지 분간할 수가 없었다.

나는 치마와 머리카락에서 가시금작화를 힘겹게 떼어 내며 덤불에서 빠져나왔다. 그리고 손등에 난 상처를 핥으며 이제 어떻게 해야 하나 생각했다. 바위에서 벌어지는 전투의 결과를 기다릴 수는 없었다. 스코틀랜드인이 이긴다면, 아니 최소한 살아남는다면 날 찾으러 돌아오겠지. 하지만 그게 아니라면 잉글랜드인에게 접근할 수도 있겠지만 그들은 스코틀랜드인과 함께 이동 중이었던 나를 한 패라고 생각할 확률이 높았다. 어느 편을 택해야 할까. 전혀 알 수가 없는 와중에도 한 가지는 확실했다. 오두막에서 남자들의 행동을 본 바에 따르면, 그들은 잉글랜드인들이 절대로 용납할 수 없는 일을 꾸미고 있었다.

어쩌면 이 갈등 상황에서 아예 빠져나가는 게 더 좋을지도 모른다. 어쨌든 여기가 어딘지 알았으니, 내가 아는 마을이나 도시로 돌아갈 기회가 생긴 것이다. 비록 걸어서 가야겠지만. 나는 마음을 단단히 먹고 길을 향해 걷기 시작했다. 그러다 코크나몬 바위와 같은 재질인 화강암 덩어리에 걸려 수없이 넘어졌다.

달빛에 의지하여 걷는 건 생각보다 쉽지 않았다. 바닥이 보이긴 했어도 깊이감이 느껴지지 않아서였다. 낮게 깔린 식물과 들쭉날쭉 튀어나온 돌멩이들이 모두 같은 높이로 보였다. 있지도 않은 장애물을 피하느라 발을 높이 들거나, 튀어나온 바윗돌을 보지 못하고 부딪치기 일쑤였다. 나는 뒤에서 나를 쫓아오는 소리가 들리지 않나 귀를 기울이며 최대한 빠르게 걸었다.

길에 다다랐을 때 전투의 소음은 사라져 있었다. 도로에 서자 내가 너무 잘 보인다는 사실을 깨달았지만, 어쨌든 도시로 가는 길을 찾으려면 그 길을 따라가야 했다. 지금은 어두워서 방향 감각도 없었고, 별을 보고 방향을 찾는 법을 프랭크에게 배운 적도 없었다. 프랭크를 생각하자 울고 싶어져서 나는 다른 생각을 해야 했다. 그래서 오후에 벌어졌던 일을 곰곰이 따져 보았다.

허무맹랑한 생각일지언정, 아무리 봐도 지금 내가 있는 곳은 18세기 후반의 관습과 정치 상황이 고스란히 드러나는 곳이었다. 제이미라는 청년이 다친 걸 보지 않았더라면, 나는 이 모든 게 다 화려한 의상을 갖춘 세트장이라고 생각했을 것이다. 하지만 제이미의 상처는 머스킷 탄환을 맞아 생긴 게 분명했다. 상처의 흔적을 보면 알 수 있었으니까. 오두막 안에서 봤던 남자들의 행동 역시 연극 같지 않았다. 그들은 진지했고, 들고 있던 단검과 장검도 진짜였다.

혹시 이 사람들이 역사적 장면을 주기적으로 재현하는 마을 주민들인 건 아닐까? 독일에는 실제로 그런 마을이 있다고 들었다. 하지만 스코틀랜드에 그런 마을이 있다는 건 금시초문이었다. **게다가 배우들끼리 머스킷 총을 서로 쏴 댄다니, 말이 돼?** 머릿속 이성이 불편한 느낌으로 스스로를 조롱했다.

바위를 돌아보며 내 위치를 확인한 다음, 하늘을 바라보자 온몸의 피가 싹 식었다. 나무가 하늘을 온통 어둡게 가려서 보이는 것이라고는 나뭇가지에 달린 솔잎뿐이었다. 그럼 인버네스시의 불빛은 어디에 있지? 코크나몬 바위가 뒤쪽에 있으니까, 인버네스시는 남서쪽으로 5킬로미터쯤에 반드시 있어야 했다. 여기서는 저 하늘 너머로 도시의 불빛이 보여야 한단 말이다. 만약 도시가 있다면 말이다.

나는 추위에 오들오들 떨며 몸을 꼭 끌어안았다. 내가 살던 시대가 아닌 다른 시대에 와 있는 거라는 말도 안 되는 생각을 인정한다 하더라도, 인버네스는 600년이나 된 도시이기 때문에 지금도 엄연히 존재했다. 그곳에 가면 있는 곳이었다. 하지만 보아하니 불빛은 없어 보였다. 그렇다면 전깃불이 없다는 강력한 증거였다. 또 다른 증거가 생겼군. 하지만 대체 이 증거가 다 무슨 뜻이란 말인가?

순간, 바로 앞 어둠 속에서 어떤 형체가 불쑥 나타났다. 하마터면 부딪칠 뻔한 나는 비명을 억누르며 돌아서 도망치려 했지만, 커다란 손이 내 팔을 잡고 탈출을 저지했다.

"걱정하지 마세요, 아가씨. 나니까."

"그래서 걱정이거든요?"

나는 짜증스럽게 대꾸했지만, 사실은 제이미를 만나서 안심했다.

다른 남자는 몰라도 제이미는 무섭지 않았다. 물론 그 역시 위험해 보이긴 마찬가지였지만, 그래도 어린 사람이니까. 보아하니 그는 나보다도 어린 것 같았다. 그리고 최근에 내가 환자로 치료해 준 사람을 무서워하기란 쉽지 않았다.

"혹시 그 어깨를 무리하게 쓴 건 아니겠죠?"

나는 병원 수간호사의 위엄 있는 목소리로 꾸짖었다. 만약 내가 충분히 권위를 세워 말할 수 있다면, 이 남자더러 날 놓아달라고 말할 수도 있을 텐데.

"사실은 당신의 얇은 속옷 천이 별 도움이 안 되더라고요."

그는 순순히 인정하며 성한 팔로 어깨를 주물렀다.

그런데 제이미가 달빛이 비치는 쪽으로 몸을 움직이자 셔츠 앞에 커다랗게 피가 번진 모습이 보였다. 즉시 떠오르는 생각은 동맥 출혈이라는 것이었다. 아니, 그렇다면 어떻게 멀쩡히 서 있을 수 있는 거지?

"다쳤군요! 어깨 상처가 벌어졌나요? 아니면 새로 또 상처가 났어요? 여기 앉아서 보여 줘요!"

나는 소리치며 그를 돌무더기 쪽으로 밀고는 어떻게 긴급 치료를 할까 빠르게 머리를 굴렸다. 구급 물품도 없고, 지금 입은 옷밖에 쓸 만한 게 없었다. 우선 지혈을 시켜야 하기에 남은 속옷에 손을 뻗었을 때였다. 그가 웃는 게 아닌가.

"아녜요, 신경 쓰지 마세요, 아가씨. 이건 내 피가 아니거든요. 뭐, 나도 조금은 흘렸지만요."

그는 피에 젖은 천을 몸에서 조심스레 떼어 냈다.

나는 약간 구역질이 나는 걸 애써 삼키고는 힘없이 외마디를 내뱉었다.

"아."

"두걸이랑 다른 사람들은 길옆에서 기다리고 있어요. 가시죠."

그는 내 팔을 잡았다. 이건 기사도를 발휘하는 것이라기보단 억지로 끌고 가려는 행동이었다. 나는 위험을 무릅쓰기로 결심하고 발에 힘을 주었다.

"싫어요! 난 같이 안 가요!"

내가 저항하자 그는 놀라서 걸음을 멈추었다.

"아뇨, 같이 가야 해요."

그는 내가 저항하는데도 별로 화가 난 것 같지 않았다. 사실을 말하자면, 내가 다시는 납치되지 않겠다며 거부하는 모습을 살짝 재미있어하는 기색이었다.

"내가 안 간다면 어떡할 건데요? 내 목이라도 벨 건가요?"

나는 어디 해 보라는 듯이 대들었다. 그는 대안을 생각하고는 침착하게 대답했다.

"아니, 그럴 리가요. 하지만 당신은 별로 무거워 보이지 않으니까, 움직이지 않겠다면 내가 번쩍 들어서 어깨에 메고 가면 되죠. 그러기를 바라세요?"

제이미는 내게 한 발짝 다가왔고, 나는 황급히 물러났다. 어깨가 다치든 말든, 이 청년은 보아하니 분명히 그럴 것이다.

"아뇨! 그러면 안 돼요. 어깨가 또 상할 거라고요."

그의 얼굴은 잘 보이지 않았지만, 빙긋 웃자 치열이 달빛에 반짝였다.

"음, 그렇다면 내가 자해하기를 바라지 않으시니까, 나와 같이 가실 거죠?"

애써 할 말을 떠올려도 나오지 않아서 그만 제때 대답하지 못했다. 그는 다시 내 팔을 꽉 잡았고, 우리는 함께 길 쪽으로 향했다.

내가 돌이나 풀에 걸려 넘어질 때마다 제이미는 나를 꼭 붙잡아 바로 일으켰다. 그는 마치 대낮에 포장도로를 걷듯 울창한 들판을 걸어갔다. 나는 못마땅한 마음으로 생각했다. 고양이처럼 감각이

114

발달했나 보네. 그래서 어둠 속에서 나한테 슬그머니 다가올 수 있었구나.

그의 말대로, 다른 남자들은 멀지 않은 곳에서 말을 탄 채 기다리고 있었다. 모두 있는 걸 보니 죽거나 다친 사람은 없는 것 같았다. 나는 다시 안장에 털썩 주저앉았다. 그러다 내 머리가 의도치 않게 제이미의 다친 어깨를 치자, 그는 숨을 나지막이 들이마셨다.

다시 붙잡힌 것이 너무 분하기도 하고, 또 그의 아픈 어깨를 건드린 게 미안하기도 한 마음을 애써 감추려 나는 짐짓 위압적인 태도를 보였다.

"당신은 아파도 싸요. 험한 들판을 마구 돌아다니면서 덤불과 바위 사이를 헤집었잖아요. 어깨를 움직이지 말라고 말했는데 듣지도 않고. 지금은 근육이 찢어지고 멍도 들었을 거라고요."

나의 꾸짖음에 그는 즐거워하는 것 같았다.

"뭐, 선택의 여지가 없었어요. 내가 어깨를 움직이지 않았다면, 몸뚱이 자체가 아예 움직이지 못하게 되어 버렸을걸요. 난 한 손으로도 빨간 코트 놈을 처치할 수 있다고요. 두 명도 가능하죠. 세 명까진 안 되겠지만."

그는 약간 자랑스럽게 말했다. 그리고 피범벅이 된 셔츠로 날 끌어당겼다.

"그리고 지금 가는 곳에 도착하면 다시 날 치료해 주면 되잖아요."

"누가 치료해 준대요?"

나는 차갑게 대꾸하며 끈적한 천에서 몸을 떼어 냈다. 그가 말에 타자 우리는 다시 출발했다. 남자들은 싸움을 마치고 난 후라 기분이 격하리만큼 좋아져서 수없이 웃고 농담을 던졌다. 복병이 있을지 모른다고 넌지시 알려 준 나의 미미한 공로는 꽤 칭찬을 받았다. 남자들은 나를 치하하며 저마다 가져온 술병을 열어 축배를 들었다.

나도 몇 번 술을 권유받았지만, 처음에는 거절하면서 맨정신으로도 안장에 앉아 있기가 쉽지 않다는 이유를 대었다. 남자들이 이야기하는 걸 들으니, 바위에는 열 명 정도의 소규모 잉글랜드 순찰대가 머스킷 총과 검으로 무장하고 있었다 했다.

누군가 제이미에게 술병을 건넸다. 그가 술을 마시자 뜨겁고 싸한 냄새가 풍겨 왔다. 나는 전혀 목마르지 않았지만, 희미한 꿀 향기를 맡으니 배가 죽을 만큼 고프다는 게 떠올랐다. 그러고 보니 식사를 한 지 꽤 되었구나. 배 속에서 민망할 정도로 꼬르륵거리는 소리가 울려 퍼졌다. 이제껏 아무것도 먹지 않은 나를 비난하는 듯한 소리였다.

"아니, 야, 제이미 녀석아, 배가 고프냐? 아니면 백파이프라도 연주하냐?"

이 소리를 제이미가 냈다고 착각한 루퍼트가 소리쳤다.

"백파이프를 씹어 먹고 싶을 정도로 배가 고프긴 해요."

제이미가 소리쳐 대답했다. 기사도 정신을 발휘해 내 실수를 가려 주었구나. 잠시 후, 그는 내 앞으로 술병 든 손을 불쑥 내밀며 속삭였다.

"한 모금 마시는 게 좋을 거예요. 배가 차지는 않겠지만, 배고픔은 잊을 수 있을 테니."

배고픔 말고도 잊고 싶은 게 한두 가지가 아니었다. 부디 다 잊을 수 있기를 바라며, 나는 술병을 기울여 액체를 삼켰다.

———

제이미의 말이 옳았다. 위스키는 속에서 미미하지만 따스하게 열기를 뿜으며 내 배 속을 편안하게 달구었다. 우리는 아무 일 없이 몇 킬로미터를 이동했고, 가는 동안 번갈아 고삐를 잡고 위스키를 나누었다. 하지만 폐허가 된 오두막에 가까이 왔을 때쯤, 뒤에 앉은 제이미가 호흡을 점점 몰아쉬더니 나중엔 헐떡거리기까지 했다. 그렇지 않아도 불안정해서 단조로이 흔들리고 있던 우리의 자세가 이제는 갑자기 종잡을 수 없을 만큼 흔들렸다. 나는 당황했다. 술 조금 마셨다고 나도 취하지 않는데 이 남자가 취했을 리는 없었기 때문이다.

"멈춰요! 도와줘요! 이 사람 떨어지려고 해요!"

아까 예상치 못하게 말에서 떨어진 기억이 나자, 또 그런 꼴이 되고 싶지는 않았다.

어두운 형상들이 휙 돌아서더니 우리를 둘러쌌다. 다들 어리둥절한 채로 중얼거리는 소리가 들렸다. 제이미는 돌을 넣은 자루처럼 머리부터 스르르 떨어졌지만 다행히도 누군가의 팔 위로 안착했다. 나머지 남자들이 말에서 내려 그를 들판에 눕히는 동안 나는 허둥지둥 말에서 내렸다.

"그래도 숨은 쉬고 있어."

"아아, 정말 도움 되는 말이로군요."

나는 이렇게 쏘아붙이며 어둠 속을 정신없이 더듬어 맥박을 찾았다. 드디어 찾아낸 맥박은 매우 빨랐지만 상당히 강했다. 제이미의 가슴에 손을 얹고 입에 귀를 대자, 가슴이 규칙적으로 상승과 하강을 반복하고 있었고 헐떡이는 것도 많이 줄어들었다. 나는 몸을 일으켰다.

"내가 보기엔 그냥 기절한 것 같네요. 발밑에 안장주머니를 괴어주고 물이 있으면 좀 가져다줘요."

그들이 내 명령을 즉시 따르는 걸 보자 놀라웠다. 보아하니 이 청년은 그들에게 중요한 존재로구나. 이윽고 제이미는 신음을 흘리며 눈을 떴다. 검은 구멍 같은 두 눈에 별빛이 서렸고, 희미한 빛을 받은 얼굴은 두개골 같았다. 말하자면 하얀 피부를 각진 뼈 위로 둥글게 씌워 놓은 모습이었다.

"난 괜찮아요. 그냥 어지러웠을 뿐이에요."

그는 일어나 앉으려 했지만, 나는 그 가슴에 손을 얹고 다시 눕혔다.

"가만히 누워 있어요."

나는 명령을 내리고 손끝으로 빠르게 검사한 다음 무릎으로 일어서서 옆에 선 형체를 돌아보았다. 덩치가 큰 걸 보니 지도자인 두걸인 듯했다.

"총상에서 다시 피가 나요. 그리고 멍청하게도 칼에 또 찔렸군요. 심각하진 않은 것 같지만, 피를 꽤 흘렸어요. 셔츠가 흠뻑 젖었잖아요. 하지만 얼마나 피가 난 건지는 모르겠네요. 이 사람은 조용히 쉬어야 해요. 적어도 아침까지는 여기서 야영해야겠어요."

그러나 커다란 덩치는 부정적인 기색을 내비쳤다.

"안 되오. 수비대가 감히 따라올 수 없을 만큼 멀리 오긴 했지만, 워치들을 여전히 조심해야 하오. 아직도 24킬로미터는 더 가야 하오."

알아볼 수 없는 남자는 고개를 뒤로 젖혀 별의 위치를 가늠했다.

"적어도 다섯 시간, 아니면 일곱 시간은 걸릴 거요. 당신이 지혈하고 상처를 다시 치료할 만큼은 머물 수 있소. 하지만 그 이상은 안 되오."

나는 치료를 시작하며 혼잣말로 투덜거렸다. 두걸은 부드러운 말로 남자 중 하나를 얼러서 길가에서 망을 보게 했다. 다른 남자들은 잠시 쉬면서 술병을 돌려 마시며 작은 목소리로 수다를 떨었다. 족제비처럼 생긴 머타는 나를 도와 리넨 조각을 찢고 물을 가져오고 붕대를 감을 수 있게 제이미를 일으켜 주었다. 제이미는 몸에 아무런 문제가 없다며 계속 투덜댔지만, 우리는 그가 혼자 움직이는 걸 엄격하게 막았다.

나는 두려움과 짜증을 있는 대로 터뜨리며 쏘아붙였다.

"당신은 하나도 안 괜찮아요. 이 지경인 게 놀랍지도 않고요. 세상 어떤 멍청이가 칼에 찔렸는데도 상처를 돌보지 않죠? 얼마나 피를 심하게 흘렸는지 알아요? 죽지 않은 게 다행이에요. 밤새껏 들판을 쏘다니며 싸우질 않나, 말에서 떨어지질 않나……. 가만히 있으라고, 이 망할 놈의 바보야."

어두운 밤에 레이온과 리넨 조각은 왜 이리 또 손에 안 잡히던지, 짜증이 났다. 천 조각은 마치 이쪽을 놀리듯 하얀 배를 번뜩이며 어두운 물속으로 헤엄치는 물고기처럼 손아귀에서 빠져나가 손에 잡히질 않았다. 밤공기는 싸늘한데도 목에서는 땀이 솟았다. 마침내 한쪽 끝을 묶은 나는 다른 쪽 천을 잡았지만, 그 천은 제이미의 등에서 자꾸만 미끄러졌다.

"가만히 좀 있어, 이…… 이 지랄맞은 망할 놈의 천 쪼가리!"

제이미가 움직인 탓에 아까 묶어 두었던 붕대 끝마저 풀려 버렸다.

순간, 주변에 싸한 침묵이 흘렀다. 그러더니 루퍼트라는 뚱뚱한 남자가 말했다.

"오, 주님. 내 평생 여자가 저런 말을 쓰는 걸 들어 본 적이 없어."

"네가 아직 우리 그리셀 이모를 못 봐서 그래."

누군가 웃으며 대답했다. 그러자 나무 아래 서 있던 어두운 형체가 엄숙한 목소리로 말했다.

"당신은 남편에게 혼나야겠어. 사도 바오로께서 말씀하시기를, 자고로 여자는 잠잠하라고……."

나는 귀 뒤로 땀을 뚝뚝 흘리며 으르렁댔다.

"짜증 나게 참견하지 마요. 사도 바오로한테도 상관 말라 전해요."

나는 소맷자락으로 이마를 닦은 다음, 지시를 내리며 제이미에게 말했다.

"환자를 왼쪽으로 돌려 줘요. 그리고 당신, 내가 붕대 감는 동안 한 번만 더 꼼지락거렸다가는 목을 졸라 버리겠어."

"아, 네."

그는 얌전하게 대답했다.

하지만 마지막 붕대를 너무 세게 감았던지, 싸맨 붕대가 모두 벗겨져 버리고 말았다.

"이런, 하느님이고 나발이고, 지옥에나 떨어져라!"

나는 버럭 소리를 지르며 좌절한 채 손으로 바닥을 쳤다. 순간 다시 싸한 침묵이 흘렀다. 내가 다시 어둠 속을 더듬어 풀린 붕대 끝을 찾는 동안, 나의 여자답지 못한 언사를 두고 다들 한마디씩 해댔다.

길가에 쪼그리고 앉은 멍한 표정의 남자 하나가 말했다.

"저 여자를 생트 안 수도원에 보내야 할 것 같군, 두걸. 우리가 해안을 떠난 후로 제이미가 욕하는 걸 한 번도 들어 본 적이 없거든. 그전에는 선원도 울고 갈 정도로 욕을 지껄이지 않았나? 그런데 수도원에서 넉 달 있다 오니까 욕하는 버릇이 싹 사라졌거든. 제이미, 이젠 네가 주님의 이름을 망령되게 언급하는 일도 없잖아, 그렇지, 녀석아?"

그러자 제이미가 대답했다.

"아저씨도 2월 한밤중에 교회 돌바닥에서 셔츠만 입고 누워서 세 시간씩 참회해 봐요. 욕을 하게 되나 안 하게 되나."

남자들은 일제히 웃었고, 제이미는 계속 말을 이었다.

"물론 참회는 두 시간 걸렸지만, 끝나고 돌바닥에서 일어나는 데 또 한 시간이 걸리더라고요. 처음에는 추워서 내 거시기…… 아니, 몸이 바닥에 붙어 버린 줄 알았는데요, 알고 보니 그냥 몸이 뻐근하게 굳어 버린 거였더라고요."

제이미는 기분이 한결 좋아진 듯했다. 생고생을 하는 와중에도 미소가 나왔지만, 나는 엄하게 대답했다.

"조용히 해요. 안 그러면 아프게 할 테니까."

그가 조심스럽게 붕대 감을 부위를 만져서 나는 그의 손을 쳐 냈다. 그러자 제이미는 뻔뻔스럽게 물었다.

"아, 그거 협박인가요? 제가 술도 나눠 드렸는데 이러기예요?"

남자들은 모두 술병을 돌려 가며 마셨다. 내 옆에 무릎을 꿇고 앉은 두걸은 제이미가 마실 수 있도록 조심스럽게 술병을 기울여 주었다. 숙성되지 않은 위스키의 향이 화끈하게 코를 자극했다. 나는 술병을 막았다.

"더는 술을 마시면 안 돼요. 이 사람에겐 차를 주어야 해요. 정 없다면 물이라도. 술은 안 돼요."

하지만 두걸은 나를 철저하게 무시하고 술병을 막은 손을 치웠다. 그리고 독한 향이 나는 술을 제이미의 목구멍에 콸콸 부어 결국 기침이 나오게 만들었다. 바닥에 누운 환자가 다시 숨을 되찾기가 무섭게 두걸은 다시 술병을 그의 입에 갖다 댔다.

"하지 말라니까요! 아픈 사람을 취하게 만들어서 일어설 수도 없게 하려는 거예요?"

나는 위스키 병에 다시 손을 뻗었다. 하지만 무례하게도 두걸은 나를 팔꿈치로 밀쳤다.

"이 여자 진짜 성깔이 보통이 아니죠?"

제이미는 재미있어하는 기색으로 말했다. 두걸은 내게 명령했다.

"당신 일이나 제대로 하시오. 우리는 오늘 밤 한참을 이동해야 하오. 이 애는 술기운을 빌려서라도 말을 타야 하고."

내가 붕대를 다 묶자마자 제이미는 일어서려 했다. 나는 그를 다시 눕히고 일어나지 못하도록 한쪽 무릎을 그의 가슴에 댔다.

"움직이면 안 돼요."

나는 사납게 말하고선 두걸의 킬트 자락을 붙잡고 거칠게 당겼다. 옆으로 돌아와서 앉으라는 뜻이었다.

"이것 보세요."

병동 수간호사다운 목소리로 명령한 나는 피가 뚝뚝 떨어지는 망가진 셔츠 더미를 그의 손에 확 던졌다. 두걸은 혐오스럽다는 소리를 지르며 천을 떨어뜨렸다.

나는 그의 손을 잡아 제이미의 어깨에 얹었다.

"그리고 여길 좀 보세요. 칼날 같은 게 승모근을 찔렀어요."

"총검이었어요."

제이미는 도와준답시고 설명했다.

"총검이라니! 왜 이야길 안 했어요?"

내가 소리치자 그는 어깨를 으쓱였지만 그도 잠시, 통증을 느끼고선 가벼운 신음을 흘렸다.

"총검이 들어가는 느낌은 났는데, 그땐 얼마나 다쳤는지 몰랐거든요. 별로 아프지 않아서."

"그래서 지금은 아픈가요?"

"네. 아파요."

그는 짧게 대답했다. 나는 너무 화가 나서 소리쳤다.

"잘했네요. 아파도 싸네. 이젠 좀 알겠죠? 시골을 돌아다니며 젊은 여자를 납치하고, 사람을 주, 죽이고 그러면 어떻게 되는지……."

참 우습게도, 나도 모르게 눈물이 복받쳐 올랐다. 나는 입을 다물고 애써 눈물을 삼켰다.

두걸은 이 대화를 더는 참고 듣지 않았다.

"음, 어쨌든 말을 제대로 타고 갈 수 있겠어?"

나는 분개한 채 소리쳤다.

"이 사람은 아무 데도 못 가요! 병원에 누워 있어야 한다고요! 절대로 그럴 수는……."

이번에도 나의 항의는 철저하게 무시당했다. 두걸이 다시 물었다.

"말을 탈 수 있겠어?"

"네. 일단 이 아가씨를 가슴에서 떼어 주신 다음, 깨끗한 셔츠 한 장 갖다주시면 탈게요."

4
성으로 가다

나머지 여정은 별일 없이 지나갔다. 야밤에 머리끝에서 발끝까지 무장한 킬트 차림 남자들에게 둘러싸여, 부상당한 남자와 함께 말을 타고 24킬로미터의 거친 길을 달리며, 가끔은 길이 아닌 곳도 지나는 게 별일이 아니라면 말이다. 그래도 노상강도를 만나거나 사나운 들짐승의 습격을 받거나 비를 맞지는 않았다. 이제껏 내게 일어난 엄청난 일에 견주어 보면, 이번 여행길은 꽤 따분한 편이었다.

안개가 자욱한 황야 위로 이리저리 갈라진 빛의 띠처럼 새벽이 다가왔다. 우리의 목적지가 저 앞에 보였다. 어슴푸레한 회색빛 가운데 거대한 윤곽이 보이는 검은 석조 건물이었다.

인적이 드물고 조용한 곳은 이제 끝났다. 성으로 향하는 남루한 옷차림의 사람들이 드문드문 보였다. 그들은 말들이 다가오자 좁은 길 한편으로 비켜서서는 나의 요란한 옷차림을 넋 놓고 바라보았다. 속으로 무슨 생각을 하는지 그들의 얼굴에 다 드러났다.

이곳도 스코틀랜드답게 안개가 짙게 끼어 있었다. 그래도 빛이 어느 정도 있어서 돌다리가 보이기는 했다. 성 앞에 놓인 아치형 다리 아래로 자그마한 시냇물이 흘렀는데, 400미터 정도 떨어진 곳에서 희미하게 빛나는 호수로 이어졌다.

성 자체는 뭉툭하고 단단해 보였다. 화려한 첨탑이나 이빨 모양으로 난 총안 같은 건 없었다. 이건 성이라기보단 거대하게 요새화된 집이라고 봐야 했다. 두꺼운 돌벽이 높이 솟은 가운데 좁다란 창문이 난 집이랄까. 번드르르한 기와를 깔아 둔 지붕 위로 굴뚝이 수없이 늘어섰고, 거기서 뿜어져 나오는 연기는 성의 전체적인 잿빛 분위기에 일조했다.

성의 정문은 마차 두 대가 나란히 드나들 만큼 넓었다. 이 점은 누가 아니라 해도 반박할 수 있었는데, 우리가 다리를 건널 때 마차 두 대가 바로 그렇게 지나가고 있었기 때문이다. 한쪽 마차에는 나무통이, 다른 쪽 마차에는 건초가 실려 있었다. 말을 탄 우리들은 다리 한쪽에 모여 서서 마차가 짐을 싣고 어서 다리를 건너 주기를 조바심 내며 기다렸다.

말들이 젖은 안뜰의 미끄러운 돌바닥 위를 조심스레 걷는 동안, 나는 위험을 무릅쓰고 제이미에게 질문을 던졌다. 길바닥에서 그의 어깨에 붕대를 다시 매어 준 다음에는 이제껏 말을 걸지 않았었다. 제이미 역시 이따금 말이 발을 헛디뎌 몸이 흔들릴 때마다 불편한 기색으로 신음한 것 외에는 내내 침묵했다.

"여기가 어디죠?"

나는 쉰소리로 물었다. 추운 날씨와 더불어 아까 고래고래 소리를 지른 탓에 목이 쉬어 있었다.

"리오흐성입니다."

그는 짧게 대답했다.

리오흐성. 그래, 적어도 여기가 어딘지는 알겠구나. 내가 알던 리오흐성은 바그레넌에서 북쪽으로 48킬로미터 떨어진 곳에 있는 아름다운 폐허였다. 물론 지금도 그림처럼 아름답기는 했다. 다만 성벽 아래에 있는 돼지 사육장과 시궁창 냄새가 감돌고 있어서 그렇지. 이제 나는 내가 18세기 중반쯤에 온 것일지도 모른다는, 말도 안 되는 생각을 서서히 받아들이고 있었다.

제아무리 폭격을 맞았다 한들, 1945년이었다면 스코틀랜드 그 어디에도 이런 더럽고 혼잡한 곳이 있을 리가 없었다. 그런데 여기는 스코틀랜드가 확실했다. 농촌 사람들의 억양을 들어 보면 의심의 여지가 없었다.

"아, 두걸! 일찍 오셨군그래. 대모임 전에는 볼 수 없을 줄 알았는데!"

넝마를 입은 마부 하나가 선두에 선 말고삐를 잡으러 뛰어와서는 말했다.

우리 무리의 선두에 있던 두걸은 안장에서 내려서 말고삐를 지저분한 젊은이에게 맡겼다.

"그래, 음, 이런저런 일이 있어서. 좋은 일도 있고 나쁜 일도 있었지. 나는 형을 만나러 갈 거다. 이 애들을 먹이게 피츠 부인을 불러 주겠나? 다들 아침을 먹고 잠을 자야 해서."

그는 머타와 루퍼트에게 젊은이를 따라가라고 손짓했다. 그들은 함께 뾰족한 아치형 지붕이 달린 통로로 들어갔다.

나머지 우리는 말에서 내려 젖은 안뜰에 섰다. 그리고 입김을 내뿜으며 10분 동안 피츠 부인이라는 사람이 친히 나오기를 기다렸다. 그동안 호기심 많은 아이들이 우리에게 우르르 몰려와서는 내가 어디 출신이고 뭐 하는 사람인지 추측하며 떠들어 댔다. 그중 맹랑한 아이들이 대담하게도 내게 다가와 치맛자락을 잡아당기려던 순간, 진갈색 리넨 옷 위로 간소한 허리받이를 두른 아주머니가 나타나 아이들을 쫓아 버렸다. 커다랗고 건장한 몸집의 아주머니는 이쪽을 보며 소리쳤다.

"아이고, 윌리! 다시 보니 참 좋구나! 네디도 왔네!"

그녀는 자그마한 대머리 남자를 끌어안고 반갑다며 양 볼에 입을 맞추다가 하마터면 그를 넘어뜨릴 뻔했다.

"아침 먹어야지? 주방에 먹을 게 잔뜩 있어. 가서 마음껏 먹어."

이윽고 아주머니는 나와 제이미 쪽으로 고개를 돌리더니, 뱀에게 물린 것처럼 질겁하며 물러섰다. 그리고 입을 딱 벌리고 날 바라보고서는 제이미에게 이 유령 같은 여자는 누구인지 설명을 청했다.

제이미는 내 쪽으로 살짝 고갯짓을 하며 말했다.

"이쪽은 클레어예요."

다음으로 그는 아주머니 쪽으로 고갯짓을 하며 내게 말했다.

"그리고 이쪽은 피츠기번스 부인이고요."

제이미는 두걸이 피츠 부인이라 부르는 아주머니에게 나에 대해 설명하며, 이건 그의 잘못이 아니라는 점을 확실히 했다.

"머타가 어제 이 여자분을 발견했어요. 두걸이 데려오자고 했고요."

피츠기번스 부인은 입을 다물고는 재빨리 판단해 보겠다는 기색으로 나를 위아래로 훑어보았다. 그리고 비록 이상하고 참 야단스러운 복장이긴 해도, 내가 별로 해로운 존재는 아니라고 판단을 내린 듯 미소를 지었다. 이가 몇 개 없었지만 다정하게 웃는 얼굴로 그녀는 나를 포옹했다.

"그렇다면 잘 왔어요. 클레어. 나랑 가서 좀 적당한…… 음."

그녀는 나의 짧은 치마와 어울리지 않는 신발을 보며 고개를 저었다. 그리고 나를 꽉 잡고 어디론가 데려가려던 순간, 나는 제이미가 아프다는 걸 떠올렸다.

"아, 잠깐만요! 제이미를 돌봐야 해요!"

하지만 피츠기번스 부인은 의아해했다.

"아니, 제이미는 알아서 앞가림할 수 있어요. 어딜 가면 아침 식사를 하는지도 알고, 누군가 잠자리도 안내해 줄 거예요."

"하지만 이 사람은 다쳤어요. 어제 총에 맞은 데다 간밤엔 칼에도 찔렸다고요. 말을 태우려고 붕대를 감아 두었지만, 제대로 상처를 치료할 시간은 없었어요. 지금 당장 돌봐 줘야 해요. 감염되기 전에 요."

"감염이라고요?"

"네, 감염이요. 그러니까, 염증이 나지 않게 말이에요. 고름이 나고 붓거나 열이 나지 않게요."

"아, 그래, 무슨 말인지 알겠어요. 그렇다면 아가씨는 어떡하면 좋을지 안단 말이지요? 그러면 치료사인가요? 비턴 가문 사람이에 요?"

"그 비슷해요."

나는 비턴 가문이 어떤 이들인지 몰랐고, 싸늘한 이슬비를 맞으며 바깥에 선 채로 의학을 어디서 배웠는지 자세히 말하고 싶은 마음도 없었다. 피츠기번스 부인도 나랑 같은 마음인 것 같았다. 그래서 한 팔로는 나를 잡고, 반대편 팔로는 저쪽으로 달아나려던 제이미를 불러다가 잡고서 우리 둘 모두를 성으로 끌고 들어갔다.

우리는 한참 동안 차가운 복도를 따라 걸었다. 좁은 복도 옆으로 난 기다란 창문 틈새로 희미하게 빛이 들어왔다. 마침내 우리는 침대 하나와 의자 두 개, 그리고 무엇보다도 불을 피워 놓은 아주 넓은 방에 들어왔다.

나는 잠시 아픈 제이미를 버려두고 꽁꽁 언 손을 녹였다. 피츠기번스 부인은 이런 추위쯤은 아무렇지도 않다는 듯, 제이미를 벽난로 옆 의자에 앉히고는 누더기 셔츠를 부드럽게 벗겼다. 그리고 침대에 있던 따뜻한 퀼트 천을 덮어 주었다. 그녀는 멍들고 부어오른 제이미의 어깨를 툭툭 친 다음, 내가 얼기설기 묶어 둔 붕대를 손으로 콕콕 찔렀다.

나는 벽난로에서 돌아서며 말했다.

"제가 보기엔 상처를 좀 적신 다음에 용액으로 닦아야 할 것 같아요……. 그래야 열이 안 나거든요."

피츠기번스 부인은 훌륭한 간호사가 될 자질이 있었다. 내 말을 대번에 알아듣고 대뜸 묻기만 했다.

"그럼 뭘 갖다줄까요?"

나는 열심히 생각했다. 항생제가 아직 나타나지 않은 세상에서 대체 뭘로 감염을 예방하지? 게다가 약으로 만들 것도 제한되어 있는데. 그렇다면 새벽이 갓 지난 시각에 원시적인 스코틀랜드 성에서 구할 수 있는 게 뭐가 있을까?

순간, 퍼뜩 든 생각에 나는 의기양양하게 소리쳤다.

"마늘이요! 마늘이랑, 혹시 있으시다면 풍년화도 주시면 좋겠어요. 그리고 깨끗한 천 몇 장이랑 끓는 물을 주전자에 담아 주세요."

"그래요. 그건 구할 수 있을 것 같네요. 컴프리도 좀 있으면 좋겠지요. 등골나무 차나 캐모마일 차는 어떨까요? 얘는 밤새껏 힘들었을 것 같은데."

사실 제이미는 피곤에 지쳐 있었다. 너무 고단한 나머지 자기를 무생물처럼 다루는 우리의 대화에 뭐라 항의하지도 못했다.

머지않아 피츠기번스 부인은 앞치마 한가득 마늘과 말린 허브를 담은 천 주머니, 낡은 리넨 천 조각을 가지고 돌아왔다. 그리고 듬직한 팔 한쪽에 자그마한 검은 쇠 주전자를 건 채로, 커다란 물병을 마치 가벼운 깃털 이불처럼 번쩍 들고 있었다.

"자, 아가씨, 이제 어떻게 할까요?"

그녀는 명랑하게 말했다. 나는 물을 끓이고 마늘을 까 달라고 부탁한 다음, 허브 주머니에 뭐가 들었나 살펴보았다. 내가 부탁했던 풍년화와 차로 끓일 컴프리와 등골나무, 그리고 벚나무 껍질 같아 보이는 것들이었다.

"진통제구나."

나는 기분 좋게 중얼거리며, 크룩 씨가 나와 함께 발견한 나무껍

129

질과 허브의 사용법을 설명했던 것을 떠올렸다. 잘됐네. 이게 필요했어.

나는 껍질을 벗긴 마늘 몇 알을 풍년화와 함께 끓는 물에 넣은 다음, 우려낸 물에 천 조각을 넣었다. 등골나무와 컴프리, 벗나무 껍질은 뜨거운 물이 담긴 작은 냄비에 넣고 불 옆에 두었다. 준비하는 동안 마음이 좀 안정되었다. 난 비록 여기가 어딘지, 왜 여기 있는지 알 수 없었지만, 그래도 앞으로 15분 동안은 뭘 해야 하는지 확실하게 알고 있으니까.

"고맙습니다…… 아, 피츠기번스 부인, 이젠 제가 알아서 할 수 있어요. 달리 하실 일이 있으면 가 보셔도 괜찮아요."

내가 정중하게 말하자, 몸집 큰 아주머니는 가슴을 들썩이며 웃었다.

"아, 아가씨! 내가 할 일이야 아주 많지! 그럼 수프를 조금 보내드릴게요. 또 필요한 게 있으면 불러요."

그녀는 놀랄 만큼 빠른 걸음으로 뒤뚱뒤뚱 문으로 가더니, 몸을 빙글 돌려 사라졌다.

———

나는 최대한 조심스럽게 붕대를 풀었다. 하지만 레이온 천이 살에 달라붙어서 마른 피딱지가 조금 떨어지고 말았다. 상처 가장자리를 따라 핏방울이 배어 나왔다. 제이미는 움직이거나 소리 내지 않았지만, 나는 아프게 해서 미안하다고 말했다.

그가 살짝 웃는 모습에 바람기가 슬그머니 깃들었다.

"걱정 마세요, 아가씨. 난 이보다 더 심하게 다쳤던 적도 있으니까. 그것도 아가씨보다 훨씬 덜 예쁜 사람들한테 당했죠."

그는 내가 마늘 달인 물로 상처를 닦아 내도록 몸을 숙였다. 그러다 퀼트 이불이 어깨에서 스르륵 미끄러졌다.

그 순간 나는 보고 말았다. 아까 한 말이 칭찬이든 아니든, 있는 그대로의 사실이라는 걸. 제이미는 정말로 심하게 다친 흔적이 있었다. 등 위쪽은 하얗게 빛바랜 십자형의 흉터로 뒤덮였다. 야만적으로 채찍질을 당한 흔적이었다. 그뿐만이 아니었다. 어떤 곳에는 자그마한 은빛 상처 자국들이 있었는데, 부풀어 오른 곳이 교차되어 있었고, 같은 부위가 몇 번이고 패어서 피부가 떨어져 나가 근육을 찌른 자국이 불규칙했다.

나도 전쟁터에서 간호사로 일하며 상당히 다양한 상처와 부상을 보았지만, 이 상처에는 충격적일 정도로 잔혹함이 드러났다. 나도 모르게 숨을 헉 들이쉬었던지, 그는 고개를 돌려 나의 눈길을 보고서는 성한 어깨를 으쓱였다.

"랍스터백 짓이에요. 일주일에 두 번 채찍질했거든요. 내가 죽을까 봐 같은 날에 두 번 하지는 않았어요. 죽은 사람을 매질하는 건 재미없으니까요."

나는 상처를 닦아 내며 애써 차분한 목소리를 내 보았다.

"누가 이런 짓을 재미로 하겠어요?"

"아닌데요? 그놈을 못 봐서 그래요."

"누구요?"

"내 등가죽을 벗겨 낸 빨간 코트 대장이요. 채찍질이 재미없었다 해도, 적어도 본인은 무척 만족했지요. 난 아니었지만요."

제이미는 씁쓸하게 덧붙였다.

"그 자식 이름은 랜들이에요."

"랜들이요?"

내 목소리에 그만 충격받은 티가 드러났다. 그러자 제이미의 파란 눈이 내 얼굴을 빤히 바라보았다.

"그놈을 아세요?"

제이미의 목소리가 갑자기 의심하는 기색을 보였다.

"아니, 아녜요! 예전에 그런 이름인 가족을 알고 있었어요. 아주 오래, 오래전에요."

나는 긴장한 나머지 상처를 닦던 천을 떨어뜨렸다.

"젠장, 다시 끓여야겠네."

나는 천을 바닥에서 주워 벽난로로 가져갔다. 그리고 바삐 움직이며 혼란스러운 마음을 애써 감추었다. 랜들 대위는 정말로 프랭크의 조상일까? 훌륭한 무공을 쌓고 전쟁터에서 용맹을 떨친 군인이자 공작에게 비밀 임무를 받은 사람이 맞을까? 그렇다면, 착하고 마음씨 고운 내 남편 프랭크의 조상이 이 청년의 등에다가 이토록 끔찍한 자국을 남길 만한 사람이라는 거야?

나는 벽난로 앞에서 분주하게 일했다. 풍년화와 마늘 몇 줌을 냄비에 넣고 천을 적셨다. 드디어 목소리와 표정을 제어할 수 있다는 생각이 들자, 나는 손에 천을 들고 제이미에게 다가갔다.

"왜 채찍질을 당했죠?"

나는 불쑥 물었다. 눈치 없는 질문이었지만, 너무나 알고 싶었다. 그리고 부드럽게 돌려 묻기에는 너무 피곤했다.

제이미는 한숨을 쉬면서 내가 치료하고 있는 어깨를 불편한 듯 움직였다. 그 역시 피곤했으니까. 그리고 내가 최대한 부드럽게 상처를 치료하고 있다 해도, 이 과정은 분명히 아프긴 했다.

"처음에는 탈출해서요. 그리고 두 번째는 절도를 해서요. 뭐, 판결문에는 그렇게 적혀 있더라고요."

"어디서 탈출했는데요?"

"잉글랜드군에게서요. 장소를 묻는 거라면, 포트윌리엄에서 탈출했어요."

그는 빈정대듯 눈썹을 치켜뜨고 대답했다. 나는 그의 무미건조한 말투에 장단을 맞추어 말했다.

"잉글랜드군에게서 도망쳤다는 건 이미 짐작했어요. 그럼 애초에 포트윌리엄에 왜 끌려갔나요?"

제이미는 다치지 않은 쪽 손으로 이마를 문질렀다.

"아, 그거요. 공무 집행을 방해해서 그런 것 같아요."

"공무 집행 방해에, 탈출에, 절도까지라. 아주 위험한 인물 같네요."

나는 가볍게 말했다. 제이미의 정신을 흐트러뜨려서 치료 중 아픔을 못 느끼기를 바라는 마음에서였다.

이런 시도는 약간 효과가 있긴 했다. 커다란 입의 한쪽이 슬며시 올라가더니, 짙푸른 눈동자가 반짝이며 어깨 너머로 돌아보았다.

"아, 전 당연히 위험한 존재죠. 그럼 나랑 같이 방에 있는데 안전할 줄 알았어요? 당신은 잉글랜드 아가씨면서."

"뭐, 하지만 지금만큼은 별로 위험하지 않아 보여요."

내 말은 전적으로 사실이 아니었다. 셔츠도 입지 않고, 온통 피투성이에다 상처투성이인 몸에 뺨에는 수염이 듬성듬성 자라고 밤새껏 말을 타고 와 충혈된 눈까지 보면, 그는 아무리 봐도 악당 같았다. 그리고 제아무리 피곤하다 해도, 욕망이 들면 얼마든지 소동을 피울 능력이 있는 남자였다.

제이미는 웃었다. 웃음소리는 놀라우리만큼 깊었고, 덩달아 웃게 만드는 힘이 있었다.

"네, 둥지 속 비둘기만큼 위험하지 않아요. 너무 배가 고파서 아무도 위협을 할 수가 없네요. 아침밥을 뺏어야 하는 상황이라면 모를까. 여기에 빵이라도 하나 떨어져 있다면 무슨 수를 써서라도 먹을 거예요. 윽!"

"미안해요. 칼에 찔린 상처가 깊은 데다 더러워서요."

"괜찮아요."

하지만 제이미의 구릿빛 수염 아래의 피부는 창백해졌다. 나는 다시 그와 대화를 시도했다.

"정확히 어떤 공무 집행 방해였나요? 중대 범죄는 아니었을 게 분명한데요."

내가 상처를 더 깊이 닦아 내는 동안, 그는 심호흡을 하며 침대 기둥을 단호한 눈빛으로 바라보았다.

"아. 그건 잉글랜드인들이 방해라고 말하는 거고요, 내 입장에서 보자면 가족과 재산을 방어한 거죠. 그 과정에서 나는 반죽음이 되었고요."

그는 더는 말하지 않겠다는 듯 입을 꾹 다물었다. 하지만 잠시 후 어깨의 고통 말고 다른 데 집중하려는 것처럼 말을 이었다.

"한 4년 전쯤이었어요. 포트윌리엄 근처 영지는 수비대가 사용할 식량과 수송용 말 같은 물자를 부담해야 했어요. 사람들은 좋아하지 않았지만, 내야 할 걸 내곤 했죠. 군인들은 장교 하나를 중심으로 작게 무리를 지어 마차 한두 대에 나누어 타고 돌아다니면서 음식과 물자를 조금씩 걷었어요. 그러던 10월 어느 날, 랜들 대위가 랄⋯⋯."

그는 재빨리 정신을 차리고는 나를 힐끗 보더니 말을 고쳤다.

"⋯⋯우리 집으로 왔어요."

나는 계속 말해 보라며 고개를 끄덕이고선 계속 치료했다.

"그놈들이 이렇게 먼 곳까지 올 거라고는 생각하지 않았어요. 거긴 요새에서 한참 가야 하는 곳이거든요. 오기도 쉽지 않고요. 그런데도 왔더라고요."

그는 짧게 눈을 감았다.

"그때 아버지는 안 계셨어요. 옆 농장 장례식에 가셨거든요. 그리고 나는 다른 남자들과 함께 들판에 있었어요. 추수철이 가까워서 할 일이 많았거든요. 그래서 누나만 하녀 두세 명과 집에 혼자 있었어요. 여자들은 빨간 코트를 보자마자 모두 위층으로 올라가서 이

불을 뒤집어쓰고 숨었지요. 악마가 군인들을 보냈다고 생각했거든요. 그건 정말로 틀린 말이 아니었고요."

나는 손을 내렸다. 이제 제일 아픈 치료는 끝났다. 지금은 습포제가 필요했다. 아이오딘이나 페니실린을 구할 수 없기 때문에, 감염을 방지하려면 그게 최선이었다. 그리고 붕대를 단단히 묶어야 했다.

제이미는 눈을 감은 채라서 아직 눈치채지 못한 것 같았다.

"헛간에 마구를 가지러 집 뒤편으로 가고 있는데, 집 안에서 누나가 비명을 지르는 소리가 들렸어요."

"네?"

나는 최대한 조용하고 거슬리지 않도록 목소리를 낮추었다. 나는 이 랜들 대위라는 사람을 너무 알고 싶었다. 이제까지 이야기를 들어 보면, 내가 받은 그의 첫인상을 바꾸는 데 별 도움이 되지 못했다.

"주방에 가 보니까 잉글랜드 놈 둘이 찬장을 털어서 밀가루랑 베이컨을 자루에 넣고 있더라고요. 난 한 놈의 머리를 때렸고, 다른 놈은 창문으로 자루째 던져 버렸어요. 그런 다음에 응접실에 들어가니까 빨간 코트 놈들이 제니 누나랑 있더라고요. 누나의 드레스가 좀 찢어졌고, 한 놈은 얼굴에 상처가 났어요."

그는 눈을 뜨고 미소를 지었지만, 살짝 우울한 기색이었다.

"난 무슨 일이냐고 묻지도 않았어요. 우리는 서로 싸웠죠. 그때 나는 지고 있었어요. 그들은 둘이었거든요. 그런데 랜들이 들어왔어요."

랜들은 제니의 머리에 총을 겨눠서 싸움을 간단히 끝내 버렸다고 했다. 어쩔 수 없이 항복한 제이미는 병사들에게 묶이고 말았다. 랜들은 그에게 매력적으로 미소를 지으며 말했다고 했다.

"이런, 이런. 성질 나쁘게 사람을 마구 할퀴어 대는 고양이가 두

135

마리 있군그래? 고된 노동의 맛을 보면 성질을 좀 죽일 수 있을 텐데. 그걸로도 안 고쳐지면 아홉 꼬리 고양이*라는 게 또 있지. 하지만 이쪽 고양이한텐 다른 훈육법이 있는 것 같군. 안 그런가, 우리 귀여운 아가씨?"

제이미는 턱을 움찔거리며 말을 멈추었다.

"그놈은 제니 누나의 팔을 등 뒤에서 잡고 있었는데, 손을 놓더니 앞으로 돌려서 누나의 드레스 앞섶을 쥐었어요. 이렇게요."

그 장면을 떠올린 제이미는 뜻밖에 미소를 짓더니, 말을 이었다.

"그래서, 누나는 그놈 발을 콱 밟은 다음 팔꿈치로 배를 쳤지요. 그놈이 숨차하면서 허리를 굽히자, 누나는 빙글 돌아서 무릎으로 가랑이를 걷어찼어요."

그는 재미있다는 듯이 짧게 코웃음을 쳤다.

"그래서, 그놈이 권총을 떨어뜨렸거든요. 누나가 잡으려고 했는데, 날 잡고 있던 용기병이 먼저 그걸 잡아 버렸죠."

나는 이미 붕대를 다 감았지만, 제이미의 성한 어깨에 손을 얹은 채로 조용히 뒤에 서 있었다. 그가 내게 말하는 건 모두 중요한 것 같았고, 혹시나 내 존재를 의식하게 되면 말을 멈출까 봐 두려웠다.

"다시 말을 할 수 있게 정신을 차린 랜들은 부하들을 시켜 우리를 밖으로 끌어냈어요. 그놈들은 내 셔츠를 벗기고 마차에 묶었어요. 랜들은 검 등으로 날 때렸지요. 화가 머리끝까지 났지만, 제대로 분노를 터뜨릴 만큼 몸 상태가 좋지는 않았죠. 좀 아프긴 했지만, 그놈은 오래 때리지를 못하더라고요."

잠깐 동안 재미있어하던 기색은 사라지고, 내 손 아래로 그의 어깨가 딱딱하게 긴장했다.

"매질을 멈춘 랜들은 용기병에게 잡혀 있던 누나 쪽으로 돌아섰

---

* 아홉 가닥으로 뻗은 채찍을 일컫는 말로, 영국 왕립 해군에서 사용한 것으로 유명하다.

어요. 그리고 이 꼴을 더 보겠느냐, 아니면 자기와 집 안으로 들어가서 더 즐겁게 해 주겠느냐 물었죠."

어깨는 불편한 기색으로 꿈틀댔다.

"난 움직일 수가 없었지만, 그래도 누나에게 소리쳤어요. 아프지 않다고요. 정말로 심하게 아프지는 않았어요. 그리고 이놈들이 누나 앞에서 내 목을 베는 한이 있더라도 절대로 그놈과 들어가지 말라고 했어요. 그놈들이 내 뒤에서 누나를 붙잡고 있어서 보이지는 않았지만, 내 말을 들은 누나는 그놈 얼굴에 침을 뱉었어요. 분명히 그랬을 거예요. 그다음에 무슨 일이 일어났냐 하면, 그놈이 내 머리채를 잡더니 머리를 뒤로 젖히고 목에 칼을 댔거든요."

랜들은 이를 악물고 이렇게 말했다고 했다.

"그렇다면 원하는 대로 해 주지."

칼끝이 피부를 파고들어 피가 주르륵 흘렀다.

"단검이 얼굴 가까이로 온 게 보이더라고요. 내 피가 마차 아래로 떨어져서 무늬가 생긴 것도 봤어요."

제이미는 꿈꾸는 듯한 말투였다. 그때 난 깨달았다. 이 남자, 너무 피곤하고 아파서 일종의 최면 상태에 빠졌구나. 내가 옆에 있다는 것조차 기억하지 못할지도 몰라.

"난 누나에게 소리쳤어요. 그런 쓰레기에게 누나가 욕을 보이느니 차라리 내가 죽겠다고요. 그랬더니 랜들은 내 목에서 칼을 떼고 이번에는 내 잇새에 날을 박았어요. 그래서 난 소리칠 수가 없었죠."

아직도 쓰라린 쇠 맛이 난다는 듯, 제이미는 입을 문질렀다. 그리고 말을 멈춘 채 멍하니 앞을 바라보았다.

"그래서 어떻게 됐어요?"

이 상태에서 깨우지 말아야 했지만, 다음을 알고 싶었다.

제이미는 잠에서 깨어난 사람처럼 고개를 흔들더니, 커다란 손으로 목덜미를 힘겹게 문질렀다. 그리고 불쑥 대답했다.

"누나는 랜들과 들어갔어요. 그놈이 날 죽일 거라고 생각한 거죠. 어쩌면 그랬을지도 몰라요. 그 후에는 무슨 일이 있었는지 모르겠어요. 용기병 하나가 머스킷 개머리판으로 날 후려쳤거든요. 눈을 떠 보니 수레에 묶여서 닭들과 함께 실려 있더라고요. 그 안에서 덜컹거리면서 포트윌리엄으로 실려갔어요."

"그랬군요. 정말 힘들었겠어요. 참 끔찍한 일이었잖아요."

내가 조용히 말하자 제이미는 갑자기 미소를 지었다. 피로에 멍했던 정신이 다시 돌아온 모양이었다.

"아, 그랬죠. 닭들은 같이 타고 가기 좋은 애들이 아니라서요. 특히 오랫동안 옆에 두고 가려니 힘들더라고요."

상처 치료가 다 끝났다는 걸 눈치챈 그는 몸을 움츠리며 시험 삼아 어깨를 움직여 보았다.

"그러지 말아요! 아직 움직이면 절대로 안 된다고요."

나는 놀라 소리쳤다. 그리고 탁자를 슬쩍 보며 붕대가 넉넉하게 남았는지 확인했다.

"이제 그 팔을 옆구리에 묶을 거예요. 가만히 있어요."

그는 더 이상 말을 하지 않았지만, 아픈 치료는 끝났다는 걸 알아채고는 내 손길 아래에서 조금 긴장을 풀었다. 나는 이 낯선 스코틀랜드 청년에게 묘한 친근감을 느꼈다. 방금 내게 들려준 무시무시한 이야기 때문이기도 하고, 어두운 밤 동안 둘이 꼭 붙은 채로 말없이 꾸벅꾸벅 졸면서 먼 길을 달려왔기 때문이기도 했다. 남편 말고 잠자리를 해 본 남자가 많지는 않지만, 그 전부터 잠을 자게 되면, 특히 누군가와 함께 **자게** 되면 친밀감이 생긴다는 걸 알고 있었다. 마치 나의 꿈이 속에서 흘러나와 상대방과 섞이고, 나와 상대를 무의식적 앎의 담요로 함께 감싸는 것 같다고나 할까. 일종의 추억 회상이란 생각도 들었다. 옛날, 그러니까 좀 더 원시적이었던 시절에는 (**어쩌면 지금이 바로 그 원시 시대가 아닐까?** 내 머릿속에서 이런 생각이 들었다.) 다른 사람이 있는 곳에서 잔다는 건 신뢰의 행위였다. 만약 그 신뢰가 상호적이라면, 그저 잠만 자는 것만으로도 몸을 결합하는 것보다 서로 더욱 가까워질 수 있으리라.

이제 붕대가 다 묶였다. 나는 제이미가 거친 리넨 셔츠를 다친 어깨 위로 편하게 입도록 도와주었다. 그는 일어서서 한 손으로 킬트 속에 셔츠 단을 넣고는 나를 보며 미소 지었다.

"고마워요, 클레어. 재주가 좋으시네요."

제이미는 내 얼굴을 어루만지려는 듯 손을 뻗었지만, 그러다 멈칫하는 것 같았다. 손은 갈 곳을 잃고 흔들리다 도로 허리춤에 떨어졌다. 그 역시 나처럼 묘하게 피어오른 친밀감을 느낀 듯했다. 나는 황급히 시선을 돌리며, 아무 생각도 안 했다는 듯 하릴없이 손을 내저었다.

나의 시선은 방 안을 훑어보았다. 연기로 그을린 벽난로, 유리창도 달리지 않은 좁은 창문, 단단한 떡갈나무 가구들이 보였다. 전기 시설은 없었다. 카펫도 깔리지 않았다. 침대 틀을 장식하는 반짝이는 놋쇠 손잡이도 없었다.

이곳은 정말로 18세기 성처럼 보였다. 그렇다면 프랭크는 어디 있지? 내가 숲속에서 만난 남자는 심란할 정도로 내 남편과 닮았지만, 제이미가 묘사한 랜들 대위는 내가 아는 프랭크와는 완전히 딴판이었다. 내 남편은 자상하고 평화를 사랑하는 사람이란 말이다. 하지만 만약, 랜들 대위가 프랭크의 선조라는 게 사실이라 하더라도…… 이제는 나도 그럴 수 있겠다고 인정하는 그 가설이 사실이라도, 랜들 대위의 성격은 얼마든지 다를 수 있다. 내가 족보로만 알던 사람이 반드시 후손과 똑같다는 법은 없으니까.

하지만 내가 지금 걱정하는 건 프랭크였다. 만약 내가 정말로 18세기에 와 있는 거라면, 프랭크는 어디 있지? 내가 베어드 부인 댁으로 돌아가지 못한다면 프랭크는 어떻게 할까? 다시 그이를 볼 수 있을까? 프랭크에 대해 생각하자 더는 견딜 수가 없었다. 내가 선돌 사이에 발을 들여놓는 순간부터 평범한 삶은 싹 사라지고, 폭행과 협박과 납치와 이리저리 떠밀리는 삶이 이어졌다. 지난 24시간 동안 난 제대로 먹지도 자지도 못했다. 어떻게든 마음을 추스르려 했지만, 입술이 흔들리고 눈시울이 뜨거워졌다.

얼굴을 드러내지 않으려고 벽난로 쪽으로 돌아섰지만, 이미 늦었다. 제이미는 내 손을 잡고서 부드러운 목소리로 왜 그러냐고 물었다. 금빛 결혼반지에 벽난로 불빛이 반짝이자, 나는 참지 못하고 코를 훌쩍이기 시작했다.

"아, 나는…… 괜찮아요. 아무 일도 아니에요. 그냥…… 내…… 남편이…… 난……."

"아, 아가씨, 당신은 남편을 잃었군요?"

그의 목소리엔 동정심이 가득했다. 그만 나는 자제력을 완전히 잃어버렸다.

"아녜요…… 네…… 그러니까 나는…… 맞아요, 그런 것 같아요!"

복받치는 감정과 피로에 지친 나머지, 나는 신경질적으로 흐느끼며 제이미의 품 안에 쓰러졌다.

이 청년은 상황 판단력이 좋았다. 나가서 도움을 청하거나 당황해 물러서는 대신, 제이미는 자리에 앉아 성한 팔로 나를 무릎에 앉히고 꼭 끌어안았다. 그리고 부드러운 게일어를 귓가에 속삭이며 한 손으로 내 머리카락을 쓰다듬었다. 나는 무섭고 가슴 아픈 심정이 뒤섞여 완전히 혼란에 빠진 채로 심하게 울었지만, 제이미가 넓고 따뜻한 가슴에 편안히 날 안고서 목덜미와 등을 쓰다듬어 주는 동안 천천히 울음을 그치게 되었다.

흐느낌이 잦아든 후, 나는 지친 채로 그의 어깨에 몸을 기댄 채 마음을 가라앉혔다. 이 남자가 말을 잘 타는 건 당연하구나. 나는 내 귓등을 부드럽게 쓰다듬는 제이미의 손가락을 느끼며, 또 알 수 없는 말을 부드럽게 중얼대며 마음을 위로해 주는 걸 들으며 생각했다. 내가 말이라면, 이 남자를 태우고 어디든 달려갈 거야.

황당한 생각이었다. 하지만 이 생각과 동시에, 불행하게도 이 젊은이가 완전히 기운 빠진 건 아니었음을 깨닫고 말았다. 사실, 우리 둘 다 당혹스러울 정도로 어딘가가 점점 분명하게 느껴지고 있었다. 나는 헛기침을 하며 목을 가다듬고는, 눈물을 닦으며 그의 무릎에서 스르륵 내려왔다.

"정말 미안해요⋯⋯ 그러니까, 제 말은 고맙다는 거예요⋯⋯ 하지만⋯⋯."

나는 아무 말이나 지껄이면서 얼굴이 화끈거리는 채로 그에게서 물러섰다. 제이미 역시 조금 얼굴이 상기된 채였지만, 당황한 것 같지는 않았다. 그는 내 손을 잡고 다시 날 끌어당겼다. 그리고 나를 달리 만지지 않도록 조심하면서, 내 턱을 손으로 들어 올려 얼굴을 마주 보게 했다.

"날 무서워할 필요 없어요. 여기선 아무도 무서워할 필요 없어요. 내가 같이 있는 한은요."

제이미는 조용히 말하더니 손을 놓고 벽난로 쪽으로 돌아섰다. 그리고 딱딱한 어조로 말했다.

"몸을 따뜻하게 해야 해요, 아가씨. 그리고 뭘 좀 먹어야 하고요. 배 속에 먹을 걸 넣는 게 제일 도움이 될 거예요."

그는 한 손으로 수프를 서툴게 따르려고 했다. 나는 떨떠름하게 웃으며 그를 도와주러 갔다. 제이미의 말은 맞았다. 음식을 먹으니 확실히 기분이 좋아졌다. 우리는 친구가 된 기분으로 묵묵히 수프를 들이켜고 빵을 먹었다. 그리고 온기와 충만함으로 둘러싸여 함께 편안한 느낌을 공유했다.

마침내 제이미는 일어서서 바닥에 떨어진 퀼트 이불을 주워 들었다. 그리고 침대에 이불을 던지고는 나에게 손짓했다.

"좀 자요, 클레어. 완전히 지쳤잖아요. 내가 보기엔 조금 있다가 분명히 누군가 당신과 이야기를 하고 싶어 할 것 같으니까요."

그의 말을 듣자 불길하게도 나의 위태로운 처지가 다시금 떠올랐지만, 나는 너무 지친 나머지 별로 신경 쓰지 못했다. 그래서 괜찮다는 빈말을 형식적으로 던졌을 뿐이었다. 지금 날 부르는 침대보다 더 유혹적인 존재란 이제껏 없었다. 제이미는 다른 곳에서 잠자리를 찾을 수 있다며 나를 안심시켰다. 나는 그가 문에서 나가기도 전에 퀼트 이불 더미에 머리부터 쓰러져 잠에 빠져들었다.

5
매켄지의 일인자

나는 심한 혼란 속에서 깨어났다. 뭔가 아주 잘못되었다는 것만
은 어렴풋이 기억나지만, 그게 뭔지 알 수가 없었다. 사실, 너무 깊
이 잠들었던 나머지 여기가 어딘지는 물론이고 내가 누군지조차 잠
시 기억나지 않았다. 내 몸은 따스했지만, 방은 살을 에는 듯이 추
웠다. 그래서 다시금 고치처럼 두른 퀼트 이불 속으로 파고들려 했
지만, 나를 깨운 목소리는 계속 잔소리를 해 댔다.

"일어나요, 아가씨! 어서, 일어나야 한대도!"

그 목소리는 마치 목양견이 짖는 소리처럼 깊고 온화하면서도 위
협적이었다. 마지못해 눈을 뜨자, 소박한 갈색 천이 한가득 보였다.

피츠기번스 부인이었어! 그녀를 본 나는 충격을 받아 완전히 의
식을 되찾았다. 기억도 되돌아왔다. 그렇다면, 이 모든 게 여전히
사실이구나.

나는 추위를 막으려 이불을 단단히 두르고서 비틀거리며 침대에
서 일어나 얼른 벽난로로 다가갔다. 피츠기번스 부인은 뜨거운 수
프를 한 컵 가져왔다. 그걸 조금씩 들이켜고 있자니 대규모 폭격에
서 생존한 사람 같은 기분이었다. 그동안 부인은 침대에 옷을 한 무

더기 늘어놓았다. 얇은 레이스로 가장자리를 댄 노란빛의 기다란 리넨 속치마와 고운 면 페티코트, 갈색빛 도는 오버스커트 두 벌, 그리고 옅은 레몬빛 보디스였다. 갈색 줄무늬 모직 스타킹과 노란색 슬리퍼 한 켤레까지 조화로운 한 벌의 옷차림이었다.

나의 항의에도 그녀는 전혀 아랑곳하지 않고 내 얼마 안 되는 옷가지를 벗기고는 맨몸부터 차례차례 옷을 입혔다. 그리고 한 발짝 물러서서 만족스러운 눈빛으로 본인의 솜씨를 감상했다.

"노란색이 잘 어울리네, 아가씨. 그럴 줄 알았어. 갈색 머리랑 맞는 색이잖우. 금빛 눈동자 색에도 잘 맞고. 잠깐 있어 봐요. 리본을 좀 달아야겠으니."

그녀는 마대 자루같이 생긴 주머니를 꺼내 들고는 리본 한 움큼과 장신구를 조금 꺼냈다.

저항하기에는 너무 멍한 상태라, 나는 순순히 부인에게 머리카락을 맡겼다. 그녀는 연노랑 리본으로 내 옆머리를 땋았고, 어깨 길이까지 오는 머리카락이 여자답지 못하다며 혀를 찼다.

"세상에나, 어쩜 이래, 무슨 생각으로 머리를 이토록 짧게 잘랐어요? 혹시 남자로 변장하려고 그랬어요? 아가씨들 중에는 그런 분들도 있다고 듣기는 했거든. 여행하는 동안 여자인 걸 숨기려고요. 그래야 괘씸한 빨간 코트들한테 들키지 않고 안전할 수 있으니까. 하긴, 꽃다운 시절의 숙녀분들은 안전하게 길거리를 다닐 수가 없는 법이지."

부인은 계속 나를 여기저기 만지며 머리를 말거나 옷주름을 잡아 주었다. 마침내 나는 그녀가 만족할 만큼 단장을 마쳤다.

"자, 이제 아주 좋네. 그러면 잠깐 뭘 좀 먹어요. 그다음에 그분을 만나 봬야 하니까."

"그분이라니요?"

나는 깜짝 놀라 물었다. 말투가 이상하게 나왔지만 신경 쓸 겨를은 없었다. 그분이 누구든 간에, 곤란한 질문을 던질 게 뻔했다.

"누구긴요, 매켄지 영주님이지 또 누가 있겠어요?"

그래, 또 누가 있을까. 어렴풋이 기억을 떠올리니, 리오흐성은 매켄지 씨족의 영지 한가운데 있었다. 그리고 씨족장은 여전히 매켄지 가문인 게 분명했다. 왜 나와 같이 말 탄 사람들이 밤새껏 성까지 달렸는지 이해가 갔다. 이곳은 왕실의 군대가 쫓아올 수 없는 난공불락의 안전지대였다. 제정신인 잉글랜드 장교라면 부하들을 데리고 씨족의 영토 깊숙이 오는 짓은 하지 않겠지. 그러면 근처에 다다르자마자 나무 뒤에 첫 번째로 매복한 씨족 사람들에게 잡혀 죽을 위험이 있기 때문이다. 상당한 규모의 군대를 동원한다면 성문까지는 올 수도 있을 것이다. 정말로 잉글랜드 군대가 거기까지 쳐들어온 적이 있는지 기억해 보려다가, 나는 문득 깨달았다. 지금은 성이 아니라, 코앞에 큰일이 닥쳐온 내 걱정이나 할 때야.

피츠기번스 부인이 아침 식사로 가져다준 배넉*과 귀리죽을 먹고 싶은 마음은 없었다. 하지만 생각할 시간을 좀 벌 마음으로 음식을 살짝 건드리며 먹는 척을 했다. 그렇게 피츠기번스 부인이 날 매켄지가家의 수장에게 안내해 줄 때까지, 대략적인 계획을 세웠다.

———

매켄지 영주**는 돌계단 꼭대기에 있는 방에서 나를 맞이했다. 그곳은 둥그런 형태의 탑 방으로, 비스듬한 벽에는 그림과 태피스트리가 잔뜩 걸려 있었다. 성의 다른 부분은 모두 소박하지만 편안해 보였는데, 이 방은 호화로운 것들로 가득했다. 가구가 잔뜩 들어차

* 귀리나 보릿가루로 구운 빵.
** 'laird'는 스코틀랜드의 대지주를 뜻하는 말로, 서열은 남작보다 아래, 신사보다 위다. 공식적으로 인정받은 지주만이 이 칭호를 쓸 수 있다. 여기서는 편의상 '영주'로 번역한다.

있고 장식품이 가득했으며, 가느다랗게 들어오는 바깥 햇빛이 아니라 벽난로와 촛불이 안을 따스하게 밝혔다. 성의 외벽은 공격을 방어하기 위해서 높고 가느다란 창문만 나 있는 반면에, 내벽에는 최근에 긴 여닫이창을 달아 햇빛이 그대로 들어오게 두었다.

안으로 들어서자 거대한 철제 새장이 곧바로 눈에 들어왔다. 바닥면에서 천장까지 곡선을 맞추어 정교하게 설계된 새장 안에는 자그마한 새가 수십 마리 들어 있었다. 되새, 멧새, 박새와 갖가지 종류의 울새들이었다. 가까이 다가가 보니, 보송보송하고 매끄러운 몸에 구슬같이 반짝이는 눈을 지닌 새들이 마치 초록색 벨벳 위에 늘어놓은 보석처럼 시야에 가득 들어왔다. 작은 새들은 떡갈나무와 느릅나무, 밤나무 이파리 사이를 쏜살같이 날아다녔다. 새장 바닥에 세워 둔 화분 안으로 정성껏 가꾼 나무들이 뿌리 내린 모습이 보였다. 새들이 포드닥 날며 폴짝 뛸 때마다 명랑하게 지저귀는 새소리 사이로 파닥거리는 날갯짓이 들려왔다.

"조그마한 것들이 참 바쁘게도 움직이지 않소?"

듣기 좋은 굵은 목소리가 뒤에서 들려왔다. 나는 얼굴에 미소를 띤 채로 뒤를 돌아보았다.

콜럼 매켄지는 그의 동생인 두걸 매켄지와 똑같이 얼굴이 각지고 턱선이 날렵하며 이마가 넓었다. 하지만 동생인 두걸이 지닌 활력은 위협적인 분위기를 자아내는 반면에, 이 사람의 활력은 비슷하게 활기차면서도 좀 더 부드럽고 상대를 환영하는 기색을 보였다. 헤이즐넛 빛깔이라기보단 비둘기처럼 짙은 회색인 콜럼의 눈빛 역시 두걸처럼 강렬했다. 물론 동생보다는 살짝 편안하게 느껴지긴 했지만, 그렇다고 아주 마음을 놓게 만드는 것도 아닌 눈빛이었다. 동시에 속에서 불편한 마음이 확 치솟았다. 아름다운 얼굴과 기다란 몸통 아래로는 충격적이다 싶을 만큼 휘어지고 짧은 다리가 붙어 있었기 때문이었다. 적어도 180센티미터는 되어야 할 남자의 키는 간신히 내 어깨밖에 오지 않았다.

그는 새를 계속 바라보고 있었다. 이건 내게 표정을 관리할 시간을 주려는 세련된 행동이었다. 물론 그는 자신을 처음 만나는 사람들이 보이는 반응에 익숙하겠지. 나는 방 안을 둘러보며 속으로 생각했다. 이 사람은 새로운 사람을 얼마나 자주 만날까? 이곳은 분명히 성소 같은 곳이었다. 외부 세계가 반갑지 않은 사람, 아니, 바깥세상을 마음껏 이용할 수 없는 사람이 직접 만든 그만의 세상이었다.

그는 살짝 허리를 굽히며 말했다.

"여기에 오신 것을 환영하오, 아가씨. 나는 이 성의 주인인 콜럼반 캠벨 매켄지요. 내 동생에게 듣기로, 음, 여기서 멀리 떨어진 곳에서 그 애를 만났다던데?"

"사실을 정확하게 알고 싶으시다면, 동생 되시는 분이 저를 납치했답니다."

나는 대뜸 말했다. 이 대화를 화기애애하게 끌고 가고픈 마음도 있긴 했으나, 그보다는 이 성에서 얼른 떠나서 환상열석이 있는 언덕으로 돌아가고 싶었다. 나에게 무슨 일이 일어난 건지는 몰라도, 무언가 알아낼 방법이 있다면 답은 바로 그 언덕에 있었으니까.

그는 눈썹을 살짝 치켜뜨더니, 아름답게 빚은 듯한 입술로 미소를 지으며 고개를 끄덕였다.

"음, 아마도, 두걸이 가끔 좀…… 충동적인 면이 있어서 그런 듯하오."

나는 손을 내저으며 그 이야기는 하지 않겠다는 뜻을 우아하게 전했다.

"아, 오해가 있었을 것 같다는 점은 저도 인정한답니다. 하지만 저를 원래 있던 곳으로 돌려보내 주신다면…… 정말 감사드리겠어요."

"으음."

콜럼은 눈썹을 여전히 치켜뜬 채, 나더러 의자에 앉으라 손짓했다. 나는 마지못해 의자에 앉았고, 그는 시종에게 고갯짓을 했다. 시종은 문밖으로 사라졌다.

"다과를 가져오라 하였소. 부인 이름이…… 비첨 맞소? 내 동생과 부하들이 설명하기로, 당신을 발견했을 때는…… 누가 봐도 곤란한 상황이었다고 했소."

그는 미소를 감추려는 듯한 표정이었다. 두걸 일당은 내가 옷을 벗고 있었다고 생각했었지. 그렇다면 대체 이 사람에게 어떻게 설명한 걸까.

나는 심호흡을 했다. 이제는 내가 꾸며 낸 설명을 할 때였다. 아까 무슨 말을 할까 고민하면서, 프랭크가 장교 과정을 거치며 취조를 당할 때 견뎌 내는 훈련을 받았던 이야기를 해 준 게 떠올랐다. 내 기억으로, 기본 원칙은 최대한 인간적으로 진실을 말하되, 비밀로 지켜야 하는 세부적인 사항만 거짓으로 말한다는 것이다. 프랭크는 설명하기를, 그래야 이야기를 꾸며 냈을 때 사소한 부분에서 거짓말이 들통나는 경우가 적다고 했다.

그렇다면 그 원칙이 얼마나 통하나 볼까.

"어, 맞아요. 저는 공격을 당했답니다."

그는 살짝 흥미를 느낀 표정으로 고개를 끄덕였다.

"그렇소? 누구에게 당했소?"

진실을 말할 차례다.

"잉글랜드 군인한테요. 정확히 말하자면, 랜들이라는 사람이었어요."

그 이름을 듣자 콜럼의 얼굴이 갑자기 변했다. 물론 계속 관심을 보이는 얼굴이었지만, 입술이 경직되고 입가에 난 주름도 깊어졌다. 분명히 이 이름을 아는 거다. 콜럼 매켄지는 의자에 등을 대고 기대앉아 손끝을 모아 세운 채 나를 지그시 바라보았다.

"그랬소? 계속 말해 보시오."

아, 제발 성공해야 할 텐데. 나는 이야기를 계속했다. 일단은 스코틀랜드인과 랜들의 부하가 벌인 대결에 대해 아주 자세하게 설명했다. 이러면 두걸이 한 이야기와 맞추어 내 말이 사실이라는 걸 알 테니까. 그리고 랜들과 나눈 이야기는 기본적인 것만 들려주었다. 머타라는 사람이 어디까지 엿들었는지 가늠이 안 돼서였다.

콜럼은 열중한 기색으로 고개를 끄덕이며 내게 집중하더니, 문득 물었다.

"아, 그런데 부인께서는 어쩌다 그 자리에 오게 되었소? 거기는 인버네스로 가는 길과는 동떨어진 곳인데. 인버네스에 가서 배를 타시려던 것 아니었소?"

나는 고개를 끄덕이고는 심호흡을 했다.

이제부터는 부득이하게 꾸며 낸 이야기를 해야 했다. 프랭크가 들려주었던 노상강도 이야기를 좀 더 열심히 들을 걸 후회가 들었지만, 어쨌든 최선을 다해서 나의 상황을 창작했다. 나는 옥스퍼드셔에 사는 양갓집 부인으로, 남편을 잃었다고 대답했다(여기까지는 일단 맞는 말이었다). 그리고 프랑스에 사는 먼 친척(먼 곳을 말해야 안전할 것 같았다)을 만나러 시종 하나를 데리고 길을 떠났다고 했다. 그러다 노상강도를 만났고, 내 시종은 죽었는지 도망쳤는지 생사를 알 수 없게 되었다. 나는 말을 타고 숲속으로 도망쳤지만, 결국 길에서 멀리 떨어진 곳에서 잡히고 말았다. 나는 도적 떼에게서 탈출하면서 말과 재산을 모두 버려야 했다. 그 와중에 숲속을 헤매다 랜들 대위와 부하들을 마주친 것이다.

나는 스스로 꾸며 낸 이야기에 만족하며 의자에 편안히 앉았다. 간단하고 깔끔하며 꼼꼼히 따져 봐도 진실인 이야기였다. 콜럼의 표정은 정중한 관심 정도였다. 그러다 무언가 내게 물으려고 입을 연 순간, 문가에서 바스락거리는 소리가 났다. 성에 도착했던 날 안뜰에서 보았던 남자 하나가 한 손에 자그마한 갈색 상자를 들고 서 있었다.

콜럼은 매켄지 씨족의 수장다운 우아한 말씨로 양해를 구하고는 내게 새를 구경하고 있으라 했다. 그리고 대화가 참 재미있었다며, 어서 돌아와 계속 이야기를 나누겠다고 말했다.

문이 닫히자마자 나는 책장으로 다가가 가죽 장정본을 손바닥으로 쓸었다. 책꽂이에는 스물네 권쯤 되는 책이 있었다. 발행 연도가 없는 책이 다수였고, 있다 해도 모두 1720년에서 1742년 사이였다. 콜럼 매켄지는 언뜻 봐도 화려한 걸 좋아하는 사람이었지만, 책장에서는 딱히 고서 수집가라는 인상이 풍기지는 않았다. 장정은 새것이었고, 펼쳐 보거나 귀퉁이를 접어 놓은 자국도 없었다.

이제는 양심의 가책에서 상당히 벗어난 채로, 나는 혹시 주인이 돌아오는 발소리가 들리지 않을까 귀를 기울이며 뻔뻔하게도 올리브나무 책상을 뒤졌다.

그리고 가운데 서랍에서 내가 찾던 것을 발견했다. 바로 반쯤 쓴 편지였다. 필기체로 흘려 쓴 편지는 철자도 이상하고 구두점이 전혀 없어서 읽을 수가 없었다. 만든 지 얼마 되지 않은 깨끗한 종이 위로 검은 잉크는 바랜 기색 없이 선명했다. 그리고 읽을 수 있든 없든, 종이의 맨 위에 적힌 글자는 마치 불타오르듯 내 눈앞에 확 들어왔다.

1743년 4월 20일.

잠시 후 콜럼이 돌아왔을 때, 나는 손님답게 품위 있는 모습으로 유리창 가에 앉아 무릎에 깍지 낀 손을 올리고 있었다. 앉은 이유는 내 다리가 후들거려서 서 있을 수 없었기 때문이었다. 손을 깍지 낀 이유는 떨리는 손가락을 보여 주지 않으려는 마음이었다. 어찌나 손이 덜덜 떨리던지, 편지지를 제자리에 두는 것조차 힘겨웠다.

그는 다과가 든 쟁반을 가지고 왔다. 에일 맥주잔과 갓 구워 꿀을 바른 귀리 케이크였다. 나는 그것을 조금씩만 먹었다. 속이 어찌나 뒤틀리던지 입맛이 싹 사라졌다.

콜럼은 자리를 비워 미안하다 사과한 다음, 나의 슬픈 운명에 대해 위로의 말을 건넸다. 그러더니 몸을 뒤로 젖힌 채 나를 골똘히 바라보며 물었다.

"하지만 비첨 부인, 궁금한 게 있소. 어쩌다가 내 동생의 수하들이 속옷 차림으로 돌아다니던 당신을 발견하게 된 것이오? 노상강도가 당신의 몸값을 받고 싶었다면, 당신의 하인을 폭행하려 들지는 않았을 텐데. 그리고 랜들 대위를 만난 일도 그렇소. 잉글랜드군 장교가 길 잃은 여행자를 강간한다는 이야기는 들어 본 적이 없어서 놀라울 따름이오."

나는 쏘아붙였다.

"그러신가요? 아, 하지만 그자에 대해 무슨 말을 들으셨는지 몰라도, 랜들 대위는 그러고도 남을 사람이라 장담합니다."

이야기를 꾸며 냈을 때, 옷차림에 대한 부분을 미처 생각하지 못했었다. 대위와 내가 만났을 때 어느 부분부터 머타가 보았을까.

"아, 그건 그렇소. 가능한 일이긴 하오. 그자의 평판은 참 나쁘니 말이오."

콜럼의 말에 나는 이어 반박했다.

"가능한 일이라고요? 아니, 어째서 제 말은 믿지 않으시나요?"

콜럼 매켄지의 얼굴에는 희미하지만 분명히 회의적인 기색이 드러나고 있었다. 그는 평온하게 대답했다.

"부인의 말을 믿지 않는다고 하지는 않았소. 다만 내가 듣는 말을 전부 믿고 살았다면, 20년 동안이나 큰 씨족을 이끌지는 못했을 것이오."

"아, 성주님께서 제 말을 믿지 않으신다면, 대체 제 정체가 뭐라고 생각하시는 건가요?"

내 말에 깜짝 놀랐다는 듯, 콜럼은 눈을 깜빡였다. 하지만 잠시 후, 날카로운 이목구비가 다시 굳었다.

"그건 두고 봐야 하오. 그동안은 리오흐성에 반가운 손님으로 머물러 주시오, 부인."

그는 우아하게 손을 들어 자리를 파했다. 문가에 항상 있던 시종은 내 앞으로 나왔다. 나를 숙소로 안내하려는 게 분명했다.

콜럼은 더 말을 잇지 않았지만, 사실은 내뱉지 않은 말이 더 있었다. 그 말은 마치 분명하게 말한 것처럼, 방에서 물러가는 내 뒤로 둥둥 떠다녔다.

"당신의 정체가 뭔지 내가 알아낼 때까지."

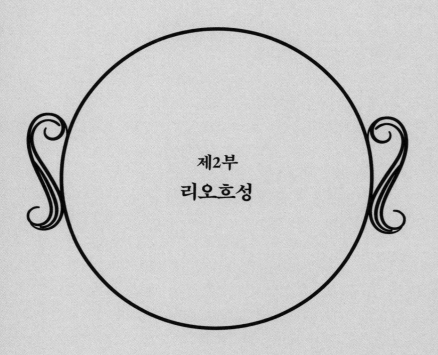

제2부
리오호성

6
콜럼의 홀

피츠기번스 부인이 '꼬마 앨릭'이라고 부르는 작은 소년은 나를 저녁 식사 자리로 데리고 갔다. 식사 장소는 좁고 긴 방이었다. 벽마다 길게 탁자가 둘러져 있는 가운데, 방 양쪽 끝에 있는 통로를 통해 하인들이 김이 모락모락 나는 금속 쟁반과 나무 쟁반, 물병을 계속 날랐다. 좁고 높다란 창으로 초여름 저녁의 햇살이 비쳐 들었다. 날이 저물어 가자 벽을 따라 튀어나온 횃대 위의 불꽃이 방 안을 비추었다.

창문 사이 벽에 깃발과 타탄, 플래드와 온갖 그림이 가득한 가문의 문장을 걸어 두어 화려한 분위기를 띠고 있었다. 하지만 대조적으로 저녁 식사 자리에 모인 사람들은 대부분 회색이나 갈색 옷차림 아니면 숲속에서 위장하기에 알맞은 연갈색과 초록색 사냥용 플래드를 걸치고 있었다.

꼬마 앨릭이 나를 방의 상석으로 안내하자, 등을 따끔따끔 찌르는 호기심 어린 시선이 느껴졌다. 하지만 사람들은 대부분 예의 바르게 자기 접시를 바라보고 있었다. 식사에는 이렇다 할 절차가 없어 보였다. 사람들은 자기 마음대로 차려진 음식을 뜨거나, 자신의 나무 접시를 방 저 끝까지 보내어 음식을 덜어 달라 했다. 앉아서 먹는 사람들은 마흔 명쯤이었고, 서서 음식을 나르는 사람은 열 명쯤 되었다. 방 안은 대화로 시끌벅적했는데, 대부분 게일어로 이야기했다.

콜럼은 벌써 식탁의 가장 상석에 앉아 있었다. 덜 자란 다리는 이지러진 무늬가 난 떡갈나무 탁자 아래로 넣어 보이지 않았다. 내가 온 것을 보자, 그는 우아하게 고개를 끄덕이고 나를 왼쪽에 앉혔다. 옆에는 포동포동하고 예쁜 빨간 머리 여자가 있었는데, 콜럼은 그를 자신의 아내 러티샤라고 소개했다.

"그리고 이 아이는 내 아들 헤이미시요."

그는 일고여덟 살쯤 돼 보이는 잘생긴 빨간 머리 남자아이의 어깨에 손을 얹으며 말했다. 아이는 첫술 뜨기를 기다리며 접시를 바라보고 있다가 나를 흘깃 보고서는 빠르게 고개를 끄덕였다.

나는 아이를 흥미로운 눈빛으로 바라보았다. 그 애는 다른 매켄지 가문 남자들과 비슷하게 얼굴이 각지고 눈매가 깊었다. 사실 색깔만 달랐다 뿐이지, 그 애는 옆에 앉은 삼촌 두걸의 판박이라 해도 좋을 만큼 닮았다. 두걸 옆에는 10대 소녀 둘이 있었는데, 그들은 나를 소개받자 깔깔대며 서로를 찔러 댔다. 두걸의 딸인 마거릿과 엘리너였다.

두걸은 내게 친근한 미소를 짧게 건네더니, 딸애 중 하나가 숟가락으로 음식을 뜨려는 걸 알아채고는 음식 접시를 확 뺏으며 내 쪽으로 밀고서 딸을 꾸짖었다.

"이 아가씨야, 넌 예의도 모르느냐? 손님을 먼저 드려야지!"

나는 망설이다 주어진 뿔 숟가락을 집어 들었다. 어떤 음식을 먹게 될까 알 수 없었지만, 이 접시에는 고향 집에 온 것같이 아주 낯익은 훈제 청어가 있어서 다행이었다.

숟가락으로 청어를 먹어 본 적은 한 번도 없지만, 여기에는 포크

비슷한 게 하나도 없었다. 그러다 어렴풋이 생각이 났다. 끝부분이 포크처럼 생긴 숟가락이 널리 쓰이려면 아직도 몇십 년은 더 있어야 했다.

다른 탁자에서 먹고 있는 사람들을 보자니, 숟가락만으로 음식을 먹을 수가 없을 때는 온갖 일에 다 쓰는 단검으로 고기를 자르고 뼈를 발라내는 모양이었다. 나는 단검이 없었기 때문에 조심스럽게 음식을 씹기로 하고, 청어를 뜨기 위해 몸을 앞으로 내밀었다. 그러자 꼬마 헤이미시의 짙푸른 눈이 나를 비난하듯 가만히 주시했다.

"아직 식사 기도를 하지 않으셨잖아요."

그 애는 엄하게 말하며 자그마한 얼굴을 찡그렸다. 나를 완전히 타락한 인간으로 봤을까? 그건 모르겠지만, 양심 없는 이교도라고 생각한 것만은 분명했다.

"음, 그러면 네가 나 대신 기도해 주겠니?"

나는 과감하게 제안했다. 그러자 수레국화 빛깔의 눈동자가 놀라서 휘둥그레지더니, 잠시 무언가를 생각하다가 고개를 끄덕이고는 사무적인 태도로 두 손을 모았다. 그리고 식탁 주위를 둘러보며 다들 경건한 태도를 갖추었는지 확인한 다음, 고개를 숙이고 만족한 목소리로 기도문을 읊었다.

"고기가 있어도 먹을 수 없는 사람이 있고,
먹고 싶어도 고기가 없는 사람이 있습니다.
우리는 고기도 있고 먹을 수도 있으니,
그리하여 하느님께 감사드립니다. 아멘."

나는 정중하게 손을 모은 채로 고개를 들어 콜럼과 눈을 마주쳤다. 그리고 아주 차분한 아드님을 두셨으니 참 좋으시겠다는 뜻으로 미소를 지었다. 콜럼은 미소를 애써 삼가고는 아들에게 근엄하게 고개를 끄덕여 주었다.

"잘했다, 얘야. 그러면 빵을 나누어 주겠니?"

식사 자리는 그저 조용했다. 간혹 음식을 더 달라는 요청이 있었을 뿐, 모두가 진지하게 먹는 데 열중했다. 나는 입맛이 별로 없었다. 지금 처한 상황이 참으로 충격적인 탓도 있었고, 또 내가 청어를 별로 좋아하지 않기 때문이기도 했다. 하지만 양고기는 꽤 훌륭했고, 바삭하고 신선한 빵에 만든 지 얼마 안 된 무염 버터를 듬뿍 발라 먹으니 맛있었다.

"맥타비시 씨 상태는 좀 나아졌나요? 여기 온 후로 보지 못했거든요."

모두가 숨을 돌리는 동안 내가 슬쩍 말했다.

"맥타비시라니요?"

러티샤는 동그란 파란 눈망울 위로 섬세한 눈썹을 갸웃대며 말했다. 내 옆에 있던 두걸이 올려다보는 게 보지 않아도 느껴졌다.

"어린 제이미 말입니다."

그는 짧게 말하고는 손에 든 양고기 뼈로 눈길을 돌렸다.

"제이미요? 왜요, 그 애한테 무슨 일이 있나요?"

러티샤의 통통한 얼굴이 걱정으로 찡그려졌다.

"별일 아니오. 조금 다쳤을 뿐이오, 여보."

콜럼은 아내를 달래고서 동생을 슬쩍 보며 물었다.

"그 애는 어디 있지, 두걸?"

그런데 어째 그 검은 눈빛에는 의혹이 서려 있었다. 두걸은 어깨를 으쓱이며 접시를 계속 바라본 채 말했다.

"마구간에 보냈어. 앨릭과 함께 말을 돌보라고. 여러모로 생각했을 때 거기가 제일 좋은 곳 같았지."

그러다 드디어 시선을 돌리고서 형을 마주 보았다.

"아니면 뭐 더 좋은 곳이 있을까?"

콜럼은 의아한 표정이었다.

"마구간이라고? 아, 이런…… 너는 그 애를 그토록 믿느냐?"

두걸은 손으로 입을 쓱 닦고 빵 덩이를 집으면서 말했다.

"내가 내린 명령이 마음에 안 드신다면, 콜럼 형님이 다시 명령을 내려 보시든지."

콜럼은 입을 지그시 다물었지만 이렇게만 말했다.

"아니다. 내가 보기에도 그 애가 거기서 잘할 거라 생각한다."

총상을 입은 환자에게 마구간이 과연 있을 만한 곳일까. 의구심이 들었지만 이 사람들 앞에서 의견을 낼 마음은 들지 않았다. 나는 문제의 제이미가 어디 있는지 찾아내기로 마음먹었다. 최대한 적절한 치료를 받고 있는지만 확인하려는 마음에서였다.

후식이 나왔지만 거절하고 자리에서 일어섰다. 사람들에게는 피곤하다고 둘러댔고, 솔직히 핑계만이 아니라 정말로 피곤했다.

"그럼 안녕히 주무시오, 비첨 부인. 내일 아침 홀로 오실 수 있도록 사람을 보내 드리겠소."

콜럼이 그렇게 말했지만, 어찌나 온몸이 노곤하던지 나는 그 말에 별로 주의를 기울일 수 없었다.

복도를 더듬대며 헤매는 날 보고서 하녀 하나가 친절하게도 내 방으로 안내해 주었다. 그녀는 자기가 들고 있던 촛불로 탁자 위에 있는 초에 불을 붙였다. 이윽고 거대한 돌벽 위로 은은한 불꽃이 깜빡이자, 순간 무덤 안에 있는 듯한 느낌이 들었다. 하녀가 나가자, 나는 창문에 드리운 수놓인 천을 걷고 시원한 공기를 맞으며 으스스한 느낌을 날려 버렸다. 이제껏 있었던 일을 생각해 보려 했지만, 머릿속은 아무 생각 없이 잠들기만을 원했다. 결국 나는 퀼트 이불 아래로 파고든 다음 초를 불어 끄고 천천히 떠오르는 달을 바라보다 잠이 들었다.

아침에 나를 깨우러 온 사람은 커다란 몸집의 피츠기번스 부인이었다. 그녀는 스코틀랜드 양갓집 귀부인이 쓸 만한 화장품 세트를 죄다 가져온 것 같았다. 눈썹과 속눈썹을 진하게 그리는 솔빗과 붓꽃 뿌리 가루와 쌀가루 단지, 본 적은 없지만 콜* 같아 보이는 막대기와 프랑스산 입술연지가 담긴 섬세한 뚜껑이 달린 도자기였다. 도자기에는 금으로 백조를 새겨 놓았다.

피츠기번스 부인은 녹색 줄무늬 오버스커트와 실크 보디스, 노란색 라일사 스타킹도 가져왔다. 어제 받았던 소박한 스타킹과는 다른 것이었다. '홀'이 뭘 하는 것인지는 모르겠지만, 상당히 중요한 행사 같았다. 순전히 반발심이 들었던 나는 내 옷을 입고 참석하겠다며 고집을 부릴까 싶었지만, 뚱뚱한 루퍼트가 나를 속옷 차림으로 생각하고 보였던 반응을 떠올리자 그만두고 말았다.

게다가 나는 솔직히 콜럼이 마음에 들었다. 그가 당분간은 날 여기 잡아 둘 마음이라도 말이다. 뭐, **어떻게** 되나 두고 보자고. 나는 최선을 다해 입술을 바르면서 생각했다. 두걸이 말했잖아. 내가 치료했던 젊은이가 마구간에 있다고. 마구간엔 당연히 말이 있을 테니, 타고 도망갈 수 있겠지. 나는 홀 행사가 끝나는 대로 제이미 맥타비시를 찾으러 가기로 마음먹었다.

홀이라는 건 결국 다른 데서 열리는 게 아니었다. 전날 저녁 식사를 했던 바로 그 식당이었다. 하지만 지금은 탁자와 벤치, 의자를 뒤편으로 다 밀어 놓고 상석 자리를 싹 치운 다음 그곳에 상당히 커다랗고 튼튼해 보이는 검은 나무 의자를 두었다. 조각한 의자에는 매켄지 가문의 타탄인 듯한 천을 씌워 두었다. 진녹색과 검은색 바

---

* 황화납 등을 섞어 만든 것으로, 눈매를 그리는 화장품이다.

탕에 가느다랗게 붉은색과 하얀색 격자무늬를 곁들인 플래드였다. 벽은 호랑가시나무 가지로 장식했고, 돌바닥에는 갓 자른 골풀을 깔아 두었다.

젊은 백파이프 연주자 하나가 아무도 앉지 않은 나무 의자 뒤편에서 엄청난 숨소리를 쌕쌕 내뿜으며 자그마한 파이프 세트에 바람을 넣기 시작했다. 파이프 연주자의 옆으로는 콜럼의 가신 중에서도 핵심 인물인 듯한 사람들이 보였다. 주름진 셔츠와 바지 차림으로 벽에 기대 있는 깡마른 얼굴의 남자, 그리고 고운 양단 코트를 입은 키 작은 대머리 남자가 있었다. 그가 앉은 작은 탁자에 뿔로 만든 잉크 그릇과 깃펜, 종이가 있는 것으로 보아 분명 필경사인 것 같았다. 그 옆으로 경비병 복장을 갖춘 킬트 차림의 건장한 남자 둘이 양편에 서 있었다. 그리고 한쪽에는 이제껏 내가 본 사람 중 가장 몸집이 큰 남자가 서 있었다.

나는 경이로운 눈빛으로 거구의 남자를 바라보았다. 검고 거친 머리카락은 부숭부숭한 눈썹에 닿을 만큼 이마를 뒤덮었고, 셔츠 자락을 걷어 올려 드러난 거대한 팔뚝도 머리털과 비슷한 털투성이였다. 이제껏 본 남자들과는 달리, 이 거인은 바지 위쪽에 자그마한 칼 하나를 찼을 뿐 달리 무장한 것 같지 않았다. 40인치는 되어 보이는 허리에는 넓은 가죽 허리띠를 둘렀지만, 단검이나 장검을 꽂아 놓지는 않았다. 그리고 덩치와는 달리 그는 상냥한 표정이었다. 보아하니 여윈 얼굴의 남자와 농담을 하는 듯했다. 그의 옆에 있으니 깡마른 남자는 마치 마리오네트처럼 보였다.

그 순간, 백파이프 연주가 시작되었다. 먼저 연주 전에 음 맞추는 소리가 나더니, 이어 귀청이 떨어질 듯한 소리가 마구 이어지다가 점차 멜로디 비슷한 것이 들리기 시작했다.

이곳에는 서른 명에서 마흔 명 정도의 사람이 모여 있었다. 다들 전날 저녁 식사 자리보다는 좀 더 옷을 갖춰 입은 모습이었다. 모두 고개를 홀 아래쪽으로 돌렸다. 잠시 음악이 분위기를 고조시키더니, 이윽고 콜럼이 들어왔다. 몇 발짝 뒤에는 그의 동생 두걸이 따라왔다.

두 매켄지 남자는 예복으로 차려입었다. 둘 다 진녹색 킬트와 잘 재단된 코트 차림이었는데, 콜럼의 코트는 연녹색, 두걸의 코트는 적갈색이었다. 둘 다 가슴에 플래드를 걸치고 커다란 보석이 박힌 브로치를 어깨에 달았다. 오늘 콜럼은 검은 머리카락에 조심스레 기름을 발라 어깨 위로 굽실굽실 드리워지도록 풀고 있었다. 두걸은 오늘도 머리카락을 모아 코트 색과 똑같은 적갈색 머리 끈으로 묶었다.

콜럼은 천천히 홀을 걸어 올라가면서 양옆에 선 얼굴을 바라보며 고개를 끄덕이고 미소를 지어 주었다. 홀 저 너머를 보니, 그가 앉을 의자 가까이에도 또 아치형 문이 있었다. 저 문으로 들어와도 되었을 텐데 굳이 반대편에 있는 문으로 들어온 것이다. 그렇다면 이건 의도적인 행동이었다. 자리까지 긴 거리를 이동하며 그의 뒤틀어진 다리와 볼품없이 뒤뚱거리는 걸음걸이를 거침없이 보여 주었구나. 또한 키 크고 건장한 남동생을 오른쪽이나 왼쪽이 아니라 콜럼 바로 뒤에서 따라오게 한 것도, 나무 의자에 당도한 다음 바로 뒤에 세워 둔 것도 모두 의도적이었다.

콜럼은 의자에 앉아서 잠시 기다렸다가 한 손을 들었다. 백파이프 연주가 처량하게 삑삑대며 잦아들더니, 이윽고 '홀'이 시작되었다.

이것이 무슨 자리인지는 곧바로 알게 되었다. 리오흐성의 영주가 임차인과 세입자들에게 정의를 구현하고, 심리하며 분쟁을 해결하는 모임이 바로 홀이었다. 이 자리에는 안건이 있어서, 대머리 필 경사가 이름을 호명하면 다양한 집단들이 차례대로 나섰다.

어떤 사건은 영어로 진행되기도 했지만, 절차는 대부분 게일어로 진행되었다. 게일어 대화에는 강조할 때 눈 흘김과 발 구르기가 아주 많이 일어난다는 건 이미 알고 있었다. 그래서 소송에 참여한 사람들이 얼마나 심각하게 사건을 판단하는지 알아보기가 더욱 어려웠다.

오소리를 통째로 사용해서 만든 거대한 스포란을 허리춤에 매단 좀먹은 표본같이 생긴 어떤 남자가 자기의 이웃을 고소한 사건 차례가 되었다. 죄목은 다름 아니라 살인과 방화, 간통이었다. 콜럼은 눈썹을 치켜뜨더니 게일어로 무어라 빠르게 말했다. 그러자 원고와 피고 양편은 모두 배를 잡고 웃어 댔다. 결국 원고는 웃다 지쳐 눈물을 닦더니, 마침내 고개를 끄덕이고는 피고에게 악수를 청했다. 필경사가 재빨리 무어라 글을 휘갈겨 쓰자, 깃펜은 마치 쥐 발처럼 끼익 소리를 냈다.

나는 다섯 번째 안건이었다. 이 성에서 나의 존재가 얼마나 중요한지 모인 사람들에게 알려 주기 위해 신중하게 계산된 순서라는 생각이 들었다.

나를 위해서 이번 순서에서는 영어가 사용되었다.

"비첨 부인은 앞으로 나와 주시겠습니까?"

필경사가 외쳤다.

그렇지 않아도 나가려는데, 피츠기번스 부인은 퉁퉁한 손으로 쓸데없이 나를 밀어 댔다. 나는 콜럼 앞에 있는 텅 빈 공간으로 비틀거리며 나갔고, 다른 여자들이 했던 절을 다소 어색하게 따라 했다. 지금 신은 신발은 오른발과 왼발의 구별이 없었고, 양쪽 다 가죽을 재단해서 네모꼴로 만든 것이라 우아하게 걷기가 힘들었다. 콜럼이 몸소 일어나 나를 일으켜 주려 하자, 모인 군중은 웅성대며 관심을 보였다. 그는 내게 손을 내밀었고, 나는 앞으로 엎어지지 않으려고 그 손을 잡았다.

속으로는 망할 놈의 신발을 욕하면서 가까스로 절하던 자세에서 일어나자 눈앞에 곧바로 두걸의 가슴이 보였다. 나를 납치한 장본인으로서, 날 어떻게 데려오게 되었는지 공식적으로 설명하는 것이 그의 임무인 것 같았다. 보는 관점에 따라서는 데려온 게 아니라 끌고 온 거라고 할 수도 있지만 말이다. 나는 이 매켄지 형제들이 나를 어떻게 설명할 것인가 듣고 싶은 마음에 흥미롭게 기다렸다.

두걸은 콜럼에게 정식으로 절을 하고서 이야기를 시작했다.

"영주님, 도움과 안전한 피난처가 필요한 부인에게 관용과 자비를 베풀어 주시기를 청합니다. 클레어 비첨 부인은 옥스퍼드 출신의 잉글랜드 숙녀로, 여행 중 노상강도를 마주쳤습니다. 그의 하인은 그만 주인을 지키지 못하고 살해당하였고, 부인은 영주님의 숲속으로 도망쳤다가 저와 제 부하들의 구조를 받았습니다. 우리는 이 숙녀분을 위해 리오흐성에 피난처를 마련해 주시기를 간절히 바랍니다……."

그는 잠시 말을 멈추더니 입가에 냉소적인 미소를 지으며 이렇게 말했다.

"이분의 **잉글랜드인** 친척이 그녀의 행방을 듣고서 안전하게 이동할 수단을 마련할 때까지 말입니다."

나는 "잉글랜드인"이라는 말을 강조하는 두걸의 어조를 눈치챘다. 이 홀에 있는 사람들도 모두 알아들었을 게 분명했다. 그리하여 나는 관대하게 성에 머물러도 좋다는 판결을 받았지만, 사람들은 모두 나를 수상하게 생각할 것이다. 나는 프랑스인 친척에게 간다고 말했건만 일부러 이러다니. 만약 두걸이 "프랑스인" 친척이라고 말했다면, 다들 내게 우호를 베풀어도 된다고 여겼을 텐데. 아무리 안 좋게 본다 해도 그저 외부에서 온 이방인 취급 정도였으리라. 하지만 잉글랜드인이라고 말해 버렸으니, 이 성에서 빠져나가기란 예상보다 어려워질 것 같았다.

콜럼은 내게 우아하게 절을 한 다음 자신의 누추한 처소에서 마음껏 환대를 베풀겠다는 말 비슷한 것을 했다. 나는 다시 절을 했다. 이번에는 아까보단 잘한 것 같았다. 그리고 다시 자리로 돌아와 앉자, 이쪽을 바라보는 호기심 어린 눈빛에는 다소 친근함이 줄어 들었다.

지금까지 이어진 사건들은 당사자들이나 흥미가 있었지 모인 방청객의 관심을 크게 끌지는 못했다. 사람들은 자기들끼리 조용히 수다를 떨면서 차례를 기다리고 있었으니까. 내가 등장했을 때도 흥미롭다는 듯 수군대기는 했지만 어쨌든 적당히 넘어간 것 같았다.

그런데 지금은 홀 전체에 시끌벅적 요동이 일었다. 건장한 남자가 어린 소녀의 손을 끌고 들어왔다. 열여섯 정도 된 예쁘장한 소녀는 뾰로통한 얼굴이었고, 긴 금발을 뒤로 묶어 파란 리본을 달고 있었다. 소녀는 빈 공간에 비틀거리며 홀로 섰다. 그 뒤에 선 남자는 게일어로 무어라 말을 했는데, 묘사하려는 것인지 아니면 고발하는 손짓인지 모르겠으나 팔을 마구 흔들며 이따금 소녀를 가리켰다. 남자의 말을 듣자 방청객 사이에서 수군대는 소리가 일었다.

피츠기번스 부인은 튼튼한 의자에 육중한 몸을 실은 채로 목을 앞으로 쭉 빼고 흥미롭게 대화를 들었다. 나도 앞으로 몸을 숙이고 그녀의 귀에 속삭여 물었다.

"저 애는 무슨 짓을 했어요?"

그러자 건장한 부인은 입술도 움직이지 않고, 심지어 그 장면에서 눈을 떼지도 않고서 대답했다.

"쟤 아버지가 딸애 행실이 문란하다며 고발했다우. 아버지 명령을 어기고 부적절하게 남자애들과 어울렸다고 해요."

피츠기번스 부인은 육중한 몸을 다시 일으키며 덧붙였다.

"그래서 아버지는 불복종한 죄로 매켄지 영주님께서 딸에게 벌을 주시기를 바라고 있어요."

"벌을 줘요? 어떻게요?"

165

나는 최대한 속삭여 항의했다.

"쉿."

지금껏 한가운데를 향했던 방청객의 관심은 이제 아버지와 딸을 어떻게 할까 고심하는 콜럼에게 넘어갔다. 그는 부녀를 번갈아 바라보며 말을 시작했다. 그리고 눈썹을 찌푸린 채, 손가락으로 의자 팔걸이를 날카롭게 두드렸다. 방청객 사이에는 전율이 흘렀다.

"판결이 나오려나 봐요."

피츠기번스 부인이 속삭였다. 그 말이 아니라도 알 수 있었다. 그리고 무슨 판결인지도 명백하게 드러났다. 뒤에 서 있던 거구의 남자가 처음으로 움직이더니, 천천히 가죽 허리띠를 끌렀다. 경비병 둘은 겁에 질린 소녀의 팔을 잡고 콜럼과 아버지 쪽으로 등을 돌려세웠다. 소녀는 울기 시작했지만 소용없었다. 이 자리를 지켜보는 방청객의 고조된 열기는 마치 공개 처형이나 도로 위 교통사고를 바라보는 것 같았다.

그 순간, 군중 뒤편에서 누군가가 게일어로 소리쳤다. 사람들의 발 끄는 소리와 웅성임을 뚫고서 또렷이 들리는 목소리였다.

모두가 뒤를 돌아 말한 이를 보았다. 피츠기번스 부인은 목을 길게 빼는 것도 모자라 일어서서 까치발을 들었다. 나는 무슨 말인지 알아들을 수 없었지만, 누구의 목소리인지는 알 수 있었다. 깊고 부드러운 목소리. 마지막 자음을 뾰족하게 발음하는 저 소리.

방청객이 반으로 갈라지더니, 제이미 맥타비시가 텅 빈 공간으로 걸어왔다. 그는 매켄지 형제에게 정중하게 고개를 숙이더니 무어라 말을 이었다. 무슨 말인지 몰라도 논란을 일으킨 모양이었다. 콜럼과 두걸, 작은 몸집의 필경사와 소녀의 아버지가 모두 이 일에 한마디씩 하는 것 같았다.

"뭔데 그래요?"

나는 피츠기번스 부인에게 조용히 물었다. 내가 치료한 젊은이는 마지막으로 봤을 때보다 상태가 훨씬 좋아 보였지만 아직도 얼굴은 창백한 것 같았다. 어디서 깨끗한 셔츠를 구해다 입은 모양이었다. 하지만 쓰지 못하는 오른손의 소매는 잘 접어서 킬트 허리춤에 끼워 두었다.

피츠기번스 부인은 대단히 흥미롭게 이 과정을 지켜보고 있었다.

"저 애가 여자애 대신 벌을 받겠다고 하네요."

그녀는 불쑥 말하며 우리 앞에 있는 구경꾼을 피해 앞을 엿보았다.

"뭐라고요? 하지만 저 사람은 다쳤어요! 저런 짓을 하도록 허락할 리가 없잖아요!"

나는 방청객의 수군거림보다 크지 않게 목소리를 최대한 낮추어 외쳤다. 하지만 피츠기번스 부인은 고개를 저었다.

"그건 어찌 될지 모르겠수, 아가씨. 지금 토론 중이야. 봐요, 여자애랑 같은 씨족 남자라면 대신 벌을 받을 수가 있지만, 저 애는 매켄지가 아니라서."

"매켄지 씨족이 아니라고요?"

나는 깜짝 놀랐다. 날 납치한 남자들은 모두 리오흐성 출신이라고 순진하게 생각했기 때문이었다. 피츠기번스 부인은 참지 못하고 대꾸했다.

"당연히 아니지. 쟤 타탄 무늬가 안 보이우?"

물론 내 눈에도 보였다. 하지만 부인이 지적해 준 후에야 깨달았을 뿐이다. 제이미가 걸친 사냥용 타탄 천 역시 녹색과 갈색 바탕이었지만, 다른 남자들이 입은 것과는 색이 달랐다. 갈색은 나무껍질만큼 더 짙은 색이었고, 겹쳐진 줄무늬는 희미한 파란색이었다.

논쟁은 두걸이 던진 결정적인 말로 끝난 모양이었다. 모여든 조언자들이 흩어지고 방청객은 조용해진 채로 판결을 기다렸다. 두 명의 경비병이 손을 놓자, 풀려난 소녀는 방청객 속으로 들어갔다. 그리고 제이미는 앞으로 나가 그녀가 있던 자리에 섰다. 나는 공포에 질린 채로 경비병들이 제이미의 팔을 잡는 모습을 지켜보았다. 그런데 제이미는 허리띠를 든 거인에게 게일어로 무어라 말했고, 경비병 둘은 뒤로 물러섰다. 놀랍게도, 제이미의 얼굴에 뻔뻔스러운 미소가 커다랗게 나타났다 휙 사라졌다. 더욱 이상하게도, 거인도 그 웃음에 화답하듯 짧게 미소를 지었다.

"뭐랬어요?"

나는 피츠기번스 부인에게 통역해 달라고 부탁했다.

"허리띠가 아니라 주먹으로 맞겠다고 했어요. 여자는 벌을 선택할 수 없지만, 남자는 할 수 있거든."

"주먹이요?"

더 이상 물어볼 시간은 없었다. 거구의 사내는 햄 같은 주먹을 뒤로 젖히더니 곧바로 제이미의 복부에 꽂았고, 제이미는 몸을 웅크리며 거친 숨을 몰아쉬었다. 거인은 제이미가 몸을 일으키기를 기다리다가 다시 주먹을 휘둘러 갈비뼈와 팔에 연달아 짧은 타격을 가했다. 제이미는 전혀 방어하려는 기색 없이 그저 몸의 균형을 잡으면서 똑바로 선 채로 공격받을 준비를 했다.

다음 주먹은 얼굴로 향했다. 제이미의 고개가 뒤로 돌아가자 나는 얼굴을 찡그리며 나도 모르게 눈을 질끈 감았다. 거인은 쉬엄쉬엄 주먹을 날렸고, 상대가 쓰러지거나 너무 한 곳만 맞지 않도록 세심하게 신경을 썼다. 그건 과학적인 구타였다. 멍이 들기는 하겠지만, 어디를 못 쓰게 되거나 완전히 상하지는 않도록 솜씨 좋게 계산하며 때리는 것이다. 제이미의 한쪽 눈이 부어오르며 숨이 거칠어졌지만, 다른 곳은 그리 심하게 나빠 보이지 않았다.

혹시나 저렇게 맞다가 아픈 어깨가 다시 상하지는 않을까 싶은 걱정에 어찌나 고통스럽던지. 내가 묶어 놓은 붕대는 여전히 풀리지 않고 있었지만, 이렇게 맞다가는 오래 버티지 못할 게 뻔했다. 언제까지 계속되는 걸까? 홀 안은 조용했다. 살과 살이 부딪치는 둔

탁한 소리와 중간중간 나지막한 투덜댐만이 들릴 뿐이었다.

"꼬맹이 앵거스는 피를 보면 끝낼 거예요. 보통은 코가 부러지면 끝이라우."

피츠기번스 부인은 묻지도 않았는데 어떻게 알았는지 대답했다.

"너무 야만스러워요."

나는 사납게 씨근댔다. 우리 주위에 있던 사람들이 나를 대단히 비판적인 눈초리로 노려보았다.

거구의 사내는 이제 정해진 처벌 시간이 다 되었다고 판단한 모양이었다. 그는 뒤로 물러서서 거대한 주먹을 휙 날렸다. 제이미는 비틀거리다가 무릎을 털썩 굽혔다. 경비병 두 명이 급히 앞으로 나와 그를 일으켰고, 고개를 든 제이미의 입에서 피가 주르르 흐르는 모습이 보였다. 군중들은 안도의 함성을 터뜨렸고, 거인은 자신의 임무를 끝내고 만족감을 표시하며 뒤로 물러섰다.

경비병 하나가 제이미의 팔을 잡고서 몸을 붙들어 주는 동안, 그는 고개를 흔들어 정신을 추슬렀다. 소녀는 이미 사라진 후였다. 제이미는 고개를 들고 우뚝 선 거인을 똑바로 바라보았다. 그리고 놀랍게도 미소를 지었다. 비록 제대로 짓지는 못했어도, 피투성이 입술이 움직였다.

"고맙습니다."

그는 어렵사리 이렇게 말하고는 정중하게 거인에게 절하고 뒤돌아 사라졌다. 이제 방청객의 시선은 다시 매켄지 형제와 다음번 소송 당사자에게로 향했다.

제이미가 반대편 벽에 난 문으로 나가는 모습이 보였다. 지금은 이곳의 과정보다 그에게 더 관심이 갔기 때문에, 나는 피츠기번스 부인에게 나가겠다고 재빨리 양해를 구한 다음 홀을 빠져나와 그를 따라갔다.

제이미를 따라잡은 장소는 자그마한 옆쪽 안뜰이었다. 그는 우물가에 기대어 셔츠 자락으로 입을 닦고 있었다.

"자, 이걸 써요."

나는 주머니에서 스카프를 꺼내어 주었다.

"오아으오."

그는 알 수 없는 소리를 내며 스카프를 받았다. 고맙다는 소리겠지. 하늘에 뜬 태양은 창백하고 흐릿했다. 나는 그 빛에 의지하여 앞에 있는 청년을 조심스럽게 살펴보았다. 제일 크게 다친 부분은 찢어진 입술과 심하게 부은 눈 같았다. 하지만 턱과 목을 따라 곧 검은 멍이 피어오를 듯했다.

"입안에도 상처가 났어요?"

"에에."

그는 허리를 굽혔고, 나는 그의 아래턱을 당기고 부드럽게 아랫입술을 뒤집어 입안을 조사했다. 반짝이는 뺨 안에 커다란 상처가 났고, 분홍빛 입술 안쪽에도 터진 데가 두 군데였다. 피와 타액이 섞여 차오르더니 입가로 주르르 흘렀다.

"물."

그는 힘겹게 이야기하며, 턱 아래로 떨어지는 핏방울을 닦았다.

"그래요."

다행히도 우물가에 물동이와 뿔 잔이 있었다. 그는 입을 헹구어 몇 번 뱉은 다음, 나머지 물은 얼굴에 끼얹었다.

"왜 그랬어요?"

나는 궁금해서 물었다.

"뭘요?"

그는 자세를 고쳐 앉으며 소매로 얼굴을 닦았다. 그리고 찢어진 입술을 조심스럽게 닦다가 살짝 움찔했다.

"그 여자애의 벌을 대신 받겠다고 했잖아요. 그 애를 잘 알아요?"

이렇게 묻기가 좀 조심스럽기는 했지만, 돈키호테 같은 느닷없는 기사도적 행동에 과연 어떤 연유가 있었던 건지 정말로 알고 싶었다.

"누군지는 알아요. 대화해 본 적은 없지만요."

"그런데 왜 대신 벌을 받아 준 거예요?"

제이미는 어깨를 으쓱였다. 그것도 역시 아파서 몸을 움찔하고 말았다.

"어린 아가씨가 사람들이 잔뜩 있는 홀에서 맞는다니, 얼마나 창피해요. 차라리 내가 맞는 게 낫죠."

"낫다고요?"

나는 제이미의 얻어터진 얼굴을 보며 믿을 수 없다는 듯 그 말을 되물었다. 그는 성한 손으로 멍든 갈비뼈를 시험 삼아 만져 보다가, 고개를 들고서 한쪽 입가로 싱긋 웃었다.

"네. 그 애는 아주 어리잖아요. 다들 아는 사람들인데, 그 앞에서 얼마나 창피했겠어요. 아무렇지 않게 되기까지는 아주 오랜 시간이 걸릴 거예요. 하지만 나는 아프긴 해도 크게 다치지 않았어요. 하루 이틀이면 낫겠죠."

"그런데 왜 하필 당신이 나섰어요?"

내가 물었다. 제이미는 내가 이상한 질문을 던졌다는 듯 날 쳐다보았다.

"왜 내가 나서면 안 되는데요?"

왜 **안 되냐**고? 난 얼마든지 대답해 주고 싶었다. 사실은 그 애와 모르는 사이잖아요. 그 애는 당신에게 아무 의미도 없잖아요. 당신은 다친 몸이잖아요. 사람들 앞에 서서 남이 얼굴을 때리게 두다니, 동기가 무엇이든 보통 배짱으로는 할 수 없는 일이잖아요.

"뭐, 머스킷 총탄이 승모근을 관통했다는 걸 생각하지 그랬어요."

나는 무미건조하게 말했다. 그는 재미있어하는 기색으로 문제의 승모근을 어루만졌다.

"이게 승모근이로군요? 몰랐어요."

"아이고, 여기 있었구나, 녀석아! 이미 고쳐 줄 사람은 찾은 모양이로군. 어쩌면 난 필요 없을지도 모르겠어."

피츠기번스 부인은 안뜰로 이어지는 좁은 입구에서 뒤뚱뒤뚱 걸어 나왔다. 그녀는 항아리 몇 개와 커다란 그릇, 깨끗한 리넨 수건을 얹어 놓은 쟁반을 들고 나타났다.

"저는 물만 좀 주었을 뿐이에요. 심하게 다친 건 아닌데, 얼굴을 씻겨 주는 것 말고 또 뭘 할 수 있을지 모르겠네요."

그러자 부인은 편안하게 말했다.

"아이고, 할 일이야 항상 있죠. 항상 있고말고요. 그 눈 좀 보자, 애야. 어디 한번 보자고."

제이미는 우물가에 얌전히 앉아서 부인 쪽으로 얼굴을 돌렸다. 통통한 손가락이 자줏빛으로 부어오른 자리를 부드럽게 만지자, 하얗게 눌린 자국이 생겼다가 금세 사라졌다.

"피부 아래에서 아직도 피가 나네. 그렇다면 거머리를 붙이면 좋지."

그릇의 뚜껑을 열자 새카맣고 미끈미끈한 작은 덩어리 몇 개가 보였다. 2센티미터에서 5센티미터가량 되는 것들은 징그러운 액체로 뒤덮여 있었다. 부인은 그중 두 개를 꺼내 하나는 눈썹 뼈 바로 밑에 있는 살에 붙이고 나머지 하나는 눈 바로 아래에 붙였다.

"봐요, 일단 멍이 들면 거머리는 소용이 없다우. 하지만 이렇게 아직 부풀어 오르는 중이라면 아직 피가 살갗 아래에서 난다는 뜻이니, 거머리를 붙이면 뽑아낼 수 있지."

부인의 설명을 들으며 보는 광경은 참 신기하고 놀라우면서도 역겨웠다.

"아프지 않아요?"

내가 묻자, 제이미는 고개를 저었다. 그 바람에 거머리가 징그럽게 출렁였다.

"아뇨. 좀 차갑기만 해요."

피츠기번스 부인은 항아리와 병을 분주하게 다루며 내게 설명했다.

"거머리를 아무렇게나 쓰는 사람이 너무 많다우. 이놈들은 잘만 쓰면 아주 유용하지만, 사용법을 잘 알아야 해요. 오래된 멍에 붙이면 건강한 피를 빨아들이기만 하거든. 멍도 낫지 않지. 그리고 한 번에 너무 많이 쓰지 않도록 조심해야 해요. 아주 아픈 사람이나 피를 너무 많이 흘린 사람한테 쓰면 기운을 약하게 만들거든."

나는 설명을 경청하며 모든 지식을 흡수했다. 하지만 실제로 거머리를 쓸 일은 제발 없기만을 빌었다.

"자, 애야. 이걸로 입을 헹구렴. 상처를 씻어 주고 고통을 줄여 줄 거야. 버드나무 껍질 차란다."

부인은 내 옆에서 설명을 계속했다.

"이 차는 붓꽃 뿌리를 갈아서 같이 넣었다우."

나는 고개를 끄덕이면서 아주 예전에 들었던 식물학 강의를 어렴풋이 떠올렸다. 버드나무 껍질에 실제로 아스피린의 활성 성분인 살리신산이 들어 있다고 했었다.

"버드나무 껍질 때문에 출혈이 심해질 가능성은 없나요?"

내가 묻자, 피츠기번스 부인은 맞다는 듯 고개를 끄덕였다.

"맞아요. 가끔 그렇지. 그래서 고추나물을 한 움큼 식초에 절여서 같이 써야 한다우. 보름달이 떴을 때 딴 고추나물을 잘 갈아서 쓰면 피를 멎게 해 주거든."

제이미는 떫은 용액을 입안 가득 얌전하게 삼키며 향긋한 식초의 톡 쏘는 맛에 눈시울을 붉혔다.

이제 거머리는 완전히 부풀어 올라서 원래 몸집의 네 배까지 커졌다. 쭈글쭈글했던 까만 피부가 반질반질하게 펴진 거머리들은 둥글고 윤기 나는 돌멩이 같아 보였다. 갑자기 그중 한 마리가 떨어져 내 발밑으로 튀었다. 피츠기번스 부인은 육중한 몸집인데도 몸을 유연하게 숙여 벌레를 능숙하게 잡아서 다시 그릇에 넣었다. 그리고 턱 밑에 있는 다른 거머리들도 살짝 잡아 조심스레 떼었다. 그러자 거머리의 머리가 쭉 늘어났다.

"너무 세게 잡아당기면 안 된다우, 아가씨. 가끔 이놈들은 터지거든."

그 광경이 머릿속에 떠오르자 나도 모르게 부르르 떨었다.

"하지만 피를 완전히 빨면 가끔 알아서 떨어질 때도 있지. 다 빨지 않더라도 그냥 두면 결국 떨어진다우."

실제로 거머리는 쉽게 떨어졌다. 벌레가 붙어 있던 자리에는 핏자국이 났다. 나는 수건 끝을 식초 용액에 적셔 자그마한 상처를 닦았다. 놀랍게도, 거머리들은 효과가 있었다. 붓기는 상당히 가라앉았고, 눈꺼풀이 여전히 부풀어 있기는 했어도 앞을 볼 수 있을 정도로는 눈이 떠졌다. 피츠기번스 부인은 날카로운 눈빛으로 제이미의 눈을 검사한 다음, 이젠 거머리를 안 써도 되겠다고 결론을 내리고는 고개를 저으며 말했다.

"내일이면 눈이 다 가라앉아서 볼 수 있게 될 거야, 애야. 그건 틀림없어. 어쨌든 지금도 다른 쪽 눈으로 볼 수는 있잖니. 지금은 날고기를 눈 위에 조금 얹어 놓고 배 속을 수프랑 맥주로 채우는 거야. 그래야 힘이 나지. 부엌으로 따라와라. 내가 좀 챙겨 줄 테니."

부인은 쟁반을 챙겨 들고 일어서더니, 잠시 멈추고서 말했다.

"너는 참 친절한 행동을 했단다, 애야. 리어리는 내 손녀딸이잖니. 내가 대신해서 인사하마. 걔가 예의를 아는 애라면 직접 와서 고맙다고 말했을 테지만."

그녀는 제이미의 뺨을 톡톡 두드리고는 무거운 발걸음으로 조용히 자리를 떴다.

나는 제이미를 주의 깊게 살펴보았다. 전통 의학 치료법은 놀랄 만큼 효과가 좋았다. 눈은 여전히 붓긴 했어도 약간 변색되었을 뿐이고, 입술의 상처는 이제 깨끗하고 핏기 없이 또렷했다. 다만 주변 피부 조직보다 살짝 거뭇한 정도였다.

"기분은 좀 어때요?"

내가 의심 가득한 눈초리로 쳐다봤었나 보다. 그가 미소를 지으면서도 입을 조심스레 움직였으니까.

"좋아요. 그냥 멍든 것뿐이잖아요. 다시 한번 당신에게 감사드려야겠네요. 사흘 연속으로 세 번이나 치료해 주셨군요. 제가 아주 어설픈 놈이라 생각하시겠죠?"

나는 제이미의 턱에 난 보랏빛 자국을 만져 보았다.

"어설프지는 않아요. 좀 무모할지는 몰라도."

그때, 안뜰 입구에서 뭔가 움직이는 모습이 눈에 띄었다. 노랗고 파란 색이 휙 스쳐 갔다. 리어리라는 여자애는 나를 보자 수줍게 뒤로 물러섰다.

"당신과 둘이서 이야기하고 싶어 하는 사람이 있네요. 자리를 피해 줄게요. 어깨에 있는 붕대는 내일이면 풀 수 있을 거예요. 그때 보죠."

"네, 다시 한번 고맙습니다."

그는 내 손을 가볍게 쥐며 작별 인사를 했다. 나는 소녀 옆을 지나가며 호기심 어린 눈초리로 살펴본 후 그곳에서 나왔다. 가까이서 보니 부드러운 파란 눈동자에 장밋빛 피부가 돋보이는 훨씬 예쁜 얼굴이었다. 그 애는 제이미를 보자 얼굴이 환해졌다. 나는 안뜰을 나서며 궁금해졌다. 과연 제이미의 기사도적인 행동은 그저 이타심에서 비롯된 것이었을까.

다음 날 아침, 바깥에서 지저귀는 새소리와 안쪽에서 움직이는 사람 소리에 나는 잠에서 깼다. 옷을 차려입고 외풍이 심한 복도를 따라 홀로 내려갔다. 그곳은 다시 원래 식당의 모습으로 돌아와 있었다. 사람들은 거대한 가마솥 안에 끓인 귀리죽을 받아다가 화덕에서 구운 배넉 위에 당밀을 발라 같이 먹었다. 김이 모락모락 나는 음식 냄새가 어찌나 강력한지 거부할 수가 없었다. 나는 여전히 심란하고 혼란스러운 상태였지만, 따뜻한 아침 식사를 했더니 주변을 탐험할 힘이 약간 났다.

나는 피츠기번스 부인을 찾아갔다. 그녀는 움푹 들어간 팔꿈치로 밀가루 반죽을 치대고 있었다. 그녀에게 제이미의 붕대를 갈아 주고 총상이 아물고 있는지 살펴보고 싶다고 말하며 어디 있는지 물었다. 부인은 하얗게 가루가 묻은 거대한 손을 휘저어 심부름꾼으로 부리는 꼬마 아이를 불렀다.

"꼬마 앨릭아, 가서 제이미를 찾아보렴. 새로 온 조마사 있지? 어깨를 진찰해야 하니까 같이 와 달라고 전해. 우리는 허브 정원에 있을 거야."

부인이 손가락을 딱 튕기자 꼬마는 제이미가 있는 곳으로 허둥지둥 달려갔다.

피츠기번스 부인은 밀가루 반죽을 하녀에게 넘겨 주고 손을 털고서 나를 보았다.

"걔들이 돌아올 때까지는 좀 걸릴 거라우. 그럼 약초밭을 보고 있을라우? 아가씨는 식물에 대해 좀 아는 것 같으니까. 괜찮다면 여유 시간에 일손도 좀 거들고요."

안쪽 뜰 한편에 자리 잡은 약초밭은 치료제와 향신료를 제공하는 귀중한 보물 창고였다. 그곳은 넓고 볕이 잘 들지만 봄바람은 불어오지 않는 곳에 자리 잡았고, 우물도 따로 딸려 있었다. 서쪽 경계를 따라서는 로즈메리 덤불이 났고, 캐모마일은 남쪽, 아마란스는 북쪽에서 경계를 이루어 피어 있었다. 정원의 동쪽은 성벽이라서 심하게 몰아치는 바람을 한층 더 막아 주었다. 비옥한 흑토에서 늦되게 피어나는 크로커스와 부드러운 잎사귀의 프렌치 수영이 정확하게 구별되었다. 피츠기번스 부인은 디기탈리스, 쇠비름, 석잠풀을 비롯하여 내가 알아볼 수 없는 몇 가지 허브를 더 가리켰다.

늦봄은 식물을 심는 때였다. 피츠기번스 부인이 든 바구니에는 마늘과 여름 작물 씨앗이 잔뜩 들어 있었다. 포동포동한 부인은 내게 바구니와 땅을 파는 막대기를 주었다. 내가 그간 성에서 너무 게으름을 부렸나 보네. 콜럼이 내가 할 만한 적당한 일을 줄 때까지, 피츠기번스 부인은 놀고 있는 내게 쥐여 줄 일이 차고 넘쳤다.

"자, 이렇게 해요, 아가씨. 남쪽을 따라 여기에 심으면 돼요. 타임과 디기탈리스 사이에 말이우."

부인은 단단한 겉껍질을 힘들이지 않고 쪼개어 마늘을 알알이 나누는 법과 심는 법을 알려 주었다. 심는 법은 간단했다. 마늘쪽을 뭉툭한 끝이 아래를 향하도록 지표면에서 삼사 센티미터 아래에 묻으면 되는 것이었다. 부인은 일어서서 풍성한 치맛단을 털고 내게 조언했다.

"마늘 몇 통은 남겨 뒀다가 쪽으로 나누어서 한 구멍에 하나씩 정원을 빙 둘러서 심어요. 마늘이 있으면 다른 식물에 잔벌레가 안 꼬이거든. 양파랑 서양톱풀을 심어도 마찬가지고. 시든 마리골드의 머리는 따서 버리지 말고 둬요. 쓸모가 있으니까."

정원 곳곳에 수없이 흩어진 마리골드가 금빛으로 만개해 있었다. 바로 그때, 제이미를 찾으러 갔던 꼬마가 돌아왔다. 그 애는 숨이 턱까지 차오른 채로, 제이미는 일하다 말고 자리를 비울 수가 없다는 소식을 전했다.

꼬마는 숨을 헐떡이며 설명했다.

"치료를 받아야 할 정도로 아프지는 않대요. 하지만 마음 써 주셔서 고맙대요."

피츠기번스 부인은 그다지 믿을 수 없는 말을 듣고 어깨를 으쓱였다.

"흐음, 안 오면 안 오는 거고. 하지만 혹시 신경 쓰인다면, 정오쯤에는 근처 방목장에 가 봐요, 아가씨. 치료받으려고 일을 멈추지는 않는다 해도, 밥을 먹을 때는 멈추겠지. 젊은이들이 다들 그렇잖우. 꼬마 앨릭이 정오에 와서 방목장까지 안내해 줄 거예요."

피츠기번스 부인은 내게 마늘을 마저 심으라고 한 후, 갤리언선*처럼 재빨리 사라졌다. 꼬마 앨릭도 그 뒤를 따라 자취를 감추었다.

나는 아침 내내 마늘을 심고, 시든 꽃을 따고, 잡초를 뽑고, 정원일을 하다 보면 끊임없이 마주치는 달팽이와 민달팽이와 그 비슷한 해충을 계속 잡으며 만족스럽게 보냈다. 하지만 이곳의 해충 구제 작업은 화학 살충제 없이 맨손으로 해야 했다. 어찌나 일에 열중했던지, 나는 꼬마 앨릭이 다시 온 줄도 몰랐다. 그 애가 정중하게 헛기침을 하며 인기척을 냈을 때에야 겨우 알아챘다. 그 애는 내가 일어나 치마의 먼지를 털기가 무섭게 기다리지도 않고 안뜰 문밖으로 사라졌다.

꼬마 앨릭을 따라간 방목장은 마구간에서 꽤 멀리 떨어진 풀밭이었다. 세 마리의 어린 말이 근처 풀밭에서 즐겁게 뛰어놀고 있었다. 방목장 울타리에는 말끔해 보이는 어린 적갈색 암말 하나가 등에 얇은 담요를 걸친 채로 묶여 있었다.

제이미는 암말 옆에서 조심스레 옆 걸음질을 치고 있었다. 암말은 제이미가 다가오는 모습을 아주 수상쩍게 바라보는 중이었다.

* 16~17세기에 무역선으로 사용된 유럽의 대형 범선.

제이미는 성한 손을 암말의 등에 살포시 얹고서 부드러운 목소리로 말을 걸었다. 하지만 말이 받아 주지 않으면 언제든 물러설 준비도 되어 있었다. 암말은 눈을 굴리며 콧김을 뿜었지만 움직이지는 않았다. 제이미는 계속 말에게 속삭이면서 천천히 담요 위로 몸을 기대고는 아주 조금씩 말 등에 몸무게를 실었다. 암말은 살짝 몸을 들어 올리며 발을 굴렀지만, 제이미는 목소리를 아주 살짝 높이며 버텼다.

순간, 암말이 고개를 홱 돌리더니 나와 꼬마가 다가오는 모습을 보았다. 위협을 느낀 말은 몸을 들어 올리고 히힝 울더니 우리를 정면으로 바라보며 제이미를 방목장 울타리로 확 밀쳤다. 콧김을 뿜으며 날뛰기 시작한 말은 껑충껑충 뛰며 묶인 밧줄을 마구 발로 찼다. 제이미는 울타리 아래로 몸을 굴려 마구 날뛰는 말발굽의 반경에서 벗어났다. 그는 아픈 듯 일어서서 게일어로 욕설을 지껄이고는 일을 방해한 게 대체 뭔지 알아보려 고개를 돌렸다.

하지만 나를 본 순간, 험상궂던 표정이 싹 바뀌며 정중한 환영의 기색을 드러냈다. 하지만 우리가 나타난 것만으로는 충분한 환영을 받기에 좀 부족했다. 그래서 난 젊은 남자들에 통달한 피츠기번스 부인이 사려 깊게 준비해 준 점심 바구니를 내밀었고, 제이미의 화는 아주 많이 누그러졌다.

"아아, 좀 진정해라, 이 빌어먹을 짐승아."

그는 여전히 콧김을 뿜으며 밧줄과 씨름하는 암말에게 쏘아붙이고는 꼬마 앨릭에게 잘 가라고 상냥하게 손을 흔들어 주었다. 그리고 암말의 등에서 떨어진 담요를 주워 들어 먼지를 털고는 내 앞에 정중하게 펼쳐 앉을 자리를 만들었다.

나는 방금 제이미와 암말이 벌인 다툼에 대해 눈치껏 아무 말도 하지 않았다. 다만 맥주를 따르고 빵과 치즈 덩이를 내밀었다.

그는 먹는 데만 몰두했다. 그걸 보자 이틀 전 저녁 식사 자리에 그가 나타나지 않았다는 게 떠올랐다.

어디 있었는지 묻자, 제이미가 말했다.

"내내 잤어요. 성에 들어와서 당신과 헤어진 다음 곧바로 자러 갔다가 어제 새벽에야 일어났어요. 어제 홀을 끝낸 다음에 일 좀 하다가 저녁 먹기 전에 좀 쉬려고 건초 더미에 앉았는데……."

그는 잠시 웃다가 말을 이었다.

"앉은 그대로 잠들어서 오늘 아침에 일어났어요. 말이 내 귀를 깨무는 바람에 깼죠."

쉬니까 몸이 좋아진 것 같았다. 어제 얻어맞아 생겼던 멍은 진해졌지만, 주변 피부는 혈색이 좋았다. 그리고 제이미는 식욕도 아주 많았다.

그가 마지막까지 음식을 깨끗하게 먹고 물기 어린 손끝으로 셔츠에 붙은 부스러기를 깔끔하게 떼어 한입에 털어 넣는 모습을 지켜보고 나는 웃으며 말했다.

"식욕이 왕성하네요. 먹을 게 없다면 풀이라도 먹었겠어요."

그러자 그는 진지한 표정으로 말했다.

"먹어 본 적 있어요. 맛이 나쁘진 않았는데, 별로 배가 부르진 않더라고요."

나는 깜짝 놀랐지만, 이건 나를 놀리는 거란 생각이 들었다.

"언제 먹었는데요?"

"재작년 겨울에요. 그때 험한 생활을 했어요. 숲속에서요. 그…… 하일랜드 경계를 순찰하는 젊은 애들이랑요. 우리는 일주일 동안 운이 좋지 않았어요. 먹을 것도 없다시피 했죠. 농가에서 이따금 귀리죽을 얻어먹기는 했는데, 그 사람들도 너무 가난해서 남는 게 없더라고요. 농부들은 손님에게 언제나 뭔가를 대접하는 관습이 있지만, 한 번에 스무 명씩 찾아오면 제아무리 하일랜드 사람이라도 반갑게 손님 대접하기는 힘들어요."

그러다 제이미는 씩 웃었다.

"혹시 이런 말 들어 봤어요? 아참, 모르시겠구나. 그런 농가에서 하는 기도문이 있거든요."

"못 들어봤어요. 뭔데요?"

내가 묻자, 제이미는 눈에서 머리카락을 쓸어 올리며 기도문을 읊었다.

"올려라, 돌려라, 식탁에 음식을,
먹을 수 있을 만큼 많이 많이 먹어라.
쌈지에 두지 말고 그냥 잔뜩 먹어라,
올려라, 돌려라, 음식을, 아멘."

"쌈지에 두지 말고? 그게 무슨 뜻이에요?"

내가 화제를 바꾸어 묻자, 그는 허리띠에 찬 스포란을 두드리며 설명했다.

"배를 채우란 말이죠. 가방에 넣어 두지 말고요."

제이미는 손을 뻗어 기다랗게 뻗은 풀을 부드럽게 겉잎에서 뽑아냈다. 그리고 손바닥으로 풀을 천천히 굴리자 포슬포슬한 이삭이 줄기에서 확 튀어나왔다.

"그땐 늦겨울이었어요. 다행히도 많이 춥진 않았죠. 추웠다면 우리는 겨울을 나지 못했을 거예요. 보통 덫을 쳐서 토끼를 잡았어요. 불을 피우기 위험한 상황에서는 생고기를 먹기도 했죠. 가끔은 사슴 고기도 얻긴 했지만, 그땐 며칠간 사냥감이 없었어요."

제이미는 하얗고 네모난 이로 풀 이삭을 씹었다. 나도 풀을 하나 뽑아 이삭 끝을 먹어 보았다. 달콤하고 살짝 신맛이 났지만, 먹을 수 있을 만큼 연한 부분은 3센티미터 정도밖에 되지 않았다. 무엇보다 영양분이 거의 없었다.

제이미는 반쯤 먹은 줄기를 내던지고는 풀을 또 뽑으며 이야기를 계속했다.

"그때는 며칠 전쯤 눈이 약하게 내렸었죠. 나무뿌리를 덮을 정도로만 내려서 사방이 진흙 천지였어요. 나는 버섯을 찾고 있었어요. 나무 밑에서 자라는 커다란 주황색 버섯 있잖아요. 그래서 눈밭을 발길질로 헤치다 풀밭을 찾아냈어요. 나무 사이에 있는 공터에 난 풀을 보니까, 가끔 해가 좀 드는 모양이구나 생각했죠. 보통은 사슴이 이런 풀밭을 찾아내요. 그러면 발길질해 눈을 쓸어 내고 풀을 뿌리까지 뜯어 먹죠. 여긴 사슴이 아직 찾지 못한 풀밭이었고요. 그때 난 생각했어요. 사슴이 이걸 먹고 겨울을 난다면, 나라고 못 먹을 게 뭐 있겠어? 그때는 장화라도 삶아 먹을 수 있을 만큼 배가 고팠지만, 신발 없이는 걸을 수가 없잖아요. 그래서 난 사슴처럼 풀을 뿌리까지 뽑아 먹었죠."

"아무것도 안 먹고 얼마나 지냈던 거예요?"

놀랍고 신기하면서도 섬뜩한 이야기였다.

"사흘이요. 그 일주일 동안은 드라마흐밖에 먹은 게 없었어요. 그게 뭐냐면, 귀리에 우유를 좀 탄 거예요. 그랬죠."

제이미는 손에 든 풀 줄기를 보며 회상했다.

"겨울 풀은 질겨요. 시큼하기도 하고요. 이것 같지는 않죠. 하지만 난 그것도 모르고 그냥 먹었어요."

그는 나를 보며 갑자기 싱긋 웃었다.

"그리고 사슴한텐 위가 네 개 있다는 것도 몰랐죠. 근데 나는 위장이 하나잖아요. 그걸 먹으니까 끔찍하게 속이 뒤틀리더라고요. 며칠 동안 배에 가스가 찼죠. 나중에 어른 중에 누가 알려 주시더라고요. 풀을 먹을 거면 삶아 먹어야 한다고요. 하지만 그땐 몰랐어요. 알았다 해도 상관하지 않았을 테고요. 너무 배가 고파서 기다릴 수도 없었거든요."

제이미는 이제 자리에서 일어선 다음 나도 일어나라며 손을 내밀었다.

"다시 일하러 가야겠어요. 점심 가져다주셔서 고마워요, 아가씨."

그는 내게 바구니를 내민 다음 마구간으로 향했다. 햇살에 반짝이는 남자의 머리카락은 마치 금화와 구리 동전을 섞어 놓은 것처럼 빛났다.

나는 천천히 성으로 돌아오면서 추운 진흙 속에서 살며 풀을 먹는 남자들을 생각했다. 그러다 안뜰에 들어와서야 제이미의 어깨를 까맣게 잊고 있었다는 게 떠올랐다.

7
데이비 비턴의 진료소

성으로 돌아왔을 때, 어쩐 일인지 콜럼의 병사 하나가 킬트 차림으로 성문 옆에서 나를 기다리고 있었다. 그리고 콜럼이 자신의 방으로 와서 기다려 달라고 정중하게 요청했다는 말을 전했다.

영주의 성스러운 공간에 들어가자, 벽에 난 기다란 유리창이 열려 있었다. 안으로 불어온 바람이 새장 안에 무성히 자란 나뭇가지를 스치며 바스락대는 소리를 들으니, 마치 바깥에 있는 듯한 착각마저 들었다.

책상에 앉아서 글을 쓰고 있던 영주는 내가 들어가자 하던 일을 멈추고 맞이했다. 나의 건강과 안부를 몇 마디 물은 다음, 그는 벽쪽에 있는 새장으로 날 데리고 갔다. 그리고 푸르른 나뭇가지 사이를 폴짝폴짝 뛰며 바람을 맞아 신나서 지저귀는 자그마한 새들을 감탄하며 바라보았다.

"두걸과 피츠기번스 부인이 그러더군. 당신이 상당히 유능한 치료사라고 말이오."

콜럼은 가볍게 말을 건네며 손가락 하나를 새장 사이로 뻗었다. 그러자 이런 행동에 익숙한 듯 자그마한 회색 멧새 한 마리가 휙 날

아와 얌전하게 손가락에 착지했다. 새는 자그마한 발톱으로 손가락을 꼭 쥐고는 날개를 살짝 펴서 균형을 잡았다. 그는 반대편 손으로 새의 머리를 부드럽게 쓰다듬었다. 그 손가락에는 굳은살이 박여 있었다. 나는 손톱 둘레의 굳은살을 보고 의아했다. 영주가 굳은살이 박일 만큼 노동을 할 것 같지는 않았기 때문이었다.

나는 어깨를 으쓱이고는 대답했다.

"겉에 난 상처를 치료하는 건 별다른 기술이 아니랍니다."

그는 미소를 지었다.

"그럴지도 모르오. 하지만 캄캄한 밤에 길가에서 상처를 싸매는 건 확실히 기술이 있어야 하지 않소? 그리고 피츠기번스 부인의 말에 따르면, 당신은 오늘 아침에도 꼬마의 부러진 손가락을 고치고, 주방 하녀의 팔에 난 화상을 치료했다고 하던데."

"그것 역시 별로 어려운 게 아니었답니다."

나는 대답하면서도 궁금했다. 이 사람은 무슨 말을 하려는 걸까. 그는 하인 하나에게 손짓했고, 하인은 재빨리 책상 서랍에서 자그마한 용기를 꺼내 가져왔다. 콜럼은 뚜껑을 열고 안에 든 씨앗을 새장 속으로 뿌렸다. 가지에 앉아 있던 자그마한 새들은 일제히 폴짝 뛰어내렸다. 그 모습이 마치 투수에게 던지는 크리켓 공 같았다. 이윽고 멧새도 아래로 뛰어내려 다른 새들과 함께 바닥에 떨어진 낱알을 쪼아 먹었다.

"비턴 씨족과는 아무런 관계가 아니시오?"

그가 물었다. 그러자 피츠기번스 부인이 첫 만남에서 했던 말이 떠올랐다. **그러면 치료사인가요? 비턴 가문 사람이에요?**

"없어요. 비턴 씨족이 치료와 무슨 관계가 있나요?"

그러자 콜럼은 놀라서 날 바라보았다.

"들어 본 적 없으시오? 비턴 씨족의 치료사들은 하일랜드 전역에서 유명하오. 그들 중 많은 수가 방랑 치료사들이라오. 여기에도 그들 중 하나가 머무른 적이 있소."

"머무른 적이 있다고요? 그 후엔 어떻게 되었는데요?"

내가 묻자, 콜럼은 덤덤하게 대답했다.

"죽었소. 열병에 걸린 지 일주일도 되지 않아 세상을 떠났지. 그 후로는 이곳에 치료사가 없었소. 피츠기번스 부인이 있긴 해도 말이오."

"부인도 아주 유능해 보이던데요."

나는 제이미의 부상을 능숙하게 다루던 부인의 손길을 떠올리며 말했다. 그러다 애초에 제이미가 왜 다쳤는지 떠올리자 콜럼에게 불쑥 분노가 치밀었다. 그리고 분노와 더불어 조심해야겠다는 생각 역시 들었다. 이 남자는 자신의 영지민들에게 법률이자 배심원이자 판사였다. 그리고 딱 봐도 만사를 본인 뜻대로 처리하는 데 아주 익숙한 사람이었다.

그는 고개를 끄덕이면서도 여전히 새들을 바라보고 있었다. 그리고 남은 씨앗을 흩뿌려 주면서, 마지막 한 움큼은 느지막이 다가온 청회색 울새에게 모두 주었다.

"아, 그렇소. 부인은 치료에 상당히 능숙하오. 하지만 이 성 안에 돌아가는 일들과 사는 사람들을 관리하는 것만으로도 일이 많다오. 나까지 포함해서 말이오."

그는 이렇게 말하며 갑자기 매력적인 미소를 지었다. 나도 따라 미소를 짓자, 그는 기회를 틈타 말을 이어 갔다.

"그래서 말인데, 이런 생각을 해 보았소. 당신이 이곳에 머물면서 달리 할 일이 없다면, 데이비 비턴이 쓰던 물건을 한번 둘러볼 수도 있겠다 싶었소. 그가 남긴 약 같은 걸 좀 쓸 수도 있지 않겠소?"

"아…… 그렇겠네요. 그럼 그럴까요?"

솔직히 나는 정원과 식료품 저장실, 주방을 왔다 갔다 하는 일상이 약간 지루하던 참이었다. 세상을 떠난 비턴 씨는 의약품을 만들

때 어떤 재료를 유용하다 생각했는지 궁금하기도 했다.

"앵거스나 제가 이분을 그곳으로 모시겠습니다, 나으리."

하인이 정중하게 제안했다. 하지만 콜럼은 품위 있는 손짓으로 하인을 물렸다.

"그럴 필요 없네, 존. 내가 비첨 부인을 직접 안내하겠네."

계단을 내려가는 콜럼의 걸음은 느릿느릿 고통스러워 보였다. 하지만 그는 남의 도움을 바라지 않는 게 분명했기에, 나 역시 섣불리 돕겠다 하지 않았다.

고인이 된 비턴의 진료실은 성의 외딴 구석, 주방 뒤쪽에 보이지 않는 곳에 있었다. 근처에 있는 거라곤 예전 주인이 잠들어 있는 묘지뿐이었다. 성 외벽을 따라 만든 좁고 어두운 방에는 가느다랗고 작은 창이 겨우 하나 달렸고, 그나마 벽 높이 나 있어서 납작하고 네모나게 비쳐 드는 햇빛은 마치 칼처럼 허공을 갈랐다. 위쪽의 둥근 천장이나 바닥은 그저 어둡고 음산하기만 했다.

방의 어둑한 부분으로 들어가는 콜럼 옆을 주시하면서, 나는 커다란 진열장으로 다가갔다. 그 안에는 작은 서랍이 수십 개 달렸고, 서랍마다 꼬불꼬불한 글씨체로 라벨을 붙여 놓았다. 작업대 위의 선반에는 온갖 크기와 모양의 단지와 상자, 유리병이 가지런히 진열되어 있었다. 그곳에 있는 약의 잔여물 얼룩과 굳은 회반죽을 보니, 고인이 된 비턴은 여기서 약을 조제한 모양이었다.

콜럼은 나보다 먼저 방에 들어갔다. 그가 들어서자 은은히 빛나는 먼지가 위로 솟구쳐 빛줄기 속에서 소용돌이쳤다. 그 모습은 마치 무덤을 부술 때 나는 먼지 같았다. 그는 잠시 걸음을 멈추고 어둠에 눈이 익도록 기다린 다음, 천천히 걸으며 좌우를 살펴보았다. 어쩌면 콜럼이 이 방에 들어온 건 이번이 처음일 수도 있겠다는 생각이 들었다.

좁은 방을 지나가다 멈춰 서곤 하는 콜럼을 바라보면서 나는 넌

지시 말했다.

"아시겠지만, 안마를 받으시면 한결 나을 거예요. 아프실 테니까요."

그러자 콜럼의 회색 눈동자가 번뜩였다. 난 잠시 괜한 말을 했다고 후회했지만, 날카로운 눈빛은 나타나자마자 사라지고 평소의 예의 바른 표정이 도로 나타났다.

"아주 세게 안마를 받으셔야 할 거예요. 특히 척추 아랫부분에요."

"알고 있소. 앵거스 모어가 밤에 해 준다오."

그는 잠시 말을 멈추고는 유리병 하나를 만지작대며 말했다.

"부인은 확실히 치료에 대해 많이 아시는 모양이군."

"조금요."

나는 조심스레 대답했다. 혹시 여기 있는 약들이 어디에 쓰이는지 물어보며 날 시험하려는 건 아니기만을 바랐다. 그가 든 유리병의 라벨에는 '푸를레스 오비스Purles Ovis'라고 적혀 있었다. **이게 뭔지 대체 어떻게 안단 말인가.** 다행히도 그는 유리병을 내려놓고 벽쪽에 있는 커다란 가구의 먼지를 손가락으로 가만히 쓸었다.

"여기에 사람이 없은 지 꽤 되었소. 피츠기번스 부인에게 청소할 하녀를 몇 명 보내라 하겠소. 어떻소?"

나는 진열장을 열다가 뭉게뭉게 피어오른 먼지에 기침하고선 고개를 끄덕였다.

"그러시는 게 좋을 것 같군요."

진열장 아래쪽에는 책이 한 권 있었다. 파란 가죽 표지를 두른 두꺼운 책이었다. 그 책을 들어 올리자 아래에 작은 책이 한 권 더 있었다. 그건 검은 천으로 저렴하게 장정한 책으로, 귀퉁이가 많이 닳아 있었다.

그 작은 책은 비턴의 진료 일지였다. 안에는 환자의 이름과 질병의 세부 사항, 치료 과정 등이 깔끔하게 기록되어 있었다. 꼼꼼한 남자였구나. 나는 그를 긍정적으로 평가했다. 일지의 한 항목을 보자 이렇게 적혀 있었다. '서기 1741년 2월 2일, 세라 그레이엄 매켄지. 물레 끝에 있는 부속품에 찔려 엄지손가락에 상처가 남. 삶은 박하를 먹이고 다음과 같은 고약을 발랐음: 서양톱풀, 고추나물, 슬레이터 간 것, 쥐 귀를 고운 진흙에 섞은 것.'

슬레이터? 쥐 귀? 선반에 있는 허브 이름이겠지, 설마.

"세라 매켄지의 엄지는 나았나요?"

나는 책을 덮으며 물었다. 그러자 그는 잠시 생각에 잠겼다.

"세라? 아, 아닌 것 같소."

"정말요? 그 후에 어떻게 되었는지 궁금하네요. 나중에 제가 한 번 볼 수 있을까요?"

그러자 콜럼은 고개를 저었다. 그의 휘어진 입술 선에 우울한 유머가 언뜻 엿보였다.

"왜요? 세라는 성을 떠났나요?"

"그렇다고도 할 수 있소. 죽었으니까."

그의 대답엔 재미있어하는 기색이 역력했다.

나는 먼지투성이 돌바닥을 가로질러 문으로 향하는 콜럼을 빤히 바라보았다.

"고인이 된 데이비 비턴보다는 더 나은 치료사가 되어 주시기를 바라오, 비첨 부인."

그는 문에서 멈춰 서더니 나를 냉소적으로 바라보았다. 비쳐 드는 햇빛이 마치 스포트라이트처럼 그를 비추었다.

"하긴, 그보다 더 나쁠 수는 없을 테지만."

이 말을 남기고 콜럼은 어둠 속으로 사라졌다.

———

나는 길고 좁은 방을 이리저리 돌아다니며 모든 걸 살펴보았다. 대부분은 쓰레기 같았지만, 그래도 건질 만한 유용한 것들이 있을 지도 모르니까. 약장에 달린 자그마한 서랍을 열어 보니 장뇌 향기 가 확 풍겼다. 음, **이건** 확실히 쓸모가 있지. 나는 서랍을 닫고 더러 워진 손가락을 치마에 문질렀다. 그리고 피츠기번스 부인이 보내 주는 명랑한 하녀들이 일단 청소할 때까지 기다렸다가 조사를 다시 진행해야겠다고 생각했다.

복도를 내다보니 아무도 없었다. 소리조차 들리지 않았다. 하지 만 근처에 아무도 없을 거라고 생각할 만큼 난 순진하지 않다. 명령 이든 아니면 눈치껏 알아서 하는 행동이든, 이곳 사람들은 감시에 아주 능했고, 나는 감시당하고 있다는 걸 알게 되었다. 정원에 갈 때면 누군가 나를 따라왔다. 계단을 올라 방으로 갈 때면 내가 어느 쪽으로 모퉁이를 도는지 저 아래 계단에서 누가 슬쩍 쳐다보는 모 습이 보였다. 말을 타고 들어왔을 때는 비 가리개 지붕 아래에서도 무장한 경비병들을 똑똑히 보았다. 그래. 나는 교통수단과 떠날 방 법을 제공받기는커녕 그저 걸어 나가는 것조차 허락받을 수 없을 것이다.

한숨이 나왔다. 그래도 지금만큼은 혼자였다. 고독이야말로, 제 아무리 잠깐이라 해도 내가 바라 마지않는 것이었다.

선돌 안으로 들어간 후에 일어난 일을 차근차근 전부 생각해 보 려고 예전에도 몇 번 노력했었다. 하지만 주변 상황이 너무나 급박 하게 돌아갔던지라 잘 때를 제외하면 혼자 있을 시간이 이제껏 없 었다.

그리고 드디어 지금, 혼자가 된 것이다. 나는 먼지투성이 약장에 서 물러나 돌벽에 등을 기대고 자리에 앉았다. 벽은 아주 단단했다. 뒤로 손을 뻗어 손바닥으로 돌을 만지다 환상열석을 떠올리고는 그 때 무슨 일이 일어났는지 세세히 따져 보았다.

정확히 기억나는 마지막 장면은 비명을 지르는 돌들이었다. 하지만 그것도 의심스러웠다. 비명은 계속해서 들렸으니까. 그렇다면 그 소음은 돌에서 난 게 아니라, 다른 어딘가…… 어딘지는 몰라도…… 다른 곳에서 난 것이고, 나는 그 안으로 들어간 것이라는 말이 된다. 그렇다면 돌은 일종의 통로일까? 그리고 그 통로가 열렸을 때 내가 들어간 걸까? 그게 뭐든 정체는 알 수 없었다. 나는 그게 시간의 틈이라고 추측했다. 난 분명히 **그때** 존재했다가, 지금은 **이곳**에 존재하고 있고, 유일한 접점은 그 돌들뿐이니까.

그렇다면 소리는 어떤가. 압도적인 소리이긴 했지만, 이제 와 생각해 보니 그 소리는 전투에서 들려오는 소리와 매우 비슷했다. 내가 배치된 야전 병원은 세 번이나 폭격을 당했다. 임시로 지은 건물의 허술한 벽이 아무런 보호가 되지 않는다는 걸 알면서도, 의사와 간호사, 조무사들은 첫 번째 경보가 들리자마자 모두 건물 안으로 들어가 서로 웅크려 안고 용기를 냈다. 하지만 머리 위에서 박격포를 쏴 대고 폭탄이 옆문을 부수면 용기는 너무나 쉽게 사그라졌다. 그때 느꼈던 공포가 바로 선돌에서 느꼈던 것과 비슷했다.

돌 사이를 통과했을 때를 기억하고 있다는 걸 이제야 깨달았다. 물론 아주 사소한 것들이었다. 마치 급류에 휩쓸린 것처럼 몸부림을 쳤던 느낌이 떠올랐다. 그래, 나는 뭔지 모를 그 감각에 맞서 싸웠다. 그리고 급류 속에서 떠오른 이미지도 있었다. 사진같이 또렷하진 않았고, 오히려 불완전한 생각에 가까운 이미지였다. 어떤 것은 무시무시해서 나는 애써 떨쳐 버리려고 맞서면서 그…… 곳을 '지났다'. 내가 또 무엇에 맞섰더라? 어딘가의 표면으로 나가려고 애썼던 기억도 있다. 그렇다면 내가 특별히 이 시간대에 오게 된 것은 내가 **선택해서였을까?** 마구 굽이치는 소용돌이 속에서, 이 시간이 일종의 안식처를 주었기 때문에?

나는 고개를 저었다. 생각해 봤자 답이 나오지는 않을 것이다. 아

191

무엇도 분명한 건 없었다. 다만 내가 그 선돌로 돌아가야 한다는 것만이 분명할 뿐.

"부인?"

부드러운 스코틀랜드 억양의 말씨가 문가에서 들려와 나는 고개를 들었다. 열여섯인가 열일곱쯤 된 소녀 둘이 복도에서 수줍게 서성이고 있었다. 그들은 거친 옷차림에 나막신을 신었고, 머리에 소박한 머릿수건을 두르고 있었다. 그중 하나는 빗자루와 개킨 천 몇 묶음을 들었고, 나머지 하나는 김이 모락모락 나는 통을 들고 있었다. 피츠기번스 부인의 명령을 받고 진료소를 청소하러 온 소녀들이었다.

"혹시 저희가 방해했나요, 부인?"

한 소녀가 걱정스레 물어서 나는 아니라고 얼른 대답했다.

"아니, 아니에요. 지금 막 나가려던 참이었어요."

그러자 다른 소녀가 말했다.

"부인은 점심 식사를 놓치셨어요. 하지만 피츠기번스 부인이 언제든 주방에 오시면 음식이 있다고 전해 달라 하셨어요."

나는 복도 끝에 난 창문을 슬쩍 보았다. 정말로 태양이 살짝 정오 때를 지난 참이었다. 생각하니 배가 고파졌다. 그래서 소녀들에게 미소를 지어 보였다.

"그래야 할 것 같아요. 고마워요."

———

나는 점심을 가지고 다시 들판으로 나갔다. 제이미가 저녁때까지 아무것도 먹지 못할까 봐 걱정이 되었기 때문이다. 풀밭에 앉아 그가 먹는 모습을 지켜보며 나는 물었다. 어째서 험하게 살아왔는지, 국경 너머에서 가축을 습격하고 도둑질을 했는지 말이다. 이제껏 근처 농가에서 오가는 사람들과 성 거주민을 비교해 본 바에 따르면, 제이미는 다른 사람들보다 더 지체 높은 집안에서 태어났고 누구보다도 교육을 잘 받은 사람이었다. 내게 한 간략한 설명만 들어 봐도 상당히 유복한 집안에서 태어난 게 분명했다. 그런데 왜 집에서 멀리 떠났을까?

그러자 내가 자신에 대해 모른다는 사실에 깜짝 놀라 제이미가 대답했다.

"나는 범법자니까요. 잉글랜드인들이 내 머리에 10파운드의 현상금을 걸었어요. 노상강도보다는 낮은 금액이지만, 소매치기보다는 높아요."

그는 비난하듯 말했다.

"공무 집행 방해죄로 현상금이 걸리다니요?"

난 믿을 수가 없었다. 10파운드라면 작은 농가가 1년간 버는 돈의 절반이었다. 겨우 탈옥수에 불과한 사람이 잉글랜드 정부에게 그만한 가치가 있단 말인가. 상상이 되지 않았다.

"아, 그게 아니라 살인죄예요."

난 피클 넣은 빵을 한입 가득 물고 있다가 사레가 들렸다. 제이미는 내가 다시 말을 할 수 있게 될 때까지 고맙게도 등을 두들겨 주었다. 나는 눈물을 그렁그렁 단 채로 물었다.

"누, 누구를 주, 죽였는데요?"

그는 어깨를 으쓱였다.

"음, 그게 좀 이상해요. 난 죽이지 않은 사람을 죽였다는 죄목을 썼거든요. 물론 이제껏 빨간 코트 놈들을 몇 명 해치우긴 했으니, 아예 죄가 없다고는 할 수 없겠네요."

그는 말을 멈추더니, 보이지 않는 벽에 어깨를 문지르듯 움직였다. 전에도 이러는 걸 본 적이 있었다. 성에 온 첫날, 그를 진료하면서 등에 난 상처를 보았을 때도 이런 몸짓을 했다.

193

"그건 포트윌리엄에 있을 때였어요. 나는 두 번째로 채찍질을 당한 후에 하루 이틀은 꼼짝도 할 수가 없었죠. 그 후에는 상처 때문에 열이 났어요. 하지만 내가 다시 일어날 수 있게 되자, 몇몇……친구들이 어떻게든 날 진지에서 빼내려고 했어요. 난 죽어도 거기 있고 싶지 않았거든요. 어쨌든 우리가 탈출할 때 좀 소동이 벌어졌어요. 그러다 잉글랜드 부대의 부사관이 총에 맞았어요. 우연히, 나를 처음으로 채찍질했던 놈이 총에 맞은 거예요. 나는 그자를 쏘지 않았어요. 그자에겐 아무런 악감정이 없었고, 게다가 그땐 말에 간신히 매달려 가는 것 말고는 뭘 할 수 없을 정도로 몸이 약해져 있었어요."

제이미는 커다란 입을 꾹 다물더니, 이렇게 덧붙였다.

"하지만 랜들 대위를 죽일 수 있었다면, 그 와중에도 난 어떻게든 죽였을 거예요."

그는 다시 어깨에서 힘을 빼고 등을 폈다. 거친 리넨 셔츠가 등을 따라 팽팽해졌다. 그는 어깨를 으쓱이며 말을 이었다.

"그렇게 된 거예요. 그래서 혼자서는 성에서 멀리 떨어진 곳에 가지 않아요. 하일랜드에서도 이처럼 깊숙한 곳에서는 잉글랜드 순찰대를 마주치는 법이 없거든요. 하지만 경계 근처로는 그놈들이 자주 넘어와요. 그리고 워치*들도 있고요. 물론 그들도 성 가까이엔 오지 않아요. 콜럼은 본인 부하들이 있으니까 그들의 도움이 필요 없거든요."

제이미는 미소를 지으며 밝은 구릿빛 머리카락을 손으로 쓸어 올려 고슴도치처럼 곤두서게 했다.

"난 아무리 숨겨도 눈에 띄는 사람이잖아요. 이 성에 잉글랜드의 정보원이 있을 것 같지는 않지만, 내 위치를 잉글랜드인에게 알려

---

* 사람 또는 물건 등을 위협으로부터 지켜 주는 군인이나 경비대를 뜻한다.

주고 몇 펜스 받을 수만 있다면 기뻐할 만한 사람이 이곳 시골에도 여기저기 있을 수 있죠. 그 사람들도 내가 수배범인 걸 아니까요."

그는 나를 보며 미소 짓더니 이렇게 말했다.

"그러니 당신도 이젠 알겠죠? 맥타비시는 가명이라는 걸?"

"영주님도 알고 계신가요?"

"내가 범법자라는 걸요? 아, 그럼요. 콜럼도 알아요. 하일랜드 지방에 사는 사람들은 대부분 알걸요. 포트윌리엄에서 벌어진 일 때문에 한동안 꽤 소란이 일었어요. 그래서 소식이 빠르게 퍼졌죠. 하지만 제이미 맥타비시라는 이름만 알았지 그게 누구인지는 모를 거예요. 그 이름만 아는 사람들이 내 얼굴을 보고 맥타비시라고 알아볼 리는 없을 테니까요."

그의 머리카락은 아직도 이상하게 삐죽삐죽 곤두섰다. 갑자기 내 손으로 머리카락을 차분하게 만들어 주고 싶었지만, 난 참았다.

"왜 머리를 그토록 짧게 잘랐어요?"

나는 불쑥 묻고 나서 얼굴이 빨개진 채로 사과했다.

"미안해요. 내가 상관할 일이 아니긴 하죠. 하지만 궁금했어요. 여기서 내가 이제껏 본 다른 남자들은 다 머리가 길었는데……."

제이미는 시선을 의식하는 것처럼 뾰족하게 솟은 머리카락을 납작하게 눌렀다.

"예전에는 내 머리카락도 길었어요. 이렇게 짧아진 건 수도사님들이 뒷머리를 밀었기 때문이에요. 다시 기르기 시작한 지 몇 달 안 됐어요."

그는 허리를 굽혀 나에게 뒤통수를 검사해 보라고 권했다.

"거기 뒤에 난 상처 보이죠?"

손으로는 분명히 만져졌다. 숱 많은 머리카락을 헤치자 확실히 보였다. 15센티미터가량 되는 흉터 조직은 아직도 분홍색에다 살짝 솟아오른 모습으로 보아 나은 지 얼마 안 된 듯했다. 나는 그 부분을 따라 가볍게 눌러 보았다. 깨끗하게 아물었군. 누군지 몰라도 아주 잘 꿰맸네. 이런 상처는 쩍 벌어져서 피가 많이 났을 텐데.

"두통이 있나요?"

나는 전문가답게 물었다. 제이미는 상처 부위의 머리카락을 매만지면서 일어나 앉더니 고개를 끄덕였다.

"가끔요. 하지만 예전처럼 심하지는 않아요. 이 상처가 난 후에는 한 달쯤 앞이 안 보였어요. 언제나 미칠 것같이 머리가 아팠고요. 그런데 두통이 사라지니까 시력도 돌아오더라고요."

그는 시력을 확인하려는 듯 눈을 몇 번 깜빡이고서 설명을 이어 갔다.

"가끔은 앞이 흐려지기도 해요. 엄청 피곤할 때는 주변부터 둥그렇게 흐릿해지죠."

"죽지 않은 게 기적이네요. 당신 머리뼈는 무척 두꺼운가 봐요."

"맞아요. 우리 누나 말에 따르면 아주 단단하대요."

우리는 둘 다 웃었다.

"어쩌다가 다쳤어요?"

내가 묻자, 그는 찌푸린 얼굴 위로 불확실한 기색을 드러냈다. 그리고 천천히 대답했다.

"어, 그게 나도 모르겠어요. 기억이 전혀 안 나거든요. 라간호湖에서 온 젊은이 몇 명과 코리야이락 패스 근처를 내려가던 중이었어요. 덤불을 헤치며 산을 오르고 있던 게 마지막 기억이에요. 그러다 호랑가시나무 덤불에 손이 찔려서 피가 떨어졌는데, 그게 꼭 산딸기 같다는 생각을 했거든요. 그걸 끝으로 정신을 잃었어요. 그리고 깨어나 보니 프랑스더라고요. 생트 안 드 보프레 수도원이었죠. 머릿속에서 북을 치는 것처럼 욱신거렸고, 누가 나에게 시원한 음료수를 주었는데, 보이지가 않았어요."

그는 아직도 아프다는 듯 뒷머리를 문질렀다.

"가끔 사소한 것들은 기억이 나요. 머리 위에 달렸던 등불이 앞뒤로 흔들리는 모습이나, 입술에 느껴지던 달콤한 기름의 맛 같은 거나, 사람들이 해 준 말이요. 사실은 그중에 무엇이 진짜인지는 모르겠어요. 수도사들이 아편을 줬거든요. 그래서 항상 몽롱했어요."

그는 감은 눈 위로 손가락을 꾹 눌렀다.

"그때 계속 꿨던 꿈이 하나 있어요. 나무뿌리가 머릿속에서 자라나는 꿈이었어요. 커다랗게 옹이 진 뿌리가 점점 커지고 부풀어 오르면서 내 눈을 밀어내고 목으로 뻗어 내려 숨이 막히는 꿈이었어요. 나무뿌리는 계속 자라서 뒤틀리고 배배 꼬이면서 커졌어요. 마침내 내 두개골을 터뜨리면, 뼈가 쩍 갈라지는 소리를 들으며 잠에서 깼어요."

제이미는 얼굴을 찌푸리며 덧붙였다.

"물속에서 총을 쏘는 것처럼 질척하게 부서지는 소리였죠. 윽!"

순간, 누군가의 그림자가 우리 위로 확 다가오더니 육중한 장화발이 제이미의 옆구리를 쿡 찔렀다.

새로 나타난 사람은 화나지 않은 기색으로 말했다.

"게으른 녀석 같으니. 말들이 날뛰고 있는데 너는 배나 채우고 있냐? 저 암말은 또 언제 길들일 거고?"

"배고파 죽겠으니 일단 먹고 할게요, 앨릭. 와서 아저씨도 조금 드세요. 음식 많아요."

그는 치즈 한 덩이를 관절염으로 굽은 앨릭의 손에 쥐여 주었다. 그는 언제나 반쯤 주먹 쥔 듯 굽은 손가락으로 천천히 치즈를 받아 들고 풀밭에 앉았다.

제이미는 예상외로 공손하게 그를 소개해 주었다. 그의 이름은 앨릭 맥마혼 매켄지이고, 리오흐성의 수석 조마사였다.

땅딸막한 몸집에 가죽 반바지와 거친 셔츠 차림이었지만, 앨릭은 수석 조마사답게 제아무리 반항적인 종마라도 기가 꺾일 만큼 권위적인 분위기가 풍겼다. '군신 마르스처럼, 위협하고 명령하는 눈빛'이라는 『햄릿』의 구절이 떠올랐다. 그는 한쪽 눈만 사용했고, 다른 쪽 눈에는 검은 안대를 찼다. 눈 하나를 잃은 대신 눈썹으로 보상을 받은 것처럼, 회색 눈썹이 가운데부터 풍성하고 기다랗게 여봐란듯이 뻗은 모습은 마치 곤충의 더듬이가 부숭부숭한 갈색 다발에서 솟아 위협적으로 흔들리는 형상과 비슷했다.

늙은 앨릭(제이미는 그를 늙은 앨릭이라고 불렀다. 나를 여기까지 데리고 온 꼬마 앨릭과 구별하기 위해서겠지)은 나를 소개받고 처음에 고개를 까닥거리기만 했을 뿐, 그 후에는 나를 무시했다. 음식을 먹지 않으면 저 아래 풀밭에서 꼬리를 흔들어 대는 어린 말 세 마리에 대해 말했을 뿐이다. 지금은 없는 아주 뛰어난 명마의 혈통이라든가, 몇 년에 걸친 마구간 전체의 세세한 교배 기록, 비절이니 등성마루니 흉위니 등등 이해할 수 없는 수많은 말의 신체 구조 용어들을 두고 토론이 이어지자, 나는 흥미를 잃고 말았다. 내가 말의 신체에 대해 아는 용어는 코와 꼬리, 귀 정도였고, 세부적인 명칭은 전혀 몰랐으니까.

나는 팔꿈치를 뒤로 뻗어 몸을 지탱하고 따스한 봄볕을 쬐었다. 오늘은 묘하게 평화로운 날이었다. 인간의 관심사에서 비롯되는 혼란과 동요에도 개의치 않은 채, 만물이 조용히 제대로 흘러가고 있는 날이랄까. 번잡한 건물과 시끄러운 소리에서 벗어나 자연에 가면 언제나 찾을 수 있는 평화가 이런 것이겠지. 마음이 고요한 이유는 정원을 가꾸면서 자라나는 식물을 만지며 조용한 쾌감을 느끼고, 무성하게 자라나도록 도우며 만족감을 얻었기 때문일지도 모르겠다. 아니면 마치 양피지에 묻은 잉크 얼룩처럼 도드라진 채로 이성에서 멀뚱히 겉돌다가 드디어 할 일을 찾았다는 안도감 때문일 수도 있다.

말을 두고 벌어지는 이야기에 난 전혀 끼어들지 않았지만, 이상하게도 여기서는 겉돈다는 느낌은 들지 않았다. 늙은 앨릭은 마치 내가 풍경의 일부인 것처럼 행동했다. 제이미는 가끔 내 쪽을 슬쩍 쳐다보기는 했지만, 이야기가 점차 게일어로 흘러가자 나를 더는 신경 쓰지 않았다. 스코틀랜드인이 게일어로 대화한다는 건, 대화 주제를 감정적으로 받아들이고 있다는 명백한 증거였다. 무슨 뜻인지 전혀 알 수 없는 게일어는 헤더 꽃밭 속에서 윙윙대는 벌들의 날갯짓처럼 나른하게 들려왔다. 묘하게도 만족스럽게 졸음이 쏟아져, 나는 콜럼이 품은 의혹이나 내가 처한 곤경이나 기타 번잡스러운 생각을 모두 밀어내고 말았다. 그리고 '하루의 괴로움은 그 날에 겪는 것으로 충분하다'는 성경 구절을 멀거니 떠올리며 잠에 빠져들었다.

지나가던 구름이 태양을 가려 싸늘해져서였을까, 아니면 남자들의 어조가 바뀌어서였을까. 잠시 후 나는 잠에서 깨어났다. 대화는 다시 게일어에서 영어로 바뀌어 있었고, 어조도 사뭇 진지해졌다. 말에 집착하는 사람들의 두서없는 수다가 아니었다.

"대모임까지 일주일도 남지 않았다, 얘야. 어떻게 할지 마음은 먹었느냐?"

앨릭이 말하자, 제이미는 긴 한숨을 쉬었다.

"아뇨, 앨릭. 아직 안 정했어요. 어떨 땐 이 생각이 들었다가, 또 다른 땐 저 생각이 들더라고요. 여기서 아저씨랑 말을 돌보며 일하는 건 좋아요."

청년의 목소리에는 어딘가 미소가 배어 있었다. 하지만 이어지는 말은 또 진지했다.

"그리고 콜럼이 약속한 것도 있긴 한데……. 뭐, 그건 모르시는 게 낫겠어요. 하지만 충성 맹세를 하고 이름을 매켄지로 바꾸고, 나의 혈통을 포기하라고요? 아니요, 그렇게는 못 하죠."

그러자 앨릭은 마지못해 인정하는 어조로 대꾸했다.

199

"네 아비만큼 고집이 보통이 아니로군. 키 크고 예쁘게 생긴 건 네 어머니를 닮았는데, 가끔 보면 이렇게 아버지 모습도 나타난단 말이지."

제이미는 흥미로운 기색으로 물었다.

"제 아버지를 아세요?"

"아, 조금 안다. 들은 이야기는 많고. 난 네 부모가 결혼하기 전부 터 여기 살았으니까 말이다. 그리고 두걸과 콜럼이 블랙 브라이언 에 대해 말하는 걸 들으면 아무리 좋게 봐도 악마라고 생각했을 거 다. 그리고 네 어머니는 악마한테 홀려서 지옥으로 떨어진 성모 마 리아고 말이야."

제이미는 웃었다.

"그런데 제가 아버지를 닮았다 이거죠?"

"그래. 어딜 봐도 그렇지. 아, 네가 왜 콜럼의 수하가 되기 싫어 발톱을 세우는지는 잘 알겠다. 하지만 다른 식으로도 생각해 보지 않으련? 스튜어트 왕조를 위해서 싸우는 건 어떻겠냐? 두걸은 나름 의 생각이 있어. 그 싸움에서 이기는 편에 선다면, 너는 토지를 되 찾을 뿐만 아니라 더 많은 걸 얻을 수 있다, 애야. 콜럼이 무슨 짓을 하든 말이다."

제이미는 말이 아니라 예의 '스코틀랜드식 소리'로 대답했다. 목 구멍 깊은 곳에서 나오는 애매한 그 소리는 경우에 따라 상당히 다 양한 뜻으로 해석이 가능했다. 이 대화에서는 과연 원하는 결과가 나올 것인지 잘 모르겠다는 뜻인 것 같았다.

"그렇겠죠. 하지만 두걸의 뜻대로 안 된다면 어떡하죠? 아니면 스튜어트 왕조에게 불리하게 전쟁이 돌아가면요?"

앨릭 역시 자신만의 스코틀랜드식 소리를 냈다.

"그러면 여기 있어야겠지, 애야. 내 자리를 물려받아 수석 조마사 가 되거라. 난 앞으로 얼마 못 살 거야. 말을 너만큼 잘 다루는 사람

200

도 없고."

제이미는 겸손하게 목 울림소리를 냈다. 그건 칭찬해 주어서 고
맙다는 뜻이었다.

늙은 앨릭은 제이미가 무어라 표현하든 상관하지 않고 계속 말
을 이었다.

"매켄지는 네 혈연이기도 하잖냐. 그러니 네 혈통을 부정하는 것
도 아니지. 그리고 또 생각해 봐야 할 게 있고 말이다."

갑자기 그의 목소리가 장난기를 띠었다.

"리어리는 어떠냐?"

제이미는 또 목을 울리는 소리를 냈다. 이번에는 민망하고 싫다
는 뜻이었다.

"어이, 젊은 남자 녀석이 아무 사이도 아닌 아가씨를 위해서 대신
맞는 법이 어디 있냐? 게다가 그 애 아버지는 씨족이 아닌 남자와
딸을 맺어 주지는 않을 게야."

하지만 제이미는 방어적으로 말했다.

"걔는 너무 어려요, 앨릭. 저는 다만 걔가 안됐다고 생각했어요.
그뿐이에요."

이번에는 앨릭이 스코틀랜드식 소리를 냈다. 웃기지 말라는 뜻
을 가득 담아 목구멍 깊숙이 우러나는 코웃음이었다.

"헛간 문을 속이면 속였지, 나를 속이려 드냐, 이놈아? 그 말을
믿는 멍청이가 어디 있다고. 뭐, 리어리가 아니더라도 상관은 없겠
지. 리어리 말고도 좋은 애는 많아, 내 말 명심해라. 돈도 좀 벌고 미
래도 창창해질 결혼을 할 가능성은 있어. 네가 다음 대 조마사가 된
다면 말이다. 넌 마음대로 아가씨를 골라잡을 수 있단 말이다. 근데
내가 보기엔 그 전에 **널** 먼저 채 가는 아가씨가 있을 것도 같고!"

앨릭은 코웃음을 치며 웃었다. 그건 좀처럼 웃지 않는 남자가 아
주 가끔 즐거워할 때 반쯤 목이 막혀 내는 웃음이었다.

"꿀단지에 꼬이는 파리는 저리 가라 할 만큼 넌 여자가 꼬일 거다! 지금 땡전 한 푼 없는 무명 신세인데도 아가씨들이 널 보며 한숨을 쉰단 말이다. 내가 다 봤어!"

앨릭은 또 코웃음을 치더니 이렇게 덧붙였다.

"심지어 이 새서나흐 계집도 너한테 못 떨어져서 안달이잖냐. 게다가 이 여잔 남편이 최근에 죽은 과부지!"

들으면 들을수록 혐오스러운 개인적 발언을 이제 그만 듣고 싶어서, 나는 공식적으로 일어날 때가 왔다고 마음먹었다. 그래서 기지개를 켜고 하품을 하며 일어나 앉은 다음, 수다를 떨던 두 남자를 쳐다보지 않으려고 보란 듯이 눈을 비볐다.

"으음, 제가 좀 잤나 봐요."

나는 일부러 예쁘장하게 눈을 깜빡이며 남자들을 바라보았다. 제이미는 귓가를 빨갛게 물들인 채 허둥지둥 손을 놀려 먹고 남은 자리를 정리했다. 늙은 앨릭은 나를 빤히 바라보았다. 처음으로 나를 주목한 것 같았다.

"아가씨는 말에 관심이 있나?"

그가 물었다. 이 상황에서는 아니라고 대답하기가 힘들었다. 그래서 말에게 아주 관심이 많다고 말하자, 방목장에 있는 암말에 대해 상세한 설명을 듣게 되었다. 암말은 선 채로 꾸벅꾸벅 졸면서 가끔 날아드는 파리 때문에 꼬리를 실룩였다.

"언제든 와서 구경해도 좋소. 말들에게 너무 가까이 다가가서 방해만 하지 않는다면 말이오. 저놈들도 일해야 하거든."

앨릭은 이렇게 말을 끝맺었다. 이 말은 이제 가라는 의미였지만, 나는 여기에 왔던 원래 목적을 떠올리고 물러서지 않았다.

"그럴게요. 다음번엔 조심하겠습니다. 하지만 성으로 돌아가기 전에 제이미의 어깨를 확인하고 치료하고 싶어요."

앨릭은 천천히 고개를 끄덕였지만, 놀랍게도 제이미가 나의 제안을 거절하며 방목장으로 돌아섰다. 그는 시선을 피하며 말했다.

"아, 조금 있다가 할게요. 오늘 할 일이 아직 많이 남아서요. 이따 저녁 먹고 해도 될까요?"

이 말은 아주 이상하게 들렸다. 아까는 곧바로 일하러 가려는 기색이 전혀 없었으니까. 하지만 본인이 원하지 않는데 내가 멋대로 돌봐 주겠노라 강요할 수는 없었다. 그래서 나는 어깨를 으쓱였고, 저녁 식사 후에 만나기로 한 다음 언덕을 올라 성으로 돌아가기 시작했다.

언덕을 올라오면서 제이미의 머리에 난 상처 모양을 떠올려 보았다. 흉터는 곧게 나 있지 않았다. 잉글랜드군의 장검에 베인 자국은 아니었다. 일부러 휘어지게 만든 날에 베인 것처럼 구부러졌으니, 로커버 도끼* 날에 난 상처일까? 하지만 내가 알기로, 그 도끼는 과거 스코틀랜드 씨족 사람들만 가지고 다녔던 살인 무기인데……. 아니, 지금이 과거니까 여전히 쓰겠구나.

한참 걷고 나서야 문득 이런 생각이 들었다. 누가 적인지도 알 수 없는 상황에서 도망치고 있는 젊은이치고는, 제이미는 이제껏 나라는 낯선 사람에게 너무나 많은 비밀을 털어놓았다.

———

음식 바구니를 주방에 놓아두고 고인이 된 비턴의 진료실로 돌아갔다. 그곳은 피츠기번스 부인이 보낸 팔팔한 하녀들이 청소해 준 덕에 먼지 한 톨 없이 깨끗해졌다. 진열장에 있는 수십 개의 유리병도 창문에서 들어오는 희미한 햇빛을 받아 반짝반짝 광이 났다.

진열장부터 살펴보는 게 좋을 것 같았다. 그곳에는 허브와 약품

* 16세기부터 스코틀랜드 하일랜드 지역에서 쓰였던 전투용 도끼.

이 아직 보관되어 있었으니까. 나는 전날 밤에 진료실에서 가져온 파란 가죽 장정 책을 엄지로 훑어 가며 몇 시간 동안 읽다 잠들었다. 이 책 제목은 『의학 지침 안내서』로, 각종 증상과 질병의 치료제를 만드는 법과 그 재료를 나열한 것이었다. 앞에 놓인 진열장에는 이 책에 나온 재료들이 보관되어 있었다.

책은 여러 장으로 구분되어 있었다. '용담과, 구토, 연질약', '정제약과 별약', '각종 고약과 효능', '탕약과 만병통치약' 그리고 아주 불길하게도 '제거'라는 단어만 적힌 아주 두꺼운 부분도 보였다.

몇 가지 약 제조법을 읽어 보니 어째서 데이비 비턴이 환자를 제대로 치료하지 못했는지 이유가 대번에 드러났다. '두통' 항목을 읽어 보자, "말똥 한 덩어리를 가져다 잘 말려서 가루로 만든 다음 뜨거운 맥주에 섞어서 전부 마신다"라고 적혀 있었다. "어린아이가 경련을 일으키면 귀 뒤에 거머리 다섯 마리를 붙여라"라니. 몇 장을 넘기자 "애기똥풀 뿌리와 강황, 슬레이터 200마리의 즙을 섞어 만든 약을 쓰면 황달에 아주 효능이 좋다"라는 말도 있었다.

나는 책을 덮고서 그저 놀라기만 했다. 세상을 떠난 비턴의 진료 기록을 읽어 보면 참 많은 환자를 치료했는데, 이런 치료를 받고서도 살아남았을 뿐 아니라 심지어 병에서 회복되었단 말인가.

진열장 앞쪽에는 정체를 알 수 없는 둥그런 덩이들이 담긴 커다란 갈색 유리병이 있었다. 비턴의 조제법을 읽었던지라, 나는 이게 뭔지 대번에 파악했다. 유리병을 돌려 손으로 쓴 라벨이 나타나자, 생각했던 정답 그대로인 '말똥'이라는 글씨가 보였다. 이런 건 보관해 둔다 해서 효능이 좋아질 리 없으므로, 병을 열지 않고 조심스럽게 치웠다.

계속 조사해 본 결과, 어제 봤던 '푸를레스 오비스'가 말똥과 비슷한 물질이라는 걸 알아냈다. 물론 이건 말이 아닌 양의 것이었다. '쥐 귀' 역시 허브의 이름이 아니라 진짜 쥐의 귀라는 것도 밝혀졌다. 나는 몸을 부르르 떨면서 분홍빛이 도는 마른 귀가 담긴 병을 치웠다.

이제껏 '슬레이터'가 뭔지 궁금했었다. 수많은 약 조제법에서 상당히 중요한 재료로 쓰였고, '슬래터', '스클레이터', '슬레티어'처럼 조금씩 달라진 단어로 계속 등장했기 때문이다. 잠시 후 슬레이터란 이름이 붙은 코르크 마개 유리병을 찾아내자 기분이 좋아졌다. 반쯤 찬 병에는 자그마한 회색 알약 같은 것들이 들었다. 6밀리미터 정도 되는 알약은 완벽하게 둥근 형태라, 난 비턴의 조제 기술에 감탄했다. 그런데 가까이 들어 보니 무게도 매우 가벼워서 좀 의아했다. 자세히 보니, '알약'마다 미세한 줄무늬와 가운데 주름을 따라 쪼그라든 아주 작은 다리들이 보였다. 나는 급히 유리병을 내려놓고 머릿속 목록에 단단히 기억했다. '슬레이터'라는 건 '쥐며느리'였다.

비턴의 항아리에는 다소 무해한 물질도 많았고, 실제로 쓸 만한 말린 허브나 추출물이 들어 있기도 했다. 피츠기번스 부인이 제이미의 상처를 치료했을 때 쓴 붓꽃 뿌리 가루와 향기 나는 식초를 찾아냈으니까. 안젤리카와 약쑥, 로즈메리와 '냄새 나는 아라그'라고 라벨이 붙은 병도 있었다. 그걸 조심스럽게 열어 보니, 그저 전나무의 어린 가지일 뿐이었다. 뚜껑을 봉하지 않은 병에서 향긋한 발사믹 냄새가 흘러나왔다. 나는 뚜껑을 열고 탁자 위에 두어 향기가 자그마한 방에 퍼지도록 놔둔 다음 다시 조사를 시작했다.

말린 달팽이 항아리는 버렸다. '지렁이 기름'이란 딱지가 붙은 병에는 정말로 지렁이 기름이 들었다. '비눔 밀레페다툼'이란 건 잘게 빻아 와인에 절인 노래기였다. 알 수 없는 먼지로 보이는 병에는 '이집트 미라 가루'라는 라벨이 붙었는데, 내가 보기엔 파라오의 무덤에서 나온 것이라기보단 시냇가에서 퍼 온 고운 모래 같았다. 비둘기 피, 개미 알, 이끼가 잔뜩 긴 말린 두꺼비 여러 개에 이어서 '인간 해골 가루'도 있었다. 누구의 해골이었을까.

진열장과 서랍장을 검사하느라 오후가 다 지나갔다. 진료실 문 밖에 갖다 버릴 병과 상자, 플라스크를 산더미처럼 쌓아 둔 다음 얼마 안 되는 쓸 만한 재료를 모아 진열장에 넣자 정리가 끝났다.

나는 커다란 거미줄 묶음을 버려야 하나 말아야 하나 한동안 고민했다. 비턴의 안내서에도 적혀 있었고, 전통 의학에 대해 배웠던 어렴풋한 기억을 떠올리면 거미줄은 상처 치료에 효과적이라고 했다. 난 극도로 비위생적인 물건을 사용하고 싶지 않았지만, 길가에서 리넨 붕대를 묶었던 경험을 떠올려 보면 흡착성과 접착성을 모두 지닌 물건이 있어야 상처 치료가 잘 될 것 같았다. 마침내 나는 거미줄을 진열장에 다시 넣어 두고 혹시 이걸 소독할 방법은 없는지 생각했다. 물에 끓이면 안 되겠지? 혹시 증기를 쐬면 접착 물질이 사라지는 일 없이 깨끗해지려나?

나는 앞치마에 손을 문지르며 생각에 잠겼다. 이제 남은 건 벽에 있는 나무 궤짝뿐이었다. 뚜껑을 열자마자 확 뿜어져 나오는 악취에 나는 질겁해서 뒤로 물러섰다.

상자에는 비턴의 수술 도구들이 들어 있었다. 안에는 섬세한 인체 조직이 아니라 건축 공사장에 더 어울릴 법한 으스스한 톱과 칼, 끌 같은 도구들이 보였다. 나는 악취의 정체를 알아냈다. 데이비 비턴이 도구를 사용하고 나서 씻지 않고 그대로 두었기 때문이었다. 칼 몇 개에 남은 검은 얼룩을 보자 역겨운 기분이 들어 얼굴을 찌푸린 채로 뚜껑을 쾅 닫았다.

나는 상자를 문가로 끌고 갔다. 피츠기번스 부인에게 말해서 이 도구들을 일단 안전하게 삶은 다음에 성의 목수에게 갖다주라 말할 마음이었다. 만약 성에 목수가 있다면 말이다.

그때, 뒤에서 소란이 일어 나는 화들짝 놀랐다. 다행히도 방금 들어온 사람과 부딪치지 않을 수 있었다. 고개를 돌려 보니 젊은이 두 명이었는데, 하나는 한쪽 발로만 폴짝 뛰는 모습으로 다가왔고, 다른 하나는 상대를 부축하고 있었다. 젊은이의 못 쓰는 발에는 헝겊 뭉치가 감겨 있었는데, 피가 새로 배어 나왔다.

주변을 둘러보았지만 앉을 데가 없어서 나는 궤짝을 가리키며 말했다.

"여기 앉아요."

이제 리오호성의 새로운 진료소가 열린 셈이로구나.

8
밤의 여흥

나는 완전히 지친 상태로 침대에 누웠다. 이상하게도 데이비 비턴이 남긴 약장을 뒤적이는 게 참 즐거웠다. 그리고 정말 빈약한 도구와 재료를 가지고 몇 안 되는 환자를 치료하며 스스로가 정말로 살아 있고 또 쓸모 있는 존재라는 걸 다시금 깨닫게 되었다. 손가락을 대어 살과 뼈를 느끼고 맥박을 짚고 혀와 안구를 검사하는 익숙한 일상을 시작하자, 선돌을 통과해서 이곳으로 떨어진 후로 언제나 느꼈던 허무한 두려움이 상당히 가라앉았다. 제아무리 내 상황이 이상하더라도, 여기가 있을 만한 장소가 아니라 하더라도, 이들역시 사람이라는 걸 깨달아 가는 과정이 어쩐지 아주 편안하게 다가왔다. 따뜻한 살에 털이 나 있고, 두근두근 뛰는 심장과 소리 내어 숨 쉬는 폐가 있는 사람들. 지독한 냄새를 풍기며 몸에 이를 달고 다니는 더러운 사람들. 하지만 내게는 그다지 새로운 모습이 아니었다. 아무리 봐도 야전 병원에서 보내던 때보다는 나았고, 그때와 비교하면 사람들의 부상은 아주 경미했다. 다시금 통증을 줄여주고 관절을 맞추고 상처를 치료할 수 있게 되자 더할 나위 없는 만족감이 들었다. 다른 사람의 건강을 책임지는 위치에 서게 되니, 여기까지 나를 몰아 온 말도 안 되는 운명의 변덕도 그리 심하지 않은 것 같았음은 물론 심지어 이 자리를 제안한 콜럼에게 감사하게 되었다.

콜럼 매켄지. 이 이상한 남자에 대해 생각해 볼까. 교양 있고, 실수에도 예의 바른 태도를 보이며 사려 깊지만 단단한 내면에는 신중함을 숨기고 있는 남자. 그 단단함은 동생인 두걸보다도 훨씬 두드러지게 드러났다. 물론 전사로 태어난 쪽은 두걸이었지만, 두 형제가 함께 있으면 누가 더 강한지는 분명해 보였다. 뒤틀린 다리를 달고 있다 해도, 수장은 콜럼이었다.

툴루즈 로트레크 증후군. 나는 환자의 사례를 이제껏 한 번도 본 적 없지만 설명을 들은 적이 있었다. 이 병을 앓았던 유명한 예술가 앙리 드 툴루즈 로트레크(따져 보니 이 사람은 태어나려면 아직 멀었다)의 이름을 딴 병으로, 뼈와 결합 조직이 퇴행하는 질환이다. 이 병에 걸린 환자는 10대 초반까지는 별 증상이 나타나지 않는다. 하지만 결국 몸을 곧추세우는 압력을 견디지 못하고 다리뼈가 부서지기 시작해서 주저앉는 병이었다.

이른 노화로 주름지고 창백한 피부 역시 이 병의 외형적인 증상이었다. 병 때문에 혈액 순환이 제대로 되지 않아서다. 손가락과 발가락이 마르고 굳은살이 두드러지게 보이는 것 역시 또 다른 증상이었고, 난 이미 그 점을 콜럼에게서 봤다. 다리가 뒤틀리고 휘어짐에 따라 척추에도 무리가 가고 휘기도 해서 환자는 엄청난 불편을 느낀다.

나는 엉킨 머리카락을 한가로이 매만지며 교과서 내용을 머릿속으로 떠올렸다. 환자는 백혈구 수치가 낮고, 쉽게 감염되며, 이른 나이부터 관절염에 걸리기 쉽다. 혈액 순환이 원활하지 않고 결합 조직이 변질되기 때문에 불임이며, 종종 발기 불능이기도 하다.

헤이미시를 떠올리자 생각이 우뚝 멈추었다. 콜럼은 그 애를 '내

아들'이라고 자랑스럽게 소개했다. 으음. 그렇다면 발기 불능은 아니란 건가. 아니, 불능일 수도 있지. 그렇다면 매켄지 일가 남자들이 어느 정도 서로 닮아서 러티샤에겐 다행이겠군.

한창 흥미로운 생각에 빠져 있던 순간, 누군가 문을 두드리는 바람에 나는 다시 현실로 돌아왔다. 어디서나 봄 직하게 생긴 소년 하나가 홀로 서서는, 콜럼이 나를 초대했다는 말을 전했다. 홀에서 노래 연주가 있을 예정이니 참석해 주신다면 매켄지 일가가 영광으로 생각하겠다는 말이었다.

방금 한 생각 탓에 나는 콜럼을 다시 보고 싶어졌다. 그래서 거울을 재빨리 살펴보며 좀체 얌전해지지 않는 머리카락을 다시 매만진 다음, 문을 닫고 소년을 따라 바람이 부는 차가운 복도를 걸었다.

밤에 보니 홀은 축제의 기운이 진하게 서려서 달라 보였다. 벽마다 소나무 횃불이 타닥타닥 타오르며 이따금 새파란 송진 불꽃을 휘날렸다. 꼬챙이와 가마솥을 잔뜩 건 채로 이글이글 타오르던 거대한 벽난로는 저녁 식사가 끝나서 불꽃의 기세도 줄어들었다. 지금은 난로 안에 천천히 타오르는 커다란 통나무 두 개 위로 커다란 불꽃이 홀로 일렁였다. 꼬챙이들은 다시 잘 접어서 거대한 굴뚝 속에 넣어 둔 채였다.

탁자와 벤치는 그대로였지만 살짝 뒤로 밀어서 벽난로 앞에 공간이 생겼다. 거기가 바로 연주가 열릴 자리인 듯했다. 콜럼이 앉은 거대한 조각 의자가 한편에 놓여 있었기 때문이다. 콜럼은 따뜻한 담요를 다리에 덮고 자리에 앉아 있었다. 옆에 놓인 작은 탁자에는 디켄터와 와인 잔을 손에 닿게 놔두었다.

내가 아치형 문가에서 머뭇거리는 모습을 보자, 콜럼은 친근한 손짓으로 나를 자기 옆으로 부르더니 근처 벤치를 가리켰다. 그리고 즐거운 목소리로 격의 없이 말했다.

"와 주셔서 기쁘다오, 클레어. 퀼린이 노래할 때마다 우리가 귀 기울여 듣기는 하오만, 새로운 관객이 온다면 그는 기뻐할 테니."

그런데 오늘따라 매켄지의 수장은 다소 피곤해 보였다. 넓은 어깨는 살짝 처졌고, 얼굴에 난 주름이 더욱 짙었다.

나는 예의상 몇 마디 말을 나지막이 건네고 홀을 둘러보았다. 사람들이 점점 몰려들기 시작하다가 몇몇은 나가기도 했고, 다들 삼삼오오 모여 수다를 떨고 있다가 벽을 따라 놓아 둔 벤치에 자리를 잡기 시작했다.

"아, 뭐라고 하셨나요?"

점점 소음이 커지면서 콜럼의 말을 그만 놓쳐 버렸다. 고개를 돌리자 그가 내게 디캔터를 건네고 있었다. 연두색 크리스털로 만든 종 모양의 예쁜 디캔터였다. 그 안에 든 술은 바닷속처럼 푸른색으로 보였지만, 잔에 따르자 아름다운 연한 장밋빛이 되었다. 술 내음은 꽃다발처럼 향기롭게 다가왔고 맛 또한 향만큼이나 완벽하게 좋았다. 나는 눈을 감고 와인의 향을 입천장 뒤에 슬며시 잡아 두었다가 그 달콤한 액체를 마지못해 목으로 넘겼다.

"좋지 않소?"

콜럼의 굵은 목소리에는 유쾌함이 서렸다. 눈을 떠 보자 그가 동의한다는 듯 미소를 짓고 있었다.

대답하려고 입을 벌렸던 순간, 그제야 깨달았다. 부드러운 맛은 속임수였구나. 와인이 어찌나 독하던지 성대에 가볍게 마비가 일 정도였다.

"저, 정말 좋네요."

내가 겨우 말을 뱉자 콜럼은 고개를 끄덕였다.

"그렇소. 참 좋은 술이지. 라인산이라오. 이런 술을 마셔 본 적 있소?"

나는 고개를 저었고, 그는 디캔터를 기울여 내 잔을 채웠다. 잔 가운데로 은은히 빛나는 장밋빛 액체가 차올랐다. 그는 자기 잔의

211

손잡이를 잡고 얼굴 옆으로 돌려 벽난로 불빛에 주홍빛 액체를 비춰 보았다. 그러더니 잔을 살짝 기울여 와인의 향을 맡으며 말했다.

"하지만 부인도 좋은 와인을 잘 알고 있겠지. 프랑스에 가족이 있으니 당연한 것 아니겠소. 아, 프랑스 혈통은 반만이던가."

그는 재빨리 미소를 짓더니 말을 이었다.

"당신의 가족은 프랑스 어느 지역 출신이오?"

나는 잠시 주저했다가 최대한 진실을 말해야 한다는 원칙을 고수하고서 대답했다.

"옛날 조상들이 사셨고, 가까운 사이는 아니랍니다. 하지만 제 친척이라 할 분들은 북쪽 출신이에요. 콩피에뉴 근처지요."

내 말에 나조차도 살짝 놀랐다. 지금쯤 내 친척들은 정말로 콩피에뉴 근처에 **살고 있었으니** 말이다. 그래, 이건 진실이지.

"아. 그런데 거기 가 본 적은 없으시고?"

나는 잔을 기울이며 고개를 저었다. 그리고 눈을 감고서 와인의 향기를 깊이 들이마셨다. 여전히 눈을 감은 채로 대답했다.

"네. 그곳 친척을 만난 적도 없고요. 말씀드렸다시피."

눈을 뜨자, 나를 유심히 지켜보는 콜럼이 보였다.

그는 전혀 동요하지 않고 고개를 끄덕였다.

"맞소. 그렇게 말했었지."

그의 눈동자는 아름다운 연회색이었고, 속눈썹은 검고 짙었다. 콜럼 매켄지는 적어도 상반신만큼은 아주 매력적인 남자였다. 나의 시선은 그의 너머로 옮겨 가 벽난로 가까이 모여 선 사람들을 훑었다. 콜럼의 아내 러티샤가 몇 명의 숙녀들과 함께 두걸 매켄지와 활기찬 대화를 나누는 모습이 보였다. 저 남자 역시 아주 매력적이지. 그것도 온몸이 전부.

다시 콜럼을 바라보자, 그는 벽걸이를 멍하니 바라보는 중이었다. 나는 무심한 상념에 빠진 그를 불러올 마음으로 불쑥 말을 걸었다.

"그리고 전에 말씀드렸다시피, 저는 가능한 한 빨리 프랑스로 가고 싶답니다."

"그랬었지."

콜럼은 기분 좋은 듯 말하고는 디켄터를 들고서 눈썹을 치켜뜨며 내게 술을 더 하겠느냐고 손짓했다. 나는 잔을 들어 올렸고, 반쯤 찼을 때 이만큼만 마시겠다고 손짓을 했지만, 그는 다시금 섬세한 잔을 가장자리까지 찰랑이도록 채웠다.

그는 점점 차오르는 잔을 바라보며 말했다.

"음, 비첨 부인. 전에도 **말했다시피**, 여기 잠시 머무르는 것이 좋지 않을까 싶소. 당신이 타고 갈 것을 적절하게 준비하기 전까지는 말이오. 급할 것은 없으니까. 아직 봄이고, 영국 해협이 가을 폭풍으로 막힐 때까지는 아직도 몇 달 남았잖소."

그는 디켄터와 시선을 동시에 들더니, 나를 빈틈없는 눈빛으로 응시하며 말을 이었다.

"하지만 부인의 프랑스 친척분 성함을 알려 준다면, 내가 먼저 전갈을 보낼 수도 있겠지. 그들도 당신이 온다는 소식을 듣고 준비하지 않겠소?"

나는 판돈 없이 돈을 거는 도박꾼처럼 어쩔 수 없이 "예, 그렇죠", "어쩌면요", "나중에요" 같은 말을 주워섬길 수밖에 없었다. 그리고 노래가 시작하기 전에 잠시 화장실에 다녀오겠다는 핑계를 대며 급히 자리를 떴다. 이번 판은 콜럼이 이겼지만, 아직 완전한 승리는 아니었다.

화장실에 가고 싶다는 말은 어느 정도 사실이었다. 성의 어두운 복도를 헤매며 화장실을 찾는 데는 시간이 좀 걸렸다. 여전히 손에 잔을 든 채로 길을 더듬다가 마침내 환하게 불이 켜진 아치형 홀 입구를 찾아내긴 했지만, 알고 보니 내가 들어온 곳은 다른 쪽 입구였다. 그래서 나는 콜럼과 완전히 반대편 지점에 오게 되었다. 하지만 영주와 떨어져 있는 상황이 훨씬 마음에 들었기에, 나는 눈에 띄지 않게 기다란 홀로 걸어 들어갔다. 그리고 벽 아래 놓인 벤치로 다가가 삼삼오오 선 사람들과 어울려 보려고 애썼다.

홀의 앞쪽을 바라보자 호리호리한 남자가 보였다. 손에 작은 하프를 든 것을 보니 음유 시인 퀼린이 틀림없었다. 콜럼이 손짓하자 명령을 받은 하인이 급히 음유 시인에게 의자를 가져다주었다. 시인은 앉아서 현을 가볍게 뜯고 악기에 귀를 기울이며 하프를 조율하기 시작했다. 콜럼은 디캔터에서 와인을 한 잔 더 따른 다음, 하인을 시켜 음유 시인에게 주었다.

"아, 왕은 파이프를 달라 하였네, 왕은 그릇을 달라 하였네, 왕은 세 명의 악사를 오라 하였네."

내가 숨죽이며 아무렇게나 노래를 부르자, 리어리라는 소녀는 나를 이상한 표정으로 바라보았다. 그녀는 길게 찢어진 눈을 사시로 뜬 여섯 마리의 개와 사냥꾼이 미친 듯이 토끼 한 마리를 뒤쫓는 장면을 묘사한 태피스트리 아래에 앉아 있었다.

나는 그녀 옆 벤치에 털썩 앉고 태피스트리를 가리키며 명랑하게 말을 걸었다.

"토끼 한 마리를 쫓으면서 과하다고 생각하지 않나요?"

"아! 어, 네."

그녀는 조심스럽게 대답하며 살짝 몸을 피했다. 나는 친근하게 말을 붙여 보려 했지만 소녀는 단답으로 대답하기만 했고, 내가 말을 걸 때마다 얼굴을 붉히며 깜짝깜짝 놀랐다. 이윽고 난 대화를 포기하고 방 저편에 있는 공연으로 시선을 돌렸다.

하프가 잘 조율되었는지, 퀼린은 다양한 크기의 나무 피리를 외투에서 꺼내 작은 탁자에 올려놓고 연주할 준비를 했다.

그런데 알고 보니 리어리는 음유 시인과 악기를 바라보고 있지 않았다. 소녀는 약간 몸을 굳히고 내 뒤쪽의 아치형 통로를 주시하면서도 들키지 않으려고 태피스트리 아래에 몸을 기댔다.

소녀의 시선을 따라 그쪽을 바라보자, 빨간 머리를 한 커다란 형상이 보였다. 제이미 맥타비시가 방금 홀에 들어왔구나.

"아! 용감무쌍한 영웅이 왔군요. 저 남자에게 반했죠?"

나는 옆에 있던 소녀에게 물었다. 리어리는 고개를 마구 저으며 아니라고 했지만, 화사하게 드러난 뺨의 홍조를 보자 아니라고 할 수 없었다.

"음, 그럼 수를 좀 써 볼까요?"

내가 생각해도 스스로가 참 마음씨 좋고 너그러운 사람이라고 느끼며, 나는 벌떡 일어나 신나게 손을 흔들어 그의 시선을 끌었다.

내 손짓을 본 청년은 미소를 지으며 군중을 헤치고 이쪽으로 다가왔다. 안뜰에서 둘 사이에 무슨 일이 있었는지는 모르겠지만, 소녀에게 인사하는 그의 태도는 여전히 정중했어도 따스했다. 하지만 내게 하는 인사는 살짝 편안해 보였다. 지금까지 어쩔 수 없이 친밀하게 지냈던지라, 내게 거리감을 느낄 수가 없는 모양이었다.

홀 위쪽에서 시험 삼아 부는 악기 소리가 들려왔다. 곧 연주가 시작될 모양이었다. 우리는 서둘러 자리를 잡았다. 제이미는 나와 리어리 사이에 앉았다.

퀼린은 뼈대가 가늘고 머리털이 부숭부숭 난 볼품없게 생긴 남자였다. 하지만 일단 노래를 시작하자 진면목을 드러냈다. 그의 외모는 소리 나는 곳이 여기란 걸 알려 주는 초점에 불과했을 뿐, 이 사람의 진짜 아름다움은 귀를 즐겁게 하는 목소리에 있었다.

퀼린은 간단한 노래로 공연을 시작했다. 가사에 라임이 강하게 들어간 게일어 노래였다. 노래 중간에 드문드문 하프 현의 반주가 노래를 거들었는데, 현을 뜯을 때마다 그 울림에 실린 앞 단어의 여운이 뒷 단어로 전해지는 느낌이 들었다. 그의 목소리 역시 현혹적이다 싶을 만큼 단순했다. 처음에 들었을 때는 이렇다 할 목소리가 아니라고, 듣기야 좋지만 강한 소리는 아니란 느낌이었다. 하지만 계속 듣다 보면 그 목소리가 가슴을 곧바로 파고들어, 가사를 이해했든 아니든 각 음절이 머릿속에서 힘차게 울렸다.

첫 곡이 끝나자 따스한 박수가 나왔다. 음유 시인은 곧바로 다음 곡을 연주했다. 이번에는 웨일스어 곡인 것 같았다. 나에게는 마치 목구멍을 양치하는 소리로 노래를 부르는 듯 들렸지만, 내 주위 사람들은 잘 이해하는 듯했다. 분명히 전에도 들어 본 적 있는 노래일 테니까.

잠시 악기를 조율하기 위해 공연을 멈춘 동안, 나는 조용히 제이미에게 물었다.

"퀼린이 이 성에 오래 있었나요?"

그러다 문득 잘못 물어봤다는 생각이 들었다.

"아, 당신은 모르겠군요? 여기 온 지 얼마 되지 않았다는 걸 잊고 있었어요."

제이미는 나를 돌아보며 대답했다.

"전에도 여기에 온 적 있어요. 열여섯 살 때인가, 그쯤 1년 동안 리오흐성에서 살았거든요. 그때도 퀼린은 여기 있었어요. 콜럼은 음악을 좋아하거든요. 그래서 퀼린을 머무르게 하려고 많은 돈을 주죠. 그래야 할 거예요. 저 웨일스분은 어느 영주의 성에 머무르든 환영받을 테니까요."

"저도 제이미가 여기 있었던 때가 기억나요."

리어리가 끼어들었다. 여전히 얼굴을 분홍빛으로 물들이긴 했지만, 대화에 끼어야겠다고 마음먹은 모양이었다. 제이미는 고개를 돌리고 가볍게 웃으며 그녀와 말했다.

"그래? 그때 넌 일고여덟 살밖에 안 됐잖아. 난 별로 기억에 남을 만한 사람이 아니었을 텐데."

216

제이미는 정중하게 고개를 다시 내 쪽으로 돌리고는 물었다.

"웨일스어를 아세요?"

하지만 리어리는 계속 말을 걸었다.

"음, 그래도 전 기억나요. 제이미는, 어, 그러니까…… 저기……
그때부터 저를 기억하는 것 아니었어요?"

그녀는 불안하게 치마 주름을 만지작댔다. 손톱마저 깨무는 게
보였다.

제이미는 지금 방 저편에서 게일어로 논쟁 중인 한 무리의 사람
들에게 정신을 팔고 있는 듯했다. 그래서인지 멍하니 대답하기만
했다.

"응? 아니. 그건 아닌 것 같은데. 그때 난 별 관심 없었을걸? 열여
섯 먹은 남자애는 본인이 세상에서 제일 잘났다고 생각하며 살잖
아. 한창 뻐기며 살 나이에 코흘리개 꼬마애를 기억할 리가 있니.
말썽이나 부리는 것들이라고 생각했겠지."

내가 보기에 제이미의 말은 리어리가 아니라 자기 자신을 비하
하는 말이었다. 하지만 효과는 반대로 나 버리고 말았다. 난 이 아
가씨가 마음을 추스를 틈을 주는 게 먼저라고 생각하고는 성급하게
끼어들었다.

"아뇨, 나는 웨일스어를 하나도 몰라요. 지금 하는 노래가 무슨
뜻인지 아나요?"

"아, 네."

제이미는 이 노래 가사를 그대로 영어로 옮겨서 읊기 시작했다.
이건 오래된 서정시로, 젊은 남자가 젊은 여자(그래, 상대는 당연히
젊은 여자겠지)를 사랑하지만, 자신은 가난하기에 그녀와 어울리
지 않는다고 생각하고 돈을 벌러 바다로 떠난다는 내용이었다. 이
젊은이는 결국 난파를 당하고, 자신을 위협하는 바다뱀과 유혹하려
는 인어를 만나 모험을 하고, 나중에는 보물을 찾아 마침내 집으로

돌아왔는데 알고 보니 사랑하는 여자는 자신의 가장 친한 친구와 결혼했다는 내용이었다. 그의 친구는 더 가난했을지 몰라도 분별력이 더 좋았기 때문이었다.

나는 짐짓 놀리듯 물었다.

"그렇다면 당신은 어느 쪽인가요? 돈 없이는 결혼하지 않겠다는 젊은 남자와 같은 생각인가요, 아니면 돈이야 있든 없든 아가씨를 맞이할 마음인가요?"

이 질문에는 리어리도 관심을 보이는 듯했다. 소녀는 고개를 갸웃하며 대답을 들으려 했으니까. 하지만 겉으로는 퀼린이 방금 시작한 피리 연주에 큰 흥미를 보이는 척 굴었다.

제이미는 그 질문을 재미있어하는 듯했다.

"나 말인가요? 음, 난 애초에 돈도 없고요, 앞으로 벌 가능성도 거의 없거든요. 그러니까 아무것도 없는 나라도 결혼해 주겠다는 아가씨를 찾는 쪽에 운을 걸어 보려고요. 바다뱀은 별로 먹고 싶지 않아서요."

그는 고개를 저으며 씩 웃었다. 그리고 뭐라 더 말하려는 순간, 리어리 때문에 입을 다물었다. 소녀가 소심하게 그의 팔에 손을 얹었기 때문이다. 그러더니 갑자기 얼굴을 붉히고는 제이미의 몸이 아주 뜨겁다는 듯 화들짝 손을 떼며 말했다.

"쉿. 조용해야죠. 그러니까…… 이야기가 시작되고 있잖아요. 듣고 싶지 않으세요?"

"아, 그래."

제이미는 기대하는 것처럼 몸을 앞으로 숙였다가, 자신이 나의 시야를 가로막고 있다는 걸 알아차리고는 나더러 반대편에 와서 앉으라고 우겼다. 바로 리어리와 자신의 사이로 말이다. 그렇게 자리를 배치하면 소녀가 그다지 좋아하지 않을 게 뻔해서 나는 지금 있는 자리도 괜찮다고 거절하려 했지만, 그는 단호했다.

"아뇨. 여기에서 보면 더 잘 들려요. 그리고 게일어로 노래를 부르면, 무슨 뜻인지 내가 옆에서 속삭여 줄 수 있잖아요."

곡이 끝날 때마다 따스한 박수를 쳐 주긴 했어도, 이제껏 연주가 진행되는 동안 사람들은 조용히 수다를 떨었다. 하프의 높고 달콤한 현 아래로 낮게 웅성거리는 소리가 계속 들렸으니까. 그런데 지금은 홀에 기대감에 찬 침묵이 흘렀다. 퀼린의 목소리는 그의 노랫소리만큼 맑았고, 읊조리는 단어는 외풍이 부는 높은 홀 저 끝까지 거침없이 들렸다.

"지금으로부터 200년 전……."

그가 영어로 이야기를 시작하던 순간, 나는 데자뷔를 느꼈다. 네스호에 갔을 때 우리의 가이드가 그레이트 글렌의 전설을 들려주던 방식과 똑같았기 때문이다.

이건 유령의 괴담이나 영웅담이 아니라 요정 이야기였다.

"던드레건 근처에 요정족이 살고 있었습니다. 그곳 언덕의 이름은 예전에 살던 드래건의 이름을 따서 지었지요. 바로 핀이 죽여 쓰러진 자리에 묻은 드래건이랍니다. 그래서 언덕 이름이 그리된 것이지요. 핀과 페인이 세상을 떠난 후, 그 언덕에 살게 된 요정족은 요정 아기들에게 젖을 줄 인간 어머니들을 구하게 되었습니다. 인간은 요정에게 없는 특징이 있었기 때문입니다. 요정족은 그 특징이 인간 어미의 젖을 통해 요정 아기에게 전해질 수 있을 거라 생각했지요.

어느 날, 던드레건에 살던 인간 이완 맥도널드는 한밤중에 가축을 돌보러 집을 나섰습니다. 그의 아내가 첫아들을 낳은 밤이었습니다. 그런데 문득 돌풍이 이완의 곁을 휙 스쳐 갔고, 바람의 숨결 속에서 이완은 아내의 한숨 소리를 들었습니다. 아이를 낳기 전에 쉬었던 한숨 소리와 똑같은 소리였지요. 그 소리를 들은 이완 맥도널드는 몸을 돌려 바람 속으로 칼을 던지며 삼위일체 하느님의 이름을 불렀습니다. 그러자 아내가 그의 옆 땅으로 안전하게 떨어졌지요."

이야기의 결론에 이르자, 사람들은 일제히 "아" 소리로 감탄사를 냈다. 이야기는 빠르게 이어져서, 이제는 요정족의 영리함과 기발한 재주에 대한 내용과 인간 세상과의 만남에 대해 들려주었다. 어떤 이야기는 게일어로, 또 다른 이야기는 영어로 진행되었는데, 단어의 리듬에 가장 잘 맞는 언어가 무엇인지 선택하여 말하는 듯했다. 이야기들은 모두 내용 자체를 넘어 말 자체의 아름다움을 지니고 있었기 때문이다. 제이미는 내게 약속한 대로 게일어를 조용히 번역해서 들려주었다. 아주 빠르고 힘들이지 않게 번역하는 걸 들으니 전에도 이 이야기를 많이 들어 본 모양이었다.

특히 내가 귀 기울여 들은 이야기는 한밤중에 요정 언덕에서 여자의 노랫소리를 들은 남자의 이야기였다. 그는 요정 언덕의 바위에서 "슬프고도 애처롭게" 노래하는 여자의 목소리를 들었다. 남자가 귀 기울여 듣자, 이런 말이 들려왔다고 한다.

"나는 발나인 영주의 아내라네.
요정족이 나를 또 납치하고 말았네."

이 노래를 들은 남자는 서둘러 발나인 영주의 집으로 갔다. 하지만 영주는 세상을 떠나고 그의 아내와 갓난 아들은 실종된 상태였다. 남자는 급히 사제를 찾아가 요정 언덕으로 데려왔다. 사제는 언덕의 바위에 축복을 내리고 성수를 뿌렸다. 그러자 밤이 더욱 어두워지더니 천둥 같은 커다란 소리가 들려왔다. 이윽고 구름 뒤에서 달이 나와 발나인 영주의 아내인 여자를 비추었다. 그녀는 팔에 아기를 안고서 풀밭 위에 기진맥진한 채 누워 있었다. 여자는 아주 먼 곳에서부터 여행한 듯 지쳐 있었지만, 이제껏 어디에 있었는지, 어떻게 다시 이곳에 왔는지 말하지 못했다.

홀에 있는 다른 사람들도 저마다 들려줄 이야기가 있었다. 쿨린은 그들에게 자리를 내주고 와인을 마시며 쉬었다. 벽난로 옆자리를 이어받은 누군가가 이야기를 시작하자, 홀의 청중은 넋을 잃었다.

그중 몇 가지는 거의 듣지 못했다. 나는 혼자만의 생각에 잠겨 있었으니까. 와인과 음악, 요정 전설을 번갈아 생각하자 머릿속이 어지러워졌다.

"지금으로부터 200년 전……."

그러자 웨이크필드 목사가 했던 말이 떠올랐다. **하일랜드 이야기는 항상 200년 전이라고 시작하지요. '옛날 옛적에'와 똑같은 뜻입니다.**

이야기 속 여자들은 요정의 언덕에 있는 바위에 갇혔다고 했잖아. 그래서 먼 길을 여행하다 지친 채로 돌아왔지만, 어디에 갔었는지, 어떻게 돌아왔는지 기억하지 못했다고 했잖아.

갑자기 추위를 느낀 듯 팔뚝에 오소소 소름이 돋았다. 나는 불편한 마음으로 팔을 문질렀다. 200년이라. 1945년에서 1743년으로. 그래, 거의 비슷하구나. 게다가 여자들이 바위 사이로 여행을 했다고 했지. 언제나 여자들만 여행했을까? 갑자기 궁금해졌다.

문득 다른 생각이 떠올랐다. 여자들은 돌아왔댔어. 성수와 주문, 아니면 칼을 쓴 건 다 달랐어도, **어쨌든 돌아왔다고.** 그러니 어쩌면, 혹시라도 가능할지 몰라. 나는 크레이크 나 둔의 선돌로 돌아가야 해.

갑자기 흥분이 확 끼치면서 속이 살짝 울렁였다. 나는 마음을 진정시키려고 와인 잔에 손을 뻗었다.

"조심해요!"

잔의 위치를 더듬대던 손가락이 와인이 가득 찬 크리스털 잔의 가장자리를 스쳤다. 내 옆자리에 잔을 아무렇게나 놓아두었던 탓이다. 제이미는 긴 팔을 내 무릎 위로 쑥 뻗어 하마터면 엎질러질 뻔한 잔을 가까스로 잡았다. 그리고 기다란 두 손가락으로 섬세하게 잔의 손잡이를 잡고는 앞뒤로 부드럽게 흔들어 코 밑에 대었다. 그는 눈썹을 치켜뜨고 내게 잔을 돌려주었다.

"라인산이에요."

나는 알아 두라는 듯 설명했다. 하지만 그는 여전히 수수께끼 같은 표정을 지으며 대답했다.

"아, 알아요. 콜럼이 줬죠?"

"네, 그래요. 마셔 보겠어요? 아주 맛있어요."

나는 잔을 내밀었다. 손이 약간 불안정했다. 제이미는 잠시 망설이다 잔을 받아 들고 한 모금 마셨다. 그리고 다시 잔을 돌려주었다.

"네, 좋지요. 도수도 두 배나 높고요. 콜럼은 다리의 통증 때문에 밤마다 이걸 마셔요. 그런데 얼마나 마셨나요?"

그는 눈을 가늘게 뜨고 물었다. 나는 위엄을 차리며 대답했다.

"두 잔, 아니 세 잔이요. 혹시 내가 술에 취한 것 같아 그래요?"

제이미는 눈썹을 여전히 치켜뜬 채 말했다.

"아뇨. 취하지 않았다니 대단하단 생각이 들어서요. 콜럼이랑 술을 마시는 사람들은 대부분 두 잔째부터는 바닥에 몰래 버리거든요."

그는 손을 뻗어 내 잔을 다시 가져가더니 단호하게 덧붙였다.

"그래도 더는 마시지 않는 게 좋겠어요. 더 마시면 계단을 올라갈 수도 없게 취할 테니까요."

그는 잔을 기울여 일부러 다 마시고는 리어리 쪽으로 빈 잔을 내밀었다. 그리고 소녀를 쳐다보지도 않은 채 심드렁히 말했다.

"이것 좀 갖다 놔 줄래? 밤이 늦었으니까, 나는 비첨 부인을 방에 데려다드려야 할 것 같아."

제이미는 내 팔꿈치를 슬쩍 잡고는 아치형 통로로 데려갔다. 남겨진 소녀는 우리의 뒷모습을 노려보았다. 그 표정이 어찌나 사납던지 눈빛으로 사람을 죽일 수가 없는 게 다행이었다.

제이미는 내 방까지 나를 따라온 것도 모자라 놀랍게도 안으로 들어왔다. 하지만 문을 닫고 나서 그가 곧바로 셔츠를 벗자 놀라움은 싹 사라졌다.

붕대를 감아 준 걸 잊고 있었구나. 지난 이틀 동안 나야말로 이걸 떼어 주려 했었는데.

그는 팔 아래를 두른 레이온과 리넨 붕대를 문지르며 말했다.

"이걸 벗게 되다니 기쁘네요. 며칠 동안 계속 몸이 쓸렸거든요."

"직접 떼어 내지 않았다니 놀랍네요."

나는 붕대 매듭을 풀어 주려 손을 뻗었다.

"처음 붕대를 감아 주었을 때 날 혼냈잖아요. 그다음부터는 무섭더라고요. 혹시 건드렸다가 엉덩이를 맞으면 어쩌나 싶어서요."

그는 뻔뻔스럽게도 나를 내려다보며 씩 웃었다.

"어서 앉아서 가만히 있어요. 안 그럼 정말 엉덩이를 때릴 테니까."

나는 놀리듯 대답했다. 그리고 제이미의 성한 어깨에 양손을 얹고 약간 불안정한 손짓으로 침대 의자에 앉혔다.

붕대를 풀고 어깨 관절을 조심스레 진찰했다. 아직도 살짝 부었고 멍도 들었지만 다행히도 근육이 찢어진 기색은 없었다.

"붕대를 풀고 싶어 안달이었으면서 왜 어제 내가 찾아갔을 때는 풀게 해 주지 않았어요?"

방목장에서 봤던 제이미의 행동에 난 어리둥절했다. 지금 보니 더욱 궁금해졌다. 거친 리넨 붕대의 가장자리에 쓸린 피부가 빨갛게 벗겨지다시피 했기 때문이다. 나는 상처를 싸맨 천을 조심스레 들어 보았다. 그 아래는 잘 낫고 있었다.

제이미는 나를 힐끗 쳐다보더니 약간 기죽은 모습으로 눈을 내리깔았다.

"음, 그게요……. 그러니까, 앨릭 앞에서 셔츠를 벗고 싶지 않아
서 그랬어요."

"참 정숙하신가 봐요?"

나는 딱딱하게 물으며, 관절이 얼마나 펴지나 보려고 팔을 들어
보라고 했다. 그는 어깨를 움직이며 살짝 찡그렸지만, 내 말에는 미
소를 지었다.

"내가 정숙했다면, 당신 방에 이렇게 반나체로 앉아 있지 않겠
죠? 그게 아니라, 등에 난 흉터 때문에 그래요."

내가 모르겠다는 기색으로 눈썹을 치켜뜨자, 제이미는 설명했다.

"앨릭은 내가 누군지 알아요. 그러니까, 채찍을 맞았다는 소문은
들었대요. 하지만 그걸 직접 본 사람은 아니에요. 그저 들어서 아는
거랑 직접 본 건 완전히 다르거든요."

제이미는 어깨에 쓰라림을 느꼈는지 눈길을 돌렸다. 그리고 바
닥을 보며 얼굴을 찌푸렸다.

"그게…… 당신은 내 말이 뭔지 모르시겠죠. 하지만 누가 고통받
았다는 걸 안다는 건 말이죠, 그 상대방의 일면만을 아는 거예요.
그러니 상대를 바라보는 시선도 달라질 게 없죠. 앨릭은 내가 채찍
질을 당했다는 걸 알아요. 그건 내가 빨간 머리라는 것처럼 하나의
사실일 뿐이고요. 그래서 나를 대하는 태도에 영향을 주지 않아요."

그는 나를 올려다보며, 내가 과연 자신의 말을 이해했는지 살폈다.

"하지만 고통받은 걸 직접 보는 건……."

제이미는 잠시 주저하며 말을 골랐다.

"그건…… 개인적이라 할 수 있죠. 내 말은 이거예요. 난…… 만
약에 앨릭이 내 흉터를 봤다면, 앞으로는 날 볼 때마다 계속 내 등
을 떠올리겠죠. 앨릭이 그 생각을 한다는 게 나한텐 또 보일 테고
요. 그러면 나는 또 채찍 맞았다는 걸 떠올릴 수밖에 없겠죠. 그러

면……."

그는 말을 멈추고 어깨를 으쓱였다.

"음, 설명을 참 못했네요, 그렇죠? 어쨌든 내가 너무 마음이 여려서 그렇겠죠. 결국, 난 내 등을 볼 수 없으니까요. 막상 보면 생각만큼 나쁘지 않을 수 있고요."

부상자들이 목발을 짚고 거리를 걷는 모습을 본 적이 있다. 사람들은 애써 눈길을 피하며 그 곁을 지나가곤 하지 않던가. 그걸 생각하면 제이미의 마음도 뭔지 알 것 같았다. 그의 설명은 전혀 부족하지 않았다.

"그럼 내가 등을 보는 건 괜찮아요?"

"네. 그건 괜찮아요."

제이미는 살짝 놀란 목소리로 대답하고는 잠시 생각에 잠겼다가 말을 이었다.

"내 생각에는…… 당신에겐 말재주가 있는 것 같아요. 나한테 힘들었겠다고 말해 주는데도 그 말이 동정으로 느껴지지 않거든요."

그는 참을성 있게 앉아서 움직이지 않았다. 나는 그의 뒤를 돌아 등을 살펴보았다. 본인의 흉터가 얼마나 심하다고 생각하는지는 몰라도, 내가 보기에는 정말 심했다. 예전에 촛불 아래에서 봤을 때도 무척 소름 끼쳤었다. 게다가 그땐 한쪽 어깨만 보았을 뿐인데, 이제 보니 흉터는 어깨부터 허리까지 등 전체를 뒤덮었다. 채찍 자국 중많은 수가 가늘고 하얀 실선으로 아물었지만, 제일 심한 부분은 매끄러운 근육을 가르고 두꺼운 은빛 고랑 형태로 굳어 버렸다. 흉터가 없었다면 정말로 아름다운 등이었을 텐데. 제이미의 피부는 하얗고 부드러웠다. 뼈대와 근육은 아직도 단단하고 우아했으며, 양편으로 솟아오른 둥근 근육의 기둥 사이로 척추가 부드럽고 곧게뻗었고, 그 위로 넓은 어깨와 네모난 등판이 보였다.

제이미의 말이 옳았다. 이 처참한 흉터를 보면 머릿속에 자연스럽게 채찍을 맞는 장면이 떠오를 수밖에 없었다. 근육질 팔을 높이 들고, 양편으로 뻗은 팔이 묶이고, 밧줄이 손목을 파고들고, 맞는 동안 구릿빛 머리를 고통스럽게 기둥에 박아 댔겠지. 상상하지 않으려 해도 흉터 자국을 보면 너무 쉽게 떠오르는 장면들. 끝났을 때 비명을 질렀을까?

나는 성급히 생각을 밀어냈다. 전후 독일에서 벌어지는 잔학 행위에 대해 떠도는 이야기를 들은 적은 있었다. 채찍질보다 더 심한 이야기였다. 하지만 제이미의 말이 **옳았다**. 그저 듣는 것과 직접 보는 것은 전혀 다르다.

나는 무의식적으로 손을 뻗었다. 마치 손끝으로 그 흉터를 지울 수 있는 치료의 힘이 내게 있다는 듯이. 제이미는 깊은 한숨을 쉬었지만, 그가 볼 수 없는 흉터가 얼마나 심한지 보여 주려는 것처럼 내 손길이 깊게 난 흉터를 하나하나 매만지는 동안 움직이지 않았다. 나는 마침내 그의 어깨에 가볍게 손을 얹고서, 아무 말 없이 다만 그 어깨를 꼭 잡아 주었다.

제이미는 자기 손을 내 손 위에 얹었다. 그리고 내가 뭐라 표현할 수 없어 전하지 못했던 말을 이미 들었다는 듯 가볍게 쥐었다.

"다른 사람들은 더 심한 짓도 당했어요."

그는 조용히 말하고선 손을 놓았다. 우리 사이에 감돌던 순간의 마법이 깨졌다.

"잘 낫고 있는 것 같아요. 이제는 많이 아프지 않거든요."

제이미는 어깨의 상처를 곁눈질하며 말했다. 나는 목을 콱 막아 버린 울컥함을 애써 밀어내며 대답했다.

"다행이네요. 상처는 확실히 잘 낫고 있어요. 딱지가 잘 붙었거든요. 고름이 나오지도 않고요. 상처를 깨끗하게만 유지하세요. 그리고 앞으로 이삼 일 정도는 필요 이상으로 팔을 쓰지 말아요."

나는 그의 성한 어깨를 쓰다듬으며 이제 가도 좋다는 뜻을 비쳤다. 그는 내 도움 없이도 셔츠를 다시 입고 긴 옷자락을 킬트 아래로 넣었다.

제이미가 문가에 멈춰 서서 무어라 작별의 말을 할까 고민할 때는 또 어색함이 감돌았다. 하지만 마침내 그는 적당한 말을 찾아내어, 마구간에 갓 태어난 망아지가 있으니 내일 보러 오라고 초대했다. 나는 그러겠노라 약속했고, 잘 자라는 말을 서로에게 건넸다. 다시금 웃음이 이어지고, 서로를 보며 겸연쩍게 고개를 끄덕이다가 결국 방문이 닫혔다. 난 곧장 침대로 가서 몽롱하게 술기운 어린 잠에 빠져들었다. 그리고 불안한 꿈을 꾸었다. 아침이 되면 떠올리지 못할 꿈이었다.

———

다음 날이 되었다. 나는 새로운 환자들을 치료하고, 식료품 저장실을 뒤져 의약품 진열장에 둘 만한 허브를 찾고, 일종의 의식처럼 데이비 비턴이 검정 책에 써 둔 진료 기록을 읽으며 오전을 바쁘게 보냈다. 일을 마친 후에는 드디어 좁은 진료실을 떠나 신선한 공기를 마시며 운동을 해 보려고 나갔다.

주위에 아무도 없는 지금이야말로 이 성의 위층을 탐험해 볼 기회였다. 나는 텅 빈 방을 엿보고 구불구불한 계단을 넘나들며 머릿속으로 성의 지도를 그렸다. 위층은 좋게 말해서 정말 불규칙한 구조였다. 오랜 세월을 거치며 여기저기에 조금씩 공간을 덧붙인 구조라, 애초에 성에 설계도가 **있었다**고 말하기 어렵게 변했으니까. 예를 들어 내가 지금 있는 복도에는 계단 옆쪽 벽에 움푹 들어간 벽감이 있었는데, 그걸 방이라고 보기에는 너무 작아서 그냥 공간을 만들어 두었다 뿐 다른 목적이 있을 것 같지 않았다.

벽감의 일부는 줄무늬 리넨 커튼이 쳐져 있었다. 그냥 지나가려

227

던 순간, 문득 안쪽에서 하얀 빛이 번뜩이며 눈길을 끌었다. 나는 입구에 잠시 멈춰 서서 안에 뭐가 있나 보았다. 그 하얀 빛은 제이미의 셔츠 소매였다. 그는 어떤 소녀의 등을 끌어안고 키스하는 중이었다. 제이미의 무릎에 앉은 소녀의 노란 머리가 가느다란 창문으로 비쳐드는 햇살에 반짝였다. 그 빛은 마치 화창한 아침에 시냇물 속을 노니는 송어의 환한 몸통 같았다.

나는 어찌할 바를 몰라 멈춰 섰다. 이들을 엿보고 싶은 마음은 없었지만, 혹시 돌바닥 복도를 울리는 내 발소리를 이들이 눈치채진 않았을까 걱정이 되었다. 내가 머뭇거리자, 제이미는 포옹을 풀고 위를 올려다보았다. 그의 눈빛이 나와 마주치고, 그의 얼굴이 깜짝 놀라 일그러지다가 나를 알아보았다.

그런데 제이미는 눈썹을 치켜뜨고는 어깨를 아이러니하게 슬쩍 으쓱이더니, 소녀를 무릎에 더욱 단단히 앉히고 하던 일을 계속했다. 나 역시 어깨를 으쓱이고는 살금살금 물러섰다. 내가 알 바 아니니까. 하지만 이것 하나는 확실했다. 콜럼이든 저 애 아버지든 이런 '어울림'을 알게 된다면 대단히 부적절하게 생각하겠지. 그러니 밀회 장소를 조심해서 고르지 않는다면, 다음번엔 본인 잘못으로 얻어맞게 될 테지.

그날 밤, 저녁 식사 자리에서 그는 앨릭과 함께 앉아 있었다. 나는 긴 식탁 맞은편에 앉았다. 제이미는 반갑게 나를 맞이했지만, 눈빛에는 경계하는 기색이 서렸다. 늙은 앨릭은 언제나처럼 "으흠"이란 소리로 인사를 대신했다. 그는 얼마 전 방목장에서 내게 대놓고 말했다. 여자들은 말에 대해 타고난 이해력이 없기 때문에 대화를 나누기가 힘들다고 말이다.

"말 조련은 잘되고 있나요?"

식탁 맞은편에서 부지런히 음식을 씹던 사람들을 방해하며 내가 물었다.

"잘되고 있어요."

제이미는 조심스럽게 대답했다. 나는 삶은 순무 접시를 앞에 놓고 그를 지그시 바라보았다.

"입이 좀 부은 것 같은데요, 제이미. 말에게 얻어맞았나 봐요?"

내가 짓궂게 묻자, 제이미는 눈을 가늘게 뜨고서 대답했다.

"네. 내가 안 보는 새 고개를 홱 돌리더라고요."

그는 침착하게 말했지만, 식탁 아래로 그의 커다란 발이 내 발등을 지그시 누르는 느낌이 났다. 발은 가볍게 닿았어도 속뜻은 분명히 위협적이었다.

"참 안됐네요. 그 암말들은 위험할 수 있다고요."

나는 아무것도 모르는 척 대답했다. 이어서 내 발등 위에 얹은 그의 발에 지그시 힘이 들어가나 싶던 순간, 앨릭이 끼어들었다.

"암말? 넌 지금 암말 조련은 안 하잖냐?"

나는 다른 발로 제이미의 발을 떼어 내려 했지만 그만 실패했다. 그래서 대신 그의 발목을 홱 걸어찼다. 제이미는 갑자기 움찔 몸을 떨었다.

"왜 그러냐?"

앨릭이 묻자, 제이미는 한 손으로 입을 틀어막고 나를 노려보며 중얼거렸다.

"혀를 깨물었어요."

"칠칠치 못한 멍청한 녀석 같으니. 이럴 줄 알았다. 말 한 마리 제대로 간수도 못 할 때부터……."

앨릭은 몇 분이나 제이미가 서툴고 게으르고 멍청하고 전반적으로 기량이 부족하다며 마구 헐뜯었다. 하지만 제이미는 이제껏 내가 본 사람 중에서 서투른 것과는 아주 거리가 먼 사람이었다. 어쨌든 그는 고개를 푹 숙이고 질책을 들어 가며 묵묵히 식사했다. 하지만 그의 뺨은 새빨갛게 불타올랐고, 나는 남은 시간 동안 얌전하게 내 접시만을 바라보았다.

제이미가 스튜를 한 그릇 더 먹지 않고 불쑥 식탁에서 일어서자 드디어 앨릭의 질책도 끝이 났다. 늙은 조마사 앨릭과 나는 몇 분 동안 말없이 음식을 오물거렸다. 그러다 마지막 빵 한 조각으로 접시를 닦아 입에 넣은 노인은 뒤로 몸을 젖히고는 하나밖에 없는 푸른 눈으로 나를 차갑게 쳐다보았다.

"저놈에게 해로운 짓은 하지 마시오. 걔 아버지나 콜럼이 알게 되면 눈에 멍 드는 정도로 끝나지 않을 테니까."

앨릭은 가볍게 말을 던졌다. 나는 그를 똑바로 쳐다보며 말했다.

"그러다 아내를 얻을 수도 있지 않겠어요?"

그는 천천히 고개를 끄덕였다.

"그럴 수도 있겠지. 하지만 걔는 제이미의 아내감이 아니야."

"아니라고요?"

그 말은 좀 놀라웠다. 앨릭은 이미 방목장에서 제이미에게 그 아가씨가 어떠냐고 묻지 않았던가.

"아니지. 그놈은 어린애가 아니라 어엿한 여자가 필요해. 리어리는 쉰 살이 넘어도 어린애일 거요."

노인의 음울한 입술이 일그러지며 미소 비슷한 것이 나타났다.

"내가 평생 마구간에서 살았으니 아무것도 모르는 것 같아 보여도, 나도 어엿한 여자를 아내로 데리고 살아 봐서 알지. 어린애와 여자는 아주 큰 차이가 있어."

그는 자리에서 일어서더니, 새파란 눈을 빛내면서 내게 말을 던졌다.

"당신도 어엿한 여자지, 아가씨."

나는 충동적으로 손을 뻗어 그의 말을 막았다.

"대체 저에 대해 뭘 아신다고……."

내가 입을 열었지만, 늙은 앨릭은 비웃듯 코웃음을 쳤다.

"내 비록 눈이 한 짝밖에 없긴 하지만, 그렇다고 해서 앞을 못 보는 건 아니오, 아가씨."

그는 갈라진 목소리로 비웃음 어린 말을 던지며 자리를 떴다. 나 역시 계단을 올라 방으로 향하면서, 늙은 조마사의 마지막 말이 무슨 뜻인지, 과연 의미 있는 말이기는 할지 곰곰이 생각했다.

9
대모임

아직 공식적인 일과라고까진 할 수 없어도, 나의 삶은 어느 정도 자리를 잡아 가고 있었다. 새벽에 성 주민들과 함께 일어나서 커다란 홀에서 아침을 먹은 후, 피츠기번스 부인이 내게 환자를 보내지 않으면 보통은 커다란 성의 정원으로 일하러 갔다. 그곳에는 여자 몇 명이 정기적으로 일했고, 다양한 몸집의 젊은이들이 오가며 쓰레기와 연장, 거름 더미를 날랐다. 나는 주로 낮 시간을 그곳에서 보내면서 가끔 주방에 가서 새로 수확한 작물을 조리하거나 보관하는 일을 같이 돕곤 했다. 때로는 응급 상황 때문에 '은신처'로 불려 갈 때도 있었다. 은신처란 세상을 떠난 비턴의 무시무시한 진료실에 내가 새로이 붙인 이름이었다.

가끔은 앨릭의 초대를 받아 마구간이나 방목장에 놀러가기도 했다. 말들이 겨울 동안 텁수룩하게 난 털을 뭉텅이로 뽑으며 봄의 초목과 함께 튼튼하고 윤기 있게 자라는 모습을 보면 즐거웠다.

어느 날은 하루 일과를 끝내고 지쳐서 저녁 식사 후 곧바로 잠자리에 들기도 했다. 또 어느 날은 눈을 뜨고 있을 기운이 나면 커다란 홀에 모인 자리에 참석해 저녁 여흥을 즐기며 이야기와 노래를 들고 하프와 피리 선율을 감상했다. 몇 시간이고 웨일스 출신 음유 시인 쿨린의 목소리를 듣고 있으면, 무슨 말인지 전혀 알아듣지 못할 때가 대부분이었어도 항상 전율을 느꼈다.

성 주민들은 점차 나의 존재를 받아들였고, 나 역시 그랬다. 여자 중 몇은 수줍은 태도로 다가와 친구가 되고 싶다며 나를 대화에 끼워 주었다. 그들은 나에 대해 무척 궁금해했지만, 여자들이 조심스레 질문을 던질 때마다 난 쿨럼에게 했던 이야기를 조금씩 바꾸어서 들려주었다. 시간이 좀 지나자, 그들은 자기들이 생각해 봐도 그렇겠다 싶은 이야기를 모두 받아들였다. 하지만 내가 약물과 치유법에 대해 알고 있다는 사실을 알게 된 여자들은 더욱 내게 관심을 보이면서 아이와 남편, 가축에게 난 병증을 두고 질문하기 시작했다. 그들은 대부분 남편과 가축을 거의 동급으로 중요하게 생각했다.

일반적인 질문과 이런저런 소문 외에도, 다가오는 대모임 이야기가 정말 많았다. 예전에 늙은 앨릭이 방목장에서 말했던 행사였다. 나는 그 행사가 매우 중요한 것이라고 판단했고, 대모임 준비 과정을 보자 나의 판단은 더욱 확실해졌다. 거대한 주방으로 음식물이 끊임없이 밀려들었고, 도축장 안의 파리를 쫓기 위해 쳐 둔 향기로운 연막 뒤로 스무 마리 넘는 짐승이 가죽이 벗겨진 채 걸려 있었다. 수레에 실려 온 맥주 통은 성 지하실로 운반되었고, 마을 방앗간에서는 제빵용 고운 밀가루를 보내왔으며, 매일 성벽 바깥 과수원에서 체리와 살구 바구니가 들어왔다.

그러던 어느 날, 나는 성의 아가씨들과 함께 과일을 따러 나가자는 제안을 받았다. 날 가둔 돌벽 그늘 바깥으로 나가고 싶었던 나는 기쁘게 승낙했다.

과수원은 아름다웠다. 나는 스코틀랜드의 아침 특유의 시원한 안개 속을 헤매며 밝은 색 체리와 부드럽고 통통한 살구를 찾아 과일나무의 눅눅한 잎사귀 속을 더듬으며 손에 열매를 잡고 얼마나 익었나 가늠했다. 우리는 가장 잘 익은 과일만 골라 향긋한 과즙이 배어든 과일 바구니에 담았고, 배가 부를 때까지 과일을 따 먹으며 나머지는 타르트와 파이를 만들기 위해 가지고 돌아왔다. 거대한 찬장 선반은 페이스트리와 과일주스, 햄과 온갖 진미로 가득했다.

"대모임에는 보통 몇 명이 모이나요?"

나는 그동안 친해진 아가씨 중 하나인 매그덜린에게 물었다.

그녀는 주근깨 난 콧잔등을 찡그리며 생각하더니 말했다.

"정확히는 몰라요. 리오흐성에서 마지막으로 열렸던 대모임은 20년도 더 전이었거든요. 그때 온 남자가 200명 정도였던 것 같아요. 제이컵 영주님이 돌아가시고, 콜럼 님이 새로 영주가 되셨던 때였어요. 올해는 더 올 수도 있어요. 지난해가 풍년이라서 사람들이 돈을 좀 갖고 있을 테니까요. 남자들이 아내랑 아이를 많이들 데리고 오겠지요."

대모임의 공식 절차인 충성 맹세와 씨족별 사냥, 경기 등은 며칠 뒤에야 열린다고 들었지만, 방문객들은 벌써 성에 도착하고 있었다. 콜럼의 부하들과 소작인 중 이름난 이들은 성 안에 제대로 묵을 곳을 제공받았지만, 그보다 가난한 전사들과 소작농들은 성 근처 호수로 이어지는 시냇물 아래 휴경지에 천막을 치고 묵었다. 떠돌이 수리공들과 집시들, 자질구레한 물건을 파는 이들이 모여들어 다리 근처에는 임시 시장이 열렸다. 성 주민들과 근처 마을 사람들은 하루 일과를 마친 후 밤마다 시장에 찾아와, 도구와 장신구를 좀 사고 저글링을 구경하며 최근 소문들을 들었다.

나는 오가는 사람들을 주의 깊게 지켜보며 마구간과 방목장을 자주 방문했다. 성의 마구간에는 방문객이 타고 온 말들이 많이 있었다. 정신없이 소란스러운 대모임 동안, 이곳을 탈출할 기회를 찾는 건 어렵지 않겠지.

———

그렇게 과수원으로 과일을 따러 다니던 어느 날, 나는 처음으로 게일리스 덩컨을 만나게 되었다.

그때 나는 오리나무 뿌리 아래에서 광대버섯 군락을 발견하고 캐던 중이었다. 붉은빛 갓을 단 버섯은 한 곳에 네다섯 개 정도 소규모로 자랐지만, 이곳 과수원의 높다란 풀숲 사이에는 군락지가 여러 군데 흩어져 있었다. 과수원 가장자리를 따라 계속 버섯을 찾아다닐수록 함께 과일을 따는 여인들의 목소리가 아스라이 멀어졌다. 나는 계속 허리를 굽히고 무릎을 꿇으면서 버섯 줄기를 땄다.

"그건 독버섯이에요."

뒤편에서 목소리가 들려왔다. 난 광대버섯 군락을 보고 있다가 일어서는 도중 그만 아래로 뻗은 소나무 가지에 머리를 보기 좋게 찧고 말았다.

눈앞이 핑 돌다가 다시 맑아지자, 옥구슬 구르듯 맑은 웃음소리를 내는 젊은 여자가 보였다. 그녀는 키가 컸고 나보다 몇 살 많아 보였다. 금발에 하얀 피부, 그리고 이제껏 본 것 중 가장 아름다운 녹색 눈동자를 가진 여자였다.

"웃어서 미안해요. 하지만 어쩔 수 없었답니다."

그녀는 내가 서 있는 움푹 팬 땅으로 내려오며 뺨에 보조개를 지었다. 나는 아픈 정수리를 문지르며 다소 우아하지 못하게 말했다.

"내가 봐도 우스웠을 것 같아요. 그리고 경고해 주어서 고마워요. 이게 독버섯인 건 알고 있었어요."

"오, 알고 계셨어요? 그렇다면 이걸로 누굴 없애고 싶으신가요? 혹시 남편분? 성공하신다면 말씀해 주세요. 저도 남편에게 한번 써 보게요."

그녀의 미소는 사람을 따라 웃게 만드는 힘이 있었다. 그래서 나도 모르게 웃고 말았다.

나는 익히지 않은 버섯 갓 부분에는 독성이 있지만, 잘 말려서 가루로 만들어 쓰면 국소 부위의 출혈을 멈추는 데 탁월한 효과가 있다고 설명했다. 적어도 피츠기번스 부인은 그렇게 말했다. 나는 요즘 데이비 비턴의 의학 지침서보다는 부인의 말을 더욱 신뢰하게 되었다.

"멋지네요! 그럼 이것도 아세요?"

그녀는 생글생글 웃으며 대답하더니, 몸을 굽히고 하트 모양 잎사귀가 달린 자그마한 파란 꽃을 한 움큼 꺾었다.

"이건 **출혈**을 일으키는 효과가 있어요."

나는 깜짝 놀라 대답했다.

"아뇨. 몰랐어요. 하지만 누가 피가 나기를 원하겠어요?"

그녀는 나를 딱하다는 표정으로 바라보았다.

"원치 않는 아이를 뗄 때 써요. 이걸 쓰면 하혈을 하거든요. 하지만 임신 초기에만 효과가 있어요. 너무 늦게 쓰면 산모와 태아가 모두 죽을 수 있죠."

"약초에 대해 많이 아시나 봐요."

나는 아직도 바보 같아 보였다는 사실에 기분이 상한 채로 물었다.

"조금요. 마을 아가씨들이 가끔 이런 일로 나를 찾아오거든요. 유부녀들이 올 때도 있고요. 다들 내가 마녀라고 하더군요."

그녀는 빛나는 눈을 동그랗게 뜨고 짐짓 놀라는 척 말하다가, 방긋 웃으며 덧붙였다.

"하지만 내 남편이 이 지역 담당 검찰관이라서, 함부로 떠들지는 못하죠. 그런데 당신이랑 같이 온 남자 있잖아요. 그 남자 때문에 사랑의 묘약을 사러 온 아가씨가 있었답니다. 하지만 그 남자, 당신거 아닌가요?"

그녀는 뭔가 안다는 듯 고개를 끄덕이며 물었다.

"제 거라고요? 누구요? 아, 제이미요?"

나는 깜짝 놀라 물었다. 젊은 여자는 재미있다는 표정이었다. 그녀는 통나무에 앉아 금발 한 타래를 검지로 여유롭게 배배 꼬았다.

"아, 맞아요. 그런 머리카락과 눈동자를 가진 남자라면 사족을 못 쓰는 여자들이 있죠. 목에 현상금이 걸려 있다 해도, 돈이 하나도 없다 해도 말이에요. 물론 그 아가씨들 아버지는 생각이 다르겠지만요."

그녀는 먼 곳을 응시하며 말을 이었다.

"하지만 나는 아니에요. 난 현실적인 인간이거든요. 그래서 좋은 저택에 돈도 좀 있고 지위가 높은 사람과 결혼했어요. 우리 남편은 머리숱은 아예 없고 눈동자 색은 눈여겨본 적도 없지만, 그래도 날 많이 귀찮게 굴지는 않는 남자예요."

그녀는 자기가 들고 온 바구니를 보여 주었다. 바닥에 구근 네 개가 있었다.

"아욱 뿌리예요. 남편이 이따금 배앓이를 하거든요. 황소처럼 방귀를 뀌죠."

대화 주제가 걷잡을 수 없어지기 전에 멈춰야겠다는 생각이 들었다. 나는 손을 내밀어 그녀를 통나무에서 일으키면서 말했다.

"제 소개를 아직 안 했네요. 클레어라고 해요. 클레어 비첨."

맞잡은 그녀의 손은 길고 가녀렸다. 하지만 가느다란 하얀 손가락 끝에 얼룩이 진 게 보였다. 아마도 아욱 뿌리를 담는 와중에 풀과 나무 열매 즙이 묻은 모양이었다.

"난 당신이 누군지 알아요. 성에 오신 후로 마을에 당신 소문이 쭉 돌았거든요. 내 이름은 게일리스예요. 게일리스 덩컨."

그녀는 내 바구니를 들여다보며 덧붙였다.

"혹시 송이버섯을 찾고 있다면, 제일 잘 자라는 곳을 알려 줄게요."

나는 그녀의 제안을 받아들였고, 우리는 한동안 과수원 근처의 작은 골짜기를 누비며 썩은 통나무 아래를 엿보고 반짝이는 호수 주변으로 허리를 굽히고 다녔다. 그곳에는 자그마한 송이버섯이 무성하게 자라고 있었다. 게일리스는 이 지역의 식물과 효능을 아주 잘 알았다. 물론 그녀가 알려 주는 몇 가지 약초 사용법은 좀 의심스럽기는 했다. 예를 들어, 붉은 뿌리 식물을 쓰면 밉살스러운 경쟁자의 코에 사마귀가 자라나게 할 수 있다는 말이 그랬다. 그리고 송이풀로 두꺼비를 비둘기로 만들 수 있다는 설명은 아무래도 믿을 수가 없었다. 그녀는 짓궂은 눈초리로 이런 설명을 늘어놓았는데, 그 모습을 보니 나의 지식을 시험하는 게 아니라면 본인도 이 지역 마법에 대해서 의심을 품고 있는 것 같았다.

가끔 날 놀려 대긴 해도, 게일리스는 같이 있으면 즐거운 사람이었다. 냉소적이지만 재치를 잃지 않았고, 인생을 긍정적으로 바라보았으니까. 그녀는 마을과 농촌 지역은 물론 성에 사는 사람을 모두 알고 있는 듯했고, 나와 같이 탐험하는 중간중간 쉴 때마다 남편의 위장 장애를 두고 불평하거나 다소 악의적인 소문을 알려 주며 날 즐겁게 했다.

"사람들이 그러는데요, 꼬마 헤이미시는 친아들이 아니라더군요."

그녀는 콜럼의 외동아들에 대한 이야기도 했다. 내가 홀에서 저녁 식사를 하며 보았던 여덟 살 난 빨간 머리 남자애 말이다.

나는 이미 그 점에 대해 나름의 결론을 내려 두었기에, 이 소문에 특별히 놀라지는 않았다. 다만 의심스러운 혈통을 가진 아이를 하나만 낳았다는 점이 좀 놀라웠을 뿐이다. 아이를 하나만 낳은 러티샤는 이제껏 운이 좋았던 걸까, 아니면 게일리스같이 문제를 해결해 줄 사람을 제때 찾아간 걸까. 참으로 현명하지 못하게도, 나는 이 말까지 게일리스에게 하고 말았다.

그녀는 기다란 금발을 뒤로 넘기며 웃었다.

"아니, 나한테 오지는 않았어요. 아름다운 러티샤는 그런 일에 도움을 받을 필요가 전혀 없어요. 정말이에요. 만약 이 근처에서 마녀를 찾는다면, 마을이 아니라 성에서 찾는 게 더 낫거든요."

좀 불안해진 나는 이제 화제를 안전한 쪽으로 돌리고 싶은 마음에 머릿속에 떠오르는 생각을 아무거나 말했다.

"꼬마 헤이미시가 콜럼의 아들이 아니라면, 대체 누구 아들인가요?"

나는 돌 더미 위를 힘겹게 오르며 물었다.

그러자 게일리스는 초록색 눈에 장난기를 가득 담고 작은 입으로 놀리는 표정을 지으며 대답했다.

"아, 물론 당연히 그 남자죠. 청년 제이미 말이에요."

———

홀로 과수원으로 돌아오던 나는 매그덜린과 마주쳤다. 그녀는 머리 수건 아래로 머리카락을 풀어헤친 채 걱정 가득한 눈을 휘둥그레 뜨고 있었다.

"아, 여기 계셨군요. 성으로 돌아가려던 참이었는데, 부인이 보이지 않아서요."

그녀는 안도의 한숨을 쉬었다. 나는 풀밭에 놔둔 체리 바구니를 들며 말했다.

"날 찾으러 돌아와 주었군요. 고마워요. 하지만 나도 길은 알아요."

하지만 매그덜린은 고개를 저으며 말했다.

"숲속을 혼자 다니실 때는 조심하셔야 해요, 부인. 대모임 때 오는 수리공이랑 사람들을 마주칠 때는요. 콜럼 영주님이 명령을 내

239

리셨는데……."

그녀는 순간 발걸음을 멈추고 입을 흠칫 막았다.

"나를 감시하란 명령이었나요?"

부드럽게 말하자, 그녀는 머뭇대다 고개를 끄덕였다. 내가 화가 났을까 봐 걱정스러운 모양이었다. 나는 어깨를 으쓱이고는 그녀에게 안심해도 좋다고 미소를 지었다.

"뭐, 그건 당연한 것 같아요. 결국, 내가 누구고 어쩌다 여기에 왔는지는 말하긴 했어도, 영주님께 그걸 확인해 줄 사람이 달리 없었으니까요. 그런데 영주님은 내 정체가 뭐라고 생각하신대요?"

이러면 현명하지 못하다는 걸 알면서도, 호기심을 이기지 못한 나는 묻고 말았다. 하지만 매그덜린은 고개를 저으며 이런 말을 던졌을 뿐이다.

"부인은 잉글랜드인이잖아요."

다음 날 나는 과수원에 가지 않았다. 성에 남아 있으라는 명령을 받아서가 아니라, 갑자기 성 안 사람들에게 식중독이 돌아 의사로서 환자를 보아야 했기 때문이다. 환자를 최대한 치료한 다음, 나는 식중독의 원인이 뭔지 추적하기 시작했다.

조사 결과, 도축장에서 나온 쇠고기가 상한 것으로 판명되었다. 나는 다음 날 도축장에 가서 주임 훈연사에게 올바른 고기 보존 방법에 대한 의견을 전달했다. 한참 이야기하며 도축장에 서 있는데, 뒤에서 문이 확 열리더니 숨 막힐 듯 자욱한 연기가 나를 덮쳤다.

매캐한 기운에 눈물을 흘리며 돌아서자, 두걸 매켄지가 떡갈나무 연기 사이로 모습을 드러냈다.

"이런, 부인, 의료 행위만 하는 게 아니라 이젠 도축도 감독하시오? 곧 있으면 이 성을 통째로 부리게 되시겠군. 그럼 피츠기번스 부인은 어디 다른 데 일자리를 알아봐야 할지도."

그는 놀리듯 말을 붙였다. 나는 붉어진 눈시울과 뺨에 흐른 눈 화장 자국을 손수건으로 닦아 내며 쏘아붙였다.

"나는 당신네 더러운 성에서 뭘 해 볼 생각이 전혀 없어요. 내가 바라는 건 최대한 빨리 이곳에서 나가는 거예요."

그는 여전히 빙긋 웃으면서 예의 바르게 고개를 숙였다.

"음, 그렇다면 그 소원을 들어드릴 수 있을 듯하오, 부인. 적어도 잠시나마."

나는 손수건을 떨어뜨리고 그를 빤히 바라보았다.

"그게 무슨 말인가요?"

그는 이제 자기 쪽으로 휙 불어온 연기에 기침하며 손사래를 쳤다. 그리고 도축장에서 나를 데리고 나와 마구간 쪽으로 향했다.

"어제 콜럼에게 석잠풀과 뭔지 모를 이상한 약초를 구해 달라고 했소?"

"네, 식중독에 걸린 환자에게 줄 약을 만들어야 해서요. 그게 왜요?"

나는 여전히 미심쩍은 기색으로 되물었다. 그는 사람 좋은 태도로 어깨를 으쓱였다.

"마을 대장간으로 내려가서 말 세 마리의 편자를 갈려고 하오. 마침 마을 검찰관의 아내가 약초에 대해 잘 아는 여자라서, 그게 좀 있을 거요. 당신에게 필요한 간단한 것들은 분명 갖고 있을 테지. 그러니 원한다면, 마을까지 나와 같이 말을 타고 가도 좋소."

"검찰관의 아내라면, 덩컨 부인 말인가요?"

나는 곧바로 기분이 훨씬 좋아졌다. 잠깐이라도 성을 나갈 수 있다는 생각이 들자 거부할 수가 없었다.

그래서 급히 얼굴을 닦고 더러운 손수건을 허리춤에 꽂으며 말했다.

"어서 가죠."

날은 어둡고 흐렸지만, 나는 크레인스뮤어 마을로 가는 짧은 내리막길을 즐거이 갔다. 두걸도 기분이 꽤 좋은 상태라, 우리는 가는 길 내내 대화를 나누며 농담을 했다.

먼저 대장간에 들른 두걸은 데리고 온 세 마리의 말을 맡긴 다음, 나를 자기 말 안장 뒤에 태워 하이 스트리트에 있는 덩컨의 저택으로 향했다. 그 집은 으리으리한 4층짜리 목재 골조 저택으로, 아래두 층에는 우아한 스테인드글라스 창문이 달려 있었다. 다이아몬드 모양의 판넬은 보라색과 초록색 물빛을 띠었다.

게일리스는 기뻐하며 우리를 맞이했다. 오늘처럼 우울한 날에 손님을 맞이해서 즐거운 기색이었다.

"얼마나 좋은지 모르겠어요! 그렇지 않아도 식료품 저장실을 정리할까 싶었거든요. 앤!"

잠시 후, 있는지도 몰랐던 문을 통해 겨울 사과처럼 얼굴이 동그란 중년의 하녀가 불쑥 들어왔다. 문은 굴뚝의 굴곡 부분 안쪽에 있어서 눈에 보이지 않았다.

"클레어 부인을 식료품 저장실로 모시도록 해. 그리고 샘물 한 동이를 떠 와. 광장의 우물 말고 반드시 샘물을 떠 오도록!"

다음으로 게일리스는 두걸을 바라보며 말했다.

"당신의 형님께 약속드린 강장제를 따로 챙겨 놓았어요. 저와 잠간 주방으로 가실까요?"

나는 뒷모습이 늙은 호박 같은 하녀를 따라 좁은 나무 계단을 올라갔다. 그러자 뜻밖에도 길쭉하고 통풍이 잘되는 다락방이 나왔다. 저택의 다른 곳과는 달리, 이 방에는 여닫이창이 설치되어 있었다. 지금은 습기를 피해서 닫아 두었지만, 그래도 아래층의 우중충한 응접실보다는 빛이 꽤 많이 비쳐 들었다.

방을 보니 게일리스는 허브 전문가답게 지식이 해박하다는 게 드러났다. 방에는 자그마한 벽난로를 설치해 놓고, 그 위에 거즈와 갈고리를 사용하여 기다란 건조대를 달아 난방열을 이용해 식물을 말렸다. 벽을 따라 두른 선반에는 구멍을 뚫어 놓아 공기가 순환되도록 했다. 방 안에는 말린 바질과 로즈메리, 라벤더가 맛있고 자극적인 향기를 물씬 풍겼다. 방 한쪽에는 놀라우리만큼 현대적인 디자인의 기다란 조리대가 있었는데, 그 위에 막자사발과 절구, 믹싱볼과 숟가락을 아주 깔끔하게 정리해 놓았다.

시간이 좀 지난 후 게일리스가 나타났다. 계단을 올라와 발그레해진 그녀의 얼굴에는 오후 내내 허브를 빻으며 수다를 떨고 싶은 기색이 가득한 미소가 보였다.

이윽고 비가 가볍게 내리기 시작했다. 기다란 여닫이창을 두드리는 빗방울 소리가 들렸지만, 식료품 저장실의 벽난로에는 자그맣게 불꽃이 타올라서 방 안은 무척 아늑했다. 나는 게일리스와 보내는 시간이 참 좋았다. 성에 사는 상냥하고 수줍은 매켄지 씨족 여자들과는 달리, 그녀는 비꼬는 말투와 시니컬한 관점을 드러냈다. 그리고 이런 작은 마을에 사는 여자치고는 교육을 잘 받은 티가 났다.

또한 게일리스는 지난 10년간 마을이나 성에서 일어난 모든 추문을 자세히 알았던지라, 나에게 끊임없이 재미있는 이야기를 해 주었다. 참 묘하게도, 그녀는 나에 대해서는 거의 묻지 않았다. 본인에게 대놓고 묻는 건 그녀의 방식이 아닐 수도 있겠지. 나에 대해 알고 싶다면 아마 다른 사람에게 물어볼 테고.

그러다 바깥 거리에서 시끌벅적한 소리가 들려왔다. 처음에는 일요일 예배를 마치고 나온 마을 사람들이 오가는 소리라고 생각했다. 교회는 우물가 옆에 있는 길 끝에 있었고, 교회에서 광장으로 이어지는 길이 바로 하이 스트리트였으니까. 교회부터 이곳까지 자그마한 골목과 거리가 부채꼴 모양으로 퍼져 있었다.

사실, 나는 대장간으로 말을 타고 걸어가는 길이 즐거웠다. 머릿속으로는 이 마을을 공중에서 내려다보면 팔뚝과 손 모양일 거라고 상상해 보기도 했다. 요골*에 해당하는 하이 스트리트에는 상점과 가게, 부유한 사람들의 거주지가 쭉 늘어섰다. 척골**에 해당하는 세인트 마거릿 레인은 하이 스트리트와 평행하게 뻗었지만 그보다는 좁은 길로, 대장간과 무두질 공방, 지위가 다소 낮은 수공업자들과 상인의 가게가 있었다. 마을 광장(내가 이제껏 본 마을 광장과 마찬가지로, 광장은 정사각형이 아니라 길쭉한 네모꼴에 가까웠다)은 손목뼈와 손바닥뼈에 해당했고, 오두막이 쭉 늘어져 이루어진 골목길은 손가락 관절이라 볼 수 있었다.

　덩컨의 저택은 마을 검찰관의 저택답게 광장에 있었다. 그의 지위가 높아서이기도 했지만, 편의상 이곳에 있어야 했다. 광장은 거주민의 이익이나 법적 필요성을 위한 곳으로, 검찰관인 아서 덩컨의 서재에서 재량껏 해결할 수 없는 큰 사법 사건을 다룰 때 사용되었기 때문이다. 그리고 두걸의 설명에 따르면, 검찰관 저택이 광장에 있어야 그 한복판에 있는 자그마한 돌 연단 위 나무 형틀에 죄수를 가둬 놓기에도 편리했다. 연단 옆에는 나무 기둥이 있었는데, 그건 채찍질할 때 묶는 기둥이 되기도 했고, 메이폴 축제 기둥이 되기도 했고, 깃대나 말을 묶는 기둥으로 쓰는 등 목적에 따라 이용되었다. 마을 입장에서는 때마다 새로 기둥을 만들 필요가 없어 경제적이었다.

　바깥의 소란은 이제 훨씬 커졌다. 교회에서 나와 저녁을 먹으러 가는 차분한 사람들의 소리라고는 볼 수 없을 만큼 무질서했다. 게일리스는 더는 참을 수 없다는 듯 단지를 옆으로 치우고는 창문을 열어 대체 무슨 소란인지 알아보았다.

---

* 팔꿈치부터 엄지손가락 방향으로 손목까지 뻗어 있는 긴 뼈.
** 요골과 함께 팔 아랫부분을 이루는 뼈.

그녀와 함께 창밖을 내다보자, 저마다 가운이며 커틀*, 코트와 모자를 갖추어 차려입고 예배에 참석했던 사람들이 보였다. 그들을 이끄는 사람은 성과 마을을 담당한 베인 신부였다. 땅딸막한 몸집의 신부는 열두 살쯤 된 아이를 잡고 있었다. 남루한 바지와 냄새나 보이는 셔츠를 입은 걸 보니 무두장이네 아이 같았다. 신부는 아이의 목덜미를 움켜쥐고 있었는데, 자그마한 신부보다 아이가 살짝더 큰 탓에 제대로 잡기가 어려워 보였다. 신부와 아이 뒤로 살짝거리를 두고, 군중들이 번개가 친 다음 구름 속에서 우르릉 울리는천둥처럼 못마땅한 투로 지껄이며 따라왔다.

위쪽 창문에서 우리가 지켜보는 동안, 베인 신부와 아이는 우리아래로 다가와 저택 안으로 들어왔다. 군중들은 밖에서 중얼중얼떠들어 댔다. 몇몇 대담한 사람들은 창턱에 턱을 괴고 안을 들여다보려고도 했다.

게일리스는 창문을 쾅 닫아 아래에서 들려오는 기대감에 찬 소란스러운 목소리들을 차단했다. 그리고 허브 작업대로 돌아오며 안봐도 뻔하다는 듯 말했다.

"아마 절도죄일 거예요. 무두장이네 애들은 보통 그러거든요."

"그럼 저 아이는 어떻게 되나요?"

난 궁금해졌다. 게일리스는 어깨를 으쓱이며 말린 로즈메리를집어 막자사발에 넣었다.

"아서가 오늘 아침에 소화 불량에 걸렸나 안 걸렸나에 따라 다르겠죠. 그이가 아침을 잘 먹었다면 채찍질로 끝날 거예요. 하지만 변비가 도졌거나 배에 가스가 찼다면······."

그녀는 혐오감에 얼굴을 찡그리며 말을 이었다.

"아마 귀나 손이 잘릴 거예요."

* 중세에 여성이 입던 길고 펑퍼짐한 원피스.

소름이 쫙 끼쳤지만 이 사건에 대놓고 개입하기엔 주저함이 들었다. 나는 이방인인 데다 심지어 잉글랜드인이었다. 난 성에 거주하고 있으니 마을에서도 어느 정도는 존중받을 거라 생각했지만, 마을을 지날 때면 나를 보며 몰래 악마의 뿔 손동작*을 하는 주민들이 많았다. 그러니 내가 끼어든다면 오히려 소년의 상황이 나빠질지도 모른다.

"어떻게 좀 해 주실 수 없나요? 남편분에게 부탁하실 수 있잖아요. 그러니까, 좀 관대한 처분을 내려 달라 말씀해 주시겠어요?"

게일리스에게 부탁하자, 그녀는 일하다 말고 놀라서 고개를 들었다. 남편의 일에 간섭한다는 생각은 전혀 해 본 적이 없던 게 분명했다.

"저 애가 어떻게 되든 왜 신경 쓰시는데요?"

그녀는 이렇게 물었지만, 호기심 어린 질문이었을 뿐 악의가 보이지는 않았다.

"당연히 신경이 쓰이죠! 어린애잖아요. 무슨 짓을 했는지는 몰라도, 평생을 장애인으로 산다니 가당치 않아요!"

게일리스는 금빛 눈썹을 치켜떴다. 내 주장은 전혀 설득력이 없었던 모양이었다. 하지만 그래도 어깨를 으쓱이고는 내게 막자사발과 막자를 건네주었다.

"친구를 위해 뭔가를 해 줄 수 있다면 기꺼이 그러지요."

그녀는 이렇게 말하며 눈을 굴렸다. 그리고 선반을 훑어보다 초록색 병을 골랐다. 라벨에는 섬세한 필기체로 '페퍼민트 진액'이라고 쓰여 있었다.

"아서에게 이걸 먹이고 올게요. 그러면서 혹시 그 애를 도와줄 수 있나 알아보죠. 하지만 이미 늦었을지도 몰라요. 만약 그 쓰레기 같

---

* 악마의 뿔 손동작(sign of the horns)은 집게손가락과 새끼손가락을 펴고 가운뎃손가락과 약지손가락을 밑으로 내려 엄지를 대는 손동작으로, 서구권에서는 저주의 의미를 나타낸다.

은 신부가 벌써 손을 썼다면, 아마 최대한 엄격한 처벌을 내리길 바랄 거예요. 어쨌든 노력은 해 볼게요. 당신은 여기서 계속 이걸 찧어 주세요. 로즈메리 찧는 건 아주 오래 걸리니까요."

나는 게일리스가 놓고 간 막자를 들고 기계적으로 로즈메리를 찧고 갔았다. 하지만 잘 갈리고 있는지는 전혀 신경 쓰지 않았다. 창문을 닫아 놓아 빗소리도, 군중의 소리도 제대로 들리지 않았다. 두 소리는 뒤섞여 그저 위협적인 속살거림으로 희미하게 들려왔을 뿐이다.

어릴 적 학교에서 다들 읽었듯, 나도 찰스 디킨스의 소설을 읽었다. 그리고 더 옛날 작가들 소설도 읽으면서 이 시대의 무자비한 정의관에 대한 묘사도 보았고, 범죄자의 나이가 제아무리 어리더라도 주변 환경에 상관없이 모두 처벌했다는 것도 알고 있다. 하지만 일이백 년 전의 소설 속에 나타난 아동 교수형과 수족 절단 처벌 이야기를 다른 시대에서 편안히 읽는 것과, 당장 그 일이 벌어질 상황에서 불과 몇 미터 위에 가만히 앉아 허브를 가는 것은 무척 큰 차이가 있었다.

만약 그 소년에게 불리한 판결이 내려진다면, 내가 직접 나서서 막을 수 있을까? 나는 막자를 들고 창가로 다가가 밖을 내다보았다. 이 모임에 호기심이 생긴 상인들과 가정주부들이 어떻게 되었나 알아보려고 하이 스트리트를 따라 내려오는 바람에 인파는 더욱 불어났다. 흥분한 군중들이 자세한 이야기를 전달하자, 새로 온 사람들은 몸을 바짝 숙이고 이야기를 듣다가 이윽고 군중과 합세했다. 저택 문을 기대하며 바라보는 얼굴은 시시각각 늘어만 갔다.

가랑비를 맞으며 참을성 있게 서서 판결을 기다리는 사람들을 내려다보자, 문득 명확한 깨달음이 들었다. 다른 사람들과 마찬가지로, 나 역시 전후 독일에서 흘러나온 보도들을 들었다. 강제 추방과 대량 학살, 강제 수용소와 방화 등의 이야기를 접하며 참 끔찍하다고 생각했었다. 그리고 이제껏 많은 사람들이 그래 왔고, 또 앞으로도 그럴 것처럼 나는 의아하게 생각했다. '어떻게 그 사람들은 이런 짓이 일어나도록 내버려 두었을까? 알고 있었을 텐데? 트럭이 오가고, 울타리를 두른 곳에서 연기가 피어오르는 걸 다 봤을 텐데? 어떻게 그저 가만히 서서 아무것도 하지 않았대?'

그런데 왜 그런 건지 지금 알게 되었다.

이번 사건은 나의 생사가 달린 게 아니었다. 콜럼이 나를 돌보고 있으니, 나는 신체적 공격을 받지는 않을 것이다. 하지만 혼자서는 아무런 힘도 없는 내가 밖으로 나가서, 저 굳세고도 도덕적인 우월감을 갖춘 시민들과 맞선다면 어떻게 될까? 삶의 지루함을 달래 보고자 누군가 처벌받고 피 흘리는 장면을 보고 싶어 간절히 바라 마지않는 저 무리 앞에 나선다면? 나는 손에 든 막자사발을 지그시 쥘 수밖에 없었다.

사람들은 필요하다면 서로 어울려 살아갈 수 있다. 인류가 최초로 동굴에 거주할 때부터, 교활함을 빼면 털도 없고 힘도 약해 무기력했던 인간들은 생존하려면 무리를 지어야 했다. 먹을 수 있는 다른 생물들이 그렇듯, 수가 많으면 보호를 받을 수 있다는 걸 인간은 알고 있었다. 그러한 본능적인 지식은 중우 정치라는 개념 뒤에 숨어 있다. 집단의 뜻에 감히 반대는커녕, 집단 바깥으로 벗어나기만 해도 죽는다는 건 수천 년 동안 당연한 일이었다. 그러니 군중에 대항하려면 보통 용기가 필요한 게 아니다. 그건 인간 본능을 뛰어넘은 행동이니까. 나에겐 그런 용기가 없어서 그저 두려웠고, 두렵다는 사실이 부끄러웠다.

너무나 길게 느껴지던 기다림이 마침내 끝났다. 문이 열리더니 게일리스가 안으로 들어왔다. 언제나처럼 냉정하고 동요하지 않은 표정인 그녀는 손에 자그마한 숯 막대기를 들고 있었다.

그녀는 아무 일도 없었다는 듯이, 방에서 나가기 전의 대화를 그대로 이어 갔다.

"그걸 끓인 다음에 걸러 낼 거예요. 모슬린 천에 숯을 넣고 거르면 될 것 같아요. 제일 좋은 방법이죠."

나는 참지 못하고 말했다.

"게일리스, 은근슬쩍 넘어가려 하지 말아요. 무두장이네 아이는 어떻게 되었어요?"

"아, 그거요."

그녀는 아무 일도 아니라는 듯 어깨를 슬쩍 들어 올렸지만, 입가에는 짓궂은 미소가 슬쩍 감돌았다. 그러더니 표정을 싹 바꾸고는 웃었다.

"내 모습을 당신도 봤어야 하는데 말이죠. 내 입으로 말하기는 그렇지만 나 짜증 날 정도로 잘했거든요. 어딜 봐도 아내다운 배려와 여자다운 상냥함에다 모성애 한 숟갈을 넣은 태도로 이렇게 말했어요."

그녀는 깔깔 웃으며 연극 조로 말을 이었다.

"'아아, 아서, 우리가 축복받은 부부의 인연을 맺었다면⋯⋯.' 그건 그렇고 내가 이런 말을 해야 할 때는 많지 않다는 걸 알아 둬요."

게일리스는 슬픈 표정을 지었다가 잠시 정색하고는 허브를 놓아둔 선반 쪽으로 고개를 갸웃거리다 다시 연기를 시작했다.

"'아, 여보, 만약 당신의 아들이 이런 벌을 받아야 한다면 마음이 어떻겠어요? 이 아이는 분명히 배가 고파서 도둑질한 거예요. 아아, 아서, 당신은 마음속에 자비심도 없나요? 그저 정의로운 마음만 있을 뿐인가요?'"

그녀는 의자에 털썩 주저앉아 웃으면서 주먹으로 다리를 가볍게 쳤다.

"여기에 내 연기를 선보일 곳이 없어 참으로 안타까워요!"

바깥 군중의 소리가 달라졌다. 나는 게일리스의 자화자찬을 무시한 채 창가로 다가가 무슨 일인지 살펴보았다.

인파가 반으로 갈라지더니 무두장이네 아이가 신부와 검찰관 사이에서 천천히 걸어 나왔다. 아서 덩컨은 자비심에 한껏 부푼 채로, 저명한 이들에게 절하거나 고갯짓을 했다. 반면에 베인 신부는 아무리 봐도 뚱한 감자를 닮은 갈색 덩어리 같은 얼굴에 원망의 기색을 그득 내비쳤다.

세 사람은 광장 한가운데로 나아갔다. 마을의 감옥 열쇠 관리인인 존 맥레이라는 사람이 사람들 사이에서 나와 그들에게 다가갔다. 진지하고 우아한 짙은 색 바지와 코트를 입고 갈색 벨벳 모자를 쓴 모습은 직무에 맞는 옷차림이었다(하지만 모자는 지금 벗어서 비에 젖지 않도록 코트 자락 안으로 넣어 두었다). 처음 생각과는 달리 그는 마을 감옥의 교도관은 아니었다. 하지만 유사시에 그런 일을 수행하기는 했다. 그의 역할은 순경이자 세무 조사관이었고, 필요시에는 처형관을 겸했다. 그의 직함은 허리띠에 달린 숟가락 또는 나무 '열쇠'에서 딴 것인데, 그 숟가락으로 목요일마다 열리는 장에서 상인들이 파는 곡식 자루마다 일정량을 걷기 때문이었다. 그 곡식이 바로 그의 보수였다.

나는 이 모든 사실을 저 열쇠 관리인에게서 직접 들었다. 불과 며칠 전 그가 성에 와서 엄지손가락에 난 생인손을 고칠 수 있는지 물었기 때문이었다. 나는 살균한 바늘로 종기를 찌르고 포플러 나무 싹으로 만든 연고를 발라 주었다. 그때 봤던 맥레이는 목소리가 부드럽고 유쾌한 미소를 짓는 수줍은 남자였다.

그런데 지금은 그런 미소가 온데간데없었다. 맥레이의 얼굴은 이 자리에 어울리게 엄했다. 그래야겠지. 방긋 웃는 처형관을 보고 싶은 사람은 없을 테니까.

죄인은 광장 중앙에 있는 돌 연단 위로 끌려갔다. 소년은 창백하고 겁에 질린 얼굴로 가만히 있었고, 그동안 검찰관인 아서 덩컨은 뚱뚱한 몸에 위엄을 한껏 끌어 올리며 형 선고를 준비했다.

어느새 게일리스가 다가와서는 내 어깨 너머로 바깥을 흥미롭게 내다보며 말했다.

"내가 들어갔을 땐 저 바보 녀석이 이미 자백을 했더라고요. 그래서 완전히 무죄로 풀어 줄 수는 없었어요. 대신 최대한 형을 낮추어 줬죠. 한 시간 동안 나무 형틀에 갇힌 채로 한쪽 귀에 못을 박는 형벌이에요."

"귀에 못을 박는다니요? **어디에다요?**"

"그거야 당연히 나무 형틀에 박죠."

그녀는 나를 묘한 눈길로 바라보았지만, 다시 창문으로 고개를 돌리고 자신의 자비로운 중재로 얻어 낸 이 가벼운 형 집행을 바라보았다.

돌 연단 주변으로 사람들이 마구 밀려드는 바람에 죄인의 모습은 거의 보이지 않았지만, 군중들은 살짝 뒤로 물러나서 열쇠 관리인이 거리낌 없이 귀에 못을 박도록 해 주었다. 형틀에 갇혀 자그마한 얼굴이 하얗게 질린 소년은 양 눈을 질끈 감고 부들부들 떨기만 했다. 그리고 못이 귀에 박히자 높고 가느다란 비명을 질렀다. 닫힌 창문 안으로도 그 소리가 들려와 나는 몸을 살짝 떨었다.

이윽고 광장에 있던 구경꾼은 대부분 일상으로 돌아갔다. 우리도 하던 일을 다시 시작했다. 하지만 나는 어쩔 수 없이 자꾸만 그쪽으로 슬쩍 눈길이 갔다. 한량 몇 명이 지나가다 멈추고는 벌 받는 소년을 야유하고 진흙을 던졌다. 가끔은 온전한 마음가짐을 지닌 시민들도 나타나 엄선된 비난과 충고를 통해 나쁜 짓을 한 아이를 도덕적으로 교화시키며 오늘 하루의 임무를 다하는 모습도 보였다.

늦은 봄의 해가 질 때까지는 아직 한 시간이 남았다. 우리는 아래층 응접실에서 차를 마시고 있었는데, 누군가 문을 두드려 방문객이 왔음을 알렸다. 비가 와서 날이 무척 흐렸는지라, 해의 위치로 시간을 분간하기가 어려웠다. 하지만 덩컨의 저택에는 호두나무 몸체에 놋쇠 추를 달고 정면에는 합창하는 케루빔 천사 장식을 단 시계가 위풍당당하게 자리 잡고 있었다. 그 시계를 보니 6시 반이었다.

주방 심부름 하녀가 응접실 문을 열더니 무미건조한 목소리로 말했다.

"여기로 들어오세요."

이어서 문으로 들어오며 자동적으로 고개를 불쑥 들이민 사람은 제이미 맥타비시였다. 환한 색 머리카락은 비에 젖어 지금은 고대의 청동 같은 색이 되었다. 그는 궂은 날씨에 입기에는 다소 오래되고 어울리지 않는 코트 차림이었고, 한쪽 팔에는 묵직한 녹색 벨벳 승마용 망토를 접어 들고 있었다.

내가 일어서서 제이미를 게일리스에게 소개하자, 그는 고개를 끄덕여 마주 인사했다.

"덩컨 부인, 비첨 부인. 오후 내내 이런저런 일로 바쁘셨을 것 같습니다."

제이미는 창문 쪽으로 손을 저으며 말했다.

"그 애가 아직도 있나요? 지금쯤 흠뻑 젖었겠네요."

나는 바깥을 내다보며 물었다. 빗물이 흘러내리는 뿌연 창문을 통해서 본 소년은 그저 어두운 윤곽에 불과했다.

제이미는 망토를 펼쳐서 내가 입을 수 있도록 든 채로 말했다.

"그렇죠. 콜럼이 부인도 흠뻑 젖을 거라고 생각하셨어요. 마침 제가 마을에 볼일이 있어서, 콜럼이 가는 김에 부인에게 망토를 전해주라 하셨어요. 돌아가실 때는 저와 함께 하시죠."

"영주님께 정말 감사하네요."

나는 멍하니 대답했다. 지금 온 정신이 여전히 무두장이네 아이에게 팔려 있어서였다.

"저 애는 언제까지 저러고 있어야 하나요?"

나는 게일리스에게 물었다. 그녀가 무슨 뜻인지 모르겠다는 어리둥절한 눈초리를 보여서 또 얼른 덧붙였다.

"돌 연단 위에 있는 애 말이에요."

그러자 그녀는 별것 아닌 주제를 꺼낸 데 살짝 얼굴을 찡그리며 말했다.

"아, 쟤요? 한 시간이라고 말씀드렸잖아요. 열쇠 관리인이 지금쯤 형틀에서 풀어 줬을 거예요."

제이미는 그녀의 말이 옳다고 해 주었다.

"맞습니다. 광장 잔디밭을 지나다 봤어요. 하지만 걔가 아직 귀를 못에서 찢어 낼 용기가 없더라고요."

나는 그만 입을 떡 벌렸다.

"그럼 귀에서 못을 빼 주지 않았단 말인가요? 아이가 직접 그걸 **뽑아야 해요?**"

제이미는 유쾌한 목소리에 당황한 기색을 비치며 말했다.

"아, 그렇죠. 아직은 좀 불안해하고 있지만, 곧 마음을 먹을 것 같습니다. 비가 오는 데다 날도 저물고 있으니까요. 우리도 어서 가야 해요. 안 그럼 저녁으로 먹을 게 찌꺼기밖에 없을 겁니다."

그는 게일리스에게 절하고 돌아서서 떠나려 했다. 그러자 게일리스가 내게 말했다.

"잠깐 기다리세요. 집까지 같이 가 줄 크고 힘센 남자도 있으니, 상자를 하나 가져가세요. 성에 있는 피츠기번스 부인에게 주겠다고 약속한 말린 늪 양배추랑 몇 가지 물건이 있거든요. 맥타비시 씨께서 괜찮다면 들어 주지 않으시겠어요?"

제이미가 승낙하자, 게일리스는 하인에게 작업실에서 상자를 가져오라 말하며 거대한 연철 열쇠를 주었다. 그리고 하인이 돌아올 때까지 구석에 있는 작은 책상에서 잠시 글을 썼다. 이윽고 하인이 놋쇠 경첩이 달린 상당히 커다란 나무 상자를 가져올 때쯤 그녀도

쪽지를 완성했다. 그녀는 급히 모래를 뿌려 잉크를 말린 다음 종이를 접어 촛농으로 봉해서 내 손에 쥐여 주었다.

"자요. 이건 청구서예요. 두걸에게 전해 주시겠어요? 대금 지불 같은 건 두걸이 하거든요. 다른 사람에겐 주지 마세요. 안 그럼 몇 주 동안 돈을 받을 수가 없어서요."

"네, 그럴게요."

게일리스는 나를 정답게 안아 준 다음 춥지 않게 단단히 옷을 여미라고 잔소리를 하면서 우리를 문까지 안내했다.

제이미가 말 안장에 상자를 묶는 동안 나는 집 처마 아래에 서서 기다렸다. 비는 이제 더욱 세차게 내려서 처마 끝에 흘러내리는 빗물에 앞이 보이지 않을 정도였다.

무거운 상자를 힘들이지 않고 들어 올리는 제이미의 넓은 등과 근육질 팔뚝이 눈에 들어왔다. 그리고 다시 모여든 군중들의 격려를 받으면서도 여전히 용기를 내지 못해 형틀에 못 박혀 있는 소년을 슬쩍 바라보았다. 물론 저 소년은 달빛 같은 머리카락을 지닌 사랑스러운 소녀가 아니었지만, 제이미가 콜럼의 홀에서 보여 주었던 행동을 떠올리자 어쩌면 저 꼬마의 곤란한 처지 역시 그가 동정해 줄지 모른다는 생각이 들었다.

"저기, 맥타비시 씨?"

나는 머뭇거리며 입을 열었다. 하지만 그는 아무런 반응도 없었고, 단정한 얼굴 표정은 조금도 변하지 않았다. 커다란 입술에 여유로운 기색을 띤 채, 파란 눈동자는 지금 묶고 있는 끈만을 바라보았다.

"저기, 제이미?"

이번에는 더 큰 소리로 이름을 불러 보자 제이미는 곧바로 고개를 들었다. 그렇다면 성이 맥타비시가 아니로구나. 진짜 성은 무얼까.

"네?"

"당신은요, 그러니까 덩치가 꽤 큰 편이잖아요?"

내가 말하자, 제이미는 입술 위로 반쯤 미소를 지으며 고개를 끄덕였다. 내가 무슨 말을 하려는지 궁금한 모양이었다.

"뭐든 대개는 할 수 있을 만큼 크죠."

그의 대답에 나는 용기를 내어 무심한 듯 그에게 가까이 다가갔다. 광장에 아직도 어슬렁거리는 사람들에게 우리 이야기가 들리지 않도록 말이다.

"손가락 힘도 꽤 센가요?"

이어서 묻자, 그는 한 손을 굽혀 보더니 활짝 웃었다.

"네, 그렇죠. 혹시 밤이라도 먹고 싶으신가요? 제가 까 드려요?"

그는 빈틈없고도 즐거운 눈빛으로 나를 내려다보았다.

나는 제이미 너머로 눈길을 놀려 광장에 삼삼오오 모인 구경꾼들을 보았다.

"밤을 간다기보단, 불구덩이 속에서 군밤을 꺼내는 쪽에 더 가까운 일이긴 해요. 해 주실 수 있나요?"

나는 고개를 들어 궁금한 듯 나를 바라보는 푸른 눈동자를 바라보았다. 제이미는 계속 웃음 띤 얼굴로 잠시 나를 내려다보다 어깨를 으쓱였다.

"네. 못이 잡을 수 있을 정도로 길게 나와 있다면요. 사람들 시선을 좀 끌어 주실래요? 괜히 나섰다가 안 좋은 반응이 나올 수도 있거든요. 나는 이 마을 사람이 아니라서요."

내 요청을 들어주다가 제이미까지 위험해질 수 있다는 점까지는 미처 생각하지 못했다. 그래서 난 머뭇거렸지만, 그는 위험을 무릅쓰고 도전해 볼 만한 일로 여기는 듯했다.

"어, 그러면 우리가 가까이 보러 갔다가 제가 이 광경을 보고 기절하는 척하면 어떨까요……?"

제이미는 빈정대듯 한쪽 눈썹을 치켜뜨며 씩 웃었다.

"피를 보면 무서워서 기절하는 분이신 줄은 몰랐네요? 네, 그러면 될 것 같아요. 저 돌 연단에서 떨어지는 척할 수 있다면 훨씬 좋고요."

아이의 상태를 본다는 게 약간 마음에 걸렸지만, 걱정했던 만큼 무시무시한 광경은 아니었다. 못은 귓가에 가까운 위쪽 귀에 단단히 박혀 있었다. 머리 없는 네모꼴 못은 족히 5센티미터쯤 되었고, 박힌 자리 위로는 가로막는 것이 없었다. 귀에선 피도 나지 않았고, 아이의 얼굴을 보면 무섭고 불편해 보이기는 했어도 크게 아픈 것 같지는 않았다. 이 판결을 꽤나 관대하다고 생각했던 게일리스의 말이 옳다는 생각이 서서히 들었다. 물론 판결이 참으로 야만스럽다는 생각은 여전하지만, 그래도 현재 스코틀랜드 사법 상황을 따져 보면 이건 가벼운 벌이었다.

제이미는 아무렇지 않게 구경꾼들이 모인 옆으로 슬그머니 다가갔다. 그리고 소년을 나무라는 듯 고개를 젓더니 혀를 차며 말을 시작했다.

"어이구, 녀석아. 어쩌다 이런 험한 꼴이 됐냐?"

그는 귀를 더 자세히 보겠다는 명목으로 커다랗고 단단한 손을 나무 형틀 가장자리에 대고서 아이에게 빈정거렸다.

"꼬마야. 일을 괜히 복잡하게 만들지 말라고. 고개만 한 번 획 쳐들면 되는데 왜 못 해? 내가 도와줄까?"

제이미는 소년의 머리채를 잡고 비틀어 당기려는 듯 손을 뻗었다. 소년은 겁에 질려 꽥 소리를 질렀다.

이젠 내 차례라는 신호였다. 나는 뒷걸음질을 치면서 뒤에 선 여자의 발가락을 조심스레 꾹 밟았다. 내 장화 뒤꿈치에 발허리뼈를 밟힌 여자는 아파하며 비명을 질렀다.

나는 헐떡이며 연기를 시작했다.

"죄송해요, 저…… 너무 어지러워요! 어떡해……"

나는 연단에서 돌아서서 두세 발짝 교묘하게 비틀거리다 근처에 있던 사람의 소매를 잡았다. 돌 연단의 가장자리는 불과 15센티미터 가까이에 있었다. 나는 미리 점찍어 두었던 몸집이 가녀린 소녀를 꽉 잡고는 돌 연단에 머리부터 부딪치며 같이 쓰러졌다.

우리는 치맛자락을 흩날리고 비명을 꺅 지르면서 젖은 풀밭 위를 굴렀다. 마침내 소녀의 블라우스 자락을 놓아 준 나는 보기 좋게 대자로 엎어지며 얼굴 위로 빗방울을 맞았다.

사실을 말하자면 쓰러진 충격에 약간 숨이 막혔다. 소녀가 내 위로 엎어졌기 때문이었다. 가까스로 숨을 쉬는 동안 주위를 둘러싼 사람들의 걱정 어린 웅성거림이 들렸다. 추측과 제안과 충격 어린 감탄사는 하늘에서 내리는 빗방울보다 더 세차게 내 위로 난무했다. 하지만 결국 나를 일으켜 앉힌 건 친근하게 느껴지는 두 팔이었다.

눈을 떠 보자 걱정을 그득 담은 푸른 눈동자가 보였다. 눈꺼풀에 희미하게 스치는 기색은 임무가 완수되었음을 알렸다. 그리고 내 눈에도 무두장이네 소년이 한쪽 귀에 수건을 꾹 대고 자기 공방 쪽으로 달려가는 모습이 보였다. 그 애는 새롭게 터진 사건에 사람들의 정신이 팔린 틈을 타서 눈에 띄지 않게 사라졌다.

조금 전까지 아이의 피를 보려고 기다렸던 마을 사람들이었건만, 나에게는 친절했다. 나는 부드럽게 부축을 받으며 덩컨의 집으로 다시 옮겨졌고, 그곳에서 브랜디와 차, 따뜻한 담요와 더불어 동정을 받았다. 그러다 제이미가 이제 가야겠다고 불쑥 말을 던지며, 집 주인들의 권유에도 아랑곳하지 않은 채 내 몸을 소파에서 번쩍 들고 문으로 향했을 때에야 비로소 떠날 수 있었다.

나는 다시금 그가 탄 말의 앞자리에 앉고, 내 말은 고삐만 잡은 채 끌고 갔다. 나는 도와주어 고맙다고 말했다.

"별것 아니었어요, 아가씨."

제이미는 내 감사를 일축했지만, 나는 맞서서 말을 이어 갔다.

"하지만 당신도 위험했잖아요. 내 부탁 때문에 당신도 위험할 수 있을 거란 점은 미처 몰랐어요."

"아, 뭐."

그는 아무렇지 않다는 듯 대답했다. 그러다 잠시 후, 약간 재미있 어하는 기색으로 덧붙였다.

"설마, 내가 조그마한 새서나흐 아가씨보다 용감하지 못할 거라 고 생각했어요?"

길가에 어스름히 그림자가 짙어지자, 제이미는 말들을 재촉하여 달렸다. 집으로 돌아가는 길에는 많은 말을 하지 않았다. 마침내 성 에 도착했을 때, 그는 성문에 나를 내려 주며 부드럽게 놀려 댔을 뿐이다.

"잘 자요, 새서나흐 부인."

그와의 우정이, 사과나무 아래서 수다를 떨며 아가씨들과 나누었 던 우정보다 조금 더 깊게 느껴지기 시작했다.

10
충성 맹세

다음 이틀간은 엄청나게 소란스러웠다. 사람들은 사방에서 오가며 온갖 준비를 해 댔고, 나의 진료소 방문객은 확 줄었다. 식중독에 걸렸던 사람들은 다시 건강해졌고, 다들 몸이 아프기에는 너무나 바빠 보였다. 불을 피우려고 땔감을 모아 오던 소년의 손가락에 가시가 박혔다거나, 일하느라 분주한 주방 하녀들이 데거나 화상을 입은 일 말고는 이렇다 할 사고는 없었다.

나도 마음이 설렜다. 드디어 오늘 밤이다. 피츠기번스 부인은 매켄지 씨족의 모든 전사들이 오늘 밤 홀에 모여 콜럼에게 충성 맹세를 한다고 말했다. 안에서 이토록 중요한 의식이 진행된다면, 마구간을 지키는 사람은 없을 것이다.

주방과 과수원에서 일하는 동안, 며칠은 충분히 버틸 만한 음식을 조금씩 모았다. 물병은 없었지만 진료실의 제법 무거운 유리병을 물병 삼았다. 콜럼의 호의로 얻은 튼튼한 부츠와 따뜻한 망토도 있었다. 그리고 괜찮은 말도 보아 두었다. 오후에 마구간에 가서 내가 데려갈 만한 말 한 마리를 점찍었으니까. 돈은 없었지만, 환자들이 내게 준 자그마한 장신구나 리본, 조각품이나 보석을 모아 두었다. 필요시엔 이걸 필요한 물건과 바꿀 수 있을 것이다.

한마디 말도 없이 떠나면 콜럼의 환대와 성 주민들과의 우정을 이용한 셈이라 마음에 걸렸지만, 결국 내가 무슨 말을 할 수 있을까? 나는 한동안 그 점을 고민하다가 그냥 떠나기로 했다. 우선 내게는 쓸 만한 종이가 없었고, 종이를 구하러 콜럼의 처소에 방문하는 위험을 무릅쓸 마음도 없었다.

어두워지기 시작하여 한 시간이 흐른 후, 나는 조심스럽게 마구간으로 다가갔다. 인기척이 있나 없나 계속 귀를 기울였지만, 서약식을 준비하느라 모두 홀에 모여 있는 모양이었다. 문이 닫혀 있었지만, 살짝 밀자 가죽 경첩이 조용히 안으로 움직였다.

따스한 마구간의 공기는 쉬고 있는 말들의 기척으로 생동감이 서렸다. 그리고 램 삼촌의 말마따나, 장의사의 모자 안감만큼이나 어두웠다. 얼마 되지 않는 창문은 모두 환기를 위한 것이라 좁고 길게 나 있어, 바깥의 희미한 별빛이 들어오기에는 너무 작았다. 두 손을 뻗은 채 마구간 중심부로 천천히 걸어가는 나의 발 아래로 지푸라기가 밟혔다.

앞을 조심스레 더듬으며 말을 넣어 둔 각 공간의 끝을 찾아보았다. 하지만 손에는 아무것도 잡히지 않았고, 오히려 정강이가 바닥에 놓인 무언가 딱딱한 물체에 닿았다. 앞으로 넘어진 나는 놀라서 비명을 질렀고, 내 목소리는 낡은 석조 건물의 서까래에 울려 퍼졌다.

내 발 아래 걸렸던 것 역시 옆으로 구르며 깜짝 놀라 욕설을 지껄이더니, 팔로 나를 확 잡았다. 어느새 나는 커다란 남자의 몸에 안겨 버렸다. 그의 숨결이 내 귀를 간지럽혔다.

나는 얼른 몸을 뒤로 젖히며 숨을 몰아쉬었다.

"누구세요? 그리고 여기서 뭘 하는 거죠?"

내 목소리를 듣자, 정체를 알 수 없는 괴한은 잡은 손을 놓았다.

"나도 그게 궁금한데요, 새서나흐."

제이미 맥타비시의 낮은 목소리가 부드럽게 울렸다. 나는 안도한 채 긴장을 조금 풀었다. 지푸라기를 뒤척이는 움직임이 나더니, 그는 일어나 앉아 감정 없는 목소리로 덧붙였다.

"뭘 하려는 건지는 알겠는데요, 어두운 밤에 낯선 말 위에 탄 채로 매켄지 씨족 절반에게 아침까지 쫓기고 싶으세요?"

나는 여러 면으로 심기가 불편해졌다.

"나를 쫓아올 리가 있나요? 다들 홀에 모여 있잖아요. 다섯 명 중 하나라도 말을 타는 건 고사하고 아침까지 맨정신으로 일어서 있는 사람이 있다면 그야말로 놀랄 일이겠지요."

제이미는 웃더니 일어서서 나에게 손을 내밀어 일으켰다. 그는 내 치맛자락 뒤편에서 지푸라기를 털어 냈는데, 그 손길엔 필요 이상으로 힘이 들어간 듯싶었다.

제이미는 내가 이성적으로 생각해서 살짝 놀란 눈치였다.

"음, 아주 타당한 추론이네요, 새서나흐. 하지만 안타깝게도 콜럼은 경비병들을 성 곳곳에 배치하고 숲속에도 군데군데 세워 놓았어요. 성과 씨족의 전사 전체를 무방비한 상태로 놔두지 않았을 거란 말이죠. 돌로 지은 건물은 나무만큼 잘 타지 않는다는 전제하에서요……."

그의 말은 저 유명한 글렌코 대학살을 뜻하는 것 같았다. 존 캠벨이 정부의 명령을 받고 맥도널드 씨족 서른여덟 명을 칼로 살해하고 집을 불태운 사건 말이다. 나는 머릿속으로 시대를 재빨리 계산해 보았다. 그 일은 지금으로부터 약 50여 년 전에 일어난 일이었다. 콜럼의 입장에서는 주의 깊게 방어 태세를 유지할 이유가 충분했다.

제이미는 내가 **탈출하려 했다**는 사실에는 전혀 관심이 없어 보였다. 다만 탈출이 성공할 수 없는 이유만 들먹였을 뿐이다. 나는 그게 좀 이상하단 생각이 들었다.

"어쨌든 오늘만큼 탈출하기 최악인 날은 없을 거예요. 경비병 말고도 훌륭한 기수들이 이 근방 몇 킬로미터에 쫙 깔렸거든요. 게다가 틴살과 시합 때문에 사방에서 사람들이 성으로 몰려오고 있거든요."

"틴샬이 뭔가요?"

"사냥이란 뜻이에요. 보통은 수사슴을 잡는데, 이번에는 멧돼지를 잡아요. 마구간지기 애들 중 하나가 늙은 앨릭에게 말하기를, 동쪽 숲에 커다란 놈이 있다더군요."

그는 커다란 손을 내 등에 대더니 희미하게 네모난 빛이 들어오는 열린 문틈으로 돌려세웠다.

"가시죠. 성까지 데려다줄게요."

나는 그의 손을 밀치고서 우아하지 못하게 말했다.

"됐어요. 내가 알아서 갈게요."

하지만 그는 내 팔꿈치를 아주 단호하게 잡았다.

"혼자 가실 수 있다는 건 알아요. 하지만 혼자 가다가 콜럼의 경비병들과 마주치면 좋지 않을걸요."

나는 쏘아붙였다.

"왜요? 내가 뭘 잘못했는데요? 성 밖으로 나가면 안 된다는 법이라도 있어요?"

"없죠. 그자들이 당신에게 해를 끼칠 뜻은 없을 테니까요."

제이미는 생각에 잠긴 듯 어둠을 가만히 들여다보더니, 말을 이어 갔다.

"하지만 보통 경비를 서면 술병을 하나씩 들고 가는 게 예사거든요. 술을 마시면 경비를 설 때 좋긴 한데, 취한 상황에서 작고 예쁘장한 아가씨가 혼자 어두운 곳으로 다가온다면 좋지 않은 일이 일어날 수 있으니까요."

"지금도 난 어둠 속에서 혼자 **당신에게** 다가왔는데요? 그리고 난 아주 작지도 않고, 별로 예쁘지도 않아요. 적어도 지금은요."

나는 그에게 대담하게 맞받아쳤다. 그러자 제이미는 짧게 대답했다.

"아, 뭐, 나는 취한 게 아니라 자고 있었어요. 그리고 성깔은 어떨지 모르겠지만, 당신은 콜럼의 경비병들보다는 훨씬 작다고요."

나는 답이 나오지 않는 논쟁은 그만두기로 하고, 다른 전략을 택했다.

"그런데 **왜** 마구간에서 자고 있었어요? 잘 곳이 없었어요?"

난 이렇게 물었다. 좀 걷다 보니, 이제는 주방 외곽에서 나오는 불빛이 보일 만큼 가까워졌다. 희미한 불빛 아래 제이미의 얼굴이 보였다. 그는 집중한 채로, 우리가 걷고 있는 석조 아치를 조심스레 살피다가 내 쪽을 날카롭게 곁눈질했다.

"잘 곳이야 있죠."

그는 여전히 내 팔꿈치를 잡고서 앞으로 성큼성큼 걷다가 불쑥 덧붙였다.

"다만 잠깐 밖에 나와 있는 게 낫다고 생각했어요."

"콜럼 매켄지에게 충성을 맹세할 마음이 아니라서요? 서약식에 참석하지 않으면 벌어질 소동을 피하고 싶었나요?"

이 말에 그는 즐겁다는 기색으로 나를 슬쩍 보더니 순순히 시인했다.

"그 비슷해요."

성의 옆문 하나가 고맙게도 열려 있었고, 그 옆 돌판 위로 노란 빛을 내는 등불이 길을 비추었다. 우리가 이 불빛에 거의 다다랐을 무렵, 뒤에서 손이 불쑥 나와 내 입을 막는 바람에 나는 몸이 휙 들리고 말았다.

난 발버둥 치며 잡은 손을 물어뜯었지만, 날 잡은 사람은 두꺼운 장갑을 낀 데다 제이미의 말마따나 덩치가 훨씬 더 컸다.

소리를 들어 보니 제이미도 약간 어려움을 겪는 중이었다. 투덜 대는 소리와 나지막한 욕설이 멈추더니, 갑자기 턱 소리가 나면서 게일어 욕이 마구 들려왔다.

어둠 속에서 벌어지던 몸싸움이 뚝 그치더니, 낯선 웃음소리가 들렸다.

"맙소사, 이거 보통 젊은이가 아니로군. 콜럼의 조카잖아. 서약식 에 늦게 왔군그래? 그리고 같이 온 사람은 누구야?"

그러자 나를 잡은 남자가 말했다.

"아가씨야. 그것도 들어 보니 아주 풍만한 아가씨지."

내 입을 막았던 손이 떨어지더니 이번에는 다른 곳을 꽉 쥐었다. 나는 분개하여 비명을 지르고는 뒤로 손을 뻗어 그놈의 코를 확 잡 아당겼다. 남자는 욕설을 내뱉으며 나를 내려놓았다. 서약식이 이 루어질 홀 안에서 지껄일 수 없을 만큼 격식이 떨어지는 말이었다. 나는 위스키 냄새를 풍기는 남자에게서 한 발짝 물러서면서, 문득 제이미가 있어 참 고맙다는 생각을 했다. 결국 나와 같이 와 준 건 신중한 행동이었던 것 같으니까.

하지만 그의 마음은 나와는 다른 것 같았다. 자기를 꽉 붙잡은 전 사들의 손을 떼어 내려 했지만, 그들은 제이미에게 찰싹 달라붙어 떨어지지 않았다. 남자들의 행동은 적대적이진 않았어도 상당히 단 호했다. 그들은 다 생각이 있다는 듯 제이미를 끌고 열려 있는 문으 로 향했다.

"아니, 이것 좀 놔줘요. 옷을 먼저 갈아입어야죠. 이런 꼴로 서약 식에 가는 건 예의가 아니잖아요."

제이미는 항변했다. 그러면서 우아하게 도망칠 생각이었지만, 갑 자기 루퍼트가 나타나는 바람에 그마저도 좌절되었다. 금실 레이스 가 달린 코트에 주름 장식을 단 셔츠로 한껏 화려하게 치장한 루퍼트는 마치 병에 꽂아 놓은 코르크 마개가 펑 뽑히듯 좁은 문에서 튀어나왔다.

그는 번들거리는 눈으로 제이미를 훑어보았다.

"그런 걱정은 할 필요가 없다, 애야. 우리가 제대로 입혀 주마. 안에서 말이야."

루퍼트는 문 쪽으로 홱 고갯짓했고, 제이미는 강요에 못 이겨 안으로 들어갔다. 이윽고 두툼한 손이 내 팔꿈치를 잡는 바람에 나도 하릴없이 끌려가고 말았다.

성 안에 있는 다른 남자들과 마찬가지로 루퍼트 역시 아주 기분이 좋아 보였다. 커다란 홀과 가장 가까운 입구 쪽 안뜰에는 60명에서 70명 정도 되는 남자들이 한껏 차려입은 복장에 단검과 장검, 권총과 스포란을 주렁주렁 단 채 서성이고 있었다. 루퍼트가 벽에 난 문을 가리키자 남자들은 제이미를 불 켜진 작은 방으로 밀어 넣었다. 온갖 자질구레한 잡동사니들이 탁자와 선반 위에 어지러이 널려 있는 모습을 보니 그 방은 창고 같았다.

루퍼트는 제이미의 머리카락에 붙은 귀리 지푸라기와 셔츠에 묻은 얼룩을 매서운 눈초리로 훑었다. 그러더니 내 머리카락에도 같은 지푸라기가 붙은 걸 슬쩍 보고선 냉소적인 미소를 지었다.

"왜 늦었는지 알겠군, 녀석아. 이러면 뭐라고 할 수가 없긴 하지."

그는 제이미의 옆구리를 쿡 찌르더니, 바깥에 있는 남자에게 소리쳤다.

"윌리! 여기에 옷 좀 가져와. 영주님의 조카에게 어울릴 만한 걸로. 반드시 좋은 걸로 가져와, 어서!"

제이미는 입술을 꾹 다물고는 주위에 선 남자들을 둘러보았다. 씨족 남자 여섯 명은 충성 맹세를 할 생각에 들떠 있었다. 매켄지 가문의 자부심으로 한껏 드높아져 다들 의기양양한 채였다. 게다가 안뜰에서 본 맥주 통에서 따른 술을 얼큰히 마신 덕분에 더욱 기분이 좋아 보였다. 문득 제이미의 눈빛이 내게로 향했다. 여전히 암울한 표정은 '이게 다 **당신** 때문이에요'라고 말하는 것 같았다.

물론 그는 콜럼에게 충성 맹세를 하고 싶지 않다고 선언한 다음 다시 마구간으로 가서 따뜻하게 잘 수도 있었다. 하지만 그러다 심하게 얻어맞음은 물론, 자칫하면 목이 따일 가능성이 있는 게 문제였다. 그는 한쪽 눈썹을 치켜뜨고는 어깨를 으쓱였다. 그리고 항복한 모습으로, 한 손에는 눈처럼 하얀 리넨 천을, 다른 손에는 머리빗을 들고 달려오는 윌리를 우아하게 맞이했다. 리넨 천 위에는 납작한 모양의 파란 벨벳 보닛이 있었는데, 호랑가시나무 가지가 달린 금속 배지 장식을 달아 놓았다. 제이미가 애써 깨끗한 셔츠를 입고 성질을 죽여 가며 머리를 빗는 동안, 나는 보닛을 들고서 자세히 살펴보았다.

둥근 형태의 배지에는 놀라울 정도로 정교한 무늬가 새겨져 있었다. 가운데 보이는 다섯 개의 화산에서 솟아오르는 불꽃은 더할 나위 없도록 사실적이었다. 그리고 배지 둘레에는 '루체오 논 우로 Luceo non Uro'라는 좌우명을 새겨 놓았다.

"나는 빛나되 불타지 않는다."

나는 소리 내어 해석했다.

"그래, 아가씨. 매켄지의 가훈이지."

윌리가 나를 보며 맞다는 듯 고개를 끄덕였다. 그는 내 손에서 보닛을 빼앗아 제이미의 손에 쥐어 준 다음, 옷을 더 찾으러 달려 나갔다.

"저기…… 미안해요. 이렇게 될 줄은…….."

나는 윌리가 없는 틈을 타서 제이미에게 가까이 다가가 자그마한 목소리로 사과했다.

보닛에 붙은 배지를 못마땅하게 바라보고 있던 제이미는 나를 보았다. 그러자 입가에 새겼던 주름이 좀 옅어졌다.

"아, 나 때문에 걱정하지는 말아요, 새서나흐. 언젠가 한 번은 치러야 할 일이었어요."

그는 보닛에서 배지를 떼어 낸 다음 씁쓸히 웃으며 내려다보다가, 손에 쥐고 생각에 잠긴 채로 무게를 가늠해 보았다.

"우리 집 가훈이 뭔지 알아요? 그러니까, 우리 가문 말이에요."

제이미의 물음에 나는 깜짝 놀라 대답했다.

"아뇨. 뭔데요?"

그는 배지를 공중에 휙 던진 다음 잡더니 자기의 스포란 안에 얌전히 넣었다. 그리고 매켄지 씨족이 어수선하게 줄지어 선 야외 아치형 통로를 멍한 눈빛으로 바라보았다.

"주 쉬 프레Je suis prest."

놀랍게도, 그는 아주 유창한 프랑스어로 대답했다. 그리고 고개를 슬쩍 뒤로 돌려 루퍼트와 내가 모르는 매켄지 일가의 덩치 큰 남자를 보았다. 그들의 얼굴은 기세등등하게 붉어진 채였다. 제이미는 그들과는 또 다른 기세를 갖추고는 뚜렷한 목적이 드러나는 발걸음으로 둘에게 다가갔다. 루퍼트는 아주 기다란 매켄지 가문 타탄 천을 들어 올렸다.

덩치 큰 남자는 아무런 예고도 없이 제이미의 킬트 버클에 손을 뻗었다. 제이미는 급히 말했다.

"여기서 나가는 게 좋겠어요, 새서나흐. 여자가 있을 만한 곳이 아니에요."

"그런 것 같네요."

나는 시큰둥하게 대답했다. 제이미는 내게 쓴웃음을 지어 보였고, 그동안 사람들은 제이미의 엉덩이에 새 킬트를 두른 다음 원래 입고 있던 옷을 솜씨 좋게 휙 빼내어 부끄러운 꼴을 보여 주지는 않았다. 그런 다음 루퍼트와 덩치 큰 남자는 제이미의 팔을 단단히 잡고 아치형 통로로 밀어 댔다.

나는 곧바로 몸을 돌려 홀에 높다랗게 난 갤러리 쪽으로 돌아가며, 가는 도중 다른 씨족 남자를 만나지 않도록 조심했다. 일단 모퉁이를 돈 다음에는 잠시 멈춰 서서 벽에 몸을 웅크리고 주위의 시선을 피했다. 그리고 복도가 잠깐 비기를 잠시 기다렸다가, 누군가 모퉁이를 돌아 내 위치를 알아채기 전에 얼른 갤러리와 이어지는 문을 열고 들어간 다음 재빨리 닫았다. 위층으로 난 계단은 저 위에서 흘러나오는 불빛으로 희미하게 밝았기에, 낡은 깃발이 깔린 계단을 오르는 데는 별문제가 없었다. 나는 저 위의 소음과 불빛으로 다가가며 마지막으로 우리가 나누었던 대화의 순간을 떠올렸다.

"주 쉬 프레." **나는 준비되었다**는 뜻이다.

부디, 이 말대로 제이미가 준비되었기를.

———

횃대에서 찬란하게 일직선으로 타오르는 소나무 횃불은 홀을 내려다볼 수 있는 위층 갤러리 공간을 밝혔다. 불꽃 주위를 검게 두른 자국은 예전에 밝혔던 횃불이 벽에 낸 검댕이었다. 내가 갤러리 뒤에 걸어 둔 가림막을 걷고 들어오자, 몇몇 사람이 눈을 깜빡이며 내 쪽을 쳐다보았다. 이곳에는 성에 사는 여자들이 모두 올라와 있었다. 리어리와 매그덜린을 비롯해서 내가 주방에서 봤던 여자들의 얼굴이 보였다. 그리고 물론 건장한 체구의 피츠기번스 부인도 있었다. 그녀는 상석인 맨 앞 난간 자리를 차지했다.

부인을 나를 보자 친절하게 손짓했고, 옆에 있는 여자들은 몸을 움츠려 나를 앞으로 나가게 해 주었다. 맨 앞으로 나가자 저 아래 펼쳐진 홀 전체가 다 보였다.

벽은 도금양 가지와 주목 나무, 호랑가시나무로 장식해 놓았다. 횃불의 연기와 남자들의 거친 땀 냄새가 뒤섞인 상록수의 향기가 위층 갤러리까지 피어올랐다. 수십 명 되는 남자들이 오가기도 하고, 홀에 삼삼오오 흩어져 서서 수다를 떠는 모습이 보였다. 모두들 씨족의 타탄을 다양한 형태로 걸쳤다. 평상시 일터에서 입는 셔츠에 반바지 차림인 사람도 있었지만, 그래도 플래드나 타탄 보닛으로 치장한 모습이었다. 타탄의 실제 무늬는 저마다 제각각이었지만, 진녹색과 하얀색 색상만큼은 거의 똑같았다.

남자들은 대부분 지금의 제이미처럼 완벽하게 차려입었다. 킬트와 플래드, 보닛을 걸치고 대부분 배지를 달았다. 제이미가 여전히 우울한 표정으로 벽 근처에 선 모습이 언뜻 보였다. 루퍼트는 군중 속으로 사라졌지만, 건장한 매켄지 씨족 두어 명이 분명히 감시하는 기색으로 제이미의 양옆에 서 있었다.

이윽고 성 주민들이 새로 온 사람들을 밀며 낮은 끝자리에 배치하면서 홀 안의 소란이 점차 정리되었다.

오늘은 딱 봐도 특별해 보였다. 평소에 홀에서 파이프를 연주하는 젊은이는 한 사람뿐이었는데, 오늘은 두 명이 더 섰다. 새로이 선 사람 중 하나가 든 베어링과 아이보리색 백파이프를 보니, 그 사람이 수석 파이프 연주자인 것 같았다. 그가 다른 두 사람에게 고갯짓을 하자, 순식간에 어마어마하게 시끄러운 파이프 소리가 홀에 울려 퍼졌다. 물론 전투 시에 쓰는 커다란 북부식 파이프보다는 훨씬 작았지만, 작은 파이프들도 아주 대단한 소리를 냈다.

백파이프의 드론 파이프 위로 선율관이 떨리는 소리를 내자 온몸의 피가 치솟았다. 내 주변에 있던 여자들은 소란을 일으켰고, 나는 '매기 로더'*의 한 구절을 떠올렸다.

"오, 나는 고래고래 소리 내는 래브라고 하죠,

---

* 파이프를 소재로 한 스코틀랜드의 민요.

269

내가 노래 한 구절을 연주하고 나면
아가씨들 모두 얼이 빠진답니다."

얼이 빠지지는 않았더라도, 내 옆의 여자들은 모두 한껏 음악을
즐겼다. 그리고 난간에 몸을 기댄 채로 서로 수군수군 감탄을 내뱉
으며 멋지게 차려입고 홀에 선 남자들을 서로 가리켰다. 그러다 어
떤 소녀가 제이미를 발견하고 숨죽인 탄성을 내뱉더니, 친구들에게
어서 와서 보라고 손짓했다. 그의 등장에 속삭임과 수군거림이 아
주 커졌다.

그의 아름다운 외모를 보고 감탄하는 소리도 있었지만, 그보다
는 서약식에 왔다는 걸 두고 이런저런 추측하는 소리가 더 많았다.
나는 특히 리어리를 눈여겨보았다. 제이미를 보는 아가씨의 얼굴
이 촛불처럼 열띠게 타올랐다. 문득 방목장에서 앨릭이 한 말이 떠
올랐다. **그 애 아버지는 씨족이 아닌 남자와 딸을 맺어 주지는 않을
게야.** 그리고 제이미는 콜럼의 조카가 아니던가? 물론 수배 중이긴
했지만, 그건 별문제가 되지 않았다.

높은 음으로 열띠게 고조되던 백파이프의 소리가 갑자기 뚝 멈
추었다. 홀에 정적이 흐르는 가운데, 콜럼 매켄지가 위쪽 아치형 문
에서 나타났다.

그는 방의 앞부분에 세워 둔 작은 연단을 향해 일부러 뚜벅뚜벅
걸었다. 자신의 장애를 숨기려는 기색도, 그렇다고 보란 듯이 드러
내겠다는 기색도 없었다. 그는 새파란 하늘색 코트를 차려입었다.
금사로 잔뜩 수놓고 은 단추가 달린 코트로, 팔꿈치까지 접어 드러
난 옷소매의 안감은 화려한 장밋빛 실크였다. 무릎 높이까지 두른
고운 모직 타탄 킬트는 격자무늬 스타킹을 신은 다리를 대부분 가
려 주었다. 그가 쓴 보닛은 파란색이었는데, 은빛 배지로 달아 놓은
장식은 호랑가시나무가 아니라 깃털이었다. 홀에 모인 모든 사람들

은 숨죽인 채 콜럼이 가운데 연단으로 향하는 모습을 지켜보았다. 그의 실체가 무엇이든 간에, 콜럼 매켄지는 사람들의 이목을 확실하게 끌 줄 아는 존재였다.

이윽고 그는 모인 씨족을 바라보더니, 두 손을 번쩍 들고 쩌렁쩌렁한 목소리로 인사말을 외쳤다.

"툴라흐 아르스트!" *

"툴라흐 아르스트!"

씨족의 남자들은 거대한 함성으로 화답했다. 내 옆에 선 여자들은 몸을 부르르 떨었다.

다음으로 게일어로 짧은 연설이 이어졌다. 연설 중간중간 남자들은 찬성의 뜻으로 함성을 질렀다. 그리고 드디어 서약식이 정식으로 시작되었다.

제일 먼저 콜럼이 선 연단으로 나온 남자는 두걸 매켄지였다. 콜럼은 작은 연단에 서 있었기에 동생과 눈높이에서 얼굴을 마주 보았다. 두걸 역시 우아하게 차려입었지만, 그가 걸친 밤색 벨벳 코트는 금사 장식이 하나도 없는 평범한 모양이었다. 콜럼만이 화려하고 장엄한 모습으로 주목받게 하려는 의도였다.

두걸은 멋들어진 손놀림으로 자신의 검을 뺀 다음 날을 위로 치켜든 채 한쪽 무릎을 꿇었다. 그의 목소리는 콜럼보다는 강력하지 않았지만, 그래도 홀에 쩌렁쩌렁 울릴 정도로 컸다.

"우리 주 예수 그리스도의 십자가와 제가 든 거룩한 검을 두고, 그대에게 충성을 선서하며 매켄지 씨족의 이름에 충성을 바칠 것을 맹세합니다. 만약 제가 손을 들어 그대에게 반란을 일으킨다면, 이 거룩한 검이 저의 심장을 꿰뚫게 될 것입니다."

그는 검을 내린 다음 손잡이 결합부에 입을 맞추고 검집에 꽂았

---

* Tulach Ard, 게일어로 '높은 언덕'이라는 뜻.

다. 그리고 여전히 무릎을 꿇은 채로 두 손을 맞잡아 콜럼에게 내밀었다. 콜럼은 두걸의 손을 감싸 쥔 채 그 손에 입을 맞추는 것으로 맹세를 받아들였다. 이윽고 그는 두걸을 일으켜 세웠다.

다음으로 콜럼은 뒤편에 놓인 탁자로 몸을 돌렸다. 타탄 천을 씌운 탁자 위에는 손잡이가 달린 은잔이 있었다. 그는 묵직한 은잔의 양 손잡이를 두 손으로 잡고서 한 모금 마신 다음 두걸에게 주었다. 두걸은 상당량을 꿀꺽 들이켠 다음 다시 컵을 주었다. 마지막으로 매켄지 씨족의 영주인 콜럼에게 다시금 절을 한 두걸은 옆으로 물러나 다음 차례의 사람이 오도록 자리를 비워 주었다.

충성 맹세를 하고 의식주를 마시는 과정이 계속 반복되었다. 줄 선 이들의 수를 본 나는 콜럼의 주량에 감동했다. 남자들이 맹세할 때마다 한 모금씩 마셔야 한다면, 다 끝났을 땐 대체 술을 얼마나 마시게 되는 걸까 하는 생각을 하던 도중이었다. 제이미가 줄 맨 끝으로 다가가는 모습이 보였다.

두걸은 맹세를 마친 후에 줄곧 콜럼의 뒤편을 차지하고 섰다. 그래서 다른 남자와 서약식을 하던 콜럼보다 먼저 제이미를 알아보았다. 두걸은 순간 깜짝 놀라더니, 형에게 다가가서 무어라 속삭였다. 콜럼은 앞에서 맹세를 진행하는 남자를 계속 쳐다보고 있었지만, 얼굴이 살짝 굳는 모습이 보였다. 그 역시 놀란 것이다. 그리고 그다지 기쁜 기색이 아니었다.

예식이 진행될수록 홀 안은 한껏 고조된 남자들의 감정으로 달아올랐다. 이런 분위기에서 제이미가 맹세를 거부한다면, 과격해진 씨족 남자들에게 자칫 온몸이 갈기갈기 찢길 수도 있을 것이다. 이토록 위험한 상황에 제이미를 빠뜨렸다는 죄책감에, 나는 손바닥에 솟아나는 땀을 몰래 치맛자락으로 닦았다.

하지만 제이미는 침착해 보였다. 홀은 후끈했지만, 그는 땀도 흘리지 않았다. 그저 참을성 있게 줄을 섰을 뿐이다. 머리끝에서 발끝까지 무장한 100여 명의 남자들에게 둘러싸여 있으면서도, 그가 매켄지가와 씨족을 모욕한다면 언제든 이들의 분노를 받으리라는 걸 안다는 기색은 전혀 내비치지 않았다. 정말이지 '주 쉬 프레'라는 말이 어울리는 태도였다. 아니, 혹시 앨릭의 충고를 받아들이기로 마음먹은 걸까?

드디어 제이미의 차례가 오자, 나는 주먹을 꽉 쥔 나머지 손톱이 손바닥을 아프게 파고들었다.

그는 우아한 자세로 한쪽 무릎을 꿇고는 콜럼에게 깊숙이 고개를 숙였다. 하지만 검을 빼어 맹세를 하는 대신, 일어서서 콜럼을 똑바로 바라보았다. 제이미는 이 홀에 모인 대부분의 남자보다 키가 컸기에, 꼿꼿이 선 자세로 고개를 들고 어깨를 펴자 연단에 서 있는 콜럼보다도 십수 센티미터나 더 커 보였다. 나는 리어리를 슬쩍 곁눈질했다. 제이미가 일어선 모습을 보고 그녀는 얼굴이 하얗게 질렸다. 그리고 나처럼 주먹을 꽉 쥐고 있었다.

홀에 있는 모든 사람의 눈길을 받고 있으면서도, 그는 마치 콜럼과 둘만 있는 것처럼 말했다. 그의 목소리는 콜럼만큼 굵어서, 한마디 한마디가 또렷하게 들렸다.

"콜럼 매켄지. 저는 친척이자 동맹으로서 그대 앞에 섰습니다. 저는 그대에게 맹세하지 않을 것입니다. 저의 맹세는 제가 속한 가문의 이름에게 바쳤기 때문입니다."

군중들은 낮고 불길한 목소리로 으르렁댔지만, 제이미는 아랑곳하지 않고 말을 이어 갔다.

"하지만 저는 제가 가진 모든 것을 아낌없이 그대에게 드리겠습니다. 저의 도움과 선의는 그대가 필요한 곳에 모두 바치겠습니다. 제가 매켄지 씨족의 땅에 터 잡고 사는 동안, 친족이자 영주이신 그대에게 순종하며, 그대의 명령을 따르겠습니다."

제이미는 말을 멈추고 꼿꼿한 자세로 선 채 두 팔을 옆으로 벌렸다. 이제 공은 콜럼에게 넘어갔다. 그가 한마디만 한다면, 손짓 한 번 한다면, 젊은이의 피가 돌바닥을 물들이겠지.

콜럼은 잠시 움직임이 없었다가 이내 미소를 지으며 두 손을 내밀었다. 제이미는 순간 망설였지만, 자신의 손을 콜럼의 손바닥 위에 가볍게 놓았다.

콜럼은 낭랑하게 말했다.

"우리는 그대의 우정과 선의를 영광스럽게 받아들이겠노라. 우리는 그대의 복종을 받아들이고 매켄지 씨족의 동맹으로서 선의를 다해 그대를 지키리라."

그러자 홀에 서렸던 긴장감이 수그러졌다. 지켜보던 이들 가운데서 안도의 한숨마저 들려오는 것 같았다. 콜럼은 은잔의 술을 마신 다음 제이미에게 내밀었다.

젊은이는 웃으면서 잔을 받아 들었다. 그러나 다른 이들이 의식에서 관례적으로 한 모금 마셨던 것과는 달리, 가득 차다시피 한 술잔을 조심스럽게 들어 입으로 기울였다. 그는 술을 계속 마셨다. 꿀꺽꿀꺽 독주를 들이켜는 그의 목울대가 세차게 요동치는 가운데, 존경과 흥미로움이 뒤섞인 누군가의 탄성 소리가 들렸다. 이제는 그만 마시고 숨을 쉬어야 하지 않을까 싶었는데도 그는 술을 계속 들이켰다. 그렇게 마지막 한 방울까지 커다란 잔을 다 비운 다음, 숨을 크게 헐떡인 제이미는 콜럼에게 잔을 돌려주며 살짝 거친 목소리로 대답했다.

"위스키 취향이 이토록 좋은 씨족과 동맹을 맺게 되어 저야말로 영광입니다."

이 말을 듣자 한바탕 왁자지껄 소란이 일었다. 제이미는 아치형 문으로 나가려 했지만 자꾸만 앞을 가로막으며 축하의 악수를 청하고 등을 두드리는 남자들 때문에 좀처럼 이동하질 못했다. 보아하니 이 가문에서 좌중의 이목을 끄는 재능을 타고난 건 콜럼 매켄지

뿐만이 아닌 듯했다.

위층 갤러리를 떠도는 열기에 숨이 막힐 것 같았다. 서약식이 완전히 끝나기 전이었지만, 피어오르는 연기 때문에 머리가 아팠다. 게다가 콜럼이 하는 몇 마디 말에도 머리가 울려 댔다. 독주를 여섯 잔이나 나누어 마셨는데도, 그의 강한 목소리는 홀의 돌벽에 쩌렁쩌렁 울렸다. 서약식 내내 서 있어도 오늘 밤에는 다리가 아프지 않은 모양이구나.

아래층에서는 엄청난 함성이 들려오더니, 백파이프가 시끄럽게 연주를 시작했다. 이제껏 엄숙했던 분위기는 싹 사라지고 폭동에서나 들릴 법한 고함이 대신 홀을 메웠다. 탁자 위로 맥주와 위스키가 올라오고 김이 모락모락 나는 귀리 케이크와 해기스*, 고기가 나오자 고함이 더욱 커졌다. 이 접대 과정을 주관한 게 틀림없는 피츠기번스 부인은 난간 너머로 위태롭게 몸을 빼고는 음식 나르는 이들의 행동을 예의 주시 했다. 음식을 나르는 일은 너무 어려서 공식 서약식에 참여할 수 없는 소년들이 맡았다.

부인은 들여오는 접시들을 조사하며 나지막한 목소리로 투덜거렸다.

"꿩고기는 어디 있지? 속을 채운 장어는 또 어딨고? 망할 놈의 멍고 그랜트 녀석, 혹시 장어를 태워 먹었다면 거죽을 벗겨 버리겠어!"

단단히 마음먹은 듯한 피츠기번스 부인은 몸을 돌려 갤러리를 비집고 나갔다. 딱 봐도 이 연회처럼 중요한 일을 멍고 그랜트 같은 풋내기의 손에 맡기고 싶지 않은 모양이었다.

나는 그 기회를 틈타 부인의 뒤를 따라갔다. 몸집이 큰 부인이 모인 여자들을 헤쳐 주어 나가는 길이 수월했다. 여기서 빠져나갈 기

---

* 양의 내장으로 만든 스코틀랜드 전통 음식으로 순대와 비슷하다.

회가 생겨서 다행이라는 기색이 역력한 다른 여자들도 나와 함께 탈출에 동참했다.

피츠기번스 부인은 계단 아래층에서 고개를 돌리더니 저 위에 모인 여자들을 사납게 노려보며 명령했다.

"너희 아가씨들은 얼른 방으로 물러가. 눈에 안 띄는 데 안전하게 있을 게 아니라면, 집으로 도망가는 게 제일이야. 절대로 복도에서 어슬렁거리지 마. 모퉁이에 서서 옆을 훔쳐보지도 말고. 저기 있는 남자들은 벌써 다들 반 잔씩 술을 걸쳤다고. 한 시간 후면 고주망태가 될 거야. 오늘 밤은 아가씨들이 얼쩡거려서는 안 돼."

문을 조금 연 부인은 조심스럽게 복도를 엿보았다. 아직은 사람이 아무도 없었다. 그녀는 숨죽인 목소리로 여자들을 하나씩 문밖으로 내보내어 급히 위층에 있는 숙소로 올려 보냈다.

"도와드릴까요? 그러니까, 주방에 일손이 필요하지 않으세요?"

나는 부인과 함께 아래층에 내려오며 물었다. 부인은 나의 제안에 미소를 지었지만 고개를 저었다.

"아뇨, 도움은 필요 없어요, 아가씨. 이제 어서 가요. 아가씨라고 다른 애들보다 안전한 게 아니라우."

이윽고 부인이 내 등허리를 나긋하게 미는 바람에 나는 어두운 복도로 풀썩 나가고 말았다.

아까 밖에서도 경비병과 소동을 겪었는지라, 나는 부인의 충고를 받아들이기로 했다. 홀에 있는 남자들은 지금 마구 난동을 부리며 춤을 추고 술을 마셔 댔다. 절제하거나 남을 말릴 생각은 전혀 없어 보였다. 그래, 지금은 여자들이 돌아다닐 때가 아니야.

하지만 내 방으로 가는 길을 찾을 수가 없는 게 문제였다. 난 성의 이쪽 부분은 잘 몰랐다. 위층에는 내 방으로 이어지는 복도와 연결된 통로가 있다는 걸 알았지만, 위층으로 가는 계단은 보이지 않았다.

그러다 모퉁이를 돈 순간, 내가 모르는 씨족 남자들과 맞닥뜨리고 말았다. 이들은 멀리 있는 씨족 영토에서 온 터라 성의 점잖은 예법에 익숙하지 않은 자들이었다. 이건 나의 추측이었는데, 왜냐하면 화장실이 어딘지 못 찾은 남자 하나가 결국 포기하고 성의 복도 한구석에서 볼일을 보고 있었기 때문이었다.

나는 곧바로 몸을 홱 돌려서 계단이 있든 없든 원래 있던 곳으로 돌아가려 했다. 하지만 손 여러 개가 불쑥 나를 잡더니, 내가 미처 정신을 차리기도 전에 복도 벽에 밀어붙였다. 수염 난 하일랜드 남자들은 위스키 냄새를 풍겨 대며 강간할 태세로 나를 둘러쌌다.

미리 예고도 없이, 내 앞에 있던 남자는 한 손으로 내 허리를 잡더니 다른 손을 내 보디스 속으로 불쑥 넣었다. 그리고 몸을 숙이고는 턱수염을 내 귓가에 비벼 댔다.

"용감한 매켄지 씨족 사나이에게 귀엽게 키스 한 번 해 주겠어? 툴라흐 아르스트!"

"에린 고 브라!"*

나는 내가 유일하게 아는 게일어를 무례하게 발음하며 온 힘을 다해 그를 밀쳤다. 그는 술에 취해 몸을 가누지 못하고 비틀거리며 동료들에게 뒷걸음질 쳤다. 나는 옆으로 몸을 피해 그 자리를 빠져나와, 신고 있던 어설픈 신발을 벗어 던지고 뛰었다.

한창 달려가다가 앞에 또 다른 남자의 모습이 나타나자, 나는 잠시 주춤했다. 하지만 그는 혼자였다. 뒤따라오는 이들은 적어도 열 명이었고, 술에 심하게 취해 있었는데도 걸음이 빨랐다. 나는 앞으로 마구 달리며 남자를 피하려 했다. 하지만 그는 내 앞을 홱 가로막았고, 난 급히 멈춰 섰다. 그러나 너무 빨리 달리고 있었던지라 남자와 부딪치지 않으려고 손을 뻗어 그의 가슴을 짚었다. 알고 보

---

* Erin go bragh, 게일어로 '아일랜드 만세'라는 뜻.

니 남자는 두걸 매켄지였다.

"대체 이게 무슨……."

두걸은 말을 잇다 말고 날 따라오던 남자들을 보았다. 그는 나를 뒤로 숨기고는 그들에게 게일어로 무어라 고함을 질렀다. 그들 역시 게일어로 항의했지만, 늑대가 으르렁대는 듯한 말이 잠시 오간 후 결국은 포기하고 더 나은 여흥거리를 찾아 물러갔다.

나는 약간 멍한 채로 말했다.

"고맙습니다. 고마워요……. 저는, 전 가 볼게요. 여기 있으면 안 되는 거였어요."

두걸은 나를 내려다보더니 내 팔을 잡고서 돌려세워 자신과 마주 보게 했다. 그 역시 흐트러진 모습을 보니, 홀 안에서 벌어지는 소동에 동참했던 게 분명했다.

"그 말이 맞소, 아가씨. 여기 있으면 안 되는 거였지. 그런데도 와버렸으니, 벌금을 내야지."

그는 어둑어둑한 가운데 눈을 빛내며 중얼거렸다. 그리고 느닷없이 나를 세차게 끌어안고는 키스했다. 입술에 멍이 들 것처럼 세찬 입맞춤이 내 입술을 갈랐다. 그의 혀가 내 혀를 간질이면서 위스키의 톡 쏘는 맛이 입안을 감돌았다. 그의 손이 내 하반신을 꽉 쥐고 자기 몸에 맞붙이자, 킬트 아래로 단단해진 그의 분신이 겹겹이 입은 스커트와 페티코트 사이로도 선연히 느껴졌다.

두걸은 나를 붙잡았을 때와 마찬가지로 느닷없이 날 놓아주었다. 그리고 고개를 끄덕이면서 약간 불안정하게 숨을 쉬며 복도를 가리켰다. 이마에 드리워진 붉은 머리카락 한 줌을 한 손으로 쓸어 올리며 그는 말했다.

"어서 가시오, 아가씨. 더 큰 대가를 치르기 전에."

나는 맨발로 도망쳤다.

전날 밤 떠들썩한 소동이 있었으니, 성 사람들은 대부분 다음 날 아침 늦잠을 잘 거라고 생각했다. 해가 중천에 떴을 때쯤 해장술을 마시겠다며 비틀거리며 일어나겠지. 해장술이 나온다면 말이다.

하지만 스코틀랜드 하일랜드 지방에 사는 매켄지 씨족은 생각보다 더욱 강한 사람들이었다. 해가 뜨기 한참 전부터 사냥을 준비하는 남자들이 복도를 오르내리며 시끄럽게 외치는 소리와 무기가 마구 철컹대는 소리, 군화가 바닥을 쿵쿵 울려 대는 소리로 온 성이 벌집처럼 웅성거렸다.

춥고 안개가 자욱했지만, 안뜰로 나가다 복도에서 마주친 루퍼트는 멧돼지 사냥에 제일 좋은 날씨라고 장담했다.

그는 엄청난 열정으로 숫돌을 발로 돌려 창끝을 갈면서 설명했다.

"짐승은 두꺼운 털가죽을 입었으니 추워도 아무 상관이 없지. 그리고 사방에 안개가 짙게 끼면 놈들은 안전하다고 생각하거든. 하지만 안개가 끼면 놈들은 가까이 다가오는 사람을 볼 수가 없잖소."

그렇다면 사냥하는 사람 측에서도 멧돼지가 다가오는지 아닌지 볼 수 없는 건 마찬가지잖아요? 나는 이런 말로 반박하고 싶었지만 참았다.

해가 서서히 떠오르며 안개가 핏빛과 금빛으로 물들자, 사냥 채비를 마친 남자들이 앞뜰에 모였다. 다들 기대감으로 눈을 그렁그렁 빛내고 있었다. 여자들은 사냥에 참가하지 않는 듯했고, 다만 사냥을 떠나는 호기로운 남자들에게 배넉과 맥주를 들려 보내는 모습을 보자 다행이었다. 각자 창, 도끼, 활과 화살, 단검 등으로 완전 무장하고 동쪽 숲으로 떠나는 많은 남자를 보니, 나는 멧돼지가 조금 안쓰러웠다.

하지만 한 시간 후, 짐승을 불쌍하게 여기던 나의 마음은 무시무시한 존경심으로 바뀌고 말았다. 급히 와 보란 연락을 받고 숲 가장 자리로 간 나는 안개 속에서 우연히 멧돼지와 마주친 사람의 상처를 치료하게 되었기 때문이다.

무릎부터 발목까지 엉망으로 찢어져 벌어진 상처를 살피며 나는 깜짝 놀랐다.

"하느님, 맙소사! 이게 **짐승**한테 당한 거라고요? 아니, 짐승이 무슨 스테인리스 강철 이빨이라도 있나요?"

"네?"

다친 남자는 충격으로 얼굴이 하얗게 질린 데다 부들부들 떨고 있어서 내 말에 대답하지 못했지만, 숲속에서 그를 부축해 나온 남자들은 나를 이상한 눈초리로 쳐다보았다.

"별말 아니에요."

나는 둘러대면서 다친 종아리에 압박 붕대를 확 잡아당겨 단단히 감고 지시했다.

"성으로 데려가요. 그리고 피츠기번스 부인에게 따뜻한 수프를 달라고 해서 먹이고 담요를 덮어 줘요. 이 상처는 꿰매야 하지만, 여기는 도구가 없어서 못 해요."

사냥감을 모는 이들의 리드미컬한 함성이 산비탈에 퍼진 안개 사이로 울려 퍼졌다. 그러다 갑자기 저 위 안개 낀 나무 사이에서 날카로운 비명이 들렸다. 놀란 꿩 한 마리가 무서운 듯 날갯짓을 하며 근처 은신처에서 푸드덕 날아올랐다.

"하느님 세상에, 이건 또 뭐야?"

나는 붕대를 한 아름 들고서 환자를 동료들에게 맡긴 다음 소리가 들려오는 숲속으로 다급하게 달려갔다.

나뭇가지 아래로 안개가 자욱이 끼어서 몇 미터 앞도 제대로 보이지 않았다. 하지만 들뜬 고함 소리와 덤불 아래를 마구 쳐 대는 소리가 나는 방향이 어딘지는 분명하게 알 수 있었다.

그러다 뒤에서 무언가가 튀어나와 내 옆을 확 스치고 지나갔다. 고함 소리에 집중하느라 난 미처 그 소리를 듣지 못했다. 그것이 내 곁을 지나갔을 때야 겨우 봤을 뿐이다. 무시무시한 속도로 움직이는 거대하고 짙은 색의 덩어리였다. 몸집이 그토록 큰 반면에 발굽은 말도 안 되게 조그마한 짐승은 축축한 낙엽 위를 소리도 내지 않고 이동했다.

난 너무 놀란 나머지 순식간에 유령처럼 나타난 멧돼지에 겁먹을 새도 없었다. 그저 새카맣고 뻣뻣한 털 짐승이 안개 속으로 사라지는 모습을 멍하니 바라보았을 뿐. 그러다 손을 들어 얼굴 위로 축축하게 고불거리는 곱슬머리를 쓸어 올리자 손바닥에 붉은 얼룩이 묻어났다. 아래를 내려다보니 내 치마에도 똑같이 붉은 줄무늬가 나 있었다. 멧돼지는 상처를 입었구나. 그렇다면 아까 들었던 비명은 혹시 짐승의 소리였을까?

그건 아닌 것 같았다. 나는 사람이 다쳤을 때 내는 소리가 어떤지 안다. 그리고 멧돼지는 내 옆을 지나갔을 때도 자기 힘으로 잘 움직이고 있었다. 나는 심호흡을 하고 안개 속을 계속 헤치며 부상당한 사람을 찾았다.

드디어 작은 산비탈 바닥에서 다친 이를 찾았다. 그는 킬트를 입은 사람들에게 둘러싸여 있었다. 다들 자신의 플래드를 벗어 그를 따뜻하게 해 주었지만, 아래로 드러난 다리는 불길하리만큼 축축하고 검붉게 젖은 채였다. 검은 진흙이 넓게 패인 자국을 보자 비탈길을 얼마나 굴렀는지 알 수 있었다. 진흙 묻은 낙엽이 이리저리 흩날리고 땅이 팬 자리는 그가 멧돼지를 마주쳤던 곳이었다. 나는 남자 곁에 무릎을 꿇고 천을 걷어 상태를 확인했다.

하지만 미처 진료를 시작하기도 전에 주위 남자들이 고함을 치는 바람에 고개가 절로 돌아갔다. 그러자 무시무시한 악몽 같은 짐승이 나타났다. 다시금 소리 없이, 나무 사이에서.

이번에는 멧돼지의 옆구리에 꽂혀 불쑥 튀어나온 단검 자루가 보였다. 아마 내 앞에 누운 남자의 것이리라. 사악해 보이는 붉게 충혈된 연노란 눈동자는 작았지만 광기에 서려 있었다.

주위에 있던 남자들은 나만큼이나 놀란 채로 동요하며 무기를 잡았다. 그런데 다른 남자들보다 더 빠른 동작을 보이는 커다란 남자가 있었다. 그는 옆에서 멧돼지 잡는 창을 들고도 꼼짝 못 하던 동료의 손에서 창을 빼앗아 공터로 성큼성큼 나아갔다.

바로 두걸 매켄지였다. 그는 창을 낮게 잡은 채로 아무렇지도 않다는 듯 걸어 나갔다. 두 손으로 단단히 무기를 잡은 자세가 마치 진흙을 한 삽 뜨려는 사람 같았다. 그는 멧돼지에게 집중하며 게일어로 낮게 중얼거렸다. 마치 지금 서 있는 나무 아래에서 나오라고 짐승을 구슬리는 듯했다.

첫 번째 돌격은 폭탄이 터지듯 갑작스러웠다. 멧돼지는 쏜살같이 그의 곁을 스쳐 갔다. 어찌나 가까웠던지 갈색 사냥용 타탄이 휙 휘날릴 정도였다. 짐승은 곧바로 빙글 방향을 돌려 다시 다가왔다. 마치 분노가 근육을 이루어 흐릿할 정도로 빠르게 달려오는 것 같았다. 두걸은 투우사처럼 슬쩍 몸을 피하면서 창으로 멧돼지를 찔렀다. 계속해서 물러섰다 다가오는 대결 상황이 이어졌다. 그건 광란의 결투라기보단 춤 동작 같았다. 팽팽한 맞수 모두 힘을 근본으로 하면서도 너무나 민첩한 동작을 보여, 마치 땅 위에 둥둥 뜬 존재 같았다.

이들의 결투는 1분 정도밖에 지속되지 않았지만, 체감상으로는 훨씬 더 긴 시간이 흐른 듯했다. 결국 두걸이 살을 찢을 듯한 엄니를 휙 돌려 피하면서 짧고 튼튼한 창끝을 들어 짐승의 비스듬한 어깨 사이로 곧장 내리찍자 승패는 판가름 났다. 창끝이 턱 박히는 소리가 들리며 짐승의 찢어질 듯한 비명이 들려와 내 팔에 소름이 쫙 돋았다. 멧돼지의 작은 눈동자는 맞수를 찾아 사납게 두리번거렸고, 커다란 몸집이 비틀거리고 휘청이면서 조그마한 발굽이 진흙 속을 폭폭 찔렀다. 새된 비명은 계속 이어지다가, 급기야 인간이 낼 수 없는 높은 음을 내면서 육중한 몸집을 옆으로 쿵 쓰러뜨렸다. 그 바람에 불쑥 튀어나왔던 단검 자루가 털가죽 속에 깊숙이 박혔다. 앙증맞은 발굽은 땅 위에서 하릴없이 버둥대다가 결국 축축한 바닥에서 흙덩이를 듬뿍 파냈다.

갑자기 멧돼지의 비명이 멈췄다. 잠시 침묵이 흐르는 가운데, 꿀꿀대는 소리가 한 번 들리더니 짐승이 잠잠해졌다.

두걸은 사냥감을 확인하러 기다리지 않았다. 그저 경련을 일으키는 짐승을 한 바퀴 돌아보고서는 부상당한 남자 쪽으로 다가왔다. 그는 옆에 무릎을 꿇은 다음 이제껏 부상자를 부축했던 사람과 교대하여 그의 어깨 아래로 팔을 괴어 주었다. 불쑥 솟은 광대뼈에는 핏방울이 확 튀어 있었고, 머리 한쪽에는 말라붙은 핏덩이가 보였다.

두걸의 거친 목소리는 갑자기 부드러워졌다.

"자, 조디, 괜찮아. 내가 놈을 잡았어. 그러니 다 괜찮아."

"두걸? 자네인가?"

부상자는 눈을 뜨려 안간힘을 쓰면서 두걸이 있는 쪽을 돌아보았다.

나는 부상자의 맥박과 바이털 사인을 급히 확인하는 와중에도 두걸의 목소리를 듣고 놀랐다. 사납기 그지없는 두걸이, 무자비하기만 했던 두걸이 낮은 목소리로 남자에게 위로의 말을 되풀이하며 힘껏 끌어안고 흘러내린 머리카락을 쓰다듬어 주다니.

나는 뒤로 돌아앉아 남자의 하반신을 가린 옷 무더기에 손을 뻗었다. 상처는 깊었다. 사타구니부터 허벅지까지 족히 20센티미터는 길게 난 상처에서 피가 끊임없이 흘러내렸다. 하지만 피가 마구 솟지는 않은 걸 보면, 대퇴 동맥이 잘린 것은 아니었다. 피가 멈출 가능성이 있다는 뜻이다.

하지만 남자의 배에서 흘러나오는 진물은 멈출 수가 없었다. 멧돼지의 흉포한 엄니는 피부와 근육은 물론 장간막과 내장까지 찢어 놓았다. 그곳의 큰 혈관이 절단된 건 아니었지만, 장에 구멍이 났다는 게 문제였다. 갈가리 찢긴 남자의 피부 사이로 내부가 똑똑히 보였다. 이런 종류의 복부 상처는 현대적 수술실에서 항생제를 써 가며 봉합을 한다 해도 죽을 확률이 높았다. 파열된 내장의 내용물이 체강으로 흘러들어 그 부위를 모두 오염시켜 치명적인 감염을 일으키기 때문이다. 게다가 지금 이곳에 치료제라고는 마늘과 서양톱풀꽃뿐이니…….

나는 두걸과 시선을 마주했다. 그 역시 끔찍한 상처를 내려다보고 있었다. 그의 입술이 움직이더니 부상자의 머리 위로 소리 없이 입 모양을 만들어 냈다.

"살 수 있겠소?"

나는 말없이 고개를 저었다. 두걸은 조디를 안은 채 잠시 행동을 멈추었다가, 손을 앞으로 뻗어 내가 상처 난 허벅지에 매어 둔 임시 지혈대를 일부러 풀었다. 그러면서 나에게 어디 반대해 볼 테면 해 보라는 눈빛을 보였지만, 나는 그저 작게 고개를 끄덕였을 뿐 저지하지 않았다. 부상자를 지혈한 다음 들것에 실어 성으로 데려갈 수는 있을 것이다. 하지만 복부의 상처가 오염될수록 고통도 더 커지겠지. 며칠 동안 뒹굴며 괴로워하다 결국 온몸에 부패가 진행되어 죽는 상황을 피할 수는 없었다. 어쩌면 두걸은 지금 그에게 더 좋은 죽음을 선사하는 것일 테다. 하늘 아래에서 깨끗하게, 낙엽에 피를 흘려 가며 자신을 죽인 짐승의 피와 함께 이 땅을 물들이는 죽음을.

나는 눅눅한 낙엽을 그러모아 조디의 머리에 괴어 주고 내 팔로 그의 무게를 같이 나누어 들었다.

"곧 편안해질 거예요. 고통은 곧 사라질 거예요."

나는 언제나처럼 침착하게, 훈련받았던 대로 목소리를 냈다.

"그래. 이제…… 좀 낫군. 다리에 아무런 감각이 없어…… 손에 도……. 두걸…… 거기 있나? 응? 내 옆에 있나?"

남자는 얼굴 위로 무감각한 손을 맹목적으로 휘둘러 댔다. 두걸은 자신의 손으로 그의 손을 단단히 잡고서 몸을 숙여 그의 귓가에 속삭였다.

조디의 등이 갑자기 확 휘어지더니, 발뒤꿈치로 진흙을 마구 파댔다. 그의 마음은 죽음을 이미 받아들이기 시작했지만, 몸은 여전히 격렬하게 저항하고 있었다. 그는 간간이 숨을 헐떡였다. 피를 지나치게 많이 흘려 온몸에 산소 수치가 낮아진 사람이 본능적으로 공기를 갈구하는 모습이었다.

숲은 아주 고요했다. 안개 속에선 새소리조차 들리지 않았고, 남자들은 나무 그늘에서 참을성 있게 웅크린 채 역시 나무처럼 침묵했다. 두걸과 나는 몸부림치는 남자의 몸 위로 몸을 굽히고 속삭여 주며 위로를 건넸다. 그것은 정신없고도 가슴이 찢어질 만큼 슬프지만 반드시 해야만 하는 일이었다. 그렇게 우리는 죽어 가는 사람의 곁을 지켰다.

언덕을 올라 성으로 가는 행렬은 조용했다. 시신은 즉석에서 소나무 가지를 엮어 만든 들것 위에 실렸고, 나는 그 곁을 따라 걸었다. 우리 뒤로는 아주 비슷한 형태로 그를 죽인 멧돼지의 시체가 운반되었다. 두걸은 맨 앞에서 홀로 걸었다.

성문을 통과해 안뜰로 들어가자, 마을 신부인 땅딸막한 베인 신부의 모습이 보였다. 그는 이제는 고인이 된 교구민을 보러 뒤늦게 달려왔다.

다시 치료실로 들어가려 돌아선 순간, 두걸은 손을 뻗어 나를 세웠다. 플래드를 덮은 조디의 시신을 들것에 실은 사람들은 예배당으로 향했다. 이제는 적막한 회랑에 우리 둘뿐이었다. 두걸은 내 손목을 잡은 채 강렬한 시선을 던졌다.

"당신은 전에도 죽어 가는 사람을 본 적이 있군. 잔혹하게 죽은 사람을."

그의 단호한 어조는 질문이 아니라 비난 같았다.

"한두 번 본 게 아니죠."

나 역시 단호하게 대답했다. 그리고 손을 휙 뿌리치고는 그를 세워 둔 채 이제는 살아 있는 환자를 보러 갔다.

———

조디의 죽음은 끔찍했지만, 흥겨운 분위기에 잠시 찬물을 끼얹었을 뿐 축제는 계속되었다. 당일 오후 성의 예배당에서 호화로운 장례 미사가 있었고, 다음 날 아침에 경기는 재개되었다.

나는 축제에서 무슨 경기가 벌어지는지 거의 보지 못했다. 참가자들의 상처를 싸매느라 정신이 없었기 때문이다. 정통 하일랜드식 경기에 대해 잘은 몰라도 이것 하나만큼은 확실했다. 이들의 경기는 장난이 아니었다. 칼 사이에서 춤을 추다가 베인 다리를 절뚝이며 온 사람들에게 붕대를 감아 주고, 조심성 없이 망치 던지기 경기를 하다가 망치에 맞아 다리가 부러진 불쌍한 희생자의 뼈를 맞추었다. 단것을 심하게 먹어서 배탈이 난 아이들이 셀 수 없이 몰려올 때마다 피마자유와 한련 시럽을 처방해 주기도 했다. 그래서 오후가 다 지나갈 무렵 나는 녹초가 되고 말았다.

나는 진료실 탁자 위로 올라가 작은 창문으로 고개를 내밀어 맑은 공기를 마셨다. 경기가 열리는 들판에서 고함과 웃음과 음악 소리가 들려왔다. 좋구나. 이젠 새로 오는 환자도 없어. 적어도 내일 아침까지는 없겠지. 루퍼트가 다음에는 뭘 한다고 했더라? 활쏘기던가? 흠음. 나는 붕대가 충분히 있는지 확인한 다음 피곤한 몸으로 진료실 문을 닫았다.

성에서 나온 나는 언덕길을 내려가 마구간으로 향했다. 인간이 아닌 좋은 존재와 함께 있고 싶었으니까. 말들은 말도 안 하고 피도 흘리지 않으니 얼마나 좋은지. 마음속으로는 혹시 제이미와 마주치지 않을까 하는 기대감도 있었다. 그의 성이 뭔지는 몰라도, 서약식에 휘말리게 된 건 나의 잘못이니 다시 사과해야지. 물론 그는 멋지게 서약식을 끝냈지만, 내가 그를 내버려 두었다면 애초에 그 자리에 끌려갈 일도 없었다. 지금쯤 루퍼트는 우리가 연애하며 놀아난단 소문을 퍼뜨리고 다닐지도 모르겠지만, 그 생각은 접어 두기로 했다.

내가 처한 곤경에 대해서도 별로 생각하고 싶지 않았지만, 조만간 진지하게 생각해야 하겠지. 대모임이 시작되던 날 보기 좋게 탈출에 실패하긴 했지만, 혹시 끝 무렵이 더 좋은 기회가 아닐까도 생각해 보았다. 그래, 방문객이 타고 온 말들은 대부분 곧 사라질 것이다. 하지만 아직 말은 많이 남아 있다. 게다가 운이 따른다면, 말 한 마리쯤 사라진대도 그저 도둑맞았으려니 생각해 줄지도 모른다. 축제와 경기가 벌어지는 곳에는 흉악하게 생긴 불한당들이 수도 없이 많았으니까. 게다가 다들 떠날 때쯤엔 사방이 혼란스러울 테니, 내가 사라져도 금방 알아채지 못할 수도 있다.

나는 방목장 울타리를 느릿하게 걸으며 도주로를 떠올려 보았다. 문제는 내가 가고 싶은 곳에서 지금 있는 이곳이 얼마나 떨어져 있는지 어렴풋하게만 안다는 점이었다. 더욱이, 경기가 벌어지는 동안 내가 부상자를 치료하는 바람에 리오흐성과 국경 지대에 사는 모든 매켄지 씨족이 사실상 나를 알게 되었다. 그러니 그들에게 길을 물을 수도 없었다.

그 순간 궁금해졌다. 혹시 제이미가 콜럼이나 두걸에게 이야기했을까? 서약식 날 밤에 내가 탈출 시도를 하다 실패했다고? 하지만 둘 다 나에게 아무 말도 없는 걸 보면, 아마도 하지 않았겠지.

방목장에는 말이 없었다. 마구간 문을 열어 본 나는 그만 가슴이 철렁해졌다. 제이미와 두걸이 나란히 건초 더미 위에 앉아 있는 게 아닌가. 그들도 날 보고서 나만큼이나 놀란 것 같았지만, 호기롭게 일어서서 나에게 들어와 앉으라 했다.

나는 문 쪽으로 물러서며 말했다.

"괜찮아요. 당신들 대화를 방해할 생각은 아니었어요."

"아니오, 아가씨. 지금 내가 제이미에게 하고 있던 말은 당신도 관련이 있소."

두걸의 말에 나는 제이미를 재빨리 바라보았다. 그러자 제이미는 고개를 저었다. 내가 도망치려 했다는 사실을 두걸에게 말한 건 아니로구나.

나는 두걸을 살짝 경계하며 자리에 앉았다. 서약식 날 밤 복도에서 있었던 작은 소동이 떠올랐으니까. 하지만 두걸은 그날 이후로 말로든 행동으로든 그 사건을 언급하지 않았다.

두걸은 불쑥 말했다.

"난 이틀 뒤에 떠날 것이오. 그리고 당신네 둘도 데려가려고 하오."

"우리를 어디로 데려가는데요?"

나는 깜짝 놀라 물었다. 심장이 더욱 빠르게 뛰었다.

"매켄지 영지를 다닐 것이오. 콜럼은 여행을 할 수 없으니, 대모임에 올 수 없었던 소작농과 임차인들을 방문하는 건 나의 몫이오. 그리고 여기저기 볼일도 좀 있고……."

그는 이 말을 하며 별것 아니라는 듯 손을 내저었다.

"하지만 저는 왜 데려가시나요? 그러니까, 저랑 제이미는 왜요?"

내가 대뜸 묻자, 두걸은 잠시 생각하다가 대답했다.

"그야, 제이미는 말을 잘 다루는 아이니까. 그리고 아가씨 당신은, 콜럼의 생각으로는 내가 포트윌리엄까지 당신을 데려다주는 게 좋다고 결정했소. 거기 있는 지휘관이라면 아마도…… 프랑스에 있는 당신 가족을 찾는 걸 도와줄 거요."

그러자 이런 생각도 들었다. 그 지휘관이란 자는 내 정체가 뭔지 알아내도록 당신네를 도와줄 수도 있겠지. 이것 말고 내게 말하지 않은 꿍꿍이는 또 뭐가 있을까? 두걸은 나를 빤히 바라보았다. 내가 이 소식을 어떻게 받아들이는지 궁금한 모양이었다.

"알았어요. 그것참 좋은 생각이군요."

나는 평온하게 말했다. 겉으로는 평온하게 이야기했지만, 속으로는 아주 기뻤다. 이런 행운이 오다니! 이젠 성에서 도망칠 필요가 없구나. 두걸은 가는 내내 나와 동행하겠지. 그리고 포트윌리엄부터는 별로 어렵지 않게 길을 찾아갈 수 있을 것이다. 크레이크 나둔으로. 환상열석이 있는 곳으로. 운이 좋다면, 다시 집으로 말이다.

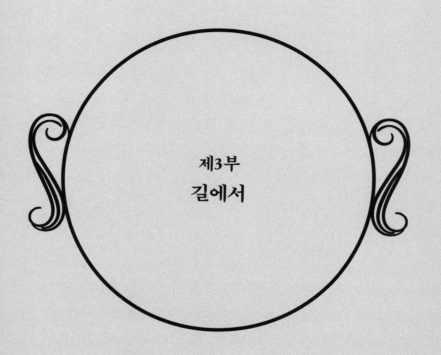

제3부
길에서

11
변호사와 나눈 대화

이틀 후, 우리는 날이 밝기 전 말을 타고 리오흐성을 나섰다. 두 셋씩, 혹은 넷씩 잘 가라며 소리치는 작별의 인사말과 호수 위 기러기들의 울음소리를 뒤로하고 말들은 조심스레 돌다리를 건넜다. 나는 성이 희뿌연 안개 속으로 사라질 때까지 이따금 뒤를 돌아보았다. 저 암울한 돌무더기 성과 그곳 주민들을 다시 볼 수 없으리라 생각하니 묘한 후회가 들었다.

안개 속으로 말발굽 소리가 먹먹히 들렸다. 눅눅한 공기 너머로 들려오는 사람들의 목소리가 묘했다. 마치 긴 끈을 연결해서 저쪽의 말을 이쪽에서 듣는 것 같달까. 가끔 근처에서 들려오는 대화 소리는 중간중간 끊긴 중얼거림 같았다. 마치 유령들이 안개를 뭉쳐 사람의 형상으로 만든 것 사이를 말을 타고 지나는 느낌이었다. 실체 없는 말소리가 공기를 둥둥 떠다니며 아스라이 먼 곳에서 말하는 듯싶다가도 놀랄 만큼 가까이서 들리기도 했다.

일행 중 나의 위치는 가운데였다. 한쪽 옆으로는 이름을 모르는 무장한 남자가 있었고, 다른 한쪽에는 콜럼의 홀에 필경사로 참석했던 네드 고언이라는 자그마한 사람이었다. 그와 대화를 나누며 길을 가다 보니, 일개 필경사가 아니라는 걸 알게 되었다.

네드 고언은 사무 변호사였다. 에든버러에서 나고 자라 교육을 받은 사람으로, 어딜 봐도 변호사란 직업이 참 잘 어울렸다. 몸집이 작고 깔끔한 노인은 몸가짐이 아주 꼼꼼했다. 좋은 브로드 천으로 만든 코트에 고급 모직 타이츠를 신고, 리넨 셔츠 위로 맨 스톡 타이는 튀지 않게 단정한 레이스를 달았다. 그 아래로는 활동량 많은 여행에 어울리면서도 입은 이의 지위를 드러낸다는 두 가지 목적을 멋들어지게 절충한 천 반바지를 착용했다. 자그마한 금테 안경과 단정한 머리 끈, 파란색 펠트 재질 이각모까지 노인의 옷차림은 완벽했다. 아무리 봐도 전형적인 법조인의 모습이라서 보면 볼수록 웃음이 났다.

그는 조용한 암말을 타고 내 옆을 지켰다. 암말의 안장에는 반질 반질하고 커다란 가죽 가방이 두 개 달려 있었다. 그중 하나에는 여행에 필요한 도구가 들었다고 했다. 뿔로 만든 잉크 통과 깃펜, 종이 등이었다.

"그럼 다른 가방에는 뭐가 들었나요?"

나는 가방을 바라보며 물었다. 첫 번째 가방에는 내용물이 가득한 데 비해, 두 번째 가방은 거의 빈 듯했다.

"아, 그건 임대료를 넣을 가방이오."

변호사는 축 처진 가방을 두드리며 대답했다.

"그럼 영주님께서는 꽤 많은 임대료를 기대하시는 모양이군요."

내 말에 고언 씨는 사람 좋은 기색으로 어깨를 으쓱였다.

"이게 다 차리라고 기대하지는 않소, 아가씨. 대개는 펜스나 얼마안 되는 이런저런 동전으로 걷히지. 그리고 안타깝게도 고액권보다는 훨씬 더 자리를 많이 차지하는 물건으로 소작료를 받을 때가 많다오."

그는 여위고 마른 입술을 슬쩍 올려 미소를 지으며 말을 이었다.

"그런 덩치 큰 소작료에 비하면 구리나 은 같은 게 무게가 나가도 옮기기 훨씬 쉽소."

그는 뒤를 슬쩍 돌아 날카로운 눈빛으로 두 마리의 커다란 노새가 끄는 마차 두 대를 바라보았다.

"곡식 자루와 순무 다발 같은 건 가만히 있으니 나르기 쉽지. 가금류도 잘만 묶어 우리에 넣어 둔다면 나도 별말 없이 받소. 염소도 괜찮고. 그놈들이 잡식성이라 좀 불편하긴 해도 말이오. 작년에는 염소가 내 손수건을 한 장 먹었다오. 물론 코트 주머니에 아무렇게나 튀어나오도록 손수건을 꽂아 둔 내 잘못이긴 하오."

고언은 이제 얇은 입술을 꾹 다물더니 덧붙였다.

"하지만 올해는 확실하게 지시를 내렸소. 살아 있는 돼지는 절대로 **받지 말자고**."

그러니 일행은 고언 씨의 안장에 달린 가방과 마차 두 대를 보호해야 하겠구나. 우리 말고도 스무 명 남짓 되는 남자들이 어째서 소작료 징수 일행에 들어온 건지 이해가 되었다. 모두 무장한 채 말을 탔고, 짐을 나르는 동물도 많이 데려왔는데 그것들은 우리 일행이 쓸 물건을 싣고 있는 듯했다. 피츠기번스 부인은 내게 작별 인사를 하면서 몇 가지 조언을 했는데, 가는 길에 묵게 될 숙박 시설은 아주 원시적이지 않으면 아예 없을 거라며, 길에서 노숙을 할 때가 많을 거라고 일러 주었다.

그래서 나는 아주 궁금해졌다. 고언 씨처럼 누가 봐도 전문 자격을 가진 사람이 어째서 익숙하게 살아왔을 안락한 도시를 버리고 문명과는 거리가 먼 스코틀랜드 고지대에 자리 잡은 걸까?

내 물음에 그는 이렇게 대답했다.

"음, 그게 말이오. 젊었을 적 나는 에든버러에서 자그마한 사무소를 운영하긴 했다오. 창문에는 레이스 커튼을 쳐 놓고 문에는 이름이 새겨진 반짝이는 놋쇠 명패를 달아 두었지. 하지만 유언장을 꾸미고 부동산 양도 증서를 만드는 일이 점차 지겨워지더라 이거요. 거리에서 날마다 똑같은 얼굴을 보는 것도 마찬가지로 따분했소. 그래서 길을 떠났지."

고언 씨는 짧게 설명했다. 말 한 필과 몇 가지 물건을 산 다음 어디로 갈지도, 가서 무엇을 할지도 정하지 않고 무작정 길을 나섰다고 했다. 그는 모노그램 무늬가 새겨진 손수건으로 코를 톡톡 두드리며 말을 이었다.

"솔직히 말하자면, 나의 취향이…… 모험이라오. 하지만 내 몸집도 그렇고 가정 환경도 마찬가지로 노상강도나 뱃사람과는 어울리지 않았소. 내가 항상 꿈에 그리던 모험적인 직업은 그런 것이었지. 그래서 다른 길을 생각하다가 하일랜드에 가야겠다고 마음먹었소. 그곳에 사는 씨족장을 꼬드겨서 나를 휘하로 받아 주도록 하면 좋겠다 싶었던 거요."

그래서 길을 가던 도중, 정말로 그런 족장을 만났다 했다. 그는 당시를 떠올리며 다정히 미소 지었다.

"그게 바로 제이컵 매켄지였소. 사악한 빨간 머리 악당 늙은이었지."

고언 씨는 맨 앞줄 쪽으로 고갯짓을 했다. 제이미 맥타비시의 빨간 머리가 안개 속에서 번뜩이고 있었다.

"알겠지만 제이컵의 손자는 할아버지와 매우 닮았소. 제이컵과 내가 처음 만났을 땐 그가 권총을 겨누었지. 날 강도질했거든. 나는 별다른 선택지가 없어서 말과 가방을 순순히 내주었소. 하지만 내가 함께 가겠다고 우기자, 그는 약간 당황한 것 같았다오. 난 걸어서라도 같이 가야겠다고 고집을 부렸소."

"제이컵 매켄지라. 그럼 콜럼과 두걸의 아버지인가요?"

내가 묻자, 늙은 변호사는 고개를 끄덕였다.

"그렇소. 물론 그때 제이컵은 영주가 아니었다오. 몇 년 후에 되

296

긴 했지만……. 그때 내가 미력하나마 도움을 주었소."

고언 씨는 겸손하게 덧붙였다.

"당시 상황은 약간…… 문명화가 덜 된 상태였소."

그의 어조는 향수에 젖었다. 나는 공손하게 물었다.

"아, 그랬나요? 그렇다면 콜럼은, 말하자면 선생님을 물려받은 셈이네요?"

고언 씨는 대답했다.

"그 비슷하오. 제이컵이 죽었을 땐 알다시피 좀 혼란이 있었소. 콜럼은 리오흐성의 후계자임이 분명했지만, 그게……."

그는 말을 멈추더니 앞뒤를 살펴보며 아무도 가까이에서 듣는 이가 없는지 확인했다. 무장한 남자들은 저 앞에서 동료를 따라잡으려고 달려간 참이었고, 뒤따라오는 마차는 10미터는 족히 떨어져 있었다.

"콜럼은 열여덟 살에는 몸이 온전했었소. 그래서 훌륭한 지도자 감이란 평을 들었소. 캐머런 가문과 동맹을 맺어 러티샤를 아내로 맞이하기도 했고. 그때 내가 혼인 계약서를 썼다오."

그는 주석을 달듯 자기의 업적을 보탰다.

"하지만 결혼하고 나서 얼마 지나지 않아 순찰을 돌던 중 낙마해서 심하게 다쳤소. 허벅지의 긴뼈가 부러졌는데, 제대로 붙지 않았지."

나는 고개를 끄덕였다. 당연히 그랬으리라. 고언 씨는 한숨을 쉬면서 이야기를 이어 갔다.

"그 후에도 콜럼은 너무 일찍 병상에서 일어났다가 결국 계단에서 구르는 바람에 남은 다리마저 부러지고 말았소. 꼬박 1년을 누워 있었지만, 부상은 앞으로도 낫지 않을 게 분명해졌소. 그런데 불행히도 제이컵이 죽고 말았다오."

자그마한 노인은 잠시 말을 멈추고 생각을 정리했다. 그리고 누군가를 찾는 듯 다시금 앞을 슬쩍 바라보았다. 하지만 찾지 못한 기색으로, 안장에 똑바로 앉았다.

"게다가 콜럼의 누나 결혼 문제 때문에 한창 시끄러울 때이기도 했소. 게다가 두걸은…… 음. 안타깝지만 두걸은 그 결혼 문제를 그다지 잘 처리하지 못했소. 만약 잘했었다면 두걸이 그때 수장이 되었을 거요. 하지만 그땐 두걸이 제대로 된 판단을 못 한다는 인상을 주었지."

그는 고개를 저었다.

"아, 그땐 정말 어마어마한 소동이 일었다오. 사촌이며 숙부는 물론 임차인들이 몰려와서 그 문제를 결정하려고 거대한 대모임이 벌어졌지."

"하지만 그들은 결국 콜럼을 선택했군요?"

난 이렇게 물으며 다시금 콜럼 매켄지라는 인간의 능력에 감탄했다. 그리고 내 옆에서 말을 타고 가는 쪼글쪼글하고 자그마한 노인을 슬쩍 바라보며, 콜럼이 동맹을 고를 때도 역시 운이 따라 주었다는 생각을 했다.

"그랬지. 하지만 그건 두 형제가 똘똘 뭉쳤기 때문이오. 보다시피 콜럼의 용맹함이나 타고난 두뇌는 의심할 여지가 없었소. 문제는 그의 몸이었지. 아무리 봐도 다시는 부하들을 이끌고 전쟁터에 나갈 수가 없었으니까. 하지만 두걸이 있었소. 좀 경솔하고 성미가 불같긴 해도 건강하고 흠 없는 신체를 가졌잖소. 두걸은 형의 의자 뒤에 서서 맹세했소. 콜럼의 말을 따르고 그의 수족이 되어 검을 들고 전쟁터에 나가겠다고 말이오. 그래서 이런 제안이 나왔소. 콜럼이 원래대로 영주의 자리를 물려받되, 두걸이 전쟁 시에 씨족을 이끄는 족장이 되기로 말이오. 이런 전례가 없던 것도 아니었다오."

그는 꼼꼼하게 설명을 덧붙여 말했다. 그가 겸손한 기색으로 "그래서 이런 제안이 나왔소……"라고 말했어도, 그 제안을 누가 했는지는 분명했다.

"그래서 선생님은 누구의 편이신가요? 콜럼? 아니면 두걸?"

내가 묻자, 고언 씨는 신중하게 대답했다.

"나의 관심사는 매켄지 씨족 전체에 있소. 하지만 형식상으로는 콜럼에게 충성을 맹세했다오."

형식상이라. 그럴 리가. 나는 서약식을 보았지만 그토록 많은 남자 중 자그마한 몸집의 변호사를 봤던 기억은 딱히 떠오르지 않았다. 서약식에 참석했던 남자라면 제아무리 타고난 변호사라 해도 냉정함을 유지할 수는 없었을 것이다. 하지만 밤색 암말을 탄 저 자그마한 노인은 마른 체구만큼 닳을 대로 닳은, 뼛속까지 법률가였다. 그런 사람이 자기 입으로 낭만적인 영혼을 지니고 있다고 말하다니, 어디까지 믿을 수 있을까.

나는 속내를 드러내지 않고 중립적인 태도로 대답했다.

"콜럼은 선생님이 아주 큰 도움이 된다고 여겼군요."

"오, 나는 때때로 좀 도움이 되는 사람이지. 많이는 아니라도 말이오. 다른 사람에게도 그건 마찬가지라오. 혹시 아가씨도 조언이 필요하다면 언제든 방문해 주시오. 나의 판단력은 믿을 만하다오. 내 장담하지."

그는 상냥하게 웃더니, 안장에 앉은 채 예스럽게 절했다.

"그럼 저도 선생님의 판단력을 형식상으로나마 믿어 볼까요? 선생님께서 형식상으로 콜럼에게 충성을 맹세하신 것처럼?"

나는 눈썹을 치켜뜨며 물었다. 그러자 그는 자그마한 갈색 눈으로 나를 지그시 바라보았다. 그 눈빛에 영리함과 유머 감각이 번뜩였다가 이내 깊숙한 두 눈 속으로 사라졌다. 고언은 변명 한마디 없이 이렇게 말했다.

"아, 못 믿겠으면 어디 시험해 보시구려."

나는 기분이 상하기보단 재미있다는 생각이 더욱 크게 들었다.

"그래야겠네요. 하지만 고언 선생님, **확실하게 말씀드리자면요**, 저는 선생님의 판단력을 발휘해 지켜봐야 할 인물은 아니에요. 적어도 지금은요."

방금 한 말은 스스로 들어도 변호사의 말 같았다. 그의 어법이 내게도 어느새 옮았을까. 나는 단호하게 덧붙였다.

"저는 잉글랜드 여자랍니다. 그뿐이에요. 콜럼은 지금 시간 낭비를 하고 있어요. 선생님도 마찬가지고요. 저에게 있지도 않은 비밀을 캐려 하지 마세요."

아니, 내겐 비밀이 있기는 있다. 말할 수 없는 비밀이. 고언 씨의 판단력이 얼마나 뛰어날지는 모르겠으나, 내가 진실을 말한다 해도 믿어 주지 않을 것이다.

"콜럼이 선생님을 같이 보낸 이유는 제 입을 열게 하기 위해서인가요? 그래서 무시무시한 비밀을 밝혀내려고요?"

나는 갑자기 번뜩 든 생각에 대뜸 물었다. 그러자 고언 씨는 내 말에 짧은 웃음을 터뜨렸다.

"아니, 아니오. 정말로 아니라오, 아가씨. 나는 이 여행에 꼭 필요한 역할을 수행하러 온 거요. 두걸을 위해 소작료를 기록하고 영수증을 챙기는 일이지. 그리고 멀리 떨어진 지역에 사는 씨족들에게 일어날 만한 자그마한 법률 문제를 해결해 주는 일을 한다오. 벌써 이만큼 나이 들었는데도 나는 모험을 찾아 떠나고픈 욕망을 아직 완전히 떨치지는 못했소. 지금은 예전보다 훨씬 더 상황이 안정되긴 했지만……."

그는 평화로운 일상이 서운하다는 듯한 한숨을 내쉬었다.

"……그래도 노상에는 언제나 강도가 나타날 위험이 있다오. 국경 근처에서 습격을 받을 수도 있고 말이오."

그는 안장에 맨 두 번째 가방을 두드렸다.

"이 가방이 텅 비지는 않았소."

그는 가방 덮개를 젖히고서 안에 든 권총들의 반짝이는 총구를 보여 주었다. 손잡이에 소용돌이무늬가 새겨진 권총 두 자루는 언제든 손만 뻗으면 잡을 수 있는 위치에 가방 안 고리로 편안하게 걸려 있었다.

그는 나의 의상과 외모를 낱낱이 훑어보더니, 가벼운 비난조로 말했다.

"아가씨는 반드시 무장해야 하오. 물론 두걸은 적절하지 않다고 생각하겠지만⋯⋯ 그래도 무장하는 게 좋겠소. 내가 한번 말해 보리다."

고언 씨는 내게 약속했다. 우리는 그 후로 날이 저물 때까지 즐거운 대화를 나누며 길을 갔다. 그는 아스라한 그 옛날의 추억담을 이리저리 더듬으며 들려주었다. 그때는 남자들이 정말 남자다웠고, 하일랜드는 문명이라는 해로운 잡초가 만연하기 전이라 아름다운 야생의 민낯을 지니고 있었다 했다.

해 질 녘이 되자 우리는 길옆에 있던 공터에서 노숙하기로 했다. 나는 돌돌 말아 안장 뒤에 묶어서 가져온 담요를 펴고 성에서 해방된 첫날 밤을 보낼 준비를 했다. 하지만 모닥불 곁을 떠나 나무 뒤에 봐 둔 곳에 가는 동안, 누군가 나를 감시하는 눈길이 느껴졌다. 야외에 나와 있었지만, 완전한 자유를 누리기엔 한계가 있나 보다.

———

우리는 둘째 날 정오에 첫 번째 지점에 도착했다. 그곳은 작은 협곡 기슭 길가에 자리 잡은 오두막 서너 채에 지나지 않았다. 그중 한 집에서 두걸이 앉을 의자를 내왔다. 사려 깊게도 수레에 널빤지도 하나 싣고 와서, 의자 두 개를 더 가져와 그 위에 놓으니 고언 씨가 글을 쓸 책상이 되어 주었다.

고언 씨는 코트 주머니에서 아주 커다란 정사각형의 풀 먹인 리넨 천을 꺼내 나무 그루터기 위에 단정히 깔았다. 그루터기는 원래 장작 팰 때 받침대로 쓰던 것이었다. 그는 그루터기에 앉더니 마치 에든버러의 레이스 커튼이 달린 사무실인 것처럼 침착한 태도로 뽈잉크 통과 장부, 영수증 발행서 등을 늘어놓기 시작했다.

이윽고 근처에 있던 작은 농장에서 사람들이 한 명씩 나타나기 시작했다. 그들은 영주의 대리인인 두걸과 매년 하는 업무를 보았다. 이 과정은 느긋하게 진행되었고, 리오흐성의 홀에서 벌어지던 행사와는 달리 훨씬 격식 없이 이루어졌다. 들판이나 헛간에서 막 나온 사람들이 빈 걸상으로 다가와 두걸과 나란히 앉아 서로 평등해 보이는 태도로 설명을 하거나, 불평을 늘어놓지 않으면 그저 잡담을 해 댔다.

어떤 이들은 튼튼한 아들 한둘과 함께 곡물이나 양털 자루를 들고 왔다. 대화가 끝날 때마다 네드 고언은 그 해의 소작료 지불 영수증을 쓴 다음 장부에 필요한 거래 내역을 기록하고 마부에게 손가락을 튕겼다. 그러면 마부는 기꺼운 태도로 받은 물품을 수레에 실었다. 자주는 아니어도 자그마한 동전 더미를 내놓는 사람도 있었다. 그러면 돈은 희미하게 짤랑 소리를 내며 고언 씨의 가죽 가방으로 들어갔다. 그동안 무장한 남자들은 나무 아래를 어슬렁거리거나 숲속으로 사라지곤 했다. 내가 보기엔 사냥을 나간 것 같았다.

이후 며칠 동안은 똑같은 장면이 반복되었다. 이따금 나도 초대를 받아 오두막 안에서 사과주나 우유를 얻어 마시기도 했다. 그럴 때면 자그마한 방에 여자들이 모두 모여 나와 이야기를 나누었다. 가끔은 허름한 오두막이 많이 모인 곳에 주점이 있기도 했고, 심지어 여관을 갖춘 마을도 나왔다. 그러면 그곳이 하루 동안 두걸의 소작료 징수 본부가 되었다.

소작료를 말이나 양을 비롯한 살아 있는 가축으로 내는 경우도

종종 있었다. 이런 짐승을 받으면 보통 근처에 사는 누군가와 좀 더 가져가기 쉬운 물품으로 교환하기도 했다. 혹은 제이미가 보기에 성의 마구간에 두어도 좋을 만큼 쓸 만한 말이다 싶으면 우리 일행에 끼게 되었다.

나는 이 일행에서 제이미의 존재가 왜 필요한지 의아했다. 물론 그는 분명히 말에 대해 잘 아는 젊은이였지만, 두걸을 비롯한 다른 남자들도 말을 잘 알기는 마찬가지였다. 소작료로 말을 내는 일은 드물게 일어났고, 말 사육에 그리 특별한 기술이 필요한 것도 아닌데 왜 굳이 말 전문가를 데려와야 했을까. 하지만 우리가 여행을 떠난 지 일주일 만에, 이름을 발음하기 어려운 어떤 마을에 이르자 두걸이 제이미를 데려온 진짜 이유가 밝혀졌다.

그 마을은 작긴 했어도 자랑스레 주점을 둘 만큼의 규모는 되었다. 주점에는 탁자 두세 개에 곧 부서질 듯한 의자 몇 개가 있을 뿐이었지만. 그곳에서 두걸은 공청회를 열고 소작료를 거두었다. 절인 쇠고기와 순무로 소화 불량에 걸릴 것 같은 점심을 들고 난 후, 두걸은 자리를 차리고 거래를 마친 소작인과 농부들, 그날 일을 마치고 어슬렁거리던 마을 사람들에게 맥주를 샀다. 새로운 소식은 뭐가 있나 들으러 온 이들은 얼빠진 표정으로 낯선 이들을 바라보았다.

나는 구석에 조용히 앉아서 신 맥주를 홀짝이며 잠시 말에서 내린 휴식 시간을 즐기고 있었다. 그래서 두걸의 말에는 별로 신경 쓰지 않았다. 그는 게일어와 영어를 섞어 가며 이야기했다. 주제는 온갖 소문과 농사일에 대한 말부터 저속하게 들리는 농담과 떠도는 이야기까지 다양했다.

이런 식으로라면 포트윌리엄까지는 얼마나 걸리는 걸까. 일단 그곳에 도착해서 리오흐성의 스코틀랜드 주민들과 깔끔하게 헤어지면서도 동시에 잉글랜드 수비대 군인들과 엮이지 않으려면 어떻게 하는 게 가장 좋을까. 나는 멍하니 생각에 잠겨서 두걸이 한동안 혼자서 말하고 있다는 것조차 눈치채지 못했다.

그는 마치 연설을 하듯이 말을 이어 갔다. 듣는 이들은 두걸에게 열중했고, 가끔 짧게 거드는 말이나 감탄사를 곁들였다. 점차 내 주변 분위기를 알아차리게 되자, 두걸이 교묘하게 군중을 선동하여 **무언가에** 점점 흥분하도록 이끄는 모습이 보였다.

나는 주위를 슬쩍 둘러보았다. 뚱뚱한 루퍼트와 자그마한 변호사인 네드 고언은 두걸 뒤의 벽에 기대 앉아 있었다. 둘 다 옆에 내려놓은 맥주잔도 잊고서 열심히 이야기를 듣는 중이었다. 하지만 제이미는 찡그린 채 자기 맥주잔을 내려다보며 팔꿈치를 탁자에 괴고 몸을 숙였다. 두걸이 뭐라 말하는진 모르겠지만, 그는 별로 좋아하지 않는 것 같았다.

그런데 느닷없이 두걸이 일어서더니, 제이미의 목덜미를 움켜쥐고 끌어당겼다. 애초에 아무렇게나 만든 낡은 셔츠가 솔기부터 깨끗하게 찢어졌다. 제이미는 너무 놀란 채로 얼어붙었다. 하지만 눈을 가늘게 뜨고 이를 악물었을 뿐, 움직이지는 않았다. 두걸은 찢어진 옷을 벌리고 그의 등을 구경꾼들에게 보여 주었다.

흉터투성이 등을 보자 다들 숨을 헉 몰아쉬었고, 이어 분노로 흥분한 소리가 퍼졌다. 나는 무어라 입을 열려 했지만, 어디선가 "새서나흐"라는 단어가 들려왔다. 전혀 친절하지 않은 그 어조에 나는 다시 입을 다물었다.

제이미는 돌처럼 얼굴을 굳히고는 일어서서 자신을 빙 둘러선 자그마한 군중으로부터 물러섰다. 그는 조심스럽게 남은 셔츠 자락을 벗고는 천을 둘둘 말았다. 나이 든 자그마한 여자가 제이미의 팔꿈치에 손을 뻗고는 고개를 흔들면서 그의 등을 살그머니 토닥이며 게일어로 위로의 말 같은 것을 전했다. 하지만 그것이 위로의 말이었다 해도 원하는 효과를 자아내지 못한 건 분명했다.

그는 자리에 있던 사람들의 몇 가지 질문에 간결하게 대답했다. 저녁 식사에 가족이 먹을 맥주를 사러 온 젊은 아가씨 두세 명은 저쪽 벽에 모여 섰다. 그들은 가끔 눈을 커다랗게 뜨고 방 안을 슬쩍 바라보며 서로에게 무어라 열심히 속삭였다.

제이미는 두걸을 노려보았다. 두걸이 아무리 어른이었어도 돌처럼 굳었을 만한 험악한 눈빛이었다. 그는 찢어진 셔츠를 벽난로 구석으로 던져 버렸다. 그리고 동정심 어린 목소리로 수군대는 사람들을 아랑곳하지 않은 채 세 걸음 만에 방에서 나갔다.

구경거리가 사라지자 사람들의 관심은 다시 두걸에게 쏠렸다. 나는 들려오는 말을 대부분 이해하지 못했지만, 약간 알아들은 말마다 본질적으로 잉글랜드에 대한 심한 반감을 드러내고 있었다. 제이미를 따라 밖으로 나가야 할까, 아니면 지금 있는 자리에서 눈에 띄지 않게 있어야 할까. 이러지도 저러지도 못한 채 나는 전전긍긍했다. 하지만 제이미는 누가 곁에 있어 주기를 바라지는 않을 것 같아서, 나는 구석 자리에 몸을 다시 움츠렸다. 그리고 맥주잔 표면에 비친 나의 흐릿하고 창백한 모습을 빤히 바라보았다.

문득 쇳소리가 들려와 고개를 들었다. 건장한 몸집에 가죽 바지를 입은 농장주 하나가 두걸의 앞에 놓인 탁자에 동전 몇 개를 던지더니, 나름의 짧은 연설을 하는 것 같았다. 연설을 마친 그는 엄지로 허리띠를 잡고서 뒤로 물러섰다. 마치 나머지 사람들에게 뭔가해 보라는 것 같았다. 그러자 용감한 사람이 한두 명 더 뒤따라 나왔고, 이어 몇 사람이 더 다가와 가방이나 스포란을 뒤적여 구리 동전과 펜스를 꺼냈다. 두걸은 그들에게 진심으로 감사를 표하며, 주점 주인장에게 모인 이들에게 맥주를 한 잔씩 돌리라 손짓했다. 변호사 네드 고언이 새로이 모인 기부금을 꼼꼼히 모아 콜럼의 소작료를 넣는 주머니가 아닌 다른 주머니에 넣는 모습이 보였다. 그러자 두걸이 벌인 자그마한 공연의 목적이 무엇인지 깨달았다.

사업을 시작할 때와 마찬가지로, 반역에는 자본이 필요하다. 군대의 양성과 보급은 물론이고 지도자들을 유지하려면 돈이 든다. 젊은 왕위 요구자인 보니 프린스 찰리에 대해 내가 기억하는 건 별로 없지만, 그래도 아는 건 있었다. 일부 프랑스의 후원을 받긴 했어도, 이 불운한 봉기를 뒷받침했던 재정은 대부분 그가 통치해 주겠노라 제안했던 가난하고 헐벗은 사람들의 주머니에서 나왔다는 거다. 그렇다면 콜럼이나 두걸 중 하나는, 아니 어쩌면 둘 다 자코바이트라는 말이었다. 합법적으로 왕위를 차지한 잉글랜드의 조지 2세에게 맞서는 젊은 왕위 요구자의 지지자들 말이다.

마침내 마지막 농부와 소작인들이 저녁을 먹으러 떠나자 두걸은 자리에서 일어나 기지개를 켰다. 그럭저럭 만족한 모습을 보니 크림까지는 아니더라도 우유는 먹은 고양이 같았다. 그는 자그마한 주머니의 무게를 가늠하고는 네드 고언에게 보관하라 던지며 말했다.

"이 정도면 됐소. 마을이 너무 작으니 큰 기대를 할 수는 없지. 하지만 같은 방법으로 잘만 관리하면 괜찮은 금액이 모일 거요."

"이게 어딜 봐서 괜찮다는 건가요?"

나는 숨어 있던 자리에서 뻣뻣하게 일어서며 불쑥 말했다. 두걸은 내가 있는지도 몰랐다는 듯 몸을 휙 돌리더니, 재미있다는 기색으로 히죽 웃으며 물었다.

"어딜 봐서? 왜? 충성스러운 신민들이 주권자를 지지하는 모습에 반대하시오?"

나는 그를 똑바로 쳐다보며 대꾸했다.

"아뇨. 주권자가 누군지는 상관없어요. 내가 못마땅한 건 당신이 돈을 거는 방식이에요."

두걸은 나를 조심스럽게 탐색하면서 내가 한 말을 부드럽게 따라 했다.

"주권자가 누군지는 상관없다고? 당신은 게일어를 모르는 줄 알

306

았는데."

나는 짧게 대꾸했다.

"게일어는 몰라요. 하지만 타고난 눈치가 있답니다. 귀도 잘 들리고요. '조지왕 만세'라는 말이 게일어로 뭔지는 모르겠지만, '브라 스튜어트'*라는 말이 그 뜻이 아니라는 건 알겠거든요."

두걸은 고개를 뒤로 젖히고 웃었다.

"물론 그 뜻은 아니지. 당신네 군주이자 통치자를 가리키는 말이 게일어로 뭔지 알려 주고 싶지만, 그건 새서나흐든 아니든 숙녀분이 입에 담을 말이 아니니 그만두겠소."

그는 몸을 굽히고 난로의 잿더미에서 둥글게 뭉친 셔츠를 꺼내 새카만 검댕을 털어 냈다. 그러더니 찢어진 셔츠를 내 손에 쥐어 주었다.

"셔츠를 찢어 버리는 방법이 마음에 안 든다니, 그럼 도로 수선하고 싶겠군. 이 집 아주머니에게 바늘을 받아다 꿰매시오."

"당신이 직접 하시죠!"

나는 그걸 다시 그의 품에 쑥 집어넣고는 돌아서서 떠나려 했다. 그러자 두걸이 등 뒤에서 유쾌하게 말했다.

"마음대로 하시오. 당신이 도와주길 거절했으니 제이미가 직접 고칠 테지."

나는 멈춰서 돌아선 다음, 마지못해 손을 내밀었다.

"알았어요."

입을 연 순간, 채 말을 잇기도 전에 어깨 위로 커다란 손이 불쑥 나오더니 두걸이 쥔 셔츠를 잡아챘다. 제이미는 알 수 없는 눈빛을 우리 둘에게 모두 던지고 셔츠를 옆구리에 끼고 들어올 때와 마찬가지로 조용히 방을 나섰다.

* Bragh Stuart, 게일어로 '스튜어트 만세'라는 뜻.

———

그날 밤, 우리는 농부의 오두막에서 묵게 되었다. 아니, 정확히 말하자면 오두막에 묵은 건 나만이었다. 남자들은 모두 밖에서 제각기 흩어져 건초 더미나 마차에 잠자리를 펴거나 고사리 덤불에 누워 잤다. 나는 여자인 데다 또 반쯤은 포로로 잡혀 있는 신세라, 벽난로 옆 바닥에 짚으로 만든 돗자리를 받아 잤다.

바닥에 깐 돗자리는 여섯 식구가 모두 모여 자는 침대 하나보다 훨씬 좋아 보였지만, 나는 오히려 밖에서 자는 남자들이 부러웠다. 불을 끄지 않은 벽난로는 밤이 되자 방 안을 눅눅하게 만들기만 했다. 오두막 안은 후덥지근했고, 농부 가족이 밤새껏 뒤척이고 신음하거나 코를 골고 땀을 흘리며 방귀를 뀌어 대는 바람에 소리와 악취에 숨이 막혔다.

시간이 좀 지나자, 나는 질식할 것 같은 방 안에서 자는 것을 포기했다. 그래서 담요를 들고 일어나 조용히 밖으로 나갔다. 오두막 안의 혼잡함과 달리 바깥 공기가 어찌나 상쾌하던지, 돌담에 기대어 시원하고 달콤한 공기를 가슴 가득 있는 대로 들이마셨다.

오솔길 나무 아래에는 조용히 앉은 채로 망을 보는 자가 있었다. 하지만 그는 나를 힐끗 보기만 했다. 내가 속옷 차림으로 멀리 가지는 않을 거라고 판단한 듯, 그는 다시 손으로 무언가 자그마한 물체를 깎아 만들기를 계속했다. 하늘의 달은 밝았고, 잎사귀 무성한 그림자 사이로 자그마한 스키언 두*의 날이 번뜩였다.

나는 오두막을 한 바퀴 돈 다음, 풀밭에서 자고 있는 사람을 조심조심 피하며 그 위에 있는 언덕을 조금 올라갔다. 이윽고 두 개의 커다란 바위 사이에서 호젓이 있을 만한 좋은 공간을 발견하고는

* 하일랜드 전통 복식 중 하나인 외날 단검으로, 킬트 아래 종아리를 덮는 양말에 꽂는다.

풀을 모으고 담요를 깔아 편안히 누웠다. 그리고 길게 팔다리를 뻗으며 저 하늘을 느릿느릿 가로지르는 보름달을 바라보았다.

리오흐성 창문으로도 달이 뜨는 모습을 보았었지. 콜럼의 성에서 비자발적으로 묵는 손님으로 말이다. 내가 환상열석을 통해 재앙이나 다름없는 여정을 시작한 지도 벌써 한 달이 되었구나. 그래도 지금은 왜 그 돌들이 거기 있는지는 알게 된 것도 같았다.

그 자체로 중요성을 지닌 것 같지는 않았어도, 그 돌들은 표식이었다. 낭떠러지에서 떨어지는 돌을 주의하라는 표지판처럼, 그 선돌들은 위험한 장소를 알려 주기 위해 만든 것이다. 그 위험한 장소는 어디이며…… 또 무엇일까? 시간의 껍질이 뚫릴 정도로 얇아지는 지점일까? 아니면 뭔가 열려 있는 통로일까? 환상열석을 만든 사람들은 스스로 무엇을 표시하고 있는지 알았을 리 없다. 사람들이 보기에 그곳은 끔찍한 수수께끼이자 강력한 마법이 머무는 곳이었겠지. 사람들이 예고 없이 사라졌던 곳, 혹은 뜬금없이 나타났던 곳 말이다.

문득 어떤 생각이 들었다. 내가 갑자기 나타났을 때, 크레이크 나둔 언덕에 누군가 있었을까? 그건 사람이 들어오는 시각에 따라 달라지는 것 같았다. 만약 그런 상황에서 농부가 나를 발견했다면, 분명히 나를 마녀나 요정이라고 생각했겠지. 아마 요정이라고 보지 않았을까. 나름의 전설이 있는 특별한 언덕에서 느닷없이 나타난 사람이니 말이다.

아마 환상열석의 전설도 그래서 시작되었겠지. 오랜 세월 동안 특정한 지점에서 사람이 갑자기 사라지거나 갑자기 나타난다면 마법이 깃든 곳이라는 명성을 얻기에 부족함이 없을 터였다.

나는 담요 밖으로 발을 내밀고 달빛을 받으며 기다란 발가락을 꼼지락댔다. 하지만 아무리 봐도 나는 요정 같지는 않은데. 속으로는 아니라는 생각만이 들었다. 나의 키는 168센티미터쯤 되었기에

309

이 시대의 여자와 비교하면 꽤 큰 편이었고, 나와 키가 비슷한 남자도 많았다. 아무리 봐도 요정족으로 봐 줄 크기는 아니니, 그보다는 마녀나 사악한 존재로 여겨졌겠지. 그런 존재를 어떻게 처리했는지 이 시대의 방법을 좀 알기에, 사실상 내가 나타났을 때 아무도 목격하지 않아서 그저 고마울 따름이었다.

만약 그곳이 반대로 작동한다면 어떻게 될까? 누군가 이 시간대에서 떠나 나의 시간대에 불쑥 나타난다면? 결국 내가 지금 바라는 것도 바로 그것이었다. 만약 선돌을 작동시킬 방법이 있다면 말이다. 머타 같은 남자가 갑자기 발밑에서 불쑥 나타난다면, 현대에 사는 우체국장 뷰캐넌 부인 같은 스코틀랜드 사람은 어떻게 반응할까?

아마 가장 있음 직한 반응은 도망치거나 경찰을 부르는 것이겠지. 아니면 아무런 반응을 하지 않고, 다만 친구들과 이웃 사람들에게 요전에 정말 이상한 일이 있었다며 이야기하겠지……

그렇다면 다른 시대에 떨어진 당사자는 어떨까? 만약 그가 신중한 성격에다 운이 좋다면, 주변의 지나친 관심을 끌지 않으면서 새로운 시간대에 그럭저럭 적응할지도 모른다. 결국 나도 이 시대와 장소에 그럭저럭 평범한 주민으로 여겨지고 있으니까. 물론 용모와 말씨 때문에 의혹을 많이 받기는 해도.

만약 다른 시간대로 던져진 사람의 모습이 **너무** 달라 보이거나, 아니면 자신에게 무슨 일이 일어났는지 마구 떠들고 다닌다면 어떻게 될까? 아마 그가 원시 시대로 갔다면, 눈에 띄게 낯선 사람이라 묻지도 않고 곧바로 그 자리에서 살해당했을 것이다. 그보다 좀 더 문명화된 사회에 떨어진 경우라면, 입을 다물지 않는 사람은 미쳤다는 판정을 받고 시설 같은 곳으로 보내졌겠지.

그런 일은 지구가 생겼을 때부터 지금껏 오랫동안 일어났던 일일 수도 있겠군. 심지어 그런 시간 여행이 일어날 때 눈앞에서 본 사람이 있었더라도, 이게 무슨 일인지 알아볼 단서는 전혀 없었겠지. 시간 여행 당사자가 사라져 버렸으니, 사건의 진실을 말해 줄 이가 없을 테니까. 그리고 사라진 시간 여행자는 새로이 떨어진 시간대에서 입을 꾹 다물고 있었을 터였다.

나는 골똘히 생각에 잠겨 있었던지라 풀숲 사이에서 희미하게 중얼대는 목소리와 풀을 헤치고 나오는 발소리를 미처 알아채지 못했다. 그러다 불과 몇 미터 떨어진 곳에서 소리가 들려오자 그만 깜짝 놀라 버렸다.

"악마 밥이나 되어 버려요, 두걸 매켄지. 혈족이든 아니든, 전 삼촌에게 빚진 거 없어요."

그 목소리는 낮았지만 분노가 가득 서려 있었다. 그러자 다른 목소리가 살짝 웃음기를 띤 채로 들려왔다.

"그러냐? 하지만 네가 복종하겠다고 했던 말이 기억나는 것도 같은데. '제가 매켄지 씨족의 땅에 터 잡고 사는 동안' 그러겠다고 네 입으로 말하지 않았냐."

다져진 땅을 한쪽 발로 찍는 듯 부드럽게 쿵 소리가 들리며 말이 이어졌다.

"여기가 바로 그 매켄지의 땅이란 말이다. 녀석아."

"저는 콜럼에게 맹세했지, 삼촌에게 한 게 아닙니다."

그렇다면 저 목소리는 제이미 맥타비시로구나. 정확히 세 번 만에 왜 그가 화났는지 알 수 있었다.

"콜럼에게 한 게 나한테 한 거나 마찬가지다. 너도 잘 알 텐데."

이어서 뺨을 손으로 치듯 찰싹 소리가 났다.

"너는 씨족장에게 복종하겠다고 했다. 그리고 리오흐성 밖에서는 내가 콜럼의 머리이자 수족이야."

"왼손이 하는 일을 오른손이 모른다는 게 바로 이런 것이로군요."

311

재빠르게 대답이 들려왔다. 어조는 씁쓸했지만, 의견 충돌이 일어나는 와중에도 이 상황을 즐기는 듯한 유머 감각이 엿보였다.

"스튜어트 왕조를 위해 왼손이 돈을 모은다는 사실을 오른손이 알게 되면 뭐라고 할까요?"

잠시 침묵이 흐른 끝에 두걸이 대답했다.

"매켄지와 맥비어레인, 맥비니치 가문은 모두 자유인이다. 그 누구도 그들 본인 의지가 아닌 것을 강요할 수 없고, 그 누구도 그들을 막을 수 없다. 혹시 아느냐? 결국 콜럼이 저 세 가문을 다 합친 것보다 더 많은 걸 찰스 에드워드 왕자에게 내놓을지."

그러자 낮은 목소리가 동의했다.

"그럴지도 모르지요. 내일이면 비가 하늘에서 땅으로 내리는 게 아니라 땅에서 하늘로 솟구칠지 누가 아나요. 하지만 그럴 가능성을 믿고서 제가 양동이를 거꾸로 들고 처마 밑에 서 있지는 않을 겁니다."

"아니라고? 너야말로 나보다 스튜어트 왕가에서 얻을 게 더 많단 말이다, 녀석아. 하지만 잉글랜드 놈들에게선 아무것도 얻을 게 없어. 올가미로 목을 조르기밖에 더 하겠냐. 네가 그 멍청한 목을 소중히 여기지 않는다면……."

"제 목덜미는 제가 알아서 할게요. 제 등도 마찬가지니까 건드리지 마세요."

제이미가 거칠게 말을 가로막았다. 그렇지만 두걸은 비웃는 목소리로 대답했다.

"나랑 여행할 때는 그럴 수가 없을 거다, 얘야. 호록스가 증언해주기를 바란다면, 시키는 대로 알아서 해라. 그러는 게 현명할 거야. 네가 제아무리 바느질 솜씨가 좋다고 해도, 깨끗한 셔츠가 한 벌뿐이면 그게 다 무슨 소용이냐. 목숨은 하나뿐이야."

이윽고 움직이는 소리가 들렸다. 바위에 앉았던 몸뚱이가 일어

나는 듯한 소리였다. 이어서 풀숲을 헤치는 발소리가 부드럽게 들려왔다. 하지만 점점 가까이 다가오는 발소리는 한 사람의 것밖에 나지 않았다. 나는 최대한 조용히 일어나 앉아서 숨어 있던 바위 가장자리를 조심스럽게 내다보았다.

제이미는 몇 미터 떨어진 바위 위에 웅크리고 앉아 있었다. 팔꿈치를 무릎 위에 대고 깍지 낀 손으로 턱을 괴고서 내게 등을 돌린 상태였다. 그의 고독을 방해하고 싶지 않았던 나는 조심스럽게 뒤로 물러가기 시작했다.

"거기 있는 거 알아요. 나오고 싶으면 나와요."

제이미의 어조를 들으니 내가 나가든 말든 그에겐 전혀 상관이 없었다. 그래서 일어서서 바위 밖으로 나갔다가, 내가 속옷만 입고 있다는 걸 깨달았다. 날 보고 얼굴이 빨개지는 일이 아니라도, 이미 그에겐 걱정거리가 참 많았기 때문에 난 바위 뒤에서 담요로 재주껏 몸을 가렸다.

그의 곁에 앉아 바위에 등을 기댄 다음, 조금은 소심하게 그를 지켜보았다. 왔냐고 고개를 끄덕여 주었을 뿐, 제이미는 나를 무시한 채로 머릿속 생각에 온통 사로잡혀 있었다. 어두운 안색으로 얼굴을 찌푸리고 있는 모습을 보아하니 별로 기분 좋은 생각은 아닌 듯했다. 한쪽 발로는 앉은 자리의 바위를 쉴 새 없이 쳐 댔고, 손가락을 서로 배배 꼬다가 주먹도 쥐었다가 또 쫙 펼 때마다 손힘에 못이겨 손가락 마디에서 작게 우두둑 소리가 났다.

손마디를 꺾는 소리를 들으니 맨슨 대위가 떠올랐다. 내가 일하던 야전 병원의 보급 장교였던 맨슨 대위는 언제나 부족한 물자와 배달되지 않은 물품과 군대 관료 조직의 끊임없는 바보짓을 겪으며 돌팔매질과 화살에 맞은 듯 괴로워하던 사람이었다. 평소에는 온화한 성품이었고 함께 대화하면 즐거운 사람이었지만, 좌절감을 심하게 느낄 때마다 잠시 개인 사무실로 들어가 문을 닫고 온 힘을 다해

벽을 때리곤 했다. 그럴 때면 바깥 접수처를 방문한 사람들은 얇디얇은 벽이 주먹질에 파르르 떨리는 광경을 홀린 듯 지켜보았다. 그러다 잠시 후, 맨슨 대위는 손마디에 멍이 든 채 좀 더 차분한 마음가짐이 되어 나타나서 당면한 위기를 처리했다. 그가 다른 부대로 전출을 떠난 후 사무실을 살펴보니, 문 안쪽 벽에 주먹만 한 구멍이 수십 개 뚫려 있었다.

바위 위에서 자기 손가락 관절을 다 뽑아 버릴 것 같은 젊은이를 보자, 나는 어쩔 수 없이 대위를 떠올렸다. 아무리 해도 해결할 수 없는 물자 부족 문제를 겪었을 때, 맨슨 대위도 이랬었지.

"뭔가 때려 봐요."

"네?"

제이미는 내 말에 깜짝 놀라 고개를 들었다. 내가 여기 있다는 것도 잊었던 모양이었다.

"뭔가 치라고요. 그러면 기분이 한결 나을 거예요."

나의 조언을 듣자 그는 무어라 말하려는 듯 입을 뻐끔거리다가 바위에서 일어나 튼튼해 보이는 벚나무로 단호하게 걸어갔다. 그리고 묵직한 일격을 가했다. 이러면 감정이 다소 누그러진다는 걸 깨닫자, 제이미는 흔들리는 나무줄기를 몇 번 더 쳤다. 그의 머리 위로 연분홍색 꽃잎이 우수수 쏟아져 내렸다.

잠시 후, 그는 살갗이 벗겨진 손마디를 핥으면서 돌아와 쓴웃음을 지었다.

"고마워요. 오늘 밤엔 그럭저럭 잘 수 있겠네요."

"손 다쳤어요?"

나는 일어서서 손을 살펴보려 했지만, 그는 고개를 저으며 다른 손의 손바닥으로 손마디를 부드럽게 문질렀다.

"아뇨, 안 다쳤어요."

우리는 어색한 침묵 속에서 잠시 서 있었다. 나는 우연히 엿들은 대화나 저녁에 있었던 사건에 대해서는 언급하고 싶지 않았다. 그러다 마침내 침묵을 깨고 이렇게 말했다.

"당신이 왼손잡이인 줄은 몰랐네요."

"왼손잡이요? 아, 맞아요. 언제나 왼손을 썼어요. 학교 선생님은 내 왼손을 등 뒤로 돌려서 허리띠로 묶었어요. 오른손으로 글씨를 쓰게 하려고요."

"그럼 오른손도 써요? 그 손으로도 글씨 쓸 줄 알아요?"

그는 고개를 끄덕이며 다친 손을 입에 다시 대었다.

"네. 하지만 오른손으로 쓰면 머리가 아프더라고요."

"싸울 때도 왼손을 쓰나요? 검을 왼손으로 잡아요?"

나는 그의 정신을 딴 데로 돌리려는 의도로 물었다. 지금은 단검과 스키언 두밖에 가진 무기가 없었지만, 일행의 남자 대부분이 무장했듯이 제이미 역시 낮에는 습관적으로 장검과 권총을 다 찼다.

"아뇨. 검은 양손 모두 잘 다뤄요. 왼손잡이 검객은 불리하잖아요. 날이 짧은 검으로 싸우면 왼편이 적에게 드러나서 심장이 위험해져요. 알겠죠?"

초조하리만큼 에너지가 넘쳐 가만히 있을 수 없던 제이미는 풀이 깔린 공터로 성큼성큼 걸어가더니 검을 들었다고 상상하면서 유려한 동작을 해 보였다.

"장검을 들었을 때도 크게 다르지 않아요. 보통은 양손을 다 쓰죠."

그는 두 팔을 쭉 뻗어 손을 모아 쥐고 허공에 납작하고 우아한 호를 그리며 설명했다.

"한 손만 써도 될 정도로 가까이 있다면, 어느 쪽 손을 쓰든 상관없어요. 검을 들어서 상대의 어깨를 가르면 되거든요. 하지만 머리를 베려고 하면 안 돼요."

그는 내게 가르치듯 덧붙였다.

"검날이 쉽사리 미끄러질 수 있거든요. 하지만 이 틈을 깨끗이 자르면요……."

그는 목과 어깨의 접합부를 손날로 툭 쳤다.

"……죽어요. 깨끗하게 자르지 못했더라도, 상대는 그날 더는 싸울 수가 없죠. 뭐, 그럴 가능성이 높다 이겁니다."

그는 왼손을 허리띠로 내리고는 마치 유리잔에 물을 따르는 듯한 동작으로 단검을 뽑았다.

"다음으로, 장검과 단검을 다 들고 싸울 때는요, 단검을 쥔 손 위에 찰 타지*가 없을 때는 오른편에서 공격하는 게 좋아요. 그 손에 단검을 들고 근접전을 펼치면서 단검을 아래에서 위로 찌르는 거죠. 하지만 단검을 쥔 손 위로 타지를 차서 보호할 수 있으면 어느 방향으로 가든 상관없어요. 가까이 가서 몸을 이렇게 비튼 다음……."

그는 목을 숙이고 몸을 움직이며 시범을 보였다.

"……적의 칼을 피하는 거죠. 단검은 장검을 놓쳤거나 장검을 든 팔을 다쳤을 때 사용할 수 있고요."

그는 검을 아래로 휙 내리더니 재빠르고 치명적인 잽을 날렸다. 위로 치켜든 검날이 내 가슴 2센티미터 앞에서 아슬아슬하게 멈춰섰다. 내가 본능적으로 뒤로 물러서자, 제이미는 곧바로 몸을 일으키더니 미안하다는 미소를 지으며 단검을 칼집에 넣었다.

"미안해요. 내가 잘난 척을 했죠. 놀라게 할 마음은 없었어요."

나는 진심으로 말했다.

"정말 끝내주게 솜씨가 좋네요. 누구한테 배웠어요? 훌륭한 왼손잡이 검객에게 배워야 했을 것 같은데요."

"네. 왼손잡이 전사가 있어요. 내가 본 사람 중 최고죠."

---

* 팔에 걸치는 소형 방패로, 하일랜드 전사들이 많이 사용했다.

그는 웃음기 없는 미소를 슬쩍 지으며 덧붙였다.

"두걸 매켄지요."

이제는 그의 머리카락에서 벚꽃 잎이 다 떨어져 있었다. 다만 연분홍 꽃잎 몇 장이 어깨에 달라붙었을 뿐이다. 나는 손을 뻗어 꽃잎을 털어 주었다. 그의 셔츠 솔기는 예술성은 없었어도 깔끔하게 꿰매져 있었다. 천이 찢어진 부분까지도 단정히 기위 놓았다.

"그가 또 이런 짓을 할까요?"

나는 어쩔 수 없이 불쑥 묻고 말았다. 제이미는 잠시 망설였지만, 내 말을 이해 못 한 척하지는 않았다. 결국 그는 고개를 끄덕였다.

"아, 네. 원하는 걸 얻을 수 있는 방법이니까요."

"그러면 당신은 그를 내버려 둘 건가요? 그런 식으로 이용당할 거예요?"

제이미는 내 뒤편의 언덕 아래 주점을 바라보았다. 그곳에는 아직도 나무 벽 틈새로 불빛이 한 줄기 보였다. 그의 얼굴은 마치 벽처럼 매끄럽고도 아무런 표정이 없었다.

"일단은요."

———

우리는 계속 여행을 했지만, 하루에 몇 킬로미터 이상 가지 않고 멈출 때가 많았다. 그때마다 두걸은 교차로나 농가에서 일을 보았고, 몇몇 소작인들이 곡식 자루와 조심스럽게 모은 돈을 가져왔다. 네드 고언은 모든 것을 빠른 펜 놀림으로 장부에 기록했고, 양피지와 종이를 가득 모아 둔 가방에서 필요한 영수증을 꺼내 주었다.

여관이나 주점이 있을 만큼 커다란 마을이나 촌락에 다다를 때면 두걸은 다시금 그의 사업을 시작했다. 술을 마시고, 이야기를 늘어놓고, 연설을 한 다음 마침내 분위기가 잡혔다는 생각이 들면 제이미를 억지로 일으켜 등의 상처를 드러내 보였다. 그러면 두 번째 돈 가방에 넣을 동전 몇 푼이 더 모이는 것이다. 그 돈은 후에 프랑스에 있는 왕위 요구자에게 가겠지.

이런 일이 벌어질 때마다 나는 어디쯤 어떤 장면이 일어나겠구나 판단했다가 클라이맥스 부분이 되기 전에 그 자리를 피했다. 집단 광기에 사로잡힌 군중들의 처형식 같은 건 절대로 내 취향이 아니었으니까. 제이미의 등을 보면 다들 처음에는 끔찍하다며 동정심을 표현하고, 이어서 잉글랜드 군대와 조지왕에 대한 욕설이 터져 나왔다. 때로는 나도 알아들을 수 있는 살짝 경멸적인 어조가 섞였다. 한번은 어떤 남자가 친구에게 영어로 조용히 이렇게 속삭이는 말도 들었다. "보기 참 끔찍하군. 안 그런가? 제길. 낯짝 허여멀건 새서나 흐가 나한테 저런 짓을 하게 두느니 그 전에 내가 죽고 말지."

처음에는 화내며 혐오감을 드러내던 제이미는 날이 갈수록 망가져 갔다. 그는 최대한 셔츠를 빠르게 여미고서 질문이나 위로의 말도 받지 않은 채 양해를 구하고 그 자리를 떠났다. 그리고 다음 날 아침에 말을 탈 때까지 사람을 피했다.

그러다 며칠 후, 투네이그라는 작은 마을에서 한계점이 찾아왔다. 이번에도 두걸은 한 손을 제이미의 어깨에 얹은 채 여전히 군중들을 설득했다. 그런데 구경꾼 중 정신 나간 젊은이 하나가 있었다. 길고 더러운 갈색 머리카락을 늘어뜨린 그놈은 제이미에게 개인적으로 말을 걸었다. 뭐라 말했는지는 모르겠지만, 그 효과는 즉각 나타났다. 제이미는 두걸의 손을 뿌리치고 그 젊은이의 배를 쳐서 때려 눕혔다.

나는 게일어 단어를 조합하는 법을 천천히 배워 가고 있었지만, 아직은 게일어를 알아들을 정도는 아니었다. 그래도 말하는 사람의 태도를 보면, 말을 이해했든 아니든 무슨 말인지는 대충 파악이 될 때가 있었다.

"일어나서 다시 한번 말해 봐."

이 세상의 온갖 학교 운동장이나 술집, 뒷골목에서 이런 말을 할 때의 모습은 다 비슷하지 않던가.

"그래, 네 말이 맞아"라든가 "야, 저놈 잡아!" 같은 말을 할 때도 마찬가지다.

갈색 머리 남자와 그놈의 친구 둘이 소작료를 걷던 탁자 위로 넘어지자, 탁자는 쾅 소리를 내며 쓰러졌다. 제이미는 어두운 작업복을 걸친 젊은이들과 한 무더기가 되었다. 곁에 있던 애먼 구경꾼들은 주점 벽에 바짝 붙어서 이 광경을 흥미진진하게 지켜보려고 준비했다. 나는 그들이 사지를 마구 얽으며 싸우는 광경을 불안하게 바라보면서 네드와 머타에게 슬금슬금 다가갔다. 팔다리가 뒤섞인 난장판 사이로 하나밖에 없는 빨간 머리가 언뜻언뜻 보였다.

"여러분이 도와주어야 하지 않나요?"

나는 머타에게 나지막이 중얼거렸다. 머타는 내 제안에 깜짝 놀란 듯했다.

"아니, 왜?"

"필요하면 도와달라고 할 거요."

네드 고언은 내 옆에서 평온하게 싸움을 지켜보며 말했다.

"그러시군요."

나는 미심쩍었지만 마음을 가라앉혔다.

제이미는 도움이 필요할 때 정말로 도와달라고 말할 수 있을까. 모르겠다. 순간 초록색 옷을 입은 건장한 청년이 그의 목을 졸랐다. 내가 보기엔 이러다 제이미가 죽을 것 같았다. 그러면 두걸은 앞으로 사람들에게 보여 줄 진기한 구경거리가 없어지게 될 텐데. 하지만 두걸은 신경 쓰지 않는 듯했다. 사실을 말하자면 구경꾼 중 그 누구도 우리 발밑에서 벌어지고 있는 이 난장판을 아랑곳하지 않았다. 내기를 거는 사람마저 몇 나왔다. 전체적인 분위기는 그저 신나는 여흥거리를 보게 되었다는 식이었다.

저 싸움에 끼어들까 고민하고 있는 남자 둘의 앞으로 루퍼트가 아무렇지 않은 듯 다가가 막는 모습이 보여 그나마 다행이었다. 남자들이 싸움판으로 한 걸음 내딛자, 그는 무심결에 그들의 앞을 걸어갔다. 한 손으로 단검 위를 가볍게 짚은 채였다. 남자들은 뒤로 물러서서 싸움판을 그대로 내버려 두기로 했다.

3 대 1로 싸워도 주변 사람들 대다수는 이 편이 대등하다고 여기는 모양이었다. 혼자서 싸우긴 했어도 제이미의 덩치가 꽤 큰 데다 뛰어난 전사였고, 딱 봐도 엄청난 분노에 사로잡혀 있었으니 그들의 판단은 사실일 만했다.

순간, 초록색 옷차림의 건장한 청년이 제이미의 팔꿈치에 코를 제대로 맞고서 피를 뚝뚝 흘리며 불쑥 기권을 선언했다. 싸움은 이제 좀 더 공정해졌다.

그 후로 싸움은 몇 분 더 지속되었지만, 이제 결과는 점점 분명해졌다. 남은 둘 중 한 명이 싸우던 도중 사타구니를 움켜쥔 채 신음하며 탁자 아래로 굴렀다. 제이미와 맨 처음 시비를 걸었던 놈은 바닥 가운데서 진지하게 주먹질 중이었지만, 구경꾼 중 제이미에게 돈을 걸었던 사람들은 벌써 판돈을 걷고 있었다. 숨통 위를 팔로 졸린 채 콩팥에 사나운 주먹질을 받자, 갈색 머리 젊은이는 용감하게 버티기보다 신중하게 항복하는 쪽을 택할 수밖에 없었다.

이윽고 게일어로 들리는 소리를 나는 머릿속에 추가로 입력했다. "그만해, 항복할게"라는 말이 뭔지 또 배웠네.

제이미는 관중의 환호를 받으며 마지막 상대에게서 천천히 몸을 일으켰다. 그리고 알겠다는 뜻으로 숨죽인 채 고개를 끄덕이면서 아직 쓰러지지 않은 벤치로 비틀비틀 걸어가 털썩 주저앉았다. 그는 온몸에서 땀과 피를 주룩주룩 흘리면서 주점 주인이 준 맥주잔을 받아 들었다. 그리고 꿀꺽꿀꺽 맥주를 마신 다음 빈 잔을 벤치에 놓고서 앞으로 고개를 숙이고 숨을 몰아쉬었다. 무릎 위에 팔꿈치를 괴자, 등의 흉터가 보란 듯이 드러났다.

이번에는 제이미도 셔츠를 급히 입지 않았다. 주점 안 온도는 쌀쌀했는데도 그대로 상반신을 드러내고 있었다. 밤에 잘 곳을 찾을 때가 되어서야 셔츠를 입고 밖으로 나갔을 뿐이다. 그는 며칠 전보다는 느긋해진 모습으로, 사람들의 존경심 어린 잘 자라는 인사를 받으며 자리를 떴다. 긁히고 찢어지고 온갖 타박상을 입어 아픈 몸으로.

———

"정강이가 긁히고, 눈썹이 찢어지고, 입술도 터지고, 코에서 피가 나고, 손가락 관절이 여섯 개 박살 나고, 엄지가 탈골되고, 치아가 두 개 흔들려요. 게다가 타박상은 너무 많아 셀 수가 없네요. 기분은 어때요?"

나는 한숨을 쉬면서 진료를 마쳤다. 우리는 지금 여관 뒤에 딸린 작은 헛간에 단 둘이 있었다. 응급 처치를 하려고 데려온 곳이었다.

"좋아요."

그는 씩 웃으며 말했다. 그리고 일어서려다가 어설픈 자세로 멈추고 얼굴을 찌푸렸다.

"아, 뭐. 갈비뼈가 좀 아픈 것 같아요."

"당연히 아프겠지요. 온통 멍투성이인데. 또 이렇게 됐군요. 대체 왜 이러는 거예요? 본인 몸이 무슨 쇳덩어리로 만들어진 줄 알아요?"

나는 짜증을 내며 물었다. 그는 미안한 듯 씩 웃으며 부어오른 코를 만졌다.

"아뇨. 나도 내 몸이 쇳덩이였으면 좋겠네요."

나는 다시 한숨을 쉬고서 그의 몸통을 부드럽게 만져보았다.

"뼈에 금이 간 것 같지는 않아요. 멍만 들었죠. 하지만 혹시 모르니 붕대를 감아 줄게요. 똑바로 서서 셔츠를 걷어요. 그리고 팔을 양옆으로 들고 있어요."

나는 여관 주인의 아내에게 받아 온 낡은 숄을 길게 찢기 시작했다. 그리고 반창고를 비롯한 여러 가지 문명의 산물이 있으면 얼마나 좋았을까 숨죽여 투덜대면서, 숄로 임시 붕대를 만들어 몸통에 단단히 감은 다음 제이미의 플래드에 있던 링 모양 브로치로 고정시켰다.

"숨을 못 쉬겠어요."

제이미가 불평했다.

"숨을 쉬면 아플 거예요. 움직이지 말아요. 이렇게 싸우는 법은 누구한테 배웠어요? 역시 두걸이 가르쳐 줬나요?"

내가 찢어진 상처에 식초를 바르자 제이미는 얼굴을 움찔하며 대답했다.

"아뇨, 아버지가 가르쳐 주셨어요."

"정말요? 아버지가 동네 복싱 챔피언이셨나요?"

"복싱이 뭐예요? 아버지는 그런 게 아니라 농부셨어요. 말도 키우셨고요."

내가 그의 찢어진 정강이에 식초를 계속 바르자 그는 숨을 헉 들이쉬었다.

"내가 아홉 살인가 열 살 때쯤, 아버지가 그러시더라고요. 내가 외가 친척들처럼 덩치가 커질 것 같으니, 싸우는 법을 배워야 한다고요."

제이미는 이제 좀 더 편안하게 숨을 쉬면서, 내가 손마디에 마리골드 연고를 바를 수 있도록 손을 내밀었다.

"아버지가 그러셨어요. '네가 덩치가 크면, 남자들 중 반은 널 무서워할 거고, 나머지 반은 너랑 싸워 보고 싶어 할 거다. 싸움을 걸면 그중 한 놈만 쓰러뜨려라. 그러면 나머지는 널 내버려 둘 거다. 하지만 빠르고 깔끔하게 때려눕혀야 한다. 안 그럼 평생 싸움박질을 하게 될 테니까.' 그래서 아버지는 나를 헛간으로 데리고 가서 짚 더미 위로 때려눕혔죠. 내가 반격하는 법을 배울 때까지요. 아야! 따갑네요."

나는 그의 목을 바삐 문지르며 말했다.

"손톱에 긁힌 상처는 고약해요. 특히 긁은 사람이 잘 씻지 않는 경우는 더 나빠요. 머리에 기름이 잔뜩 낀 그 남자가 1년에 한 번은 씻을까 모르겠네요. 오늘 밤 벌였던 싸움이 '빠르고 깔끔'했는지는 모르겠지만, 그래도 아주 인상적이었어요. 아버지께서 자랑스러워하실 거예요."

나는 빈정대는 말투로 대꾸했다. 그러자 놀랍게도 제이미의 얼굴에 어두운 기색이 스쳤다.

"우리 아버지는 돌아가셨어요."

그는 고저 없는 목소리로 말했다.

"마음 아팠겠어요."

나는 부드럽게 목에 연고를 발라 주고 조용히 대답했다.

"하지만 난 진심으로 그렇게 생각해요. 아버지는 분명 당신이 자랑스러우셨을 거예요."

제이미는 대답 대신 나에게 어설픈 미소를 지었다. 그 순간, 그의 얼굴은 너무나도 앳되어 보였다. 이 남자는 몇 살일까. 막 물어보려던 순간, 헛간 문이 삐그덕 열리더니 누군가 안으로 들어왔다.

그건 여위고 자그마한 몸집의 머타였다. 그는 제이미가 갈비뼈에 천을 칭칭 감은 모습을 재미있다는 듯 바라보더니 자그마한 사슴 가죽 주머니를 휙 던졌다. 제이미는 커다란 손으로 주머니를 여유롭게 잡았다. 안에서는 작게 쨍그랑 소리가 났다.

"이게 뭐예요?"

제이미가 묻자, 머타는 부숭부숭한 한쪽 눈썹을 치켜떴다.

"네 몫의 판돈이지 뭐겠냐?"

제이미는 고개를 저으며 주머니를 다시 돌려주려 했다.

"난 돈 안 걸었는데요."

하지만 머타는 손을 들어 제이미를 막았다.

"네가 이겼잖냐. 지금 제일 인기 있는 놈이 되었다고. 적어도 너한테 돈을 건 사람들한테는 말이야."

"하지만 두걸은 별로 좋아하지 않았을 텐데요."

나는 대화에 끼어들었다. 머타는 여자들이 목소리를 높일 때마다 언제나 살짝 놀라던 남자였지만, 지금은 정중하게 고개를 끄덕였다.

"아, 그야 그렇지. 하지만 그래도 별문제 없을 거다."

그는 제이미에게 말했다.

"그럴까요?"

두 사람 사이에서 눈길이 오갔다. 나는 이해 못 할 무언가를 전하는 눈길이었다. 제이미는 잇새로 작게 숨을 내쉬더니 천천히 고개를 끄덕였다.

"언제인데요?"

"일주일 뒤에. 어쩌면 열흘일 수도 있고. 래그 크룸이라는 곳이다. 어딘지 아냐?"

제이미는 다시 고개를 끄덕였다. 이번에는 얼마간 보지 못했던 만족스러운 표정을 지었다.

"알아요."

나는 두 남자를 번갈아 바라보았다. 둘 다 속마음을 드러내지 않은 채 비밀을 지키겠다는 얼굴이었다. 어쨌든 머타는 뭔가를 알아냈구나. 혹시 '호록스'라는 알 수 없는 인물에 대한 이야기일까? 나는 어깨를 으쓱였다. 무엇 때문에 그러는지는 몰라도, 제이미가 사람들에게 등을 보이고 다녀야 하는 것도 이젠 끝인 듯했다.

"대신 앞으론 두걸이 탭 댄스를 추면 되겠군요."

내가 대꾸하자, 비밀을 품고 있던 남자들은 깜짝 놀란 표정을 지었다.

"뭐라고요?"

"아무것도 아니에요. 잘 자요."

나는 의료품이 든 상자를 들고서 잠자리를 찾아 나섰다.

12
수비대의 지휘관

포트윌리엄이 가까워질수록, 그곳에 도착하면 어떻게 행동해야 할지 나는 진지하게 생각해 보았다.

수비대의 지휘관이 어떻게 나올지에 따라 나의 계획도 달라지겠지. 그가 나를 곤경에 처한 숙녀라고 믿어 준다면, 프랑스로 배를 타러 간다는 나를 잠시 해안까지 호위해 줄지도 모른다.

하지만 매켄지 씨족과 함께 있었다는 게 밝혀진다면 나를 의심할 수도 있다. 그래도 내가 스코틀랜드인이 아닌 건 분명하잖아. 그러니 나를 첩자라고 생각할 리는 없지 않을까? 콜럼과 두걸은 날 잉글랜드의 첩자라고 생각한 게 분명하니까.

그렇다면 내가 뭘 염탐했던 사람이라고 생각할까? 음, 아마도 비애국적 활동을 염탐했다고 생각했겠지. 왕위 요구자인 스튜어트 왕가의 찰스 에드워드 왕자를 후원할 모금 운동 같은 것 말이다.

하지만 그렇다면 왜 두걸은 나에게 자신의 모금 활동을 보여 준 걸까? 돈을 모으기 전에 날 밖으로 얼마든지 내보낼 수 있었는데. 물론 모든 과정은 게일어로 이루어져서 그랬겠지. 나는 혼자서 이것저것 따져 보았다.

아마 그래서였을 것이다. 나는 그가 나를 이상한 눈빛으로 바라보며 "당신은 게일어를 모르는 줄 알았는데?"라고 묻던 때를 떠올렸다. 어쩌면 그건 내가 게일어를 정말로 아는지 모르는지 시험해 보려던 게 아니었을까. 게일어를 모르면 하일랜드에 사는 사람 대다수와 이야기조차 할 수 없는데, 그런 잉글랜드인을 첩자로 보낼 가능성은 희박하니 말이다.

아니, 아니야. 제이미와 두걸의 대화를 엿들었을 때, 두걸은 분명 자코바이트였지만 콜럼은 아무리 봐도 아니었잖아. 아직까지는 말이야.

온갖 추측으로 머릿속이 울려 대기 시작했다. 그래서 저 앞에 보이는 마을이 꽤 크다는 걸 알고서 기분이 좋았다. 그렇다면 좋은 여관과 근사한 저녁 식사를 즐길 가능성이 있으니까.

여관은 이제껏 익숙하게 봤던 여관들에 비해 넓은 편이었다. 비록 침대는 아주 조그마한 사람 키에 맞춘 듯 작은 데다 벼룩까지 있었지만 그래도 일인용 방에 제대로 갖출 것은 다 갖추어져 있었다. 지난 며칠 동안 작은 여관에 머물렀을 때는 다인용 방에서 다 같이 잤었다. 플래드를 덮고 웅크린 채 코를 골아 대는 남자들과 함께 말이다.

평소 나는 잠자리가 어떻든 누우면 곧바로 자곤 했다. 낮에는 말 안장에 앉아 종일 달리고, 저녁에는 두걸이 벌이는 정치 활동을 견디느라 고단했기 때문이다. 하지만 처음 여관에 들어간 날 저녁에는, 남자의 호흡 기관에서 나오는 대단히 다양한 소리에 얼이 빠진 채 잠들기까지 족히 30분을 보냈다. 간호 학교 학생들이 가득 찬 기숙사에서 자 본 경험을 통틀어도 이런 소리는 들어 본 적이 없었다.

이들의 코 고는 소리를 들으면서 떠오른 생각이 하나 있었다. 병원의 남자 병동에서는 코 고는 소리가 거의 들리지 않았다는 사실이었다. 물론 환자들은 숨소리는 거칠었다. 그들은 숨을 헐떡이고 간간이 신음을 흘렸고, 때로는 자면서 훌쩍훌쩍 울거나 소리를 지르기도 했다. 하지만 그 역시 이들 같은 건강한 남자들이 내는 시끄러운 소리에는 비할 게 아니었다. 아마도 병들거나 다친 사람은 긴장을 풀고 이런 소음을 낼 만큼 깊이 잠들지 못하는 모양이다.

내가 지켜본 바로는, 나와 동행한 이 남자들은 대개 매우 건강했다. 딱 봐도 그래 보였다. 팔다리는 아무렇게나 대자로 벌린 채였고, 벽난로 불빛을 받은 풀어진 얼굴에선 빛이 났다. 딱딱한 판자 위에서 완전히 잠에 빠져든 건 저녁 식사를 배불리 먹어 식욕을 마음껏 채웠기 때문이었다. 나는 그 불협화음에 애매한 편안함을 느끼면서 여행용 망토를 어깨에 두르고 자곤 했다.

그런데 그때와 비교하면 자그맣고 냄새 나는 다락방이긴 해도 혼자서 방을 쓴다는 호사를 누리고 있는 지금, 난 어쩐지 외로웠다. 반갑지 않은 벼룩과 같이 잘 마음은 전혀 없기에 침대보를 벗기고 매트리스를 탁탁 쳐 놓았지만 잠들기가 쉽지 않았다. 촛불을 끈 방 안은 너무 조용하고 어두웠다.

두 층 아래 휴게실에서 희미한 메아리가 들려오더니 잠시 잡음과 움직임이 일었지만, 내가 혼자라는 사실만 더욱 선명해질 뿐이었다. 성에 도착한 후로 이토록 혼자였던 적은 처음이었다. 내가 이 고독함을 좋아하는 건지도 전혀 확신이 서지 않았다.

어렵사리 잠이 들락 말락 했을 때였다. 바깥 복도에서 불길하게 나무 판자가 삐걱이는 바람에 귀가 쫑긋 섰다. 마치 침입자가 주저하며 다가오는 것처럼, 한 발짝 뗄 때마다 어떤 곳을 밟아야 소리가 덜 날까 고르는 것처럼 멈춰 가며 느릿느릿 걷는 소리였다.

나는 침대 옆에 있던 부싯돌 상자를 더듬다가 그만 바닥에 떨어뜨렸다. 작게 쿵 울리는 소리에 난 그만 얼어붙었고, 바깥의 발소리도 뚝 멎었다.

누군가 슬며시 문을 긁는 소리가 들렸다. 마치 빗장을 더듬어 찾는 듯한 소리였다. 문에는 잠금 쇠가 없다는 걸 알고는 있다. 물론 문에 잠금 쇠를 낄 수 있는 장치가 달려 있기는 했지만, 나는 잠금 쇠가 어디 있는지 찾다가 포기했다. 그래서 무거운 도자기 촛대를 움켜쥐고 초를 휙 빼낸 다음, 촛대를 잡고 최대한 조용히 침대에서 나왔다.

문이 삐걱거리며 살짝 열렸다. 방에는 창문이 하나밖에 없었고, 바깥의 찬 공기와 빛을 차단하기 위해 단단히 닫아 놓은 참이었다. 그렇지만 문이 열리며 흘러 들어온 희미한 빛으로 앞이 보이기는 했다. 누군가의 윤곽이 커지더니, 놀랍게도 다시 줄어들며 사라지고 문이 닫히며 다시금 사방이 조용해졌다.

나는 벽에 몸을 붙인 채 잠시 기다렸다. 숨을 죽이고 두근두근 뛰는 내 심장 소리를 애써 듣는 이 순간이 너무나 길게만 느껴졌다. 마침내 나는 문 쪽으로 조금씩 다가가기 시작했다. 하지만 곧바로 가진 않고, 벽에 붙은 채로 방 안을 빙 두르는 길을 택했다. 벽 아래 나무판자는 좀 더 견고할 거란 생각에서였다. 그렇게 한 걸음씩 조심스레 발을 디뎌 몸무게를 천천히 실은 다음, 멈춘 채 맨발로 판자 사이 이음매를 더듬어 앞으로 디딜 곳을 확인하면서 발을 옮겼다.

마침내 문에 다다른 나는 그 자리에 멈춰서 얇은 문에 귀를 대고 두 손으로 문틀을 붙잡았다. 혹시나 누가 안으로 확 밀고 들어올 상황을 대비해서였다. 희미한 소리가 들린 것도 같았지만 확실하진 않았다. 이건 그저 아래층에서 나는 소리일까? 아니면 누군가 문 너머에서 나지막이 숨 쉬는 소리일까?

아드레날린이 계속 분비되는 바람에 약간 구역질이 났다. 이 말도 안 되는 상황에 지쳐 버린 나는 촛대를 단단히 움켜쥐고 문을 확 열고서 복도로 돌진했다.

'돌진'이라고는 했지만, 실제로 내가 디딘 건 두 발짝뿐이었다. 무언가 물컹한 것에 발이 턱 걸리는 바람에 복도에 머리부터 엎어졌기 때문이었다. 손마디가 까지고 머리가 무언가 단단한 것에 아프도록 부딪쳤다.

언제든 암살당할지도 모르는 상황이었지만 지금은 전혀 그런 걱정이 들지 않았다. 나는 일어나 앉은 다음 두 손으로 이마를 부여잡았다.

내 발에 차인 사람은 화들짝 놀랄 만한 욕을 해 댔다. 머리가 아파서 어질어질한 상태였지만, 그 남자가(덩치와 땀 냄새 때문에 나와 맞닥뜨린 사람이 남자란 걸 알았다) 아까 내 방 문을 더듬어 열던 자와 동일인물이라는 걸 어렴풋이 알아보았다.

갑자기 신선한 공기가 확 들이쳐서 난 얼굴을 찡그리며 눈을 질끈 감았다. 다시 눈을 뜨자, 밤하늘의 빛이 비쳐 들어 내 앞의 침입자가 누군지 알 수 있었다.

"여기서 뭐 하는 거예요?"

나는 비난하듯 물었다. 동시에 제이미도 비슷한 비난조로 물었다.

"대체 몸무게가 얼마나 나가죠, 새서나흐?"

여전히 어리둥절한 채로, 나는 솔직하게 대답했다.

"57킬로그램이에요."

대답하고 나서야 의아해진 나는 되물었다.

"근데 왜요?"

"당신 때문에 내 간이 으스러질 뻔했어요. 무서워서 혼비백산한 건 말할 것도 없고요."

그는 아픈 부분을 툭 치며 대답했다. 그리고 내게 손을 내밀어 일으키며 물었다.

"괜찮으세요?"

"아뇨. 혹이 났어요."

나는 머리를 문지르며 아무도 없는 복도를 멍하니 둘러보았다. 그리고 말이 되지 않는 문장으로 물었다.

"내가 뭐에 부딪친 건가요?"

"내 머리요."

그는 다소 퉁명스러운 어조로 대답했다. 나는 심술궂게 맞받아 쳤다.

"그래도 싸요. 내 방문 밖에서 몰래 기웃거리다니, 대체 무슨 짓 이죠?"

그는 나를 짜증스레 바라보았다.

"절대로 '몰래 기웃거린' 적 없습니다. 난 자고 있었어요. 뭐, 잠은 잘 오지 않았지만."

그는 관자놀이에 난 혹 같은 것을 문질렀다.

"잤다고요? **여기서요?**"

나는 일부러 무척 놀란 척 춥고 아무것도 없는 더러운 복도를 훑 어보았다.

"잠자리로 정말 이상한 곳만 고르는군요. 처음에는 마구간이었 고, 이제는 이런 데라니."

제이미는 싸늘한 어조로 설명했다.

"혹시 알고 싶으실까 봐 말씀드리는 건데요, 저 아래층 주점에 잉 글랜드 용기병들이 와 있어요. 놈들이 좀 취해서 도시에서 온 여자 둘이랑 무모하게 놀고 있거든요. 근데 남자 다섯에 여자가 둘밖에 없어서, 군인들이 위층으로 올라와서…… 상대할 여자를 찾고 싶어 하는 것 같더라고요. 당신은 그런 쪽에는 별 관심이 없으실 것 같아 서 그랬죠."

그는 플래드를 뒤로 젖히고 계단 방향으로 돌아서며 덧붙였다.

"혹시 내가 기웃거렸다는 인상을 드렸다면 미안합니다. 쉬시는 데 방해할 의도는 없었어요. 그럼 안녕히 주무시죠."

"잠깐만요."

내 말에 제이미는 걸음을 멈추었지만 돌아서지는 않았다. 그래서 나는 그의 앞까지 가야 했다. 나를 내려다보는 제이미의 표정은 정중했지만 거리감이 있었다.

"고마워요. 당신은 정말 친절해요. 밟아서 미안해요."

그러자 제이미는 미소를 짓더니, 험악한 얼굴에서 벗어나 평소처럼 사람 좋은 표정을 지었다.

"다치지는 않았어요, 새서나흐. 두통이 사라지고 갈비뼈가 나으면 새것처럼 멀쩡해질 테죠."

그는 돌아서서 내 방 문을 열었다. 급히 열고 나왔던 문은 반동으로 닫혀 있었다. 건축업자가 이 여관을 지었을 때 분명히 다림줄로 수직을 맞추지 않았던 게 분명했다. 이 여관에는 직각이 맞는 데가 하나도 없었다.

"그럼 도로 주무세요. 난 여기 있을게요."

제이미가 들어가 자라고 권했지만, 나는 바닥을 바라보았다. 참나무 판자는 그저 딱딱하고 차갑기만 한 게 아니라 가래침과 흘린 자국을 비롯하여 뭔지 생각하고 싶지 않은 온갖 더러움으로 얼룩져 있었다. 문 상인방에 새겨진 건축 연도는 1723년이었는데, 그 후로 마룻바닥을 한 번도 청소한 적이 없는 게 분명했다.

"이런 바깥에서 자면 안 돼요. 들어와요. 적어도 내 방바닥은 복도만큼 나쁘지는 않을 거예요."

내 말에 제이미는 문설주를 잡은 채로 온몸을 굳혔다. 그리고 진심으로 충격 받았다는 말투로 물었다.

"당신 방에서 같이 자라고요? 그럴 수는 없어요! 당신 평판에 흠이 날 겁니다!"

그는 진심으로 한 말이었다. 나는 처음에는 웃었다가, 나중에는 제이미의 마음을 깨닫고 재빨리 기침으로 웃음을 얼버무렸다. 언제든 긴급한 상황으로 변할 수 있는 도로 여행을 겪으면서 여관에서 다 같이 끼어 자기도 했고, 위생 시설 하나 없이 살아왔는지라 나는 제이미를 포함한 남자들과 신체적으로 친밀한 상태라 할 수 있었다. 그래서 제이미의 조심스러운 태도가 우스웠다.

기침하다가 좀 정신을 차린 다음, 나는 사실을 지적했다.

"전에도 나랑 같은 방에서 잔 적 있었잖아요. 당신을 포함해서 스무 명이랑 같이 잤는데요."

제이미는 약간 씨근대며 말했다.

"그거랑 이거랑 어떻게 같습니까! 그러니까, 그땐 엄연한 공공장소였잖아요. 그리고……."

그는 문득 끔찍한 생각이 들었는지 말을 멈추다가 물었다.

"아니, 그러니까 제 말은, 당신이 나한테 부적절한 제안을 했다고 생각한 건 아니에요. 아시겠죠? 확실하게 말씀드리지만, 난……."

"아니, 아녜요. 나도 그런 생각은 안 했어요."

나는 화나지 않았다는 점을 서둘러 알려 주었다.

하지만 제이미를 설득할 수는 없었다. 그래서 나는 적어도 내 침대에서 담요를 가져다가 덮으라고 우겼다. 그는 마지못해 승낙했고, 내가 어쨌든 담요를 사용하지 않을 것이며 평소처럼 나의 두꺼운 여행용 망토를 덮고 잘 거란 점을 거듭 말해 주고서야 겨우 담요를 받아 들었다.

나는 다시 고마운 마음을 전하고 싶었다. 그래서 다시 냄새 나는 방으로 들어가기 전, 임시로 만든 잠자리 앞에 멈추어 섰지만 제이미는 우아한 손짓으로 나의 말을 막았다.

"여기서 자는 게 전적으로 당신을 지켜 주려는 것만은 아닌 거 아시잖아요. 나도 최대한 들키면 안 되거든요."

제이미가 잉글랜드 군인을 피하려는 나름의 이유가 있다는 걸 깜빡 잊고 있었구나. 하지만 내 방 앞 마룻바닥에서 자는 것보다는 따뜻하고 공기 잘 통하는 마구간에서 자는 편이 들킬 위험이 없는 건 물론 훨씬 편하기도 해서 계속 마음에 걸렸다. 그래서 난 계속 고집을 부렸다.

"하지만 누가 여기 올라오기라도 하면 어떡하나요. 그럼 들킬 텐데요."

그는 긴 팔을 뻗어 흔들리는 문을 잡아 끌어당겼다. 복도는 다시 캄캄해졌고, 제이미의 모습은 어둠 속에서 커다란 형체로밖에 분간할 수 없었다.

"그놈들은 내 얼굴을 보지는 못할 거예요. 그리고 지금 취해 있는 상태니까, 내 이름을 듣는다 해도 별 관심을 안 둘걸요. 내 진짜 이름을 알려 준다 해도 말이죠. 내 쪽에서 알려 줄 마음도 없고요."

제이미가 차근차근 설명했지만, 그래도 난 의심스럽게 물었다.

"그건 그렇죠. 하지만 어두운 데서 뭘 하고 있느냐고 물으면 어떡해요?"

어둠 속에 묻힌 제이미의 얼굴은 보이지 않았지만, 목소리를 들으니 미소를 짓고 있다는 게 느껴졌다.

"궁금해할 리 없어요, 새서나흐. 그놈들은 내가 차례를 기다리고 있다고 생각하겠죠."

나는 웃고서 방에 들어갔다. 그리고 침대에서 웅크리고 잠을 청하며, 나랑 같은 방에서 잔다는 생각에 움찔 놀라면서도 이런 대담한 농담을 할 수 있는 제이미의 기질에 놀랐다.

———

일어나 보니 제이미는 사라지고 없었다. 아침을 먹으러 아래층으로 내려가던 나는 계단이 끝나는 곳에서 날 기다리고 있던 두걸과 마주쳤다.

"아침을 빨리 드시오, 아가씨. 나와 같이 브록턴에 가야 하니까."

그는 그 이상은 말해 주지 않았다. 하지만 약간 불안해 보였다.

나는 빨리 아침을 먹었고, 우리는 곧 이른 아침의 안개를 뚫고 말에 탔다. 새들은 관목 숲에서 분주히 날아다녔고, 공기에서는 따스한 여름이 다가오는 기미가 느껴졌다.

"누구를 만나러 가는 거죠? 제게 말씀해 주시는 게 좋을 거예요. 제가 모르는 사람이라면 놀랄 거고, 아는 사람이라 하더라도 놀라는 척을 할 테니까 어느 쪽이든 상관없지 않나요?"

두걸은 고개를 한쪽으로 기울이고 나를 바라보며 생각에 잠겼다가, 내 주장이 일리 있다는 결론을 내렸다.

"포트윌리엄 수비대 지휘관이오."

나는 약간 충격을 받았다. 난 아직 이 상황에 준비되지 않았으니까. 포트윌리엄에 도착할 때까지는 아직 사흘은 더 걸릴 거라고 생각했는데. 그래서 버럭 소리쳤다.

"하지만 포트윌리엄까지는 멀었잖아요!"

"으흠."

보아하니 이 수비대 지휘관은 아주 팔팔한 사람이었다. 포트윌리엄에서 편안히 머물며 수비하는 데 만족하지 않고, 용기병을 이끌고 농촌 지역을 조사하러 나온 걸 보면 그랬다. 전날 우리가 묵던 여관에 온 군인이 바로 그의 수하였고, 두걸에게 지휘관이 현재 브록턴 여관에 머물고 있다고 알려 주었다 했다.

당장 문제가 생겼구나. 나는 이 문제를 곰곰이 생각하며 가는 길 내내 조용히 말을 탔다. 포트윌리엄에 가면 두걸 일행과 헤어질 수 있을 것이고, 그곳에서 크레이크 나 둔 언덕까지는 하루면 도착할 거라고 생각했다. 길에서 노숙할 준비도 안 되었고 음식이나 여타 필수품도 없지만, 혼자서도 하루 정도는 어떻게든 버티면서 환상열석이 있는 곳으로 가겠거니 생각했었다. 일단 도착하면 무슨 일이 일어날지에 대해서는…… 글쎄. 일단 가 봐야 알 수 있겠지.

하지만 일이 이렇게 되어 버려서 나의 계획에 예상치 못한 영향을 끼쳤다. 만약 내가 여기서 두걸 일행과 헤어진다면, 나는 언덕까지 하룻길이 아니라 나흘 길을 떨어져 있는 셈이 되겠지. 나는 방향 감각도 충분하지 않은 데다 지구력도 없기에, 혼자서 야생의 바위와 황무지를 헤치며 걸어서 크레이크 나 둔에 간다는 위험을 무릅쓸 수 없었다. 지난 몇 주간 하일랜드를 험난하게 여행하면서, 삐죽빼죽한 바위와 화상을 입을 것 같은 땡볕을 겪으며 여행길이 만만하지 않겠다는 생각을 한 참이었다. 게다가 간혹 야생 동물이 나올 때도 있었다. 외딴 언덕에서 멧돼지와 얼굴을 마주치는 상황은 절대로 겪고 싶지 않았다.

우리는 오전 중에 브록턴에 도착했다. 안개는 모두 증발되고 날이 화창해지자 나마저 덩달아 낙천적인 마음이 들었다. 어쩌면 일은 간단하게 풀릴지도 몰라. 수비대 지휘관을 설득해서 나를 언덕까지 데려다줄 병사를 좀 붙여 달라고 말할 수 있을지 누가 알아.

브록턴에 가 보자 이곳을 왜 임시 지휘소로 삼았는지 알 수 있었다. 마을은 주점이 두 개나 있을 정도로 컸고, 그중 하나는 마구간까지 딸린 위풍당당한 3층짜리 건물이었다. 우리는 이곳에서 멈추고 말을 마부에게 건네주었다. 마부는 혹시 뼈가 굳는 병에 걸린 게 아닌가 싶을 만큼 너무 느릿느릿 움직였다. 우리가 안으로 들어가서 두걸이 여관 주인에게 음료수를 주문할 때까지도 그는 마구간 문에 다다르지도 못했다.

두걸이 지휘관의 방으로 올라가는 동안, 나는 아래층에 남아서 상한 게 아닌가 싶은 귀리 케이크 접시를 가만히 바라보고 있었다. 두걸이 올라가는 모습을 보니 좀 이상한 기분이 들었다. 주점에는 잉글랜드 군인 서너 명이 있었는데, 그들은 나를 추측하듯 쳐다보며 낮은 목소리로 저들끼리 무어라 수다를 떨었다. 스코틀랜드인인 매켄지 씨족과 한 달을 보낸 후라, 잉글랜드 용기병들 옆에 있으니 말할 수 없이 불안해졌다. 난 속으로 바보 같은 생각을 하지 말자고 되뇌었다. 시대가 어쨌든, 저들이야말로 나의 동포가 아니던가.

하지만 나는 어느새 화기애애한 말벗이 되어 준 고언 씨와 본명은 뭔지 몰라도 유쾌한 친근감이 느껴지던 제이미가 그리워졌다. 오늘 아침 떠나기 전에 그 누구에게도 작별 인사를 할 기회가 없어서 서운했다. 그러다 두걸의 목소리가 뒤쪽 계단 위에서 들려왔다. 그는 계단 위에 서서 나에게 올라오라 손짓했다.

그는 평소보다 더욱 암울한 얼굴로, 말없이 옆으로 비켜서서 나에게 방으로 들어가라 손짓했다. 수비대 지휘관은 열린 창문 옆에 서 있었다. 늘씬하고 곧은 몸매는 빛을 받아 실루엣만 보였다.

이윽고 나를 바라본 지휘관은 짧게 웃었다.

"그래, 그럴 거라 생각했지. 매켄지의 설명을 들으면 당신밖에 없더라고."

문이 닫히자, 나는 국왕 폐하의 제8연대 지휘관인 조너선 랜들 대위와 둘만 남게 되었다.

오늘 그는 단정한 붉은색과 담갈색 군복 차림이었다. 레이스 달린 스톡 타이를 매고 깔끔하게 컬을 넣고 파우더를 뿌린 가발도 착용했다. 그리고 역시 똑같은 얼굴이었다. 바로 프랭크의 얼굴 말이다. 그만 목구멍에서 숨이 턱 막혔다. 그러나 이번에는 입가에 무자비한 주름이 보였고, 어깨에는 오만한 기색도 살짝 드러났다. 어쨌든 그는 겉으로는 상냥하게 웃으며 나에게 앉으라 권했다.

방 안 가구는 간소했다. 책상 하나와 안락의자, 긴 탁자와 걸상 몇 개가 있었다. 랜들 대위가 문가에서 대기 중이던 젊은 상병에게 손짓하자, 그는 서투르게 맥주를 따라 내 앞에 놓았다.

대위는 상병을 뒤로 물러가게 한 다음 자신의 맥주를 직접 따랐다. 그리고 탁자 맞은편 걸상에 우아하게 앉더니 유쾌하게 말을 걸었다.

"좋습니다. 이제 내게 당신이 누군지, 어쩌다가 여기까지 오게 되

있는지 말씀해 보시겠습니까?"

현재로선 선택의 여지가 없었기에, 나는 콜럼에게 했던 이야기를 똑같이 했다. 물론 눈치껏 그가 저지른 행동에 대해서만 생략했을 뿐이다. 이미 알고 있을 테니까. 두걸이 랜들에게 얼마나 이야기했는지는 모르겠지만, 실수하는 위험을 무릅쓰고 싶지 않았다.

대위는 겉으로 정중했지만, 내가 읊어 대는 말을 믿는 눈치는 아니었다. 콜럼은 그래도 의심을 숨기기라도 했는데, 이 사람은 굳이 그러지도 않는구나. 그는 앉은 자리에서 의자를 흔들면서 곰곰이 생각에 잠겼다.

"옥스퍼드셔라고 하셨습니까? 하지만 내가 알기로 옥스퍼드셔엔 비첨이란 가문은 없는데."

"대위 님이 어떻게 아시나요? 서식스 출신이시면서."

내가 쏘아붙이자, 그는 놀라서 눈을 휘둥그레 떴다. 나는 쓸데없는 말을 했다는 생각에 혀를 깨물고 싶었다.

"**그건** 어떻게 알았는지 여쭤어도 되겠습니까?"

"음, 대위님의 말소리에서요. 그래요, 억양에서 드러나요. 분명히 서식스 출신이시라고요."

나는 재빨리 대답했다. 그러자 랜들은 짙은 눈썹을 가발에 닿을 정도로 우아하게 치켜뜨더니, 무뚝뚝하게 대답했다.

"내 말투에서 그토록 분명하게 출생지가 드러난다니, 나의 가정교사나 부모님이 들으셨으면 그다지 좋아하지 않으셨을 겁니다, 부인. 그분들은 내 말씨를 교정하느라 상당한 노력과 비용을 들이셨으니까. 하지만 부인께서는 지역 방언의 전문가이신 듯하니……."

그는 고개를 돌려 벽에 서 있던 부하를 보았다.

"분명히 나의 상병 출생지도 어딘지 맞추실 수 있으실 듯한데. 호킨스 상병. 뭐라도 한번 읊어 주겠나? 아무거나 괜찮다네."

하지만 어리둥절한 상병의 얼굴을 보자, 그는 재차 설명했다.

"뭐 유명한 노래 같은 거 모르나?"

상병은 얼빠진 듯한 억센 얼굴 아래 떡 벌어진 어깨를 지닌 젊은 이였다. 그는 무언가 생각이 떠오를 만한 것을 찾아 방 안을 정신없이 둘러보다가, 이윽고 차렷 자세를 한 다음 노래 가사를 읊었다.

> "풍만한 메그가 내 옷을 빨았네,
> 그리고 모두 가지고 내빼 버렸지.
> 나는 쓰라린 고통 속에서 기다렸다가
> 결국엔 대가를 치르게 해 줬다네."

"어, 이제 됐네, 상병. 고맙네."

랜들이 그만하라는 손짓을 하자, 상병은 땀을 뻘뻘 흘리며 다시 벽으로 물러섰다.

"자, 어떻습니까?"

랜들은 나를 돌아보며 물었다. 나는 추측해 보았다.

"음, 체셔 출신이에요."

"비슷합니다. 랭커셔에서 왔으니까."

랜들은 눈을 가늘게 뜨고 나를 바라보더니, 이번에는 뒷짐을 진 채로 창문으로 걸어가 바깥을 내다보았다. 혹시 두걸이 부하들을 데려왔는지 확인하려는 걸까?

그런데 그는 느닷없이 내 쪽을 돌아보더니 불쑥 물었다.

"파흘레-부 프랑세?"*

"트레 비앵.** 그건 왜 물으시죠?"

나는 곧바로 대답했다.

랜들은 고개를 한쪽으로 기울인 채 나를 유심히 살피더니, 혼잣

---

* 프랑스어로 '프랑스어를 합니까?'라는 뜻.
** 프랑스어로 '아주 잘해요'라는 뜻.

말처럼 말했다.

"당신이 프랑스인일 리는 절대 없어. 그럴 수도 있겠지만, 콘월 지방 말씨와 런던 사람 말씨를 구분하는 프랑스인은 한 번도 본 적이 없다고."

그는 깔끔하게 손질한 손가락으로 탁자를 두드리며 물었다.

"그럼 결혼 전 성이 어떻게 되십니까, 비첨 부인?"

나는 최대한 매력적인 미소를 지으며 말했다.

"이것 보세요, 대위 님. 같이 스무고개 놀이를 하니 참으로 즐겁기는 합니다만, 저는 이제 사소한 절차는 생략하고 본론으로 들어가서 제 여행을 다시금 계속하고 싶군요. 이미 여행이 많이 지체되었어요. 그리고……."

"이런 경박한 태도를 보인다고 도움이 되지는 않습니다, 부인."

그는 눈을 가늘게 뜬 채로 내 말을 끊었다. 나는 프랭크가 뭔가 불쾌한 기분을 느낄 때 이런 행동을 하는 걸 본 적이 있었기에, 무릎의 힘이 살짝 풀렸다. 그래서 마음을 단단히 먹으려고 허벅지에 손을 얹었다. 그리고 최대한 대담하게 말했다.

"전 도움 따위 필요하지 않아요. 당신에게도, 수비대에게도, 아니면 이 문제를 두고 매켄지 씨족에게도 아무런 요청을 하지 않을 겁니다. 제가 원하는 건 제가 편안히 여행을 재개하도록 허락해 달라는 것뿐이에요. 그리고 대위 님이 거기에 반대하실 이유는 전혀 없다고 생각합니다."

그는 짜증스레 입술을 꾹 다물고 나를 노려보았다.

"아, 그러십니까? 음, 그렇다면 내 입장도 생각해 보십시오, 부인. 그러면 내가 반대하는 이유가 좀 더 분명해질 겁니다. 한 달 전에, 나는 부하들을 데리고 국경 근처의 사유지에서 작은 소 떼를 훔쳐 달아난 정체불명의 스코틀랜드 산적을 긴급 추격하고 있었습니다. 그런데……."

"아, 그들이 하던 짓이 그거였군요! 궁금하던 참이었어요."

나는 소리쳤다가 눈치를 보며 덧붙였다.

랜들 대위는 잠시 심호흡하더니 하고 싶었던 말을 참고서 원래 하려던 말을 계속하기로 했다. 그는 목소리를 가다듬고는 다시 입을 열었다.

"적법하게 추격을 하던 도중에, 헐벗은 잉글랜드 여인을 마주쳤습니다. 제아무리 호위를 달고 다닌다 해도 잉글랜드 여인이 있어서는 안 될 곳에 말입니다. 여인은 내 질문에 대답도 않고 날 공격하더니……."

"당신이 먼저 나를 공격했잖아요!"

나는 버럭 소리쳤다.

"여인의 공범이 나를 비겁하게 공격하여 의식 불명 상태로 만들고, 분명 누군가의 도움을 받아 여인은 그 지역을 탈출하고 맙니다. 나는 부하들과 함께 그 지역을 철저하게 수색했습니다. 부인께 분명하게 말씀드리자면, 나는 살해당했다던 하인이나 털렸다는 짐, 벗겨졌다는 드레스를 비롯하여 당신의 이야기를 조금이라도 뒷받침할 만한 증거를 단 하나도 찾지 못했습니다!"

"그랬나요?"

나는 약간 힘없이 대답했다.

"그렇습니다. 게다가, 지난 넉 달 동안 그 지역에서 도적 떼가 나타났다는 보고는 없었습니다. 그런데 **지금**, 부인께서는 매켄지 씨족의 수장과 동행해서 나타났단 말입니다. 게다가 그는 내게 말하더군요. 자기 형 콜럼은 부인이 첩자라고 생각한다고요, 그것도 **내가** 보낸 첩자라고 생각한다는 말이었습니다!"

"음, 하지만 저는 첩자가 아니잖아요? 그건 대위 님이 잘 아실 텐데요."

나는 논리적으로 말했다. 그러자 랜들은 인내심을 있는 대로 발휘하며 대답했다.

"그렇습니다. 내가 잘 알지요. 문제는 대체 **당신이** 누구냐는 거지! 어쨌든 나는 당신의 정체를 알아낼 겁니다, 부인. 그 점은 확실하게 알아 두십시오. 나는 이 수비대의 지휘관입니다. 그러므로 이지역의 안전을 보장하기 위해 반역자나 첩자는 물론, 내가 수상하다고 여기는 사람이라면 누구든 잡아다가 특정한 조치를 취할 권한이 있습니다. 그리고 그 조치를 취할 준비도 완벽하게 되어 있고 말입니다."

"그 조치라는 게 무엇인가요?"

나는 물었다. 내 질문의 어조가 어디 한번 해보라는 말로 들렸겠지만, 그래도 솔직히 알고 싶었다.

랜들은 일어서서 나를 잠시 바라보며 생각에 잠긴 듯하더니, 이윽고 탁자를 빙 둘러 나오며 손을 뻗어 나를 일으켰다. 그리고 나를 노려보며 말했다.

"호킨스 상병. 잠시 귀관의 도움이 필요하네."

벽에 선 젊은이는 심하게 불편한 기색이었지만, 우리 곁으로 슬그머니 다가왔다.

"이 숙녀분 뒤에 서 주겠나, 상병. 그리고 양 팔꿈치를 단단히 잡아 주게."

랜들은 따분한 목소리로 말했다.

그러더니 팔을 뒤로 뻗어 내 복부를 주먹으로 쳤다.

난 아무런 소리도 내지 못했다. 온몸에 숨이 다 빠져나갔기 때문이었다. 나는 바닥에 앉아 몸을 구부린 채 폐로 공기를 빨아들이려 애썼다. 얻어맞아 느낀 아픔보다도 충격이 훨씬 더 컸다. 하지만 아찔한 구역질이 파도처럼 밀려오며 고통도 서서히 느껴지기 시작했다. 내가 이제껏 다사다난한 삶을 살긴 했어도, 누가 고의로 날 때린 적은 없었는데.

대위는 내 앞에 웅크려 앉았다. 가발이 살짝 비틀어지긴 했지만, 그리고 그 눈빛이 묘하게 밝기는 했지만 그 외엔 평소 우아하게 절제한 몸가짐에서 달라진 게 없었다.

"설마 임신 중인 건 아니실 테지요. 물론 임신하셨다 해도, 오래 가지 못하겠지만요."

그는 아무렇지 않다는 목소리로 말을 걸었다.

산소가 목구멍으로 고통스레 훅 끼쳐 들어오자, 입에서 이상하게 씨근대는 소리가 나기 시작했다. 나는 옆으로 굴러서 손과 무릎을 바닥에 짚어 탁자 가장자리를 힘없이 더듬었다. 상병은 대위를 불안한 눈빛으로 쳐다본 후, 나에게 다가와 몸을 일으켜 주었다.

눈앞에 검은 아지랑이가 어른거려 방이 물결쳐 보였다. 나는 의자에 주저앉아 눈을 감았다.

"날 보십시오."

랜들의 목소리는 마치 차를 권하려는 듯 가볍고 차분했다. 나는 눈을 뜨고 흐린 시야로 그를 올려다보았다. 그는 정교하게 재단된 바지의 엉덩이 위로 손을 얹은 채 물었다.

"이제 하실 말씀이 있습니까, 부인?"

"당신 가발이 비뚤어졌어요."

나는 이렇게 대꾸하고 다시 눈을 감았다.

13
혼인이 공표되다

나는 아래층 주점의 탁자에 앉아 우유 한 잔을 들여다보며 구역질을 견뎠다.

토실토실한 젊은 상병의 부축을 받아 아래층으로 내려왔을 때, 내 얼굴을 본 두걸은 일부러 성큼성큼 내 곁을 지나쳐 랜들의 방으로 올라갔다. 바닥과 문이 튼튼하게 잘 지어진 여관이었지만, 위층에서 격앙된 목소리가 들려왔다.

나는 우유 잔을 들었지만, 손이 심하게 떨려서 마실 수가 없었다.

얻어맞은 물리적 타격에서는 서서히 회복이 되었지만 정신적인 충격은 여전히 가시지 않았다. 그 남자가 내 남편이 아니라는 걸 **알고는** 있다. 하지만 외모가 너무나 심하게 닮았고, 평소 남편과 살아온 습관이 내게 깊이 배어 있어서 난 그를 무심코 신뢰하고 있었다. 그래서 프랭크에게 하듯 그에게 스스럼없이 말을 걸었고, 그가 내게 적극적으로 공감하지는 않더라도 최소한 문명인답게 행동하리라 예상했었다. 그런데 랜들의 악랄한 공격을 받고 그런 예상들이 갑작스레 뒤엎어지는 바람에 지금 속이 울렁였다.

속만 울렁이는 게 아니라 겁도 났다. 바닥에 쓰러진 내 옆에 웅크린 랜들의 눈을 아까 보았다. 그 깊은 눈빛 속에 무언가가 아주 잠깐 일렁였다. 순식간에 사라졌지만, 다시는 보고 싶지 않은 무엇이었다.

위층 문이 열리면서 나는 상념에서 깨어났다. 무거운 발소리가 들리더니 이윽고 두걸이 휙 나타났고, 그 뒤를 랜들 대위가 바짝 따라오고 있었다. 둘이 바짝 붙은 채로 내려오고 있었던지라, 마치 대위가 두걸을 뒤쫓고 있는 것처럼 보였다. 그래서 나를 본 두걸이 계단 아래에서 급히 멈추자, 랜들 역시 갑자기 내려오던 길을 멈췄다.

두걸은 고개를 슬쩍 돌려 랜들 대위를 노려보고는, 잽싸게 내 자리로 다가와 작은 동전을 탁자에 놓고 음료수 값을 치르더니 아무 말없이 나를 휙 일으켰다. 그가 급히 나를 끌고 문으로 나서는 바람에 나는 아무것도 할 수가 없었다. 다만 빨간 코트를 입은 대위의 얼굴에 스친 묘한 표정을, 의뭉스러운 소유욕을 알아볼 수는 있었다.

풍성한 치맛자락을 다리 위로 정리할 새도 없이 우리가 탄 말이 움직였다. 치맛자락은 마치 펼쳐진 낙하산처럼 내 주위로 부풀어 올랐다. 두걸은 아무 말도 없었지만, 말들은 주인의 긴박한 마음을 알았다는 듯이 급히 달렸다. 그래서 큰길로 들어설 때쯤에는 질주하다시피 속력을 냈다.

그러다 픽트인이 만든 십자 기둥이 세워진 교차로에 가까이 왔을 때, 두걸은 갑자기 고삐를 쥐고 말을 멈췄다. 말에서 내린 그는 두 마리 말 모두 고삐를 잡고 어린 나무에 느슨하게 묶었다. 두걸은 나를 내려 준 다음 불쑥 수풀 속으로 들어가며 따라오라 손짓했다.

나는 그의 펄럭이는 킬트 자락을 따라 언덕을 올라갔다. 오솔길 아래로 나뭇가지가 우거져 머리가 걸리는 곳은 두걸이 가지를 밀어 주어 고개를 숙이며 걸었다. 언덕은 참나무와 키 작은 소나무가 우거진 곳이었다. 잡목림 사이에서 우는 박새 소리, 먹이를 먹는 어치 떼가 서로를 부르는 소리가 계속해서 이어졌다. 초여름의 풀밭

은 싱그러웠고, 튼튼한 초목의 새순이 바위틈에서 뻗어 나와 참나
무 아래 땅을 뒤덮었다. 하지만 소나무 밑에서는 아무것도 자라지
않았다. 솔잎이 몇 센티미터 두께로 쌓인 나무 아래는 햇볕과 포식
자를 피해 사는 자그마한 벌레들의 피난처가 되어 주었다.

날카로운 숲 내음에 목이 따끔거렸다. 이런 언덕길을 전에도 올
라가 본 적이 있었고, 똑같은 봄의 향기를 맡은 적도 있었다. 하지
만 그때는 저 아래 도로에서 나는 휘발유 배기가스의 냄새와 섞여
솔향과 풀 냄새가 희석되었고, 어치 소리 대신에 당일치기 여행을
온 관광객들의 말소리가 크게 들렸었다. 최근에 걸었던 이런 오솔
길에는 아욱꽃과 제비꽃 대신 샌드위치 포장지와 담배꽁초가 널려
있었다.

물론 현대는 항생제와 전화기 같은 문명의 축복이 존재하는 곳
이니, 샌드위치 포장지 같은 문명의 부작용도 기꺼이 감수할 수 있
다. 하지만 지금은 제비꽃을 보며 이것도 좋다고 생각하기로 했다.
당장 내겐 자그마한 마음의 평화가 절실하게 필요한 상태라, 제비
꽃을 보니 위안이 되었다.

언덕 꼭대기 바로 아래에 이르렀을 때였다. 두걸은 갑자기 옆으
로 몸을 돌리더니 무성하게 자란 금작화 덤불 속으로 사라졌다. 힘
겹게 앞을 헤치며 따라가 보니, 그는 자그마한 연못 가장자리에 놓
인 평평한 돌에 앉아 있었다. 그의 뒤로 비바람에 풍화된 돌덩이가
보였는데, 얼룩진 표면에는 희미하고 어렴풋하게 인간의 형상이 새
겨져 있었다. 그렇다면 이곳은 성인聖人의 샘물이겠구나. 하일랜드
지방에는 이같이 성인에게 바쳐진 성소가 여기저기 흩어져 있다.
그런 성소는 대개 지금처럼 은밀한 곳에 숨겨져 있을 때가 많았다.
심지어 이곳은 언덕 위에 있었는데도 물 위로 드리워진 마가목 나
뭇가지에는 너덜너덜한 천 조각이 묶인 채 흩날리고 있었다. 건강
이나 안전한 여행길 같은 소원을 품고 성인에게 기원을 드리러 온

346

참배객들의 흔적이었다.

두걸은 고개를 끄덕이며 나의 등장을 맞이했다. 그리고 성호를 긋더니 고개를 숙이고 두 손으로 샘물을 떠 마셨다. 물은 신기하게 도 검은색이었고, 냄새는 더욱 고약했다. 아마 유황 성분의 샘인가 보네. 하지만 날이 더운 데다 목이 말랐으므로 나는 두걸을 따라 물을 마셨다. 물은 살짝 쓴맛이 났지만 차갑고 그럭저럭 마실 만했다. 나는 물을 좀 마신 다음 얼굴을 씻었다. 오는 길에는 먼지가 많았기 때문이다.

물이 뚝뚝 떨어지는 얼굴을 들자, 두걸은 아주 묘한 표정으로 나를 바라보고 있었다. 호기심과 계산적인 마음 사이의 그 무엇인 듯했다.

"물만 마시러 오기에는 좀 과한 등산 아니었나요?"

나는 가볍게 물었다. 말에도 물병이 있었으니까. 혹시 두걸은 이 샘의 수호성인에게 여관까지 안전하게 돌아가기를 기원하러 온 걸까? 그럴 리는 없는데. 내가 보기에 두걸은 좀 더 세속적인 방법을 믿는 사람이었다.

"대위에 대해서 얼마나 잘 아시오?"

그가 불쑥 물었다. 나는 대뜸 쏘아붙였다.

"당신보다 아는 게 없어요. 오늘 본 게 겨우 두 번째라고요. 게다가 첫 번째는 우연히 마주친 거고요. 우리는 아는 사이가 아니에요."

놀랍게도 두걸의 엄한 얼굴이 조금 풀어졌다.

"음, 나 역시 그자를 많이 좋아한다고 말할 수는 없소."

그는 수긍하더니 무엇인가를 생각하며 샘물의 갓돌을 손가락으로 두드리다가, 이내 나를 바라보며 말을 이었다.

"하지만 그자를 높이 평가하는 사람도 있소. 용감한 군인이자 멋진 전사라고 하는 소리를 들은 적이 있으니."

나는 눈썹을 치켜떴다.

"저는 잉글랜드의 장군이 아니라 그런지 별 감흥이 없군요."

그러자 두걸은 놀랄 만큼 하얀 치아를 드러내며 웃었다. 그의 웃음소리에 위쪽 나무에 있던 당까마귀 세 마리가 마음에 안 든다는 듯 목 쉰 소리를 마구 지르며 푸드덕 날아올랐다.

"당신은 어느 쪽 첩자요? 잉글랜드요, 아니면 프랑스요?"

그는 다시금 황당하게 화제를 바꾸었다. 그래도 이번에는 뭔가 달라지려 하는지 직설적으로 물어보았군. 나는 불퉁하게 대답했다.

"저는 첩자가 아니라니까요. 그저 클레어 비첨이라는 사람일 뿐이라고요."

나는 손수건을 물에 적셔서 목을 닦았다. 튼튼한 모직으로 만든 여행용 망토 아래 등줄기로 물방울이 시원하게 흘러내렸다. 그래서 가슴에 젖은 수건을 넣고 눌러서 그쪽도 등처럼 적셨다.

내가 되는대로 몸을 닦는 동안, 두걸은 몇 분간 아무런 말없이 나를 빤히 바라보다가 갑자기 말했다.

"당신은 제이미의 등을 봤소."

"어쩔 수 없이 봤죠."

나는 좀 냉랭하게 대답했다. 대체 서로 연관도 없는 질문들을 자꾸 던져 대는 이유가 뭔지 알고 싶은 마음도 이젠 없었다. 본인이 때가 되면 알려 주겠지.

"랜들이 그 상처를 냈는지 아느냐고 물으시는 건가요? 아니면 이미 알고 계신가요?"

내가 묻자, 두걸은 차분하게 날 가늠하며 대답했다.

"그렇소. **나는** 물론 잘 알고 있지. 하지만 랜들이 그 상처를 냈다는 걸 **당신이** 알고 있는지는 몰랐소."

나는 어깨를 으쓱였다. 내가 무엇을 알고 말고는 그와 상관이 없다는 걸 의미하는 몸짓이었다.

"나는 그곳에 있었소."

두걸은 아무렇지 않다는 듯 불쑥 말했다.

"어디에요?"

"포트윌리엄 말이오. 난 마침 그곳 수비대에 볼일이 있었소. 그곳 서기는 제이미가 내 친척이라는 걸 알고는 군인들이 그 애를 체포했다는 소식을 알려 주었소. 그래서 나는 그 애를 위해 뭘 할 수 있는지 알아보러 갔었소."

"그런데 별 성공을 거두지 못한 게 분명하군요."

내가 날선 말투로 대꾸하자, 두걸은 어깨를 으쓱였다.

"안타깝게도 그랬소. 평소에 보던 부사관이 담당했더라면, 적어도 제이미를 두 번째 채찍질까진 안 당하게 해 주었을 거라 생각하오. 하지만 알고 보니 랜들이 새로 부임했던 거요. 그는 나를 모르고, 내 말을 별로 듣고 싶어 하지도 않았소. 그때 그가 오로지 제이미를 본보기로 삼으려는 거란 생각이 들었소. 그에게 자비란 없다는 것을 처음부터 모두에게 보여 주려는 목적으로 말이오."

그는 허리띠에 찬 단검을 툭툭 쳤다.

"그건 지휘관의 입장으로선 꽤 괜찮은 원칙이오. 뭔가를 하기 전에 먼저 존경을 받아라. 그럴 수 없다면, 공포를 일으켜라."

나는 랜들 휘하의 상병이 지었던 표정을 떠올리며, 랜들이 어떤 방법을 택했는지 알 것 같았다.

두걸의 깊은 눈빛은 흥미롭다는 기색으로 내 얼굴을 살폈다.

"당신은 랜들이 그랬다는 걸 알고 있군. 제이미가 이야기해 줬소?"

"조금요."

나는 조심스럽게 대답했다. 그러자 두걸은 골똘히 생각에 잠겨 말했다.

"그 녀석은 당신을 좋게 생각하는 게 분명하군. 그런 이야기는 보통 아무에게나 하지 않소."

"왜 이야기를 안 하는지 도통 모르겠네요. 어차피 다 알게 되는 사실 아닌가요?"

나는 그만 발끈했다. 새로운 주점이나 여관에 들어갈 때마다 나는 숨을 죽이고 언제 사람들이 저녁 시간에 모여 술을 마시고 벽난로 옆에서 수다를 떨게 되려나 조마조마한 채 기다렸는데, 두걸은 내가 무슨 생각을 하는지 뻔히 알고서 냉소적인 미소를 지었다.

"음, 어쨌든 그 녀석이 나한테 이야기할 필요는 없긴 하지. 난 이미 봐서 아니까."

그는 한 손으로 묘하게 어두운 물을 한가로이 저어서 유황 연기를 일으켰다. 그러더니 한껏 비꼬는 어조로 말해서 나는 몸을 살짝 움찔했다.

"옥스퍼드셔에서는 어떨지 모르겠지만, 이곳 여성들은 채찍질 장면 같은 건 보통 볼 일이 없소. 당신은 본 적 있으시오?"

나는 날카롭게 대답했다.

"아뇨. 없어요. 보고 싶지도 않고요. 하지만 제이미의 등에 그런 흉터가 나려면 어떻게 때렸을지는 상상이 되네요."

두걸은 고개를 저으며 호기심에 이쪽으로 가까이 다가온 어치에게 샘물을 튀겼다.

"아니, 내가 이렇게 말해서 미안하지만, 상상할 수 있다는 건 틀렸소, 아가씨. 상상을 해 봤자 그저 남자 하나가 등을 드러내고 엎어진 모습이 떠오르겠지만, 실제 장면은 그 정도가 아니란 말이오. 채찍질은 아주 끔찍한 일이오. 한 남자를 망가뜨리려고 벌이는 일이지. 대개는 가해자가 마음먹은 대로 사람이 망가진다오."

"하지만 제이미는 아니었잖아요."

내 의도보다 더 날카롭게 대답이 나왔다. 제이미는 나의 환자였고, 어느 정도는 친구라고 할 수도 있었다. 두걸과 그의 개인사를 두고 이야기하고 싶은 마음은 들지 않았다. 물론, 아주 솔직하게 말한다면 어느 정도 부적절한 호기심은 있긴 했다. 그 덩치 큰 젊은이 제이미 맥타비시만큼 솔직하고도 동시에 비밀스러운 사람은 이제껏 만나 본 적이 없었으니까.

두걸은 짧게 웃더니 젖은 손으로 머리카락을 쓸어 넘기며 주점에서 도망쳐 나오면서 흘러내린 머리를 다시 정돈했다. 적어도 내가 생각하기엔 그건 도망친 것이었다.

"음, 제이미는 다른 가족들처럼 고집이 대단하지. 다들 황소고집이지만 그중에서도 제이미가 최악이오."

하지만 그의 목소리에는 원망이 비치긴 해도 분명히 대견하다는 어조가 비쳤다.

"제이미가 탈출하려다가 잡혀서 채찍질을 당했다는 이야기도 했소?"

"네."

"아, 그 녀석은 용기병들에게 잡혀 온 그날 날이 어두워지자마자 수용소 담을 넘었소. 죄수의 숙소가 생각만큼 견고하지가 못해서 그런 일이 꽤 자주 일어난다오. 그래서 잉글랜드 군인들은 매일 밤 벽 옆에서 순찰을 돌지. 수비대 직원이 말해 준 바로는, 제이미가 다시 잡혀 온 모습을 보아하니 잘 싸웠다고 했소. 하지만 상대는 여섯 명이었고, 모두 머스킷 총으로 무장한 군인이었지. 그래서 오래 가지 못했소. 제이미는 그날 밤 쇠사슬에 묶인 채로 밤을 샜고, 아침이 되자 제일 먼저 채찍질을 당하러 기둥에 끌려갔소."

그는 잠시 말을 멈추었는데, 내가 혹시 기절하거나 구토를 할 것 같지는 않은지 살피는 듯했다.

"채찍질은 보통 점호 바로 후에 진행되오. 모두들 그 모습을 보고 그날 하루를 제대로 된 마음가짐으로 보내라는 뜻이지. 그날 채찍질을 당할 사람은 세 명이었고, 제이미의 순서는 마지막이었소."

"당신은 그걸 직접 **보셨나요?**"

"아, 봤소. 아가씨에게 말해 두자면, 사람이 채찍질을 당하는 장면을 본다는 건 기분 나쁜 일이오. 살면서 안 해 봤으면 싶은 경험을 나는 많이 했지만, 채찍질을 당하는 것은 단연 최악이라 생각하오. 게다가 다른 사람이 당하는 걸 보면서 자기 차례를 기다리는 건 그중에서도 최악이겠지."

"그건 확실히 그렇겠네요."

내가 중얼거리자, 두걸은 고개를 끄덕였다.

"제이미는 무척 우울해 보였지만, 다른 사람들이 지르는 비명과 온갖 소리를 들으면서도 눈 하나 깜짝하지 않았소. 채찍에 살이 찢어지는 소리가 어떤지 아시오?"

"으!"

그는 기억을 떠올리며 얼굴을 찌푸렸다.

"나도 마찬가지 반응이었소, 아가씨. 단순히 피가 나고 멍이 드는 정도가 아니오. 퉤!"

그는 침을 뱉었다. 그래도 샘물과 갓돌에는 침이 튀지 않게 조심하긴 했다.

"그걸 보고 있자니 속이 뒤집혔소. 나는 결코 비위가 약한 사람이 아닌데도 그랬소."

두걸은 섬뜩한 이야기를 계속 이어 갔다.

"제이미의 차례가 오자, 그 녀석은 기둥으로 걸어갔소. 다른 사람은 질질 끌려가기도 했지만, 그 앤 아니었지. 제이미는 상병이 쇠사슬을 풀도록 두 손을 내밀었소. 그리고 상병이 팔을 잡아당겨 끌고 가려고 하자, 손을 뿌리치고 한 걸음 뒤로 물러섰지. 난 그 녀석이 단숨에 도망칠지도 모르겠다고 생각하고 있었는데, 오히려 자기 셔츠를 벗었소. 이미 여기저기 찢어진 데다 흙투성이였지만, 그게 성당에 갈 때 입는 제일 좋은 옷인 것처럼 조심스레 접어서 땅에 내려놓았소. 그러더니 군인답게 뚜벅뚜벅 기둥으로 걸어가 묶으라고 손을 내밀었지."

두걸은 놀랍다는 표정으로 고개를 저었다. 나뭇잎 사이로 비쳐 드는 햇살이 그 얼굴을 엷게 물들이자, 마치 레이스 깔개를 덮어 놓은 것 같았다. 나는 그 생각이 우스워서 무심코 미소를 지었는데, 두걸은 나를 보며 맞다는 듯 고개를 끄덕였다. 내가 자신의 이야기를 듣고 웃은 줄 알았나 보다.

"맞아, 아가씨. 그런 용기는 흔치 않소. 단순히 채찍질을 몰라서가 아니었단 말이오. 방금 남자 둘이 채찍에 맞는 것을 보았고, 곧 자기 차례라는 것도 알고 있었소. 단지 어쩔 수 없다는 걸 알고서 마음을 먹은 것뿐이었소. 전투에서 대담하게 행동하는 건 스코틀랜드 남자라면 전혀 이상한 일이 아니지만, 이토록 냉정하게 두려움에 맞서는 건 아무 남자나 할 수 있는 게 아니오. 그런데 녀석은 그때 겨우 열아홉이었소."

두걸은 나중에 생각났다는 듯 덧붙였다.

"보기에 정말로 소름 끼쳤을 것 같아요. 당신 속은 괜찮으셨나요?"

나는 빈정대듯 물었다. 두걸은 이게 비꼬는 말이라는 걸 알면서도 그냥 받아들였다. 그리고 짙은 눈썹을 치켜뜨며 대답했다.

"속이 뒤집힐 뻔했소, 아가씨. 첫 타격에 피가 났고, 그 녀석의 등은 1분도 되지 않아 반은 시뻘겋고 반은 새파랗게 변했소. 하지만 제이미는 비명을 지르지도 않고, 자비를 구하거나 피하려고 몸을 뒤틀지도 않았소. 그저 이마를 기둥에 단단히 누른 채로 서 있었을 뿐이오. 물론 채찍이 내리칠 때는 움찔하기는 했지만, 그뿐이었소. 나라도 그렇게는 못 했을 거요."

두걸은 순순히 시인하면서 말을 이어 갔다.

"그럴 수 있는 남자가 몇이나 있을지 모르겠소. 중간에 반쯤 기절하긴 했지만, 놈들은 녀석에게 물병을 끼얹어 깨워 가며 채찍질을 끝냈소."

"정말 끔찍하군요. 그런데 왜 저한테 이런 말씀을 하시죠?"

나는 그를 빤히 바라보았다.

"아직 내 이야기가 끝나지 않았소."

두걸은 허리띠에서 단검을 꺼내어 끝으로 손톱을 다듬기 시작했다. 여행길에서 청결을 유지하기란 어렵지만, 그는 꽤나 깔끔 떠는 남자였다.

"제이미는 밧줄에 묶인 채로 쓰러졌소. 피가 줄줄 흘러서 킬트가 젖었지. 녀석이 기절할 거라고 생각하지는 않았지만, 그땐 다리가 너무 후들거려서 서 있을 수가 없었던 거요. 그런데 바로 그때 랜들 대위가 연병장에 나타났소. 왜 처음부터 그곳에 있지 않았는지는 모르겠소. 무슨 일 때문이었겠지. 어쨌든, 제이미는 랜들이 다가오는 걸 보자 침착함을 잃어버리고 눈을 감은 채 고개를 떨구었소. 마치 의식을 잃은 것 같았지."

두걸은 눈썹을 지그시 모은 채로, 좀처럼 떼어지지 않는 손거스러미를 뚫어져라 바라보았다.

"대위는 제이미의 채찍질이 벌써 끝난 걸 알고서는 마구 화를 냈소. 자기가 직접 채찍질하며 즐길 생각이었던 게지. 하지만 이미 끝난 일이라 어쩔 수가 없었소. 그런데 그는 잠시 생각하더니, 제이미가 처음에 어떻게 탈출했는지 조사하기 시작했소."

두걸은 단검을 들어 자국을 살피고는 앉은 자리의 돌에 날을 갈기 시작했다.

"대위가 질문을 끝내기도 전에 군인들은 다리를 부들부들 떨고 있었소. 그자는 언변으로 사람을 벌벌 떨게 만들 줄 아는 인간이지. 내 장담하오."

"저도 알아요."

나는 딱딱하게 대답했다.

단검은 돌에 리드미컬한 소리를 내며 갈렸다. 가끔 날붙이가 돌의 거친 부분에 부딪힐 때마다 희미한 불똥이 튀었다.

"음, 이 조사 과정에서 제이미가 잡혔을 때 빵 껍질 한 조각과 치즈를 갖고 있었다는 사실이 드러났소. 담을 넘을 때 가져갔던 거지. 대위는 잠시 생각에 잠겼다가 미소를 지었소. 우리 할머니의 얼굴에서나 볼 법한 인자한 미소라서 더욱 치가 떨렸지. 그자는 절도죄는 중범죄므로 그에 상응하는 처벌을 받아야 한다고 선언했소. 그리고 제이미에게 채찍질 백 대를 추가로 선고했소."

나도 모르게 몸이 움찔 떨렸다.

"그러다 죽을지도 모르잖아요!"

두걸은 고개를 끄덕였다.

"그렇지. 수비대의 의사도 그렇게 말했소. 자신은 그런 일을 허락할 수 없다고 말이오. 양심에 따라, 죄수는 일단 일주일 동안 나을 시간을 가진 다음에 다시 채찍질을 맞아야 한다고 말했소."

"하, 아주 인간적인 처사로군요. 양심 좋아하시네! 그래서 랜들 대위가 뭐라던가요?"

"처음에는 그다지 달가워하지 않았지만, 나중에는 납득하더군. 대위가 물러서자, 부사관이 제이미의 밧줄을 풀어 주었소. 진짜로 기절하지는 않았다는 걸 알고 있었거든. 그 녀석은 좀 비틀거렸지만 계속 두 발로 섰고, 거기 있던 남자들 중 몇은 박수를 치기도 했소. 물론 대위는 좋아하지 않았지. 그자는 부사관이 제이미의 셔츠를 주워 주는 것조차 못마땅해했다오. 그 정도의 호의는 으레 베푸는 것인데도 말이오."

두걸은 칼날을 이리저리 돌리며 날카로운 눈빛으로 검사했다. 단검을 무릎에 올려놓은 그는 나를 똑바로 쳐다보았다.

"아가씨도 알겠지만, 따뜻한 술집에서 맥주 한 잔 마시면서 용감하게 굴기란 아주 쉽소. 추운 들판에서 머스킷 총탄에 맞을 각오를 하며 헤더꽃에 엉덩이가 쓸리는 와중에 용감하게 구는 건 좀 어려운 일이지. 하지만 적을 똑바로 바라보며 선 채로 몸에서 피를 줄줄 흘리면서도 용감하게 굴기란 참으로 어려운 일이오."

"그렇겠지요."

지금 상황은 절대로 기절할 때가 아니었는데도 난 약간 현기증이 일 지경이었다. 그래서 물속에 두 손을 담그고 그 검은 샘물에 손목까지 차갑게 식혔다.

두걸은 자신의 행동을 정당화할 필요를 느낀 것처럼 변명하듯 말했다.

"나는 주중에 랜들에게 찾아갔소. 우리는 오래 대화를 나누었고, 난 그에게 뇌물까지 제안했지만……."

"아, 그것참 감동적이군요."

나는 중얼거렸지만, 두걸이 나를 노려보는 바람에 말을 삼켰다.

"아니, 진짜예요. 정말 친절한 행동이었다고 생각해요. 하지만 랜들은 당신의 제안을 거절했죠?"

"그렇소. 거절했소. 아직도 왜 거절했는지는 모르겠소. 잉글랜드 장교들은 돈이 생기는 일이라면 하나같이 눈에 불을 켜고 달려드는데 말이오. 게다가 대위는 돈이 아주 많이 드는 옷차림을 하고 다니잖소."

"어쩌면 그자에겐…… 다른 수입원이 있는 거겠죠."

"그건 확실하오. 어쨌든……."

내 말에 두걸은 고개를 끄덕였지만 나를 날카로운 눈빛으로 바라보았다. 그리고 잠시 주저하다가 천천히 말을 이어 갔다.

"나는 그자가 제이미를 다시 때리는 자리에 찾아갔소. 그 당시 내가 그 불쌍한 녀석에게 해 줄 수 있는 게 별로 없었지만 말이오."

두 번째는 채찍질을 당하는 죄수가 제이미뿐이었다고 했다. 경비병은 그를 데리고 나오기 전에 셔츠를 벗겼다. 해가 막 뜬 10월의 추운 아침이었다.

"그 녀석이 죽을 만큼 무서워한다는 게 보였소. 하지만 혼자서 걸으면서 경비병이 자기에게 손도 못 대게 했지. 그 애가 추위만큼이나 불안함에 덜덜 떠는 게 보였소. 팔과 가슴에 소름이 돋았지만, 얼굴에는 땀이 송송 솟은 채였다오."

몇 분 후, 랜들은 옆구리에 채찍을 끼고 나왔다. 걸을 때마다 채찍 끝에 달린 납추가 서로 부딪쳐 딸랑거리는 소리가 났다. 그는 제이미를 냉담한 눈빛으로 훑어본 다음, 부사관을 시켜 죄수의 등을 돌리게 했다.

두걸은 얼굴을 찌푸렸다.

"그 역시 차마 못 볼 꼴이었소. 상처는 반도 낫지 않아서 아직도 선명했고, 채찍 자국은 검게 변했고 나머지 살은 멍 때문에 노랗게 변색되었지. 아직 아픈 곳을 또 채찍으로 후려친다고 생각하니 나는 정신이 아득해졌소. 보고 있던 사람들도 다들 그랬을 거요."

이윽고 랜들은 부사관에게 고개를 돌리며 말했다고 했다. "아주 잘했네, 월크스 하사. 나도 이만큼 할 수 있는지 봐야겠군." 그는 아주 꼼꼼한 태도로 수비대 의사를 부른 후, 공식적으로 제이미가 채찍질을 당할 만큼 회복되었는지 증명하라고 했다.

두걸은 내게 물었다.

"고양이가 쥐를 갖고 노는 모습을 본 적이 있소? 그자가 딱 그랬소. 랜들은 그 녀석 주위를 어슬렁거리면서 이런저런 말을 했고, 그 무엇 하나 듣기 좋지 않았소. 제이미는 참나무처럼 꼿꼿이 서서 말없이 기둥을 바라보았을 뿐, 랜들을 전혀 쳐다보지 않았소. 그 애가 떨지 않으려고 팔꿈치를 꽉 잡은 모습이 보이더군. 랜들도 그 모습을 봤을 거요. 그는 입가를 팽팽히 당기고 이렇게 말했소. '일주일 전에는 죽는 것도 두렵지 않다던 젊은이가 아니던가? 죽기를 두려워하지 않는 남자라면 채찍질 몇 대쯤이 뭐가 무섭지?' 그러면서 제이미의 배를 채찍 손잡이로 쿡 찔렀소. 그러자 제이미는 랜들의 눈을 똑바로 바라보며 말했소. '아니. 하지만 당신이 말을 마치기 전에 얼어 죽을까 봐 무섭군'."

두걸은 한숨을 쉬었다.

"음. 멋진 말이긴 했지만, 돼먹지 못하게 무례한 말이기도 했소. 사람을 채찍질하는 건 그 자체로 결코 보기 좋은 일이 아니지만, 정도가 더 끔찍해질 수 있지. 예를 들어, 상처를 깊숙이 내려고 옆으로 내리치거나, 신장 부분을 세게 내리치는 거요. 아주 고약한 행동이지."

두걸은 고개를 흔들었고, 눈살을 찌푸리며 천천히 말을 골라 이어 갔다.

"랜들의 얼굴은…… 말하자면 못된 의도를 가득 품은 표정이었소. 그리고 점찍어 둔 아가씨를 보는 남자처럼 약간 밝아지기도 했지. 무슨 말인지 알 거요. 그저 제이미의 거죽을 벗기는 게 아니라 훨씬 나쁜 짓을 하는 듯한 얼굴이라고나 할까. 열다섯 대를 때리자 그 녀석의 다리 아래로 피가 줄줄 흘러내렸고, 얼굴에는 땀과 눈물이 섞여서 흘렀소."

나는 약간 어질어질해져서 갓돌을 잡았다. 그는 나의 표정을 보더니 불쑥 말했다.

"음, 어쨌든 제이미는 그 과정을 견디고 살아났다고만 해 두겠소. 상병이 두 손을 풀어 주었을 땐 넘어질 뻔했지만, 상병과 부사관이 옆에서 각각 팔을 잡아 쓰러지지 않게 해 주어서 녀석은 자기 발로 걸었다오. 충격과 추위 때문에 어느 때보다 심하게 떨고 있었지만, 고개를 꼿꼿이 든 녀석의 눈에는 불이 일었소. 난 6미터 떨어진 곳에서 그 모습을 봤지. 연단에서 부축을 받으며 내려오는 동안에도 제이미는 랜들에게서 시선을 떼지 않았소. 발 디딘 자리마다 피가 묻어났지만, 녀석이 걸을 수 있는 힘은 오로지 랜들을 바라보는 데서 나오는 것 같았소. 랜들의 얼굴은 제이미처럼 희었고, 눈빛 역시 녀석을 계속 마주 보았소. 마치 둘 중 먼저 눈길을 돌리는 쪽이 쓰러질 것 같은 분위기였다오."

두걸의 눈빛은 여전히 그 으스스한 장면을 바라보는 것처럼 집중하는 기색이었다.

자그마한 공터의 사방은 그저 고요했다. 마가목 이파리 사이로 희미한 바람이 이파리를 스쳐 가는 소리만 들렸을 뿐. 나는 눈을 감고 잠시 바람의 소리를 들었다. 그리고 여전히 눈을 감은 채로, 마침내 입을 열었다.

"왜죠? 왜 이런 말을 제게 하시는 거죠?"

다시 눈을 뜨자, 두걸은 나를 빤히 바라보고 있었다. 난 한 손을 다시 샘물에 넣은 다음 차가운 물을 관자놀이에 문질렀다.

"인물 분석에 도움이 될까 해서였소."

나는 진심 없는 웃음을 짧게 내뱉었다.

"랜들의 인물 분석이요? 고맙지만 그자의 성격에 대해 이미 충분히 알고 있답니다."

"랜들만이 아니라 제이미에 대해서 말해 주고 싶었소."

나는 문득 마음이 불편해져 두걸을 바라보았다.

"보다시피 나는 **명령**을 받았소. 그 훌륭하신 대위의 명령이지."

그는 비꼬듯 말했다. 나는 점점 불안해지는 마음을 다잡고 물었다.

"무슨 명령을요?"

"잉글랜드 국민인 클레어 비첨이라는 여인을 6월 18일 월요일까지 포트윌리엄으로 데려오라는 명령이었소. 취조하기 위해서."

내 표정이 너무나 불안해 보였던 게 틀림없었다. 두걸이 벌떡 일어나 내게로 다가오더니, 내 목덜미를 누르며 말했다.

"머리를 무릎 사이에 넣으시오, 아가씨. 어지러움이 지나갈 때까지.”

“제가 알아서 할게요.”

짜증을 내긴 했지만, 두걸의 말대로 했다. 관자놀이로 다시 피가 고동치는 것을 느끼며 눈을 감았다. 얼굴과 귀가 저릿했던 느낌이 사라지기 시작했지만, 두 손은 여전히 얼음장처럼 차가웠다. 나는 제대로 호흡하려고 정신을 모으며 숫자를 셌다. 하나, 둘, 셋, 넷…… 숨을 내쉬고, 다시 하나, 둘, 숨을 들이쉬고, 하나, 둘, 셋, 넷…….

마침내 나는 일어나 앉았다. 이제는 몸의 기능이 다소 돌아온 느낌이었다. 두걸은 다시 샘물의 갓돌에 앉아 참을성 있게 기다리며 내가 혹시나 샘에 빠지지는 않을지 주의 깊게 지켜보는 중이었다.

“방법이 하나 있소. 내가 보기엔 유일한 방법이지.”

그가 불쑥 말하자, 나는 어떻게든 미소를 지어 보려 하며 말했다.

“어서 말해 보세요.”

두걸은 앞으로 다가앉아 내게 몸을 숙이고 설명했다.

“그럼 좋소. 랜들은 당신을 취조할 권리가 있소. 당신이 잉글랜드 국왕의 국민이기 때문이오. 그러니까 우리는, 그 점을 바꿔야 하오.”

나는 이해가 안 되어 그를 빤히 바라보았다.

“그게 무슨 말이에요? 당신 역시 국왕의 국민이 아닌가요? 맞잖아요? 그걸 어떻게 바꾼다는 거죠?”

두걸은 눈살을 찌푸리며 설명했다.

“스코틀랜드의 법과 잉글랜드의 법은 아주 비슷하오. 하지만 똑같지는 않지. 잉글랜드의 장교는 범죄의 증거나 심각한 의혹의 근거가 없는 한, 스코틀랜드인을 강제로 끌고 갈 수 없소. 심지어 의혹이 있다 하더라도, 스코틀랜드 국민을 씨족의 땅에서 영주의 허락 없이 데려갈 수 없소.”

"네드 고언과 벌써 이야기를 마치셨군요."

나는 다시금 현기증이 느껴지기 시작했다. 두걸은 고개를 끄덕였다.

"그렇소. 어쩌면 이렇게 될지도 모른다는 생각이 들었거든. 그리고 네드도 나와 같은 생각이었소. 당신을 법적으로 문제 없이 랜들에게 내주지 않는 방법은 당신을 잉글랜드 여자에서 스코틀랜드 여자로 바꾸는 것이오."

"스코틀랜드 여자요?"

이제까지 멍했던 기분이 사라지고 이제는 재빠르게 무시무시한 의혹이 들었다.

두걸의 다음 말은 그 의혹을 굳혀 주었다. 그는 내 표정을 보며 고개를 끄덕였다.

"그렇소. 당신은 스코틀랜드인과 결혼해야 하오. 젊은 제이미와."

"그럴 수는 없어요!"

두걸은 곰곰이 생각하며 눈살을 찌푸렸다.

"음, 그렇다면 대신에 루퍼트도 있소. 그는 홀아비거든. 작은 농장의 임차권도 갖고 있지. 하지만 나이가 좀 많고……."

"난 루퍼트와도 결혼하고 싶지 않아요! 그건, 정말이지…… 말도 안 되는……."

말이 제대로 나오지 않았다. 너무 화가 난 나는 벌떡 일어서서 자그마한 공터를 이리저리 걸어다녔다. 바닥에 떨어진 마가목 열매가 발밑에서 으스러졌다.

두걸은 여전히 갓돌에 앉은 채로 날 설득하려 했다.

"제이미는 좋은 녀석이오. 지금은 재산이 많지는 않지만 마음씨 착한 녀석이라고. 당신에게 모질게 굴지 않을 거요. 게다가 훌륭한 전사고, 랜들을 미워할 이유도 충분하오. 아니, 그 녀석과 결혼한다면 그 앤 당신을 보호하기 위해 마지막 숨이 붙은 순간까지 싸울 거요."

"하지만…… 하지만 난 아무와도 **결혼할 수 없어요!**"

나는 불쑥 말했다. 그러자 두걸의 눈빛이 날카로워졌다.

"어째서? 당신 남편이 아직 살아 있소?"

"아뇨. 하지만 이게…… 말이 안 되잖아요! 이런 일이 어떻게 일어날 수 있나요!"

내가 "아뇨"라고 하자 두걸은 안심했다. 이제 그는 태양을 슬쩍 올려다보고는 일어섰다.

"어서 움직이는 게 좋겠소, 아가씨. 우리가 해야 할 일이 있소. 특별 허가증이 있어야 하겠지. 하지만 네드가 알아서 할 테고."

그는 혼잣말처럼 중얼거렸다. 그리고 계속 중얼대며 내 팔을 잡았다. 나는 그 팔을 뿌리쳤다.

"난 아무와도 결혼하지 않을 거예요."

난 단호하게 말했다. 하지만 두걸은 그 말에 꿈쩍도 하지 않고 그저 눈썹을 치켜떴을 뿐이다.

"랜들에게 데려다주었으면 좋겠소?"

"아뇨!"

버럭 소리치던 도중, 문득 어떤 생각이 떠올랐다.

"그럼 당신은 적어도 내가 잉글랜드 첩자가 아니라는 말을 믿는 거군요?"

"**이제는** 믿소."

그는 이제라는 말을 강조하며 말했다.

"그러면 전에는 왜 믿지 않았나요?"

두걸은 샘물 쪽으로 머릿짓을 하더니, 이어 바위에 새겨진 희미한 형상을 가리켰다. 그건 수백 년은 되어 보이는 형상이었다. 샘물 위에 그늘을 드리우고 하얀 꽃을 검은 물 위로 떨구는 저 거대한 마가목보다 훨씬 더 오래된 바위 그림이었다.

"여긴 성 니니언의 샘물이오. 내가 질문하기 전에 당신은 이 샘물을 마셨소."

나는 이번에는 정말로 심하게 당황했다.

"그게 무슨 상관이죠?"

두걸은 놀라더니, 이내 입가를 비틀어 웃었다.

"모르시오? 이 샘은 거짓말쟁이의 샘이라는 이름도 있소. 물에서는 지옥의 냄새가 나잖소. 이 샘물을 마시고 거짓말을 하는 사람은 배 속이 불타오르게 된다오."

나는 이를 악물고 대답했다.

"그렇군요. 음, 나의 배 속은 아주 멀쩡해요. 그러니 내가 첩자가 아니라는 걸 믿어도 좋아요. 잉글랜드든 프랑스든 어디의 첩자도 아니라고요. 그리고 이것 역시 믿어 주시죠, 두걸 매켄지. 나는 아무와도 결혼하지 않을 거예요!"

하지만 그는 들은 척도 하지 않았다. 사실 그는 이미 샘을 둘러싼 덤불 사이를 밀고 나가는 중이었다. 부르르 떠는 떡갈나무 가지만이 그의 자취를 알려 줄 뿐이었다. 나는 화를 삭이며 그의 뒤를 따랐다.

———

여관으로 돌아오는 길에도 나는 계속 반발했다. 마침내 두걸은 쓸데없는 반항은 하지 말라고 충고했고, 그 후 우리는 침묵을 지키며 말을 탔다.

여관에 도착한 나는 고삐를 바닥에 팽개치고 피난처인 내 방으로 쿵쿵 올라갔다.

뭐 이런 터무니없는 상황이 있지? 아니, 그런 정도가 아니야. 어떻게 이런 생각을 할 수 있냐고? 좁은 방을 왔다 갔다 할수록 스스로가 함정에 빠진 쥐 같다는 느낌만 커져 갔다. 왜 난 진작에 저 스코틀랜드 인간들에게서 도망칠 생각을 못 했을까? 제아무리 위험하더라도 도망쳐야 했어.

결국 침대에 앉아 차분하게 생각해 보려 했다. 두걸의 관점에서 보면 이 제안은 분명 장점이 있었다. 나를 랜들에게 넘겨 주지 않겠다고 단도직입적으로 거절하면서 아무런 이유를 대지 않는다면, 대위는 나를 쉽사리 무력으로 빼앗아 가려 하겠지. 그리고 나를 믿든 안 믿든, 두걸은 나 때문에 잉글랜드 용기병 군대와 교전을 하고 싶진 않을 것이다.

그리고 냉정하게 따져 보면, 그 제안은 내 입장에서도 나름의 장점이 있었다. 만약 스코틀랜드인과 결혼한다면, 더는 감시나 호위 같은 건 받지 않겠지. 그렇다면 때가 되었을 때 도망치기 훨씬 쉬울 것이다. 그리고 만약 제이미라면…… 음, 그는 분명히 날 좋아하잖아. 게다가 하일랜드를 손바닥 보듯 훤히 알고 있는 사람이야. 어쩌면 나를 크레이크 나 둔으로 데려가 주거나, 적어도 어디로 가면 되는지 알려 줄 거야. 그래. 나의 목표를 달성하려면 결혼이야말로 제일 좋은 방법이다.

하지만 그건 냉정하게 따져 봤을 때 그렇다. 나의 성미는 냉정하지 못했다. 오히려 분노와 격앙으로 달아오른 데다, 가만히 있지를 못하고 분을 뿜고 씩씩대며 어떻게든 분출할 곳을 찾았다. 이런 상태로 한 시간을 보내자 얼굴이 새빨개지고 머리가 지끈거렸다. 나는 일어나 창문을 활짝 열고 고개를 밖으로 내밀어 시원한 바람을 맞았다.

그때, 뒤에서 문을 두드리는 소리가 들렸다. 고개를 돌리자 방으로 들어오는 두걸이 보였다. 그는 커다란 쟁반같이 뻣뻣한 종이 묶음을 들고 있었다. 뒤로는 마치 왕실 시종처럼 루퍼트와 먼지 하나

364

없이 깔끔한 차림의 네드 고언이 따라 들어왔다.

"어서들 오시지요."

나는 한껏 예의를 차려 비꼬듯 말했다.

언제나처럼 날 무시한 두걸은 탁자 위에 있던 요강 단지를 치우고 거친 떡갈나무 탁자 위에 종이를 부채꼴로 격식을 갖추어 펼쳤다.

"모든 서류가 갖추어졌소."

두걸은 이토록 어려운 임무를 성공적으로 마무리한 자의 자부심을 드러냈다.

"네드가 서류를 꾸몄소. 네드가 우리 편에 있으면 제아무리 잘난 변호사가 온다 해도 소용없지. 안 그렇소, 네드?"

남자들은 모두 웃었다. 다들 기분이 좋아 보였다.

네드는 겸손하게 대답했다.

"그리 어려운 일은 아니었소. 단순한 계약서일 뿐인걸."

그는 서류를 작성자답게 검지로 쭉 넘기더니, 문득 생각이 났다는 듯 이맛살을 찌푸리며 멈추었다.

"혹시 프랑스에 재산이 있소?"

그는 안경 너머로 걱정스러운 눈빛을 던지며 나를 빤히 바라보았다. 내가 고개를 젓자, 그는 긴장을 풀고는 서류를 다시 한 무더기로 정리한 다음 톡톡 두드려 가장자리를 깔끔하게 맞추었다.

"그럼 됐소. 이 아래에 서명하면 되오. 두걸과 루퍼트가 증인이 될 것이오."

변호사는 가져온 잉크 통을 내려놓고 주머니에서 깔끔한 깃펜을 꺼내어 내게 엄숙하게 내밀었다.

"이게 다 뭐죠?"

난 이렇게 물었지만, 정말로 몰라서 물은 건 아니었다. 서류 더미의 맨 앞장에는 깔끔하고 장식적인 필체로 '혼인 계약서'라는 검은 글자가 5센티미터 높이로 커다랗게 적혀 있었으니까.

두걸은 나의 고집에 조바심 섞인 한숨을 쉬려다 참고서 쏘아붙였다.

"이게 뭔지는 당신이 잘 알 거 아니오. 랜들의 손아귀에서 벗어날 다른 좋은 방도가 없는 한, 여기에 서명하면 일이 해결되오. 시간이 없소."

지금껏 이 문제를 놓고 한 시간을 고심했지만, 특히 이 순간엔 좋은 방도가 떠오르지 않았다. 이 대안은 정말이지 어처구니가 없었기에 애써 거부해 보려 했지만, 결국 내게도 최선의 방법으로 보이기 시작했다.

"하지만 난 **결혼하고 싶지 않다고요!**"

나는 고집스레 말하다가 갑자기 어떤 생각이 떠올랐다. 이건 나만 엮인 문제가 아니었으니까. 성의 벽감 안에서 금발의 소녀가 제이미와 키스하던 장면이 아직도 기억이 나는데.

"제이미도 나와 결혼하고 싶지 않을 거예요! 그건 왜 생각하지 않아요?"

하지만 두걸은 이 점을 별로 중요하게 여기지 않았다.

"제이미는 군인이오. 그러니 시키는 대로 하겠지. 당신도 마찬가지로 시키는 대로 해야 하오. 물론 잉글랜드 감옥에 가고 싶다면야 이야기는 달라지겠지만."

그는 마지막 말을 힘주어 덧붙였다. 나는 숨을 몰아쉬며 두걸을 노려보았다. 랜들의 사무실에서 급히 나온 후로 쭉 불안했던 마음은 이것 아니면 저것밖에 없는 상황을 맞이한 지금 엄청나게 동요했다.

"제이미랑 이야기하고 싶어요."

내가 불쑥 말하자, 두걸은 눈썹을 확 치켜떴다.

"제이미와? 왜?"

"**왜라니요?** 당신이 나를 제이미와 억지로 결혼시키려고 하니까요. 내가 보기엔 당신은 제이미에게 이야기도 안 했을 것 같거든요!"

두걸이 보기에는 전혀 상관없는 일인 것 같았다. 하지만 그는 결국 내 주장을 받아들이고 자기 부하들과 함께 저 아래 주점에 있는 제이미를 데리러 갔다.

제이미는 곧바로 나타났다. 그 역시 어리둥절한 표정이었다.

"두걸이 우리를 결혼시키려고 한다는 거 알아요?"

나는 불쑥 물었다. 그러자 제이미의 표정이 밝아졌다.

"아, 네. 알아요."

"하지만 당신은 젊은 남자잖아요, 그러니까 누군가, 음, 마음에 둔 사람이 있겠지요?"

그는 잠시 멍한 표정을 지었다가, 곧바로 알았다는 기색이 되었다.

"아, 내가 장래를 약속한 여자가 있냐고요? 아뇨. 나는 여자한테 좋은 신랑감이 못 돼요."

그는 방금 한 말이 내게 모욕으로 여겨질 수 있겠다고 깨달은 듯, 말을 급히 이었다.

"그러니까 내 말은요, 이렇다 할 재산도 없고, 군인 봉급 외에는 먹고살 게 없다는 뜻이었어요."

그는 턱을 문지르며 나를 의심스러운 눈길로 바라보았다.

"그리고 내 머리에 현상금이 걸려 있다는 것도 좀 문제이긴 하죠. 언제든 잡혀서 교수형당할지도 모르는 남자에게 어떤 아버지가 딸을 주겠어요. 당신도 그렇게 생각하지 않아요?"

결혼이라는 무시무시한 상황에 비하면 그가 수배자란 사실은 사소한 문제에 불과했기에, 나는 손을 내저었다. 그리고 마지막으로 물었다.

"내가 이미 성 경험이 있다는 건 마음에 걸리지 않나요?"

그러자 제이미는 약간 망설이다가 천천히 대답했다.

"음, 안 걸려요. 그리고 사실은 내가 경험이 없어요. 그게 당신 마음에 걸리지 않았으면 좋겠군요."

너무 놀라 입이 딱 벌어진 나의 표정을 본 제이미는 씩 웃더니, 문으로 향하며 말했다.

"우리 둘 중 하나라도 뭘 해야 할지 알아야죠."

이윽고 조용히 문이 닫혔다. 구혼은 이렇게 끝나 버렸다.

———

서류에 정식으로 서명한 다음, 나는 여관의 가파른 계단을 조심스레 내려가 주점에 있는 바 자리로 갔다.

"위스키 주세요."

바 뒤에 있는 쪼글쪼글한 노인에게 주문하자, 그는 희뿌연 눈으로 나를 노려보았다. 하지만 두걸이 고개를 끄덕이자 순순히 술병과 잔을 내왔다. 초록색의 두꺼운 술잔은 테두리 한구석에 이가 빠지고 얼룩이 졌지만, 어쨌든 액체를 제대로 담을 만한 그릇이었다. 지금은 그거면 족했다.

타는 듯한 맛을 느끼며 술을 삼키자, 이윽고 취기를 빌려서나마 마음이 차분해졌다. 나는 만사 무심함을 느끼며 주변을 아주 집중해서 샅샅이 파악하기 시작했다. 바 위에 설치한 작은 스테인드글라스, 깡패같이 생긴 주인장과 집기 위로 드리워진 색색의 그림자, 옆쪽 벽에 걸린 구리 국자의 구부러진 손잡이, 탁자 위에 고인 끈적한 웅덩이 가장자리에서 벗어나려 몸부림치는 녹색 배의 통통한 파리까지. 나는 파리에게 동질감을 느끼고 술잔을 슬쩍 밀어 웅덩이에서 빠져나오게 해 주었다.

방 저쪽 닫아 놓은 문 너머에서 점점 높아지는 목소리가 들렸다. 두걸은 나와의 계약을 마친 후, 제이미와의 계약을 확정하기 위해 그 방으로 들어간 것 같았다. 난 다투는 소리를 즐겁게 들었다. 큰 소리가 나는 걸로 보아, 앞으로 내 신랑이 될 남자는 별 이의가 없던 아까와는 달리 성질을 부리고 있는 모양이었다. 어쩌면 아까는 나를 불쾌하게 하지 않으려고 마음에 없는 소리를 했었나 보네.

"지지 마, 녀석아."

나는 중얼거리면서 술을 또 들이켰다.

얼마나 시간이 흘렀을까. 누군가 내 손가락에서 초록색 술잔을 떼어 내는 느낌이 희미하게 났다. 그는 다른 손으로 내 팔꿈치를 받치고 있었다.

"제길. 늙은 매춘부처럼 취했군."

누군가 내 귓가에 대고 말했다. 거칠고 기분 나쁜 목소리네. 사포라도 씹어 먹은 모양이지. 그 생각을 하자 키득키득 웃음이 났다.

"조용히 해, 이 여자야!"

기분 나쁘고 거친 목소리가 말했다. 목소리의 주인은 고개를 돌려서 다른 누군가에게 말했고, 소리는 점점 희미하게 들려왔다.

"주정뱅이처럼 취해서 앵무새처럼 꽥꽥 소리나 지르다니, 하긴, 전에도 이랬으니까……."

이윽고 다른 목소리가 거친 목소리를 가로막았다. 하지만 무슨 말을 하는 건지는 알 수 없었다. 소리는 흐릿하니 분간할 수 없었지만, 그래도 첫 번째 목소리보다는 듣기 좋고 깊어서 어쩐지 안심이 되었다. 목소리가 점점 가까이 다가오자 몇 마디 말은 알아들을 수 있었다. 애써 무슨 말인지 이해해 보려 했지만, 다시금 주의가 산만해지고 말았다.

내가 구해 준 파리는 다시 웅덩이로 돌아와 버렸다. 이번에는 한가운데 빠진 채 절망적으로 허우적대는 중이었다. 스테인드글라스 창문으로 들어온 빛이 파리 위로 떨어져 통통한 녹색 배에서 불꽃처럼 번뜩였다. 나는 자그마한 초록색 곤충에게 시선을 고정한 채로, 경련을 일으키는 것처럼 꿈틀대며 몸부림치는 모습을 바라보았다.

"동지여…… 넌 이제 어쩔 수 없어."

이 말을 끝으로 불꽃이 확 꺼졌다.

14
혼인이 성사되다

일어나 보니 대들보가 가로지른 낮은 천장이 보였다. 나는 두꺼운 퀼트 이불을 턱끝까지 가지런히 덮은 채였다. 지금은 속옷만 입고 있는 것 같아서, 옷이 어디 있는지 찾아보려고 반쯤 일어나 앉았다가 그만두었다. 다시 아주 조심스럽게 몸을 뒤로 젖히고 눈을 감았다. 그리고 베개에서 굴러떨어져 바닥에 떨어지지 않도록 머리를 깊숙이 파묻었다.

하지만 얼마 후에 방문이 열리면서 다시 깨고 말았다. 조심스레 한쪽만 실눈을 떠 보니, 어른거리는 사람의 형상이 보였다. 점점 시야가 또렷해지자 그 형상은 머타의 모습이 되었다. 그는 침대 발치에 서서 나를 못마땅한 눈초리로 내려다보고 있었다.

나는 다시 눈을 감았다. 게일어로 웅얼대는 말소리가 들렸다. 분명히 소름 끼치게 싫다는 뜻인 듯했다. 하지만 다시 눈을 떴을 때 머타는 사라지고 없었다.

고맙게도 다시 무의식에 빠져든 순간, 다시금 문이 확 열렸다. 이번에는 여관 주인의 아내인 듯한 중년 여성이 주전자와 대야를 들고 들어왔다. 그녀는 명랑하게 방으로 들이닥쳐 창문을 쾅 열었고,

그 소리에 내 머릿속은 탱크가 충돌한 것처럼 울려 댔다. 기갑 사단처럼 침대로 돌격해 온 아주머니는 나의 힘없는 손아귀에서 퀼트이불을 빼앗아 확 젖혔고, 나는 몸을 드러낸 채 덜덜 떨었다.

"어서 일어나요, 아가씨. 이제 준비해야지."

아주머니는 내 어깨 뒤로 묵직한 팔을 얹어 날 일으켜 앉혔다. 나는 한 손으로 머리를 부여잡고 다른 한 손으로는 배를 감쌌다.

"준비라고요?"

이렇게 말하는 내 입속은 썩은 이끼가 낀 듯 텁텁했다. 아주머니는 내 얼굴을 힘차게 씻기기 시작했다.

"아, 그럼. 설마 본인 결혼식을 놓치고 싶은 건 아니겠지요?"

"놓치고 싶어요."

하지만 아주머니는 내 말을 무시하고 무례하게 나의 속옷을 벗기더니, 벗은 몸을 구석구석 보려고 방 한가운데 세워 두었다.

잠시 후 나는 완전히 차려입은 채로 침대에 앉았다. 기분은 멍하면서도 동시에 건드리면 폭발할 지경이었다. 하지만 여관 안주인이 가져다준 포트와인을 한 잔 마신 덕분에 그나마 고분고분하게 앉아 있었다. 나는 와인을 두 잔째 조심스레 홀짝였고, 아주머니는 산발이 된 내 머리카락을 잡아당기며 빗겼다.

문이 벌컥 열리자 깜짝 놀란 나는 부르르 떨다가 그만 와인을 엎질렀다. 산 넘어 산이로군. 속으로 불길한 생각이 들었다. 이번에는 머타만 온 게 아니라 네드 고언도 함께였다. 그들 둘 다 비슷하게 반감 어린 표정이었다. 내가 네드 고언을 노려보는 동안, 머타는 방으로 들어와 침대를 천천히 돌아보며 나를 여러 각도로 살펴보았다. 그는 다시 네드에게 돌아가 내가 들을 수 없을 만큼 낮은 목소리로 속삭였다. 마지막으로 나를 절망적인 눈길로 쳐다보더니, 네드와 함께 문을 닫고 사라졌다.

마침내 아주머니의 마음에 들 만큼 머리 빗질이 끝나자, 머리를 뒤로 묶어 올림머리를 만들었다. 굽슬굽슬한 머리 타래에서 몇 가닥을 빼내어 등 뒤와 귓가에도 늘어뜨렸다. 어찌나 머리를 세게 묶었던지 두피가 벗겨질 것 같았지만, 아주머니가 거울을 보여 주자 머리를 단장한 효과를 부정할 수가 없었다. 나의 험악했던 마음이 조금 누그러지면서 수고해 준 아주머니에게 고맙다는 말도 나왔다. 아주머니는 내게 거울을 주고 방에서 나가며 여름에 결혼하니 얼마나 운이 좋으냐고 말했다. 여름이라 신부의 머리를 장식할 꽃이 많다나.

"곧 죽음을 맞이할 존재들이 인사드립니다."*

나는 거울에 비친 모습을 바라보며 짧게 경례했다. 그리고 침대에 쓰러져 얼굴 위로 젖은 천을 덮고 다시 잠들었다.

다시 잠든 나는 꽤 괜찮은 꿈을 꾸었다. 야생화가 만발한 풀밭이 나오는 꿈이었다. 그러다 내 옷소매를 장난스레 잡아당기는 산들바람이 사실은 그다지 정중하지 않게 누군가가 잡아당기는 손길이라는 걸 깨달았다. 난 벌떡 일어나 앉아 마구 몸부림쳤다.

눈을 뜨자 작은 방 안이 가득 차 있었다. 마치 얼굴에 벽을 맞대고 서야 하는 만원 전차 같았다. 네드 고언, 머타, 여관 주인, 여관 주인의 아내, 그리고 깡마른 젊은이가 보였다. 그는 여관 주인의 아들이었는데, 온갖 꽃을 한 아름 안고 있었다. 꿈속에서 맡았던 꽃향기가 바로 이거였구나. 거기다 또 젊은 여자도 보였는데, 팔에는 둥근 고리버들 바구니를 안고 있었다. 그녀는 나를 보며 상냥하게 미소 지었는데, 주요 치아가 많이 빠져 있었다.

이 여자는 마을의 재봉사로, 내가 걸칠 드레스를 촉박한 시간 내에 몸에 맞게 수선하기 위해 여관 주인이 알음알음 구한 사람이었다. 네드는 마치 동물의 사체라도 들었다는 듯 한 손에 문제의 드레

---

* 고대 로마 검투사들이 시합 전에 황제에게 올리는 인사말의 일부.

스를 들고 있었다. 침대에 곱게 펼친 드레스는 짙은 크림빛 새틴에 목이 깊이 파인 디자인이었다. 치마와 붙어 있지 않은 보디스에는 금빛 백합을 수놓은 자그마한 천 단추가 수십 개 달려 있었다. 목선과 종 모양 소매에는 레이스가 잔뜩 달렸고, 초콜릿빛 갈색 벨벳 오버스커트에도 자수와 함께 레이스 장식이 있었다. 여관 주인은 페티코트를 들고 있었는데, 얼굴의 억센 수염도 보이지 않을 정도로 풍성한 속치마 자락에 반쯤 파묻히다시피 했다.

회색 모직 치마에 묻은 포트와인 얼룩을 내려다보자 그만 나의 허영심이 이기고 말았다. 정말로 결혼을 하는 거라면, 이 마을의 쓰레기 술꾼처럼 보이고 싶지는 않았다.

내가 드레스 제작자의 마네킹처럼 서 있는 짧은 시간 동안 사람들은 미친 듯이 움직였다. 물건을 잡아채고, 나르고, 비판하고, 서로 걸려 넘어지던 끝에 마지막으로 하얀 과꽃과 노란 장미를 머리에 꽂고 미치도록 쿵쿵 뛰는 가슴을 레이스 보디스로 감싸자 최종 결과물이 완성되었다. 옷은 몸에 꼭 맞지는 않았고 드레스에서는 원래 주인의 체취가 강하게 풍겼지만, 무게감 있는 새틴 드레스는 층층이 껴입은 페티코트 위로 우아하고 아름답게 나풀거리며 발끝까지 흘러내렸다. 내 모습은 아주 위풍당당했지만 그다지 사랑스럽지는 않았다.

"나한테 이럴 수는 없어요."

나는 계단을 따라 내려가며 머타의 등에 위협적으로 씨근거렸다. 하지만 이 말은 그저 허세라는 걸 그도 알고 나도 알았다. 두걸에게 반항하고 잉글랜드인들에게 도움을 요청할 기회를 잡을 만큼 내게 결단력이 있었다 해도, 이미 위스키에 취해 사라져 버린 뒤였으니까.

두걸과 네드를 비롯한 나머지 사람들은 계단 아래 주점 층에 모여 술을 마시고 있었다. 그들은 술 취하는 것 말고는 오후에 별달리

할 일이 없어 보이는 마을 사람들과 노닥거리는 중이었다.

내가 천천히 내려오는 모습을 본 두걸은 갑자기 말을 멈췄다. 나머지 사람들도 역시 조용해졌다. 사람들이 경이롭게 보내는 찬사가 어른대는 사이를 나는 가볍게 내려왔다. 두걸은 더없이 깊은 눈빛으로 나를 머리부터 발끝까지 훑어보더니, 인정한다는 듯 서슴없이 고개를 끄덕였다.

이제껏 이런저런 일을 겪느라 감탄하는 남자의 시선을 받아 본 지도 참 오랜만이었다. 나는 꽤 우아한 태도로 고개를 끄덕여 주었다.

이윽고 침묵이 사라지고, 주점에 모인 사람들은 저마다 목소리를 높여 찬사를 보냈다. 심지어 머타도 슬쩍 웃으며 자신의 노력에 만족스럽게 고개를 끄덕였다. 아니, 누가 그쪽을 스타일리스트로 고용이라도 했는지? 솔직히 못마땅했지만, 신부 드레스로 회색 모직 치마를 입고 결혼하지 않은 건 머타 덕분이라는 걸 인정할 수밖에 없었다.

결혼이라. 세상에나. 포트와인과 크림빛 레이스에 들뜬 나머지 이게 얼마나 심각한 상황인지 잠시나마 잊고 있었구나. 새삼스러운 깨달음이 배를 후려치는 기분이어서 나는 난간을 꽉 잡았다.

그런데 모인 사람을 살펴보니 무언가 눈에 띄게 빠진 부분이 있었다. 어딜 봐도 나의 신랑이 보이지 않았다. 혹시 제이미는 창문 밖으로 도망쳤을지도 몰라. 지금쯤이면 몇 킬로미터 넘게 가 버렸을 수도 있어. 이런 생각에 용기가 솟은 나는 여관 주인이 주는 축하주를 받아 마시고 두걸을 따라 밖으로 나갔다.

네드와 루퍼트는 말을 가지러 갔다. 머타는 어디론가 사라졌다. 아마도 도망친 제이미의 뒤를 쫓아갔겠지.

두걸은 내 팔을 잡았다. 내가 새틴 신발을 신고 있으니 넘어지지 않게 지탱해 준다는 명목이었지만, 사실은 내가 마지막 순간에라도 도망칠까 봐 잡는 것이었다.

오늘은 스코틀랜드 날씨치고 '따뜻했다'. 그 말은 안개가 부슬비처럼 내릴 정도로 짙지는 않다는 뜻이었지, 안개가 없는 건 아니었다.

그 순간, 여관 문이 벌컥 열리더니 환한 태양이 비쳐 드는 것만 같았다. 바로 제이미가 나타난 것이다.

내가 화사한 신부라면, 그는 단연 찬란하게 빛나는 신랑이었다. 나는 입을 벌린 채 그 자리에 멈춰 섰다.

정식 복장을 갖춰 입은 하일랜더의 모습은 대단히 멋있다. 제아무리 나이 들었다 해도, 호감 가는 외모 아닌 심술궂은 얼굴이라도 상관없이 근사하다. 그러니 키가 크고 곧은 몸에 어딜 봐도 멋진 외모인 젊은 하일랜더는 숨이 멎을 정도로 수려할 수밖에 없다.

잘 빗어 매끈하게 빛나는 숱 많은 적금빛 머리카락은 셔츠 깃 위로 흘러내렸다. 고운 면 셔츠는 앞섶을 집어넣어 단정하게 입었다. 셔츠 소매는 종 모양으로 부풀었고 레이스를 덧댄 손목 부분에는 프릴이 달려 있었다. 루비 핀으로 장식한 셔츠 앞섶에도 빳빳하게 풀 먹인 프릴이 나풀나풀 물결쳤다.

제이미의 타탄은 찬란한 진홍색과 검은색 무늬여서 초록색과 흰색 타탄을 걸쳐 차분해 보이는 매켄지 남자들 사이에서 불타오르듯 돋보였다. 둥그런 은 브로치로 고정한 새빨간 모직 타탄은 오른쪽 어깨부터 우아하게 흘러내려 은 손잡이가 달린 검 위를 지나 모직 스타킹을 단정하게 신은 종아리 위를 감쌌다. 타탄 아래로는 은장 버클이 달린 검은 가죽 부츠를 신었다. 검과 단검, 오소리 가죽 스포란까지 더없이 완벽한 복장이었다.

180센티미터가 훌쩍 넘는 키에 균형 잡힌 커다란 체격, 눈에 띄는 이목구비. 이 남자는 이제껏 내가 익숙하게 보아 왔던 조마사 제이미와는 완전히 딴판이었다. 제이미도 그 점을 알고 있었다. 그는 한쪽 다리를 예의 바르게 굽히더니, 흠 잡을 데 없이 우아한 자세로 내게 재빨리 절하며 나직하게 말했다.

"뭐든 분부하시지요, 마님."

그의 눈빛에는 장난기가 번뜩였다.

"아."

나는 가냘픈 목소리로 이렇게 말했을 뿐이다.

두걸은 원래 과묵한 사람이긴 했지만, 그가 당황해서 할 말을 잃은 모습은 한 번도 본 적이 없었다. 그런데 지금은 얼굴을 잔뜩 찌푸리고 눈썹을 한데 모으고 있네? 그는 나만큼이나 제이미의 모습에 당황한 것 같았다.

"이 녀석아, 미쳤냐? 누가 보기라도 하면 어쩌려고!"

두걸이 마침내 입을 열자, 제이미는 냉소적인 표정으로 눈썹을 치켜뜨며 외삼촌에게 대꾸했다.

"왜 그러세요, 삼촌. 욕이라도 하시려고요? 제 결혼식 날까지 그러시려고요? 설마 볼품없이 나타나서 제 아내를 수치스럽게 만들라는 말씀은 아니시겠죠? 게다가……."

제이미는 심술궂은 눈빛을 번뜩이며 덧붙였다.

"제가 본명으로 결혼하지 않는다면 법적으로 효력이 없을 것 같은데요? 삼촌은 이 결혼이 합법적으로 이루어지길 원하는 것 아니셨어요?"

두걸은 엄청나게 애쓴 끝에 자제심을 되찾고서 말했다.

"제이미, 준비가 다 됐다면 가자."

하지만 제이미는 아직 할 일이 남은 것 같았다. 씩씩대는 두걸을 무시한 채, 그는 스포란에서 하얀 구슬을 엮은 작은 목걸이를 꺼냈다. 그리고 앞으로 다가와 내 목에 목걸이를 채워 주었다. 고개 숙여 내려다보자 자그마한 바로크 진주 목걸이가 보였다. 담수 홍합에서 채취한 울퉁불퉁한 모양의 진주를 아주 자그마한 원형 금장식과 엮어 만든 것이었다. 작은 진주들이 금 구슬에 달려 달랑거렸다.

"이건 스코틀랜드에서 나온 진주라 그리 귀한 건 아니에요. 하지만 당신과 아름답게 어울리네요."

제이미는 미안한 듯 말했다. 그의 손끝이 잠시 나의 목덜미를 어루만졌다.

"이건 네 어머니의 진주잖아!"

두걸은 목걸이를 노려보며 말했다. 하지만 제이미는 차분하게 대답했다.

"네. 이젠 제 아내 것이 되었죠. 그럼 가실까요?"

———

우리의 목적지는 마을에서 꽤 멀었다. 우리는 결혼 행렬치고는 다소 우울한 분위기로 이동했다. 신랑과 신부를 사람들이 빙 둘러싼 모습이 마치 죄수를 멀리 호송하는 행렬 같아 보였다. 그간 나눈 대화라고는 늦어서 미안하다는 제이미의 나지막한 사과뿐이었다. 자신에게 맞을 만큼 커다랗고 깨끗한 셔츠와 코트를 찾느라 좀 어려웠다는 이유였다.

그는 앞섶에 달린 레이스를 뒤집어 보며 말했다.

"이건 이 지역 향사 아들의 옷인 것 같아요. 멋을 좀 아는 사람 같네요."

우리는 말에서 내린 다음 자그마한 언덕을 걸어서 올라갔다. 헤더 꽃밭 사이로 오솔길이 나 있었다.

"준비는 다 해 두었나?"

말고삐를 묶으면서 두걸이 낮은 목소리로 루퍼트에게 말하는 소리가 들렸다. 루퍼트는 검은 수염 사이로 이를 하얗게 번뜩이며 대답했다.

"오, 그럼. 신부님을 설득하는 데 좀 애를 먹긴 했지만, 특별 허가증을 보여 주었거든."

루퍼트가 스포란을 두드리자, 안에서는 악기 소리처럼 동전이 짤랑거렸다. 그 특별 허가증이 무엇이었을지는 뻔했다.

이슬비와 안개 저 너머로 헤더꽃 핀 언덕 위에 불쑥 솟은 성당이 보였다. 지금 보는 게 정말일까. 믿을 수가 없었다. 저 둥근 지붕과 묘하게 자그맣고 알록달록한 유리창이 달린 성당은 바로 내가 프랭크 랜들과 혼인했던 화창한 아침에 본 나의 결혼식장이었다.

나는 그만 소리치고 말았다.

"안 돼! 여기서는 안 돼요! 못 해요!"

"쉿, 자, 자, 조용히 하시오. 걱정하지 말고. 아가씨는 걱정할 거 없다니까. 다 잘될 거요."

두걸은 앞발처럼 거대한 손을 내 어깨에 얹더니, 내가 무슨 겁먹은 암말인 양 짐승을 달랠 때 쓰는 스코틀랜드 특유의 소리로 달랬다.

"조금 긴장되는 것도 당연하지."

그는 우리 모두 들으라고 말했다. 내 등에 단단히 댄 손이 어서 오솔길을 걸어가라 재촉했다. 내 신발은 축축한 낙엽 속으로 푹 빠지며 젖어 갔다.

제이미와 두걸은 내가 도망치지 못하도록 내 양옆에서 걸었다. 커다란 몸에 플래드를 걸친 남자들의 존재감 때문에 마음이 불안한 나머지 점점 히스테리가 일었다. 200년쯤 후, 내가 이 성당에서 결혼했을 때는 옛 그림 같은 풍경이 참 아름답다 생각했었다. 그런데 지금 이 성당은 새로 지은 건물이라 닳은 기색 없이 빡빡한 느낌이었고, 판자들은 예스러운 매력을 품으려면 한참 멀었다. 게다가 나는 지금 목에 현상금이 걸린 스물셋 먹은 천주교도 스코틀랜드인과 결혼하게 되는 거다. 그 이름하여…….

나는 다시금 겁에 질린 나머지 제이미를 보며 외쳤다.

"당신과 결혼할 수 없어요! 당신의 진짜 이름조차 모른다고요!"

제이미는 나를 내려다보며 붉은 눈썹을 구부렸다.

"아, 프레이저예요. 제임스 알렉산더 맬컴 매켄지 프레이저요."

그는 또박또박 이름 하나하나를 강조하며 천천히 발음했다.

너무나 당황한 나는 엉겁결에 말했다.

"난 클레어 엘리자베스 비첨이에요."

그러면서 무심결에 악수를 청하듯 바보같이 손을 내밀었다. 제이미는 손을 잡아 달란 뜻으로 받아들인 모양이었다. 그는 내 손을 잡더니 자기 팔꿈치에 단단히 꼈다. 이로써 어쩔 수 없이, 나는 끽 소리도 못 한 채로 결혼식장으로 가는 길을 밟고 말았다.

루퍼트와 머타는 성당 앞에서 우리를 기다리고 있었다. 두 사람은 신부 하나를 붙잡아 놓고 망을 보는 중이었다. 빨간 코에 젊고 빼빼 마른 신부는 겁먹은 표정이었다. 루퍼트는 커다란 칼로 한가로이 버드나무 가지를 자르고 있었다. 그는 성당으로 들어가며 뿔 손잡이가 달린 권총을 내려놓았다. 무기는 쉽게 잡을 수 있도록 성수대 가장자리에 놓아두었다.

다른 남자들도 하느님의 성당에 들어오는 예의를 갖추어 무장을 풀고는 뒷좌석에 살상용 무기를 쌓아 두었는데, 그 수가 어마어마했다. 제이미만이 단검과 장검을 차고 있었다. 그 칼들은 정장의 일부이기 때문인 듯했다.

우리는 나무 제단 앞에 무릎을 꿇었다. 머타와 두걸이 증인으로 자리에 서자, 결혼식이 시작되었다.

천주교 혼인 성사 순서는 몇백 년 동안 크게 바뀐 것이 없었다. 나와 내 옆에 선 붉은 머리의 낯선 젊은이를 이어 주는 성혼의 말은 프랭크와 결혼했을 때 읊었던 말들과 거의 비슷했다. 나는 속이 텅 비고 차가운 껍데기 같은 느낌이었다. 젊은 신부가 더듬거리며 내뱉는 말이 나의 텅 빈 배 속으로 울려 퍼졌다.

이윽고 혼인 서약 순서가 되자, 나는 아무 생각 없이 서서 나의 차가운 손가락이 신랑의 커다랗고 단단한 손아귀 사이로 사라지는 모습을 얼빠지고 매혹된 채 지켜보았다. 제이미의 손가락은 나만큼이나 차가웠다. 그 순간 처음으로 이런 생각이 들었다. 겉으로는 태연해 보이지만, 이 남자도 나만큼 긴장했구나.

지금껏 제이미를 애써 쳐다보지 않았지만, 슬쩍 시선을 들자 그가 나를 빤히 바라보는 모습이 보였다. 제이미의 하얀 얼굴은 조심스럽고도 무표정했다. 마치 내가 그의 어깨 상처를 치료해 줄 때 같은 표정이랄까. 그에게 미소를 지어 주려 했지만, 입꼬리가 제멋대로 불안정하게 흔들렸다. 내 손가락을 꽉 쥔 그의 손가락 힘이 점점 세졌다. 어쩌면 우리는 지금 서로를 지탱해 주고 있는지도 모르겠구나. 한쪽이 손을 놓아 버리거나, 눈길만 돌려도 우린 둘 다 쓰러질 거야. 묘하게도 그 느낌에 다소 안심이 되었다. 우리가 지금 어떤 처지에 놓였든, 그래도 둘이서 함께할 테니까.

"나는 클레어 당신을 나의 아내로 맞이하여……."

제이미의 목소리는 떨지 않았다. 하지만 손이 대신 떨렸다. 나는 맞잡은 손에 힘을 꼭 주었다. 우리의 뻣뻣한 손가락은 죔쇠에 끼인 판자처럼 꼭 붙었다.

"……기쁠 때나 슬플 때나…… 사랑하고 존경하고 보호하며……."

단어가 아스라이 들려왔다. 머릿속에서 피가 빠져나가고 있었다. 뼈로 만든 보디스는 죽을 만큼 몸을 조여 왔다. 온도는 쌀쌀했는데도 새틴 천 아래 옆구리로 땀이 흘렀다. 제발 기절하지는 않았으면 좋겠는데.

성당 옆쪽 벽에는 자그마한 스테인드글라스가 높이 나 있었다. 곰 가죽을 입은 세례 요한을 조악하게 표현한 작품이었다. 초록색과 파란색 빛이 옷소매 위에 어른거리자, 어젯밤 주점이 떠올랐다. 지금 제발 술 한잔하면 소원이 없겠네.

이젠 내 차례였다. 말이 더듬더듬 나와서 분노가 치밀 지경이었다.

"나, 나는 제임스 당신을……."

등줄기가 굳었다. 하지만 제이미는 자기 몫을 믿음직스럽게 해 냈다. 그렇다면 나 역시 할 수 있어.

"……서로를 의지하며, 지금부터……."

이제 목소리가 좀 더 강하게 나왔다.

"……죽음이 우리를 갈라놓을 때까지 언제나 함께할 것입니다."

마지막 말이 조용한 성당에 놀랄 만큼 또렷이 울려 퍼졌다. 마치 애니메이션의 정지 버튼을 누른 듯, 주위가 모두 고요해졌다.

이윽고 신부는 반지를 가져오라 했다.

갑자기 주위가 소란해졌다. 머타의 굳은 얼굴이 언뜻 보였다. 그 러다 제이미가 내 손을 놓고 자기 손가락에서 반지를 빼내자, 사람 들이 반지를 준비하는 걸 잊어버렸다는 사실을 이제야 깨달았다.

난 아직도 프랭크와의 결혼반지를 왼손에 끼고 있었다. 나의 오 른손 네 번째 손가락으로 커다란 금속 반지가 들어가자, 파란색 스 테인드글라스 빛을 받은 손가락이 뻣뻣하게 굳고 말았다. 만약 제 이미가 내 손가락을 굽혀서 다시 자기 손으로 감싸지 않았더라면, 분명히 헐거운 반지가 미끄러져 바닥에 떨어졌을 것이다.

신부님이 무어라 더 중얼거리자, 제이미는 허리를 굽혀 내게 키 스했다. 그는 의례적으로 입술을 살짝 대려는 의도가 분명했지만, 그 입술이 어찌나 부드럽고 따스한지 나는 본능적으로 다가서고 말 았다. 지켜보는 이들이 게일어로 열광하며 격려하는 소리가 어렴풋 이 느껴졌지만, 따스하고 견고하게 겹친 입술의 감촉 이외에는 그 무엇도 현실적으로 느껴지지 않았다. 세상과 단절된 성역과도 같은 그 입맞춤의 순간.

우리는 이윽고 서로에게서 물러섰다. 둘 다 좀 더 정신을 차리고 나자, 긴장한 듯 미소를 지었다. 그런데 두걸이 제이미의 칼집에서 단검을 꺼내는 모습에 난 어리둥절해졌다. 제이미는 계속 나를 바라 보며 손바닥을 위로 한 채 오른손을 내밀었다. 단검 끝이 그의 손목을 깊숙이 그은 자리로 검붉은 피가 배어 나오자 나는 깜짝 놀라 숨을 몰아쉬었다. 미처 손을 피할 새도 없이, 제이미는 내 손을 쥐었다. 이어서 칼날이 벤 자리로 타는 듯한 아픔이 느껴졌다. 두걸은 재빨리 내 손목을 제이미의 손목에 누른 다음 하얀 리넨 끈으로 묶었다.

나도 모르게 휘청했나 보다. 제이미는 왼손으로 내 팔꿈치를 잡아 주었다.

"힘내요, 아가씨. 오래 걸리지 않을 거예요. 내가 하는 말을 따라 해요."

그는 부드럽게 권유했다. 그건 두세 문장쯤 되는 짧은 게일어였다. 무슨 뜻인지 전혀 모를 단어였고, 나는 고분고분 제이미를 따라 말했지만 모음을 제대로 발음할 수 없었다. 리넨 천이 풀리자, 상처는 깔끔하게 피가 굳어 있었다.

이로써 우리는 부부가 되었다.

다시 오솔길을 내려가는 우리 일행의 분위기에는 대체적으로 안도감과 흥분이 감돌았다. 비록 수는 적고 신부를 빼면 전부 남자밖에 없긴 했지만, 여느 결혼 행렬과 다를 것이 없었다.

그런데 언덕을 다 내려왔을 무렵, 이제껏 먹은 것도 없고 전날의 숙취가 남은 데다 오늘 하루 쭉 스트레스를 받았는지라 내가 그만 쓰러지고 말았다. 나는 새신랑의 무릎에 머리를 대고 축축한 낙엽 위에 누웠다. 그는 내 얼굴을 닦아 주던 젖은 천을 내려놓았다.

"그렇게 안 좋았나요?"

제이미는 씩 웃으면서 나를 내려다보았지만, 그의 눈빛은 어쩐지 불안한 기색을 담고 있었다. 이 모든 상황이 정말 탐탁치 않았지만, 나는 어쩐지 마음이 흔들렸다. 그래서 어설픈 미소를 지으며 그를 안심시켰다.

"당신이 안 좋은 게 아니에요. 그냥…… 어제 아침부터 아무것도 먹지 못했거든요. 술만 많이 마셔서 그런가 봐요."

제이미는 입을 씰룩였다.

"그렇다고 들었어요. 음, 그럼 내가 어떻게든 해 볼게요. 아내에게 줄 것은 많지 않다고 이미 말했지만, 절대로 굶기지는 않겠다고 약속할게요."

그는 미소를 짓더니 수줍은 듯 검지로 내 얼굴에 삐져나온 머리카락을 넘겼다.

나는 일어나 앉다가 한쪽 손목에 살짝 느껴지는 통증 때문에 얼굴을 찡그렸다. 결혼식 마지막 부분에서 생겼던 상처를 까맣게 잊고 있었네. 아까 넘어지는 바람에 손목의 상처가 벌어졌구나. 나는 제이미에게서 천을 받아 손목을 어설프게 묶었다.

제이미는 나를 바라보며 말했다.

"칼을 그었을 때 당신이 기절하는 줄 알았어요. 미리 귀띔해 주었어야 했는데. 당신 얼굴을 봤을 때에야 전혀 모르고 있었다는 걸 알았죠."

"그게 정확히 뭐였어요?"

나는 천 끝을 매듭 아래로 집어넣으려 하면서 물었다.

"약간 이교도적인 의식이지만, 우리는 정식 혼인 미사를 드릴 때 피의 서약을 같이 하는 게 관례거든요. 어떤 신부님은 해 주지 않기도 하지만, 오늘 그분은 반대할 것 같지 않더라고요. 나만큼이나 겁먹었던 것 같았거든요."

제이미는 이렇게 말하며 미소를 지었다.

"피의 서약이라고요? 그럼 그 말은 무슨 뜻이었어요?"

제이미는 내 오른손을 잡고서 임시로 묶은 붕대 끝을 부드럽게 넣어 주었다.

"운율이 그럭저럭 있는 말이에요. 영어로 번역하면 이런 뜻이죠."

너는 내 피 중의 피요, 뼈 중의 뼈라.

너에게 내 몸을 주노니, 이로써 우리 둘은 하나가 되리라.

너에게 내 영혼을 주노니, 우리 삶은 끝까지 함께하리라.

제이미는 어깨를 으쓱였다.

"일반적인 혼인 서약과 비슷해요. 아, 좀 더…… 뭐랄까, 원시적이긴 하죠."

나는 붕대를 묶은 손목을 내려다보았다.

"그래요. 원시적이네요."

이윽고 주위를 둘러보았다. 사시나무 아래로 뻗은 오솔길에는 우리밖에 없었다. 둥근 낙엽이 젖은 땅 위에 깔려 반짝이는 모습이 마치 녹슨 동전 같았다. 나무에서 가끔 물방울이 떨어지는 것을 빼면, 사방은 그저 고요했다.

"다들 어디 갔어요? 여관에 돌아갔나요?"

제이미는 얼굴을 찌푸렸다.

"아뇨. 당신을 잘 돌보려고 비켜 있으라고 했어요. 바로 저기서 우리를 기다리고 있을 거예요."

그는 농촌 사람처럼 턱짓으로 저쪽을 가리키더니, 덧붙여 말했다.

"모든 게 공식적으로 끝날 때까지는 우리를 믿지 않을 거라서요."

"응? 공식적으로 끝난 것 아니었어요? 우린 결혼했잖아요?"

나는 멍하니 물었다. 그러자 제이미는 당황한 듯 시선을 피하더니 우아한 손짓으로 킬트에서 낙엽을 털었다.

"으으음. 네, 결혼한 건 확실하죠. 하지만 첫날밤을 치르기 전까지는 법적 구속력이 없어요."

새빨간 홍조가 제이미의 목덜미부터 느릿느릿 올라오기 시작했다.

나는 고개를 끄덕였다.

"으으음. 그럼 뭘 좀 먹으러 가요."

15
신방의 폭로

여관에서는 소박한 결혼식 잔치가 벌어졌다. 벌써 와인과 갓 구운 빵, 로스트비프를 포함한 음식이 차려져 있었다.

음식을 먹기 전에 씻으려고 계단을 올라가려는데, 두걸이 내 팔을 잡고서 나직하고도 단호한 목소리로 말했다.

"난 이 결혼을 반드시 성사시키고 싶소. 어떤 불확실함도 바라지 않소. 이건 합법적인 결혼이고, 절대로 무효가 되어서는 안 되오. 그렇지 않으면 우리 모두 목이 달아날 위험에 처하게 된단 말이오."

나는 심술궂게 대답했다.

"제가 보기엔 목이 달아날 위험한 상황을 만든 건 당신이에요. 특히 내 목이 달아날 것 같아요."

두걸은 내 엉덩이를 철썩 두드렸다.

"그 점은 걱정하지 마시오. 당신은 맡은 역할을 잘하면 되는 거요."

그는 내가 과연 맡은 역할을 잘할 능력이 있는지 평가하겠다는 듯, 날카로운 눈초리로 훑어보았다.

"난 제이미의 아버지를 잘 아오. 녀석이 제 아비를 닮았다면, 당신은 아무런 문제가 없을 거요. 아, 제이미, 이 녀석아!"

두걸은 급히 방을 가로질러 제이미에게 향했다. 그는 방금 마구간에서 온 참이었다. 제이미의 표정을 바라보자, 그 역시 나름의 지시를 받는 모양이었다.

———

세상에 어떻게 이런 일이 일어날 수 있지?

잠시 후, 나는 속으로 되뇌었다. 불과 6주 전, 나는 아무것도 모르고 스코틀랜드의 언덕에서 야생화를 꺾어다 남편에게 가져다줄 생각뿐이었다. 그런데 지금은 농촌 여관방에 문을 닫고 앉아, 완전히 다른 남편을 기다리고 있다니. 그것도 내가 잘 알지도 못하는 남자와 강요받은 결혼을 완성하라는 단호한 명령을 받고서, 내 삶과 자유를 위협받고 있다니.

나는 빌려 온 옷차림으로 겁먹고 뻣뻣하게 굳은 채 침대에 앉았다. 이윽고 육중한 방문이 슬며시 열리는 소리가 나더니, 이내 닫혔다.

제이미는 문에 기대어 날 바라보았다. 우리 사이로 민망한 분위기가 점점 짙어졌다. 그러다 마침내 제이미가 먼저 침묵을 깼다. 그는 조용히 말했다.

"날 무서워할 필요는 없어요. 당신에게 달려들 마음은 없거든요."

나는 마음과는 다르게 웃고 말았다.

"어, 나도 당신이 그럴 거라고는 생각하지 않았어요."

사실은 내가 먼저 손을 내밀기 전까지는 제이미가 날 건드릴 것 같지 않았다. 그렇다면 내가 먼저 손을 내밀어서 손잡는 것 훨씬 이상의 것을 해야 한다는 뜻이었다. 그것도 당장.

나는 제이미를 의심스러운 눈빛으로 바라보았다. 저 남자가 매력적이지 않았다면 상황은 더 힘들었겠지. 솔직히 제이미는 매력적이었다. 그래도 난 지난 8년 넘도록 프랭크 말고는 다른 남자와 자본 적이 없었다. 그뿐만 아니라, 이 젊은이는 본인도 고백했듯 경험이 아예 없었다. 나는 처음인 남자를 경험해 본 적은 없는데. 이 모든 계획에 내가 줄기차게 반대했다는 걸 생각하지 않는다 해도, 이제 대체 어떻게 시작을 하지? 이 상태로라면 우리는 우두커니 서서서로를 응시하며 사나흘을 흘려보낼 것만 같아.

나는 목을 가다듬고 침대 옆을 톡톡 쳤다.

"음, 여기 와서 앉을래요?"

"네."

그는 커다란 고양이처럼 살금살금 내 곁으로 다가왔다. 하지만 내 옆에 앉지 않고, 의자를 가져다가 나를 마주 본 채로 앉았다. 그리고 조심스레 손을 내밀어 내 손을 감쌌다. 손마디가 울퉁불퉁했고 커다란 손은 아주 따스했다. 손등에는 붉은 털이 가늘고 곱게 났다. 그 손길에 살짝 놀란 나는 문득 "야곱은 피부가 매끈한 사람이었지만, 형 에사우는 털이 많았다"라는 구약 성서의 구절이 떠올랐다. 프랭크의 손은 길고 손가락이 가늘었다. 털도 거의 없는 귀족같은 우아한 손이라, 나는 남편이 강의를 할 때마다 그 손을 바라보는 게 참 즐거웠다.

"당신 남편 이야기를 해 봐요."

순간, 제이미는 내 마음을 읽은 것처럼 말했다. 나는 너무 놀라서 하마터면 손을 휙 뺄 뻔했다.

"뭐라고요?"

"봐요, 우리는 여기에 사나흘은 있어야 해요. 내가 비록 다 아는 척은 할 수 없지만요, 그래도 농장에서 좀 살았기 때문에 짐승들의 교미 방법은 알아요. 사람과 짐승이 크게 다르지 않다면, 우리가 뭘 어떻게 해야 하는지는 오래지 않아 터득하게 될 거라고요. 지금은 이야기를 할 시간이 좀 있어요. 서로에 대한 두려움을 극복해야죠."

우리 상황을 대략이나마 평가한 그의 말을 듣자 나는 마음이 조금 편해졌다.

"내가 무서운가요?"

제이미는 나를 무서워하는 것 같지는 않았다. 그저 긴장해서 그런 거겠지. 그가 소심한 열여섯 살 남자애는 아니라 해도, 어쨌든 지금이 처음이니까. 그는 내 눈을 바라보며 미소 지었다.

"네, 사실은 내가 당신보다 더 무서운지도 모르겠어요. 그래서 지금 당신 손을 잡은 거예요. 손을 떨지 않으려고요."

난 그 말이 믿기지 않았지만, 알겠다는 뜻으로 그의 손을 꼭 잡았다.

"좋은 생각이네요. 이렇게 손을 잡고 있으니까 말하기가 좀 편한 것 같아요. 그런데 왜 내 남편에 대해 묻는 거예요?"

머리가 좀 어지러웠다. 혹시 제이미는 나와 프랭크의 성생활에 대해서 말해 달라고 부탁하는 걸까? 그래서 내가 바라는 게 뭔지 알아내려고?

"음, 당신은 지금 남편 생각을 하고 있을 테니까요. 이런 상황에서는 아닐 수가 없겠지요. 나한테 남편 이야기를 하면 안 된다고 생각하게 두고 싶지 않아요. 물론 지금은 내가 당신 남편이지만……. 아, 이렇게 말하니 굉장히 이상하네요. 어쨌든 당신이 남편을 잊어야 한다거나, 잊으려 노력하는 건 옳지 않아요. 당신이 사랑한 남자는 분명 좋은 사람이었을 테니까."

"맞아요. 그이는…… 좋은 사람이었어요."

목소리가 떨렸다. 제이미는 내 손등을 엄지로 쓰다듬었다.

"그렇다면 나는 아내였던 당신을 잘 섬겨서 돌아가신 부군을 최선을 다해 기려야겠네요."

그는 내 손을 들고 공손하게 한 쪽씩 입맞춤했다. 나는 목을 가다듬고 대답했다.

"정말 기사도적인 연설이었어요, 제이미."

그는 갑자기 씩 웃었다.

"그렇죠? 두걸이 아래에서 축배를 들 때 속으로 열심히 지어낸 말이에요."

나는 심호흡을 하고 입을 열었다.

"나, 물어보고 싶은 게 있어요."

그는 미소를 숨기며 나를 내려다보더니 고개를 끄덕였다.

"궁금한 게 있겠죠. 이런 상황에서는 당연히 궁금증이 들 수밖에 없을 거예요. 뭘 알고 싶어요?"

제이미는 갑자기 고개를 들었다. 등불 빛이 어린 그의 푸른 눈동자가 장난기로 번뜩였다.

"왜 내가 아직 경험이 없는지 궁금해요?"

"음, 그건 다소 내 알 바가 아니지 않을까요."

나는 이렇게 중얼거렸다. 갑자기 점점 더워지는 것 같아서, 나는 한 손을 빼어 손수건을 찾아보다가 내 예복 주머니에 들었던 딱딱한 물체를 감지했다.

"아, 맞다! 당신 반지를 아직 갖고 있었어요."

나는 반지를 꺼내어 제이미에게 돌려주었다. 그건 카보숑 컷으로 세공한 루비가 박힌 묵직한 금반지였다. 제이미는 반지를 손가락에 끼는 대신 스포란 안에 넣었다.

"이건 우리 아버지의 결혼반지였어요. 평소에는 끼고 다니지 않죠. 하지만…… 음, 오늘은 최대한 멋지게 보여서 당신을 자랑스럽게 해 주고 싶었어요."

이렇게 말하는 제이미의 얼굴이 살짝 붉어졌다. 그는 스포란을 다시 조이며 딴청을 부렸다.

"오늘 내게 정말 잘해 주었어요."

나도 모르게 미소가 나왔다. 멋지게 차려입은 제이미였으니, 굳이 루비 반지를 끼지 않아도 전혀 상관없었지만 그래도 나는 반지를 챙겼다는 사실 뒤에 서린 불안한 마음에 어쩐지 뭉클해졌다.

"최대한 당신에게 맞는 반지를 구해 올게요."

"아뇨, 반지는 중요하지 않아요."

제이미의 말에 살짝 불편해진 나는 고개를 저었다. 결국, 난 곧 있으면 사라질 사람이었으니까. 그래서 원래 물으려던 질문을 다시 꺼내 들었다.

"음, 중요한 질문이 하나 있어요. 하지만 대답하고 싶지 않으면 안 해도 돼요. 제이미, 당신은 왜 나랑 결혼하기로 했나요?"

"아."

그는 내 손을 놓고서 뒤로 조금 물러나 앉더니, 허벅지를 감싼 모직 천을 매만지며 잠시 생각에 잠겼다. 아래로 늘어진 두툼한 천 아래로 팽팽하게 긴장한 근육의 선이 고스란히 보였다.

"음, 일단은 그냥 넘어가면 안 될까요?"

제이미는 미소를 지었지만, 나는 고집스레 우겼다.

"아뇨, 꼭 알고 싶어요. 왜 결혼하기로 했어요?"

그러자 제이미는 진지한 얼굴이 되더니, 천천히 입을 열었다.

"그럼 내가 말하기 전에 하나 부탁하고 싶은 게 있어요, 클레어."

"뭔데요?"

"솔직해졌으면 좋겠어요."

나는 불편한 기색으로 움찔 놀랐던 것 같다. 제이미가 진지한 모습으로 두 손을 무릎에 대고 몸을 숙였기 때문이다.

"당신도 내게 말하고 싶지 않은 비밀이 있다는 거 알아요, 클레어. 어쩌면 말할 수 없는 비밀일지도 모르죠."

그 말이 백 번 천 번 맞다는 거, 당신은 모를 거예요. 나는 속으로 생각했다.

"나는 강요하지 않을 마음이에요. 당신만의 걱정거리가 뭔지 알고 싶다고 조르지도 않을 거고요."

제이미는 진지하게 말했다. 그리고 이제는 손바닥을 맞댄 채, 그 손을 내려다보았다.

"나 역시 마찬가지예요. 당신에게 말할 수 없는 것들이 있어요. 아직까지는요. 그러니 당신이 내게 알려 줄 수 없는 게 뭔지, 나도 묻지 않을게요. 하지만 부탁하고 싶어요. 언젠가 내게 말해 줄 때가 오면 반드시 진실만을 말해 줘요. 나도 그럴 테니. 지금 우리 사이에는 이렇다 할 감정이 없잖아요. 물론 서로를 존중하는 마음은 있겠지만요. 존중하는 마음이 있으니 서로에게 비밀을 가져도 이해할 수 있다고 생각해요. 하지만 거짓말을 해서는 안 돼요. 알았죠?"

그는 내게 두 손을 내밀었다. 손바닥을 위로 한 제이미의 손은 내게 어서 잡아 달라 말하고 있었다. 그의 손목에 새겨진 검붉은 피의 맹세 자국이 보였다. 나는 그 손바닥 위에 가볍게 나의 손을 얹었다.

"네. 알았어요. 당신에겐 솔직하게 말할게요."

그의 손가락이 내 손을 가볍게 감쌌다. 이윽고 그는 심호흡했다.

"그러면 나도 솔직하게 말할게요. 내가 왜 당신과 결혼하기로 했냐고 물었죠?"

"그냥 조금 궁금할 뿐이에요."

제이미가 미소를 짓자, 눈빛에서 반짝이던 장난기가 입가에 크게 번졌다.

"음, 궁금할 만하죠. 거기엔 여러 가지 이유가 있어요. 사실, 이유는 하나…… 아니 두 개 정도 있네요. 아직은 말할 수 없지만, 때가 되면 말해 줄게요. 하지만 가장 큰 이유는 당신이 나랑 결혼한 이유와 똑같을 것 같아요. 잭 랜들의 손아귀에서 당신을 안전하게 지켜 주고 싶었거든요."

나는 랜들 대위를 떠올리며 몸을 살짝 떨었다. 제이미는 내 손을 꼭 쥐고서 단호하게 말했다.

"이제 당신은 안전해요. 내 이름과 내 가문, 내 씨족의 이름을 가졌으니까요. 필요하다면 내 몸을 바쳐서라도 당신을 보호할게요. 내가 살아 있는 한, 그자는 두 번 다시 당신에게 손을 댈 수 없어요."

"고마워요."

나는 이렇게 대답하며 강인하고 젊은 제이미의 굳센 얼굴을 바라보았다. 각진 얼굴과 단단한 턱선을 바라보자, 이제껏 터무니없게만 여겨졌던 두걸의 결혼 계획이 처음으로 합리적인 제안처럼 느껴졌다.

'내 몸을 바쳐서라도'라. 제이미를 보고 있자니 그 말이 특히 마음을 울렸다. 떡 벌어진 넓은 어깨를 보자 달빛 아래서 검술을 '뽐냈던' 제이미의 우아하면서도 격렬했던 몸짓이 머릿속에 떠올랐다. 그는 진심이었다. 아직 젊은 나이였지만 자신의 말이 갖는 무게를 알고 있었고, 그 신념을 증명할 상처 역시 몸에 지녔다. 그는 내가 간호했던 수많은 조종사나 보병보다도 어렸지만, 그들과 똑같이 헌신의 가치가 얼마나 큰지 잘 알았다. 내게 한 말은 로맨틱한 언약이 아니라 자신의 생명을 희생해서라도 나를 안전하게 지키겠다는 담담한 약속이었다.

내가 이 남자의 약속에 보답할 수 있다면 얼마나 좋을까.

"정말 용감하고 멋진 약속이군요. 하지만 이 결혼에 그만한 가치가 있을까요?"

나는 더없는 진심을 담아 말했다. 제이미는 고개를 끄덕이면서 또 미소를 지었는데, 이번에는 살짝 어두운 기색이 담겼다.

"그럼요. 나는 여러 가지 이유로 랜들을 잘 알잖아요. 내가 할 수 있다면, 힘없는 여자는 물론이고 개 한 마리라 하더라도 그의 손아귀에서 구해 낼 겁니다."

"그것참 황송하네요."

내가 비딱하게 대꾸하자, 제이미는 웃었다. 그리고 일어서서 창
가 옆 탁자로 갔다. 그곳에는 누가 야생화 꽃다발을 위스키 병에 물
을 채워 꽂아 놓았다. 아마도 여관 주인아주머니가 그랬겠지. 꽃다
발 뒤에는 와인 잔 두 개와 술병이 있었다.

제이미는 와인 잔에 술을 따라 가져오더니, 자리에 앉으며 잔 하
나를 내게 건넸다.

"콜럼이 마시는 와인만큼 좋지는 못하지만, 이것도 나쁘지 않아
요."

그는 미소를 지으며 잔을 쓱 들더니, 이렇게 건배했다.

"프레이저 부인을 위하여."

조용한 그 목소리에 난 다시금 공포를 느꼈다. 하지만 단호하게
두려움을 억누른 채로, 나도 잔을 들고 말했다.

"솔직함을 위하여."

우리는 같이 술을 마셨다. 나는 잔을 기울이며 물었다.

"음, 그렇다면 한 가지 이유는 이미 말했고, 다른 이유 중에서 말
해 줄 수 있는 게 있나요?"

제이미는 와인 잔을 유심히 바라보다가 불쑥 대꾸했다.

"어쩌면 내가 당신과 자고 싶어서일 수도 있죠. 그 생각은 안 해
봤나요?"

나를 당황하게 만들려는 것이었을까. 그랬다면 확실하게 성공한
셈이다. 하지만 나는 그런 기색을 내비치지 않기로 했다.

"음, 나랑 자고 싶어요?"

나는 대담하게 물었다. 남자의 새파란 눈동자는 여전히 와인 잔
너머로 이쪽을 지그시 바라보았다.

"솔직하게 말하라는 거라면, 그래요. 당신과 자고 싶어요."

"하지만 나랑 자고 싶다고 결혼까지 할 필요는 없었잖아요."

내가 반박하자, 제이미는 진심으로 모욕을 당한 듯한 표정을 지었다.

"내가 결혼하지도 않고 당신과 자고 싶어 할 남자라고 생각했어요?"

"남자들은 많이들 그래요."

제이미의 순수한 반응은 참 재미있었다. 그는 잠시 얼이 빠진 듯 살짝 투덜대었지만, 이내 평정심을 되찾고는 위엄 있는 태도로 격식을 갖추어 말했다.

"이런 말이 가식일지도 모르겠습니다만, 나는 '많이들 그러는 남자'가 아닙니다. 적어도 아니라고 생각하고 싶습니다. 나는 그런 천박한 행동과는 전혀 동떨어진 존재란 말입니다."

이 말에 어쩐지 감동한 나는 그에게 확실하게 말해 주었다. 지금껏 본 당신의 행동은 모두 기사도적이며 신사적이었노라고 말이다. 그리고 내가 결혼의 동기를 무심코 의심해서 미안하다고 사과도 했다.

나의 외교관급 언사가 과연 얼마나 효과가 있었을까. 위태로운 기분으로 우리는 입을 다물었고, 제이미는 빈 잔을 다시 채웠다.

———

우리는 잠시 침묵을 지키며 술을 홀짝였다. 둘 다 아까 솔직하게 주고받았던 말에 살짝 부끄러움을 느꼈으니까. 어쨌든 보아하니 내가 이 남자에게 줄 수 있는 것이 있긴 있구나. 사실을 말하자면, 우리가 이토록 황당한 상황에 놓이기 전부터 그런 생각을 안 했다고 말할 수는 없었다. 제이미는 대단히 매력적인 젊은이였다. 내가 성에 도착한 직후, 그가 나를 무릎에 앉혔던 순간 느꼈던 게 있지 않은가. 그리고…….

나는 와인 잔을 기울여 술을 비웠다. 그리고 다시 침대 옆자리를 톡톡 두드렸다.

"여기 와서 나랑 앉아요. 그리고……."

나는 가까이 붙어 앉아서 생기는 어색함을 극복할 만한 중립적인 화제가 뭐가 있을까 머리를 굴렸다.

"그리고 가족 이야기를 해 줘요. 어디서 자랐어요?"

제이미의 무게 때문에 침대가 눈에 띄게 내려앉아서, 나는 그쪽으로 몸이 기울어지지 않으려고 자세를 단단히 잡았다. 그는 소매가 내 팔에 스칠 정도로 바짝 붙어 앉았다. 나는 내 허벅지에 손을 얹고 긴장을 풀었다. 제이미는 앉으면서 자연스럽게 손을 놓아주었고, 우리는 다시 벽에 등을 대고 기대앉았다. 둘 다 시선을 내리깔지 않았지만, 우리가 함께 붙어 있는 것처럼 연결되었다는 느낌은 선명하게 인식하고 있었다.

"음, 그럼 어디서부터 말해야 하려나요?"

제이미는 커다란 발을 의자에 올려놓고 발목을 꼬았다. 이윽고 나는 하일랜드 청년이 편한 자세로 앉아서 복잡하게 얽힌 가족과 씨족 관계를 느긋하게 들려주는 목소리에 귀를 기울였다. 그러다 그의 가족사가 하일랜드 지방에서 일어난 커다란 사건의 배경이 된다는 걸 깨닫자 어쩐지 흥미로웠다.

프랭크와 나는 이 마을의 선술집에서 하룻밤 묵은 적이 있었다. 우리는 곁에 있던 노인장 두 분이 서로 주고받는 이야기에 흠뻑 빠졌었는데, 최근에 부서진 오래된 헛간이 누구의 소행인지 따져 보니 실은 이 지역 주민 사이에 복잡하게 얽힌 불화 때문이었고, 그들의 사이가 나빠진 시기를 따져 보면 약 1790년대까지 거슬러 올라간다는 이야기였다.

그런데 지금 제이미의 이야기를 들어 보니, 결국 이유를 알 수 없었던 불화는 지금 아직 주민들 사이에서 일어나지도 않았다는 걸 깨닫고는 살짝 놀랐다. 그 생각에 정신이 혼미해졌지만, 나는 애써 머릿속을 정리하며 제이미에게 귀를 기울였다.

"내 아버지는 프레이저 가문 사람이에요. 현재 러버트 영주 후계자의 이복동생이셨죠. 어머니는 매켄지 가문 사람이고요. 두걸과 콜럼이 내 삼촌인 건 알죠?"

나는 고개를 끄덕였다. 머리색은 달랐어도 얼굴이 뚜렷하게 닮았기 때문이다. 각진 얼굴선과 곧게 뻗은 길고 날카로운 콧날은 매켄지 가문 사람의 특징이었다.

"음, 우리 어머니는 그 둘과 남매지간이었죠. 그리고 이모가 두 분 더 있어요. 재닛 이모는 우리 어머니처럼 세상을 떠났어요. 하지만 조캐스터 이모는 루퍼트의 사촌과 결혼해서 지금 아일린 호수 근처에 살고 있어요. 재닛 이모에겐 자녀가 여섯 있어요. 아들 넷에 딸 둘이요. 조캐스터 이모는 딸만 셋이에요. 두걸은 딸이 넷이고, 콜럼은 꼬마 헤이미시 하나죠. 그리고 우리 부모님은 나랑 누나를 낳았어요. 누나의 이름은 재닛 이모를 따서 지었지만, 다들 항상 제니라고 불러요."

"루퍼트도 매켄지 가문 사람이었어요?"

나는 벌써 누가 누군지 파악하는 게 힘들어지기 시작했다.

"네. 루퍼트는……."

제이미는 잠시 생각하다가 말을 이었다.

"루퍼트는 두걸과 콜럼, 조캐스터와 사촌 간이에요. 그러니까 나한테는 외당숙이 되죠. 루퍼트의 아버지와 우리 외할아버지 제이컵이 형제거든요. 그리고 또……."

"잠깐만요. 필요 이상으로 족보를 깊게 파지 말아요. 안 그럼 내 머릿속이 뒤죽박죽될 테니까. 아직 프레이저 가문 이야기는 시작도 안 했잖아요. 그런데 벌써 사촌들이 누군지 잊어버렸어요."

제이미는 턱을 쓰다듬으며 곰곰이 따져 보았다.

"음, 알았어요. 그런데 프레이저 가문 쪽은 좀 더 복잡해요. 우리 할아버지 사이먼이 세 번 결혼하셨거든요. 그래서 우리 아버지에게 는 다른 두 분의 어머니에게서 나온 배다른 형제자매가 있어요. 일 단은 나한테 프레이저 가문 쪽 삼촌 여섯 명과 고모 셋이 살아 계시 다는 것만 알아 둬요. 그쪽 사촌들 설명은 생략할게요."

"그래요. 일단은 넘어가요."

나는 몸을 앞으로 굽혀 각각 와인을 한 잔씩 더 따랐다.

매켄지와 프레이저 씨족의 영토는 내부 경계를 따라 얼마간 이 어져 있다고 했다. 네스호의 하단부터 해안까지 나란히 붙어 있다 는 설명이었다. 그런데 모든 경계가 그렇듯이, 이렇게 인접한 경계 선은 지도상에 정확히 표시되지 않은 채 상당히 불확실하게 남았 고, 세월이 지나며 관습과 동맹이 바뀜에 따라 조금씩 변했다. 그리 고 이 국경의 남쪽 끝부분 프레이저 씨족의 영토에는 '브로흐 투어 러흐'라는 곳이 있었고, 그곳이 제이미의 아버지인 브라이언 프레 이저의 소유였다.

"여기는 아주 비옥한 땅이에요. 낚시하기에도 좋고요. 사냥할 숲 도 있어요. 작은 농가 60채 정도가 먹고 사는 곳이죠. 거기 조그마 한 마을이 있는데, '브로흐 모다'라고 해요. 물론 저택도 있어요. 현 대식 저택이요. 그리고 옛집은 가축 우리와 곡물 저장소로 써요."

제이미는 다소 자랑스러운 기색으로 말을 이었다.

"두걸과 콜럼은 누이가 프레이저 가문과 결혼하겠다고 하자 전 혀 기뻐하지 않았어요. 그래서 자신들의 누이는 프레이저 영토의 소작농으로 살 수는 없고, 토지 소유자가 되어야 한다고 주장했어 요. 그래서 랄리브로흐를 우리 아버지가 차지하게 된 거예요. 그곳 사람들이 붙인 이름이죠. 하지만 거기에는 단서가 붙었어요. 내 어 머니인 엘런의 소생만이 그 땅을 물려받을 수 있다는 조건이었죠.

만약 엘런이 자식 없이 세상을 떠나면, 아버지가 돌아가신 후 그 땅은 다시 러버트 영주에게 귀속돼요. 다른 여자나 그의 소생에게는 돌아가지 않는다는 거죠. 하지만 아버지는 재혼하지 않았고, 나는 우리 어머니가 낳은 아들이에요. 그러니 랄리브로흐는 내 땅이죠. 가치가 얼마나 되는지는 모르겠지만요."

"어제 나에게는 재산이 없다고 했잖아요."

나는 와인을 홀짝이며 말했다. 이 술은 생각보다 괜찮았다. 마시면 마실수록 맛이 좋아지는 것 같달까. 이제 그만 마셔야 할지도 모르겠어.

제이미는 고개를 저었다.

"음, 그건 내 소유가 맞긴 하지만, 문제는 내가 지금 거기 갈 수가 없기 때문에 별 도움이 안 된다는 거예요. 알다시피 내 머리에 현상금이 걸려 있잖아요."

그는 미안하다는 표정을 지었다.

포트윌리엄에서 탈출한 후, 제이미는 두걸의 집인 비야너흐('축복받은'이란 뜻이라고 제이미가 설명했다)로 옮겨졌다고 했다. 그곳에서 상처를 치료하고 열병을 앓다가 회복한 제이미는 프랑스로 건너가서 2년 동안 프랑스 군대와 함께 스페인 국경 지대에서 싸웠다고 말했다.

"프랑스 군대에서 2년이나 복무했으면서 성 경험이 없다고요?"

나는 믿을 수가 없어서 불쑥 내뱉었다. 프랑스 군인들을 돌본 경험이 많았으니까. 설마 200년 전에는 여자를 대하는 프랑스 남자들의 태도가 지금과 전혀 달랐던 걸까?

제이미는 나를 곁눈질하며 한쪽 입가를 실룩였다.

"새서나흐, 프랑스 군대에서 일하는 매춘부들을 본 적 없죠? 봤다면 내가 왜 여자랑 자기는커녕 건드릴 엄두도 못 냈는지 이해할 걸요."

순간, 나는 사레가 들리고 말았다. 와인을 뿜어 대며 기침을 하는 바람에 제이미는 내 등을 쳐 주어야 했다. 겨우 정신을 차리고도 숨도 제대로 못 쉬고 얼굴이 빨개진 채, 나는 제이미에게 계속 이야기하라고 재촉했다.

1년 전쯤 제이미는 다시 스코틀랜드에 돌아왔고, 여섯 달 동안 혼자 지내기도 하고 '떠돌이' 무리, 그러니까 씨족이 없는 사내들과 무리 지어 다니며 숲속에서 근근이 먹고살기도 하고 경계 지대에서 가축 떼를 습격하며 지냈다고 했다.

제이미는 어깨를 으쓱이며 말했다.

"그러다 누가 도끼 같은 걸로 내 머리를 쳤어요. 그 후로 두 달 동안 무슨 일이 있었는지는 두걸이 들려준 대로 믿어야겠죠. 내가 맨정신으로 경험한 일은 아니었으니까요."

제이미가 공격을 받았을 당시, 두걸은 마침 근처 사유지에 있었다고 했다. 제이미의 친구가 두걸을 불러온 다음, 두걸은 어찌어찌 조카를 프랑스로 보낼 수 있었다고 했다.

"왜 프랑스로 옮겼는데요? 그토록 멀리 당신을 보내는 과정에는 정말 무시무시한 위험이 따랐을 텐데."

"하지만 내가 스코틀랜드에 그대로 있는 게 더 위험했거든요. 그 지역엔 잉글랜드 순찰대가 쫙 깔려 있었어요. 나랑 같이 다니던 녀석들은 꽤 활동적이었고요. 내가 보기엔, 가만두었다면 오두막 어딘가에 정신 못 차리고 누워 있는 나를 잉글랜드 놈들이 발견했을 테고, 두걸은 그걸 바라지 않았던 거죠."

"아니면 자기 집으로 데려갈 수도 있었을 텐데요?"

나는 약간 냉소적인 말투로 물었다.

"그랬을 수도 있겠죠. 하지만 문제가 두 가지 있었어요. 첫째, 당시 두걸의 집에는 잉글랜드인 손님이 있었거든요. 둘째로, 그때 내 상태를 보아하니 곧 죽을 것 같다고 두걸은 생각했어요. 그래서 나를 수도원으로 보낸 거죠."

프랑스 연안에 있는 생트 안 드 보프레 수도원은 현재 제이미의 여섯 삼촌 중 하나인 알렉산더 프레이저가 사는 곳인 듯했다. 현대에 들어서는 학문과 예배의 성역이 된 곳이었다.

"알렉산더 삼촌과 두걸 삼촌은 특히 사이가 좋지 않아요. 하지만 두걸은 여기서 날 위해 해 줄 수 있는 게 별로 없다는 걸 알았죠. 뭔가 도움을 받을 수 있는 곳은 그 수도원이었을 거라고요."

실제로 수도원은 도움이 되었다. 수사들의 의학 지식과 타고난 튼튼한 체질 덕분에 제이미는 살아남았고, 성 도미니크 수도회 수도사들의 간호를 받아 점차 회복되었다.

"일단 몸이 낫자 난 다시 돌아왔어요. 두걸과 부하들이 해안으로 날 맞으러 왔죠. 그리고 매켄지 영토로 가다가, 음, 당신을 만난 거예요."

"랜들 대위 말로는 당신들이 가축을 훔쳤다고 하던데요."

나는 비난의 말을 던졌지만, 제이미는 당황하지 않고 그저 미소를 지었다.

"음, 두걸은 이익을 조금이라도 창출할 기회를 놓치는 사람이 아니라서요. 우리는 들판에서 풀을 뜯는 멋진 가축 떼를 우연히 보게 됐죠. 근처에는 아무도 없었고요. 그래서……."

그는 어깨를 으쓱였다. 살면서 일어나는 필연적인 일이니, 운명적으로 받아들이겠다는 태도였다.

분명 나는 두걸의 부하들과 랜들의 용기병 사이에서 벌어진 결투의 끝 무렵에 이곳에 온 거다. 자신들을 공격하러 온 잉글랜드 군대를 눈치챈 두걸이 부하 절반을 수풀 주위로 보내 가축 떼를 앞으로 몰고 가는 동안, 나머지는 어린 나무 사이에 숨어서 잉글랜드 군대를 공격하려고 매복하고 있었던 그 순간에.

제이미는 고개를 끄덕였다.

"일은 아주 잘됐어요. 우리는 불쑥 나타나서 소리를 지르며 말을 타고 잉글랜드 용기병 사이를 지나갔어요. 놈들은 당연히 우리를 따라왔고요. 우리는 놈들을 활발하게 이끌고 언덕 위로 올라간 다음 개울과 바위를 마구 누볐죠. 그동안 두걸의 나머지 부하는 소 떼를 몰고 경계 너머로 도망쳤어요. 우리는 거기서 랍스터백들을 따돌렸고요. 그래서 오두막에 모여서 어두워지면 도망치려고 했는데, 거기서 당신을 처음 만났죠."

"그랬군요. 그러면 왜 애초에 스코틀랜드로 돌아왔나요? 프랑스에 있는 게 훨씬 안전했을 텐데요."

제이미는 내 질문에 대답하려다가 와인을 홀짝이며 다시 생각에 잠겼다. 방금 나는 그의 비밀에 접근하고 있었던 게 분명하구나.

제이미는 화제를 돌렸다.

"음, 그건 말하자면 길어요, 새서나흐. 나중에 말해 줄게요. 지금은 당신 이야기를 듣고 싶네요. 당신도 가족 이야기를 해 줄래요? 물론 하고 싶다면 말이에요."

그는 마지막 말을 급히 덧붙였다.

잠시 어떡할까 생각해 보았다. 하지만 우리 부모님과 램 삼촌 이야기를 해도 크게 위험할 것 같지는 않았다. 어쨌든 램 삼촌의 직업에는 나름의 이점이 있었다. 고고학자는 20세기만큼이나 18세기에도 사람들이 알아들을 만한 직업이었으니까. 뭘 그런 일을 하냐며 이해를 못 하기도 마찬가지겠고.

그래서 난 이야기를 시작했다. 물론 자동차나 비행기, 세계 대전 같은 사소한 사항은 생략했다. 내가 이야기를 하는 동안 제이미는 열심히 귀를 기울였고, 이따금 질문을 던졌으며 우리 부모님이 돌아가셨다는 말에 애도의 뜻을 전했다. 그리고 램 삼촌이 발견한 것들에 흥미를 보였다.

"그러다 프랭크를 만났어요."

나는 이야기를 마무리했다. 더 말했다가는 위험한 부분에 들어가게 될 것 같아서였다. 다행히도 제이미는 더는 묻지 않았다.

"하지만 지금은 남편 이야기를 하고 싶지 않겠지요?"

그는 이해한다는 듯 말했고, 나는 말없이 고개를 끄덕였다. 눈앞이 살짝 흐려졌다. 제이미는 잡고 있던 손을 놓더니 나에게 팔을 두르고는 내 얼굴을 자신의 어깨로 끌어당겼다. 그리고 머리카락을 부드럽게 쓰다듬으며 말했다.

"괜찮아요. 혹시 피곤한가요, 아가씨? 자리를 피해 줄 테니 잘래요?"

나는 잠깐 그럴까 싶었지만, 그건 불공평하고도 비겁하단 생각이 들었다. 그래서 목을 가다듬고 일어나 앉아 고개를 저었다.

"아뇨."

이렇게 대답하며 숨을 깊이 들이마셨다. 제이미에게선 비누와 와인 향기가 살짝 풍겼다.

"괜찮아요. 음, 이젠 어렸을 때 뭘 하며 놀았는지 말해 봐요."

————

방 안에는 열두 시간 동안 불을 밝힐 만한 두꺼운 양초가 있었다. 양초의 몸체는 어두운 밀랍 층으로 이루어져 있어서 녹을 때마다 시간을 알 수 있었다. 우리는 밀랍 층이 세 개 탈 때까지 손을 잡고서 계속 이야기를 했다. 가끔 와인을 따를 때나 일어서서 커튼 뒤에 놓인 요강에 갈 때만 손을 놓았을 뿐이다. 그러던 중, 제이미는 하품하며 기지개를 켰다.

"정말 시간이 늦었네요. 이젠 잠자리에 들어야겠어요."

일어서서 말하자, 제이미는 목덜미를 문지르며 되물었다.

"좋아요. 그런데 잠자리라는 게, 침대에 같이 눕자는 건가요? 아니면 진짜 자겠다는 뜻인가요?"

그는 눈썹을 묘하게 찡그리며 입가를 실룩였다.

사실은 이제껏 같이 있던 시간이 너무 편안했던지라, 우리가 왜 여기 들어왔는지 어느새 잊고 있었다. 하지만 그의 말을 듣자, 갑자기 아득한 공포가 밀려들었다.

"그게, 그러니까……."

나는 가냘프게 대답했지만, 제이미는 평소처럼 실무적인 태도로 물었다.

"어느 쪽이든, 그 드레스를 입고 잘 건 아니죠?"

"음, 그래요. 아닌 것 같아요."

사실, 이제껏 온갖 사건에 휘말려 온 동안 난 잘 때 뭘 입어야 하는지 생각한 적이 한 번도 없었다. 솔직히 잠옷도 없었으니까. 평소에는 날씨가 어떠냐에 따라 속옷만 입거나, 아니면 아무것도 안 입고 잤다.

제이미는 지금 입은 옷 말고는 달리 가진 옷이 없었다. 그러니 셔츠만 입고 자든지, 아니면 다 벗고 자야 했다. 둘 중 어떤 차림을 하든, 상황은 급변할 것 같았다.

"음, 그러면 이리 오세요. 내가 끈을 풀어 줄게요."

하지만 내 옷을 벗기기 시작하면서 제이미는 솔직히 손을 잠깐 떨었다. 하지만 그도 잠시, 보디스에 달린 자그마한 고리를 수십 개를 맞닥뜨리고 옷을 푸는 데 여념이 없어지고 말았다.

"하! 됐다!"

드디어 마지막 고리를 푼 제이미는 의기양양하게 소리쳤고, 우리는 함께 웃었다.

"당신은 내가 벗겨 줄게요."

더는 지체할 이유가 없다고 마음먹고 나는 말했다. 손을 들어 그의 셔츠 단추를 풀고, 그 안에 손을 넣어 어깨를 쓰다듬었다. 손바닥을 천천히 가슴으로 내려 움푹 들어간 부드러운 유륜과 여린 털을 느껴 보았다. 제이미가 숨도 못 쉬고 가만히 서 있는 동안, 나는 무릎을 꿇고 그의 허리에 감긴 띠를 풀었다.

어차피 하게 될 거라면 지금이 때인 것 같아서, 난 일부러 제이미의 허벅지를 아래에서 위로 쓰다듬어 올라갔다. 킬트 아래로 뻗은 허벅지는 단단하고 늘씬했다. 이때쯤 나는 스코틀랜드 남자가 킬트 아래에 어떤 차림을 하는지 정확히 알고 있었다. 즉, 아무것도 안 입는다는 사실을 알고는 있었지만, 제이미도 역시 그렇다는 걸 알게 되자 새삼 충격이었다.

이윽고 그는 나를 들어 올리더니 고개를 숙이고 입을 맞추었다. 입맞춤은 길게 이어졌고, 그의 손은 아래로 계속 더듬어 내려가 페티코트를 여민 끈을 찾았다. 잠시 후 빳빳하게 풀 먹인 주름 장식이 바닥으로 떨어져 무더기를 이루었다. 이제 내게 남은 건 속치마뿐이었다.

"이런 키스는 어디서 배웠어요?"

나는 숨이 살짝 모자란 채로 물었다. 그는 싱긋 웃으며 나를 끌어안더니, 다시 입을 맞춰 왔다.

"경험이 없다고 했지, 수도승처럼 살지는 않았어요. 내가 어떻게 해야 할지 모를 때가 오면 물어볼게요."

제이미는 나를 온몸으로 꽉 끌어안았다. 순간, 그가 당면 과제를 수행할 준비가 되고도 남았다는 게 느껴졌다. 놀랍게도, 나 역시 준비가 되었다는 걸 문득 깨달았다. 시간이 늦어서인지, 아니면 와인을 마셔서인지, 제이미의 매력에 이끌려서인지, 그도 아니라면 단순한 박탈감에서 비롯된 것인지 몰라도, 나는 이 남자를 간절히 원하고 있었다.

그의 셔츠를 허리에서 빼낸 다음 가슴에 다시 손을 대고 엄지로 유두 주위를 덧그렸다. 그러자 남자의 유두가 순식간에 빳빳해지더니, 제이미가 나를 가슴에 와락 껴안았다.

"으읍!"

내가 숨을 쉴 수가 없어 버둥대자, 그는 나를 놓아주고 사과했다.

"아니, 걱정하지 말아요. 다시 키스해 줘요."

그는 내가 시키는 대로 했다. 이번에는 어깨에서 속치마 끈을 젖혀 아래로 내렸다. 그런 다음 살짝 물러선 제이미는 손으로 내 가슴을 쥐더니, 내가 했던 대로 유두를 문질렀다. 나는 그의 킬트를 여민 버클을 더듬었다. 남자의 손가락은 내 손을 이끌어 버클을 잡게 해 주었고, 잠시 후 버클이 풀렸다.

그런데 제이미가 갑자기 나를 번쩍 들더니 침대에 앉아 자신의 무릎에 앉혔다. 그리고 살짝 쉰 목소리로 말했다.

"내가 너무 거칠게 군다면 말해요, 아니면 그만두고 싶다면 그만 하라 말해요. 삽입하기 전까지는 언제든 괜찮아요. 하지만 그 후에는 멈출 수 있을지 모르겠어요."

대답 대신, 나는 그의 목에 두 손을 얹고서 뒤로 누웠다. 이제 그는 나의 위에 올라탄 자세가 되었다. 나는 다리 사이의 매끈한 틈새로 그를 이끌었다.

"하느님, 맙소사."

이제껏 단 한 번도 신의 이름을 헛되이 부른 적 없었던 제임스 프레이저의 입에서 탄성이 터졌다. 나는 나지막이 속삭였다.

"이제 멈추지 말아요."

———

그 후 함께 눕자, 그는 아주 자연스럽게 자기 가슴에 내 머리를 얹었다. 우리는 합이 잘 맞았고, 서로에게 흥분을 느끼며 상대를 탐색한다는 새로운 세계에 빠져들자 초반부에 느꼈던 긴장감도 대부분 사라졌다.

"당신이 생각했던 대로의 잠자리였나요?"

궁금한 마음에 묻자, 제이미가 키득대는 웃음소리가 귓가에 깊게 울렸다.

"거의 그랬죠. 나는 사실…… 아, 아니에요."

"뭔데요, 말해 봐요. 무슨 생각을 했는데요?"

"말 안 할래요. 들으면 웃을 거라서."

"안 웃겠다고 약속할게요. 어서 말해 줘요."

제이미는 내 머리카락을 쓰다듬으며 귓가의 곱슬머리를 뒤로 부드럽게 넘겼다.

"음, 알았어요. 말할게요. 우리가 얼굴을 마주 보고 할 줄은 몰랐어요. 당신이 뒤돌아선 채로 해야 한다고 생각했거든요. 그러니까, 말처럼요."

웃지 않겠다고 약속했지만, 그러기가 정말 힘들었다. 그래도 난 약속을 가까스로 지켰다. 제이미는 항변하듯 말했다.

"말했잖아요. 우습게 들릴 거라고요. 난 그냥…… 음, 어렸을 때 머릿속에 어떤 생각이 깊이 박히면, 계속 그렇게만 생각하게 된다는 거 알죠?"

"그럼 다른 사람이 사랑을 나누는 걸 한 번도 본 적 없단 말인가요?"

난 좀 놀랐다. 이제껏 소작농이 사는 농가를 많이 본 바에 따르면, 온 가족이 한방을 쓰는 경우가 많았기 때문이다. 물론 제이미의 가족은 소작농이 아니었지만, 그래도 스코틀랜드에서 자란 아이가 자다가 우연히 일어나 곁에서 벌어지는 어른들의 행동을 본 적이 없을 것 같지는 않았다.

"물론 있죠. 하지만 보통 이불을 덮고 하는 걸 봤어요. 그래서 남자가 위에 있다는 것 말고는 잘 몰라요. 내가 아는 건 그 정도까지라."

"음. 그런 것 같더라고요."

"내가 혹시 당신을 답답하게 압박했나요?"

제이미는 살짝 걱정스러운 기색으로 물었다.

"별로 그렇진 않았어요. 아니, 근데 정말로 그렇게 생각했어요?"

소리 내어 웃지는 않았지만, 그래도 입가에 웃음기가 자꾸만 감도는 건 어쩔 수가 없었다. 제이미의 귓가가 살짝 붉어졌다.

"네. 어떤 남자가 야외에서 여자를 안는 걸 본 적이 있어요. 하지만 그건…… 음, 강간이었어요. 사실상 그랬죠. 그때 남자는 뒤로 했거든요. 그 장면이 나한테 깊게 남았어요. 아까 말했듯, 머릿속에 박혔던 거죠."

제이미는 나를 계속 안고서, 특유의 말 달래는 기술을 발휘했다. 하지만 부드러운 손짓이 점차 변하더니 다시금 이쪽을 탐험하고 싶다는 확고한 의도가 드러났다.

그는 내 등을 한 손으로 쓸어내리며 말했다.

"물어보고 싶은 게 있어요."

"뭔데요?"

"당신 마음에는 들었나요?"

그는 살짝 수줍은 기색이었다. 나는 아주 솔직하게 대답했다.

"네. 맘에 들었어요."

"아. 그럴 거라 생각은 했어요. 머타 말로는 여자는 보통 잠자리를 좋아하지 않는다고 하더라고요. 그래서 최대한 빨리 끝내야 한다던데요."

"머타가 대체 뭘 알겠어요? 여자들은 대부분 천천히 할수록 좋아한다고요."

내가 분개하며 말하자, 제이미는 다시 키득키득 웃었다.

"음, 머타보다는 당신이 더 잘 알겠지요. 어젯밤에 머타와 루퍼트와 네드에게 꽤 많은 조언을 받았어요. 하지만 상당수는 전혀 나에게 좋을 게 없어 보여서, 차라리 내 방식대로 해 보는 게 낫겠다 싶었죠."

"아직까진 잘못한 거 없어요. 그들이 또 무슨 조언을 해 주었나요?"

나는 제이미의 가슴털 한 가닥을 손가락에 감으며 물었다. 촛불에 비친 그의 피부는 붉은 금빛을 띠었다. 내가 묻는 말에 재미있게도 그 피부가 민망한 듯 확 붉어졌다.

"대부분 들려줄 만한 말이 아니에요. 말했다시피, 내가 듣기에도 아니라고 생각했거든요. 난 이제껏 짐승들이 서로 짝짓기하는 모습을 많이 봤어요. 그래서 사람도 똑같을 거라 생각했죠."

그 말을 들은 나는 속으로 정말 재미있다는 생각을 했다. 이제껏 내가 아는 남자들은 라커 룸에서 떠는 수다를 통해서나 외설적인 잡지를 보면서 성행위 방법을 배웠는데, 이 남자는 헛간 앞마당과 숲속에서 배웠구나.

"어떤 동물의 짝짓기를 봤는데요?"

"아, 온갖 종류를 다 봤죠. 우리 농장은 숲 근처에 있거든요. 그래서 사냥을 하거나 우리를 빠져나온 소를 찾아다니며 숲속을 많이 다녔어요. 말과 소는 물론이고 돼지, 닭, 비둘기, 개, 고양이, 붉은 사슴, 다람쥐, 토끼, 멧돼지, 아, 한번은 뱀이 하는 것도 봤어요."

"뱀이요?"

"네. 뱀의 성기는 두 개라는 거 알아요? 그러니까 수컷 뱀의 성기 말이에요."

"아뇨. 몰랐어요. 정말 두 개라고요?"

"네. 게다가 둘 다 이렇게 갈라져 있어요."

제이미는 검지와 중지를 뻗어서 구체적으로 설명했다. 나는 깔깔 웃었다.

"그렇다면 암컷 뱀은 진짜 불편하겠는데요."

"아, 암컷도 즐기는 것처럼 보였어요. 내가 보기에는요. 보통 뱀들은 표정이 많지 않은데 그땐 다르더라고요."

나는 그의 가슴에 얼굴을 묻고서 즐겁게 큭큭 웃었다. 리넨 천의 시큼한 향기 사이로 사향 냄새가 기분 좋게 뒤섞여 풍겼다.

"셔츠를 벗어요."

나는 일어나 앉아서 그의 셔츠 끝자락을 올렸다.

"왜요?"

제이미는 의아한 듯 물으면서도 고분고분하게 일어나 옷을 벗었다. 나는 그의 앞에 무릎을 꿇고서 남자의 나신을 감탄하며 바라보며 대답했다.

"내가 당신을 보고 싶으니까요."

그의 몸은 아름다운 짜임새를 보여 주었다. 길고 우아한 뼈대와 매끄러운 근육은 가슴과 어깨에서 굴곡을 그리며 움푹하게 들어간 배와 허벅지까지 부드럽게 이어졌다.

그런데 제이미가 눈썹을 치켜떴다.

"음, 그러면 공평하게 해야죠. 당신도 벗어요."

그는 손을 뻗어 내가 구겨진 속치마를 꿈틀대며 벗는 동안 치맛자락을 골반으로 내려 주었다. 속치마가 벗겨지자, 그는 내 허리를 잡더니 두 눈 가득 강렬한 흥미를 보이며 날 관찰했다. 훑어보는 시선에 난 민망해질 뻔했다.

"벗은 여자를 본 적이 없어요?"

내가 묻자, 제이미는 커다랗게 미소를 지었다.

"아뇨. 있어요. 하지만 이렇게 가까이서 본 건 처음이에요. 그리고 내 여자도 아니었고요."

그는 두 손으로 내 골반을 쓸며 말했다.

"골반이 정말 넓네요. 아이를 잘 낳겠어요."

"뭐라고요?"

나는 질겁하며 몸을 뺐지만, 제이미는 나를 다시 끌어안고 침대 위로 쓰러져 내 위에 올라탔다. 그리고 날 꼭 껴안고 버둥대지 않을 때까지 기다렸다가, 살짝 들어 올려 입을 맞추었다.

"한 번만 해도 법적 효력이 있다는 걸 알긴 하는데요……."

그는 수줍게 말을 아꼈다.

"또 하고 싶어요?"

"또 해도 괜찮겠어요?"

이번에도 웃음을 참느라 옆구리가 당겨서 아팠다. 나는 엄숙하게 말했다.

"그래요. 괜찮아요."

———

"뭘 좀 먹어야죠?"

얼마나 시간이 흘렀을까. 나는 조용히 물었다.

"여전히 당신을 계속 먹고 싶어요."

제이미는 고개를 숙여 내 가슴을 부드럽게 깨물었다가 빙그레 웃으며 고개를 들었다. 그리고 침대 끝으로 몸을 돌려 일어났다.

"하지만 음식도 먹어야겠죠. 주방에 차가운 쇠고기와 빵이 있을 거예요. 와인도요. 가서 수프랑 이것저것 가져올게요."

"아뇨. 일어나지 말아요. 내가 가져올게요."

나는 침대에서 뛰어내려 문으로 향했다. 바깥은 추울 것이라서 속옷 위에 숄을 걸쳤다.

"잠깐만요, 클레어! 내가 가는 게……."

제이미가 소리쳤지만, 그의 말이 끝나기도 전에 난 벌써 문을 열어 버렸다.

411

문을 열자마자 내 모습을 본 남자들은 크게 환호했다. 열다섯 명쯤 되는 남자들은 다들 아래층 휴게실의 벽난로 앞에 늘어져 술을 마시고 음식을 먹으며 주사위 놀이를 하고 있었다. 나는 어쩔 줄 모른 채로 위층 발코니에 섰는데, 어른거리는 벽난로 불빛을 받은 열다섯 명의 얼굴이 나를 보며 음흉하게 웃어 댔다.

그중 루퍼트가 소리쳤다.

"어이, 아가씨! 아직도 걸을 수 있네? 제이미가 할 일을 제대로 못 했나 봐?"

이 말을 들은 남자들은 왁자하게 웃었고, 그들 중 몇몇은 제이미의 밤일 솜씨를 두고 더욱 상스러운 말을 해 댔다.

"혹시 제이미가 벌써 지쳐서 나가떨어졌다면, 제가 기꺼이 이어서 해 드리지요!"

짧은 흑발의 젊은이가 외치자, 다른 사람이 맞서 고함을 질렀다.

"아니, 아니야. 그러면 안 되지, 아가씨. 나를 데려가!"

이어서 코가 비뚤어지게 취한 머타가 소리쳤다.

"너희들 다 탈락이야, 이놈들아! 제이미를 먹어 봤으면, 이제는 이런 걸 먹어야 만족할 거라고!"

머타가 커다란 양고기 뼈를 머리 위로 흔들자, 방 안에 왁자지껄 웃음이 터졌다.

나는 방으로 얼른 돌아가 문을 쾅 닫고 등을 기댔다. 그리고 침대에 나신으로 누운 제이미를 노려보았다. 그는 마구 웃어서 숨을 헐떡이며 말했다.

"내가 경고했잖아요. 아, 지금 당신의 표정이 얼마나 웃긴지 보여주고 싶어요!"

"저 사람들, 아래에서 뭐 하는 거예요?"

내가 씨근대자, 제이미는 신방 침대에서 우아하게 내려왔다. 그리고 무릎을 꿇고 바닥에 벗어 놓은 옷가지들을 뒤지며 간단히 설명했다.

"결혼식 증인이에요. 두걸은 혼인이 무효가 될 가능성을 절대로 두고 보지 않을 거라서요."

이윽고 그는 양손에 킬트를 들고 일어서서 허리에 두르며 나를 향해 빙긋 웃었다.

"당신의 명예가 돌이킬 수 없도록 손상된 것 같네요, 새서나흐."

그는 이렇게 덧붙이고는 셔츠도 입지 않고 문으로 다가갔다.

"나가지 말아요!"

나는 덜컥 겁이 나 소리쳤다. 하지만 제이미는 걸쇠에 손을 대고서 날 돌아보고 안심하라는 듯 미소 지었다.

"걱정 마요, 아가씨. 저들이 증인이라면, 뭔가 보여 줘야 하지 않겠어요? 게다가 놀림받을 게 겁이 나서 앞으로 사흘간 굶어 죽을 마음은 없어요."

제이미는 문을 살짝 열어 둔 채 방에서 나갔다. 곧이어 외설적인 소리가 박수갈채와 뒤섞여 들려왔다. 주방으로 가는 제이미에게 축하한다는 고함과 야한 질문과 조언들이 뒤따랐다.

"첫날밤은 어땠냐, 제이미? 너 피 났냐?"

거친 자갈이 굴러가는 듯한 루퍼트의 목소리는 쉽게 알아들을 수 있었다.

"아뇨. 얼굴 좀 저리 치워요, 노인네. 안 그럼 내가 아저씨를 피 나게 만들어 줄 테니까."

제이미는 스코틀랜드인답게 험한 말투로 대답했다. 허를 찌르는 대답을 듣자 모두는 즐거워하며 크게 웃었다. 제이미가 홀을 거쳐 주방으로 갔다가 다시 방으로 올라올 때까지 농담은 계속되었다.

나는 문을 빼꼼 열고 제이미를 맞이했다. 두 손에 산더미처럼 쌓은 음식과 술 위로 얼굴이 새빨갛게 변해 있었다. 그가 슬그머니 안으로 들어서자 밑에서 마지막으로 유쾌한 웃음소리가 터졌다. 나는 문을 있는 힘껏 쾅 닫아 소리를 차단한 다음 빗장을 단단히 질렀다.

제이미는 애써 나를 쳐다보지 않으면서 탁자 위에 음식을 늘어 놓았다.

"당분간 밖에 나가지 않아도 될 만큼 음식을 가져왔어요. 좀 먹을 래요?"

나는 그의 옆으로 손을 뻗어 와인 병을 잡았다.

"아직은 괜찮아요. 지금은 술을 좀 마셔야겠어요."

———

아직은 어색해하면서도 제이미는 무척 다급하게 굴었고, 나 역 시 달아올랐다. 그에게 이러쿵저러쿵 지시하거나 내가 경험이 있다 는 걸 강조하고 싶지 않았기 때문에, 나는 제이미가 하고 싶은 대로 하도록 내버려 두었다. 다만 내 가슴을 압박하지 말고 팔꿈치에 몸 무게를 실으라는 조언 정도를 가끔 했을 뿐이다.

아직도 서툴고 심한 욕구에 허덕인 나머지 부드럽게 하지는 못 했지만, 제이미는 변함없이 기쁜 태도로 사랑을 나누었다. 남자가 경험이 없다는 게 다들 생각하는 것처럼 나쁜 게 아니라, 오히려 좋 은 게 아닐까 하는 생각마저 들었다. 하지만 제이미가 내가 괜찮은 지 걱정스러운 기색을 보이자, 그게 참 사랑스러우면서도 순간 짜 증이 났다.

세 번째 하던 도중, 나는 몸을 휘어 그의 몸에 빠듯하게 붙이고는 격정 어린 신음을 흘렸다. 그러자 제이미는 깜짝 놀라 대번에 몸을 빼고서는 미안한 표정을 지었다.

"미안해요, 아프게 할 마음은 없었어요."

"안 아팠어요."

나는 나른하게 기지개를 켰다. 꿈결처럼 환상적인 기분이었다.

"정말요?"

그는 내가 어디 다치지는 않았는지 살펴보며 물었다. 순간, 이런 생각이 들었다. 머타와 루퍼트에게 급히 배운 성교육에서 몇 가지 중요한 점이 빠진 모양이구나.

그래서 제이미에게 몇 가지 사실을 깨우쳐 주자, 그는 넋이 나간 표정으로 물었다.

"여자는 매번 그런가요?"

이러니까 내가 바스의 여인*이나 일본의 게이샤가 된 기분이었다. 누군가에게 잠자리 기술을 알려 주게 될 거라곤 한 번도 상상해 본 적이 없었지만, 막상 해 보니 나름의 재미가 있었다.

"아뇨, 매번 그렇지는 않아요. 남자가 잘할 때만 그렇죠."

내가 재미있다는 듯 말하자, 제이미의 귓가가 붉어졌다.

"아아."

그런데 좀 놀랍게도, 솔직하게 관심을 보이던 제이미의 얼굴이 뭔가 단호한 결심의 빛을 띠었다.

"그럼 이젠 뭘 해야 할지 알려 줄래요?"

"특별히 뭘 하지 않아도 괜찮아요. 천천히 집중해서 하면 돼요. 그런데 왜 물어요? 벌써 준비가 되었으면서."

내가 걱정하지 말라고 말하자, 제이미는 살짝 놀랐다.

"그럼 당신은 기다리지 않고 바로 해도 돼요? 난 한 번 한 다음에는 곧바로 할 수가……."

"음, 여자는 다르거든요."

"아, 그렇군."

제이미는 조용히 중얼거리더니 내 손목을 엄지와 검지로 동그랗게 쥐었다.

* 영국의 서사시 『캔터베리 이야기』 중 「바스의 여인 이야기」에 나오는 인물로, 결혼을 다섯 번 하며 여러 남자를 경험한 이야기를 들려준다.

"그게…… 당신은 너무 작잖아요. 내가 다치게 할까 봐 걱정이 들어요."

"나는 안 다칠 테니 걱정하지 말아요. 그리고 좀 아프게 한다 해도, 난 괜찮아요."

나는 성급하게 대꾸했다. 하지만 제이미가 못 알아듣고 어리둥절한 표정을 짓자, 나는 무슨 뜻인지 직접 보여 주기로 했다.

나의 동작에 그는 큰 충격을 받았다.

"지금 뭐 하는 거죠?"

"그냥 어떤지 느껴 봐요. 가만히 있어요."

잠시 후, 나는 치아까지 써 가며 점차 그를 세게 압박했다. 결국 제이미는 나직하고 날카로운 숨을 터뜨리고 말았다. 나는 동작을 멈추고 물었다.

"내가 아프게 했나요?"

"네. 조금요."

그는 반쯤 목이 졸린 소리로 대답했다.

"그럼 그만할까요?"

"아뇨!"

그래서 난 계속했다. 이번에는 일부러 거칠게 입을 놀렸고, 결국 제이미는 몸을 부들부들 떨면서 내가 그의 심장이라도 뜯어냈다는 듯 괴로운 신음을 흘렸다. 마침내 그는 침대에 털썩 누워 온몸을 잘게 떨며 무겁게 숨을 내쉬었다. 그리고 눈을 감은 채, 게일어로 무어라 중얼거렸다.

"지금 뭐라고 했어요?"

"심장이 터질 것 같다고 했어요."

제이미는 눈을 뜨며 말했다. 나는 만족한 채로 방긋 웃었다.

"아, 머타 일당이 여기에 대한 말은 안 해 주던가요?"

"아뇨, 했죠. 하지만 정말이라고 생각하진 않았어요."

나는 웃었다.

"그렇군요. 또 무슨 말을 들었는지는 나한테 말하지 않는 편이 낫겠네요. 어쨌든, 좀 거칠게 해도 상관없다는 말이 뭔지는 알겠지요?"

"네. 그런데 내가 당신에게 똑같은 걸 해 주면, 당신도 이런 느낌이 들까요?"

제이미는 심호흡하더니 천천히 내쉬며 말했다. 나는 느릿하게 대답했다.

"음, 그건 말이죠. 나도 잘은 몰라요."

이 순간, 나는 최대한 프랭크 생각을 안 하려고 애썼다. 어떻게 이런 일이 벌어졌는지 상관없이, 결혼 생활을 할 땐 상대가 둘이어서는 절대로 안 된다는 마음뿐이었으니까.

제이미는 프랭크와 몸도, 마음도 여러모로 달랐다. 하지만 여자와 남자의 몸이 만나는 방법은 사실상 한정되어 있었고, 프랭크와 나는 사랑의 행위가 무한하게 다양해질 정도로 친밀한 영역까지 도달하지 못했었다. 몸과 몸이 맞부딪치며 일어나는 반향이야 피할 수 없었지만, 그래도 여전히 시도하지 못한 영역이 있었다.

제이미는 우습다는 기색으로 눈썹을 치켜떴다.

"아, 그렇다면 당신이 모르는 게 있다는 거군요? 음, 그럼 우리 함께 알아볼까요? 내가 다시 기운을 차렸을 때 말이에요."

그는 눈을 감더니 이렇게 덧붙였다.

"아마도, 다음 주쯤이 될 것 같네요."

———

날이 밝기 몇 시간 전, 나는 공포에 온몸을 부들부들 떨며 경직한 채로 일어났다. 무슨 꿈을 꾸었기에 깬 것인지는 기억나지 않지만,

갑작스레 현실에서 눈을 뜬 것 역시 똑같이 너무나 무서웠다. 전날 밤, 나는 잠시나마 내 처지를 잊으며 새롭게 경험한 친밀감에 기쁘게 빠진 채로 아무 생각 없이 지낼 수 있었다. 하지만 지금 나는 혼자였다. 옆에는 내 삶과 이젠 나눌 수 없게 연결된 낯선 남자가 자고 있었다. 나는 보이지 않는 위험이 가득한 공간에 붕 뜬 느낌이었다.

그러다 내가 괴로운 소리를 냈나 보다. 내 옆자리에 누워 있던 낯선 남자가 이불을 확 걷어차더니 바닥으로 뛰어내렸기 때문이다. 마치 바닥에서 푸드덕 뛰어오르는 꿩처럼 심장이 철렁할 만한 행동이었다. 아직 동트기 전 어슴푸레한 어둠 속에 모습을 숨긴 채로, 그는 방문 옆에 웅크리고 앉았다.

그는 잠시 바깥 소리를 엿들은 다음, 재빨리 방 안을 훑어보고서 소리 없이 창문으로 향했다가 다시 침대로 돌아왔다. 팔의 자세를 보자 무기를 든 것 같았다. 하지만 어두워서 무슨 무기였는지는 알 수 없었다. 모두 안전하다는 사실에 마음을 놓은 남자는 내 옆에 앉더니 칼 같은 무기를 다시 침대 머리맡 비밀 장소에 슬며시 숨겼다.

"괜찮아요?"

그가 속삭였다. 남자의 손가락이 나의 젖은 뺨을 쓸었다.

"네. 깨워서 미안해요. 악몽을 꿨어요. 그런데……."

나는 대체 무엇 때문에 급작스레 경계 태세를 갖추었는지 물으려 했다.

하지만 그는 커다랗고 따스한 손으로 아무것도 걸치지 않은 나의 팔을 쓸면서 말문을 막았다.

"악몽을 꾼 것도 당연하네요. 몸이 꽁꽁 얼었네."

제이미는 자기가 누워 있던 이불 아래 따스한 공간으로 나를 얼른 끌어당기며 중얼거렸다.

"내 잘못이에요. 내가 이불을 전부 가져갔네요. 누구랑 침대를 같이 쓰는 게 익숙하지 못해서 그런가 봐요."

그는 우리 몸에 퀼트 이불을 편안하게 감싸고서 내 쪽으로 돌아 누웠다. 그리고 잠시 있다가 다시 손을 뻗어 내 얼굴을 어루만지더 니, 조용히 물었다.

"혹시 나 때문이에요? 내가 견딜 수 없이 싫어서 그래요?"

"아니, 당신 때문이 아니에요."

내 입에서 딸꾹질 섞인 웃음이 짧게 터졌다. 그게 혹시 흐느낌처 럼 들렸으려나. 나는 어둠 속으로 손을 뻗어 제이미의 손을 더듬어 찾았다. 안심하라고 꼭 잡아 주고 싶어서였다. 구겨진 퀼트 이불과 따스한 살덩이를 더듬은 끝에 마침내 원하던 손을 찾았다. 우리는 나란히 누워 나지막한 대들보가 보이는 천장을 올려다보았다.

그러다 내가 불쑥 물었다.

"내가 당신이 견딜 수 없이 싫다고 하면 어쩌려고 했어요?"

제이미가 어깨를 으쓱이자 침대가 삐걱거렸다.

"두걸에게 당신이 혼인 무효를 원한다고 말해야겠죠. 첫날밤을 치르지 못했다고 하면서요."

이번에 나는 대놓고 웃었다.

"첫날밤을 치르지 못했다니요! 증인이 이렇게 많은데요?"

날이 점점 밝아 오면서, 나를 바라보는 남자의 미소 띤 얼굴이 똑 똑히 보였다.

"그렇긴 하지만, 증인이 있든 없든 확실한 사실은 당신과 나만 알 수 있는 것 아닌가요? 그리고 나를 미워하는 사람과 결혼하느니 차 라리 수치를 당하는 편이 나아요."

나는 그를 향해 돌아누웠다.

"난 당신을 싫어하지 않아요."

"나도 당신을 싫어하지 않아요. 그리고 세상에는 말이죠, 처음에 는 별로 좋지 않았다가도 결국 좋아지는 결혼 생활이 얼마든지 있 어요."

손으로 부드럽게 나를 돌려 눕힌 제이미는 내 등을 자기 가슴에 꼭 붙였다. 그렇게 우리가 몸을 아늑하게 맞대자, 그의 손이 내 가슴을 꼭 쥐었다. 하지만 그건 유혹이나 강압이 아니었다. 다만 그 손이 닿아야 할 곳이 나의 가슴이라는 느낌이었다.

"무서워하지 말아요. 이제는 우리 둘이 함께니까요."

제이미가 나의 머리카락에 속삭였다. 이 얼마나 오랜만에 느껴보는 따스함이던가. 위로와 안정감이던가.

그러다 새벽의 첫 아침 햇살을 받으며 아스라이 잠에 빠져들 때야, 문득 머리 위의 칼이 떠올랐다. 다시금 떠오르는 의문은 어쩔 수가 없었다. 대체 무슨 위협을 받기에, 이 남자는 무장한 채로 신방을 지키며 첫날밤을 보내는 걸까?

16
어느 멋진 날

　힘들게 얻은 첫날밤의 친밀함은 아침 이슬과 함께 싹 사라진 것일까. 아침이 되자 우리 사이에는 어마어마한 거리감이 감돌았다. 우리는 방에서 별 이야기도 없이 아침 식사를 한 다음 여관 뒤에 있는 작은 언덕에 올랐다. 그때 역시 때때로 조심스럽고 공손하게 대화를 주고받았을 뿐이다.

　정상에 이르자, 나는 통나무에 앉아 쉬었다. 하지만 제이미는 조금 떨어진 바닥에 앉아 어린 소나무에 등을 기댔다. 내 뒤쪽 수풀에서는 새들이 활기차게 돌아다니고 있었다. 검은머리방울새 아니면 개똥지빠귀인 것 같았다. 새들이 느릿느릿하게 바스락거리는 소리에 귀를 기울이며, 하늘에 둥둥 떠가는 작은 솜털 구름을 바라보았다. 그리고 이 상황에 맞는 예의 바른 태도란 과연 뭘까 곰곰이 생각했다.

　무거운 침묵을 더는 견디지 못할 것 같던 순간, 제이미가 느닷없이 "나는요……"라고 말을 꺼내다가 이내 입을 다물고 얼굴을 붉혔다. 어쩌면 내 얼굴이 빨개졌을지도 모르겠다. 어쨌든 드디어 우리 둘 중 하나라도 입을 열 수 있어서 다행이었다.

"네?"

나는 어서 이야기해 보라는 티를 한껏 내며 물었지만, 제이미는 여전히 빨개진 얼굴로 고개를 저었다.

"아무것도 아니에요."

"어서 말해 봐요."

나는 발을 뻗어서 발끝으로 소심하게 그의 다리를 툭 건드리며 덧붙였다.

"솔직하게 말하기로 했잖아요. 기억나죠?"

솔직히 내가 보기엔 너무한 것 같았지만, 계속 목만 가다듬고 눈길을 피하는 상황을 정말이지 견딜 수가 없었다.

제이미는 무릎을 감싼 손에 더욱 힘을 주더니 몸을 살짝 흔들었지만, 눈빛만은 나를 똑바로 향했다.

"무슨 말이었냐 하면…… 당신은 어제 내게 아주 너그러웠잖아요. 당신과 처음으로 함께 잤던 남자도 어젯밤의 당신이 내게 그랬듯, 당신에게 너그러웠기를 바란다는 말을 하고 싶었어요."

제이미는 작게 중얼거리며 미소를 지었다. 약간 수줍은 미소였다.

"하지만 다시 생각해 보니, 그다지 올바른 말이 아닌 것 같아서요. 그러니까 난…… 음, 당신에게 그저 고맙다는 말을 하고 싶었어요."

"너그럽다는 말이 갑자기 왜 나오죠? 무슨 소리예요?"

나는 톡 쏘아붙이며 눈을 내리깔았다. 그리고 더럽지도 않은 치맛자락을 하릴없이 털어 냈다. 이윽고 제이미의 커다란 부츠가 눈앞에 들어오더니, 내 발목을 슬쩍 밀었다.

"솔직하게 말하라면서요?"

제이미의 말에 나는 고개를 들었다. 그러자 웃음기 서린 눈썹 아래로 커다란 미소가 보였다. 나는 방어적으로 대답했다.

"음, 어제야 첫날밤이니까 그랬죠. 지금은 지났잖아요."

제이미는 웃었고, 나는 너무 끔찍하게도 지금 얼굴이 빨개지다 못해 불타고 있다는 걸 알아 버렸다.

새빨개진 얼굴 위로 시원한 그림자가 드리워지더니, 남자의 커다란 두 손이 내 손을 꼭 잡고 날 일으켰다. 제이미는 내가 앉은 통나무 위에 앉고서 자기 무릎을 두드렸다.

"자요. 앉아요."

나는 고개를 돌린 채로 마지못해 무릎에 앉았다. 제이미는 자기 가슴에 나를 편안하게 기대게 한 다음 두 팔로 내 허리를 감쌌다. 등 뒤로 계속 두근대는 남자의 심장이 느껴졌다.

"자, 그럼 말이죠. 우리는 서로를 만지지 않고서는 쉽게 이야기할 수 없는 것 같으니, 잠깐만 이러고 있을게요. 내가 다시 편안하게 느껴지면 알려 줘요."

제이미가 몸을 뒤로 젖히자, 우리의 몸이 떡갈나무 그늘로 들어갔다. 그는 말없이 나를 꼭 끌어안고 천천히 숨을 쉬었다. 부풀었다가 줄어드는 남자의 가슴과 내 머리카락을 휘젓는 숨결이 오롯이 느껴졌다.

잠시 후, 나는 대답했다.

"이제 편해졌어요."

"좋아요."

그는 잡은 손을 놓고 내 몸을 돌려 그와 마주 보게 했다. 이토록 가까이에서 보니 그의 뺨과 턱에 잘게 난 밤색 수염이 눈에 똑똑히 들어왔다. 나는 손가락으로 그 짧은 수염을 쓸었다. 마치 오래된 소파를 쓸 때의 감촉 같았다. 말하자면, 뻣뻣하고도 부드러운 느낌이 동시에 든달까.

"미안해요. 오늘 아침에 면도를 못 했어요. 결혼식 전날 밤에는 두걸이 면도칼을 빌려줬지만, 다시 빼앗아 갔어요. 아마 내가 첫날밤을 치르고 수치심에 스스로 목을 그을까 봐 그랬나 봐요."

제이미는 씩 웃으며 날 보았다. 나도 마주 미소 지었다.

두걸의 이름을 듣자, 어젯밤 우리가 나누었던 대화가 떠올랐다.

"있죠…… 어젯밤에 두걸이 부하들을 데리고 프랑스에서 돌아오는 당신을 해안에서 맞이했다고 했잖아요. 그러면 당신은 왜 두걸과 같이 갔나요? 집으로 돌아가지 않고? 아니면 프레이저의 영토로 갈 수도 있었잖아요? 그러니까, 두걸이 당신을 대하는 태도를 보면……."

나는 주저하며 말꼬리를 흐렸다.

"아, 그거요."

제이미는 이렇게만 대답하더니 다리를 옮겨 내 몸무게를 좀 더 편안하게 받쳤다. 머릿속으로 무슨 생각을 하는지 다 들리는 것만 같았다. 하지만 그는 아주 빠르게 결심을 하고서 얼굴을 찌푸렸다.

"음, 그건 당신이 알고 있어야 할 점인 것 같네요. 나는 범죄자라고 말했었죠? 음, 그래서 한동안은, 그러니까 포트윌리엄에서 떠난 다음엔 별로 다른 일에…… 신경을 못 썼어요. 아버지가 그때쯤 돌아가셨고, 누나는……."

제이미는 다시 입을 다물었다. 속으로 뭔가 애쓰고 있다는 느낌이 들었다. 고개를 돌려 그를 바라보자 평소에는 명랑했던 얼굴에 강한 감정이 서려 있었다. 이윽고 제이미는 천천히 말했다.

"두걸이 말해 줬어요. 두걸이 뭐라고 했냐 하면…… 우리 누나가 임신했다고요. 랜들의 아이를요."

"어머, 세상에."

제이미는 나를 슬쩍 바라보다가 이내 눈길을 떨구었다. 눈동자가 사파이어처럼 새파랗게 빛나더니, 그는 한두 번 눈을 깜빡이고는 나지막한 목소리로 말했다.

"나…… 나는 차마 돌아갈 수가 없었어요. 그런 일이 벌어지고 나서, 다시 누나를 볼 수가 없었어요. 그리고 너무……."

제이미는 한숨을 쉬더니 입을 꾹 다물었다가 다시 열었다.

"두걸이 또 말해 줬어요……. 누나는 아이가 태어난 다음…… 음, 당연히 낳을 수밖에 없었겠죠. 그때도 혼자였는데…… 제길. 내가 누나를 **버렸던** 거예요! 두걸 말로는 누나가 다른 잉글랜드 군인과 어울렸댔어요. 수비대에 있던 군인이랑요. 누군지는 모른댔어요."

제이미는 무겁게 숨을 삼키더니 더욱 단호하게 말했다.

"물론 나는 번 돈을 있는 대로 누나에게 보냈어요. 하지만 난…… 그게, 차마 편지를 쓸 수가 없더라고요. 무슨 말을 하겠어요?"

제이미는 힘없이 어깨를 으쓱였다.

"어쨌든, 시간이 좀 지나자 프랑스에서 군인으로 있는 것도 싫증이 나더라고요. 그러다 앨릭스 삼촌이 이야기를 해 줬어요. 호록스라는 잉글랜드 탈영병이 있다는 말을 들었다고요. 그는 잉글랜드군을 떠나서 던위리의 프랜시스 매클린과 함께 복무했대요. 그러던 어느 날 술에 취해서 실토했나 봐요. 내가 탈출했을 당시, 자기는 포트윌리엄의 수비대로 배치받았었다고요. 그리고 그날 하사관을 쏜 남자가 누군지 봤대요."

"그렇다면 그 사람이 당신에겐 죄가 없다는 걸 증명해 줄 수 있겠네요!"

좋은 소식이라는 생각에 얼른 말하자, 제이미는 고개를 끄덕였다.

"음, 그렇죠. 탈영병의 말을 얼마나 믿어 줄지는 모르겠지만, 그래도 그게 시작이죠. 적어도 누가 쏘았는지 나는 알 수 있을 테니까요. 그리고…… 음, 어떻게 랄리브로흐에 돌아갈 수 있을지는 모르겠지만, 그래도 교수형당할 위험 없이 스코틀랜드 땅을 밟을 수 있다면 좋겠지요."

나는 심드렁히 대답했다.

"그래요. 좋은 생각 같네요. 하지만 매켄지 가문은 여기서 어떤 역할을 했나요?"

그러자 제이미는 가족 관계와 씨족 간 동맹에 대한 복잡한 분석을 줄줄 읊었다. 처음에는 알아들을 수 없었던 내용이 어느 정도 정리가 되자, 프랜시스 매클린은 매켄지 측과 모종의 관계가 있는 것 같았고, 그래서 호록스의 말을 콜럼에게 전했다고 했다. 콜럼은 그 소식을 듣고 두걸을 보내 자신과 만나게 했다고 제이미는 이야기를 마무리했다.

"그래서 내가 다쳤을 때 두걸이 근처에 있었던 거예요."

문득 제이미는 말을 멈추더니, 눈을 가늘게 뜨고 태양을 바라보며 이렇게 덧붙였다.

"나중에 생각해 보니 말이죠, 어쩌면 콜럼이 한 짓일 수도 있겠다 싶더라고요."

"당신을 도끼로 친 사건 말이에요? 당신 외삼촌이 그랬다고요? 아니, 대체 왜요?"

제이미가 눈살을 지그시 찌푸리는 모습은 내게 얼마나 말해 주어야 할까 고민하는 듯했다. 이윽고 그는 어깨를 으쓱였다.

"당신이 매켄지 씨족에 대해 얼마나 많이 아는지는 모르겠지만, 그래도 며칠 동안 네드 고언 할아버지와 바짝 붙어 남몰래 이런저런 이야기를 들었겠지요? 고언은 그런 이야기를 어서 털어놓지 않고는 못 배기는 성미니까요."

나는 긍정의 미소를 지었고, 제이미는 고개를 끄덕였다.

"음, 그리고 당신은 콜럼을 직접 보기도 했잖아요. 누가 봐도 오래는 못 살 게 뻔하죠. 그런데 꼬마 헤이미시는 아직 여덟 살밖에 안 됐어요. 씨족을 이끌려면 적어도 10년은 있어야 해요. 만약 헤이미시가 성인이 되기 전에 콜럼이 죽는다면 어떻게 되겠어요?"

그는 어서 대답을 해 보라는 듯 나를 바라보았다. 나는 느릿느릿 대답했다.

"그렇다면, 두걸이 영주가 될 것 같은데요. 적어도 헤이미시가 성인이 될 때까지는요."

제이미는 고개를 끄덕였다.

"네. 그렇죠. 하지만 두걸은 콜럼과는 다른 사람이에요. 그리고 씨족 사람들 중에는 두걸을 기꺼이 따를 마음이 없는 사람도 있고 요. 만약 달리 세울 사람이 있다면 말이죠."

나는 다시금 느릿느릿 대답했다.

"그렇군요. 달리 세울 사람이라는 게, 바로 당신이군요."

나는 제이미를 유심히 살펴보며, 그게 확실히 가능성이 있는 이야기라는 걸 인정하지 않을 수 없었다. 제이미는 옛 영주인 제이컵의 손자였다. 어머니 쪽이긴 해도 매켄지의 핏줄이었다. 덩치 크고 수려하며 탄탄한 체격에다 확실히 총명했고, 사람을 다루는 가문 특유의 재능도 타고났다. 게다가 프랑스에서 전투 경험도 있기에 전장에서 군사를 이끌 만한 능력도 검증받았다. 그건 아주 중요한 영주의 자질이었다. 비록 머리에 현상금이 걸려 있어도, 그가 영주가 된다면 극복하지 못할 단점도 아니었다.

잉글랜드군은 이미 하일랜드 지방에서 골치 아픈 문제가 많았다. 작은 반란을 제압하고 국경을 습격하는 돌격대를 처리하며 씨족 간의 전쟁을 관리해야 했다. 그러니 씨족이 보기에는 살인도 아닌 일을 들먹이며 그들의 수장을 살인자라고 고발한다면, 오히려 커다란 봉기가 벌어질지도 모르는 일이었다. 당연히 잉글랜드 측은 위험을 감수하지 않을 것이다.

별로 중요하지도 않은 프레이저 씨족 남자 하나를 목매달아 죽이는 건 쉬울지 몰라도, 리오흐성으로 쳐들어가서 매켄지 씨족의 영주를 끌어내어 잉글랜드 법정에 세우는 건 아주 다른 문제였다.

"만약 콜럼이 죽으면 당신은 영주가 될 마음이 있어요?"

어쩌면 그건 제이미가 어려움에서 벗어날 방법일지도 모른다. 하지만 그건 또 그것대로 나름의 어마어마한 문제가 많긴 했다.

제이미는 그 생각에 슬쩍 미소를 지었다.

"아뇨. 설령 그럴 마음이 있다 해도 안 될걸요. 정말로 없기도 하고요. 만약 내가 영주가 되겠다고 나선다면 씨족은 갈라질 거예요. 두걸 측 사람들이 나를 따르는 사람들과 척을 지겠죠. 나는 다른 사람의 피를 흘려 가며 권력을 탐하고 싶지 않아요. 하지만 두걸과 콜럼은 내 마음을 믿지 못하죠. 어떻게 믿겠어요? 그래서 위험을 무릅쓰느니 차라리 나를 죽이는 편이 안전하다고 생각할 수도 있어요."

나는 눈썹을 찡그리며 머릿속에 떠오른 말을 그대로 입 밖에 냈다.

"하지만 분명히 당신은 두걸과 콜럼에게 그럴 의도가 없다고 말할 수 있을 거 아녜요……. 아!"

나는 대단한 존경심을 품고 그를 바라보았다.

"실제로 말했었군요. 서약식에서."

이미 제이미가 그 위험한 상황을 얼마나 잘 헤쳐 나갔는지 생각한 적이 있었다. 그런데 지금 보니 그 상황은 내 예상보다 훨씬 더 위험했구나. 씨족의 남자들은 분명히 그가 충성 맹세를 하기 바랐고, 그만큼 콜럼은 절대로 바라지 않았다. 맹세를 한다는 것은 스스로를 매켄지 씨족의 일원이라고 선언하는 것이고, 나아가 씨족장 자리를 향한 잠재적인 도전장을 내미는 행동이었다. 제이미가 그 자리에서 맹세를 거부한다면 모두에게 심하게 맞거나 죽을지도 모르는 상황이었다. 반대로, 맹세를 했다 해도 똑같은 위험을 감수해야 했다. 물론 맹세를 했다는 이유로 죽는다면 공개적이 아니라 비밀리에 이루어졌겠지만.

그 위험을 뻔히 알고서 제이미는 차라리 서약식에 가지 않는다는 신중한 방법을 선택했다. 하지만 내가 성공하지도 못할 탈출 시도를 하는 바람에 그를 곧바로 지옥의 구렁텅이로 끌고 간 것이었다. 그런데도 제이미는 그 구렁텅이 위에 쳐진 아주 가느다란 줄 위로 단단히 발을 디뎠고, 아슬아슬하게 발을 디뎌 결국 살 자리에 도달했다. '나는 준비되었다'라는 가훈을 참 잘 증명한 것이다.

그는 내 얼굴에 스친 생각을 읽고서 고개를 끄덕였다.

"그래요. 그날 밤 내가 서약을 했다면, 새벽을 보지 못하고 죽었 겠죠."

나도 모르게 제이미를 그토록 위험한 상황으로 내몰았다니, 몸 이 부르르 떨렸다. 문득 침대 위에 칼을 숨긴 것도 합리적인 예방책 같아 보였다. 리오흐성에서 지내는 동안, 언제든 죽을 수 있다고 생 각하고 무장한 채로 잔 적이 얼마나 많았을까.

속으로만 생각하고 있던 말을 눈치챘는지, 제이미가 말했다.

"난 언제나 무장한 채로 자요, 새서나흐. 수도원에서는 아니었지 만요. 어젯밤은 몇 달 만에 손에 단검을 쥐지 않고 잤죠."

제이미는 빙긋 웃었다. 어제 손에 쥐고 잔 게 무엇이었는지 떠올 렸나 보다.

"그런데 내가 무슨 생각을 하는지는 대체 어떻게 알았어요?"

나는 그의 웃음을 모른 척하고서 대뜸 물었다. 그러자 제이미는 온화한 기색을 띠고 고개를 저었다.

"당신은 첩자가 될 자질이 전혀 없어요, 새서나흐. 생각하는 게 얼굴에 훤히 드러난다고요. 아까 내 단검을 보고 얼굴이 빨개졌으 면서."

환한 색 머리를 한쪽으로 기울이고서, 그는 나를 평가하듯 가만 히 바라보더니 이렇게 덧붙였다.

"어젯밤엔 서로에게 솔직하자고 내가 말은 했지만, 사실 그런 말 을 할 필요는 없었어요. 당신은 천성적으로 거짓말을 못하니까."

나는 다소 거침없이 말했다.

"그래요, 내가 거짓말을 참 못하는 것 같다니, 그러면 적어도 당 신은 나를 첩자라고 생각하지는 않겠군요. 그렇죠?"

제이미는 대답하지 않았다. 다만 내 어깨 너머로 보이는 여관을 응시했을 뿐이다. 게다가 온몸이 활줄이 된 듯 긴장했다. 나는 순간 깜짝 놀랐지만, 이내 그의 시선을 끈 무언가의 소리가 들려왔다. 말발굽 소리와 마구가 쨍그랑거리는 소리였다. 기마병 여럿이 길을 따라 여관으로 향하고 있었다.

제이미는 조심스레 움직여 덤불 뒤로 웅크렸다. 그곳에서는 길을 내려다볼 수 있었다. 나는 치맛자락을 잡고서 최대한 살그머니 그의 뒤를 따랐다.

길은 바위가 불쑥 솟은 지점을 지나 확 꺾였다가 점차 완만한 굽이가 되어 여관이 있는 공터 쪽으로 이어졌다. 아침의 산들바람을 타고 기마병이 우리 쪽으로 다가오는 소리가 들렸지만, 일이 분은 더 지나고 나서야 선두에 선 말이 간신히 보였다.

이삼십 명쯤 되는 기마병들은 대부분 가죽 바지 위에 타탄을 입고 있었다. 저마다 걸친 타탄의 색과 무늬는 다양했다. 그리고 한 명도 빠짐없이 중무장했다. 말 안장마다 머스킷 총이 하나씩은 달렸고, 권총과 단검, 장검은 훨씬 많아 보였다. 짐만 실은 네 마리 말의 안장 자루 속에도 뭔지 모를 무기를 숨겨 놓았을 것이다. 그중 여섯 사람은 안장도 짐도 없는 말을 한 마리씩 더 끌고 있었다.

요란하게 무장한 겉모습과 달리, 그들은 느긋해 보였다. 말을 타는 중에도 삼삼오오 웃고 떠들었으니까. 물론 무리 중간중간 고개를 들고 주변을 경계하는 사람도 있었다. 그중 한 남자가 우리가 숨어 있는 곳을 눈으로 훑자, 나는 고개를 숙이고 싶은 마음을 애써 참았다. 그의 탐색하는 시선은 작은 움직임이나 제이미의 머리카락에 반사되는 햇빛이라도 분명히 잡아낼 것 같았으니까.

이런 생각에 눈길을 슬쩍 올려 보자, 제이미 역시 나와 같은 생각을 했다는 걸 눈치챘다. 그는 벌써 머리카락과 어깨 위로 플래드를 뒤집어썼고, 플래드의 어두운 위장색 덕분에 수풀과 거의 구별할 수 없었다. 이윽고 기마병의 맨 끝에 섰던 사람이 여관 쪽으로 사라지자, 제이미는 플래드를 내리고 다시 언덕으로 올라가자는 손짓을 했다.

"저들이 누군지 알아요?"

나는 헤더꽃이 우거진 길 사이로 제이미를 따라가며 헉헉거렸다.

"아, 네."

제이미는 가파른 오솔길을 산양처럼 능숙하게 올라갔다. 숨찬 기색도 없고 얼굴빛이 변하지도 않았다. 뒤를 돌아 내가 고생하며 올라오는 걸 본 그는 걸음을 멈추고 손을 내밀어 나를 끌어 주었다. 그리고 여관 쪽으로 고갯짓을 하며 말했다.

"저들은 워치예요. 여기까지 왔으니, 우리는 안전해요. 그래도 아까는 빨리 멀어지는 게 좋겠다고 생각했어요."

나도 저 유명한 블랙 워치에 대해 들어 본 적이 있다. 저들은 하일랜드의 질서를 유지하는 비공식 경찰 같은 존재였다. 블랙 워치 말고도 다른 워치들이 많이 있다고 했고, 저들은 자신들의 영역을 순찰하면서 고객의 재산과 가축을 안전하게 지켜 주는 대가로 '상납금'을 걷는다고 들었다. 만약 상납금을 연체하면, 어느 날 아침 가축이 밤새 감쪽같이 사라져도 어디로 갔는지 아무도 알려 주지 않는다고도 들었다. 물론 워치들이 훔친 건 아니겠지만 말이다.

순간, 말도 안 되는 생각이 머리를 스치자 난 너무나 무서워졌다.

"저들이 혹시 당신을 찾고 있는 건 아니죠?"

역시 깜짝 놀란 제이미는 혹시 누가 언덕을 뒤쫓아 올라오지는 않을까 걱정하는 것처럼 뒤를 돌아보았지만, 아무도 없었다. 그러자 이제는 안심한 미소를 지으며 내 허리를 팔로 감고 길을 올라오게 도와주었다.

"아뇨. 그럴 것 같지는 않네요. 저 정도 인원이 겨우 10파운드 현상금을 받으려고 날 잡으러 올 리는 없어요. 게다가 내가 여관에 있다는 걸 저들이 알았더라면, 지금처럼 한 무리를 이루어 느릿느릿

다가오진 않았을 거예요."

제이미는 단호하게 고개를 저으며 설명을 이었다.

"그러니 날 찾으러 온 건 아니에요. 누군가를 사냥하는 중이었다면, 먼저 현관으로 들이닥치기 전에 뒷문과 창문을 지킬 사람을 보냈을 거예요. 저들은 잠시 목을 축이려고 여관에 들른 거겠죠."

우리는 계속 언덕을 올랐다. 오솔길은 점점 흔적이 옅어지면서 가시금작화와 헤더꽃 덤불 사이로 희미한 자취만을 남겼다. 우리가 있는 곳은 작은 언덕들 사이였고, 제이미의 머리보다 높이 솟은 화강암 바위를 보자 크레이크 나 둔의 선돌이 떠올라 마음이 좋지 않았다.

이윽고 우리는 자그마한 언덕의 꼭대기에 다다랐다. 그곳에 서자 아래로 숨 막힐 듯 깎아지른 바위와 사방으로 펼쳐진 녹지 사이로 완만하게 이어진 언덕들이 보였다. 하일랜드에서 마주치는 장소는 대부분 나무나 바위, 산으로 둘러싸인 느낌을 주었지만, 이곳에서는 산뜻한 바람과 햇살을 그대로 만끽할 수 있었다. 이 아름다운 풍경이 우리의 특이한 결혼을 축하하기 위해 펼쳐진 것만 같달까.

이곳에 서니 두걸의 존재감이나 수많은 남자들과 함께 둘러싸여 느꼈던 밀실 공포증에서 벗어난 느낌이었다. 그 자유가 어찌나 자극적이던지. 순간 제이미에게 도망치자고, 나를 데리고 어디론가 달라고 말하고 싶었다. 하지만 상식적으로 생각하자 이내 그 마음은 사그라졌다. 우리 둘 다 돈도 음식도 없는 상태였다. 있는 것이라고는 제이미가 스포란에 담아 온 약간의 점심뿐. 게다가 해 질 녘까지 돌아가지 않는다면 틀림없이 추격을 당하겠지. 제이미는 땀도 흘리지 않고 숨도 차지 않은 채로 하루 종일 바위 언덕을 오를 수 있었지만, 나는 그런 훈련을 전혀 받지 않았다. 내 얼굴이 빨개진 걸 본 그는 나를 바위에 앉히고 내 옆에 앉았다. 그리고 내가 숨을 고를 동안 기다려 주면서 만족스러운 눈빛으로 언덕 아래 풍경을 바라보았다. 여기는 확실히 안전했다.

워치들을 생각하자, 나는 충동적으로 제이미의 팔에 손을 얹고 말했다.

"당신이 현상금이 높은 거물급이 아니라서 너무너무 다행이네요."

그는 나를 잠시 바라보며 코를 문질렀다. 그의 코끝이 이내 빨개지기 시작했다.

"음, 여기에 대한 대답에는 여러 가지가 있겠지만, 이 상황에서는 '그렇게 말해 줘서 고마워요'라고 말해야겠죠, 새서나흐?"

"나야말로 당신에게 고맙죠. 나랑 결혼해 주었으니까요. 그렇지 않았다면 지금쯤 포트윌리엄으로 끌려갔을 테니까요."

그러자 제이미는 슬쩍 고개를 숙이며 말했다.

"칭찬해 주셔서 고맙습니다, 레이디. 뭐, 서로 고맙다고 말하는 와중이니 덧붙이자면, 나 같은 풋내기와 결혼해 준 당신에게 고맙다고 해야겠죠."

"음, 그런가요……."

나는 다시금 얼굴을 붉혔다. 제이미는 씩 웃으며 말을 이었다.

"그뿐만이 아니에요, 새서나흐. 물론 그 점도 분명히 있지만, 적어도 당신 덕택에 매켄지 가문의 위협에서 내가 벗어났다고 생각해요."

"그게 대체 무슨 소리예요?"

"일단 내가 매켄지 씨족의 피를 반쪽이라도 이었다는 건 중요하긴 하지만요, 그 반쪽 매켄지가 잉글랜드 출신 아내를 맞는다면 이야기가 완전히 달라져요. 제아무리 씨족 사람들이 나를 높이 평가한다 해도, 새서나흐가 리오흐성의 안주인이 될 가능성은 크지 않거든요. 그래서 두걸은 나를 당신과 결혼시키려고 한 거예요."

그는 한쪽 눈썹을 치켜떴다. 불그스름한 금빛 눈썹이 아침 햇살에 반짝 빛났다.

"당신이 나보다 루퍼트를 좋아했을 가능성도 있나요?"

"아뇨, 없어요."

나는 힘주어 말했다. 제이미는 웃으면서 일어선 다음, 킬트에 묻은 솔잎을 털었다.

"음, 우리 어머니가 이런 말을 하신 적이 있어요. 어느 멋진 날이 오면, 아가씨가 나를 고를 거라고요."

그는 손을 뻗어 내가 일어나도록 도와주면서 말을 이었다.

"그래서 내가 그랬죠. 선택은 남자가 하는 것 아니냐고요."

"그랬더니 어머니가 뭐라셨어요?"

"어머니는 눈을 흘기시더니 '우리 조그마한 아들 녀석아, 나중에 크면 알게 될 거야. 누구 말이 옳은지 말이야.' 그런데 정말로 어머니 말이 옳으셨네요."

제이미는 웃으면서 하늘을 올려다보았다. 가느다란 솔잎 사이로 햇살이 점점이 비쳐 들었다.

"게다가 오늘은 정말로 멋진 날이고요. 이리 와요, 새서나흐. 같이 낚시 가요."

우리는 언덕을 더 올라갔다. 제이미는 이번에 북쪽으로 방향을 틀어서 돌무더기를 넘고 절벽 틈을 가로질러 자그마한 골짜기의 시작점으로 들어갔다. 양편으로 돌과 이파리가 담장을 이룬 것 같은 골짜기 가운데로 개울물이 졸졸 흘렀다. 바위틈에서 시작된, 열두 군데가 넘는 자그마한 폭포들은 골짜기 저 높은 곳부터 수직으로 떨어져 아래에서 웅덩이와 실개천을 이루었다.

우리는 물장구를 치며 걸었다. 그늘에 머물다 다시 햇살 아래로 나갔다가, 너무 더우면 다시 그늘로 돌아오면서 별 중요한 내용도 없는 이런저런 이야기를 했다. 우리는 서로가 내보이는 아주 작은 움직임까지도 예민하게 주시하면서, 어서 우연한 기회가 와서 좀 더 서로를 바라볼 수 있기를, 손길에 좀 더 의미를 담을 수 있기를 내심 가만히 기다렸다.

그러다 수면 위로 나뭇잎이 어둡게 어른거리는 웅덩이에 다다르자, 제이미는 내게 송어를 속여 낚는 법을 보여 주었다. 머리 위로 낮게 자란 나뭇가지를 피하려 몸을 웅크리고서, 그는 균형을 잡기 위해 팔을 쭉 뻗고 앞으로 튀어나온 바위 위를 오리걸음으로 걸었다. 그러다 반쯤 가서 바위 위에서 조심스레 몸을 돌리더니, 손을 뻗어 내게 따라오라고 했다.

나는 거친 산길을 걷기 위해 벌써 치마를 걷은 참이라 그럭저럭 제이미를 따라갈 수 있었다. 우리는 이제 차가운 바위 위에 앉아 머리를 맞대고 물속을 들여다보았다. 버드나무 가지가 우리의 등 위를 스쳤다.

"낚시는 별거 없어요. 좋은 자리를 골라서 기다리면 돼요."

제이미는 한 손을 수면 아래로 부드럽게 넣었다. 그는 조금도 첨벙이지 않고 들어간 손을 가만히 모랫바닥에 폈다. 돌출된 바위의 그림자가 길게 진 바로 바깥쪽 바닥이었다. 이지러진 물결 아래 긴 손가락을 손바닥 쪽으로 살짝 구부리고 있는 모습을 보자, 손가락이 마치 수초처럼 하늘하늘 앞뒤로 흔들리는 것 같았다. 하지만 팔 근육이 가만히 움직이지 않는 걸 보면, 그는 손을 전혀 움직이고 있지 않았다. 원기둥 같은 팔이 수면에서 굴절되어 마치 골절된 것처럼 보였다. 마치 처음 만났을 때처럼, 만난 지 한 달 남짓 되었던 그때처럼.

아니, 세상에. 우리가 만난 지 한 달밖에 안 됐단 말이야?

만난 지 한 달 만에 결혼해서 이제 하루가 지났다. 맹세와 피로 이루어진 사이가 된 것이다. 물론 우정으로도 이어졌지. 떠나야 할 때가 되면, 이 남자의 마음을 너무 아프게 하지 않기만을 바랄 뿐이다. 하지만 지금은 그 생각을 할 필요가 없어서 잠시나마 기쁘기도 했다. 우리는 지금 크레이크 나 둔에서 멀리 떨어져 있고, 현재는 두걸에게서 도망칠 기회란 전혀 없었으니까.

"저기 있네요."

제이미의 목소리는 아주 작아서 숨소리와 별반 다르지 않았다. 송어의 청력이 아주 예민하다는 말은 이미 그에게서 들었다.

아무리 봐도 내 눈에는 송어가 아니라 그저 얼룩덜룩한 모래가 슬쩍 움직이는 것으로만 보였다. 바위 그늘 깊숙이 숨은 송어는 반짝이는 비늘 하나 보이지 않았다. 얼룩덜룩한 반점은 아래 깔린 모래와 똑같았고, 투명한 비늘을 이리저리 휙휙 돌리며 움직이는 물고기라 움직이는 자취 외에는 아무것도 보이지 않았다. 한데 모여 제이미의 손목에 난 털을 신기한 듯 잡아당기던 민달팽이들은 송어를 보자 연못의 환한 곳으로 얼른 도망쳤다.

손가락 하나가 천천히 구부러졌다. 어찌나 느린 동작이던지 움직임이 보이지 않을 정도였다. 내 눈에는 움직임이 아니라 다른 손가락과 비교해서 바뀐 위치만이 보였을 뿐이다. 이윽고 다른 손가락도 천천히 구부러졌다. 그리고 아주 오래 기다린 후, 다음 손가락 역시 구부러지기 시작했다.

나는 숨도 제대로 쉬지 못했다. 물고기의 호흡보다 차가운 바위에 닿아 두근대는 내 심장이 더 빨랐다. 이윽고 손가락이 느릿느릿 펴지기 시작했다. 하나씩 손바닥을 펴듯 움직이는 손가락을 따라 느린 최면의 파동이 다시 시작되었다. 손가락이 둘, 셋, 넷까지 펴질 때마다 생기는 물살을 따라 송어의 지느러미 끝에 매끄러운 파문이 일었다.

느린 손짓에 이끌린 것처럼, 송어의 코가 바깥으로 튀어나오더니 섬세하게 호흡을 내뱉는 입과 아가미가 드러났다. 그것들은 규칙적으로 호흡하느라 여념이 없었다. 호흡할 때마다 분홍색 속살이 보였다가, 안 보였다가, 또 보였다가 안 보였다가를 반복하는 모습은 마치 심장이 두근대는 것 같았다.

송어의 입이 뻐끔대며 물을 물었다. 이제 송어는 바위에서 완전히 벗어났지만 여전히 그늘 속에서 가만히 부유하고 있었다. 물고기의 한쪽 눈이 보였다. 초점 없는 멍한 눈망울이 실룩대며 앞뒤로 움직였다.

2센티미터 정도만 더 가면 파닥거리는 아가미가 물고기를 꾀려 유혹하는 손가락 바로 위로 들어올 것 같았다. 나는 어느새 두 손으로 바위를 꽉 잡고서 화강암 바닥에 뺨을 세게 누르고 송어를 지켜보고 있었다. 마치 내 모습을 최대한 눈에 띄지 않게 하려는 듯 말이다.

순간, 갑자기 세찬 움직임이 폭발적으로 일어났다. 모든 게 너무 빨리 일어나서 **실제로** 무슨 일이 일어난 건지는 알 수 없었다. 내 코앞에 있던 바위로 첨벙 물이 튀더니, 제이미가 내 위를 훌쩍 굴러서 플래드가 펄럭였고, 송어의 몸이 허공을 솟구쳐 올라 낙엽 쌓인 둑으로 털썩 떨어졌다.

제이미는 바위 돌출부에서 펄쩍 뛰어 연못 옆쪽 얕은 물에 뛰어들었다. 그리고 물을 온통 튀기며 기절한 송어가 깨어나 펄떡이며 물속으로 쏙 숨어 버리기 전에 잡았다. 그는 물고기 꼬리를 쥐고 익숙한 솜씨로 바위에 내리쳐 단번에 죽인 다음, 다시 물살을 헤치고 돌아와 나에게 보여 주었다.

그는 35센티미터는 족히 넘어 보이는 송어를 들어 올리며 자랑스레 말했다.

"크기가 좋네요. 아침으로 먹기 좋겠어요."

허벅지까지 다 젖고 머리는 온통 산발인 데다 셔츠에 온통 물과 낙엽을 묻히고서 제이미는 내게 씩 웃어 보였다.

"말했잖아요. 당신을 굶기지 않겠다고요."

그는 송어를 우엉 잎과 차가운 진흙으로 겹겹이 쌌다. 그런 다음 손을 차가운 개울물에 닦고 바위 위로 올라와 나에게 잘 싸맨 생선을 건넸다.

"결혼 선물로는 좀 이상하긴 하지만요, 네드 고언이 달고 다니는 말버릇처럼 '전례가 없지는 않을' 거예요."

그는 송어 쪽으로 고갯짓을 했다. 나는 재미있어하며 물었다.

"새 신부에게 생선을 선물로 준 전례가 있다고요?"

제이미는 긴 양말을 벗어서 바위에 늘어놓아 햇볕에 말렸다. 따스한 온기를 받은 남자의 긴 발가락이 즐겁게 꿈틀거렸다.

"옛 노래에 있거든요. 군도에서 온 노래죠. 들어 보실래요?"

"그럼요, 듣고 싶어요. 음, 괜찮다면 영어로 들려 줘요."

"아, 네. 난 노래를 잘 못하지만요, 가사는 말해 줄 수 있어요."

그는 눈 앞을 가린 머리를 쓸어 올리며 시를 읊었다.

"환하게 밝힌 궁전에 사는 공주님이여,
우리의 혼인식 날 밤이 다가오리니,
만약 내가 던털름에 살아 있다면,
그대에게 선물을 가지고 가리라.
강둑에 사는 오소리 백 마리와,
개울에 터 잡은 갈색 수달 백 마리와,
연못에서 솟아오른 은빛 송어 백 마리와……."

그 후로도 군도에 사는 온갖 동식물을 가져오겠다는 대단한 목록이 쭉 이어졌다. 나는 노래를 암송하는 제이미를 느긋하게 지켜보다 이런 생각을 했다. 스코틀랜드 연못가 바위에 앉아서, 게일어로 된 사랑 노래를 들으며 커다란 물고기를 무릎에 얹고 있다니 이얼마나 기묘한가. 그리고 더욱 기묘한 것은, 나도 지금 너무나 즐겁다는 점이었다.

그가 암송을 마치자, 나는 무릎 사이로 송어를 놓치지 않고 꼭 잡으며 손뼉을 쳤다.

"아, 아주 맘에 들어요! 특히 '그대에게 선물을 가지고 가리라'라는 부분이요. 아주 열렬한 연인일 것 같네요."

눈을 감고 태양 쪽으로 고개를 든 제이미가 웃었다.

"나라면 이 노래에 한 줄 더 추가하겠어요. '그대를 위해서라면 기꺼이 연못에 뛰어들리라'라고요."

우리는 함께 웃었다. 이어서 말 없는 순간이 한동안 흐르는 가운데, 우리는 초여름의 따스한 햇볕을 쬐었다. 고요한 연못 너머로 졸졸 흐르는 물소리가 들려오는 순간은 너무나 평화로웠다. 제이미의 숨소리는 차분했다. 천천히 오르내리는 그의 가슴과 느리게 맥이 뛰는 그의 목덜미 움직임이 너무나 선명하게 다가왔다. 그의 목 바로 아래에는 삼각형 모양의 자그마한 흉터가 보였다.

다시금 수줍음과 긴장감이 스멀스멀 되살아나는 느낌이었다. 그래서 손을 뻗어 제이미의 손을 꼭 잡았다. 이렇게 손을 잡고서 예전처럼 편안한 분위기를 되찾고 싶어서였다. 그는 한 팔로 내 어깨를 감싸 안았지만, 이럴수록 얇은 셔츠 안에 느껴지는 남자의 단단한 몸 선만이 느껴질 뿐이었다. 나는 바위틈에서 자라난 분홍색 제라늄을 좀 뽑겠다는 핑계로 그의 품에서 벗어났다.

"두통에 좋거든요."

나는 꽃을 뽑아 허리춤에 넣으며 말했다. 제이미는 고개를 갸웃거리며 나를 강렬한 눈빛으로 바라보았다.

"괴로운가 보군요. 두통 때문이 아니라, 프랭크 때문이겠죠. 지금 그를 생각하고 있으니까, 내가 당신을 만질 때마다 괴로운 거잖아요. 한 마음에 우리 둘 다 들일 수가 없으니까요. 아닌가요?"

"직관력이 상당히 좋네요."

나는 놀란 채 대답했다. 제이미는 미소를 지었지만, 다시 나를 건

드리려 하지는 않았다.

"알아차리기 어려운 일은 아니었어요. 우리가 결혼했을 때는 어쩔 수 없이 전남편을 생각했다는 걸 알고 있어요. 당신이 원하든 원치 않았든 말이죠."

지금 프랭크를 생각한 건 아니었다. 하지만 제이미의 말은 옳았다. 난 그때 어쩔 수 없이 프랭크를 떠올렸으니까.

순간, 제이미가 불쑥 물었다.

"내가 그분과 많이 비슷한가요?"

"아뇨."

사실 프랭크와 제이미만큼 서로 대조적인 남자도 찾기 힘들 것이다. 프랭크는 호리호리하고 유연한 몸매에 거무스름한 피부를 지녔고, 반대로 제이미는 덩치가 크고 강인한 몸집에 피부는 화사한 햇살처럼 하얬다. 두 남자 모두 운동선수같이 탄탄하고 우아한 몸집이었지만 차이가 있었다. 프랭크의 몸매는 테니스 선수 같은 반면에, 제이미의 몸은 심한 육체적 역경을 견디며 형성된 전사의 몸, 말하자면 맷집으로 단련된 몸이었다. 프랭크는 168센티미터인 나보다 겨우 10센티미터 더 클 뿐이었지만, 제이미는 그보다 훨씬 컸다. 그와 마주 보고 있노라면 내 코가 그의 가슴 한가운데 오목한 부분에 편안하게 들어맞았고, 그의 턱은 내 정수리에 쉽게 내려앉았다.

두 남자가 다른 면은 몸뿐만이 아니었다. 일단 둘은 거의 15년이나 나이 차이가 났다. 어쩌면 그래서 성격에서도 차이가 나는지도 모르겠다. 프랭크는 도시적이고 내성적인 성격이었고, 제이미는 솔직하고 개방적인 성격이었다. 연인으로 따져 보자면, 프랭크는 세련되고 섬세하며 사려 깊고 능숙했다. 반대로 제이미는 경험이 부족했다. 어쩌면 부족한 척하는 것일지도 모르지만. 대신 그는 거리낌 없이 자신의 모든 것을 내주었다. 그에 따라 내 반응도 너무 다르게 나타나서 나는 완전히 혼란에 빠지고 말았다.

제이미는 속으로 고민하는 나를 지켜보며 일말의 동정심을 느끼는 듯했다.

"음, 그렇다면 이 상황에서 나에겐 두 가지 선택지가 있는 것 같네요. 당신이 계속 곰곰이 생각하게 내버려 둘 수도 있고요, 아니면……."

제이미는 내게 고개를 숙이고 입술을 부드럽게 포갰다.

나도 키스라면 제법 해 본 경험이 있었다. 특히 전쟁 기간에 입맞춘 적은 수도 없이 많았다. 언제 죽을지도 모르는 불안한 상황이다 보니, 남녀 간의 유혹과 짧은 로맨스는 잠시 머리를 비우게 해주는 고마운 순간이었으니까.

하지만 제이미는 뭔가 달랐다. 극단적이다 싶을 만큼 정중함을 보이면서도 결코 머뭇대지도 않았다. 오히려 그건 자신의 목줄을 쥘 권력을 주겠다는 약속이었다. 전혀 강압적이지 않기에, 이 남자의 도전과 도발이 더욱 특별하게 다가왔다. 난 네 거야, 라고 말해 주는 것 같달까. 네가 날 갖게 된다면 어떨지 알고 있니…….

나는 그 도발에 응했다. 그래서 스스로 따져 보지도 않은 채, 제이미의 입술에 입을 열고서 마음 다해 그 약속과 도전을 받아들였다. 얼마나 오랜 시간이 흘렀을까. 마침내 그는 고개를 들고 나를 내려다보며 웃더니 말을 맺었다.

"아니면 당신이 아무 생각도 못 하도록 만들어 버릴 수도 있겠죠."

그는 내 머리를 자기 어깨에 기대게 하고는 내 머리카락을 쓰다듬으면서 귓가에 곱슬거리며 삐져나온 머리칼을 매만졌다.

"이런 말이 좋은 소리로 들릴지는 모르겠지만, 그래도 말해 둘게요. 내가 당신의 마음에 든다는 걸, 당신 몸이 나 때문에 흥분한다는 걸 아니까 마치 선물을 받은 것처럼 놀랍고 좋더라고요. 전엔 그런 생각을 해 본 적이 없거든요."

조용히 들려오는 말에 나는 숨을 길게 쉬고는 대답했다.

"그래요, 좋은 소리로 들려요."

우리는 잠시 또 침묵에 빠졌다. 짧고도 아득히 긴 시간이었다. 마침내 제이미는 침묵을 깨고 미소를 지으며 날 내려다보았다.

"내가 그랬죠. 난 돈도 없고 재산도 없다고요. 기억나요, 새서나흐?"

나는 고개를 끄덕였다. 무슨 말을 하려고 이러지?

"우리가 결국 건초 더미 위에서 자게 될 가능성이 크다고 경고해 주었어야 했는데, 못 했네요. 헤더꽃으로 만든 맥주에 오트밀 빵밖에 못 먹고 살 수도 있어요."

"난 상관없어요."

그러자 제이미는 나를 계속 바라보며 숲속 공터 쪽으로 턱짓을 했다.

"그렇다면 아직 건초 더미는 찾지 못했지만, 저쪽에 갓 자란 고사리 더미는 있거든요. 혹시 그 위에서도 잘 수 있는지, 한번 연습해 볼래요?"

———

잠시 후, 나는 제이미의 등을 쓰다듬었다. 그의 등은 으깨진 고사리 진액으로 온통 축축했다.

"다음에 또 '고마워요'라고 말하면 뺨을 맞을 줄 알아요."

내 말에 제이미는 대답 대신 부드럽게 피식 웃었다. 웃자란 고사리가 그의 뺨을 스치더니, 호기심 많은 개미 한 마리가 그의 손 위로 기어갔다. 간지럼을 느낀 제이미는 잠결에 긴 손가락을 실룩거렸다.

나는 개미를 털어 주고 한쪽 팔꿈치에 몸을 기댄 채 그를 바라보 았다. 눈을 감아 더욱 길어 보이는 속눈썹은 숱이 많았다. 그런데 색 이 묘했다. 끝부분은 진한 밤색인데, 뿌리 부분은 금빛에 가깝구나.

언제나 굳어 있던 입꼬리가 잠결에 스르륵 풀렸다. 입가에 웃음 기가 희미하게 감도는 동시에, 아랫입술은 편안하게 벌어져 도톰한 것이 어찌나 관능적이면서도 청순해 보이던지.

"제길."

나는 나지막이 혼잣말을 했다.

한동안 나는 이 느낌을 두고 싸웠다. 이 말도 안 되는 결혼식을 올리기 전부터, 이 남자의 매력을 다분히 느끼고 있었으니까. 물론 전에도 이런 적은 있었다. 세상 사람이라면 누구나 겪는 일 터였 다. 어떤 남자나 여자의 존재나 외모에 갑자기 민감하게 반응하는 경우가 있지 않은가. 그의 모습을 두 눈으로 계속 따라가고 싶고, '우연'을 가장한 소소한 만남을 계획하고 싶고, 그가 일에 열중하는 모습을 지켜보고 싶은 충동은 언제나 존재하는 법이다. 그의 몸의 작은 부분 하나하나, 그러니까 셔츠 아래로 드러나는 쇄골이라든 가, 손목의 뭉툭한 뼈, 깎았던 수염이 새로이 돋아나기 시작하는 턱 아래 연한 살 같은 곳에 굉장히 민감하게 반응하는 식이다.

말하자면 열병처럼 도는 사랑이랄까. 그런 일은 전쟁터에서 흔 했다. 간호사와 의사는 물론 간호사와 환자들 사이에서도 마찬가지 였다. 오랜 기간 서로 얼굴을 맞대며 지낼 수밖에 없는 사람들 사이 에서는 어디서나 생기는 일이다.

그 덧없는 사랑에 반응하는 이들도 있어서, 짧고도 강렬한 불륜 이 빈번하게 벌어졌다. 운이 좋은 경우라면 관계는 몇 달 안에 끝나 고 아무 뒤탈도 없었다. 하지만 운이 나쁘다면…… 결과는 뻔했다. 임신하고, 이혼하고, 여기저기서 원인 모를 성병 환자가 늘었다. 사 랑의 열병이란 이토록 위험하다.

나 역시 여러 번 그런 열병을 겪은 적이 있었지만, 현명하게도 거기에 반응하지 말아야겠다고 마음을 단단히 먹었다. 그리고 매력이란 언제나 그렇듯 시간이 지나면 사그라지고, 한때 찬란하게 빛나던 남자의 분위기가 옅어지면서 예전에 보았던 평범한 모습으로 내 삶에 남게 되는 것이다. 그래서 상대도, 나도, 프랭크도 아무런 해를 입지 않았다.

그런데 지금은 어떤가. 이제껏 난 반응할 수밖에 없었다. 게다가 나의 반응으로 어떤 나쁜 결과가 일어날지는 아무도 모른다. 하지만 지금에 와서 돌이킬 수는 없었다.

제이미는 몸을 쭉 뻗고 편안히 엎드렸다. 햇살에 반짝이는 붉은 머리털. 빛나는 듯 등줄기를 따라 솟은 짧은 솜털들. 그로부터 쭉 이어져 엉덩이와 허벅지까지 소복이 덮은 붉고 곱슬곱슬한 황금빛 가닥들. 벌린 다리 사이로 언뜻 보이는, 저 깊숙하고 은밀한 곳의 부드러운 밤색 덤불.

나는 일어나 앉아 그의 긴 다리를 감탄하며 바라보았다. 골반부터 무릎까지 이어져 움푹 팬 허벅지 근육이 빚어낸 미끈한 선을 보라. 또 무릎에서 길고 우아한 발까지 이어지는 종아리는 어찌나 아름다운지. 분홍빛 매끈한 발바닥은 맨발로 다닌 탓에 살짝 굳은살도 박였다.

제이미의 작고 깔끔한 귓바퀴와 확 꺾어지는 턱선을 쓸어 보고 싶은 마음에 손가락이 간질간질했다. 참아야 했을까. 하지만 이미 때는 늦었다. 벌써 내 손은 움직이는 중이었다. 지금 이 행동으로 상황은 더없이 악화되겠지. 제이미와 나, 둘 다에게.

나는 손을 뻗어 그를 부드럽게 만졌다.

선잠을 자던 제이미는 손길을 느끼자마자 갑자기 몸을 확 돌렸고, 나는 깜짝 놀라 버렸다. 그는 벌떡 일어서려는 듯 팔꿈치로 몸을 지탱하다가, 나를 보자 긴장을 풀고는 미소 지었다.

"부인, 제 약점을 마구 휘두르시는군요."

그는 고사리에 길게 누운 채 벌거벗은 몸에 군데군데 환한 햇살만을 받은 남자치고는 아주 멋지게 절을 해서 나는 그만 웃고 말았다. 제이미도 얼굴에 잠시 미소를 띠었지만, 이내 고사리 속에 누워 날 바라보았다. 그리고 갑자기 허스키해진 목소리로 말했다.

"부인, 사실은 말입니다, 절 마음대로 휘두르셔도 좋습니다."

"마음대로, 무엇을요?"

그는 움직이지 않았다. 나는 부드럽게 물으며 다시금 손을 뻗어 천천히 그의 뺨과 목덜미를, 이어서 반짝이는 경사진 어깨를 쓰다듬으며 아래로 내려갔지만, 제이미는 움직이지 않았다. 다만 눈을 감았을 뿐이다.

"오, 주님, 맙소사."

제이미는 숨을 다급하게 들이쉬었다.

"걱정하지 말아요. 거칠게 하지는 않을게요."

"그렇다니 조금은 안심이네요."

"가만히 있어요."

그의 손가락이 흙을 깊숙이 파고들었지만, 제이미는 시키는 대로 가만히 있었다. 하지만 그도 잠시, 다급한 목소리가 들렸다.

"아니, 잠깐만요."

슬쩍 눈길을 들자, 이제 그는 눈을 뜨고 있었다.

"싫어요."

나는 기분 좋게 대답했다. 제이미는 다시 눈을 감았다.

"이따가 복수할 거예요."

또 잠시 후 목소리가 들렸다. 곧게 뻗은 그의 콧날에 이슬처럼 맺힌 땀방울이 반짝 빛났다.

"정말요? 어떻게 할 건데요?"

내가 묻자, 손바닥을 땅에 지그시 누르는 남자의 팔뚝 위로 힘줄이 불거졌다. 제이미는 이를 악물고 안간힘을 쓰며 대답했다.

"몰라요. 하지만…… 오, 주님, 성 아그네스시여……. 어떻게 든…… 복수할 거라고! 아! 제발!"

"좋아요."

나는 그를 잡았던 손을 풀었다. 순간, 그가 내 위를 덮쳐 나를 고 사리 더미 위에 찍어 누르자 난 자그맣게 비명을 지르고 말았다.

"이제 당신 차례예요."

제이미는 아주 만족스러운 듯 말했다.

———

해 질 녘이 되었을 무렵, 우리는 잠시 언덕에 서서 워치의 말들이 바깥에 서성거리지 않는지 확인한 다음 여관으로 돌아왔다.

여관은 자그마한 창과 벽 틈으로 벌써 불빛을 반짝이며 우리를 반갑게 맞아 주었다. 저녁 어스름을 끝까지 밝히는 태양도 뒤에서 빛나고 있어 언덕 위 모든 것들에 이중으로 그림자를 드리웠다. 한 낮의 더위를 식히는 산들바람이 불어왔고, 흩날리는 나뭇잎의 그림 자는 풀밭 위로 아른아른 춤을 추었다. 그 광경이 어찌나 목가적이 던지, 정말로 언덕 위에 요정들이 살고 있다는 생각이 절로 들었다. 이 그림자에 맞춰 춤을 추며 낭창낭창한 나무줄기 사이로 살금살금 숲속 깊숙이 들어가는 요정이 눈앞에 보이는 듯했다.

"두걸도 아직 돌아오지 않았네요."

나는 언덕을 내려올 때 여관을 눈여겨보며 말했다. 두걸이 평소 타고 다니던 커다란 검은 말은 여관 마구간에 보이지 않았다. 네드 고언의 말을 비롯한 다른 말들도 없었다.

"그래요. 적어도 하루나 이틀은 더 있다가 돌아올 거예요."

제이미는 나에게 손을 내밀었다. 우리는 짧은 풀밭 군데군데 뛰어나온 뾰죽한 바위 사이를 조심스레 디디며 천천히 언덕을 내려왔다.

"대체 어디 간 건데요?"

최근 무수하게 벌어진 사건에 어찌나 정신이 없었던지, 나는 이제껏 두걸이 왜 자리를 비웠는지 궁금하지 않았다. 애초에 그가 없어진 줄도 몰랐다.

제이미는 여관 뒤편에 있는 출입구 계단을 올라가며 내게 손을 내밀었다.

"근처 소작농들을 보러 갔어요. 당신을 포트윌리엄에 데려다줄 기한까지 하루 이틀 정도 남았거든요."

그의 손이 내 팔을 꽉 쥐었다.

"두걸이 당신을 내줄 수 없다고 말하면 랜들 대위는 그다지 좋아하지 않겠죠. 그러니 두걸은 일단 대위에게 통보한 다음 최대한 빨리 그곳을 벗어나려 할 거예요."

"현명한 행동이로군요. 그리고 우리를 여기에 남겨 두고 간 것도 사려 깊네요. 음…… 그래서 우리가 서로 친해질 수 있었잖아요."

제이미는 피식 웃었다.

"사려 깊은 게 아니에요. 그건 내가 내건 조건 중 하나였어요. 내가 그랬거든요. 필요하면 결혼은 하겠지만, 스무 명이나 되는 씨족 남자들이 쳐다보며 조언을 던지는 가운데 덤불 속에서 첫날밤을 치르고 싶지는 않다고요."

나는 걸음을 멈추고 그를 빤히 바라보았다. 여관에서 들려오던 다툼 소리가 바로 이거였구나.

"조건 중 하나였다면, 여러 개가 있었단 말이네요? 다른 조건은 또 뭐가 있었죠?"

내가 천천히 물었다. 지금은 날이 어두워진 참이라 그의 얼굴이 또렷하게 보이진 않았지만, 제이미는 부끄러워하는 것 같았다. 마

447

침내 그는 입을 열었다.

"많지는 않고, 두 개 더 있었어요."

"뭐였는데요?"

그는 길가에 있던 자갈을 무심히 차며 대답했다.

"음, 하나는 당신과 성당에서 제대로 결혼하고 싶다고 했어요. 신부님 앞에서요. 그냥 계약서로만 혼인하는 건 싫다고 했어요. 그리고 또 다른 조건은…… 당신이 입을 제대로 된 혼례복을 구해 달라고 했어요."

그는 나와 눈을 맞추지 않고 고개를 돌렸다. 목소리가 너무 작아서 제대로 들리지도 않았다.

"나, 난요, 당신이 결혼하고 싶지 않다는 걸 알았거든요. 그래서…… 어떻게든 당신을 기분 좋게 해 주고 싶었어요. 음, 그래서 적어도 제대로 된 드레스를 입는다면…… 그나마 좀 좋아하지 않을까 하고 생각했죠."

나는 무어라 말을 하려 했지만, 그는 돌아서더니 여관으로 성큼성큼 걸어가며 퉁명스레 말했다.

"빨리 와요, 새서나흐. 나 배고프니까."

———

음식을 먹는 것은 좋았다. 하지만 다른 사람들과 함께 먹어야 했다. 우리가 여관 홀의 문을 열고 들어서자, 자리를 피할 수가 없었다. 우리는 요란한 환호를 받으며 테이블로 등 떠밀려 앉았다. 이미 다른 이들은 푸짐한 저녁 식사를 즐기는 중이었다.

이번에는 마음의 준비를 어느 정도 했기 때문에, 거친 농담과 조악한 말에 개의치 않고 이게 밥값이려니 생각할 수 있었다. 그래도 지금만큼은 평소와는 달리 겸손한 척을 하면서, 우리가 하루 종일 뭘 했는지를 두고 짓궂은 놀림과 외설적인 상상을 해 대는 사람들은 제이미에게 떠넘긴 채, 나는 기꺼이 구석으로 숨어들었다.

제이미는 이런 종류의 질문에 대답했다.

"잤어요. 어젯밤에 한숨도 못 잤거든요."

그러자 왁자한 웃음소리가 터졌다.

"아내가 코를 막 골아 대서요."

제이미가 은근한 목소리로 대답하자 더 큰 웃음소리가 터졌다.

나는 거기에 맞장구를 치듯 그의 뺨을 찰싹 때렸다. 그러자 제이미는 나를 끌어당겨 부드럽게 키스하며 박수갈채에 답했다.

저녁을 먹고 나자 여관 주인의 바이올린 반주에 맞추어 춤판이 벌어졌다. 나는 한 번도 춤을 잘 춘 적이 없었다. 언제나 내 발에 걸려 넘어지는 바람에 춤출 때마다 스트레스를 받곤 했다. 게다가 지금은 긴 치마에 조잡한 나막신을 신고 있으니 더더욱 잘 출 리가 없었다. 하지만 나막신을 벗자 놀랍게도 전혀 힘들이지 않고 춤을 추게 되었고, 게다가 아주 즐겁기까지 했다.

그 자리에는 여자가 부족했기 때문에 여관 주인의 아내와 나는 치마를 걷어 올리고 쉼 없이 춤을 추어야 했다. 지그와 릴, 스트래스스페이*까지 이어서 계속 추다 보니, 결국 나는 발을 멈추고 새빨간 얼굴로 숨을 몰아쉬며 나무 의자에 털썩 기대앉았다.

하지만 남자들은 전혀 피곤한 기색이 없었다. 혼자서 돌든 다 같이 돌든, 플래드를 걸치고 빙빙 도는 모습이 마치 알록달록한 팽이 같았다. 그러다 제이미가 내 손을 잡고 '더 콕 오 더 노스The Cock o' the North'라는 곡에 맞추어 빠르고 정신없이 춤을 추자, 남자들은 모두 벽으로 물러서서 손뼉을 치고 환호하며 우리를 지켜보았다.

우리는 빙빙 돌다가 그의 팔을 내 허리에 감은 채로 춤을 끝냈다.

* 스코틀랜드 전통춤.

현명하게도 멈춰 선 지점은 계단 근처였다. 그곳에 선 채로 제이미는 짧은 연설을 했다. 게일어와 영어가 뒤섞인 연설에 한 차례 더 박수가 쏟아졌다. 특히 그가 스포란에서 자그마한 새미 가죽 돈주머니를 여관 주인에게 던지며 돈이 되는 대로 위스키를 전부 내오라 지시하자 갈채가 쏟아졌다. 그건 투네이그에서 싸움판이 벌어졌을 때 그의 몫으로 받은 돈이었다. 아마 그가 현재 가진 돈의 전부였을 것이다. 하지만 이보다 더 값지게 쓸 수는 없겠지.

우리는 발코니로 올라가기 시작했다. 우리의 행복을 기원하는 말들이 마구 쏟아지는 가운데, 누군가의 목소리가 크게 제이미의 이름을 불렀다.

돌아서자 루퍼트의 넓적한 얼굴이 보였다. 평소보다 더 빨간 얼굴을 하고 그는 아래에서 빙그레 웃고 있었다.

"소용없어요, 루퍼트. 이 여자는 내 거니까."

제이미의 말에 루퍼트는 소매로 얼굴을 닦으며 말했다.

"너한테 주기는 아까워. 한 시간만 지나면 이 아가씨 때문에 넌 바닥에 널브러질걸. 요즘 젊은것들은 체력이 오래가질 않아."

루퍼트는 이제 나에게 말을 걸었다.

"자느라 시간을 낭비하지 않는 남자가 필요하면 나한테 말하라고. 그동안……."

그는 무언가를 위로 던졌다.

내 발치로 불룩한 주머니가 쨍그랑 떨어졌다.

"결혼 선물이야. 시미 보길 워치가 마음을 모은 거라고."

"네?"

제이미는 주머니를 주워 들었다. 루퍼트는 나무라듯 말하며 나에게 음탕하게 눈을 흘겼다.

"우리는 누구처럼 온종일 풀밭에서 뒹굴며 보내지 않는단 말이다, 녀석아. 그거 힘들게 번 돈이야."

"아, 그렇군요. 그럼 도박 종목은 주사위였나요, 카드놀이였나요?"

제이미가 씩 웃으며 묻자, 루퍼트는 검은 턱수염을 활짝 벌리며 묘한 매력이 느껴지는 웃음을 지었다.

"둘 다 했지. 아주 탈탈 털어서 모은 돈이야, 알겠냐!"

제이미는 무어라 말하려 했지만, 루퍼트는 굳은살 박인 커다란 손을 들어 말을 막았다.

"아, 감사 인사 따윈 됐다, 녀석아. 아내에게 좋은 거나 하나 사 줘라. 알았지?"

나는 손가락에 입을 맞추어 키스를 던져 주었다. 뺨을 때리는 것처럼 그의 얼굴에 입맞춤을 붙여 주자, 루퍼트는 탄성을 지르며 비틀비틀 뒤로 물러서더니 술 취한 것처럼 주점 사이를 휘청거리며 걸어갔다. 물론 진짜로 취한 것은 아니었지만.

아래층에서는 떠들썩하니 즐거운 시간이 이어지는 반면에, 우리의 방은 평화롭고 고요한 안식처 같았다. 제이미는 여전히 혼자서 조용히 웃으며 침대에 벌렁 드러누워 숨을 가다듬었다.

나는 불편할 정도로 몸을 조인 보디스를 느슨히 푼 다음 앉아, 춤추느라 산발이 된 머리를 빗었다.

"당신 머리카락이 더없이 아름다워요."

제이미는 나를 바라보며 말했다.

"뭐라고요? **이게요?**"

나는 보란 듯이 머리카락에 손을 대었다. 내 머리는 언제나 그랬듯 아무리 좋게 말한다 해도 뒤엉킴 그 자체였다.

그는 웃으면서 짐짓 정색했다.

"아, 물론 다른 점도 아름답긴 해요. 하지만 머리카락이 정말 아름다워요."

"하지만 내 머리는…… 너무 곱슬곱슬한데요."

451

나는 살짝 얼굴을 붉혔다. 그러자 제이미는 놀란 표정이었다.

"네, 그러니까 아름답죠. 성에 있을 때 두걸의 딸이 친구에게 하는 말을 들었어요. 저런 머리 모양을 만들려면 뜨거운 집게로 세 시간이나 머리를 말아야 한다고요. 그런데 당신은 손 하나 까딱하지 않고서도 저런 머리카락을 타고났으니 너무 부러워서 눈을 뽑아 버리고 싶댔어요."

제이미는 일어나서 앉더니, 내 곱슬머리 한 타래를 부드럽게 당겨 곧게 만들었다. 그러자 머리카락은 내 가슴께에 닿았다.

"우리 제니 누나도 곱슬머리예요. 하지만 당신 같은 곱슬은 아니에요."

"당신 누나도 빨간 머리인가요?"

이야기로만 들었던 제니는 어떻게 생겼을까 상상해 보았다. 제이미는 자주 누나를 떠올리는 듯했다.

그는 여전히 내 곱슬머리를 손가락 사이로 배배 꼰 채 고개를 저었다.

"아뇨. 제니는 검은 머리카락을 지녔어요. 밤처럼 새까맣죠. 나는 어머니를 닮아 붉은 머리카락이고, 제니는 아버지를 닮았거든요. 아버지 별명은 브라이언 두였어요. '검은 브라이언'이라는 뜻이에요. 머리카락과 턱수염이 검은 분이라서요."

"랜들 대위 별명도 '블랙 잭'이라고 들었어요."

나는 과감하게 말해 보았다. 제이미는 씁쓸하게 웃었다.

"아, 맞아요. 하지만 그건 그놈의 영혼이 사악하기 때문에 붙은 별명이지, 머리카락 색 때문이 아니에요."

문득 나를 내려다보는 그의 눈빛이 날카로워졌다.

"설마, 지금 랜들 때문에 걱정하는 건 아니겠죠? 걱정하지 말아요."

그는 내 머리카락을 놓더니, 소유욕이 느껴지는 손길로 내 어깨를 꽉 잡으며 조용히 말했다.

"진심이에요. 내가 당신을 보호할 거라고요. 랜들이든, 아니면 그 누구에게서든. 내 피의 마지막 한 방울까지 모두 흘려서라도요, **모니인 돈***."

"모 니인 돈?"

너무나 강렬한 말에 살짝 마음이 떨렸다. 마지막 방울이든 첫 방울이든, 나는 이 남자가 흘린 피에 아무런 책임을 지고 싶지 않단 말이다.

"그건 '나의 갈색 머리 아가씨'라는 뜻이에요."

제이미는 내 머리카락을 들고 입을 맞추며 미소를 지었다. 그 눈빛을 보자 내 몸에 있는 핏방울이 죄다 혈관을 타고 확 솟구치는 기분이었다. 그는 조용한 목소리로 다시금 말했다.

"모 니인 돈. 이 말을 오래전부터 해 주고 싶었어요."

"이건 좀 칙칙한 갈색 아닌가요. 난 항상 그렇게 생각했는데."

갑자기 짙어지는 분위기를 좀 누그러뜨리고 싶은 마음에, 나는 애써 가벼운 대답을 했다. 하지만 의도했던 것보다 분위기가 급하게 흘러가는 느낌만 들 뿐이었다.

제이미는 계속 미소 띤 채로 고개를 저었다.

"아뇨. 전혀 칙칙한 색이 아닌데요, 새서나흐."

그는 내 머리카락을 두 손으로 들어 부채처럼 확 펼쳤다.

"시냇물이 흐르는 것 같아요. 돌 위로 구불구불 흘러가는 물줄기 같아요. 굽슬굽슬한 곳은 진하게 보이고, 햇살이 닿는 표면은 은빛으로 살짝 반짝이거든요."

긴장한 나머지 숨이 가빠 왔다. 나는 바닥에 떨어진 빗을 잡으려

---

* 원서에는 'mo duinne'라고 나와 있으나, 이는 틀린 게일어 표현이다. 이후 작가의 시리즈 후속편에서는 올바른 표현인 'mo nighean donn'으로 수정되었다. 이 책에서도 올바른 표현을 따르기로 한다.

고 몸을 뺐다. 하지만 나를 줄곧 바라보는 제이미의 눈빛을 피할 수는 없었다.

"내가 전에 말했죠. 당신이 말하고 싶어 하지 않는 건 무엇이든 먼저 묻지 않겠다고요. 그 약속 지킬 거예요. 하지만 나는 나름대로 결론을 내렸어요. 콜럼은 어쩌면 당신이 잉글랜드 첩자일지도 모른다고 생각했어요. 하지만 그렇다면 왜 당신이 게일어를 모르는지 알 수가 없었죠. 두걸은 당신이 프랑스 첩자 같다고 생각해요. 제임스왕의 지지자를 찾는 임무를 맡았다고 생각하죠. 하지만 그렇다면 당신은 왜 혼자일까요? 두걸은 그 이유를 아무리 생각해도 알 수 없었죠."

"그럼 당신은요? 당신은 내가 누구인 것 같아요?"

나는 좀처럼 풀리지 않는 엉킨 머리카락을 잡아당기며 물었다.

제이미는 나를 찬찬히 훑어보며 가늠하듯 고개를 비뚜름히 숙였다.

"언뜻 보면 당신은 프랑스인 같아요. 앙주 출신 귀부인들처럼 뼈대가 가늘고 섬세한 얼굴형이니까요. 하지만 프랑스 여자들은 보통 얼굴이 노르스름하거든요. 그런데 당신은 오팔 같아요."

그의 손가락이 나의 쇄골 위를 천천히 쓸었다. 그 손길에 살갗이 달아올랐다.

제이미의 손가락은 이제 얼굴로 올라와 관자놀이부터 뺨을 어루만지다가 귀 뒤로 머리카락을 넘겨 주었다. 이쪽을 찬찬히 바라보는 그의 시선에 난 꼼짝도 할 수 없었다. 그의 손이 내 목 뒤쪽으로 넘어가며 엄지로 귓불을 부드럽게 매만지는 동안, 난 움직이지 않으려고 안간힘을 썼다.

"이런 황금빛 눈동자를 예전에 한 번 본 적 있어요. 표범의 눈이 이랬죠."

그는 이렇게 말하더니 고개를 저었다.

"아니, 아니야. 당신은 프랑스인 같아 보이지만, 아니에요."

"그걸 어떻게 알아요?"

"당신과 이야기를 많이 나눠 봤으니까요. 옆에서 말하는 걸 듣기도 했고요. 두걸은 당신이 프랑스어를 잘하기 때문에 프랑스인이라 생각했죠. 그것도 아주 잘하니까."

나는 빈정대는 어조로 대답했다.

"그것참 고맙군요. 그런데 내가 프랑스어를 너무 잘하기 때문에 프랑스인이 아니라고 생각한다는 거예요?"

제이미는 웃으면서 내 목을 꾹 쥐었다.

"부 파흘레 트레 비앵.* 하지만 나만큼은 아니에요."

그는 프랑스어를 한마디 섞어 가며 말하다가, 갑자기 날 잡은 손을 놓았다.

"난 성을 떠난 후 1년 동안 프랑스에서 지냈어요. 그리고 그 후에 프랑스 군대에서 2년을 더 보냈죠. 그래서 프랑스인 말은 들어 보면 딱 알아요. 당신의 모국어는 프랑스어가 아니에요."

제이미는 천천히 고개를 저으며 말을 이어 갔다.

"당신은 혹시 스페인인일까요? 그럴 수도 있겠죠. 그렇다면 스페인 사람이 여길 왜 왔죠? 스페인은 하일랜드 지역에 아무런 관심이 없는데. 그럼 독일인일까요? 그건 확실히 아니에요."

이제 그는 어깨를 으쓱였다.

"당신이 누구인지 모르겠지만, 잉글랜드 측에서는 당신 정체를 알아내려 할 테죠. 씨족들이 동요하고 있고, 찰리 왕자가 프랑스에서 이쪽으로 건너오기를 원하는 상황이라, 가급적 모든 정보를 알고 싶어 하거든요. 게다가 그들이 정보를 파악하는 방법은 그다지 부드럽지 않아요. 그러니 나는 알아야 해요."

---

* 프랑스어로 '당신의 말은 아주 유창합니다'라는 뜻.

455

"그러면 당신은 내가 **잉글랜드** 첩자가 아니라는 걸 어떻게 알아요? 두걸은 날 첩자라고 생각했지만, 당신은 아니라고 말했잖아요."

"당신이 첩자일 수도 있죠. 잉글랜드 말씨가 좀 이상하긴 하지만요. 하지만 당신이 정말로 첩자라면, 잉글랜드인들에게 돌아가지 않고 왜 나랑 결혼하는 편을 택했겠어요? 두걸이 우리를 결혼시킨 이유는 그 때문이기도 해요. 당신이 간밤에 적당한 때를 잡아 도망치나 안 치나 보려고요."

"난 도망치지 않았잖아요. 그래서 뭐가 증명되었죠?"

내 말에 제이미는 웃으며 침대에 눕더니, 두 팔을 눈에 대고 등불빛을 가렸다.

"그걸 내가 어떻게 알겠어요, 새서나흐. 나도 **너무** 알고 싶네요. 솔직히 아무리 생각해도 당신이 누군지 떠오르는 게 없어요. 혹시 요정인 게 아닌가, 이런 생각도 해 봤어요."

그는 팔 아래로 나를 슬쩍 쳐다보더니 고개를 저었다.

"아니, 그건 아닌 것 같네요. 요정이라기엔 너무 크니까."

"그럼 당신은 내가 누군지 모른다는 게 두렵지 않아요? 밤에 자다가 나한테 살해당하면 어떡하려고요?"

제이미는 대답하지 않았다. 다만 눈을 가렸던 팔을 거두고 커다랗게 미소 지었을 뿐이다. 그의 눈매는 분명히 프레이저 가문에서 물려받은 것이로구나. 매켄지가 사람처럼 깊숙이 들어간 게 아닌, 묘한 각도의 눈매였고 높이 솟은 광대뼈 덕분에 비스듬해 보이기까지 했다.

그는 머리도 들지 않고서 셔츠 앞섶을 풀었다. 그리고 가슴에서 허리까지 쭉 펼친 다음, 칼집에서 단검을 빼어 나에게 던졌다. 칼은 내 발치에 툭 떨어졌다.

이제 그는 다시금 팔로 눈을 가리고는 고개를 뒤로 젖혔다. 턱 바로 아래, 수염이 거뭇거뭇 돋아나다가 멈춘 지점이 드러났다.

"칼을 세워서 가슴뼈 바로 아래에 꽂아요. 힘은 좀 들겠지만 빠르고 깔끔하게 죽일 수 있어요. 목을 자르는 편이 더 간단하지만, 피가 철철 나서 아주 지저분해지거든요."

그가 조언했다. 나는 단검을 잡았다.

"당신은 나한테 죽어도 싸요. 발정 난 나쁜 새끼 같으니."

팔뚝 오목한 곳 아래로 보이던 미소가 더욱 커졌다.

"새서나흐?"

나는 손에 단검을 쥔 채로 멈췄다.

"왜요?"

"당신이 죽인다면 행복하게 죽을게요."

17
거지를 만나다

우리는 다음 날 아침 꽤 늦게까지 잤다. 오늘은 남쪽으로 가 보기로 하고 여관을 나설 즈음에는 해가 높이 떠 있었다. 마구간의 말은 대부분 사라졌고, 우리 일행도 아무도 없는 것 같았다. 나는 그들이 모두 어디에 갔는지 궁금한 마음에 혼잣말을 했다.

제이미는 웃으며 대답했다.

"확실히는 모르겠지만 어디 갔는지는 짐작이 돼요. 위치가 어제 저쪽으로 갔거든요."

그는 서쪽을 가리키더니, 이번에는 동쪽을 가리키며 말했다.

"그러니 루퍼트가 사람을 이끌고 이쪽으로 갔을 거예요."

내가 여전히 이해하지 못하자, 그는 설명을 이었다.

"가축 떼를 찾아간 거죠. 땅 주인과 소작농들은 가축을 지켜 주는 대가로 위치에게 요금을 내요. 만약 급습을 당해 가축을 도둑맞으면 위치가 찾아다 주죠. 하지만 위치가 래그 크룸을 향해 서쪽으로 갔다면, 동쪽에 있는 가축 떼는 당장 누가 훔쳐 가도 어쩔 수 없어요. 뭐, 나중에는 되찾을 수도 있겠지만요. 저 아래는 그랜트 가문의 영토인데, 루퍼트는 내가 본 사람 중 최고의 소도둑이거든요. 짐승은 울음소리 한 번 내지 않고 어디든 루퍼트를 따라가게 되어 있어요. 루퍼트는 분명히 몸이 근질근질했을 거예요. 여기서는 더는 즐길 거리가 없거든요."

제이미야말로 몸이 근질근질한 것 같았다. 그는 꽤 빠르게 걷고 있었다. 헤더꽃이 펼쳐진 사이로 사슴이 밟아 낸 길이 보였다. 가는 길은 꽤 평탄했기 때문에 나는 어려움 없이 그의 뒤를 따라갔다. 잠시 후, 탁 트인 황무지가 나오자 우리는 나란히 걷게 되었다.

"호록스는 어떡할 거예요? 래그 크룸에서 그 사람을 만나기로 하지 않았나요?"

나는 불쑥 물었다. 래그 크룸 마을 이야기가 나왔을 때, 잉글랜드 탈영병이 좋은 정보를 알려 줄 수 있다는 말을 들었던 기억이 떠올랐기 때문이었다.

제이미는 고개를 끄덕였다.

"맞아요. 하지만 지금은 거기 갈 수 없어요. 랜들과 워치 둘 다 그 쪽으로 갔거든요. 너무 위험해요."

"그럼 대신 갈 다른 사람이 없나요? 믿을 만한 사람 없어요?"

그는 나를 슬쩍 바라보며 미소 지었다.

"음, 나에겐 당신이 있네요. 어젯밤에 나를 죽이지 않았으니까, 믿어도 될 것 같은데요? 하지만 당신 혼자 래그 크룸에 가는 건 걱정이 돼요. 누군가 대신 가 준다면 머타가 갈 거예요. 하지만 내가 달리 상황을 조정할 수도 있겠죠. 그래서 두고 보려고요."

"머타를 신뢰하나요?"

나는 호기심이 일었다. 그 작고 지저분한 남자에겐 전혀 친근감이 느껴지지 않았다. 내가 이런 곤경에 처하게 된 이유도, 어느 정도는 머타의 책임이었기 때문이다. 애초에 나를 납치한 게 머타였으니까. 하지만 머타와 제이미 사이에는 분명히 우정 같은 것이 존재했다.

제이미는 놀란 채 나를 슬쩍 바라보았다.

"아, 그렇죠. 머타는 내가 태어났을 때부터 알고 지냈으니까요. 내겐 아버지 쪽 당숙뻘일걸요? 머타의 아버지가 우리⋯⋯."

"그럼 머타는 프레이저로군요? 나는 그가 매켄지 씨족인 줄 알았어요. 당신을 만났을 때 두걸과 있었잖아요."

내가 급히 끼어들자, 제이미는 고개를 끄덕였다.

"네, 내가 프랑스에서 이리로 건너오기로 마음먹고 나서 머타에게 연락했거든요. 해안에서 나를 맞이할 수 있겠느냐고요."

제이미는 쓴웃음을 지으며 말을 이었다.

"예전에 두걸이 나를 죽이려고 한 건지 아닌지 알 수가 없었거든요. 그리고 혼자서 매켄지 씨족을 여러 명 만난다고 생각하니 별로 내키지 않았어요. 혹시 모르잖아요. 그들이 날 죽일 생각이라면 스카이섬 앞바다에 떠밀려 온 시체 신세가 될 게 뻔한데, 그건 원치 않아서요."

"그렇군요. 만사에 항상 증인을 세우는 건 두걸만이 아니라 당신도 마찬가지였군요."

제이미는 고개를 끄덕였다.

"증인이 있으면 아주 편리하니까요."

황무지의 저편에는 이리저리 뒤틀린 형태의 바위들이 늘어서 있었다. 오래전 존재하던 빙하가 전진과 후퇴를 반복하면서 속을 긁고 파 놓은 결과였다. 돌바닥에 팬 깊은 구덩이에는 빗물이 고여 있었고, 엉겅퀴와 쑥국화와 터리풀이 무성하게 자라 자그마한 호수들을 둘러싸며 고요한 수면 위에 꽃 그림자를 비추었다.

물고기 없는 무균 상태인 웅덩이들은 이 황무지 군데군데 있어서, 조심성 없이 걷다 보면 발이 푹 빠지는 함정이 되어 버렸다. 밤길에 걷다가 우연히 물웅덩이에 빠지기라도 한다면 황무지에서 밤새껏 축축하고 불편하게 보내야 할 것이다. 우리는 그런 웅덩이 중

하나를 골라 옆에 앉아 빵과 치즈로 아침을 먹었다.

물고기가 살지 않는 웅덩이라도 새들은 반가이 찾아왔다. 제비들은 웅덩이 위를 낮게 날며 물을 마셨고, 물떼새와 마도요는 웅덩이 가장자리의 진흙을 긴 부리로 콕콕 찍어 곤충을 잡았다.

나는 새들 먹으라고 빵 부스러기를 진흙 위에 던졌다. 마도요 한 마리가 미심쩍은 눈빛으로 부스러기를 바라보며 어떻게 할까 고민하는 동안, 재빠른 제비 한 마리가 마도요의 부리 아래로 쏜살같이 날아와 빵을 채 갔다. 마도요는 깃털을 곤두세웠다가 다시금 부지런히 땅을 파기 시작했다.

제이미는 물떼새 쪽으로 내 시선을 끌었다. 우리 주위에 있던 새는 얼핏 보면 부러진 것 같은 날개를 질질 끌며 울어 댔다.

"이 근처에 둥지가 있나 봐요."

"저기 있네요."

제이미가 가리킨 쪽을 몇 번이나 보고서야 나는 겨우 둥지를 찾아냈다. 살짝 움푹한 지점은 보란 듯이 드러나 있었지만, 점박이 무늬 새알 네 개는 겉보기로는 나뭇잎으로 덮인 둔덕과 구별되지 않았다. 그래서 다시 눈을 깜빡이자 둥지가 어디 있는지 또 놓치고 말았다.

제이미는 막대기 하나를 주워 들더니 새 둥지를 살짝 찔러서 알 하나를 둥지에서 밀었다. 어미 새는 흥분해서 그의 앞으로 마구 달려오다시피 했다. 제이미는 쪼그리고 앉아 미동도 없이 새가 앞뒤로 움직이며 쩩쩩거리도록 내버려 두었다. 그러다 뭔가가 번쩍 움직이더니, 잠시 후 그가 손에 가만히 새를 쥐고 있는 게 아닌가.

그는 부드럽고 알록달록한 깃털을 한 손가락으로 쓰다듬으며 새에게 새된 소리로 게일어를 나지막이 읊조렸다. 그가 손에 든 새는 전혀 움직임이 없었다. 심지어 동그랗고 까만 눈동자에 비친 형상조차 굳어 버린 듯했다.

이제 제이미는 새를 바닥에 가만히 놓았지만, 새는 좀처럼 움직이지 않았다. 그가 몇 마디 말을 더하며 새의 뒤에서 천천히 손을 흔든 후에야, 새는 갑자기 몸을 홱 움직이더니 잡초 속으로 휙 들어갔다. 그는 새가 움직이는 모습을 지켜보다 무심코 성호를 그었다.

"그건 왜 그랬어요?"

나는 궁금한 마음에 물었다.

"네?"

제이미는 순간 깜짝 놀란 듯했다. 내가 있다는 것도 잊어버린 걸까.

"새를 날려 버리기 전에 성호를 그었잖아요. 왜 그랬는지 궁금해서요."

제이미는 어깨를 으쓱이면서 살짝 부끄러운 기색이 되었다.

"아, 이거요. 음, 옛이야기 때문이에요. 왜 물떼새는 이렇게 우는지, 그리고 둥지 사이를 왜 저렇게 뛰어다니는지 전해 내려오는 이야기가 있어요."

그는 웅덩이 저편을 가리켰다. 그곳에는 또 다른 물떼새가 아까 봤던 새와 똑같은 행동을 하고 있었다. 그는 잠시 멍하니 새를 바라보더니 수줍은 듯 나를 곁눈질했다.

"물떼새에겐 아이를 낳다가 죽은 젊은 엄마들의 영혼이 깃들었다는 설이 있거든요. 그래서 새끼들이 안전하게 부화했어도, 믿을 수가 없어서 자꾸만 울면서 둥지 곁을 뛰어다닌다고 해요. 항상 잃어버린 아이들을 위해 슬피 우는 거죠. 아니면 남겨 두고 떠난 아이를 찾고 있거나요."

제이미는 둥지 옆에 쪼그려 앉아 아까 건드렸던 타원형 알을 막대기로 슬쩍 밀어 다른 알들처럼 뾰족한 끝이 안으로 향하도록 돌려놓았다. 새알을 다시 원래대로 돌려놓은 후에도, 그는 계속 그 상태로 앉아서 막대기를 허벅지 위에 올려 놓은 채 웅덩이의 고요한 수면을 응시했다.

"그냥 습관이 된 것 같아요. 어렸을 때 이 이야기를 처음 듣고서 성호를 긋기 시작했거든요. 그때도 물떼새에 정말로 엄마들의 영혼이 깃들었다고 믿지는 않았지만, 그래도 그 영혼을 기리는 표시로……."

제이미는 나를 바라보더니 문득 미소를 지었다.

"이젠 너무 자주 하는 습관이라서 하는 줄도 몰랐네요. 스코틀랜드에는 물떼새가 꽤 많거든요."

그는 일어서서 막대기를 던졌다.

"그럼 갈까요. 당신에게 보여 주고 싶은 곳이 있어요. 언덕 꼭대기 근처에요."

제이미는 내가 몸을 가누며 일어서도록 팔꿈치를 붙잡아 주었고, 우리는 산등성이를 오르기 시작했다.

그가 물떼새를 풀어 주면서 한 말을 들었다. 게일어를 많이 아는 건 아니지만, 그가 읊조린 옛 인사말은 자주 들어서 익숙해졌기 때문이다. 그건 "어머니여, 신의 가호가 함께하시길"이란 뜻이었다.

아이를 낳다가 죽은 젊은 어머니. 그리고 엄마 없이 남겨진 아이. 제이미의 팔을 잡자, 그는 나를 쳐다보았다.

"그 이야기를 들었을 때 몇 살이었나요?"

내가 묻자, 그는 어설픈 미소를 지으며 대답했다.

"여덟 살이요. 최소한 젖을 뗀 후이긴 했죠."

제이미는 더는 대답하지 않은 채, 나를 언덕으로 데리고 갔다. 이제 우리는 헤더꽃이 울창한 산등성이에 있었다. 저 너머 농촌 지역의 풍경은 이곳과는 확연히 달랐다. 거대하게 솟은 화강암 바위 아래로 플라타너스와 낙엽송이 둘러싸인 풍경이었다. 언덕 꼭대기를 오르는 우리의 뒤로, 웅덩이 곁에서 물떼새가 슬피 울었다.

———

햇살은 점점 따가워졌다. 우리는 한 시간 동안이나 울창한 나뭇가지를 헤치며 길을 걸었다. 물론 제이미가 대부분 날 위해 길을 터주기는 했지만, 그래도 이제는 쉬고 싶었다.

우리는 우뚝 솟은 화강암 지대 등성이에서 그늘을 발견했다. 그곳을 보니 머타를 처음 만났던 곳이 떠올랐다. 덕분에 랜들 대위에게서 벗어나게 되었지.

그래도 이곳은 기분이 좋았다. 제이미는 우리 말고는 이곳에 아무도 없다고 알려 주었다. 주위에 계속 새소리가 들리기 때문이란다. 누군가가 가까이 다가오면 새들은 대부분 노래를 그친다고 했다. 그리고 어치와 갈까마귀는 경고 조로 길게 울부짖는다고 했다.

"그러니 위급할 때는 항상 숲속에 숨도록 해요, 새서나흐. 당신이 너무 심하게 움직이지만 않는다면, 누가 다가올 때 새들이 훨씬 전에 알려 주거든요."

머리 위의 나무에서 꽥 소리치는 어치를 가리키며, 제이미는 나를 돌아보고 눈을 마주쳤다. 우리는 그곳에 꼼짝 않고 앉았다. 서로 손을 뻗으면 닿을 만큼 가까웠지만, 서로를 건드리지도 않고, 숨조차 죽인 채로. 잠시 후, 어치는 지루해졌는지 우리를 남겨 두고 떠났다.

먼저 눈길을 돌린 건 제이미였다. 춥기라도 한 듯 몸을 부르르 떠는 모습이 훤히 보였다.

양치식물 아래로 텁수룩한 갓을 쓴 버섯이 드문드문 하얀 자태를 드러냈다. 제이미는 뭉툭한 검지로 버섯 갓을 하나 따더니, 담자기 세포가 빚어낸 바퀴살 무늬를 손끝으로 어루만지며 무슨 말을 할지 생각하기 시작했다. 지금처럼 조심스럽게 말을 골라서 할 때는, 제이미의 평소 어투에서 슬쩍슬쩍 나타나는 스코틀랜드 억양이 싹 사라지곤 했다.

"나는 말이죠, 절대로…… 그게…… 절대로 나쁜 뜻으로 하는 말이 아니라요……."

그는 갑자기 고개를 들고서 미소를 지으며, 어쩔 줄 모르는 몸짓을 했다.

"당신이 남자 경험이 아주 많다는 식으로 말해서 기분 나쁘게 하려는 의도는 전혀 없어요. 정말이에요. 하지만 그쪽에 대해서 말할 때, 내가 당신보다 더 많이 아는 척하는 것도 우스운 일이잖아요. 내가 하고픈 말은, 그러니까…… 보통 그런가요? 우리 사이 말인데요, 내가 당신을 만질 때나, 당신이 나와…… 잘 때? 남녀 사이는 항상 그런 식이 되나요?"

그는 매우 어렵게 돌려 가며 말했지만, 난 무슨 말을 하려는 건지 정확히 깨달았다. 나를 똑바로 바라보는 그의 눈빛은 시선을 피하지 않고 대답을 기다렸다. 나는 눈길을 돌리고 싶었지만, 그럴 수가 없었다.

"종종 그렇죠."

이렇게 말해 버리자 아차 싶었다. 난 목을 가다듬고 다시 설명했다.

"아니, 아니에요. 보통은요, 그렇지 않아요. 왜 그런지는 나도 모르겠지만, 보통은 안 그래요. 당신과의 관계는…… 달라요."

불안했던 점을 내가 아니라고 확인해 주었다는 듯, 제이미는 살짝 긴장을 풀었다.

"네, 나도 아마 아닐 거라고 생각했어요. 여자랑 자 본 적은 없지만…… 음, 손으로 만져 본 적은 몇 번 있거든요."

그는 수줍게 웃더니, 고개를 저었다.

"그때는 지금과 달랐어요. 그러니까, 전에도 여자와 포옹해 본 적은 있었어요. 키스도 했죠. 그리고…… 아니."

여기서 제이미는 '그리고'라는 말을 취소하듯 한 손을 저으며 말을 이어 갔다.

"그땐 정말 기분이 좋았어요. 가슴이 막 뛰고 숨이 가빠졌죠. 하지만 그뿐이었어요. 하지만 당신을 품에 안고 입을 맞출 때는 너무나 달라요."

저 눈빛은 마치 호수 같고, 하늘 같아. 그처럼 헤아릴 수 없을 만큼 깊고 푸르기만 해.

제이미는 손을 뻗어 나의 아랫입술에 대었지만, 손끝은 간신히 입가를 스칠 뿐이었다.

"처음에는 비슷한 것 같지만, 잠시 있으면 갑자기 내 품에서 불꽃이 펄럭이며 이는 것 같아요."

그의 나직한 목소리가 들려왔다. 점점 힘이 들어가는 손길은 나의 입술 선을 어루만지다 턱선을 쓰다듬었다.

"그래서 온몸을 던져 다 불타 버리고 싶기만 해요."

그의 손길이 내 살갗을 태웠노라고, 내 혈관에 불길을 일게 했노라고 말해 보면 어떨까. 하지만 말하지 않아도 난 이미 낙인을 찍은 것처럼 새빨갛게 불타오르고 있었다. 그래서 눈을 감고 그의 손길을 느꼈다. 뺨에서 관자놀이로, 귓가에서 목덜미로 이어지는 제이미의 손길. 그 손길이 내 허리를 확 잡아채어 날 끌고 가자 온몸에 전율이 일었다.

———

제이미는 마음에 정해 둔 목적지가 확실히 있는 것 같았다. 마침내 그는 6미터쯤 되는 커다란 바위 아래에 멈춰 섰다. 바위 표면으로 울퉁불퉁 튀어나온 부분과 들쭉날쭉 갈라진 틈이 보였다. 바위틈에 뿌리를 내린 쑥국화와 들장미는 돌 사이로 위태롭게 노란 꽃잎을 흩날렸다. 그는 내 손을 잡고 앞에 놓인 바위 표면에 턱짓을 했다.

"저기 난 계단이 보이나요, 새서나흐? 저기 올라갈 수 있겠어요?"

바위 표면을 자세히 보니 정말로 희미하게 돈보이는 돌출부가 비스듬히 올라가고 있었다. 어떤 부분은 진짜로 계단처럼 보였지만, 어떤 부분은 그저 간신히 발을 올릴 만한 이끼 낀 디딤돌에 불과했다. 이게 자연스럽게 형성된 것인지, 아니면 사람이 약간 손을 대어 만든 것인지는 모르겠지만, 저 계단을 누구나 오를 수 있을 것 같지는 않았다. 게다가 지금 나는 치렁치렁한 치마와 꽉 끼는 보디스 차림이었다.

계단을 오르는 동안 발이 좀 미끄러지기도 하고 무섭기도 했다. 가끔은 제이미가 뒤에서 밀어 주는 손길에 힘입어 나는 바위 꼭대기까지 올라갔다. 그 위에 멈추어 내려다본 풍경은 그야말로 장관이었다. 어두운 산은 상당 부분 동쪽으로 솟아 있었고, 저 아래 남쪽은 완만한 구릉을 이루다가 드넓은 황무지에 닿았다. 바위 꼭대기 둘레는 사방이 안쪽으로 살짝 움푹한 것이 접시 형태 같았다. 그런데 이 접시 모양 꼭대기 한가운데에는 검게 그을린 둥근 원형의 흔적이 있었다. 까맣게 탄 나무들의 흔적을 보니, 우리가 여기 처음 올라온 사람은 아니었다.

"이곳을 알고 있었나요?"

제이미는 살짝 떨어져서 나를 바라보며 내가 넋을 잃고 감탄하는 모습을 흡족하게 바라보고 있었다. 내 말에 그는 어깨를 으쓱였다.

"아, 네. 하일랜드의 여기 지역은 대개 잘 알아요. 자, 이리 와요. 여기 앉을 자리가 있어요. 여기선 언덕을 오가는 길이 다 보여요."

이곳에서는 여관도 보였다. 멀리 떨어진 건물은 인형의 집이나 아이들이 장난감 블록으로 지은 집 크기로 보였다. 길가의 나무 아래로 말들이 옹기종기 모여 매여 있는 모습이 마치 갈색과 검은색의 덩어리 같았다.

이 바위 위에는 나무가 하나도 없어서 내리쬐는 햇빛에 등이 따가웠다. 우리는 바위 가장자리에 다리를 늘어뜨린 채로 나란히 앉아, 제이미가 사려 깊게도 여관 마당에 있는 우물에서 건져다 가져온 맥주병 하나를 다정히 나누어 마셨다.

비록 나무는 없었지만, 위태로운 바위틈이나마 발 디딜 곳을 찾아 얼마 안 되는 흙에 뿌리를 내린 작은 식물들은 여기저기 싹을 틔우고 따갑게 내리쬐는 햇살에 용감하게 고개를 들며 자라났다. 손이 닿을 만한 곳에 솟은 돌부리 가장자리 뒤로 작은 데이지꽃 다발이 숨어 있어서, 나는 그 꽃 한 송이를 꺾으려고 손을 뻗었다.

순간, 희미하게 슝 소리가 들리더니 데이지꽃이 줄기에서 잘리며 내 무릎 위에 떨어졌다. 나는 멍하니 그 광경을 바라보았고, 머릿속으로는 이게 대체 무슨 일인지 갈피를 잡지 못했다. 하지만 제이미는 나보다 훨씬 이해력이 빨랐기에, 돌바닥에 납작 엎드렸다.

"숙여요!"

제이미의 커다란 손이 내 팔꿈치를 잡고 곁으로 휙 잡아당겼다. 푹신푹신한 이끼 위에 확 엎어진 순간, 내 얼굴 바로 위쪽에 화살이 보였다. 튀어나온 돌의 틈새에 꽂힌 화살대는 아직도 파르르 떨리고 있었다.

난 꼼짝도 하지 못했다. 주변을 둘러보기조차 너무 무서워서 계속 바닥에 엎드려 있고만 싶었다. 제이미 역시 내 옆에서 가만히 엎드렸다. 어찌나 미동이 없던지 돌이 된 게 아닐까 싶을 정도였다. 새들과 벌레들도 노래를 그치고, 공기마저 숨죽이며 기다리는 것만 같았다.

그런데 갑자기, 제이미가 웃기 시작했다.

일어나 앉은 제이미는 화살대를 잡고 바위에서 조심스레 화살을 비틀어 빼냈다. 끝부분에 딱따구리의 갈라진 꽁지깃을 달고 깃 아래를 1센티미터 폭의 푸른 실로 칭칭 묶어 장식한 화살이었다.

그는 화살을 내려놓더니 입에 손나팔을 만들어 초록 딱따구리의 울음소리를 기가 막히게 똑같이 흉내 냈다. 그러자 잠시 후, 저 아래 관목 숲에서 화답하는 울음소리가 들렸다. 제이미의 얼굴에 커다랗게 미소가 번졌다.

"당신 친구인가요?"

그는 고개를 끄덕이면서 바위를 마주 보고 난 좁은 오솔길을 유심히 바라보았다.

"휴 먼로예요. 다른 사람이 휴의 화살을 따라 만든 게 아니라면 휴가 맞을 거예요."

잠시 기다렸지만, 저 아래 길에서는 아무도 나타나지 않았다.

"아아."

제이미는 조용히 말하더니 뒤를 돌았다. 때마침 바위 뒤에서 천천히 머리 하나가 솟아올라 우리와 마주쳤다.

불쑥 나타난 머리는 핼러윈의 호박 등을 닮은 미소를 지었다. 깜짝 놀란 우리를 보자 그 머리는 듬성듬성 빠진 치아를 드러내며 활짝 웃었다. 머리도 얼핏 보면 호박 모양일 뿐 아니라, 주홍빛을 띤 갈색 가죽 같은 피부와 머리 윗부분이 왕관처럼 둥글게 빠진 생김새 역시 아무리 봐도 호박 등과 닮았다. 하지만 정말 호박 등이라면, 지금 보는 것처럼 풍성하게 자란 턱수염이나 새파랗게 빛나는 푸른 눈이 있지는 않겠지. 이윽고 더러운 손톱이 달린 뭉툭한 손이 수염 아래 바위를 턱 짚더니 머리 아래 몸이 잽싸게 위로 올라왔다.

몸집 역시 머리와 어울리는 생김새라서, 아무리 봐도 핼러윈에 출몰하는 고블린 같아 보였다. 어깨는 아주 넓었지만 구부정하고 비스듬했고, 한쪽 어깨가 다른 쪽보다 불쑥 솟아 있었다. 다리 역시 한쪽이 다른 쪽보다 짧아 보였다. 그는 다리를 절며 깡충깡충 뛰었다.

먼로가 정말로 제이미의 친구일까. 하지만 이 남자는 온갖 누더기를 여러 겹 걸치고 있었다. 겹겹이 입은 형체 없는 옷의 터진 틈으로 삐죽 나온 천을 보니, 여자의 헐렁한 치마도 껴입은 듯했다. 나무 열매로 염색했다가 물이 빠진 듯한 천의 색을 보면 알 수 있었다.

그는 허리띠에 스포란도 차고 있지 않았다. 게다가 허리띠라고 맨 건 아무리 봐도 해진 밧줄이었고, 달려 있는 건 머리를 아래로 떨군 동물의 복슬복슬한 사체였다. 그런데 놀랍게도 가슴에 걸친 가죽 돈지갑은 매우 두툼한 데다, 다른 옷차림에 비하면 아주 질이 좋았다. 게다가 천주교 메달이며 군복의 단추로 보이는 장식품, 실로 꿰어 놓은 닳은 동전을 비롯하여 칙칙한 회색 표면 위로 수수께끼 같은 무늬가 각인된 직사각형 금속 조각 서너 개까지, 온갖 자잘한 장식품이 지갑을 맨 끈에 줄지어 달려 있었다.

기묘하게 생긴 남자가 바위의 돌출부 위로 날렵하게 뛰어오르자, 제이미도 일어섰다. 두 남자는 다정하게 얼싸안고 서로의 등을 쳐 댔다. 남자끼리 하는 이상한 인사 방식이었다.

"어디 보자, 우리 먼로 씨 집안은 잘 지내시는지?"

제이미는 멀찌감치 뒤로 물러서서 옛 친구를 바라보며 물었다.

먼로는 고개를 갸우뚱하더니 꾸르륵꾸르륵 묘한 소리를 내며 썩 웃었다. 그리고 눈썹을 치켜뜨며 내 쪽으로 고갯짓을 하더니, 뭉툭한 손을 들어 신기하게 우아한 손짓으로 질문했다.

"내 아내야. 결혼한 지 이틀밖에 안 됐어."

제이미는 살짝 얼굴을 붉히며 말했다. 결혼 소식을 알리게 되어 수줍기도 하고 자랑스럽기도 한 표정이었다.

소식을 들은 먼로는 더 크게 미소를 짓더니, 머리와 심장, 입술을 빠르게 만지다가 내 발밑에서 거의 가로로 눕다시피 몸을 숙이는 동작을 섞어 상당히 복잡하고 우아하게 절을 했다. 이런 놀라운 기교를 부린 후, 그는 곡예사처럼 우아하게 벌떡 일어서더니 다시 제이미를 탁 쳤다. 이번에 때린 건 축하한다는 뜻이 분명했다.

이어서 먼로는 발레를 하듯 상당히 비범한 손짓을 지으며 자기를 가리키다가 숲을 가리키고, 나를 가리키고, 다시 자기를 가리켰다. 손을 획획 움직이는 모양이 어찌나 빠른지 내 눈으로는 속도를 따라갈 수가 없었다. 전에도 수어를 본 적은 있었지만, 이토록 빠르고 우아한 손짓은 본 적이 없었다.

"그래서 그랬군?"

제이미가 소리쳤다. 이번에는 그가 상대에게 축하할 차례였다. 남자들이 웬만한 주먹질은 아프지 않는 것도 당연하구나. 서로를 항상 때려 대는 습관이 있으니 말이다.

제이미는 고개를 돌리고 내게 통역을 해 주었다.

"먼로도 결혼했대요. 여섯 달 됐다네요. 어떤 과부랑, 아아, 그래, 제대로 말할게. 뚱뚱한 과부랑 결혼했대요. 애가 여섯 딸린 과부랑 저 아래 두블레언이란 마을에서 산대요."

그는 먼로의 힘찬 몸짓을 바라보며 자세히 설명해 주었다. 나는 공손히 대답했다.

"정말 축하드려요. 보니까 식구들을 잘 먹여 살리시겠어요."

나는 그의 허리띠에 매달린 토끼를 가리켰다. 그러자 먼로는 즉시 죽은 토끼 하나를 풀어 내게 건네주었다. 사람 좋은 미소를 한껏 지으며 내미는 모습에 나는 어쩔 수 없이 미소를 지으며 토끼를 받고 말았다. 하지만 속으로는 제발 여기에 벼룩이 없기만을 빌었다.

"결혼 선물이래요. 정말 고마워, 먼로. 그럼 우리도 선물을 줘야지."

이렇게 말하며 제이미는 이끼 낀 바닥에 두었던 맥주병 하나를 꺼내 그에게 내밀었다.

서로 이렇게 정중하게 선물을 주고받은 다음, 우리는 모두 바닥에 앉아 세 병째 맥주를 나누어 마셨다. 먼로가 말을 하지 못하는데도, 제이미는 전혀 문제없이 온갖 소식과 소문을 나누며 대화를 주고받았다.

나는 대화에 거의 끼지 못했다. 제이미가 나를 소외시키지 않으려 최선을 다해 통역과 설명을 했지만, 솔직히 먼로의 수어를 알아들을 수가 없었기 때문이다.

그러다 제이미는 먼로의 가죽끈을 장식한 네모난 납 조각 하나를 엄지로 쿡 찌르며 물었다.

"공식적으로 받은 거야? 아니면 나중에 사냥감이 부족할 때를 대비해서 챙겨 둔 거야?"

먼로는 고개를 까닥거리다가 이내 장난감 상자에서 튀어나온 인형 머리처럼 격렬하게 고개를 끄덕였다. 나는 궁금해져서 물었다.

"그게 뭔가요?"

"개벌런지예요."

"아, 그렇군요. 당신들은 잘 아는지 모르겠지만, 나는 아니거든요?"

"개벌런지는 구걸 허가증이에요, 새서나흐. 이 허가증은 특정 교구 안에서만 유효하고, 구걸이 가능한 날은 일주일에 하루뿐이죠. 각 교구마다 구걸 허가증을 다 따로 내주기 때문에, 한 교구의 거지들은 다른 교구에서 구걸할 수 없어요."

"그래도 나름 융통성 있는 제도인 것 같은데요. 이분은 허가증이 많잖아요."

나는 먼로가 가진 네 개의 납 인장을 바라보며 말했다.

"아, 먼로는 특별한 경우예요. 배를 탔다가 터키군에게 포로로 잡힌 적이 있거든요. 그래서 갤리선에서 몇 년간 노를 저었어요. 그 후에는 알제리에서 노예로 살기도 했죠. 그때 혀를 잃었어요."

"혀를…… 잘린 건가요?"

나는 머리가 아찔해졌다. 제이미는 그 생각에 별로 동요하지 않는 듯했다. 아마 먼로를 오랫동안 알고 있어서 그렇겠지.

"아, 네. 그리고 놈들이 다리도 부러뜨렸죠. 등도 그놈들이 그랬지? 그건 아니라고?"

먼로가 계속 수어로 설명하자 제이미는 내용을 정정했다.

"등은 사고로 다쳤대요. 알렉산드리아에서 벽을 뛰어넘다가 그랬다네요. 하지만 발은 터키 놈들의 소행이죠."

나는 그다지 알고 싶지 않았지만, 먼로와 제이미 모두 그 사실을 내게 알려 주고 싶어 안달인 것 같았다. 나는 그만 물러서고 말았다.

"그렇군요. 발이 어떻게 됐는데요?"

그러자 먼로는 자부심 비슷한 기색을 드러내며 낡아 빠진 나막신과 양말을 벗고서 넓적하고 갈라진 발을 보여 주었다. 발의 피부는 두껍고 거칠었으며, 새빨간 부위와 반질반질 하얀 부위가 번갈아 나타났다. 제이미가 옆에서 설명했다.

"끓는 기름에 담갔어요. 놈들이 포로로 잡은 기독교인을 이슬람교로 개종시킬 때 쓰는 방법이죠."

"아주 효과적인 설득 방법인 것 같네요. 그래서 이분은 여러 교구에서 구걸 허가를 받았군요? 기독교 세계를 위해 시련당한 걸 보상해 주기 위해서?"

"네. 맞아요."

제이미는 내가 빠르게 내용을 파악해서 기쁜 모양이었다. 먼로는 다시금 깊숙이 절하며 감탄을 표시하더니, 이어서 무례해 보일 만큼 노골적인 손놀림을 해 댔다. 가만히 따져 보자 나의 신체적 특징을 칭찬하는 의미 같았다.

"고마워. 아, 그래. 내가 장가는 참 잘 갔지."

제이미는 내가 눈썹을 치켜뜬 걸 보고는 눈치껏 먼로의 상체를 돌려 마구 휘저어 대는 손 모양을 가렸다.

"자, 이제 마을에 무슨 일이 있는지 말해 봐."

473

두 남자는 붙어 앉아서 내게는 한 사람 말밖에 들리지 않는 대화를 이어 갔다. 대화는 점점 격해졌다. 제이미는 주로 투덜대거나 흥미를 표현하는 추임새 정도밖에 소리를 내지 않아서 나는 대화 내용을 거의 알 수 없었다. 그래서 우리가 앉은 바위 위에 돋아난 신기한 식물을 열심히 조사했다.

좁쌀풀과 꽃박하를 주머니 가득 모았을 때, 드디어 둘은 이야기를 마치고 휴 먼로가 떠나려고 일어섰다. 먼로는 내게 마지막으로 절하고 제이미의 등을 턱 친 다음, 바위 가장자리로 다리를 질질 끌고 가더니 마치 그가 잡은 토끼가 구멍 속으로 쏙 숨듯 바위 너머로 재빨리 사라졌다.

"정말 신기한 친구를 두었군요."

"아, 그렇죠. 휴는 좋은 사람이에요. 작년에 휴와 다른 친구들 여럿이서 같이 사냥을 했어요. 이제 휴는 공식적인 거지가 되었기 때문에 혼자 다니지만, 일 때문에 계속 교구 안을 돌아다녀야 하죠. 그래서 아르다와 체스트힐 내부에서 벌어지는 일은 대부분 알게 돼요."

"그렇다면 호록스의 행방도 알겠군요?"

내 추측에 제이미는 고개를 끄덕였다.

"맞아요. 그리고 호록스에게 말을 전해 달라고 부탁했어요. 만날 장소를 바꾸자고요."

"그렇다면 두걸을 깔끔하게 속일 수 있겠군요. 호록스를 핑계로 두걸이 당신을 붙잡아 둘 생각이라면 말이죠."

제이미는 고개를 끄덕였다. 그의 한쪽 입가가 슬며시 올라갔다.

"네. 말하자면 그런 거죠."

———

우리는 어제와 비슷하게 저녁 먹을 무렵 여관에 도착했다. 그런데 오늘은 두걸의 커다란 검은 말과 다른 말 다섯 필이 여관 마당에 서서 건초를 만족스럽게 우적우적 씹고 있었다.

두걸은 여관 안에서 텁텁한 목을 시큼한 맥주로 축이고 있었다. 그는 날 보고 고개를 끄덕이고는 조카에게 인사하려고 몸을 돌렸다. 그런데 인사를 말로 하는 대신, 고개를 갸우뚱 기울인 채 궁금한 눈빛으로 제이미를 바라보기만 했다.

잠시 후, 마침내 두걸은 어려운 문제를 푼 사람처럼 만족스러운 목소리로 입을 열었다.

"아하, 그렇군. 녀석아, 네가 뭘 그리 내 눈치를 보는지 알겠다."

그는 이제 나를 바라보더니, 은근한 목소리로 말했다.

"발정기가 끝날 무렵의 붉은 수사슴을 본 적이 있소? 불쌍한 수컷들은 몇 주 동안 잠도 못 자고 먹지도 못하지. 다른 수사슴과 싸우면서 암사슴에게 봉사하느라 그럴 시간이 없거든. 그래서 짝짓기가 끝나 갈 무렵이면 피골이 상접하지. 눈은 퀭해져서 움푹 들어갔는데, 유일하게 팔팔한 부분이 어디냐 하면……."

왁자하게 웃음이 터져서 두걸의 말은 끝까지 들리지 않았다. 제이미는 나를 계단 위로 이끌었다. 우리는 저녁을 먹으러 내려가지 않았다.

———

한참 후, 잠에 빠져들 무렵이었다. 제이미의 팔이 내 허리를 감싸더니, 숨결이 목덜미에 와닿는 느낌이 들었다.

"이 마음에 과연 끝이 있을까요? 이토록 당신을 원하는 마음에?"

그의 손이 내 가슴을 부드럽게 감쌌다.

"당신에게서 방금 떨어졌는데도, 당신을 너무 원해서 가슴이 죄어들어요. 당신을 다시 만지고 싶어서 손가락이 저릿해요."

제이미는 어둠 속에서 내 얼굴을 쥐고는 엄지로 호를 그려 가며 눈썹을 쓰다듬었다.

"나의 두 손으로 당신을 만질 때, 당신이 이렇게 떨면서 내가 안아 주기를 기다릴 때…… 아, 주여, 당신이 내 아래에서 비명을 지르며 온몸을 열어 줄 때까지 당신을 만족시켜 주고 싶어요. 그리고 당신을 통해 나도 쾌락을 얻을 때는, 내 성기를 통해 당신에게 영혼을 주는 것 같은 느낌이에요."

그는 내 위로 올라탔고, 나는 다리를 벌렸다. 하지만 그가 내 안으로 들어올 때 살짝 얼굴을 찡그리자, 그는 부드럽게 웃었다.

"응, 나도 조금 쓰라려요. 그럼 그만둘까요?"

나는 대답 대신 그의 엉덩이에 다리를 감아 끌어당기며 물었다.

"그만두고 싶어요?"

"아뇨. 못 그만두죠."

우리는 같이 웃고 나서 천천히 몸을 흔들며, 어둠 속에서 입술과 손가락으로 서로를 더듬었다.

"왜 성당에서 이걸 성사聖事라고 하는지 알 것 같아요."

제이미가 꿈결 같은 소리로 말했다. 나는 깜짝 놀랐다.

"이걸요? 왜요?"

"적어도 왜 거룩하다는 말을 쓰는지는 알겠어요. 당신 안에 있으면 내가 하느님이 된 기분이거든요."

그 말에 나는 너무 심하게 웃어서 그만 삽입이 빠질 뻔했다. 그는 동작을 멈추고 내 어깨를 꾹 잡아 진정시켰다.

"뭐가 그리 웃겨요?"

"하느님이 이런 행동을 한다니 상상이 되지 않아서요."

제이미는 다시 하던 동작을 계속하며 말했다.

"음, 하느님이 자신의 형상대로 남자를 만드셨다면, 그분도 분명히 성기가 있지 않을까요."

이렇게 말하자 그도 역시 웃는 바람에 또 하던 일을 멈추고 웃기 시작했다.

"하지만 당신을 보면 그다지 성모님이 떠오르지는 않네요, 새서나흐."

우리는 서로를 품에 안고 부들부들 떨면서 웃다가, 결국 몸을 빼고 떨어졌다.

이윽고 정신을 차린 제이미는 내 엉덩이를 탁 쳤다.

"무릎을 꿇어 봐요, 새서나흐."

"왜요?"

"당신 때문에 내가 하느님 같은 성스러운 존재가 못 되잖아요. 그러니 당신은 나의 천한 성품을 견디며 사는 수밖에 없죠. 난 이제부터 짐승이 되려고요."

그는 내 목을 깨물며 덧붙였다.

"말이 되어 줄까요? 아니면 곰? 개?"

"고슴도치가 돼 봐요."

"고슴도치요? 고슴도치가 어떻게 사랑을 나누는데요?"

아니, 대답하지 말자. 안 할 거야. 해서는 안 된다고.

"어…… 가시가 있으니까 **아주 조심스럽게 하겠죠.**"

이렇게 대답해 버리고서 난 그저 키득키득 웃었다. 이런 걸 농담이라고 말하다니, 제이미는 나의 유머 감각이 정말 고리타분하다고 여기겠지. 나도 그렇게 생각하니까.

제이미는 몸을 둥글게 말고 흐느끼며 웃었다. 그러다 마침내 몸을 굴려 일어나 무릎을 꿇고 탁자 위에 놓인 부싯돌 상자를 더듬어 찾았다. 이윽고 불붙은 초 주위로 빛이 둥글게 퍼지자, 제이미의 모습은 마치 붉은 호박석처럼 빛났다.

그는 침대 발치에 털썩 주저앉더니 나를 보고 빙긋 웃었다. 나는 여전히 깔깔대며 베개 위에서 몸을 떨고 있었다. 이윽고 그는 손바닥으로 얼굴을 비비더니 짐짓 엄숙한 표정을 지었다.

"자, 부인. 이제는 내가 남편의 권위를 발휘할 때가 왔습니다."

"아, 그래요?"

"네."

제이미는 덥석 달려들어 내 허벅지를 잡고 벌렸다. 나는 새된 비명을 지르며 몸을 위로 빼려 했다.

"안 돼요! 이러지 말아요!"

"왜 안 돼요?"

그는 내 다리를 한껏 벌린 채로 눈을 가늘게 뜨고 날 바라보았다. 내 허벅지를 단단히 붙잡은 손 때문에 다리를 모으려고 발버둥 쳐도 소용이 없었다.

"말해 봐요, 새서나흐. 왜 못 하게 하는데요?"

제이미는 한쪽 허벅지 안에 뺨을 비벼 댔다. 돋아난 지 얼마 안 된 까칠한 턱수염이 연한 살을 마구 긁어 댔다.

"솔직하게 말해 봐요. 왜 안 되는데?"

그는 이제 다른 쪽 허벅지에 수염을 비볐다. 제아무리 몸을 빼려 마구 발길질하고 버둥거려 봤자 소용이 없었다.

나는 베개에 얼굴을 묻었다. 새빨개진 볼에 천의 시원한 감촉이 느껴졌다.

"그걸 꼭 알아야겠나요. 나는, 그러니까, 걱정이 돼서 그래요. 그, 냄새가 나니까……."

중얼대던 목소리가 결국 기어 들어갔고, 민망한 침묵이 흘렀다. 갑자기 다리 사이에서 제이미가 몸을 일으켰다. 그는 두 팔로 내 하반신을 안고 허벅지에 뺨을 대더니 웃기 시작했다. 어찌나 웃었던지 결국 두 뺨에 눈물이 흘러내렸다.

한참을 웃던 그는 웃음기를 떨구며 말했다.

"맙소사, 새서나흐. 혹시 알아요? 새 말과 친해지려면 제일 먼저 하는 게 뭔지?"

"아뇨. 몰라요."

나는 심하게 당황한 채로 대답했다. 그는 한쪽 팔을 들고서 연한 계피빛 겨드랑이 털을 드러냈다.

"겨드랑이를 말의 코에 몇 번 문지르는 거예요. 말에게 나의 체취를 맡게 해서 내 존재를 익숙하게 하는 거죠. 그러면 나를 경계하지 않게 되거든요."

제이미는 팔꿈치로 상반신을 괴고는 나의 배와 가슴 선을 빤히 바라보았다.

"그러니까 당신도 나한테 그렇게 해 줘야 하는 거예요, 새서나흐. 먼저 내 얼굴을 당신 다리 사이에 문지르게 해 줘요. 그래야 내가 당신을 보고도 깜짝 놀라지 않겠죠?"

"놀라긴 뭘 놀라요!"

제이미는 고개를 숙이더니 일부러 내 다리 사이에 얼굴을 위아래로 문질렀다. 마치 냄새를 맡는 말처럼 코웃음을 치며 바람을 마구 불어 대기도 했다. 나는 몸부림치며 그의 갈비뼈를 발로 찼지만, 돌벽을 차는 것마냥 내 발만 아팠다. 결국 그는 내 허벅지를 다시 침대에 누르고 고개를 들더니, 거절을 용납하지 않겠다는 목소리로 말했다.

"자, 가만히 있어."

온몸을 드러낸 채로 이 남자의 손길에 무력하게 범해지는 느낌이었다. 금방이라도 온몸이 붕괴될 것만 같았다. 살갗 위로 와닿는 제이미의 숨결은 따스함과 서늘함을 번갈아 선사했다.

"제발……."

제발 그만하라는 말이었을까. 아니면 제발 계속해 달라는 말이었을까. 나조차도 알 수 없었지만, 무슨 뜻이든 중요하지 않았다.

그는 그만둘 마음이 없었으니까.

의식은 부서지며 여러 감각으로 파편화되어 갔다. 군데군데 꽃을 수놓은 베갯잇의 거친 느낌. 구운 쇠고기와 맥주의 아스라한 향이 섞여 든 등잔불의 기름 냄새. 유리병 속 시든 꽃에서 흘러나오는 아련한 꽃향기. 왼쪽 발에 느껴지는 나무 벽의 서늘함. 골반을 꽉 잡은 손의 악력. 온갖 감각이 감은 눈꺼풀 속에서 휘몰아치고 뭉쳐서 밝은 태양이 되었다가 팽창과 수축을 반복하더니 마침내 소리 없이 팡 폭발했고, 나는 다시금 따스하고 두근대는 어둠 속에 남겨졌다.

저 멀리 어딘가에서, 제이미가 일어나 앉는 소리가 아스라이 들렸다. 남자의 말소리 군데군데 거친 호흡이 섞였다.

"음, 좀 낫네요. 당신을 제대로 복종하게 하려면 힘이 약간 드네요. 그렇죠?"

무게 중심을 옮기며 침대가 삐걱대는 소리가 났다. 다시금 나의 무릎이 벌어졌다.

"기진맥진한 것 같지만, 사실은 아니죠? 그랬으면 좋겠어요."

더욱 가까이에서 목소리가 들려왔다. 그 순간, 더없이 민감해진 조직이 다시금 시작된 거친 삽입으로 확 갈라지자, 나는 들리지 않는 소리를 지르며 몸을 활처럼 구부리고 말았다.

"오, 하느님."

감탄사처럼 내뱉은 말에, 귓가에서 희미한 웃음소리가 들렸다.

"내가 하느님 같은 기분이 든다고는 했지만, 진짜 하느님이라고 하진 않았는데."

제이미가 중얼거렸다.

얼마나 시간이 지났을까. 떠오르는 햇빛이 등불보다 밝아지기 시작할 무렵, 제이미가 중얼거리는 소리에 서서히 잠에서 깨어났다.

"이 욕망에 끝이 있을까요, 클레어? 이 간절함에?"

나는 그의 어깨에 고개를 떨구고 대답했다.

"모르겠어요, 제이미. 정말로 모르겠어요."

18
바위 속의 침입자

"랜들 대위가 뭐라고 하던가요?"

지금 나는 양옆에 제이미와 두걸을 두고 말을 모는 중이었다. 말 세 마리가 나란히 서자 남는 공간이 없을 정도로 길은 좁았다. 그렇지 않아도 조악한 길 위로 무성하게 자란 수풀에 발이 걸리지 않도록, 우리 일행 중 한두 명은 여기저기서 앞으로 박차를 가하거나 뒤로 말을 몰아야 했다.

두걸은 나를 슬쩍 바라보다가, 앞에 나타난 커다란 바위를 피해서 말을 몰기 위해 다시 앞을 보았다. 얼굴 위로 음흉한 미소를 슬그머니 지으며 두걸은 신랄한 말투로 대답했다.

"소식을 듣고 그다지 기뻐하진 않았소. 랜들이 무슨 말을 했는지 정확하게 알려 주는 게 좋을지는 잘 모르겠소. 제아무리 당신이 험한 말에 익숙하다 해도, 한계를 넘어서는 말이었으니까. 프레이저 부인."

두걸이 나의 새로운 이름을 빈정대며 부르는 소리나 은근히 내비치는 모욕을 나는 싹 무시했다. 하지만 나는 제이미가 안장 위에서 몸을 굳히는 것을 보았다.

"음, 그래도요, 혹시 랜들이 무슨 수를 쓰려고 하지 않을까요?"

나는 묻고 말았다. 제이미는 걱정하지 말라고 했지만, 언제든 저 수풀 속에서 빨간 코트를 입은 용기병들이 튀어나와 스코틀랜드 사람들을 학살하고 나를 심문하려고 랜들의 은신처로 끌고 가는 상상이 자꾸만 떠올랐다. 랜들이 나를 어떻게 심문할까 싶어 마음이 불편했다. 심문 방법은 아무리 좋게 표현한다 해도 기상천외하겠지.

두걸은 태연하게 대답했다.

"그런 생각은 하지 마시오. 아무리 당신이 예쁘다 해도, 그저 길 잃은 새서나흐가 아니란 걸 그자도 명심해야 하니까."

두걸은 나에게 눈썹을 치켜뜨며 슬쩍 고개를 숙였다. 나를 칭찬한 건 아까 놀렸던 점을 사과하려는 것 같았다. 그리고 냉정한 어투로 덧붙였다.

"그리고 콜럼의 조카며느리를 납치해서 콜럼의 분노를 살 만큼 분별력이 없지도 않을 거고."

조카며느리라. 날이 따스했는데도 갑자기 등줄기가 오싹해졌다. 매켄지가 수장의 조카며느리. 게다가 내 옆에서 느긋하게 말을 타고 있는 매켄지 씨족 군대 통수권자의 조카며느리이기도 했다. 또 다른 가문을 따져 보자면, 아마도 프레이저 가문의 수장인 영주 러버트는 물론이고 힘 있는 프랑스 수도원장의 친척이기도 하겠지. 내가 모르는 프레이저 가문 사람들도 많을 것이다. 아니, 어쩌면 조녀선 랜들은 나를 뒤쫓을 가치가 없다고 생각할지도 모른다. 결국, 이 우습지도 않은 협정의 핵심이 바로 그것이었다.

나는 이제 앞서 말을 타고 있는 제이미를 슬쩍 바라보았다. 그의 등은 오리나무 묘목처럼 곧게 뻗었고, 머리카락은 광택 도는 금속 헬멧처럼 햇빛에 반짝 빛났다.

두걸은 내 눈길이 향하는 쪽을 바라보았다.

"저만하면 그럭저럭 나쁘지 않잖소?"

그는 빈정대듯 이맛살을 찌푸리며 말을 던졌다.

———

이틀 밤 후, 우리는 황무지 한 자락에 멈추어 야영했다. 그곳은 빙하가 긁고 간 화강암이 묘한 형태로 튀어나온 지형 근처에 있었다. 그날 우리는 안장에 앉아 급하게 식사하며 하루 종일 먼 길을 이동한 참이라, 멈춰 서서 제대로 요리를 해서 저녁을 먹는다는 생각에 다들 기뻐했다. 처음에 나는 요리를 돕겠다고 나섰지만, 무뚝뚝한 씨족 남자들은 다소 공손하게 나의 도움을 거절했다. 요리는 그들의 임무인 것 같았다.

그중 한 사람은 오늘 아침 사냥한 사슴 고기를 내놓았다. 그들은 신선한 고기에 순무와 양파를 비롯하여 찾을 수 있는 재료를 다 넣고 요리해서 근사한 저녁을 지었다. 우리는 배불리 음식을 먹고 아주 만족한 채로 불가에 느긋이 널브러져 이야기와 노래를 들었다. 참 놀랍게도, 좀처럼 입을 여는 법이 없었던 왜소한 머타는 아주 아름답고 낭랑한 테너 음색을 지녔다. 노래하라고 머타를 설득하는 건 어려웠지만, 결국 가치가 있었다.

나는 제이미에게 가까이 다가앉으며 편안히 앉을 곳을 찾아 딱딱한 화강암 바닥에 자리를 잡았다. 우리는 바위 돌출부의 가장자리에 잘 곳을 마련했는데, 그곳은 붉은 화강암이 넓적하게 뻗어 있어서 자연 온돌 역할을 해 주었고, 뒤편으로 우뚝 솟은 바위 덕택에 말을 숨길 수도 있었다. 왜 황무지의 풀밭에서 편안히 자지 않고 이곳을 택한 건지 묻자, 네드 고언은 우리가 매켄지 영역의 남쪽 경계지대에 와 있다고 알려 주었다. 그래서 이곳은 그랜트 씨족과 치점 씨족의 영역과도 가까운 곳이었다. 네드는 커다란 바위에 서서 일몰을 바라보며 말했다.

"두걸이 보냈던 정찰병 말에 따르면, 근처에 아무도 보이지 않는다고는 했소. 하지만 누가 있을지는 아무도 모르는 일이오. 그러니 나중에 후회하는 것보다는 안전하게 지내는 게 제일 아니겠소."

이윽고 머타가 노래를 마치자, 이제는 루퍼트가 이야기를 들려주기 시작했다. 그는 퀼린처럼 우아한 말솜씨가 있지는 않았지만, 요정이나 유령, 악령 등을 비롯하여 하일랜드 지방에 살고 있는 물말* 등의 괴담을 아주 많이 알고 있었다. 내가 아는 바에 따르면, 이런 존재들은 물이 있는 곳에는 어디든 존재했다. 보통 유령들은 깊은 호수 속에 살지만, 이들의 이야기는 포구나 번화한 길목에서 흔히 들을 수 있었다.

루퍼트는 모두가 이야기를 잘 듣고 있는지 눈을 굴려 확인하면서 이야기를 시작했다.

"가브호의 동쪽 끝에는 신비한 장소가 있지. 다른 호수들이 죄다 꽁꽁 얼어도 그곳은 절대로 얼지 않고, 언제나 물이 시커멓지. 왜냐하면 물말의 굴뚝이기 때문이야."

가브호의 물말은 다른 괴물이 흔히 그렇듯, 물을 길으러 온 젊은 여자들을 납치해서 호수 깊은 곳으로 데려가 아내로 삼는다고 한다. 아가씨든 남자든 상관없이 물말을 만나면 화를 당하고 말았다. 호숫가에서 말 모양의 괴물 위에 올라타는 순간, 다시는 내릴 수 없기 때문이다. 물말은 곧바로 물속으로 들어가 물고기로 변해서, 등에서 내려오지도 못하는 불쌍한 사람을 끌고 보금자리로 돌아가 버리고 만다.

루퍼트는 손바닥을 펴서 물살을 헤치는 물고기처럼 꿈틀대며 말했다.

"그런데 말이야, 파도 속으로 들어간 물말은 온통 이빨이 가득한

---

* Waterhorse, 말 모습으로 나타나 사람을 물에 빠뜨려 죽이는 괴물.

물고기로 변하지. 달팽이와 수초 같은 차갑고 축축한 것들을 먹이로 삼는 놈이니까. 물말의 피는 물처럼 차가워서 불을 피울 이유가 전혀 없었어. 하지만 인간 여자의 몸은 그보다는 좀 따뜻하잖나."

이렇게 말하며 루퍼트는 나에게 윙크를 하더니 터무니없게도 눈을 흘겼다. 듣는 이들은 그의 눈짓에 즐거워했다.

"그래서 물말의 아내가 되어 파도 아래 새집에 살게 된 여자는 슬프고 추운 데다 굶주리고 말았지. 저녁으로 달팽이나 물풀을 먹을 수는 없는 노릇이니 말이야. 그래서 물말은 아내를 위해 너그러운 마음씨를 발휘해서, 건축가로 유명한 남자의 집이 있는 호숫가로 올라갔지. 마침 물가로 내려온 건축가는 고운 황금빛 말이 은으로 만든 고삐를 달고 찬란하게 햇빛을 받으며 서 있는 모습을 보았어. 그래서 유혹을 이기지 못하고 고삐를 잡은 다음 말에 올라탔지. 아니나 다를까, 물말은 얼른 건축가를 데리고 물속으로 들어가서 춥고 비릿한 자신의 집으로 데려갔어. 그리고 건축가에게 말했지. 여기서 나가고 싶다면, 좋은 난로와 굴뚝을 지어 달라고 말이야. 그래야 물말의 아내가 손을 녹이고 생선을 튀길 수 있을 테니까."

나는 제이미의 어깨에 머리를 기댄 채 나른하니 졸린 기분이 되었다. 그래서 화강암 위에 담요만 깔아 놓은 잠자리라도 좋으니 어서 자고 싶었다.

그 순간, 제이미의 몸이 바짝 긴장했다. 그는 내 목에 한 손을 얹고서 가만히 있으라고 경고했다. 나는 캠프 주변을 둘러보았다. 이상한 점은 아무것도 보이지 않았지만, 마치 무선으로 사람들 사이에 퍼져 가는 듯 공기 중에 감도는 긴장감이 느껴졌다.

다시금 루퍼트를 바라보자, 그는 두걸과 눈을 마주치고는 미친 듯이 고개를 끄덕이고 있었다. 하지만 입으로는 차분히 이야기를 이어 갔다.

"건축가는 별수 없이 시키는 대로 했지. 난로와 굴뚝이 완성되자, 물말은 약속대로 그를 집 근처 호숫가로 돌려보내 줬어. 그래서 물말의 아내는 기분 좋게 몸을 덥힐 수가 있었지. 저녁으로 튀긴 생선도 잔뜩 먹을 수 있게 되었고. 그 후로 가브호의 동쪽 끝은 절대로 얼지 않아. 물말의 굴뚝에서 나오는 열기에 얼음이 녹기 때문이지."

루퍼트는 오른편을 내게로 향한 채 바위 위에 앉아 있었다. 그는 계속 이야기를 하면서 허리를 굽혀 다리를 긁는 척했다. 하지만 아주 매끄러운 움직임으로 발 근처에 놓아둔 칼을 잡아 무릎에 올린 다음 킬트 주름 사이로 숨겼다.

나는 애정 행각을 벌이려는 듯 제이미에게 가까이 몸을 옮겨 그의 머리를 슬며시 내린 다음 귓가에 속삭였다.

"무슨 일이에요?"

그는 치아로 내 귓불을 잡고서 속삭였다.

"말들이 불안해하고 있어요. 누가 근처에 왔다는 뜻이죠."

일행 중 하나가 일어서서 볼일을 보려고 바위 끝으로 다가갔다. 그리고 일을 마친 다음에는 처음 앉았던 자리가 아닌 소 떼 근처에 앉았다. 다음으로 또 다른 남자가 일어서서 솥을 들여다보더니 사슴 고기를 한 점 먹었다. 루퍼트가 계속 이야기하는 동안에도, 야영지에 있는 사람들은 조금씩 자세를 바꾸고 움직였다.

나는 제이미의 품에 꼭 안겨 상황을 주의 깊게 지켜보다 깨달았다. 이 사람들은 모두 무기가 놓인 곳으로 가까이 다가가고 있구나. 다들 단검을 품고 자기는 했지만, 보통 검과 권총, 타지라고 부르는 둥근 가죽 방패는 야영지 끝에 단정하게 한 무더기로 쌓아 두기 때문이다. 제이미의 권총 두 자루도 얼마 떨어지지 않은 곳에 검과 함께 놓여 있었다.

물결무늬가 새겨진 칼날 위로 불빛이 어른거렸다. 제이미의 권총은 다른 남자들도 흔히 차는 것으로, 평범하게 뿔 손잡이가 달린

'대그*'일 뿐이었지만, 브로드소드**와 클레이모어***는 둘 다 특별했다. 제이미는 우리가 언젠가 들렀던 곳에서 자랑스레 검을 보여 주면서, 반짝이는 검날을 애정 어린 손길로 돌렸었다.

클레이모어는 그의 담요로 싸여 있었다. T자 모양의 거대한 칼자루의 손잡이 부분은 전투를 대비해 조심스럽게 사포질해서 거칠거칠하게 만들었다. 나는 이 칼을 들었다가 떨어뜨릴 뻔한 적이 있었다. 제이미의 말에 따르면 무게는 7킬로그램이 넘는다고 했다.

클레이모어가 우울하고 치명적인 외양을 지닌 무기인 반면에, 브로드소드는 아름다운 검이었다. 무게는 클레이모어의 3분의 2밖에 되지 않지만 그 검 역시 살상용 무기로, 푸른 강철 날을 따라 새겨진 이슬람 문양이 나선형 칼자루 부분까지 구불구불 올라가며 반짝였다. 전에 제이미가 장난스레 연습하는 모습도 본 적 있었다. 처음에는 오른손에 검을 잡고 오른손잡이 병사와 대결했고, 다음으로는 왼손에 검을 잡고 두결과 대결했다. 어느 손에 검을 잡았든 제이미의 모습은 찬란하게 아름다웠다. 민첩하고 확실한 움직임은 물론이고 거구인 몸집으로도 우아한 자세를 보여 주어 더욱 인상적이었다. 하지만 지금, 그 검술을 실전에 진지하게 쓴다고 생각하니 입이 바짝 말랐다.

제이미는 내게 고개를 숙이고 턱 밑에 부드럽게 입을 맞춘 다음 나를 살짝 돌려서 마구잡이로 쌓인 듯한 바위를 마주 보게 했다. 그리고 내게 계속 키스하며 속삭였다.

"곧 전투가 일어날 것 같아요. 저 바위 사이에 작은 구멍이 보이죠?"

그의 말대로, 커다란 석판 두 개가 무너진 듯한 자리에 1미터도

---

* 구식 피스톨을 뜻한다.
** 날이 넓적한 직선형 양날검.
*** 양손으로 사용하는 대검.

안 되는 구멍이 보였다. 제이미는 내 얼굴을 꼭 쥐고는 사랑스레 자기 얼굴을 문대었다.

"내가 가라고 하면 저 구멍으로 들어가 있어요. 단검은 갖고 있죠?"

여관에서 제이미가 내게 단검을 던졌던 그때, 나는 단검을 쓸 줄도 모르고 쓰고 싶지도 않다고 우겼지만 그는 계속 단검을 갖고 있으라고 우겼다. 어찌나 고집을 부려 대던지, 두걸의 말마따나 제이미는 아주 완고했다.

그리하여 내 드레스 주머니 깊숙한 곳에 단검을 넣고 다녔다. 하루 정도는 허벅지에 묵직하게 느껴지는 칼이 불편했지만, 그 후에는 있는 줄도 모른 채로 지냈다. 그는 장난스레 내 다리를 쓸어 올리며 단검이 잘 있는지 확인했다.

그 순간, 마치 바람결에 냄새를 맡은 고양이처럼 그는 고개를 벌떡 들었다. 나도 고개를 들자, 제이미가 머타를 바라본 다음 나를 내려다보고 있었다. 머타는 겉으로 아무런 내색을 하지 않았지만 일어서서 몸을 쭉 폈다. 그리고 다시 앉았을 때는 내 쪽으로 몇 미터 가까이 다가와 있었다.

우리 뒤에 있던 말 한 마리가 신경질적으로 울어 대던 순간, 그게 신호라는 듯 적들이 바위 너머에서 비명을 지르며 다가왔다. 나는 잉글랜드 군인이 아닐까 무서웠지만, 그건 아니었다. 그렇다고 산적인 것도 아니었다. 그들은 밴시*처럼 비명을 지르는 하일랜더들이었다. 그랜트 씨족 아니면 캠벨 씨족일 것이다.

나는 무릎을 굽히고 기어서 바위로 다가갔다. 머리를 부딪치고 무릎이 긁혔지만 간신히 작은 구멍으로 들어갈 수 있었다. 심장이 두근두근 뛰는 가운데 손으로 주머니를 더듬어 단검을 찾다가 그만

---

* 아일랜드 전설에 등장하는 유령으로, 슬프게 비명을 지르며 죽음을 예고한다.

스스로를 찌를 뻔했다.

이 기다랗고 무시무시한 칼을 대체 어떻게 써야 할까. 그래도 칼을 갖고 있다는 사실만으로도 살짝 안심이 되긴 했다. 칼자루에 박힌 자그마한 월장석이 손바닥에 볼록하게 맞닿는 느낌이 어쩐지 든든했다. 어두워서 잘 보이지는 않아도, 칼을 제대로 잡고 있다는 뜻이었으니까.

싸움은 너무 혼란스럽게 벌어져서 처음에는 상황이 어떻게 흘러가는지 전혀 알 수 없었다. 작은 공터 가득 사람들이 마구 소리치며 이리저리 들썩대거나 바닥에 구르지 않으면 이쪽저쪽 도망치기 바빴다. 다행히도 내가 숨은 곳은 싸움판에서 비껴난 곳인지라, 당분간은 위험할 일이 없었다. 주위를 슬쩍 둘러보자 가까이에 누군가가 작게 웅크리고 앉은 형체가 보였다. 순간 단검을 꽉 움켜쥐었지만, 곧바로 그게 머타라는 걸 깨달았다.

그래서 제이미가 아까 머타에게 눈짓을 했었구나. 머타는 애초에 나를 지켜 달라는 부탁을 받았던 거다. 하지만 제이미는 어디에 있는지 보이지 않았다. 싸움은 주로 마차 근처 바위틈과 그늘진 곳에서 벌어졌다.

물론 그렇겠지. 바로 마차를 뺏을 목적으로 습격한 것이 틀림없었다. 정확히는 마차와 말이 목표였다. 우리를 습격한 이들은 잘 조직된 무리였다. 꺼져 가는 모닥불 불빛으로 어렴풋이 보았지만, 무기를 제대로 갖추고 영양 상태도 괜찮은 사람들인 게 파악되었다. 만약 이들이 그랜트 씨족이라면, 아마도 약탈이 목적이거나 며칠 전 루퍼트 일당이 가축을 훔친 일을 두고 복수하려는 것이겠지. 루퍼트가 불쑥 가축 떼를 훔쳐 온 것을 보고 두걸은 살짝 화를 냈었다. 남의 것을 훔쳤다는 게 문제가 아니라, 가축 떼를 데리고 가면 빨리 이동할 수 없었기 때문이었다. 그래서 두걸은 들르던 마을 한 곳에서 작게 열린 시장에 도착하자마자 즉시 가축을 처분했다.

공격한 무리들은 우리 일행을 해칠 생각은 별로 없다는 게 곧 분명하게 드러났다. 그들의 관심사는 오로지 말과 마차뿐이었다. 그 중 한둘은 훔치는 데 성공하기도 했다. 낮게 웅크리고 앉은 가운데서도, 등에 안장이 없는 말 한 마리가 모닥불을 껑충 뛰어넘어 어두운 황야 속으로 사라지는 모습이 보였다. 말 등에 탄 남자는 갈기를 붙잡은 채 새된 소리를 질렀다.

콜럼에게 바친 곡식 자루를 쥐고 두 다리로 도망치는 사람도 두셋 있었다. 매켄지 씨족들은 격분해서 게일어로 욕을 퍼부으며 그들을 뒤쫓았다. 소리를 들어 보니 싸움은 끝나 가는 중이었다. 그러다 남자 여러 명이 비틀비틀 모닥불 쪽으로 다가오며 다시금 싸움이 시작되었다.

이번 싸움은 심각해 보였다. 칼날이 번뜩였고, 싸우는 사람들이 마구 투덜대고 있었지만 고함을 지르지는 않았기 때문이었다. 계속 보니 마침내 상황이 파악되었다. 제이미와 두걸이 등을 맞댄 채 싸움판의 한가운데에 서 있었다. 그들은 모두 왼손에 브로드소드, 오른손에 단검을 든 채였고, 내가 보기에 둘 다 양손을 아주 잘 썼다.

그들을 둘러싼 이들은 모두 넷, 아니 다섯이었다. 자세히 보니 어두운 곳에 한 명이 더 있었다. 그들은 모두 단검을 들었다. 그런데 이상하게도 그중 한 명은 허리띠에 브로드소드를 차고 있으면서도 뽑지 않았다. 두 명은 심지어 권총이 있었는데도 그저 차고만 있었다.

그렇다면 두걸이나 제이미, 아니면 둘 다 산 채로 잡아가려는 것이겠구나. 몸값을 받으려는 속셈일까. 그렇다면 잘못해서 상대를 죽일 수 있는 브로드소드나 권총을 쓰기보다는 찔려도 상처 정도로 그치는 단검류를 사용하는 편이 맞겠지.

하지만 두걸과 제이미는 전혀 거리낌 없이 아주 단호하고 효율적으로 전투에 임했다. 서로 등을 맞댄 채 완벽한 원형을 그리며 공

491

격을 가하면서 서로의 약한 면인 단검 든 손을 엄호해 주었다. 하지만 두걸이 어마어마한 힘으로 단검을 위로 휙 올려 공격하자, '약한 면'이라는 말을 쓰면 안 되겠구나, 하는 생각도 들었다.

울부짖고 투덜대며 욕을 퍼붓는 싸움판이 점점 내 쪽으로 다가왔다. 나는 몸을 최대한 뒤로 웅크렸지만, 바위틈은 겨우 60센티미터 깊이밖에 되지 않았다. 그 순간, 시야 끝에서 무언가 움직임이 보였다. 머타가 이 싸움판에 한층 적극적으로 참여하기로 한 것이다.

나는 너무 겁먹은 채로 제이미에게서 눈길을 뗄 수가 없었지만 그래도 작은 몸집의 머타가 느긋한 태도로 지금껏 쓰지 않았던 권총을 뽑는 모습을 보았다. 그는 총을 주의 깊게 확인하고 소매로 문지른 다음 팔뚝에 댄 채 가만히 기다렸다.

그래서 나도 가만히 기다렸다. 제이미가 다칠까 봐 공포가 닥쳐와 몸이 부들부들 떨렸다. 지금 제이미는 능숙한 검술을 포기하고 검을 좌우로 마구 휘둘렀고, 이제는 순전히 피를 보겠다는 광기에 사로잡혀 그에게 달려든 남자 둘을 때렸다.

아니, 왜 머타는 총을 쏘지 않는 거야? 속으로 분노가 치민 순간, 그 이유가 문득 떠올랐다. 제이미와 두걸도 사정거리 안에 있었기 때문이다. 화승총은 때로 정확도가 떨어진다는 게 얼핏 기억났다.

잠시 후 벌어진 상황에서도 내 추측이 옳다는 걸 확인했다. 두걸이 상대하던 남자가 갑자기 돌진해서 그의 손목을 잡았다. 칼날이 두걸의 팔뚝을 쭉 베자, 그는 한쪽 무릎을 굽히고 넘어졌다. 삼촌이 넘어지는 기척을 느낀 제이미는 칼을 거두고 재빨리 두 걸음 뒤로 물러섰다. 제이미는 이제 바위 표면에 등을 댄 위치에 섰고, 두걸은 제이미의 칼이 닿는 반경 안쪽 한편에 웅크리고 앉았다. 그러자 침입자들은 내가 숨어 있고 머타가 총을 겨눈 자리로 다가오게 되었다.

순간, 권총이 발사되었다. 가까이에서 들은 총소리는 깜짝 놀랄 정도로 시끄러워왔다. 우리를 공격하던 쪽은 물론이고 총알에 맞은 사람은 특히 놀랐다. 그는 잠시 가만히 서서 어리둥절한 채 고개를 젓다가 아주 천천히 털썩 주저앉더니 이내 사지에 힘이 풀려 뒤로 쓰러졌다. 그리고 꺼져 가는 장작더미 쪽으로 조금 굴러갔다.

이 틈을 타 제이미는 상대의 손을 쳐서 검을 떨어뜨렸다. 두걸은 다시 일어섰고, 제이미는 두걸이 칼을 휘두를 수 있도록 옆으로 물러섰다. 침입자 중 하나가 싸움을 포기하고 뜨거운 잿더미에서 부상을 입은 동료를 끌어내리려고 언덕 아래로 달려왔다. 그럼에도 아직 상대는 세 명이나 남았고, 두걸은 다친 채라 불리했다. 그가 검을 휘두르자 바위 표면에 검붉은 핏방울이 흩날렸다.

이제 싸움은 나와 아주 가까운 지점에서 벌어졌다. 격렬한 전투에 몰입한 제이미의 침착하고 단호한 얼굴이 똑똑히 보였다. 그 순간, 두걸이 제이미에게 무어라 소리쳤다. 제이미는 상대의 얼굴을 보다 말고 잠깐 눈길을 내렸다. 그리고 자신을 찌르려는 검을 제때에 파악하고 피한 다음, 한쪽으로 몸을 숙이더니 칼을 던졌다.

상대방은 무척 놀란 눈빛으로 자신의 다리에 꽂힌 검을 물끄러미 바라보았다. 그는 좀 당황한 채로 칼날을 만진 다음, 움켜쥐고 잡아당겼다. 칼이 순순히 뽑히는 걸 보니 상처는 깊지 않은 듯했다. 그는 여전히 어리둥절한 기색으로 제이미를 슬쩍 올려다보았다. 마치 어째서 이런 듣도 보도 못한 방식으로 공격했는지 묻는 듯한 표정이었다.

그는 결국 비명을 지르며 칼을 떨어뜨리더니, 심하게 다리를 절면서 도망쳤다. 그 소리에 깜짝 놀란 다른 두 사람은 주위를 둘러보고는 역시 고개를 돌리고 도망쳤다. 제이미는 마치 눈사태처럼 내달리며 그 뒤를 쫓았다. 그는 둘둘 만 담요에서 거대한 클레이모어를 빼낸 다음 양손으로 죽일 듯이 휘둘러 댔다. 머타 역시 제이미를 엄호하며 양손에 검과 장전된 총을 들고서 게일어로 심한 욕설을 지껄이며 달렸다.

그 후로 상황은 무척 빠르게 정리되었다. 15분 후, 매켄지 일행은 다시 모여 앉아 얼마나 피해를 입었는지 평가했다.

피해는 크지 않았다. 말 두 마리와 곡식 세 자루를 도둑맞았다. 하지만 마차의 짐 위에서 자던 마부들이 더 이상의 피해가 없도록 방어했고, 무장한 남자들은 말을 훔치려던 자들을 성공적으로 쫓아냈다. 가장 큰 손실은 한 명이 납치되었다는 것이다.

사람이 없어졌다는 이야기를 처음 들었을 때는 싸우던 도중 부상을 당했거나 죽었을 거라고 생각했다. 하지만 그 일대를 철저히 수색해 보아도 그를 찾을 수 없었다.

"납치됐군. 빌어먹을. 그놈 몸값으로 한 달 치 수입을 날리게 됐어."

두걸이 우울하게 말하자, 제이미는 소매로 얼굴을 닦으며 대꾸했다.

"더 나쁜 상황이 닥칠 수도 있었잖아요, 두걸. 만약 삼촌이 납치되었다면 콜럼이 뭐라고 했을까요!"

"만약 네놈이 납치되었다면, 그냥 그쪽에 줘 버렸을 텐데. 그러면 네놈 이름이 그랜트로 바뀌었을지도 모르지."

두걸이 쏘아붙였지만, 일행의 분위기는 아주 밝아졌다.

나는 챙겨 온 자그마한 의료용품 상자를 꺼낸 다음, 부상자를 심각한 순서부터 줄 세우고 치료했다. 천만다행히도 심한 부상은 없었다. 두걸의 팔에 난 상처가 제일 심한 것 같았다.

네드 고언은 무척 신난 모습으로 눈을 반짝였다. 그는 전투에서 느낀 전율에 심하게 도취된 나머지, 잘못 휘두른 단검 자루에 맞아서 치아가 빠졌는데도 별 느낌이 없는 것 같았다. 하지만 어느 정도의 침착함은 남아 있었는지 빠진 치아를 입속에 조심스럽게 물고 있었다.

"혹시 몰라서 갖고 있었소."

그는 손바닥에 빠진 치아를 뱉으며 말했다. 다행히 치근은 부러지지 않았고, 이가 빠진 잇몸에서는 아직도 피가 살짝 흐르고 있었다. 어쩌면 나을지도 모른다는 생각으로 나는 그의 잇몸에 단단히 치아를 박았다. 자그마한 노인의 얼굴이 순간 하얗게 질렸지만, 그는 아무런 소리도 내지 않았다. 다만 고마운 기색으로 위스키를 입에 물고 소독했고, 아까운 술을 뱉지 않고 꿀꺽 삼켰다.

두걸의 상처는 즉시 압박 붕대로 묶어 둔 참이었다. 다시 붕대를 풀었을 때는 다행히 출혈이 거의 멈춰 있었다. 깨끗하게 잘린 상처는 깊었다. 벌어진 부위 틈으로 노란 지방층이 보였는데, 그렇다면 칼날이 근육까지 깊이 들어갔다는 뜻이었다. 고맙게도 주요 혈관이 절단되지는 않았다. 물론 꿰매야 하는 상처였지만.

현재 사용할 수 있는 바늘이라곤 가느다란 송곳 수준의 억세 보이는 커다란 바늘로, 마부들이 안장을 수선할 때 쓰는 것뿐이었다. 대체 이걸 써도 되는 건지 의심스러웠지만, 두걸은 그저 팔을 내밀고 시선을 돌렸다.

"피를 보는 것쯤이야 아무렇지 않긴 한데, 내 피를 보는 건 내키지 않소."

그는 이렇게 말하고서 바위에 앉았다. 내가 상처를 꿰매기 시작하자, 그가 어찌나 이를 악물었던지 턱 근육이 덜덜 떨리는 게 보였다. 밤공기가 차가워지고 있는데도, 두걸은 넓은 이마로 구슬땀을 뻘뻘 흘렸다. 급기야는 잠시 쉬었다 하자고 내게 공손히 부탁한 다음, 옆으로 돌아가 바위 뒤에서 지그시 아픔을 참았다. 잠시 후 돌아온 두걸은 다시 앉아 팔을 무릎 위에 내밀었다.

운 좋게도, 어떤 술집 주인이 이번 분기 임대료를 작은 위스키 통으로 낸 덕분에 일이 아주 편해졌다. 나는 그 술을 상처 부위를 소독하는 데 쓴 다음 환자들에게 진통제 차원으로 알아서 마시도록 내주었다. 나 역시 치료를 끝낸 뒤 한 잔 마셨다. 그리고 기분 좋게 노곤한 몸을 이끌고 담요 위에 홀가분하게 쓰러졌다.

달이 저무는 하늘 아래에서 나는 덜덜 떨었다. 반쯤은 추워서, 또 반쯤은 제이미 때문이었다. 그의 커다랗고 따뜻한 몸 옆에 누운 채로, 날 끌어당기는 단단한 손길에 몸을 맡기는 느낌이란 그야말로 환상적이었다.

"그자들이 또 습격할까요?"

내가 묻자, 그는 고개를 저었다.

"아뇨. 그놈들은 맬컴 그랜트와 두 아들 휘하의 남자들이에요. 내가 다리를 친 놈이 큰아들이었죠. 지금쯤이면 집에 가서 자고 있을 걸요."

제이미는 이렇게 대답하고는 내 머리카락을 쓰다듬으며 부드러운 목소리로 말했다.

"당신은 오늘 밤 좀 멋있었어요. 당신이 자랑스러워요."

나는 그에게로 돌아누워 목덜미를 그러안았다.

"당신이 훨씬 더 자랑스러웠어요. 정말 멋있던데요, 제이미. 그런 모습은 처음 봤어요."

그는 무슨 말이냐는 듯 피식 웃었지만, 내심 기뻐하는 것 같았다.

"그냥 습격이 벌어져서 대처한 것뿐이에요, 새서나흐. 난 열네 살부터 이런 습격을 수도 없이 당했어요. 그냥 재미있자고 하는 거예요. 하지만 누굴 정말 죽이려고 달려드는 상대를 맞닥뜨릴 때는 또 달라요."

"재미라고요? 아, 그렇군요."

재미라는 말에 정신이 조금 아득해졌다. 그 순간, 제이미의 팔이 나를 꼭 껴안더니 한 손이 몸을 슬슬 쓰다듬으며 아래로 내려가 치맛단을 들어 올렸다. 싸움에서 느낀 흥분이 지금은 다른 종류의 흥분으로 바뀐 모양이었다.

"제이미! 여기선 안 돼요!"

나는 꼼지락거리며 치맛자락을 내렸다. 그는 걱정스러운 목소리로 물었다.

"새서나흐, 피곤해요? 걱정하지 말아요. 금방 끝낼게요."

이제는 두 손이 치마를 올려 대며 앞에 걸친 묵직한 치맛자락을 구겼다.

"안 돼요! 피곤한 게 아니라……."

바로 몇 미터 옆에 남자가 스무 명이나 자고 있는 게 너무나도 신경 쓰였다. 그때였다. 제이미의 손이 내 다리 사이를 더듬어 올라가는 바람에 헉 소리가 나고 말았다.

그는 조용히 중얼거렸다.

"오, 주여. 수초처럼 미끌미끌하네."

"제이미! 바로 옆에 스무 명이나 자고 있잖아요!"

나는 고함치듯 다급하게 속삭였다.

"당신이 계속 떠들어 대지 않으면 안 깰 거예요."

이제 제이미는 내 위에 올라타고 날 바위에 밀어붙였다. 그리고 무릎으로 내 허벅지 사이를 벌리고는 부드럽게 앞뒤로 움직이기 시작했다. 나도 모르게 다리가 스르르 풀렸다. 27년 동안 갈고 닦은 예의범절이건만, 수십만 년 이어진 인간의 본능과는 상대가 되지 않았다. 옆에 잠든 군인들을 두고 맨바위에서 몸을 내주는 행위에 이성은 반대할지 모르겠으나, 육체는 스스로를 전리품이라고 여기고 어서 이 남자에게 공식적으로 완전히 항복하기를 바라 마지않았다. 제이미는 내게 깊고도 긴 입맞춤을 선사했고, 그의 혀는 그칠 줄 모르고 내 입속을 달콤하게 헤집었다.

"제이미."

숨이 헐떡여졌다. 그는 킬트를 펼치고 몸을 밀어붙이며 내 손을 그의 손으로 눌렀다.

"빌어먹을."

나도 모르게 입에서 감탄사가 나오고 말았다. 나의 예의 수준이 한 단계 또 낮아져 버렸구나.

"싸우고 나면 심하게 발기가 되어 버려요. 당신도 나를 원하지 않아요?"

그는 몸을 살짝 일으켜서 나를 바라보았다. 아니라고 말해 봤자 소용없었다. 이토록 모든 증거가 차고 넘치지 않는가. 나의 벌거벗은 허벅지 사이로 느껴지는 그의 분신은 놋쇠 막대기처럼 단단했다.

"으…… 그래요…… 하지만……."

그는 내 어깨를 양손으로 단단히 잡고 단호한 목소리로 말했다.

"조용히 해요, 새서나흐. 정말 금방 끝날 테니까."

그 말대로, 금방 끝났다. 그가 처음으로 강렬하게 내 속을 파고드는 순간 나는 절정에 다다랐다. 길고도 짜릿한 경련이었다. 손가락으로 그의 등을 힘껏 할퀴며 견뎠고, 그의 셔츠를 물어뜯어 소리를 죽였다. 그렇게 열두 번도 채 움직이지 않았을 때, 고환이 수축하면서 그가 온몸에 빠듯하게 힘을 주는 느낌이 났다. 이윽고 그의 분신에서 따스한 물결이 퍼져 나갔다. 제이미는 몸을 천천히 옆으로 숙이고 누운 채로 온몸을 떨었다.

귓가에서 맥박이 세차게 울렸다. 다리 사이에 아직도 희미하게 경련이 남았다. 내 가슴에 손을 얹은 제이미는 사지를 축 늘어뜨렸다. 고개를 돌리자 모닥불 저쪽 바위에 기댄 보초의 형체가 어렴풋하게 보였다. 그는 눈치껏 고개를 돌리고 있었다. 그런데도 민망한 마음이 하나도 들지 않다니, 스스로에게 좀 충격이었다. 내일 아침이면 조금 부끄러워지긴 할까. 하지만 이런 생각조차 이내 사그라졌다.

———

아침이 되었다. 모두는 평소와 다를 것 없이 행동했다. 물론 어젯밤 전투를 벌였고 바위 위에서 잔 탓에 몸이 좀 뻣뻣했으나 그뿐, 다들 그런 가벼운 상처쯤은 아랑곳하지 않고 유쾌한 기색이었다.

이윽고 두걸이 오늘은 저 평평한 바위 끝에 서서 보이는 숲까지만 이동할 것이라고 발표하자 분위기는 더욱 밝아졌다. 그곳에 가면 말들에게 물도 먹이고 풀도 뜯게 해 줄 수 있었고, 나머지 사람들은 쉴 수 있었으니까. 혹시 이렇게 계획이 바뀌어 버려서 제이미가 호록스라는 정체불명의 인물을 만나는 데 지장이 생기는 건 아닐까 걱정이 되었지만, 제이미는 두걸의 말에도 별로 동요한 내색이 아니었다.

날은 흐렸어도 비가 추적추적 내리지도 않았고 공기는 따스했다. 숲에 도착해서 캠프를 꾸린 다음 말에게 먹이를 주고 부상자들을 다시 점검한 다음엔 모두들 알아서 자유 시간을 갖게 되었다. 풀밭에서 자는 이들도 있었고, 사냥이나 낚시를 가는 이도 있었고, 며칠 동안 안장에 시달린 다리를 쭉 펴고 쉬는 이들도 있었다.

나는 나무 아래 앉아서 제이미와 네드 고언과 이야기를 하고 있었다. 그런데 무장한 남자 하나가 다가오더니 제이미의 무릎에 무언가를 툭 던졌다. 손잡이에 월장석이 달린 단검이었다.

"이거 네 거 아니냐? 오늘 아침에 바위틈에서 찾았다."

단검을 본 내가 말했다.

"내가 떨어뜨렸나 봐요. 너무 정신이 없어서요. 차라리 다행이었죠. 칼 쓰는 법을 몰라서 갖고 있어 봤자 별 소용이 없었으니까요. 쓰려다가 하마터면 나를 찌를 뻔했거든요."

네드는 안경 너머로 제이미를 아주 못마땅하게 노려보았다.

"아내에게 칼을 주고도 쓰는 법을 안 가르쳤다고?"

제이미는 변명했다.

"어제 그런 상황이라 가르칠 여유가 없었어요. 하지만 네드의 말이 맞아요, 새서나흐. 당신은 무기를 다루는 법을 배워야 해요. 어젯밤 상황으로 알겠지만, 길가에서는 무슨 일이 일어날지 알 수가 없거든요."

그리하여 나는 공터 가운데로 끌려가 수업을 받게 되었다. 우리를 본 매켄지 씨족 남자 몇 명이 다가와 뭘 하느냐고 묻더니, 그 자리에 앉아 조언을 해 주기로 했다. 제법 기분 좋게 서로 토론이 오간 끝에, 다들 단검술은 루퍼트가 제일이라고 입을 모았다. 그래서 루퍼트가 교습을 맡아 주었다.

그는 바위와 솔방울이 없는 평지를 발견하고 그곳을 교습장으로 삼아 단검술을 가르치기 시작했다.

"잘 보라고, 아가씨."

그는 가운뎃손가락 위에 단검을 올려놓았다. 칼자루에서 2센티미터 정도 아래로 내려간 부분에서 칼은 균형을 이루고 평평하게 놓였다.

"여기가 균형점이야. 여기를 잡아야 손에 손잡이가 편안하게 딱 들어간다고."

나는 내 단검으로 균형을 잡아 보았다. 손에 칼이 편안하게 잡히자, 루퍼트는 위에서 아래로 찌르는 법과 아래에서 위로 찌르는 법의 차이점을 보여 주었다.

"일반적으로는 아래에서 위로 찌르는 편이 좋아. 위에서 아래로 찌르기가 좋을 때는 무척 센 힘으로 상대방을 위에서 덮치며 공격할 때밖에 없어."

그는 나를 골똘히 쳐다보다가 이내 고개를 저었다.

"아가씨는 여자치고 키가 큰 편이긴 하지만 그래도 안 돼. 목까지 손을 올릴 수 있다고 해도, 상대가 쪼그려 앉지 않는 한은 관통할 힘도 없을 테니까. 그러니 아래에서 찌르는 편이 낫지."

루퍼트는 셔츠를 들어 올려 털이 북슬북슬한 배를 드러냈다. 배는 벌써 땀으로 번들거렸다. 그는 가슴뼈 바로 아래 가운데를 가리켰다.

"자, 여기야. 정면으로 공격해서 죽이고 싶다면 여기를 노려. 아래에서 똑바로 위를 향해 찔러 들어가라고. 있는 힘껏. 그러면 칼이 심장에 닿아서 일이 분 새에 죽게 되지. 여기서 유일한 문제는 바로 가슴뼈를 피해서 찔러야 한다는 거야. 가슴뼈는 생각보다 아래에 있거든. 그래서 칼이 뼈의 부드러운 부분에 꽂히면 상대에게 별로 해를 입힐 수가 없어. 하지만 찌른 칼을 뽑을 수가 없기 때문에 상대에게 반격을 당하지. 머타! 너는 빼빼 말랐으니까 여기 와서 몸을 보여 줘. 등의 어느 쪽에 칼을 찔러야 하는지 이 아가씨에게 보여 줘야 한다고."

머타는 마지못해 다가왔다. 루퍼트는 머타를 이리저리 돌리면서 지저분한 셔츠를 휙 올려 마디가 선명하게 보이는 척추뼈와 도드라진 갈비뼈를 드러냈다. 그리고 뭉툭한 검지로 오른쪽 갈비뼈 아래를 찔렀다. 머타는 놀라서 꽥 소리쳤다.

"등쪽을 찌르려면 여기야. 앞쪽과 같은 지점이지. 봐, 등에는 갈비뼈가 쭉 있기 때문에 등을 찌를 때는 치명상을 입히기가 아주 힘들어. 만약 갈비뼈 사이로 칼을 넣을 수 있다면 좋겠지만, 그건 생각보다 힘들거든. 하지만 여기, 마지막 갈비뼈 아래쪽에서 칼을 위로 푹 찔러 올리면 신장에 닿게 되지. 상대를 위로 들어 올리듯 찌르라고. 그러면 돌처럼 뻣뻣하게 굳어서 죽을 거야."

루퍼트는 나에게 다양한 위치와 자세를 가르치고 해 보게 했다. 그가 점점 신나 하는 동안, 남자들은 다들 번갈아 가며 희생자 역할을 자처했다. 보아하니 내가 애써 칼을 휘두르는 모습이 무척 재미있는 듯했다. 그들은 순순히 풀밭에 눕거나 등을 돌려서 내가 불시에 덮치게 해 주었다. 때로는 날 뒤에서 덮치거나 목을 조르는 척을 해서 내가 그들의 배를 찌르도록 시켰다.

구경꾼들은 격려의 함성을 지르며 날 재촉했고, 루퍼트는 마지막 순간에 어정쩡하게 물러서지 말라고 지시했다.

"진짜로 죽일 듯이 찌르란 말이야, 이 아가씨야. 목숨이 달린 상황에서는 주저하면 안 돼. 만약 이 느림보 녀석들이 제때 칼을 피하지 못한다면 죽어도 싸다고."

처음에 나는 소심하게 굴며 아주 서투르게 행동했다. 하지만 루퍼트는 좋은 선생님이었다. 참을성이 대단한 건 물론이고 계속해서 능숙하게 동작을 보여 주었다. 내 뒤에 서서 허리에 팔을 둘렀을 때는 눈을 음란하게 굴리는 척 놀려 댔지만, 적의 눈을 후벼 파는 방법을 가르치느라 내 손목을 잡았을 때는 아주 냉정하게 대했다.

검술 교육이 진행되는 동안, 두걸은 나무 아래에 앉아 다친 팔을 움직이지 않은 채로 냉소적인 말을 내뱉었다. 하지만 무언가 찌를 것을 갖고 가르쳐 보라고 권했던 것도 두걸이었다.

내가 달려들고 찌르는 데 솜씨를 보이기 시작하자, 두걸이 말했다.

"단검을 찔러 볼 만한 걸 만들어 줘. 처음에 사람을 찌를 때는 충격을 받게 되거든."

제이미도 동의했다.

"그렇겠네요. 잠깐 쉬고 있어요, 새서나흐. 내가 뭐라도 만들어 올게요."

그는 무장한 남자들과 함께 마차로 향하더니, 서로 머리를 맞대고 서서 손짓을 하며 마차 짐칸에서 무언가를 꺼냈다. 나는 너무 숨이 차서 나무 그늘로 다가가 두걸 옆에 풀썩 주저앉았다.

그는 고개를 끄덕이며 얼굴에 살짝 미소를 띠었다. 남자들이 으레 그렇듯, 두걸 역시 여행하는 동안에는 귀찮게 면도 같은 건 하지 않았다. 그래서 입가에 짙은 갈색 수염이 무성하게 자라나 도톰한 아랫입술이 도드라져 보였다.

"자, 어떻소?"

그가 물었다. 하지만 별것 아닌 나의 칼솜씨에 대해 묻는 것이 아니었다.

"뭐, 그럭저럭요."

나는 조심스럽게 대답했다. 역시 칼솜씨를 의미하고 대답한 게 아니었다. 두걸은 제이미를 슬쩍 바라보았다. 그는 지금 마차 옆에서 바삐 움직이고 있었다.

"결혼 생활이 저 녀석에겐 잘 맞는 모양이군."

그가 가만히 말하자, 나는 다소 냉정하게 동의했다.

"결혼해서 몸과 마음이 안심한 모양인가 봐요. 상황이 상황이니만큼."

내 말투를 들은 두걸은 빙그레 미소를 지었다.

"당신 역시 마찬가지 아니오. 모두에게 좋은 결정이었지."

"특히 당신과 당신 형님도 이제 몸과 마음을 안심할 수 있겠지요. 말이 나왔으니 말인데요, 이 소식을 들으면 콜럼이 뭐라고 할 것 같으세요?"

그러자 두걸은 더 크게 웃었다.

"콜럼 말이오? 아, 뭐. 이런 조카며느리를 가문에 들였으니 기뻐하며 맞이하기밖에 더하겠소."

이윽고 칼을 찌를 수 있는 인체 모형이 준비되어서, 나는 다시 교습을 받기 시작했다. 남자의 몸통만 한 크기의 양모 가방에다 무두질한 황소 가죽을 씌우고 둘레에 밧줄을 칭칭 감아 만든 모형이었다. 처음에는 그 모형을 남자 키만 한 높이로 나무에 묶은 다음 찌르기를 연습했고, 다음에는 사람들이 내게 모형을 던지거나 굴려댔다.

그런데 제이미가 내게 말하지 않은 사실이 있었다. 모형을 만들면서 가방과 가죽 사이에 나무판자를 몇 개 끼워 두었던 것이다. 나중에 설명하기로는, 뼈에 걸리는 상황까지 만들어 보느라 그랬다고 했다.

처음 몇 번은 제대로 찌르지 못했다. 두꺼운 소가죽은 아무리 찔러도 들어가지 않았고, 보기보다 찌르기가 힘들었다. 사람의 뱃가죽 역시 그렇다는 말이 들려왔다. 다음번에 나는 위에서 곧바로 찌르기를 해 보다가, 그만 안에 들었던 나무판자를 쳤다.

순간 팔이 떨어지는 줄 알았다. 충격이 어깨까지 울리면서 감각을 잃어버린 손아귀에서 단검이 떨어졌다. 팔꿈치 아래가 싹 마비되었지만, 이윽고 저릿한 느낌이 들면서 감각이 이내 돌아올 거란 신호를 주었다.

"예수고 루스벨트고 아파 뒈지겠네."

나는 팔꿈치를 꽉 잡고서 욕설을 지껄였고, 남자들은 껄껄대며 무척 즐거워했다. 결국 제이미는 내 어깨를 잡고 팔꿈치 뒤쪽의 힘줄을 누르며 엄지로 손목의 오목한 부분을 꾹 지압하는 식으로 근육을 풀어 주었다.

이윽고 나는 저릿한 오른손을 조심스럽게 구부려 보며 이를 악물고 말했다.

"좋아요. 그러면 뼈를 치다가 칼을 놓쳤을 때는 어떡하죠? 이럴 때를 대비해서 이어지는 기술이 있나요?"

그러자 루퍼트가 씩 웃었다.

"아, 있지. 왼손으로 권총을 뽑아서 그 새끼를 쏴 죽이는 거요."

그러자 한바탕 웃음이 또 일었다. 나는 말려들지 않았다.

"좋아요. 그럼 저걸 어떻게 장전하고 쏘는지 알려 줄래요?"

나는 다소 침착하게 대답하며 제이미가 왼쪽 허리춤에 차고 있는 갈고리 손잡이 모양의 긴 권총을 가리켰다.

"싫어요."

제이미는 단호하게 말했다. 나는 약간 발끈했다.

"왜요?"

"그야 당신은 여자니까요, 새서나흐."

나는 이 말에 얼굴이 빨개지도록 화가 났다. 그래서 빈정대며 말했다.

"아, 그래요? 여자들은 멍청해서 총 쏘는 법도 이해 못 한다는 뜻인가요?"

제이미는 나를 차분하게 바라보면서 어떤 대답을 해야 하나 생각하며 머뭇머뭇 입을 비틀었다. 그러다 마침내 말했다.

"그럼 한번 쏴 보게 할까 싶기도 하네요. 당해 봐야 알 것 같으니."

그러자 루퍼트는 우리 둘에게 모두 짜증을 내며 혀를 찼다.

"말 같지도 않은 소리 마라, 제이미. 그리고 아가씨도 정신 차려. 여자가 멍청해서 안 가르쳐 준다는 게 아니야. 물론 개중에는 멍청한 여자도 있긴 하지만. 여자들은 총을 쏘기에 몸집이 너무 작단 말이야."

그 말에 나는 멍하니 루퍼트를 쳐다보았다. 제이미는 피식 웃으며 권총을 허리춤에서 꺼냈다. 막상 가까이에서 보니, 권총은 너무 컸다. 은빛 몸체는 자루 끝에서 총구까지 족히 45센티미터는 되어 보였다.

제이미는 내 앞으로 총을 들어 올리며 말했다.

"자, 이걸 이렇게 들고, 위쪽 팔에 단단히 받쳐요. 그리고 여기를 통해 봐요. 방아쇠를 당기면, 노새가 발길질하듯 총이 당신을 후려칠 겁니다. 난 당신보다 키가 30센티미터나 크고 몸무게도 25킬로그램은 더 나가죠. 총 쏘는 데도 익숙하고요. 그런데도 총을 쏠 때마다 심하게 멍이 들어요. 아마 당신은 이걸 쏘는 순간 뒤로 쓰러지거나 총에 얼굴을 퍽 맞게 되겠죠."

그는 권총을 빙글 돌려 허리에 다시 꽂았다. 그리고 한쪽 눈썹을 슬쩍 들며 덧붙였다.

"직접 쏴 보라 하고 싶지만, 그러다 잘못하면 치아가 다 부러져요. 난 당신 치아가 멀쩡했으면 좋겠거든요. 좀 성깔 있어 보이긴 해도, 당신의 미소는 아름다우니까요, 새서나흐."

이런 말로 좀 훈계를 받고 나자, 나는 별말 없이 남자들의 조언을 받아들였다. 그들은 가벼운 스몰소드*조차 내가 편하게 휘두르기에는 너무 무겁다고 결론을 내렸다. 하지만 양말 속에 넣는 자그마한 스키언 두 정도는 괜찮다고들 여겨서 나는 그걸 하나 받았다. 스키언 두는 손잡이 부분이 짧고 길이가 7센티미터 정도 되는 단검으로, 검은 날 부분은 바늘처럼 날카롭고 아주 위험해 보였다. 나는 칼을 숨겼다가 꺼내는 동작부터 계속 연습했고, 내가 치마를 걷어올리고 칼을 꺼내서 유연한 몸짓으로 잘 웅크려 앉았다가 칼을 치켜들고 아래에서 휙 찔러 적의 목을 긋는 동작을 하나하나 해낼 때마다 남자들은 날카로운 눈초리로 지켜보았다.

마침내 나는 초보 칼잡이라는 평가를 받게 된 다음, 모두의 축하를 받으며 저녁 식사 자리에 앉았다. 그런데 칭찬하지 않는 사람이 딱 하나 있었다. 바로 머타였다. 그는 탐탁지 않은 듯 고개를 저으며 말했다.

"아무리 생각해도 여자가 쓰기에 좋은 무기는 독약뿐이야."

그러자 두걸이 대꾸했다.

"그럴지도 모르지. 하지만 앞에 떡하니 적이 있을 때는 쓰기가 힘들잖나."

* 17~18세기에 찌르기용으로만 사용되던 검.

19
물말

　다음 날 밤, 우리는 네스호 둑에서 야영했다. 이곳을 다시 보게 되니 기분이 묘했다. 변한 것이 거의 없었으니까. 아니, 변한 게 있기는 있었다. 지금은 늦봄이 아니라 한여름이 되었는지라, 낙엽송과 오리나무 이파리는 더욱 짙은 푸른 빛을 띠었다. 연분홍과 흰빛으로 만개했던 산사나무꽃과 제비꽃은 지고, 이제는 금작화와 가시금작화가 따스한 노란빛과 금빛 꽃잎을 드러냈다. 하늘은 더 짙푸르게 물들었어도, 호수의 표면은 한결같았다. 강둑 위 풍경은 평평한 검푸른 수면 위에 그대로 비쳐 보였지만, 마치 흐릿한 유리를 끼워 놓은 듯 채도가 낮았다.

　저 호수 위쪽으로 심지어 돛단배도 몇 척 보였다. 그중 다가온 한 척의 배를 보자, 내가 익숙하게 보아 왔던 날렵한 나무배가 아니라 조개 모양에다 겉에 무두질한 가죽을 덧입힌 코러클*이었다.

　물가를 지나는 내내 톡 쏘는 향기가 자욱하게 났다. 푸른 잎사귀들의 싱그러운 내음과 썩은 낙엽, 맑은 물과 죽은 물고기, 따스한

---

* 웨일스와 아일랜드 지역에서 주로 타는 동그랗고 가벼운 배.

진흙이 뒤섞인 자극적인 향이었다. 무엇보다도 그곳에는 묘한 느낌이 서려 있었다. 말들은 물론이고 사람들도 그 느낌을 인식했는지, 일행의 분위기가 가라앉았다.

제이미와 함께 머물 편안한 공간을 찾은 다음, 나는 저녁 식사 전에 얼굴과 손을 씻으려고 호숫가를 서성였다.

둑은 상당히 가파르게 이어지다가 갑자기 평평해지며 제멋대로 쌓인 커다란 암석 판으로 이어졌다. 그곳은 일종의 얼기설기 만들어진 부두 같아 보였다. 둑 아래는 매우 평화로웠다. 우리가 지은 캠프에서는 보이지 않고 소리도 들리지 않을 만큼 떨어진 곳이었다. 나는 나무 아래 앉아서 잠시 호젓한 시간을 즐겼다. 제이미와 급하게 결혼한 이후로 나는 항상 감시받지는 않게 되었다. 혼자 있을 시간을 얻어 낸 것이다.

낮게 늘어진 나뭇가지에서 날개 달린 씨앗 덩어리를 느긋하게 뜯어 호숫가로 멍하니 던지고 있을 때였다. 바위에 부딪치는 자그마한 파도가 마치 이쪽으로 불어오는 바람에 밀리는 듯 점점 거세지기 시작했다.

3미터도 떨어지지 않은 곳에서 납작하고 거대한 머리가 불쑥 솟아올랐다. 볏에서부터 구불구불한 목을 따라 흘러내린 물방울이 용골 비늘 위로 소용돌이치며 흘러내렸다. 수면 아래 여기저기에서 검고 거대한 움직임이 얼핏 보였지만, 반면에 머리는 가만히 움직임이 없었다.

나는 움직이지 않은 채 조용히 섰다. 정말 이상하게도 별로 두렵지 않았다. 심지어 친밀감마저 설핏 느껴졌다. 나보다 훨씬 더 오래된 생명체는 시신세始新世의 바다에서부터 이어진 가느다란 눈매를 지녔고, 탁하고 깊은 눈은 움푹 들어간 눈두덩 속에 숨은 듯 박혀 있었다. 그 생명체엔 친밀감과 비현실성이 뒤섞여 공존했다. 윤기 나는 피부는 진청색으로 매끈했고, 턱 아래 선명하게 드러난 녹색 상처 한 줄기는 환한 무지갯빛으로 빛났다. 무엇보다도 동공 없는 묘한 눈은 깊이를 알 수 없이 호박색으로 빛났다. 너무나 아름다운 자태였다.

그 모습은 영국 박물관 5층에 꾸며 놓은 입체 모형과는 확연히 달랐다. 그 모형은 이보다 작고 진흙색이었으니까. 하지만 형체만은 똑같았다. 살아 있는 생명체의 색은 죽으면서 빛을 잃어 가기 시작하고, 부드럽고 탄력 있던 피부와 유연한 근육은 몇 주 안에 모두 썩는다. 하지만 때로 썩지 않은 뼈만은 충실하게 원래의 모습을 떠올리게 해 주어서, 예전에 찬란했던 생명체의 아름다움을 희미하게나마 알려 주는 역할을 한다.

판막이 달린 생명체의 콧구멍이 갑자기 열리더니, 신비한 소리를 내며 숨을 쉬었다. 그렇게 잠시 가만히 모습을 드러낸 생명체는 다시금 물속으로 사라졌다. 이제는 물이 휘저어진 자취만이 존재의 증거로 남았을 뿐이다.

그것이 나타났을 때 나는 일어서 있었다. 그러다 나도 모르게, 자세히 보려는 마음으로 가까이 다가갔나 보다. 정신을 차려 보니 수면으로 불쑥 튀어나온 바위 위에 서서, 잦아드는 파도가 고요한 수면으로 밀려드는 모습을 바라보고 있었으니까.

나는 잠시 그곳에 서서 헤아릴 수 없는 비밀을 간직한 호수 너머를 바라보았다. 그리고 텅 빈 수면을 향해 말했다.

"잘 가."

그리고 몸을 부르르 떨면서 둑으로 돌아서던 때였다.

어떤 남자가 비탈 꼭대기에 서 있었다. 처음에는 깜짝 놀랐지만, 자세히 보니 우리 일행인 마부였다. 그의 이름은 피터였고, 손에 든 물통을 보니 물을 뜨러 온 것 같았다. 나는 혹시 그도 이 짐승을 보았느냐고 물으려 했는데, 가까이 다가가서 남자의 표정을 보니 굳이 물을 필요가 없었다. 얼굴은 그의 발치에 핀 데이지 꽃잎보다 더

새하얗게 질렸고, 수염에는 땀방울이 송골송골 맺혀 있었다. 두 눈은 겁에 질린 말처럼 희번덕거렸고, 손을 어찌나 덜덜 떨던지 물통이 다리에 마구 부딪쳤다.

"괜찮아요. 그건 사라졌어요."

나는 그에게 다가가며 말했다. 그런데 내 말에 안심하기는커녕, 오히려 더 깜짝 놀란 것 같았다. 그는 물통을 떨어뜨리고 내 앞에 무릎을 꿇더니 성호를 그었다.

"사, 살려 주세요, 마님."

그는 더듬더듬 말했다. 정말 당황스럽게도, 납작 엎드린 남자는 내 치맛자락을 움켜쥐었다.

"아니, 이게 무슨 짓인가요. 일어나세요."

나는 약간 퉁명스럽게 말하며 발끝으로 그를 슬쩍 찔렀지만, 그는 벌벌 떨기만 할 뿐 납작해진 버섯처럼 바닥에 몸을 딱 붙일 뿐이었다.

"일어나라니까요, 바보 같으니라고. 저건 그냥……."

나는 다시 명령하다가, 잠시 말을 멈추고 생각을 해 보았다. 라틴어로 이름을 말해 준다 해도 별 도움이 안 될 게 뻔했다.

"저건 그냥 작은 괴수일 뿐이에요."

나는 마침내 이렇게 말하며 그의 손을 잡아 일으켰다. 하지만 그가 물가에 얼씬도 하지 않으려 해서(이해 못 할 바는 아니었지만) 내가 다시 물을 길어야 했다. 그는 조심스레 나와 거리를 둔 채 야영지로 따라온 다음, 노새를 돌보러 허둥지둥 달려가면서도 나를 걱정스레 슬쩍 돌아보았다.

그는 아무에게도 그 괴수에 대해 언급할 마음이 없어 보였고, 나도 그냥 입을 다물어야겠다고 생각했다. 두걸과 제이미, 네드까지는 교육을 받은 사람들이었지만, 나머지 남자는 매켄지 영토의 외딴 바위 지대나 언덕에 사는 문맹 하일랜드 사람이었다. 이들이 용맹한 전사이자 담대한 군인일지는 몰라도, 아프리카나 중동 부족민들처럼 미신을 믿기는 마찬가지였다.

그래서 마부 피터의 경계심 어린 시선을 매 순간 느끼면서, 나는 조용히 저녁을 먹고 잠자리에 들었다.

20
인적이 드문 공터

습격을 받은 지 이틀 후, 우리는 다시 북쪽으로 방향을 틀었다. 호록스와 만날 지점이 가까워지자, 제이미는 때때로 멍하니 생각에 빠졌다. 잉글랜드 탈영병의 소식이 얼마나 중요한지 떠올리고 있는 걸까.

그 이후로 휴 먼로를 다시 보지는 못했지만, 전날 밤 어둠 속에서 깨어나자 내 옆자리에서 제이미가 없어졌다는 사실을 알았다. 나는 그가 돌아올 때까지 자지 않고 기다리려 했지만, 달이 저물기 시작하면서 그만 잠들고 말았다. 아침에 일어나 보니 그는 다시 내 옆에서 곤히 잠든 채였는데, 내 담요 위에 얇은 종이로 포장한 작은 꾸러미가 하나 있었다. 딱따구리 꽁지깃으로 포장지를 고정한 꾸러미였다. 조심스레 포장을 벗기자, 커다란 호박석 덩어리가 나왔다. 매끈하게 다듬어진 보석의 한쪽 면은 윤기가 흘렀는데, 그 안을 보자 작은 잠자리의 섬세하고 검은 형상이 보였다. 마치 보석 속에서 둥둥 떠서 영원한 비행을 하는 듯한 모습이었다.

나는 포장지를 잘 펴 보았다. 음산하게 하얀 종이 위에는 놀라우리만큼 우아하고 작은 글씨체로 메시지가 적혀 있었다.

"뭐라고 써 있는 걸까요? 내가 보기엔 게일어 같아요."

나는 눈을 가늘게 뜨고 이상한 글씨와 표식을 바라보며 말했다.

제이미는 한쪽 팔꿈치로 몸을 지탱한 채 종이를 유심히 바라보았다.

"게일어가 아니에요. 라틴어예요. 먼로는 터키인들에게 납치되기 전에 학교 선생님이었거든요. 이건 카툴루스의 시*네요."

"…… 다 미 바시아 밀레, 데인데 켄툼,
데인 밀레 알테라, 데인 세쿤다 켄툼……."

제이미는 시를 번역하면서 귓가를 살짝 붉혔다.

"사랑스러운 입맞춤이 머물게 하소서
우리의 입술 위에서 시작하고 말하게 하소서
먼저 천 번의 입맞춤을, 그다음에 백 번의 입맞춤을
백 번의 입맞춤 다음에는 다시금 또 천 번의 입맞춤을."

"와, 포춘쿠키에서 뽑는 문구보다는 좀 더 세련된 내용이네요."

나는 시를 자세히 바라보며 멍하니 말했다. 그러자 제이미는 깜짝 놀랐다.

"그게 뭔데요?"

나는 급히 말을 돌렸다.

"아무것도 아니에요. 그런데 먼로가 호록스를 찾아 주었나요?"

"아, 네. 준비됐어요. 내가 아는 언덕에 있는 장소에서 만나려고요. 래그 크룸에서 이삼 킬로미터 더 올라간 곳이에요. 별일 없는 한 나흘 후에 만날 거예요."

* 고대 로마의 서정 시인 카툴루스가 쓴 시 5번에 나오는 구절.

별일이 없어야 한다는 단서가 붙자, 나는 좀 불안해졌다.

"정말 안전한 거 맞아요? 그러니까, 호록스를 믿나요?"

그러자 제이미는 일어나 앉더니 눈을 비빈 다음 깜빡였다.

"잉글랜드 탈영병을 믿느냐고요? 어휴, 당연히 안 믿죠. 그자에게 입을 뻥긋하자마자 나를 랜들에게 팔아넘길 텐데요. 물론 그자도 자발적으로 잉글랜드 군대를 찾아갈 수는 없겠지만요. 그놈들은 탈영병을 교수형시키거든요. 나는 호록스를 믿지 않아요. 그래서 이 여행길에 나 혼자 호록스를 찾지 않고, 대신 두걸과 함께 온 거예요. 만약 그자에게 꿍꿍이가 있다 해도, 나 역시 일행이 있도록 말이죠."

"아아."

하지만 제이미와 삼촌 둘 사이에 명백하게 드러나는 알력을 봤을 때는, 과연 두걸이 있어서 얼마나 안심할 수 있는지 확신이 서지 않았다. 그래서 난 의심스러운 말투로 대답했다.

"뭐, 당신이 그렇게 생각한다면, 적어도 두걸이 당신을 총으로 쏘지는 않을 것 같네요."

내 말에 제이미는 셔츠 단추를 잠그며 명랑한 목소리로 말했다.

"삼촌은 진짜로 나를 쏜 적도 있어요. 당신도 알 텐데요. 그때 내 상처를 치료했잖아요."

나는 머리를 빗다가 빗을 떨어뜨렸다.

"두걸이 쏜 거였어요? 잉글랜드 군인이 쏜 건 줄 알았는데!"

제이미는 정확하게 설명해 주었다.

"음, 잉글랜드 군인이 날 쏘긴 했죠. 그래서 두걸이 날 쐈다고 말할 수는 없어요. 사실을 말하자면 쏜 건 루퍼트일 거예요. 두걸의 부하 중 최고의 명사수니까. 그러니까, 우리가 잉글랜드 군인에게서 도망쳤을 때, 그곳이 프레이저 씨족 영토의 끝자락 부근이라는 걸 알고서 그 땅으로 넘어가는 게 좋겠다고 생각했어요. 그래서 말을 달려 왼편으로 휙 꺾었죠. 두걸과 부하들을 빙 둘러서요. 도망치는 동안 잉글랜드 쪽과 상당한 총격전이 벌어졌는데, 그때 나를 쏜 총알이 뒤쪽에서 날아왔거든요. 그때 뒤에 있던 건 두걸과 루퍼트, 머타였어요. 잉글랜드 군대는 모두 앞쪽에 있었고요. 실제로는 내가 말에서 떨어졌을 때 언덕을 구르면서 결국 그들의 수중에 떨어졌죠."

제이미는 내가 가져온 물동이 위로 고개를 숙이고 차가운 물로 세수했다. 고개를 털어 눈을 닦은 다음 눈꺼풀을 깜빡이며 나를 보고 싱긋 웃는 남자의 숱 많은 눈썹과 속눈썹에 알알이 물방울이 맺혀 반짝였다.

"그때, 두걸은 나를 되찾아 오려고 격렬하게 싸웠어요. 나는 바닥에 누워 있어서 뭘 어떻게 할 수가 없었는데, 두걸이 내 앞에 서더니 한 손으로는 허리띠를 잡아 일으키고 다른 손으로는 칼을 휘두르면서 용기병과 싸웠거든요. 그 용기병은 나를 단박에 죽일 생각이었을 테죠. 두걸은 그놈을 죽이고 나를 자기 말에 태웠어요."

제이미는 이 대목에서 고개를 저었다.

"그 후로는 모든 게 흐릿하게만 떠올라요. 기억나는 건, 말이 참 힘들겠네, 라고 생각했다는 것 정도죠. 등에 남자 둘을 태웠으니, 180킬로그램 무게를 싣고 언덕을 올라가야 했으니까요."

나는 좀 놀라서 뒤로 물러앉았다.

"하지만…… 만약 두걸이 마음만 먹었다면, 당신을 그때 죽일 수도 있었겠네요."

제이미는 고개를 저으며 두걸에게 빌린 곧은 면도칼을 꺼냈다. 그리고 수면 위에 얼굴이 비치도록 물동이를 슬쩍 기울이더니, 남자들이 면도할 때 으레 짓는 한껏 찌푸린 표정으로 뺨을 면도하기 시작했다.

"아뇨. 씨족 사람들 앞에서는 못 죽여요. 게다가 두걸과 콜럼은 그 당시 내가 죽기를 바라지 않았어요. 특히 두걸은요."

"하지만……."

머릿속이 다시 획획 돌기 시작했다. 스코틀랜드 씨족의 복잡한 가정사를 들을 때마다 머릿속이 항상 이런 식이 된다.

제이미는 턱을 내밀고 고개를 옆으로 살짝 기울여 턱 밑의 짧은 수염을 깎으면서 말을 이었다. 그래서 한 손으로 남은 수염이 어디 있나 더듬으며, 살짝 먹먹해진 목소리로 설명을 이어 갔다.

"랄리브로흐 때문이에요. 그곳 땅은 비옥한 데다 고개 머리맡에 자리 잡고 있거든요. 그 근방 16킬로미터 이내에서 하일랜드 지역으로 들어갈 수 있는 잘 닦인 길은 그곳밖에 없어요. 만약 또 봉기가 일어났을 때, 그 지역을 장악해 두면 아주 좋죠. 게다가 내가 결혼하기 전에 죽으면, 그 땅은 다시 프레이저 씨족에게 넘어갈 가능성이 있거든요."

제이미는 목을 쓰다듬으며 싱긋 웃었다.

"그러니 나는 매켄지 형제들에게 아주 골칫거리인 셈이죠. 한편으로는 내가 꼬마 헤이미시의 족장 자리를 위협할까 봐 뒤탈 없이 죽기를 바라지만, 또 한편으로는 내가 살아 있어 줘야 하죠. 정확히 말하자면 내가 아니라 내 땅이 아쉬우니까요. 전쟁이 일어났을 때 내가 프레이저 편이 아니라 확실하게 매켄지 편이 되어 주길 바라고 있어요. 그래서 그들은 내가 호록스와 만나도록 기꺼이 도와주는 거예요. 내가 수배자로 있으면 랄리브로흐를 가지고 있다 하더라도 별 힘을 쓸 수가 없거든요."

나는 이불을 걷어 올리고 어안이 벙벙한 채로 고개를 저었다. 이토록 복잡하고 또 위험하기까지 한 상황에서 제이미는 어떻게 태연자약한 걸까? 그 순간, 무언가를 퍼뜩 깨달은 나는 고개를 번쩍 들었다. 이제는 여기에 제이미만 연관된 게 아니었으니.

"아까 당신이 결혼하기 전에 죽으면 그 땅은 프레이저 씨족에게 돌아간다고 했잖아요. 그런데 지금은 결혼했잖아요. 그렇다면 누구에게……."

"맞아요."

그는 함박웃음을 지으며 나에게 고갯짓을 했다. 아침 햇살을 한껏 받은 제이미의 머리카락이 금빛과 구릿빛으로 어우러져 빛났다.

"내가 지금 죽으면요, 랄리브로흐는 당신 거예요, 새서나흐."

———

안개가 걷힌 아침은 화창하고 아름다웠다. 새들은 헤더꽃 덤불에서 바삐 움직였고, 여느 때와 달리 넓은 길을 달리자 말발굽 아래로 부드럽게 흙먼지가 일었다.

작은 언덕을 오르는 동안 제이미는 내 옆으로 바짝 말을 몰았다. 그리고 오른편을 향해 고갯짓했다.

"저 아래 작은 언덕 보여요?"

"네."

그곳은 소나무와 떡갈나무, 사시나무가 모자이크처럼 군락을 이룬 작은 언덕으로, 길에서는 조금 떨어진 곳이었다.

"저기에 연못이 하나 있거든요. 나무 아래에요. 그리고 매끄러운 풀밭도 있어요. 아주 아름다운 곳이죠."

나는 제이미를 의아하게 바라보았다.

"저기서 점심 먹기에는 좀 이르지 않아요?"

"점심을 먹으려던 생각은 아니었어요."

제이미는 내게 윙크했다. 며칠 전에 우연히 알게 된 것이지만, 이 남자는 한쪽 눈만으로 능숙하게 윙크하는 법을 잘 익히지 못했다. 그래서 커다란 붉은 올빼미처럼 엄숙하게 양쪽 눈을 깜빡이는 것처럼 보였다.

"그럼 무슨 생각을 하고 있었는데요?"

나는 수상쩍은 눈빛으로 되물었다. 그러자 천진난만하고 어린아이 같은 푸른 눈망울과 마주쳤다.

"음, 이런 생각을 하고 있었죠. 당신이…… 나무 밑…… 풀밭에서…… 치마를 머리까지 걷어 올리고 있으면 어떤 모습일까, 하고요."

"으…….."

"내가 두걸에게 말하고 올게요. 우리가 물을 길어 오겠다고요."

그는 앞으로 말을 달려 갔다가 잠시 후 다른 말에 있던 물통을 받아 가지고 왔다. 우리가 언덕으로 내려가자 루퍼트가 뒤에서 게일어로 뭐라 소리쳤다. 하지만 무슨 말인지는 알아들을 수 없었다.

먼저 공터에 도착한 건 나였다. 말에서 내려 풀밭 위에 긴장을 풀고 앉아 눈부신 햇빛을 바라보며 눈을 감았다. 잠시 후 제이미는 내 옆에 말을 세우고 안장에서 내렸다. 그는 말을 찰싹 쳐서 저쪽으로 보냈다. 말은 고삐를 덜렁거리며 내 말과 함께 풀을 뜯으러 갔다. 이윽고 그는 내 옆 잔디밭에 무릎을 털썩 꿇었다. 나는 손을 뻗어 그의 몸을 끌어당겼다.

따뜻한 공기 가운데 풀 내음과 꽃향기가 가득했다. 제이미에게서는 알싸하고 달콤한 싱그러운 풀잎 냄새가 났다.

"우리 서둘러야 해요. 물 긷는 데 왜 그리 오래 걸렸는지 사람들이 이상하게 생각할 거예요."

내 말에 제이미는 능숙하게 드레스 끈을 풀면서 대답했다.

"이상하게 생각하지는 않을걸요. 다들 아니까."

"무슨 소리예요?"

"우리가 떠날 때 루퍼트가 뭐라고 했는지 못 들었어요?"

"듣기는 했지만, 무슨 말인지는 이해 못 했어요."

현재 나의 게일어 실력은 사람들이 많이 쓰는 말을 알아들을 수 있을 만큼 향상되었지만, 아직 대화를 이해하기에는 역부족이었다.

"잘됐네요. 당신이 듣기에 좋은 소리는 아니었어요."

그는 내 가슴을 드러낸 다음 그 사이에 얼굴을 파묻고 부드럽게 물고 빨기 시작했다. 결국 참을 수 없게 된 나는 그의 아래로 누워 치마를 걷어 올렸다. 바위 위에서 격렬하고 원시적인 교접을 한 후 너무 민망했던지라, 그 후론 캠프 근처에서 제이미와 사랑을 나누기가 부끄러워 거절했었다. 게다가 숲속은 너무 울창해서 캠프에서 멀리 이동할 수 없었다.

하지만 우리 둘 다 그간 참아 왔던지라 살짝 기분 좋게 욕구가 일었고, 지금은 보는 눈과 귀가 없는 상황이었다. 그래서 피가 솟구쳐 입술과 손가락이 저릿한 느낌을 강렬하게 받으며 우리는 함께 절정으로 향했다.

거의 끝나 갈 무렵, 갑자기 제이미가 흠칫 굳었다. 눈을 뜨자 태양을 등진 제이미의 어두운 얼굴 위로 무어라 형언할 수 없는 표정이 서렸다. 그의 머리를 누르는 거무스름한 물체가 보였다. 마침내 햇빛에 시력이 적응한 순간, 그게 머스킷 총구라는 걸 깨달았다.

"일어나, 이 발정 난 새끼야."

총구가 거칠게 움직이며 제이미의 관자놀이를 쳤다. 그는 아주 천천히 몸을 일으켰다. 하얀 얼굴 위로 검붉은 핏방울이 한 줄기 주르르 흘러내렸다.

우리를 공격한 건 잉글랜드 군인 두 명이었다. 군복이 너덜너덜하고 지저분한 것으로 보아 빨간 코트 탈영병이었다. 둘 다 머스킷 총과 권총으로 무장했고, 우연히 마주친 이 상황에 무척 즐거워하는 듯했다. 제이미는 두 손을 들고 일어서서 가슴팍에 총구가 눌린 채로 조심스레 무표정을 유지했다.

그중 하나가 썩은 이를 뚜렷이 드러내며 활짝 웃었다.

"마저 끝내게 내버려 두라고, 해리. 중간에 하다가 그만두면 남자의 건강에 안 좋아."

다른 하나가 제이미의 가슴을 머스킷으로 쿡 찔렀다.

"이놈의 건강은 알 바 아니야. 곧 죽을 놈이 건강은 챙겨서 뭘 해. 내가 마저 끝내 줘야겠어."

그는 내 쪽으로 고갯짓을 했다.

"나도 둘째가라면 서러워할 정도로 잘한단 말이야. 이런 스코틀 랜드 후레자식이랑은 비교할 수도 없지."

썩은 이가 있는 군인이 웃었다.

"나도 기꺼이 먹어 주지. 그럼 이놈을 죽여. 그런 다음 재미를 보 자."

하지만 해리라는 땅딸막한 남자는 눈을 가늘게 뜨고 골똘히 생각에 잠긴 듯 나를 쳐다보며 잠시 시간을 끌었다. 나는 여전히 바닥에 앉아 무릎을 모으고 치마를 발목에 단단히 감은 채였다. 보디스도 애써 여며 보긴 했지만, 여전히 가슴팍이 많이 드러나 있었다. 마침내 땅딸막한 남자는 웃으면서 그의 동료에게 손짓했다.

"아니야. 저놈더러 보라고 하자. 이리 와, 아널드. 네 머스킷을 저 놈에게 겨누고 있어."

아널드는 여전히 활짝 웃는 채로 순순히 말을 따랐다. 해리는 자기 머스킷을 바닥에 내려놓고 권총 벨트를 옆으로 던졌다.

나는 치마를 누르다 오른쪽 주머니에 든 딱딱한 물체를 알아차렸다. 제이미가 내게 준 단검이었다. 지금 이걸 쓸 수 있을까? 그래야지. 나는 해리의 여드름 난 징그러운 얼굴을 바라보며 결심했다. 당연히 쓸 수 있어.

그러려면 마지막 결정적인 순간까지 기다려야 했다. 하지만 그때까지 제이미가 과연 참고 기다려 줄 수 있을까. 그의 얼굴에 이들을 죽여 버리겠다는 강한 충동이 또렷하게 떠올랐다. 조만간 벌어질 일을 생각하면 제이미는 오래 참지 못할 것이다.

얼굴에 대놓고 표정을 드러낼 수는 없었지만, 나는 눈을 가늘게 뜨고 최대한 열심히 그를 노려보며 움직이지 말아 달라고 부탁했다. 지금 제이미의 목에는 힘줄이 불거지고 얼굴은 검붉은 피로 범벅이 되었다. 하지만 그는 나의 신호를 알아듣고 아주 작게 고개를 끄덕였다.

해리가 나를 바닥에 눕히고 치마를 걷어 올리려 하자, 나는 저항을 시작했다. 하지만 그건 진짜 저항이라기보단 단검 자루를 손에 잡으려는 손짓에 가까웠다. 그는 내 뺨을 치며 가만히 있으라고 명령했다. 뺨이 얼얼하고 눈에 눈물이 핑 돌았지만, 이제 나는 단검을 손에 잡고 치맛자락 속에 숨겼다.

나는 드러누워 거칠게 숨을 쉬었다. 그리고 딴 생각하지 않고 애써 목표에 집중했다. 등을 찔러야 해. 목을 찌르기에는 거리가 너무 가까워.

더러운 손가락이 나의 허벅지 사이를 파고들어 비틀어 벌렸다. 머릿속으로는 머타의 갈비뼈를 찌르는 루퍼트의 뭉툭한 손가락이 떠올랐고, 그의 목소리가 들려왔다. "여기, 마지막 갈비뼈 아래쪽에서 칼을 위로 푹 찔러 올리면 신장에 닿게 되지. 상대를 위로 들어 올리듯 찌르라고. 그러면 돌처럼 뻣뻣하게 굳어서 죽을 거야."

거의 다 되었다. 해리의 더러운 입 냄새가 내 얼굴에 역겹게 훅 끼쳐 왔다. 그는 목표에 도달하겠다는 일념으로 나의 벗은 다리 사이를 더듬었다.

"이것 좀 봐, 이년아. 여기가 어떻게 됐나 좀 보라고. 네년 목에서 좋아 죽는 소리가 나오게 해 줄⋯⋯."

그가 헐떡이며 말하던 순간, 나는 왼팔을 그의 목에 감고 끌어당기며 칼을 쥔 손을 높이 들어 있는 힘껏 꽂았다. 찌르며 받은 충격이 팔에 얼얼하게 퍼져서 하마터면 단검을 놓칠 뻔했다. 해리는 비명을 지르며 꿈틀거렸고, 몸을 비틀어 벗어나려 했다. 제대로 볼 수

521

가 없어 과녁을 너무 높게 잡았던 것이다. 칼은 갈비뼈를 맞고 튕겨 나왔다.

하지만 그만둘 수 없었다. 다행히도 치맛단에 얽혀 있던 다리가 풀려 있었다. 난 두 다리로 해리의 번들거리는 엉덩이를 꽉 조여서 반격에 필요한 몇 초간 그를 운 좋게 잡아 둘 수 있었다. 그리고 다시 필사적인 힘으로 그를 찔렀고, 이번에 칼은 빗나가지 않았다.

루퍼트의 말이 옳았다. 해리는 마치 사랑의 행위를 우습게 재현하듯 몸을 위아래로 흔들다가 소리도 없이 쓰러져 내 위에 풀썩 무너져 내렸다. 등에 난 상처에서는 피가 확 솟구쳤다가 이내 줄어들었다.

바닥에서 벌어진 일에 일순간 아널드의 주의가 산만해졌다. 화가 머리끝까지 났지만 궁지에 몰려 있던 스코틀랜드 남자가 반격하기에는 충분한 순간이었다. 내가 겨우 정신을 차리고 해리의 시체 밑에서 벗어나려고 꿈틀댔을 땐 아널드는 이미 해리처럼 시체가 되어 있었다. 제이미는 양말에 꽂아 둔 스키언 두로 그의 목을 깔끔하게 베어 버렸다.

제이미는 내 옆에 무릎을 꿇고 나를 시체 아래에서 꺼내 주었다. 우리는 둘 다 불안감과 충격으로 덜덜 떨면서 몇 분 동안이나 말없이 꼭 끌어안고 있었다. 잠시 후, 제이미는 나를 들어 안고 시체 옆에서 일어나더니, 여전히 침묵을 지키며 사시나무 뒤쪽 잔디밭으로 데려갔다.

그는 나를 바닥에 내려놓은 다음, 갑자기 무릎에서 힘이 빠진 것처럼 주저앉다시피 어색한 자세로 옆에 앉았다. 나는 싸늘한 고립감을 느꼈다. 마치 겨울바람에 뼛속까지 시린 느낌을 받으며 그에게 손을 뻗었다. 제이미는 무릎을 꿇고 초췌한 얼굴로 나를 처음 본 사람처럼 응시했다. 그의 어깨에 손을 얹자, 그는 신음도 흐느낌도 아닌 소리를 내며 나를 가슴에 세차게 끌어안았다.

그렇게 우리는 서로를 안았다. 야만적으로, 급박한 침묵이 흐르는 가운데 격렬하게 몸을 꿰뚫었고 얼마 되지 않아 순식간에 행위를 끝냈다. 이해할 수 없는 강박관념에 이끌린 행위였지만, 우리는 이럴 수밖에 없다는 걸, 그렇지 않으면 서로를 영원히 잃어버릴지도 모른다는 걸 알고 있었다. 이것은 사랑의 행위가 아니었다. 서로를 잃고 홀로 남겨진다면 둘 다 견딜 수 없다는 것을 아는 것처럼, 필연적으로 이루어진 행위였다. 우리의 유일한 힘은 서로와 한 몸이 되는 행위 안으로 녹아들면서, 넘쳐흐르는 감각의 홍수 속으로 죽음과 강간당할 뻔한 기억을 수장시켰다.

이윽고 우리는 꼭 껴안고 풀밭에 누워 피투성이가 된 채로 햇살 아래에서 부르르 떨었다. 제이미가 무어라 중얼거렸지만, 목소리가 너무 작아서 "미안해요"라는 말밖에 알아들을 수가 없었다. 나는 그의 머리카락을 쓰다듬으며 속삭였다.

"당신 잘못이 아니에요. 괜찮아요. 우리 둘 다 무사하잖아요."

지금 난 꿈속에 있는 것 같았다. 주변의 모든 것이 현실이 아닌 것처럼 느껴졌다. 그러자 쇼크 증상이 이제야 나타나고 있다는 걸 어렴풋이 깨달았다.

"그게 아니에요. 아니라고요. 이건 내 잘못이에요……. 조심하지도 않고 여기 오다니 정말 멍청한 짓이었어요. 그리고 당신을……. 하지만 이러려던 게 아니었어요. 나는…… 방금 한 짓이, 당신을 이용한 것이 미안해요. 당신을 그렇게…… 그런 식으로 짐승 다루듯이 해서요. 미안해요, 클레어…… 어떻게 이럴 수 있었는지…… 어쩔 수가 없었지만…… 맙소사, 당신 몸이 너무 차가워요, 모 니인 돈, 손이 얼음장 같아요. 이리 와요, 따뜻하게 해 줄게요."

제이미도 쇼크를 받았구나. 나는 멍하니 생각했다. 우습게도, 쇼크를 받은 사람들은 떠들어 대곤 한다. 조용히 몸을 흔들기만 하는 사람도 있다. 지금의 내가 그랬다. 내 어깨에 그의 입을 지그시 눌러 다물게 했다. 그리고 계속 말했다.

"괜찮아요. 이젠 다 괜찮아."

순간, 우리 둘 위로 누군가의 그림자가 드리워졌다. 두걸이 팔짱을 낀 채로 우리를 내려다보고 있었다. 내가 서둘러 드레스 끈을 여미는 동안, 그는 예의 바르게 시선을 돌리고는 대신 제이미에게 얼굴을 찌푸렸다.

"이 녀석아, 네 아내와 재미를 보는 것도 좋지만 말이다, 모두를 한 시간 넘도록 기다리게 놔두더니, 이젠 내가 오는지도 모르고 둘이서 정신을 놓고 있으면 어쩌란 말이냐? 이런 식으로 굴다간 언젠가 큰일 난단 말이다. 아니, 누가 네 뒤에 몰래 다가와서 머리에 권총을 겨누면 어떡하려고……."

순간, 설교를 늘어놓던 두걸은 입을 다물고 깜짝 놀라 나를 응시했다. 지금 나는 히스테릭하게 풀밭을 구르며 웃고 있었다. 제이미는 얼굴이 시뻘게진 채로 두걸을 사시나무 옆쪽으로 데려가서는 낮은 목소리로 상황을 설명했다. 나는 마구 소리를 지르며 계속 깔깔웃어 대다가, 웃음이 멈추지 않아 급기야는 입에 손수건을 넣어서 소리를 막아 버렸다. 두걸의 말을 들은 순간 갑자기 온갖 감정이 밀려오며 제이미의 얼굴이 불쑥 떠올랐기 때문이었다. 행위 도중 문득 멈춰야 했던 순간의 표정을 기억하자, 정신이 온전하지 않은 상태에서 그 표정이 너무나도 웃기기만 했다. 나는 웃다가 옆구리가 너무 아파서 결국 신음을 흘렸다. 마침내 일어나 앉아 손수건으로 눈물을 닦으며 위를 바라보자, 두걸과 제이미 모두 못마땅한 표정으로 나를 내려다보고 있었다. 제이미는 나를 일으켜 세운 다음, 계속 딸꾹질을 하고 중간중간 피식 웃는 나를 이끌고 사람들이 말을 타고 기다리는 곳으로 향했다.

———

별것도 아닌 일로 자꾸만 히스테릭하게 웃음이 터지는 현상을 제외하면, 탈영병의 습격을 받았던 일 때문에 겪는 부작용은 없어 보였다. 그래도 캠프에서 벗어나기는 너무나 조심스러웠다. 두걸은 나를 안심시키며, 도둑 떼들은 사실 하일랜드 길가에 잘 나타나지 않는다고 했다. 약탈할 만한 여행객이 많지 않기 때문이라나.

하지만 나도 모르게 숲속에서 들려오는 소리에 불안하게 깜짝 놀라기도 하고, 장작을 줍거나 물을 긷는 등의 일상적인 잡일을 하면서도 얼른 일행에게 돌아가는 습관이 생기고 말았다. 매켄지 남자들의 모습과 말소리를 언제나 인식하고 싶었다. 심지어 밤에 남자들이 코를 고는 소리에도 안심이 되었고, 제이미와 함께 이불을 덮은 채 조심스레 몸부림을 칠 때마다 옆에 사람이 있다는 생각으로 민망했던 마음조차 어느덧 싹 사라졌다.

며칠 후, 드디어 제이미가 호록스와 만날 때가 된 순간에도 나는 어쩐지 혼자가 되는 게 두려웠다.

"여기 있으라고요? 싫어요! 나도 당신과 같이 갈 거예요."

나는 믿을 수 없다는 목소리로 소리쳤다. 하지만 제이미는 다시금 참을성 있게 말했다.

"안 돼요. 사람들은 예정대로 임대료를 걷으러 네드와 함께 래그 크룸으로 갈 거예요. 두걸은 부하 몇 명을 데리고 나와 함께 호록스를 만나러 갈 예정이고요. 혹시 호록스가 배신할 수도 있으니까요. 당신은 래그 크룸 근처에 가서는 안 돼요. 랜들의 부하가 있을지도 모르거든요. 내가 모르는 새에 그놈이 당신을 억지로 잡아가게 둘 수 없다고요. 그리고 호록스와 만나는 자리에서 무슨 일이 벌어질지도 예상할 수가 없어요. 그러니까 당신은 못 가요. 길모퉁이에 작은 잡목 숲이 있어요. 울창하고 수풀이 무성한 곳이에요. 근처에 개울도 있고요. 거기 있으면서 내가 돌아올 때까지 편안히 기다려요."

하지만 나는 고집스레 주장했다.

"싫어요. 나도 같이 갈 거예요."

알량한 자존심 때문에, 제이미가 내 곁에 없으면 무섭다는 말을 차마 하지 못했다. 대신에 난 제이미가 잘못될까 봐 무섭다는 말을 할 마음은 얼마든지 있었다.

"호록스와 만나서 어떤 일이 벌어질지 알 수 없다면서요. 여기서 종일 당신 걱정을 하면서 기다리고 싶지 않단 말이에요. 그러니 나도 같이 가게 해 줘요."

나는 계속 우기다가 이내 그를 살살 구슬렸다.

"나는 당신이 그와 만나는 동안 안 보이게 멀리 떨어져 있을게요. 약속해요. 하지만 여기서 하루 종일 걱정하면서 혼자 있고 싶지 않아요."

제이미는 조바심을 내며 한숨을 쉬었지만 더는 나와 논쟁하지 않았다. 이윽고 우리가 잡목 숲에 다다르자, 그는 몸을 숙여 내 말고삐를 잡더니 나를 억지로 길에서 내몰아 풀밭으로 데려갔다. 그리고 두 말의 고삐를 수풀에 묶으며 말에서 내렸다. 내가 소리 높여 반대 의사를 밝혔지만, 그는 싹 무시하며 숲속으로 들어갔다. 나는 고집스레 말에서 내리기를 거부했다. 여기에 날 두고 갈 수는 없을 거야.

마침내 그는 다시 길가로 나왔다. 다른 일행은 벌써 길을 떠났지만, 제이미는 지난번 호젓한 공터에서 벌어진 참사를 염두에 두고서 잡목림에 들어가 나무 사이를 샅샅이 살피고 높다랗게 자란 수풀을 막대기로 휘저으며 철저하게 조사했다. 이윽고 돌아온 그는 말을 푼 다음 안장을 올리고 말했다.

"여긴 안전해요. 수풀 속으로 깊숙이 들어가요, 클레어. 그리고 말과 몸을 숨겨요. 일이 끝나는 대로 돌아올게요. 얼마나 오래 걸릴지는 모르지만, 해 질 녘까지는 반드시 돌아올게요."

"싫어요! 나도 같이 갈 거라고요."

무슨 일이 벌어질지도 모르는 채로 숲속에 기어 들어가 숨어야 한다니, 참을 수가 없었다. 그 시간 내내 불안해하며 궁금증에 시달린 채 기다리느니, 차라리 위험한 곳에 제 발로 걸어 들어가는 편이 훨씬 나았다. 게다가 여기에 혼자 있으라는 거야?

제이미는 사라져 가는 인내심을 다잡았다. 그리고 손을 뻗어 내 어깨를 꾹 쥐었다.

"나에게 순종하겠다고 결혼식 때 서약했잖아요?"

그는 나를 부드럽게 어르며 물었다.

"그랬죠, 하지만······."

그때는 서약해야 하니까 그렇게 말했던 것뿐이었는데. 하지만 제이미는 벌써 내 말을 수풀 속으로 몰고 있었다.

"그곳은 아주 위험해서 당신을 데려갈 수 없어요, 클레어. 난 바쁘게 움직일 거고, 혹시나 무슨 일이 벌어지면 당신을 지키면서 싸울 수는 없어요."

하지만 내가 여전히 반항적으로 나오자, 제이미는 안장 가방에 손을 뻗어 무언가를 찾기 시작했다.

"뭘 찾아요?"

"밧줄이요. 당신이 시키는 대로 안 하니까, 돌아올 때까지 나무에 묶어 두려고요."

"설마, 농담이죠?"

"아뇨, 진심인데요!"

그는 정말로 날 묶을 기세였다. 나는 마지못해 굴복했고, 미적대며 내 말고삐를 잡았다. 제이미는 고개를 숙여 내 뺨에 살짝 키스한 다음 곧바로 돌아섰다.

"몸조심해요, 새서나흐. 단검 있죠? 좋아요. 최대한 빨리 돌아올게요. 아, 할 말이 하나 더 있는데요."

"뭔데요?"

나는 시큰둥하게 물었다.

"내가 올 때까지 이 숲 밖으로 나가면, 허리띠로 당신 엉덩이를 때려 주겠어요. 설마 멍든 엉덩이 때문에 바그레넌까지 말도 못 타고 걸어가고 싶지는 않겠죠? 명심해요."

그는 이렇게 말하며 내 뺨을 살짝 꼬집었다.

"내 말 장난으로 듣지 말아요."

그는 이번에도 진심이었다. 나는 천천히 숲을 향해 말을 몰면서, 그가 안장에 앉아 몸을 굽히고 빠르게 말을 몰아 사라지는 모습을 뒤돌아 바라보았다. 떠나는 모습 뒤로 그의 플래드가 휘날렸다.

나무 그늘은 시원했다. 그늘에 들어서자 나와 말은 동시에 안도의 한숨을 내쉬었다. 오늘은 마침 스코틀랜드에서 드물게 무더운 날로, 이런 날씨에는 탈색된 모슬린 천처럼 새하얀 하늘에 태양이 마구 불타오르고, 아침 안개는 오전 8시경에 모두 증발해 버린다. 숲속은 새 울음소리로 시끌시끌했다. 박새 무리가 왼쪽에 있는 떡갈나무 군락지에서 먹이를 찾고 있었다. 멀지 않은 곳에서 개똥지빠귀 소리가 들려오는 것도 같았다.

난 언제나 아주 열성적인 아마추어 탐조가였다. 고압적으로 아내를 지배하려 드는 멍청한 옹고집쟁이 남편이 변변찮은 목에 걸린 현상금 문제를 해결하고 올 때까지 여기서 홀로 기다려야 한다면, 여기서 뭘 찾을 수 있을지 관찰하며 보내야겠어.

나는 말의 두 다리를 묶은 다음 숲 가장자리에 무성하게 난 풀을 뜯어 먹게 풀어 두었다. 다리를 묶었으니 멀리 가지는 못할 테니까. 풀밭은 나무 아래에서 몇 미터 이어지지 못하고 불쑥 끊겼다. 거기서부터는 헤더꽃 수풀이 무성하게 자라 다른 풀의 생장을 막았기 때문이다.

그 숲은 침엽수와 어린 참나무가 뒤섞여 자라고 있어서 새를 관찰하기 아주 좋았다. 속으로야 아직도 제이미에게 분이 풀리지 않았지만, 숲속을 거닐며 딱새가 츳 하고 도드라지게 우는 소리와 겨우살이개똥지빠귀의 거친 노랫소리를 듣고 있자니 마음이 점차 차분해졌다.

작은 숲은 저편에서 갑자기 뚝 끊겼다. 그곳은 자그마한 벼랑이었다. 어린나무를 헤치고 나가 보자, 어느덧 새소리는 휘몰아치는 물소리에 묻혀 들리지 않았다. 나는 자그마한 개울 가장자리에 섰다. 그곳은 가파른 바위가 협곡처럼 서 있는 곳으로, 들쭉날쭉한 돌벽 아래로 물줄기가 폭포처럼 떨어져 그 아래로 갈색 빛깔과 은빛의 웅덩이를 이루었다. 나는 둑에 앉아 물에 발을 담그고 기분 좋게 햇볕을 쐬었다.

문득 까마귀 한 마리가 머리 위를 스치며 날았다. 그 뒤로 딱새 두 마리가 까마귀를 바짝 쫓았다. 커다랗고 검은 몸의 까마귀는 공중을 지그재그로 날아다니면서, 자그마한 몸집으로 휙 날아드는 딱새들을 애써 피했다. 나는 미소를 지으며 분노에 찬 딱새 부모들이 까마귀를 앞뒤로 몰아대는 광경을 바라보다 이내 궁금해졌다. 까마귀라면 제 마음대로 곧장 날아가도 될 텐데. 그냥 직선으로 쭉 날아서 저쪽으로 가면…….

순간, 나는 우뚝 멈춰 섰다.

제이미와 말다툼을 격하게 벌이느라 여태 깨닫지 못하고 있었는데, 지금이야말로 지난 두 달 동안 내가 그토록 바라던 순간이 아니던가. 나 혼자 있는 순간 말이다. 게다가 여기가 어딘지도 알고 있었다.

개울 건너편을 바라보니, 저 멀리 둑에 선 붉은물푸레나무 사이로 비쳐 드는 아침 햇살에 눈이 부셨다. 그렇다면 저기가 동쪽이구나. 가슴이 더욱 세차게 뛰었다. 동쪽이 저기라면, 래그 크룸은 바로 내 뒤편이었다. 그곳은 포트윌리엄에서 북쪽으로 6.5킬로미터 떨어진 곳이었다. 그리고 포트윌리엄은 크레이크 나 둔 언덕에서

서쪽으로 5킬로미터도 떨어져 있지 않았다.

머타와 마주친 후 처음으로, 여기가 어딘지 거의 정확하게 알게 되었다. 이곳은 그 망할 놈의 언덕과 빌어먹을 환상열석까지 겨우 10킬로미터 떨어진 곳이었다. 10킬로미터만 가면, 집에 갈 수 있을지도 몰라. 프랭크에게 갈 수 있단 말이야.

나는 숲속으로 들어가기 시작했지만, 마음을 고쳐먹었다. 감히 길을 따라갈 수는 없었다. 이곳은 포트윌리엄과 그 주변 작은 마을과 가까이 있어서, 자칫 누군가와 마주칠 위험이 너무 많았다. 유일한 길은 개울을 따라가는 것이지만, 가파른 개울가를 말을 탄 채 지나갈 수도 없었다. 사실, 그곳까지 과연 걸어서 갈 수 있을까 미심쩍기도 했다. 바위 협곡이 가팔라지는 곳도 군데군데 있어서, 자칫하다가는 폭포 아래로 풍덩 떨어질 수 있었기 때문이다. 그런 데는 발디딜 곳은커녕 세찬 물줄기 위로 삐죽 나온 뾰족한 암석밖에 없다.

하지만 목적지까지 곧바로 뻗은 길은 단연 이곳밖에 없었다. 게다가 길을 빙 돌아갈 배짱도 내겐 없었다. 야생의 수풀 속에서 쉽사리 길을 잃을 테니까. 아니면 제이미와 두걸이 돌아와 나를 잡을 게 뻔했다.

순간, 제이미를 생각하자 속이 뒤틀렸다. 세상에, 나 어떻게 이럴 수가 있어? 한마디 설명이나 사과 없이 제이미를 떠날 생각이야? 제이미가 날 위해 이토록 많은 것을 해 주었는데, 흔적도 없이 사라지겠다니?

거기까지 생각하자, 나는 결국 말을 버리고 가기로 결심했다. 그렇다면 내가 자진해서 제이미를 떠난 건 아니라고 생각해 줄 테니까. 사나운 짐승에게 살해되었다고 여길 수도 있겠지, 하고 생각하며 난 주머니에 든 단검을 만졌다. 아니면 무법자들에게 납치되었을 수도 있고. 그리고 결국 나의 자취를 찾지 못하면, 나를 잊고 다시 결혼하겠지. 리오흐성으로 가서 아름다운 리어리를 아내로 맞이

할지 누가 알까.

순간, 참으로 어이없게도 제이미가 리어리와 함께 잠자리에 든다고 생각하자 아까 그가 날 두고 떠났던 순간만큼이나 분노가 치솟았다. 이 무슨 멍청한 생각인가, 하고 자책했지만 열렬한 마음에 붉게 물든 리어리의 아름답고 동그란 얼굴과 그 달빛 같은 금발 머리에 커다란 두 손을 파묻은 제이미가 어쩔 수 없이 떠올랐고…….

나는 이를 악물고 뺨 위로 흐르는 눈물을 단호하게 닦았다. 지금은 말도 안 되는 상상을 할 시간도 힘도 없었다. 난 떠날 수 있을 때 당장 떠나야 했다. 지금이야말로 나에게 주어진 가장 좋은 기회일지도 모른다. 제이미가 나를 잊어 주기를 바랐다. 나는 절대로 그를 잊을 수 없을 테지만. 지금은 그를 내 마음에서 떨쳐 내야 했다. 계속 마음에 두고 있다가는 그렇잖아도 힘든 이 순간에 정신을 집중할 수 없을 것이다.

조심스레 가파른 둑을 디디며 물가로 내려갔다. 세차게 흐르는 물소리에 저 숲속 새들의 노랫소리가 묻혔다. 길은 험난했지만, 물줄기를 따라 걸을 만큼의 공간은 있었다. 둑은 진흙투성이인데다 바위가 널렸어도 그럭저럭 걸을 만했다. 하지만 더 아래로 내려가자, 결국 물속에 발을 담글 수밖에 없었다. 둑이 다시 디딜 만큼 넓어질 때까지는 바위를 건너뛰며 물살에 넘어지지 않도록 조심해야 했다.

앞으로 남은 시간은 얼마나 될까 생각하며, 나는 힘겹게 앞으로 나아갔다. 제이미는 해가 지기 전까지 돌아올 거라고 말했다. 래그 크룸까지는 6킬로미터 정도였지만, 거기까지 가는 길이 어떤지, 또 호록스와의 거래는 얼마나 걸릴지 알 길은 없었다. 일단 호록스가 나왔냐부터가 문제였다. 아냐, 나왔겠지. 나는 속으로 애써 마음을 다잡았다. 휴 먼로가 말했잖아. 겉모습은 기괴할 정도로 이상한 사람이지만, 제이미는 분명히 그를 믿을 만한 정보원이라고 생각하고 있었잖아.

그러다 그만 물살 가운데로 디딘 첫 번째 바위에서 발이 미끄러지고 말았다. 나는 차가운 물속에 무릎까지 빠져 치맛단을 적셨다. 둑으로 돌아간 다음 치마를 최대한 높이 치켜들고 신발과 스타킹을 전부 벗었다. 그리고 치마를 걷어 올려 만든 주머니에 벗은 걸 넣고 다시 바위를 디뎠다.

발가락에 힘을 주고 디디면 미끄러지지 않고 바위 사이를 걸을 수 있다는 사실을 알아냈다. 하지만 치맛단을 커다랗게 뭉쳐서 안고 걷는 중이라 다음에 어디를 디뎌야 할지 제대로 보이지가 않아 여러 번 물속으로 미끄러지고 말았다. 다리가 시렸고 발이 저려 오자 발끝에 힘을 주기가 더 어려워졌다.

다행히 다시 둑이 넓어졌다. 나는 고마운 마음으로 따스하고 끈적한 진흙을 밟으며 걸었다. 하지만 다소 편안하게 갈 만한 길은 짧게만 이어졌고, 차가운 급류 사이로 난 바위를 위험천만하게 뛰어 가야 하는 길은 길게 이어졌다. 그래서 길 가기에 바쁜 나머지 고맙게도 제이미 생각을 많이 하지 못했다.

시간이 좀 지나자 나름의 요령이 생겼다. 일단 발을 디디고, 발끝에 힘을 준 다음 잠깐 멈춰서 주위를 둘러보고 다음 디딜 곳을 찾는 순서였다. 그렇게 디디고, 힘 주고, 멈춰 서기를 계속 반복했다. 그러다 너무 자신만만했던 걸까, 아니면 단순히 피곤해서였을까. 나는 그만 집중하지 못하고 디딜 곳에 제대로 닿지 못했다. 발이 미끌미끌한 바위 옆으로 힘없이 미끄러져 내려가 버렸다. 팔을 미친 듯이 흔들며 원래 있던 바위로 돌아가려 했지만, 이미 균형을 잡기에는 너무 늦어 버렸다. 스커트며 페티코트, 단검을 비롯하여 가진 것을 모두 물속에 빠뜨리고 말았다.

나는 계속 물에서 허우적댔다. 개울은 대략 깊이가 30센티미터에서 60센티미터에 불과했지만, 가끔 수심이 깊은 곳이 나왔다. 물결이 바위 속을 깊숙이 파내어 이루어진 지형이었다. 내가 빠진 곳은 그런 깊은 웅덩이의 가장자리여서, 난 물에 빠지자마자 돌덩이처럼 가라앉고 말았다.

차가운 물이 코와 입으로 확 들어오자 너무 놀라서 비명조차 나오지 않았다. 은빛 거품이 드레스 보디스에서 보글보글 솟더니 얼굴을 거쳐 수면으로 휙 올라갔다. 면직물은 순식간에 물을 빨아들였고, 차가운 물에 와락 사로잡혀 숨이 막혀 왔다.

나는 곧바로 수면 위로 올라가려고 버둥거렸지만, 옷 무게 때문에 자꾸만 가라앉았다. 미친 듯이 보디스 끈을 잡아당겨 보아도, 옷을 벗기도 전에 빠져 죽고 말 것 같았다. 대체 이런 복식을 만든 건 누군지, 패션은 누가 유행시킨 건지, 치마는 어째서 돼먹지 못하게 이토록 긴지 수없이 욕설을 퍼붓고 말없이 몰인정한 평가를 내리면서 계속 다리를 휘감는 치맛자락을 마구 발로 찼다.

물은 티 없이 맑았다. 손가락은 바위 벽을 스치며 미끌미끌하고 하늘하늘한 어두운 색 좀개구리밥과 물풀을 잡으려 했지만 자꾸만 미끄러졌다. 제이미가 그랬었지, 수초처럼 미끌미끌하다고. 내 다리 사이가……

문득 든 생각에 공포심에서 벗어나게 되었다. 순간, 내가 자꾸만 수면으로 올라가려고 진을 빼면 안 된다는 걸 깨달았다. 웅덩이는 아무리 깊어 봤자 1미터 남짓밖에 되지 않을 것이다. 그러니 난 긴장을 풀고 바닥에 가라앉았다가 발을 굳게 디디고 위로 일어서면 된다. 운이 좋다면 머리를 밖으로 내밀 수 있을 것이고, 다시 가라앉는다 해도 바닥에 계속 닿다 보면 어딘가 디딜 만한 바위가 있는 가장자리를 찾아낼 수 있을 터였다.

가라앉는 과정은 고통스러울 정도로 느렸다. 더는 위로 올라가려고 발버둥 치지 않자, 치맛자락이 얼굴 앞에서 장미가 피어오르듯 솟으며 얼굴을 감쌌다. 나는 천 자락을 마구 때렸다. 어떻게든 앞은 봐야 했으니까. 폐가 터질 것만 같았고 눈앞이 흐려질 즈음, 드디어 웅덩이의 매끈한 바닥에 발이 닿았다. 나는 무릎을 살짝 굽히고 치마를 아래로 누른 다음 온 힘을 다해 위로 몸을 일으켰다.

나의 계획은 간신히 성공했다. 껑충 뛰어오른 순간 얼굴이 수면 위로 불쑥 올라갔고, 찰나를 이용하여 죽지 않을 만큼 숨을 쉴 수 있었다. 이내 물에 다시 잠기기는 했어도, 이걸로 충분했다. 다시 할 수 있으니까. 나는 두 팔을 옆구리에 붙여 물의 저항을 최대한 줄이고 더 빠르게 하강했다. 다시 한번 해 보자, 클레어 비첨! 무릎을 굽히고, 준비하고, 점프해!

팔을 머리 위로 쭉 뻗은 채로 솟아올랐다. 그렇게 마지막으로 물 밖에 나가려던 순간, 머리 위로 무언가 빨간 게 스쳐 갔다. 수면 위에 드리워진 마가목 가지가 분명했다. 저 가지를 잡을 수 있을지도 몰라.

다시 얼굴을 들어 올리자 무언가가 내 팔을 잡았다. 힘 있고 따스하면서 아주 단단한 그것은 바로 사람의 손이었다.

기침하고 물을 토해 내면서도 다른 손으로 나는 마구 앞을 더듬었다. 물에서 구조된 것이 너무 기뻐서, 탈출 시도가 어그러졌지만 후회가 들지 않았다. 그렇게 기쁜 마음으로 눈앞의 머리카락을 넘긴 순간, 올려다본 눈앞으로 퉁퉁하고 걱정스러운 랭커셔 출신의 얼굴이 보였다. 젊은 호킨스 상병이었다.

21
연이어 닥쳐온 불쾌한 순간

나는 소매에서 아직도 축축하게 달라붙은 수초를 떼어 압지 한 가운데 똑바로 놓았다. 그런 다음에는 마침 앞에 있던 잉크스탠드에 수초를 담근 다음, 두꺼운 압지에 재미있는 무늬를 그렸다. 이 소소한 장난질에 흠뻑 빠져 버린 나는 방금 만든 걸작품에 욕설을 써서 마무리하고 조심스럽게 모래를 뿌려 잉크를 말린 다음 서류 분류함에 조심스럽게 세워 두었다.

한 걸음 물러서서 나의 걸작을 감상한 다음, 달리 또 무엇을 할까 둘러보았다. 랜들 대위가 곧 등장하리라는 사실을 생각하지 않을 수만 있다면 뭐든 상관없었다.

벽에 걸린 그림과 은제 사무용품들, 바닥에 깔린 두꺼운 카펫을 보면 개인 사무실을 꾸민 대위의 취향은 나쁘지 않았다. 나는 카펫으로 다시 돌아가 다시 물방울을 마구 떨어뜨렸다. 포트윌리엄까지 오는 길에 겉옷은 꽤 말랐지만, 아직도 페티코트 밑단은 축축했다.

책상 뒤편에 있는 작은 진열장을 열어 보자 연철 보관대 위에 대위의 여벌 가발이 단정하게 놓여 있었다. 옆에는 은제 거울과 남성용 머리 솔빗, 별갑 빗 등이 가지런히 놓였다. 나는 가발 보관대를 책상 위에 올려놓고, 모래 통에 남은 모래를 솔솔 뿌린 다음 다시 진열대에 돌려놓았다.

그런 다음 책상 앞에 앉아 빗을 들고 거울을 보고 있는데, 드디어 대위가 들어왔다. 그는 나의 흐트러진 모습과 뒤진 흔적이 있는 진열장, 비뚤어진 서류 분류함을 슬쩍 훑어보았다.

눈도 깜빡이지 않으며 의자를 끌어다 내 앞에 앉은 랜들은 한쪽 발을 다른 쪽 무릎에 올리고 느긋한 자세를 취했다. 귀족적인 고운 손에는 말채찍을 달랑달랑 들고 있었다. 나는 검은 실과 붉은 실을 땋아 만든 채찍 끝이 카펫 위를 천천히 움직이는 궤적을 지켜보았다.

휙휙 움직이는 채찍을 지켜보는 나의 눈길을 응시하며 랜들이 말했다.

"장난질을 하는 것도 나름 매력적인 생각이었습니다. 하지만 내가 당신이었다면, 이보다는 더 좋은 생각을 했을 겁니다."

"그러시겠지요. 하지만 여자를 채찍질할 수는 없지 않으신가요?"

나는 눈앞을 가린 숱 많은 머리카락을 손가락으로 쓸어 내며 물었다. 랜들은 공손하게 대답했다.

"특정 상황에서는 그렇습니다. 하지만 당신의 경우에는 해당되지 않습니다. 아직까지는. 이건 다소 공적인 상황이라서요. 우선 우리는 개인적으로 좀 친해질 수도 있겠다 싶었습니다."

그는 뒤에 있던 작은 탁자에서 디켄터를 집어 들었다.

우리는 말없이 서로를 바라보며 클라레*를 마셨다. 갑자기 랜들이 말했다.

"당신의 결혼을 축하하는 것을 잊었군요. 제때 축하를 드리지 못해 송구합니다."

* 프랑스 보르도산 레드와인.

나는 우아하게 대답했다.

"괜찮습니다. 나를 이렇게 환영해 주셨으니 남편의 가문이 당신에게 감사를 표하리라 확신한답니다."

랜들은 매력적인 미소를 지으며 대답했다.

"아, 과연 그럴까는 의심스럽습니다. 하지만 말입니다, 난 그들에게 당신이 여기 있다는 걸 말하지 말까 싶었지요."

"왜 그들이 내 행방을 모를 거라 생각하시죠?"

뻔뻔하게 굴어 보자던 애초의 결심에도 불구하고, 내 목소리는 공허해지기 시작했다. 나는 창문을 재빨리 바라보았지만, 창은 이상한 곳에 나 있어서 태양이 보이지 않았다. 그저 노란 빛만이 보였을 뿐이다. 지금은 오후쯤 됐으려나? 제이미는 내가 두고 간 말을 언제쯤 발견했을까? 그리고 얼마나 지나서야 내 발자국을 따라 개울로 들어갔다가 흔적을 잃어버렸을까? 흔적도 없이 사라지는 건 나름의 단점이 있었다. 사실, 랜들이 나의 행방을 두걸에게 알려 주지 않는다면, 그들은 내가 어디로 갔는지 알 길이 없었으니까.

랜들 대위는 우아한 이마를 찌푸리며 말했다.

"만약 그쪽 가문이 알았다면, 벌써 나를 방문했을 것 아닙니까. 지난번에 두걸 매켄지가 내게 퍼부어 댔던 말로 미루어 볼 때, 그자는 내가 자신의 친족을 보호하기에 적합하다고 생각하지는 않았습니다. 게다가 매켄지 가문은 당신을 내 손에 넘기느니 차라리 가족으로 들이고 싶을 만큼 당신을 귀하게 여기는 것 같습니다. 그러니 그들이 이곳에서 당신이 불쾌하게 감금당하는 상황을 두고 볼 거라고는 꿈에도 생각하지 않습니다만."

그는 물에 젖은 내 옷과 산발이 된 머리카락, 전체적으로 흐트러진 외모를 하나하나 살펴보면서 못마땅한 눈초리를 지었다.

"왜 그토록 당신을 원하는 건지 도통 모르겠군요. 아니, 당신이 그토록 소중하다면 미쳤다고 혼자서 시골길을 헤매도록 놔두겠습니까? 제아무리 야만인이라도 자기네 여자들을 그런 식으로 두지는 않을 텐데요."

문득, 그의 눈이 희번덕거렸다.

"아니면 당신 쪽에서 그들과 헤어지기로 결정했습니까?"

랜들은 새로운 가설에 흥미를 느끼며 느긋하게 앉더니, 질문을 던졌다.

"첫날밤이 생각보다 힘들었다던가? 솔직히 말하자면, 당신이 나보다 털북숭이에 헐벗고 다니는 야만인과 같은 침대를 쓰길 바란다는 이야기를 듣고서 좀 화가 났습니다. 그런 짓을 불사할 정도로 맡은 임무에 충실하다니, 놀라운 희생정신이군요, 부인. 당신이 그런 마음까지 먹게 될 만큼 설득력을 발휘한 윗선이 누구신지 참 대단하시다는 말씀을 드려야겠습니다. 하지만."

그는 의자에 더욱 기대앉으며 무릎 위에 와인 잔을 살며시 놓았다.

"나는 아무래도 당신 배후에 누가 있는지 반드시 알아내야겠습니다. 정말로 매켄지 일당과 헤어졌다면, 가장 유력한 가설은 당신이 프랑스 첩자라는 건데. 하지만 프랑스 쪽 누구죠?"

그는 나를 유심히 응시했다. 그 눈빛은 마치 새를 꼬드기는 뱀 같았다. 하지만 나도 술을 좀 마시다 보니 속에서 느껴지던 공허함이 사라진 참이었다. 나 역시 그를 빤히 바라보았다.

잠시 후 나는 공손하게 말했다.

"어머나, 지금 저와 대화하고 계셨던 건가요? 혼자서 워낙 말씀을 잘하셔서 그런 줄도 모르고 있었답니다. 계속 말씀해 보시지요."

랜들은 우아한 입술 선을 살짝 다물었고, 입가의 주름살도 조금 짙어졌다. 하지만 그는 아무 말도 하지 않았다. 그러더니 잔을 옆으로 치우고 일어서서 가발을 벗고, 장식장의 빈 보관대 위에 놓았다. 나는 그가 다른 가발에 뿌려진 검은 모래를 보고서 잠시 멈칫하는 모습을 보았지만, 표정이 눈에 띄게 변하지는 않았다.

가발을 벗자 그의 진하고 숱 많은 머리카락이 드러났다. 머릿결은 곱고 윤기가 났다. 그 모습을 보자 불쾌할 정도로 익숙함이 느껴졌다. 물론 그의 머리카락은 프랭크와 달리 어깨까지 내려오는 길이에, 뒤로 모아 푸른 비단 리본으로 묶었지만 말이다. 그는 리본을 풀더니 책상에서 빗을 들어 가발에 눌려 납작해진 머리카락을 빗은 다음 조심스레 리본으로 묶었다. 나는 거울을 들어 올려 끈이 잘 묶였는지 볼 수 있게 해 주었다. 그는 내게서 거울을 휙 빼앗아 제자리에 놓고는 쾅 소리가 날 정도로 세차게 장식장을 닫았다.

랜들이 이렇게 질질 끄는 이유는 뭘까. 나를 불안하게 만들고 싶어서일까. 그렇다면 효과가 있구나. 아니면 그저 이제 어떻게 해야 할지 결정을 내리지 못해서일까.

잠시 후 하인 하나가 차를 준비해서 방으로 들어오자 긴장감이 살짝 누그러졌다. 랜들은 여전히 침묵을 지키며 나에게 차를 권했다. 우리는 또 차를 마셨다.

결국 입을 연 것은 내 쪽이었다.

"설마, 이러는 게 새로운 설득 방법은 아니시겠죠? 계속 뭘 마시게 만들어서 방광을 고문하시려는 건가요? 왜 자꾸 마실 것을 강요하시는 걸까요. 5분 동안 화장실에 다녀오는 대가로 뭐든 불게 만들려는 마음이신가 보군요."

내 말에 그는 어찌나 깜짝 놀라던지 웃음마저 지었다. 웃으니까 얼굴이 확 달라 보일 정도였다. 그의 책상 왼쪽 서랍에 여자 글씨가 적힌 향기 나는 편지 봉투가 왜 그리 많은지 알 것 같았다. 그는 마음껏 얼굴을 움직이며 참지 않고 웃었다. 마침내 웃음을 그친 랜들은 입가에 어렴풋이 웃음기를 띠고 다시 나를 빤히 바라보았다.

"부인의 정체가 무엇인지는 모르겠습니다만, 적어도 같이 있으면 확실히 기분 전환이 되는군요."

랜들은 이렇게 말하고는 문 옆에 달린 종의 끈을 잡아당겼다. 그러자 하인이 다시 나타났다. 그는 하인에게 나를 화장실에 데려다 주라고 지시했다.

"하지만 가는 길에 이분이 도망치지 않도록 조심하게, 톰프슨."

그는 이렇게 덧붙이며 냉소적으로 내게 절하고는 문을 열어 주었다.

나는 안내받은 화장실에 들어가 문에 힘없이 기댔다. 잠시나마 랜들과 떨어져 있게 되어 다행이었지만, 결국 다시 돌아가야겠지. 이제껏 들은 이야기도 그렇고, 내가 직접 경험한 일도 있기에 랜들의 진짜 모습에 대해선 확실히 알고 있었다. 하지만 참으로 재수 없게도, 빛나고 무자비한 저 외면에서 자꾸만 프랭크의 모습이 연상되곤 했다. 저자를 웃게 만든 건 실수였던 것 같아.

나는 악취에도 아랑곳하지 않고 변기에 앉아 당면한 문제를 골똘히 생각했다. 탈출은 불가능해 보였다. 바깥에서 경계를 늦추지 않고 나를 기다리는 톰프슨은 제쳐 두고서라도, 랜들의 사무실은 포트윌리엄 요새의 한가운데쯤 위치한 건물에 있었다. 사실 요새 자체는 돌을 쌓아 만든 건물에 불과했지만, 돌벽은 3미터 높이에 이중문의 감시는 삼엄했다.

속이 안 좋다고 하고 여기에 계속 있을까 생각해 보았지만 이내 마음을 돌렸다. 화장실이 불쾌한 환경이기 때문만은 아니었다. 결국, 무언가 시간을 끌 만한 이유가 없는 한 미적대는 게 소용이 없기 때문이었다. 게다가 그런 이유가 없는 게 사실이었다. 내가 여기에 있다는 건 아무도 모르고, 랜들 역시 아무에게도 말할 마음이 없었다. 그가 나를 데리고 놀 마음이 있는 한 나는 그의 소유였다. 그를 웃게 만든 게 다시금 후회되었다. 사디스트가 유머 감각까지 갖추면 특히 위험한 법이니까.

랜들 대위에 대해 뭔가 쓸 만한 게 없을까 미친 듯이 생각하다가, 문득 어떤 이름이 떠올랐다. 한 귀로 흘려들어 어렴풋한 기억이었지만, 그래도 내가 맞게 기억했기만을 바랐다. 참으로 한심할 정도로 별것 아닌 패였지만, 그래도 내게는 유일한 패였다. 나는 심호흡을 했다가 급히 내쉰 다음 피난처 같았던 화장실에서 나갔다.

다시 사무실로 돌아온 나는 차에 설탕을 넣고 조심스레 저었다. 이어 크림도 넣었다. 하지만 차를 만드는 의식을 최대한 질질 끌고 나자, 어쩔 수 없이 랜들을 마주 보았다. 그는 좋아하는 자세로 기대앉아 우아하게 찻잔을 들고 있었다. 그 너머로 나를 더 잘 볼 수 있었으니까.

"자, 혹시나 이상한 말을 꺼냈다가 내 차 맛이 떨어지면 어쩌나 걱정하고 계신가요? 그러실 필요는 없어요. 어차피 마시고 싶지 않으니까요. 말씀해 보세요. 이제 나를 어쩌실 생각이시죠?"

그는 미소를 지으며 뜨거운 차를 조심스레 마신 다음 대답했다.

"아무것도 안 할 생각입니다."

나는 놀라서 눈썹을 치켜떴다.

"정말요? 좋은 생각을 해내지 못하셨나 보죠?"

"어떻게 생각하시든 상관없습니다. 아무것도 안 할 테니까요."

그는 언제나처럼 정중하게 말했다. 하지만 나를 다시금 훑는 그의 눈빛은 전혀 정중하지 않았다. 그는 나의 보디스 가장자리로 눈길을 주었다. 위를 가렸던 스카프가 사라져서 가슴 윗부분이 훤히 드러나 보이는 곳이었다.

"부인에게 필요한 예의범절에 대해 절실하게 가르쳐 드리고 싶습니다만, 안타깝게도 그 즐거운 기회는 무기한 연기되어야 할 것 같습니다. 다음번 죄수 호송 시에 당신을 에든버러로 보낼 작정이니까요. 그러니 거기 보낼 때까지는 부인의 겉모습에 어떤 식으로든 상처가 나면 안 될 듯합니다. 제 상관들이 당신을 보고 저를 부주의하다 여기실지도 모르잖습니까."

"에든버러라고요?"

나는 그만 대놓고 놀라 버렸다.

"그렇습니다. 톨부스라고, 들어 보신 적 있으시겠죠?"

들어 본 적 있었다. 그곳은 당시 가장 역겹고 악명 높은 감옥이었다. 더럽고, 범죄가 횡행하며 질병과 온갖 악한 일이 일어나기로 유명했다. 수감자들 상당수가 재판을 받기 전에 죽어 나가는 곳이었다. 나는 마른침을 꿀꺽 삼키고 속에서 달콤한 차와 섞여 올라오려는 신물을 억지로 참았다.

랜들은 아주 만족스러운 태도로 차를 마셨다.

"그곳 생활은 꽤 편안하실 겁니다. 결국 부인께서는 눅눅하고 추잡한 환경에서 살기를 더 선호하시는 듯하니까요."

그는 나의 드레스 아래로 축 처진 페티코트의 눅눅한 자락을 못마땅한 눈초리로 바라보았다.

"리오흐성에서도 머물러 보셨으니, 그곳이 집처럼 느껴지시리라 생각합니다."

과연 톨부스 감옥의 요리가 콜럼의 상에 오르는 음식만큼 좋을까. 게다가 그곳 시설이 전반적으로 어떨지가 중요한 게 아니었다. 나는 절대로 **무슨 일이 있어도** 랜들이 나를 에든버러로 보내게 할 수 없었다. 일단 톨부스에 들어가게 되면, 다시는 환상열석으로 돌아갈 수 없을 테니까.

이젠 나의 패를 내보일 때가 왔다. 지금이 아니면 안 된다. 나는 찻잔을 들어 올리고 차분하게 말했다.

"마음대로 하시지요. 샌드링엄 공작께서 이 일에 무어라 말씀하실지 생각해 보셨나요?"

순간, 그는 사슴 가죽 바지 위에 뜨거운 차를 엎지르고 말았다. 이어지는 난동 소리가 어찌나 흐뭇하게 들려왔는지 모른다.

"쯧."

나는 나무라듯 혀를 찼다.

그는 눈을 부라린 채 몸가짐을 바로 했다. 나동그라진 찻잔 옆으로 갈색 찻물이 연초록 카펫 위로 스며들었다. 하지만 그는 종을 쳐서 하인을 부르지 않았다. 목 옆쪽으로 자그맣게 근육을 꿈틀댈 뿐이었다.

아까 책상 왼쪽 위편 서랍에서 에나멜 코담배 상자 옆에 있는 풀먹인 손수건 더미를 봐 두었다. 나는 손수건을 하나 꺼내 그에게 건네주었다.

"얼룩이 생기지 않았으면 좋겠군요."

내가 상냥하게 말했는데도 그는 손수건을 받지 않았다. 다만 나를 찬찬히 바라봤을 뿐이다.

"아니야. 말도 안 돼. 이럴 리 없어."

"왜 안 되나요?"

나는 태연한 척 물었다. 하지만 속으로는 대체 **뭐가** 이럴 리 없다는 건지 궁금했다.

"그랬다면 나에게 말씀하셨을 테니까요. 당신이 정말로 샌드링엄 공작님 사람이라면, 대체 이토록 터무니없는 식으로 행동하겠습니까?"

"공작께서 당신의 충성심을 시험하시는 건 아닐까요?"

나는 아무렇게나 말하면서, 필요하다면 벌떡 일어설 참이었다. 그는 옆구리에 주먹을 꽉 쥐었다. 옆으로 치워 둔 말채찍은 책상 위에 손만 뻗으면 닿을 자리에 있었다.

그는 내 말에 코웃음을 쳤다.

"당신이야말로 내 인내심을 시험하고 있습니다. 아니면 어디까지 짜증을 봐 주나 관대함을 시험하고 싶은 모양이지요? 나의 인내심과 관대함은 아주 적다는 걸 알아 두십시오."

그는 날 살펴보듯 눈을 가늘게 떴다. 나는 재빨리 도망칠 준비를 했다.

랜들이 달려들자 나는 한쪽으로 몸을 던졌다. 그리고 찻주전자를 손에 쥐고 그에게 던졌다. 그는 몸을 피했고, 주전자는 기분 좋게 쾅 소리를 내며 문에 부딪쳤다. 하인은 깜짝 놀라 문틈으로 안쪽을 들여다보았다. 밖에서 대기하고 있었던 것 같았다.

랜들 대위는 거칠게 숨을 몰아쉬면서 참을성 없는 손짓으로 하인에게 들어오라 했다.

"이 여자를 잡아."

그는 퉁명스럽게 명령하며 책상으로 다가갔다. 나는 깊게 숨을 몰아쉬기 시작했다. 이러면 좀 진정이 될까 싶기도 했고, 잠시 후엔 더는 진정할 수 없게 되리라 예상이 되어서였다.

하지만 랜들은 나를 때리지 않았다. 그저 내가 미처 보지 못했던 오른쪽 아래 서랍을 열더니, 얇고 긴 밧줄을 꺼냈을 뿐이다.

"세상 어떤 신사분께서 책상 속에 밧줄을 보관해 두시죠?"

나는 분개한 목소리로 물었다.

"준비성 많은 신사는 밧줄도 갖고 있는 법이죠."

그는 중얼거리며 내 손목을 뒤로 돌려 단단히 묶었다. 그리고 문쪽으로 고개를 휙 돌리더니, 하인에게 다급하게 말했다.

"나가. 무슨 소리가 나더라도 들어오지 마."

아무리 생각해도 불길한 소리였다. 그가 다시금 서랍 속으로 손을 넣자 나의 예감은 더더욱 옳게만 느껴졌다.

칼은 사람을 불안하게 만드는 도구 아니던가. 제아무리 격투에 능한 사람이라도 칼날을 보면 뒷걸음치게 마련이다. 나 역시 뒷걸음질하다 묶인 손이 하얀 벽에 닿고 말았다. 사악하게 번뜩이는 칼 끝이 내 가슴골에 닿았다.

랜들은 기분 좋게 말했다.

"자, 이제 샌드링엄 공작님에 대해 당신이 아는 걸 모두 이야기해 주십시오."

칼날에 좀 더 힘이 들어가자 드레스 천이 파이기 시작했다.

"시간은 얼마든지 드리겠습니다, 우리 아가씨. 난 급할 것 없으니까요."

천이 뚫리며 자그맣게 '꽉' 소리가 났다. 내 심장 바로 위에 자그마한 구멍이 뚫리자 두려움에 오싹해졌다.

랜들은 천천히 칼로 한쪽 가슴 아래를 반원으로 그었다. 천이 잘려 나가며 하얀 슈미즈 자락이 펄럭이며 가슴이 드러나고 말았다. 이제껏 숨죽이고 있었던 듯한 랜들은 천천히 숨을 내쉬며 나의 눈을 바라보았다.

나는 그에게서 비켜났지만, 움직일 공간은 없었다. 결국 그의 책상에 기대어 묶인 두 손으로 상판 끝을 잡았을 뿐이다. 그가 가까이 온다면 손을 뒤로 휙 쳐서 저 손에 든 칼을 떨어뜨릴 수도 있겠지. 설마 나를 죽이지는 않을 것이다. 내가 공작과 그의 관계에 대해 얼마나 많이 알고 있는지 알아내기 전에는 죽일 리 없었다. 하지만 그런 생각도 별로 위안이 되지는 못했다.

랜들은 미소를 지었다. 무서우리만큼 프랭크와 똑같은 미소였다. 이제껏 내가 보아 온 프랭크의 사랑스러운 미소는 학생들의 마음을 뒤흔들고 제아무리 목석같은 대학교 행정 직원의 마음이라도 녹여 버리는 힘이 있었다. 지금 같은 상황이 아니었다면 이 남자가 매력적이라고 생각했겠지만, 지금은…… 그럴 수 없었다.

그는 잽싸게 움직여 내 허벅지 사이에 무릎을 들이밀고 내 어깨를 뒤로 젖혔다. 난 균형을 잃고 책상에 등을 대고 쓰러졌다. 묶인 손목 위로 등이 아팠다. 그는 내 다리 사이로 몸을 누르면서 한 손으로 치맛자락을 들추고 다른 손으로는 드러난 가슴을 꽉 잡았다. 나는 미친 듯이 발길질을 했지만 거추장스러운 치마 때문에 소용이 없었다. 그는 내 발을 움켜잡더니 다리 위로 손을 뻗어 축축한 페티코트와 스커트, 슈미즈를 허리 위로 홀렁 걷었다. 이제 그는 반바지 앞섶을 풀기 시작했다.

날 강간하려던 탈영병 해리에 이어 또 시작이군. 나는 속으로 분노했다. 대체 영국 군대가 어찌 되려고 이러나? 쓰레기 같은 짓이나 해 대다니, 정말 대단한 전통이군.

잉글랜드 주둔지 한가운데서 비명을 질러 봤자 누가 도와주러 올 것 같지 않았지만, 그래도 나는 있는 힘껏 고함을 질렀다. 제아무리 형식적이라도 반항을 해야 했으니까. 이러면 조용히 하라며 뺨을 맞거나 어딜 얻어맞을 거라 생각했건만, 오히려 예상 밖으로 랜들은 좋아하는 것 같았다.

"어서 계속 소리를 질러, 귀여운 아가씨. 소리를 지를수록 난 훨씬 더 좋으니까."

그는 바지 단추를 푸느라 열중하면서 중얼거렸다.

나는 그를 똑바로 바라보며, 더할 나위 없이 명료하면서도 끔찍하리만큼 서투른 목소리로 쏘아붙였다.

"집어치워!"

랜들의 검은 머리카락이 한 줄기 흘러내려 삐딱하게 이마를 덮었다. 그러니 그의 6대조 후손 프랭크와 어찌나 닮아 보이던지, 끔찍하게도 다리를 벌려 그를 받아들이고픈 충동마저 일었다. 하지만 그가 나의 가슴을 야만스럽게 비틀자 그 충동은 싹 사라졌다.

무시무시하게 화가 나고 역겨웠다. 수치스럽고 혐오감도 들었다. 그런데 묘하게도 별로 무섭지는 않았다. 다리에 둔중하게 풀썩 부딪치는 움직임을 느끼던 순간 왜 그런지 깨달았다. 그는 내가 비명을 지르지 않는 한 쾌락을 느끼지 못하는 거구나. 그렇다면 비명을 지르지 말아야겠군.

"아하, 안 그러면 안 서나 보네?"

내가 말을 꺼낸 순간, 즉시 세차게 뺨을 맞고 말았다. 나는 입을 꾹 다물고 고개를 돌렸다. 계속 그의 얼굴을 보다 보면 나쁜 말이

나올 것만 같았으니까. 강간을 당하든 안 당하든, 그의 불안정한 성미 때문에 난 아주 위험한 상황이었다. 그런데 랜들에게서 눈을 뗀 순간, 창문 쪽에서 무언가 휙 움직임이 보였다.

이어서 냉정하고 차분한 목소리가 들려왔다.

"내 아내에게서 손을 거둬 주면 고맙겠소."

랜들은 내 가슴을 만진 상태로 굳어 버렸다. 제이미가 창틀에 웅크린 채, 커다란 놋쇠 손잡이가 달린 권총을 한쪽 팔에 받치고 있었다.

랜들은 지금 들은 소리를 믿을 수 없다는 듯 잠시 얼어붙은 채로 섰다. 그러다 천천히 창문으로 고개를 돌린 순간, 제이미에게 보이지 않는 오른손이 내 가슴에서 떨어져 내 머리 옆쪽 책상 위에 있던 칼로 슬며시 다가갔다.

"방금 **뭐라고** 했나?"

그는 믿을 수 없다는 어투로 말하며, 칼을 꽉 쥐고서는 몸을 돌려 말한 이를 바라보았다. 그리고 잠시 멈춰서 그를 보다가, 이내 웃기 시작했다.

"하느님 맙소사, 너는 스코틀랜드 아기 고양이 아닌가! 난 널 완전히 죽인 줄 알았는데! 등은 다 나았나 보지? 그리고 이 여자가 **네** 아내라고? 아주 맛있는 계집이었어. 꼭 네 누나처럼 말이야."

살짝 돌린 몸에 가려져 있던 랜들의 칼이 휙 돌았다. 이제 칼날은 내 목에 닿았다. 랜들의 어깨 너머로 제이미가 막 뛰어오르는 고양이처럼 창문을 붙잡고 선 모습이 보였다. 권총의 총구는 흔들림이 없었고, 그의 표정 역시 마찬가지였다. 감정이 엿보이는 부분은 목 위쪽으로 서서히 퍼지는 검붉은 홍조였다. 단추를 채우지 않은 목깃 안쪽으로 그의 목에 난 자그마한 흉터가 핏빛으로 불타올랐다.

랜들은 아무렇지도 않게 천천히 칼을 들어 올려 보여 주었다. 칼 끝이 내 목에 닿으려 했다. 그는 제이미 쪽으로 반쯤 돌아섰다.

"그 권총을 이리로 던지는 게 좋을 거다. 결혼 생활이 염증이 나서 이만 끝내려는 게 아니라면 말이야. 물론 홀아비가 되고 싶다면 상관없겠지만……."

둘의 눈빛은 마치 연인의 시선처럼 얽혀 들었다. 둘 다 모두 한참을 그렇게 가만히 바라보았다. 그러다 마침내, 제이미의 몸이 팽팽하던 긴장을 풀었다. 그는 길게 한숨을 내쉬고는 권총을 방에 던졌다. 쿵 하는 소리와 함께 바닥에 떨어진 권총은 랜들의 발치까지 쭉 미끄러졌다.

랜들은 허리를 굽혀 재빨리 총을 들었다. 칼이 내 목에서 떠나자마자 나는 일어나 앉으려 했지만, 그는 손을 내 가슴에 얹고 다시 밀어 눕혔다. 그리고 다른 손으로는 권총을 잡아 제이미를 겨눴다. 랜들이 버린 칼이 내 발치 어딘가에 있을 텐데. 내가 발가락으로 그걸 잡을 수만 있다면……. 내 주머니 속 단검은 지구에서 화성만큼이나 멀찍이 있어서 닿을 수가 없었다.

랜들은 제이미를 본 후로 미소를 거두지 않았다. 이제 웃음은 더욱 커져서 뾰족한 송곳니까지 드러났다.

"아, 좀 낫군."

그는 내 가슴을 누르던 손을 거두어 부풀어 오른 바지 앞섶에 가져다 댔다.

"나의 친구여, 네가 오기 전에 한창 재미를 보던 중이었거든. 미안하지만 마저 하던 걸 계속한 다음에 너를 상대해 주도록 하지."

제이미의 목에 퍼졌던 홍조는 이제 얼굴까지 완전히 뒤덮었지만, 총구가 몸통을 겨누고 있어서 꼼짝도 하지 않았다. 하지만 랜들이 손짓을 끝내던 순간 제이미는 권총의 총구로 달려들었다. 난 비명을 지르며 그를 막으려 했지만, 너무 겁에 질린 나머지 입이 말라붙어 버렸다. 랜들은 손마디가 하얗게 되도록 힘주어 방아쇠를 당겼다.

하지만 방아쇠를 당겼는데도 총에선 아무것도 발사되지 않았고, 제이미의 주먹이 곧바로 랜들의 복부를 쳤다. 다른 쪽 주먹이 대위의 코를 쪼개면서 둔탁하게 뼈가 부서지는 소리가 들리더니, 이내 내 치마폭에 미세한 핏방울이 튀었다. 랜들은 눈을 까뒤집은 채로 바닥에 돌처럼 쓰러졌다.

제이미는 내 뒤에 서서 날 일으키고 손목의 밧줄을 잘라 냈다.

"빈 총으로 허세를 부려서 여기까지 왔나요?"

내가 발작적으로 소리치자, 제이미가 다급히 소리쳤다.

"총알이 있었다면 애초에 쐈겠죠. 안 그래요?"

복도에서 이쪽으로 오는 발소리가 들렸다. 밧줄이 풀리자 제이미는 날 창문으로 확 끌어당겼다. 아래까지는 2.5미터나 되었지만 이제 발소리는 문에 다다랐다. 우리는 함께 뛰어내렸다.

나는 뼈가 부들부들 떨리도록 충격을 받으며 착지한 다음 스커트와 페티코트를 펄럭이며 뒹굴었다. 제이미는 나를 홱 잡아 일으키고는 건물 벽에 날 눌렀다. 건물 모퉁이로 여러 명이 지나가는 발소리가 들리면서 병사 여섯 명이 보였지만, 그들은 우리 쪽을 돌아보지 않았다.

그들이 지나가고 안전해지자, 제이미는 내 손을 잡고 다른 쪽 모퉁이로 손짓했다. 우리는 건물을 따라 옆으로 이동하면서 모퉁이조금 못 미친 곳에 섰다. 어디로 가는 건지는 알 수 있었다. 약 6미터 떨어진 곳에 요새 외벽 안쪽 통로로 이어지는 사다리가 있었다. 제이미는 그쪽으로 고갯짓을 했다. 그게 우리의 목표였다.

그는 고개를 내게 가까이 대고 속삭였다.

"폭발음이 들리면 쏜살같이 달려서 사다리를 타요. 난 뒤따라갈게요."

나는 알았다고 고개를 끄덕였다. 심장이 망치로 치듯 세차게 뛰었다. 아래를 내려다보니 가슴 한쪽이 훤히 드러나 있었지만, 지금은 어쩔 수가 없었다. 나는 달릴 준비를 하고 치마를 걷어 올렸다.

이윽고 건물 반대편에서 박격포가 폭발하는 듯한 굉음이 들렸다. 제이미가 내 등을 미는 즉시 나는 전속력으로 달렸다. 그리고 펄쩍 뛰어 사다리를 잡고 허둥지둥 올라갔다. 제이미가 뒤따라 사다리를 오르자 나무가 덜컹거리며 떨렸다.

사다리 끝까지 올라가자 요새가 한눈에 내려다보였다. 뒷벽 근처의 작은 건물에서 검은 연기가 피어올랐고, 사람들이 사방에서 그리로 달려가고 있었다.

제이미가 내 옆으로 불쑥 나타났다.

"이쪽이에요."

그는 보행자용 통로를 따라 허리를 숙이고 달렸고, 나는 그 뒤를 따랐다. 우리는 벽의 깃대 근처에서 멈춰 섰다. 깃발은 우리 위에서 묵직하게 펄럭였고, 깃대에 달린 밧줄은 리드미컬하게 박자를 이루며 깃대에 부딪쳤다. 제이미는 벽 너머를 응시하며 무언가를 찾고 있었다.

나는 요새를 돌아보았다. 사람들은 작은 건물을 에워싸고 이리저리 움직이며 소리쳤다. 한쪽으로는 작은 나무 연단이 보였는데, 1미터가 조금 넘는 높이에 옆으로 계단이 나 있었다. 가운데는 십자가 형태의 묵직한 나무 기둥이 있었고, 양팔 부분에 손을 묶는 용도로 밧줄이 달려 있었다.

그 순간, 제이미가 휘파람을 불었다. 담 너머로 말을 탄 루퍼트가 보였다. 그는 제이미의 말을 끌고 오는 중이었다. 휘파람 소리에 고개를 든 루퍼트는 말을 솜씨 좋게 우리 아래 장벽으로 데려왔다.

제이미는 깃대에 달린 밧줄을 잘랐다. 묵직한 잉글랜드 깃발이 빨간색과 파란색의 주름을 이루며 축 늘어지더니 내 옆으로 턱 소리를 내며 떨어졌다. 제이미는 밧줄 끝을 버팀목에 재빨리 묶은 다음 돌벽 밖으로 끝을 내렸다.

"어서 잡아요! 양손으로 꽉 잡고 벽에 발을 대면 돼요! 서둘러요!"

나는 발에 단단히 힘을 주고 밧줄을 꽉 잡았다. 가느다란 밧줄이 미끄러지면서 손에 불이 이는 것 같았다. 나는 말 옆에 착지한 다음 서둘러 올라탔다. 잠시 후 제이미는 내 뒤에 뛰어올랐고, 우리는 전속력으로 출발했다.

아무도 우리를 따라오지 않는다는 걸 확인하고 난 후, 요새에서 3킬로미터쯤 떨어진 곳에서 속력을 늦추었다. 짧은 회의를 거치고 나서, 두걸은 매킨토시 씨족의 경계 쪽으로 가는 게 좋겠다는 결론을 내렸다. 그곳이 안전한 씨족 영토 중 가장 가까운 곳이었기 때문이다.

"둔즈버리는 오늘 밤에 도달할 수 있어. 그때쯤이면 충분히 안전할 거야. 내일이면 우리 소문이 퍼지겠지만, 그땐 우리가 이미 경계를 넘어갔을 테니 괜찮아."

지금은 오후가 반쯤 지났을 때였다. 우리는 안정적인 속도로 다시 길을 떠났고, 나와 제이미가 탄 말은 두 사람 무게를 견딘 탓에 다른 말들보다 약간 뒤처졌다. 내가 탔던 말은 아직도 잡목림 속에서 행복하게 풀을 뜯고 있겠지. 누군가 운 좋은 사람 눈에 띄어서 새로운 집으로 가기를 기다리면서 말이야.

———

"날 어떻게 찾았어요?"

이렇게 물었을 때쯤, 나는 충격의 반동으로 덜덜 떨기 시작했다. 어떻게든 떨지 않으려고 팔짱을 꼈다. 옷은 이미 완전히 다 말랐는데도 한기가 뼛속까지 스미는 것 같았다.

"당신을 혼자 두면 안 되겠다고 생각해서 같이 있어 줄 사람을 보냈어요. 그 사람은 당신이 떠나는 모습은 보지 못했지만, 잉글랜드 군인이 당신을 데리고 여울을 건너는 걸 봤댔죠."

제이미의 말투는 냉랭했다. 그가 이러는 것도 무리가 아니겠지. 이제 나는 치아마저 덜덜 떨려 왔다.

"그, 그런데 놀랍네요. 내가 잉글랜드 첩자라서 떠난 거라고 생각하지 않고 날 데리고 오다니."

"두걸은 그렇게 생각하고 싶어 했어요. 하지만 당신이 군인과 있는 걸 본 사람이 말해 주더라고요. 당신이 끌려가지 않으려고 저항했다고요. 그래서 최소한 가 봐야 했죠."

그는 표정의 변화 없이 나를 슬쩍 바라보더니, 덧붙여 말했다.

"운 좋은 줄 알아요, 새서나흐. 내가 그 방에서 일어난 일을 봤으니까. 적어도 두걸은 당신이 잉글랜드와 한패가 아니라는 걸 인정할 수밖에 없겠죠."

"두, 두걸이 인정했다고요? 그럼 당신은요? 다, 당신은 어떻게 생각하는데요?"

나는 따져 물었다. 제이미는 대답 없이 그저 짧게 코웃음을 쳤다. 그래도 날 불쌍하게 생각은 하는지, 결국 그의 플래드를 홱 벗어서 내 어깨 위에 둘러 주었지만 날 끌어안지도 않고 꼭 필요한 접촉 외에는 건드리지도 않았다. 그는 우울한 침묵을 지키며 말을 몰았고, 고삐를 당길 때도 평소 보여 주던 우아하고 부드러운 손짓이 아니라 화난 것처럼 확 잡아당기곤 했다.

난 속상하고 불안한 나머지 더는 이 분위기를 참을 수가 없었다. 난 성급하게 묻고 말았다.

"아니, 왜 이러는 거죠? 뭐가 문제예요? 제발 삐치지 좀 말아요!"

의도했던 것보다 말이 날카롭게 나와 버렸다. 그의 몸이 더욱 굳는 게 느껴졌다. 갑자기 그는 말머리를 옆으로 돌려 길가에 세웠다. 이게 무슨 일인지 파악하기도 전에, 제이미는 말에서 내린 다음 날 안장에서 끌어내렸다. 나는 어정쩡한 자세로 내려와 발이 땅에 닿는 순간 균형을 잡으려고 비틀거렸다.

두걸과 다른 이들은 멈춰 서서 우리가 내리는 걸 보았다. 제이미는 짧고 날카로운 손짓으로 그들에게 가라 손짓했고, 두걸은 알았다며 손을 흔들었다.

"너무 오래 끌지는 마라."

그는 소리친 다음 일행과 함께 떠났다.

제이미는 그들이 우리 말을 듣지 못할 만큼 멀어지기를 기다렸다. 그러고서 나를 확 잡아당겨 자신과 마주 보게 했다. 분명히 무척 화가 난 게 분명했고, 곧 폭발하기 직전이었다. 나 역시 분노가 치밀어 올랐다. 대체 무슨 권리로 나를 이렇게 대하는 거야?

"삐쳤다니! 지금 삐쳤다고 했어요? 지금 자제심을 있는 대로 끌어모으고 있는데! 마음 같아서는 당신 이빨이 흔들릴 정도로 털어 버리고 싶거든요? 그런 나한테 지금 삐쳤냐고 했어요?"

"대체 왜 이러는데요?"

나는 화가 나서 소리쳤다. 제이미의 손을 뿌리치려 했지만, 그의 손은 덫에 난 톱니처럼 내 팔뚝 위를 꽉 죄었다. 그리고 이를 악문 채로 말했다.

"대체 왜 이러냐고? 알고 싶다면 알려 주죠! 당신이 잉글랜드 첩자가 아니라는 걸 계속 증명해야 하는 게 지긋지긋해요. 당신이 이번엔 또 어떤 멍청한 짓을 저지를까 걱정하면서 매 분 지켜봐야 하는 게 지긋지긋하다고. 그리고 제일 지겨운 게 뭔지 알아요? 사람들이 당신을 강간하는 상황을 봐야 하는 게 너무 싫다고! 난 하나도 안 재미있다고!"

"그럼 누구는 재미있는 줄 알아요? 지금 그게 **내** 잘못이라는 거예요?"

내가 버럭 소리 지르자, 그 순간 제이미는 정말로 나를 쥐고 살짝 흔들었다.

"당연히 당신 잘못이지! 내가 오늘 아침에 가만히 있으라고 명령했던 곳에 있었으면, 이런 일은 없었을 테니까! 하지만 당신은 내 말을 듣지 않았잖아. 당신은 남편을 우습게 보지. 그러니 당신이 뭐 하러 **내** 말을 듣겠어? 그래서 마구 제멋대로 행동한 거지. 그럴 때마다 결국 내가 찾아가 보면 어떻게 되게? 치마를 홀렁 걷고 누운 당신 다리 사이로 세상 최악의 쓰레기 같은 놈들이 덮치고 있는 장면을 내 두 눈으로 보게 되잖아!"

제이미는 평소 말투에서 스코틀랜드 억양이 거의 드러나지 않지만, 지금은 시시각각 점점 사투리가 심해지고 있었다. 이미 화가 난 건 알고 있지만, 그 말투까지 들으니 제이미가 얼마나 화가 났는지 확인이 되었다.

이제 우리는 코끝이 닿을 정도로 가까이 서서 얼굴을 마주 보고 마구 소리 지르는 중이었다. 제이미는 분노로 얼굴이 시뻘게졌고, 나 역시 얼굴에 피가 확 몰렸다.

"아뇨, 이건 당신 잘못이잖아요. 항상 날 무시하고 의심하는 건 당신이면서! 내가 누군지는 이미 말했잖아! 그리고 내가 당신이랑 같이 가도 위험할 거 없다고 내가 말했죠. 근데 내 말은 듣기는 했나요? 안 들었지! 당신은 여자를 우습게 보지. 그러니 당신이 여자 말을 뭐 하러 듣겠어? 여자란 그저 시키는 대로 하고, 명령 잘 듣고, 얌전히 두 손을 모으고 있으면 **남자**들이 다시 와서 이젠 뭘 할지 알려 주기만을 기다리는 존재일 테니까!"

제이미는 자제하지 못하고 나를 다시 흔들어 댔다.

"그래! 당신이 얌전하게 있었다면 우리 뒤에 빨간 코트 놈들을 백 명이나 달고 도망칠 필요는 없었겠지! 맙소사, 이 여자야, 당신을 목 졸라 죽여야 할지, 바닥에 패대기쳐야 할지, 쇠망치로 정신을 못 차리도록 때려야 할지 모르겠어. 정말이지 당신을 **가만두고 싶**

지 않아."

이제 나는 단단히 마음을 먹고 그의 사타구니를 차려고 했다. 하지만 제이미는 몸을 피하면서 내 다리를 자기 무릎으로 꽉 죄어 더는 공격하지 못하게 효과적으로 막았다.

"어디 또 해 봐. 당신 귀싸대기를 날려 줄 테니."

그가 으르렁대자, 나는 숨을 몰아쉬며 내 어깨를 잡은 그의 손아귀에서 벗어나려 애썼다.

"이 멍청한 인간아, 내가 일부러 잉글랜드 군인에게 잡힌 줄 알아?"

"그래. 당신이 일부러 잡혔다고 생각해. 공터에서 있었던 일을 앙갚음하려고!"

이 말에 나는 입을 떡 벌렸다.

"공터에서? 잉글랜드 탈영병이랑 있던 일로?"

"그래! 내가 거기서 당신을 보호했어야 했는데, 그러지 못했으니까. 그 말도 맞아. 난 그러지 못했지. 당신이 직접 놈을 죽여서 살아났잖아. 그래서 지금 당신은 일부러 자기 몸을 랜들에게 던졌던 거야. 내 아내인 자기 몸을 내 피를 흘린 남자의 손에 던져서, 나에게 복수하려고!"

"네 아내라는 소리 좀 그만해! 넌 나란 사람에게 조금도 신경 쓰지 않는구나! 난 그저 너의 소유물일 뿐인 거지? 그래서 내가 네 것이라고만 생각하니까, 남이 와서 네 물건을 빼앗아 가는 게 너무 싫은 거잖아!"

제이미는 마치 뾰족한 송곳인 양 손가락을 내 어깨에 찔러 대며 고함을 질렀다.

"그래, 당신은 **내 거야.** 좋든 싫든, 당신은 내 아내라고!"

"난 싫어! 하나도 안 좋다고! 하지만 너한텐 상관없겠지? 내가 밤에 옆자리에 누워 주기만 하면, 넌 내가 무슨 생각을 하는지 어떤 마음인지 신경 쓰지도 않으니까! 너한텐 아내란 꼴릴 때마다 거시기를 꽂는 상대일 뿐, 그 이상도 이하도 아니잖아!"

이 말에 제이미의 얼굴이 하얗게 질리더니, 그는 본격적으로 날 마구 흔들어 댔다. 머리가 휙휙 젖혀지고 치아가 딱딱 부딪치는 바람에 난 그만 혀를 아프도록 깨물고 말았다.

"이거 놔! 놓으라고⋯⋯."

난 마구 소리치다가 탈영병 해리가 했던 말을 일부러 들먹였다. 그의 마음을 아프게 하고 싶어서였다.

"이 발정 난 새끼야!"

제이미는 단박에 손을 놓더니, 한 걸음 물러서서 눈을 부릅떴다.

"입에 걸레를 문 년! 그따위 말을 지껄이다니!"

"난 하고 싶은 말은 얼마든지 다 말할 거야! 나한테 이래라저래라 하지 마!"

"내가 어떻게 이래라저래라 하겠어? 당신은 남이 상처를 받든 말든 하고 싶은 대로 다 할 거잖아, 아니야? 어쩌면 이토록 이기적이고 제멋대로인⋯⋯."

"상처받은 건 너의 망할 자존심이겠지! 내 덕분에 공터에서 탈영병을 물리치고 살아났는데, 그것도 자존심이 상해서 참을 수가 없다 이거지? 넌 그냥 멀뚱히 서 있었잖아! 나한테 칼이 없었다면 우린 진작에 죽었어!"

그 말을 뱉고서야 깨달았다. 잉글랜드 탈영병에게서 제이미가 날 구해 주지 못한 걸 두고, 나도 실은 화가 났었단 사실을 말이다. 좀 더 이성적인 상황이었다면 이런 생각은 절대로 하지 않았을 테지만, 그건 제이미의 잘못이 아니었다고 말해 줬겠지. 나에게 칼이 있어서 참 다행이었다고 말했겠지. 하지만 지금 난 이런 생각이 올바르든 아니든, 이성적이든 아니든, 제이미에겐 날 지켜 줄 책임이 있었다고, 그런데 날 지켜 주지 못했다고 느꼈던 거다. 어쩌면 제이미 역시 그 점을 뼈저리게 느껴서 이러는 거겠지.

제이미는 가만히 서서 나를 노려보며 감정에 겨워 숨을 몰아쉬는 중이었다. 다시금 입을 연 그의 목소리는 낮고도 격정이 심하게 어려 있었다.

"요새 뜰에 있던 기둥, 당신도 봤을 거 아냐?"

나는 고개를 끄덕였다.

"난 그 기둥에 묶여 있었어. 짐승처럼. 그리고 피가 철철 흐르도록 채찍질을 당했다고! 난 죽을 때까지 그 상처를 달고 살아야 해. 하지만 오늘 오후에 내가 빌어먹게 운이 좋지 않았다면, 채찍질보다 백 배 천 배 심한 일을 당했을 거야. 놈들은 나를 죽을 때까지 채찍질하고 교수형시켰겠지."

그는 마른침을 꿀꺽 삼키고 말을 이었다.

"그걸 알면서도, 난 조금도 망설이지 않고 당신을 찾아갔다고! 어쩌면 두걸의 말대로 당신이 첩자일 수도 있다고 생각했으면서도! 내가 들고 있던 권총이 어디서 났는지 알아?"

나는 멍하니 고개를 저었다. 분노가 서서히 사라지기 시작했다.

"성벽 근처에 있던 경비병을 죽이고 뺏은 거야. 그놈이 나한테 총을 쐈기 때문에 약실이 비어 있었고. 하지만 날 맞히지 못했지. 난 단검으로 놈을 죽였어. 그때 당신 비명이 들려서, 놈의 가슴팍에서 칼도 빼지 않은 채로 달려갔어. 당신을 찾기 위해서라면 열두 명이라도 더 죽일 마음이었어, 클레어."

제이미의 목소리가 갈라져 나왔다.

"당신 비명을 듣자마자 빈 총 말고는 아무것도 없는 채로 달려갔어."

제이미의 목소리는 한결 침착해졌지만, 그의 눈빛만은 여전히 고통과 분노로 사나운 기색이었다. 나는 아무 말도 하지 않았다. 랜들을 상대하느라 너무나 겁에 질린 나머지, 제이미가 날 찾으러 요새로 들어오느라 필사적인 용기를 내야 했다는 점을 전혀 생각하지 않았구나.

순간, 제이미는 돌아서더니 어깨를 푹 수그리고 조용히 말했다.

"당신 말이 맞아요. 네, 전적으로 맞아요."

갑자기 목소리에서 분노가 싹 사라지고, 이제는 내가 한 번도 들어 보지 못한 어조가 들려왔다. 극한의 고통을 느꼈을 때도 이런 말투는 아니었는데.

"자존심이 상해서 그랬어요. 나한테 남은 건 자존심뿐이었거든요."

그는 팔뚝을 소나무의 거친 껍질에 대고 기대어 기진맥진한 채 고개를 떨구었다. 목소리가 너무 낮아서 잘 들리지 않았다.

"당신 때문에 내 속이 갈기갈기 찢어졌어요, 클레어."

내 속도 마찬가지로 찢어진 느낌이었다. 나는 머뭇대며 제이미의 뒤로 다가갔다. 그리고 그의 허리에 슬그머니 팔을 둘렀지만, 그는 움직이지 않았다. 그의 휘어진 등 위에 뺨을 가만히 대어 보았다. 격한 감정에 땀이 나 셔츠가 축축했다. 그는 떨고 있었다.

"미안해요. 용서해 줘요."

나는 간결하게 말했다. 제이미는 돌아서서 나를 꽉 안았고, 조금씩 그의 떨림도 잦아들었다.

"용서했어요, 아가씨."

마침내 제이미는 나의 머리카락 속에 얼굴을 묻은 채 중얼거렸다. 이윽고 그는 나를 놓더니, 진지하고 예의 바른 얼굴로 날 내려다보았다.

"나도 미안해요. 아까 한 말을 용서해 주세요. 화가 나서 진심이 아닌 말을 심하게 했어요. 날 용서해 주겠어요?"

제이미가 이렇게 말했을 땐, 이미 난 용서할 게 더는 없다는 마음이었다. 하지만 나는 고개를 끄덕이며 그의 손을 꼭 잡았다.

"용서했어요."

이제는 한결 가벼운 침묵을 견디며 우리는 다시 말에 올랐다. 여기서부터 길은 직선으로 쭉 뻗어 있어, 저 앞으로 두걸 일행이 내는 듯한 자그마한 흙먼지가 보였다.

제이미는 다시 내 뒤에 앉았다. 이제는 한 팔로 나를 끌어안아 난 한결 든든함을 느꼈다. 하지만 아직도 어렴풋이 상처받은 마음과 긴장감이 존재했다. 아직 우리 사이에는 풀어야 할 것이 있었다. 서로를 용서하긴 했지만, 우리가 했던 말은 용서받지 못한 채로 여전히 기억에 남아 있었으니까.

22
정산

둔즈버리에는 날이 저물고 나서야 도착했다. 운 좋게도 그곳에는 여관이 딸린 제법 큰 규모의 마차 역이 있었다. 두걸은 여관 주인에게 돈을 지불하면서 잠시 고통스레 눈을 감았다. 우리가 머무는 동안 여관 주인의 입을 다물게 하려고 꽤나 은화를 많이 낸 모양이었다.

하지만 두둑한 값을 치른 덕분에 푸짐한 저녁 식사에다 맥주도 많이 나왔다. 그런데 음식을 잔뜩 차린 식탁인데도 분위기는 사뭇 암울해서 다들 말없이 먹기만 했다. 엉망이 된 드레스 위로 제이미의 여벌 셔츠를 입어 몸을 가린 채 앉은 나는 모두에게 단단히 미운털이 박혔다. 제이미를 제외한 남자들은 내가 그 자리에 없는 것처럼 무시했고, 심지어 제이미도 가끔 내 쪽으로 빵과 고기를 밀어 주었을 뿐 더는 상대해 주지 않았다. 그래서 비록 작고 비좁은 방이라도 둘만 있는 침실로 올라가게 되어 다행이었다.

나는 한숨을 쉬며 침대에 털썩 주저앉았다. 이불이 깨끗한지 아닌지는 알 바 아니었다.

"너무 지치네요. 정말 긴 하루였어요."

"네, 그랬죠."

제이미는 목깃과 소매 단추를 풀고 검집이 달린 허리띠를 풀었지만, 더는 옷을 벗지 않았다. 그는 검집에서 허리띠를 끄른 다음 겹쳐 들어 가죽이 얼마나 휘어지는지 가만히 바라보았다.

"침대로 와요, 제이미. 또 무슨 할 일이 남았나요?"

그는 침대 옆에 서서 허리띠를 앞뒤로 부드럽게 휘둘렀다.

"음, 미안하지만 오늘 밤 자기 전에 우리 사이에 해결할 문제가 있어요."

나는 문득 한 줄기 불안감을 느꼈다.

"뭔데요?"

그는 곧바로 대답하지 않았다. 그리고 일부러 침대 옆자리에 앉지 않고, 의자를 끌어다가 나와 마주 앉더니 조용히 말을 꺼냈다.

"클레어, 오늘 오후에 우리가 모두 죽을 뻔한 건 알고 있어요?"

나는 부끄러운 마음에 퀼트 이불만을 내려다보았다.

"네, 알아요. 나 때문이죠. 미안해요."

"아, 아는군요. 그럼 우리 중 누군가가 그런 일을 저질러서 나머지 일행을 위험에 빠뜨리면, 벌로 그 사람 귀를 자르거나 채찍질한다는 것도 알아요? 아니면 그 자리에서 곧바로 죽여 버리기도 하죠."

나는 그 말에 얼굴이 핼쑥해지고 말았다.

"아뇨, 몰랐어요."

"음, 당신이 우리가 사는 방식에 익숙하지 않다는 건 알아요. 약간은 이해할 수도 있어요. 그래도 내가 분명히 말했잖아요. 가만히 숨어서 기다리라고요. 내 말을 따랐더라면 이런 일은 벌어지지 않았을 거예요. 이제 잉글랜드인들은 우리를 사방팔방 찾으러 다닐 거예요. 우리는 앞으로 낮에는 숨어서 꼼짝 못 하고 밤에만 이동해야 해요."

제이미는 잠시 멈칫했다.

"그리고 랜들 대위 일도 있고…… 뭐, 그건 또 다른 문제지만."

"이제 그자가 특히 당신을 쫓을 거란 말인가요? 여기 있다는 걸 아니까?"

제이미는 불빛을 바라보며 멍하니 고개를 끄덕였다.

"네. 그자는…… 나와 개인적으로 얽힌 게 있으니까요. 알죠?"

"정말 미안해요, 제이미."

내가 말했지만 제이미는 손을 내저었다.

"아니, 당신 때문에 손해 본 사람이 나뿐이었다면 난 이 일을 더는 들먹이지 않았을 거예요. 말이 나왔으니 말인데……."

그는 나를 날카로운 눈빛으로 쏘아보았다.

"그 짐승 같은 놈이 당신에게 손대는 걸 본 순간 난 죽는 줄 알았어요."

제이미는 마치 오늘 오후 벌어진 일을 떠올리는 듯한 험상궂은 얼굴로 불빛을 바라보았다.

나는 랜들 이야기를 할까 잠시 생각했다. 그는…… 약점이 있으니까. 하지만 말해 봤자 득보다는 실이 더 많을 것 같아 무서웠다. 난 제이미를 붙잡고 용서해 달라고 빌고 싶은 마음이 굴뚝같았지만, 감히 그에게 손을 댈 수조차 없었다. 아주 오랜 침묵이 흐른 후, 그는 한숨을 쉬면서 일어나더니 자기 허벅지를 허리띠로 가볍게 쳤다.

"음, 그러니까 이 자리에서 털고 가는 게 좋겠죠. 당신이 내 명령을 어겨서 어마어마한 손해를 입혔잖아요. 그래서 벌을 주려고 해요, 클레어. 내가 오늘 아침에 떠나면서 했던 말 기억나요?"

나는 곧바로 그 말을 떠올렸다. 그래서 화들짝 침대로 올라가 벽에 등을 대었다.

"무슨 소리예요?"

"무슨 소리인지는 잘 알 텐데요. 침대 옆에 무릎을 꿇고 치마를 걷어요, 아가씨."

그는 단호하게 말했다.

"그런 짓 못 해요!"

나는 두 손으로 침대 기둥을 단단히 잡고서 구석으로 더욱 몸을 움츠렸다.

제이미는 눈을 가늘게 뜨고 잠시 나를 바라보면서 이제 어떻게 할지 생각에 잠겼다. 나는 문득 깨달았다. 이 남자가 날 때리겠다고 하면, 그 무엇으로도 막을 수 없겠구나. 그는 나보다 30킬로그램은 더 나가니까. 마침내 그는 곧바로 행동하기보다는 일단 말을 해 보기로 정한 것 같았다. 그래서 허리띠를 조심스럽게 옆에 놓고 침대로 올라와 내 옆에 앉았다.

"자, 클레어……."

그가 입을 열자마자 내가 버럭 소리쳤다.

"미안하다고 했잖아요! 정말로 미안하단 말이에요. 다시는 그런 짓 안 할게요!"

그러자 제이미가 천천히 말했다.

"음, 그게 문제예요. 앞으로 또 이런 짓을 할 수도 있거든요. 왜냐하면 당신은 현실을 심각하게 받아들이지 않으니까요. 당신은 삶이 편한 곳에서 지내다 온 것 같아요. 당신이 살던 곳은 명령을 어기거나 자기 멋대로 문제를 처리한다고 해서 생사가 갈리지는 않는 곳이겠죠. 최악의 경우래 봤자 상대를 불편하게 한다든가 약간 성가시게 하는 정도지, 사람을 죽이는 일은 없었겠지요."

나는 제이미의 손가락을 가만히 바라보았다. 그는 생각을 정리하며 손가락으로 킬트의 갈색 무늬 천을 주름 잡았다.

"받아들이기 참 힘들겠지만, 이런 때와 장소에서는 사소한 행동 하나만으로도 아주 심각한 결과가 초래돼요. 특히 나 같은 사람에게는요.”

그는 내가 눈물을 글썽이는 모습을 보고 어깨를 두드려 주었다.

“당신이 일부러 나나 다른 사람을 위험에 빠뜨리지는 않겠지요. 그건 알아요. 하지만 그럴 의도가 없더라도 너무나 쉽게 그럴 수 있어요. 오늘 일을 봐요. 내가 위험해질 수 있다고 말했는데도 당신은 나를 진심으로 믿지 않았죠. 혼자 알아서 생각하는 데 익숙하니까요.”

그는 나를 곁눈질로 바라보았다.

“그리고 남자의 명령을 따르는 데 익숙하지 않다는 것도 알아요. 하지만 우리를 위해서라도, 당신은 말을 듣는 법을 배워야 해요.”

나는 천천히 대답했다.

“알았어요. 다 이해했어요. 당신 말이 당연히 옳아요. 알았다고요. 앞으로는 동의하지 못하더라도, 당신 명령을 따를게요.”

그러자 제이미는 일어서서 허리띠를 들었다.

“좋아요. 그럼 이제 침대에서 내려와요. 마저 끝내야죠.”

나는 너무 화가 나서 입이 떡 벌어졌다.

“뭐라고요? 당신 명령을 따르겠다고 방금 말했잖아요!”

제이미 역시 격분한 채로 한숨을 쉬더니, 다시 의자에 앉았다. 그리고 나를 냉랭하게 바라보았다.

“자, 잘 들어요. 내 말 이해한다고 했잖아요. 그건 나도 믿어요. 하지만 무언가를 머릿속으로 이해한다는 것과 마음속 깊이 깨닫는 건 차이가 있거든요.”

나는 마지못해 고개를 끄덕였다.

“그래요. 이제 당신에게 벌을 줘야 해요. 이유는 두 가지예요. 첫번째 이유는요, 그래야 당신이 앞으로 잊지 않을 테니까.”

그는 갑자기 미소를 지었다.

“나도 경험해 봐서 아주 잘 알거든요. 매질을 흠씬 당하면 현실을 더욱 심각하게 생각할 수밖에 없다는 걸요."

나는 침대 기둥을 더욱 세게 붙잡았다. 제이미는 계속 말을 이었다.

"두 번째 이유는요, 다른 사람들 때문이에요. 아까 사람들이 어땠는지 눈치챘죠?"

그랬다. 저녁 식사 자리가 어찌나 불편하던지 방으로 얼른 도망치고 싶었으니까.

"세상에는 정의라는 게 있어요, 클레어. 잘못했으면 벌을 받아야죠."

그는 숨을 깊이 들이쉬었다.

"난 당신 남편이에요. 그러니 벌을 주는 게 나의 의무고, 기꺼이 그럴 마음이에요."

나는 그의 제안에 대해 여러 면으로 강하게 반대했다. 이 상황에 마땅한 정의가 무엇이든, 물론 어느 정도는 제이미의 말에 일리가 있다는 건 인정하더라도, 얻어맞아야 한다니 나의 자존심이 몹시 상하는 일이었다. 어떤 이유로든, 누가 때리든 말이다.

게다가 나의 친구이자 보호자, 연인으로 의지했던 남자가 이런 짓을 하려 들다니, 배신감이 심하게 들었다. 7킬로그램이나 되는 클레이모어를 파리채처럼 휘두르는 남자의 손에 얻어맞으려고 고분고분 몸을 대야 한다는 생각에 자기 보존 본능이 발동해 심하게 두려워졌다.

"나는 절대로 맞을 생각 없어요."

나는 단호하게 말하며 침대 기둥을 계속 붙잡았다. 제이미는 눈썹을 치켜떴다.

"아, 그래요? 음, 그렇다면 알아 둬요. 당신이 할 말은 별로 없을 텐데요. 좋든 싫든 당신은 내 아내예요. 나는 당신 엉덩이를 흠씬 때려 주는 건 물론이고요, 당신 팔을 부러뜨리고 싶거나 빵과 물만 먹이거나 아니면 옷장에 며칠간 가둬 두고 싶다면, 남편으로서 그럴 수 있어요. 어디 한번 시험해 봐요. 하나 못 하나."

"소리 지를 거예요!"

"좋아요. 맞기 전이야 어떨지 몰라도, 맞을 땐 지를 수밖에 없을 테니까. 옆 농장까지 소리가 들릴 것 같기도 하네요. 당신은 폐활량이 좋으니까요."

제이미는 끔찍하게 웃더니 침대를 가로질러 내게 다가왔다.

그리고 어렵사리 내 손가락을 기둥에서 떼어 내 단단히 잡은 다음, 나를 침대 옆으로 끌고 갔다. 나는 그의 정강이를 걷어찼지만, 신발도 신지 않은 채라 아프게 하지도 못했다. 제이미는 살짝 투덜대면서 나를 침대 위에 엎어 놓은 다음 팔을 비틀어 고정시켰다.

"내가 한다고 했죠, 클레어! 자, 이제 고분고분 말 좀 들어요. 열두 대 때리는 걸로 끝낼게요."

"싫다면요?"

나는 떨리는 목소리로 물었다. 그는 허리띠를 들고 자기 다리를 탁 내리쳤다. 소리가 너무나 밉살스럽게 들렸다.

"그러면 당신 등 위에 무릎을 짚고서 내 팔이 아플 때까지 때려 줄 겁니다. 경고하는데, 내 팔이 아프기 훨씬 전에 당신이 먼저 나가떨어질걸요."

나는 침대에서 벌떡 일어나 주먹을 불끈 쥐고 그에게 휙 고개를 돌렸다. 그리고 분노에 찬 목소리로 씨근거렸다.

"이 야만인아! 이…… 이 사디스트야! 너 재미있자고 이러는 거다 알아! 절대로 용서 안 해!"

제이미는 허리띠를 배배 꼬며 멈칫하더니, 이내 냉랭한 목소리로 대답했다.

"사디스트가 뭔지는 모르겠네요. 그리고 나는 오후에 그런 일을 겪었지만 당신을 용서해 줬잖아요. 그러니 당신도 엉덩이가 다 나아서 앉게 되면 날 용서해 줄 거라고 생각해요."

그는 입술을 슬쩍 비틀며 말했다.

"그리고 나 재미있자고 이런다 했나요……. 물론 그렇죠. 벌을 준다고 했을 때, 재미없게 하겠다고는 안 했잖아요?"

그는 내게 손가락질을 했다.

"이리 와요."

———

다음 날 아침, 나는 피난처 같은 방을 떠나고 싶지 않아 미적거렸다. 그래서 하릴없이 리본을 묶었다 풀었다 하고 머리를 빗으며 꾸물거렸다. 어젯밤 후로 제이미에게 말을 걸지 않았지만, 그는 내가 주저하는 기색을 알아채고는 함께 아침을 먹으러 내려가자고 재촉했다.

"사람들 만나는 걸 무서워할 필요는 없어요, 클레어. 좀 놀리기야 하겠지만 심하게는 안 할 거예요. 기운 내요."

그는 내 턱 아래를 톡톡 두드렸다. 나는 그의 손을 덥석 물었다. 사납게 깨물긴 했어도 깊이 물진 않았다.

"아야!"

그는 손가락을 확 뺐다.

"조심해요, 아가씨. 이 손이 뭘 만졌을 줄 알고?"

그는 키득키득 웃으며 나를 내버려 두고 아침을 먹으러 내려갔다.

정말로 기분이 좋은가 보네. 나는 씁쓸한 생각이 들었다. 제이미가 전날 밤에 내게 복수하고 싶었던 거라면, 정말 마음껏 했다.

어젯밤은 너무나 불쾌했다. 마지못해 맞기로 합의했지만, 가죽 허리띠가 살을 태울 듯이 때리자마자 곧바로 합의는 파기되었다. 짧지만 격렬한 몸싸움이 이어진 결과, 제이미는 코피가 터지고 한쪽 뺨에 보기 좋게 손톱자국이 파였으며 손목을 심하게 물렸다. 그래서 나는 기름때가 낀 퀼트 이불에 엎어져서 질식할 것 같은 상태로, 등을 제이미의 무릎에 눌려 가며 죽을 만큼 맞았다.

빌어먹을 스코틀랜드 악당 같은 제이미의 말은 옳았다. 사람들이 기꺼이 인사를 해 주지는 않았어도 그럭저럭 친근한 내색을 보여 주었으니까. 전날 밤의 적개심과 멸시는 싹 사라진 분위기였다.

내가 탁자에서 달걀을 담고 있는 사이, 두걸이 다가오더니 내 어깨에 아버지답게 팔을 척 둘렀다. 그는 수염으로 내 귓가를 간질이며 은근한 목소리로 말했다.

"제이미가 어젯밤 너무 심하게 굴지는 않았길 바라오, 아가씨. 소리만 들어서는 저러다 죽겠다 싶더라니까."

나는 얼굴이 확 달아올랐지만, 두걸에게 들키지 않으려고 돌아섰다. 제이미가 어제 아주 불쾌한 발언을 한 후로, 나는 어제 겪은 시련에 대해서 입을 꾹 다물고 한마디도 안 하기로 마음먹었다. 그리고 어젯밤 침실에서 당한 일에 대해서라면, 제이미 프레이저가 휘두르는 채찍 끝에 맞았다는 사실을 평생 비밀로 지킬 마음이었다.

두걸은 돌아서서 식탁에 앉아 빵과 치즈를 먹고 있는 제이미를 불렀다.

"야, 제이미. 그렇다고 이 아가씨를 반쯤 죽여 놓을 필요는 없었잖느냐. 그냥 부드럽게 잘못을 알려 주면 됐을 것을."

그는 시범을 보인다는 듯, 내 엉덩이를 탁 쳤다. 나는 그만 움찔하고서 그를 노려보았다.

"엉덩이에 물집 좀 생겼다고 큰일 날 사람은 아무도 없어."

머타는 입안 가득 빵을 우물거리며 말했다. 이어서 네드가 씩 웃으며 대꾸했다.

"그건 그렇지. 와서 앉으시오, 아가씨."

"아뇨, 고맙지만 서 있겠어요."

내가 위엄 있는 목소리로 말하자, 모두들 한바탕 웃음을 터뜨렸다. 제이미는 치즈를 열심히 자르며 조심스레 나의 눈길을 피했다.

낮 동안 악의 없는 농담이 좀 더 이어졌다. 남자들은 저마다 이런 저런 구실을 들어 가며 내 엉덩이를 때리고는 동정하는 척 놀려 댔다. 하지만 전반적으로 참을 만했고, 나중에는 마지못해 제이미가 옳았을 수도 있겠다는 생각이 들었다. 그래도 나는 여전히 그를 목 졸라 죽여 버리고 싶었다.

전혀 앉을 수가 없었기 때문에, 나는 오전 내내 창턱에 서서 할 만한 감침질이나 단추 꿰매기 등의 자질구레한 일에 몰두했다. 바느질하려면 환해야 한다고 둘러대기에도 좋았다. 점심도 서서 먹은 후, 우리는 각자의 방에 가서 쉬었다. 두걸은 날이 완전히 저물기를 기다렸다가 다음 목적지인 바그레넌으로 가기로 정했다. 제이미는 나를 따라 방으로 왔지만, 나는 면전에서 문을 닫아 버렸다. 자고 싶으면 바닥에서 자라지.

그는 어젯밤 꽤 요령이 있었다. 그래서 날 다 때린 후에는 곧바로 허리띠를 다시 차고 아무 말 없이 방을 나섰다. 내가 불을 끄고 침대에 누운 후 한 시간 후에 돌아왔지만, 생각은 있었던지 나와 한 침대에 눕지는 않았다. 내가 움직이지 않고 가만히 누운 모습을 어둠 속에서 엿본 다음, 그는 한숨을 깊이 쉬고서 플래드를 덮고 문 옆 바닥에서 잤다.

어젠 너무 화가 나고 마음이 뒤숭숭한 데다 몸도 불편했기 때문에, 나는 뜬눈으로 밤을 지새웠다. 머릿속으로는 제이미가 한 말을 생각하다가 벌떡 일어나 남자의 예민한 부분을 발로 차 주고 싶은 마음에 거듭 시달렸다.

정말이지 그러고 싶지는 않았지만, 객관적으로 따져 보자면 제이미의 말이 옳다고 인정했을지도 모르겠다. 나는 심각한 현실을 제대로 파악하지 못하고 있었으니까. 하지만 내가 삶이 편한 곳에서 지내다 와서 이런 것이라는 말은 틀렸다. 사실, 나는 이보다 더 삶이 어려운 곳에서 왔다고 봐야 맞지 않을까.

이 시대는 여전히 여러모로 내게 비현실적이었다. 마치 연극이나 화려한 의상 선발 대회를 보는 것 같았다. 내가 있던 시대의 기계화된 대량 살상전과 비교해 보면, 이 시대의 검과 머스킷 총으로 무장한 사람들이 펼치는 소규모 총격전은 위협적이라기보단 그림 속 장면처럼 고풍스러웠다.

나의 문제는 규모에 있었다. 머스킷 총에 죽은 사람이나 박격포에 죽은 사람이나 죽은 건 마찬가지다. 단지 차이가 있다면, 박격포는 사람을 비인간적으로 수십 명씩 없애는 반면에, 머스킷 총은 죽이는 상대를 두 눈으로 바라보며 쏜다는 것이다. 그래서 내가 보기에 이건 전쟁이 아니라 살인이었다. 그렇다면 사람이 얼마나 모여야 전쟁이 성립할까? 서로의 얼굴을 볼 필요가 없을 정도로 많이 모이면 될까? 하지만 두걸이나 제이미, 루퍼트와 네드에겐 지금 역시 명백하게 전쟁이었다. 적어도 전쟁만큼 심각한 사안이었다. 왜소하고 쥐 같은 얼굴이라 전쟁과는 전혀 상관없어 보이는 머타에게도, 본성을 뛰어넘어 잔혹한 짓을 저지를 명분이 있었다.

그렇다면 그 명분이란 무엇일까? 왕조와 왕조가 대립하면 명분이 서나? 하노버와 스튜어트 왕조가 반목하면 성립하나? 나에게 왕조란 아직도 학창 시절 교실 벽에 붙은 연대표에 나타난 이름일 뿐이다. 히틀러의 제국처럼 상상하기도 벅찬 사악한 세력에 비하면 이 왕조란 대체 무엇이란 말인가. 비록 그 차이점들이 내겐 하찮아 보일지라도, 왕조의 지배를 받으며 사는 이들에겐 차이가 있겠지. 인간이 자기 뜻대로 살 권리가 하찮게 여겨졌던 시대는 언제였을까? 자신의 운명을 선택하기 위해 몸부림치는 것이 거대한 악의 세력을 저지하려는 의지보다 가치가 덜한 걸까? 나는 아픈 엉덩이를 문지르며 짜증스럽게 자세를 바꾸었다. 그리고 문 옆에 웅크려 누운 제이미를 노려보았다. 그의 숨소리는 고르게 났지만 깊지는 않았다. 어쩌면 제이미 역시 잠을 못 자고 있는 걸까. 그랬으면 좋겠네.

처음에는 이 모든 놀라운 불운을 그저 멜로드라마로 여기고 싶었다. 이런 건 실제 삶에서는 일어나지 않는다고 생각하고 싶었다. 환상열석에서 이 시대로 떨어진 후로 참 많은 충격을 받았지만, 그중 가장 충격적이었던 날은 바로 그날 오후였으니까.

잭 랜들은 프랭크와는 놀랄 만큼 닮았으면서도 너무나 끔찍할 정도로 달랐다. 내 가슴에 그의 손길이 닿던 순간, 갑자기 나의 예전 삶과 지금의 삶 사이에 연결 고리가 생겼고, 분리된 현실을 천둥이 울리듯 쾅 소리와 함께 다시 붙여 버렸다. 그리고 제이미가 있었다. 랜들의 사무실 창문에선 공포에 굳었고, 길가에서는 분노로 일그러졌고, 내게 모욕을 받았을 땐 고통스레 긴장하던 그의 얼굴.

제이미. 제이미는 현실이었다. 아니, 내게는 그 어느 때보다 현실 이상의 존재였다. 심지어 1945년의 프랭크와 함께했던 나의 삶보다 훨씬 더. 제이미는 다정한 연인이자 동시에 믿을 수 없는 불한당이었다.

어쩌면 제이미 역시 문제였을지도 모른다. 그가 내 온 감각을 완전히 장악하는 바람에 그의 주변 환경은 전혀 상관없어 보였으니까. 하지만 나는 더 이상 그 환경을 무시할 수가 없었다. 내가 부주의하게 구는 바람에 제이미는 죽을 뻔했고, 그를 잃는다는 생각에 속이 뒤집히는 줄 알았다. 이런 생각에 나는 벌떡 일어나 앉아, 그를 깨워 같이 침대에서 자자고 말할까 했다. 하지만 자세를 바꾸면서 그가 때린 곳에 힘이 들어가자, 갑자기 그럴 마음이 싹 사라지면서 나는 다시 화가 난 채로 풀썩 엎드렸다.

분노와 사색을 번갈아 하며 밤을 지새우다 보니 그만 지쳐 버렸다. 그래서 오후 내내 잠들었다가, 날이 저물기 직전에 루퍼트가 나를 깨우러 왔을 때야 비틀거리며 저녁을 먹으러 아래로 내려갔다.

두걸은 내가 탈 말을 한 필 준비했다. 그 때문에 돈을 쓰느라 분명히 괴로웠겠지. 말은 그리 예쁜 몸매는 아니었지만 건강해 보였고, 상냥한 눈매에 짧고 뻣뻣한 갈기를 지녔다. 나는 말을 보자마자 '시슬thistle'이라고 이름 붙였다.

심하게 얻어맞은 다음에 오랫동안 승마를 하면 어떻게 될지 미처 생각해 두지 않았다. 그래서 내가 어떤 처지인지 깨닫고는 시슬의 딱딱한 말안장을 미심쩍게 바라보았다. 그때, 반대편에서 머타가 두꺼운 망토를 안장 위에 턱 깔아 주더니, 쥐같이 생긴 검은 눈을 반짝이며 내게 다 안다는 듯 윙크했다. 나는 어차피 아파야 한다면 위엄을 잃지 않고 아픈 소리는 내지 말자고 결심한 다음, 이를 악물고 안장에 올라탔다.

남자들 사이에선 내게 기사도적인 배려를 베풀자고 무언의 공모를 한 모양이었다. 그들은 중간중간 서로 돌아가며 화장실에 가겠다고 멈춰 섰고, 나는 몇 분간이나마 말에서 내려 아픈 엉덩이를 몰래 문지를 수 있었다. 가끔 누군가가 잠시 물을 마시고 가겠다고 제안도 했다. 내가 탄 시슬이 물병을 싣고 있었기 때문에 그럴 때마다 나도 멈춰야 했다.

우리는 이런 식으로 두어 시간 가다 서다를 반복했다. 하지만 고통은 점점 심해져 나는 계속 안장에서 몸을 뒤척일 수밖에 없었다. 마침내 나는 아프지 않은 척 점잔 빼기 따위는 집어치우기로 했다. 지금은 반드시 좀 쉬어야 했으니까.

"워, 워!"

나는 시슬을 세우고 안장에서 내렸다. 다른 이들이 우리 주위에 몰려들어 멈춰 서자, 나는 말의 왼쪽 앞발을 검사하는 척하며 거짓말을 했다.

"미안하지만 말의 편자에 돌이 꼈던 것 같아요. 내가 빼긴 했지만, 잠시 말을 산책시키는 게 좋겠어요. 말이 다리를 못 쓰게 되면 안 되니까요."

"그래, 그럴 수야 없지. 좋소. 그럼 잠깐 산책을 시키도록 하시오. 하지만 누군가가 당신 옆에 있어야 하오. 길은 그럭저럭 조용하긴 해도, 당신 혼자 걷게 둘 수는 없으니까."

두걸의 말에 제이미가 곧바로 말에서 내리더니 조용히 말했다.

"제가 같이 있을게요."

"좋아. 너무 늦지는 마라. 날이 밝기 전에 바그레넌에 도착해야 하니까. 붉은 멧돼지 간판을 찾아와라. 여관 주인은 친구야."

두걸은 손을 흔들어 일행을 모았고, 그들은 우리를 먼지 속에 남겨 둔 채 빠르게 출발했다.

———

안장에 앉아 몇 시간째 고문을 받은 탓에 나는 분이 풀리지 않았다. 내 옆에서 걸을 테면 걸으라지. 남 괴롭히기나 좋아하는 폭력적인 짐승 따위에겐 절대로 말 걸지 않을 테다.

이윽고 떠오른 반달 빛에 비친 제이미의 모습은 딱히 잔인해 보이지는 않았다. 하지만 나는 마음을 풀지 않고 그를 애써 외면한 채 절뚝이며 걸었다.

익숙하지 않은 움직임을 하자니, 혹사당한 근육은 처음엔 말을 듣지 않았다. 하지만 30분쯤 지나니 훨씬 더 몸이 가볍게 움직이기 시작했다.

제이미는 아무렇지도 않게 날 지켜보고선 말을 걸었다.

"내일쯤이면 훨씬 나아질 거예요. 물론 내일도 앉기엔 어렵겠지만요."

"참 잘도 아는군요. 평소에 사람을 자주 때리나 보죠?"

나는 격분한 목소리로 말했지만, 그는 아랑곳하지 않고 차분하게 대답했다.

"음, 그건 아니고요. 엉덩이를 때린 적은 처음이에요. 하지만 엉덩이를 맞아 본 적은 아주 많긴 해요."

"당신이 맞았다고요?"

나는 그를 뚫어지게 쳐다보았다. 근육과 힘줄 덩어리인 것 같은 커다란 남자의 엉덩이를 가죽끈으로 내리치다니, 말이 되나?

내 표정을 본 제이미는 웃었다.

"내가 지금보다 작았을 때 맞았어요, 새서나흐. 여덟 살에서 열세 살 사이엔 셀 수 없을 정도로 엉덩이를 많이 맞았죠. 하지만 아버지보다 키가 더 커진 다음에는, 울타리에 날 엎드리게 하는 게 어려워졌거든요."

"아버지한테 맞았어요?"

"네, 주로요. 물론 학교 선생님한테도 맞았어요. 가끔은 두걸이나 다른 삼촌한테도 맞았고요. 내가 어디서 뭘 하는지에 따라 다양했죠."

그를 싹 무시하기로 마음먹긴 했지만, 난 점점 흥미가 생겼다.

"뭘 했는데요?"

그는 다시 웃었다. 고요한 밤공기 사이로 울리는 조용한 웃음소리에 나도 따라 웃을 것만 같았다.

"음, 전부 기억은 안 나요. 하지만 대부분 맞을 만한 짓을 저질렀죠. 적어도 아빠가 부당하게 날 때린 적은 없었던 것 같아요."

그는 잠시 생각에 잠겨 말없이 서성였다.

"음, 뭐가 있었더라. 닭에게 돌을 던진 적이 있었고요. 소에 올라타고 막 휘젓고 다녀서 우유를 못 짜게 한 적도 있었어요. 케이크에서 잼만 싹 발라 먹은 다음에 빵만 남겨 두기도 했고요. 아, 그리고 대문을 안 잠그고 헛간에서 말들을 내몬 적도 있고, 비둘기장 짚단에 불을 지른 적도 있어요. 하지만 일부러 그런 건 아니고 실수한 거였어요. 그리고 교과서를 잃어버린 적도 있는데, 그건 일부러 그 랬어요. 또 뭐가 있냐 하면……."

그는 말을 흐리며 어깨를 으쓱였고, 난 굳은 다짐을 깨고 그만 웃 고 말았다.

"뭐 그런 것들이었죠. 하지만 주로 맞은 이유는요, 입을 다물고 있어야 할 때 나불거렸기 때문이었어요."

그는 피식 웃으며 옛 기억을 들추었다.

"한번은 우리 누나 제니가 물 주전자를 깨뜨렸어요. 내가 누나를 놀려서 화나게 했거든요. 그랬더니 분을 못 이기고 그걸 나한테 던 지더라고요. 아빠가 와서 누가 그랬냐고 물으셨을 때, 누나는 너무 무서워서 말을 못 했어요. 겁에 질린 눈을 커다랗게 뜨고 날 쳐다보 기만 하더라고요. 누나 눈은 나처럼 파란색이지만 눈가에 까만 속 눈썹이 달려서 훨씬 예뻐요. 어쨌든, 그래서 나는 아빠한테 내가 깼 다고 했죠."

그는 다시 어깨를 으쓱였다. 나는 빈정거렸다.

"그것참 고귀한 행동이로군요. 누나가 아주 고마워했겠어요."

"네. 뭐, 그랬겠죠. 하지만 알고 보니 아버지는 이미 열린 문 저편 에서 실제 상황을 다 보고 계셨더라고요. 그래서 누나는 분을 못 이 기고 물 주전자를 부수었다며 채찍을 맞았어요. 그리고 난 두 배 더 맞았죠. 누나를 놀리고 또 거짓말을 했다고요."

"그건 공정하지 못한데요!"

나는 순간 분개하고 말았다. 하지만 제이미는 차분하게 대답했다.

"우리 아버지는 언제나 점잖은 모습만 보이고 사시진 않았지만, 그래도 대개는 공정하셨어요. 아버지는 말씀하셨죠. 진실은 엄연히 진실인 법이라, 사람은 자기 행동에 책임을 질 줄 알아야 한다고요. 그 말씀이 옳아요."

그는 나를 슬쩍 바라보았다.

"하지만 아버지는 남의 잘못을 감싸고 대신 책임을 지는 건 선한 마음씨라고 말씀하셨어요. 그래서 벌을 주긴 주되, 내가 둘 중 하나를 선택하게 하셨죠. 매 맞기와 저녁밥 굶기 중에서요."

그는 아련한 듯 고개를 저으며 웃었다.

"아버지는 나를 너무 잘 알았어요. 난 당연히 매 맞는 쪽을 택했죠."

"정말 당신은 식욕 빼면 시체인 사람이군요. 제이미."

그는 발끈하지도 않고 고개를 끄덕였다.

"맞아요. 언제나 그랬어요. 앗, 너도 먹는 거라면 사족을 못 쓴다 이거지? 자, 조금 있으면 여관에 가서 쉴 거야. 그때까지 기다려."

그는 자기 말에게 말을 걸더니, 길가에 핀 풀 무더기에 홀린 말의 코를 고삐를 당겨 돌리고 이야기를 계속했다.

"네, 아버지는 공정하신 분이셨지만, 난 어릴 땐 그 점을 확실하게 알지는 못했어요. 아버지는 나를 기다렸다가 때리는 분이 아니셨거든요. 뭔가 잘못을 하면 그 즉시 벌을 받았어요. 정확히 말하자면, 아버지가 아시자마자요. 아버지는 언제나 내가 무엇 때문에 혼날지 알고 있었어요. 그리고 내가 내 나름대로 논리를 펴고 싶다면 들어 주기도 하셨죠."

아하, 이래서 이야기를 시작했구나. 아주 솜씨 좋게 마음을 누그러뜨리려고 하네? 하지만 난 기회를 잡는 즉시 네 배를 갈라 버리겠다고 굳게 다짐했다고. 내 마음을 과연 얼마나 달랠지는 모르겠지만, 어디 한번 해보시지.

"그래서 아버지와의 논쟁에서 이겨 본 적 있어요?"

"아뇨. 내 잘못은 주로 파악하기 아주 쉬운 것들이라, 내 입으로 잘못했다고 말할 수밖에 없었어요. 하지만 가끔 벌을 좀 덜 받은 적은 있었죠."

제이미는 코를 문지르며 말을 이었다.

"한번은 아빠한테 이렇게 말한 적이 있었어요. 자기 아들을 때리는 건 자기 맘대로만 하려는 아주 비문명적인 방식이라고요. 그랬더니 아버지는 내가 옆에 서 있는 기둥만도 못한 분별력을 가졌다고 했어요. 그리고 어른을 공경하는 것이야말로 문명의 기초라고 말씀하셨죠. 그래서 내가 그 점을 잘 배울 때까지는, 야만스러운 어른들이 엉덩이를 때리는 동안 얌전히 엎드려 있을 줄 알아야 한다고 했어요."

이번에는 나도 함께 웃었다. 가는 길은 평화로웠다. 다른 사람과 멀찍이 떨어져 있는 동안 찾아오는 고요함이랄까. 이런 종류의 고요함은 사람들로 득시글대던 원래 나의 시대에서는 좀처럼 경험할 수 없었다. 기계들 덕분에 인간의 영향력이 커져서, 단 한 명의 사람이 군중만큼 커다란 소음을 낼 때도 있으니까. 하지만 이 시대의 유일한 소음이란 식물이 흔들려 서걱대는 소리 아니면 이따금 새가 밤중에 키익 하고 우는 소리, 말발굽이 부드럽게 땅을 밟는 소리뿐이었다.

좀 움직였더니 뭉친 근육이 풀리기 시작하면서 걷기가 한결 수월해졌다. 제이미의 이야기를 듣고 있으니 날 섰던 감정도 누그러지기 시작했다. 이야기는 모두 재미있고 자기 비하적이었다.

"물론 맞는 걸 좋아하진 않았어요. 하지만 맞을 사람을 고르라면 선생님보다는 아빠한테 맞는 편이 좋았어요. 학교에서는 엉덩이가 아니라 주로 손바닥을 가죽 채찍으로 때리거든요. 아빠는 손바닥을 때리면 일을 할 수 없으니 안 되고, 엉덩이를 때리면 적어도 빈둥대며 앉아 있을 수는 없으니 낫다고 하셨죠.

우리는 보통 매년 선생님이 달랐어요. 교사를 오래 하는 분은 없었거든요. 교사를 하다가 주로 농부가 되거나 더 잘 사는 지역으로 옮겨 가서요. 교사는 월급이 너무 적어서 늘 제대로 못 먹고 깡말라요. 한번은 뚱뚱한 선생님이 온 적이 있었는데, 나는 그분이 진짜 선생님이라는 걸 믿을 수가 없었어요. 혹시 신부님이 정체를 감춘 게 아닐까 싶었죠."

나는 통통했던 베인 신부를 떠올리면서 그의 말에 동의한다는 미소를 지었다.

"특히 기억나는 선생님이 있어요. 그분은 잘못한 아이를 앞에 세워 두고 손을 뻗으라고 한 다음에, 벌을 주기 전에 무슨 잘못을 한 건지 너무 길게 설교를 늘어놓던 분이었죠. 그리고 한 대 때릴 때마다 계속 설교를 했어요. 그러면 나는 쓰라린 손을 내밀고 서서 속으로 막 기도했어요. 선생님이 제발 불평은 그만하고 어서 때렸으면 좋겠다고, 이러다 내가 용기를 잃어버리고 울 것 같다고요."

"선생님은 당신이 정말로 울기를 바랐던 것 같네요."

그토록 마음을 먹었건만, 나는 어쩐지 그가 측은해졌다. 제이미는 무미건조하게 대답했다.

"아, 맞아요. 하지만 그걸 나중에야 깨달았죠. 그리고 깨닫고 나자, 언제나처럼 입을 꾹 다물고 있질 못했어요."

제이미는 한숨을 쉬었다. 이쯤 되자 나는 화난 것도 까맣게 잊어버리고 말았다.

"그래서 어떻게 됐어요?"

"음, 어느 날 선생님이 나를 일으켰어요. 오른손으로 제대로 글씨를 쓸 수가 없어서 계속 왼손으로 써서 혼날 때가 많았거든요. 선생님은 날 세 번 때렸어요. 그 개새끼가 세 대 때리는 시간이 거의 5분이나 걸리더라고요. 그런데 때리다 말고, 나한테 멍청하고 게으르고 고집만 센 애라면서 또 막 설교를 하더라고요. 그런데 이번이 오늘 벌써 두 번째로 맞는 거라서, 내 손은 이미 얼얼했거든요. 그리고 집에 가면 또 엄청나게 매질을 당할 거란 사실에 무서웠어요. 학교에서 맞으면 집에 가는 대로 아버지에게 또 혼나는 게 규칙이라서요. 아버지는 학교 교육을 중요하게 생각하셨거든요. 어쨌든, 그래서 난 버럭 화를 내고 말았죠."

마치 예민한 손바닥을 보호하려는 것처럼, 그는 무심코 왼손으로 고삐를 잡았다. 그리고 잠시 멈추더니 나를 슬쩍 보았다.

"난 좀처럼 화를 내지 않아요, 새서나흐. 그리고 화를 낸 다음에는 보통 후회해요."

내가 보기에 이 말은 사과 비슷한 듯했다.

"그래서 그때 후회했나요?"

"음, 나는 주먹을 불끈 쥐고 선생님을 노려보았어요. 키가 크고 깡마른 사람이었죠. 한 스무 살쯤 됐나 그랬어요. 하지만 어릴 적에 보기엔 아주 나이가 많아 보였죠. 어쨌든 내가 말했어요. '선생님이 무섭지 않아요. 아무리 세게 때려도, 난 절대로 안 울 거예요!'라고요."

제이미는 숨을 크게 들이쉰 다음 천천히 내쉬었다.

"근데 그렇게 말한 건 좀 잘못이었어요. 선생님이 아직 채찍을 들고 있었거든요."

"설마, 선생님이 당신이 틀렸다는 걸 증명하려고 했나요?"

"네 그랬죠."

제이미는 달을 가린 구름이 은은히 빛나는 하늘로 우울하게 고개를 끄덕였다. "그랬죠"라는 말에는 다소 어두운 만족감이 서려 있었다.

"결국 증명하지 못했다는 건가요?"

덥수룩한 머리가 앞뒤로 끄덕끄덕했다.

"그렇죠. 적어도 날 울릴 수는 없었으니까요. 하지만 가만히 입 다물고 있지 않은 걸 후회하게는 되더라고요."

그는 잠시 걸음을 멈추고 나를 돌아보았다. 순간, 하늘을 덮었던 구름이 걷히면서 달빛이 그의 뺨과 턱선을 비추었다. 금박을 입힌

579

것처럼 빛나는 제이미의 얼굴은 도나텔로가 조각한 대천사 같았다.

"우리가 결혼하기 전에 두걸이 나에 대해 설명했을 텐데요. 그때 내가 좀 고집이 세다고 그러지 않던가요?"

눈꼬리가 날카롭게 올라간 그의 눈매가 번뜩였다. 그 모습은 대천사 미카엘이라기보단 루시퍼 같았다.

"좀 고집이 세다는 말은 너무 좋은 표현인데요. 내 기억으로는 두걸이 뭐라 했냐 하면요. 프레이저 집안 사람들은 돌덩이처럼 고집이 센데, 그중에서 당신이 최악이랬어요."

나는 웃으며 대답하다가, 살짝 건성으로 덧붙였다.

"내가 보기에도 좀 그런 것 같았고요."

제이미는 길에 깊숙이 난 웅덩이를 피해 말고삐를 돌리면서 미소를 지었다. 그리고 내 말의 고삐를 잡아 뒤따라오게 했다. 위험한 부분을 그럭저럭 피하자, 그는 말을 이었다.

"음, 글쎄요. 두걸의 말이 틀렸다고는 할 수 없어요. 하지만 내 고집은 물려받은 거예요. 우리 아버지도 똑같거든요. 우리는 가끔 말싸움을 벌이다가 결국은 무력으로 끝나게 될 때가 많았어요. 보통은 내가 울타리 위에 구부리고 서서 엉덩이를 맞았죠."

그때였다. 내 말이 뒷다리로 서며 콧김을 내뿜었고, 제이미가 손을 내밀어 내 말고삐를 잡았다.

"어이! 조용히 해! 스다드, 모 두*!"

제이미가 탄 말은 이보다는 겁을 먹지 않았다. 다만 움찔하며 불안하게 고개를 홱 돌렸을 뿐이다.

"왜 그러죠?"

내 눈엔 그저 길과 들판을 군데군데 비추는 달빛 조각만이 보일 뿐이었다. 저 앞으로 소나무 숲이 있었는데, 말은 그곳에 가까이 가

---

* Stad, mo dhu. 게일어로 '멈춰, 검은 녀석아'라는 뜻.

기를 꺼리는 듯했다.

"모르겠어요. 여기서 가만히 소리 내지 말고 있어요. 말에 탄 다음에 내 말을 잡아 줘요. 그리고 내가 소리치면, 내 말고삐를 놔두고 도망쳐요."

제이미의 나지막한 목소리는 차분했다. 나와 말들 모두를 진정시키는 목소리였다. 그는 "스구르*!"라고 말에게 중얼거리고 목을 탁 쳐서 내 쪽으로 보낸 다음, 단검을 손에 쥐고 헤더꽃 덤불로 들어갔다.

눈과 귀를 바짝 긴장하는 동안, 알 수 없는 소리 때문에 말들이 여전히 불안해하는 게 느껴졌다. 말들은 계속 뒤척이며 발을 구르고 귀와 꼬리를 실룩거리며 보챘다. 이제 엷어진 구름은 밤바람에 실려 날아갔고, 찬란한 반달 표면을 살짝 가렸을 뿐이다. 사방이 달빛으로 밝아졌지만, 앞쪽에도 숲에도 위협이 될 만한 건 역시 보이지 않았다.

노상강도가 활동하기엔 늦은 시간인 데다, 이 길은 수익성이 좋지도 않았다. 원래 하일랜드 지방에는 노상강도가 나타나는 일도 드물었다. 다니는 이들이 하도 적어 매복이 별 소용 없었기 때문이다.

숲은 어두웠지만 고요하지는 않았다. 소나무들은 수백만 개의 솔잎을 바람에 나부끼며 부드럽게 울부짖었다. 아주 오래된 나무와 소나무가 모인 어둠 사이로 섬뜩한 기운이 흘렀다. 겉씨식물, 침엽수, 익과 종자, 부드러운 잎 식물보다 훨씬 오래되고 거친 이파리를 지닌 나무들, 그리고 아직 줄기가 연한 떡갈나무와 사시나무가 자라는 숲. 이런 곳이야말로 루퍼트가 이야기한 유령과 악령들의 터전이 아닐까. 그러다 난 스스로에게 짜증이 났다. 나무가 많다고 무서워하는 사람은 나밖에 없을 거야. 그나저나 제이미는 어디 있지?

* Sguir, 게일어로 '멈춰'라는 뜻.

순간, 누군가의 손이 허벅지를 꽉 쥐었다. 나는 깜짝 놀라 박쥐처럼 꽥 소리쳤다. 심장이 튀어나올 정도로 놀란 상황에서 비명을 지르려다 보면 이런 소리가 나는 게 당연하다. 혹여 귀신일까 두려워 떨던 참이라 곱절로 화가 나 버린 나는 제이미의 가슴을 냅다 걷어찼다.

"이렇게 몰래 다가오면 어떡해요!"

"쉿. 이리 와요."

제이미는 나를 안장에서 대충 끌어 내린 다음 휙 내려놓고 급히 말을 나무에 묶었다. 불편한 기색으로 나지막이 우는 말을 뒤로하고, 그는 나를 높이 자란 수풀 속으로 데려갔다.

"뭐 하려는 거예요?"

나는 나무뿌리와 바윗돌에 발이 걸려 비틀거리면서 쌔근거렸다.

"조용. 말하지 말아요. 고개를 숙이고 내 발만 보면서 따라와요. 내가 디디는 곳으로 발을 디디고, 내가 만지면 걸음을 멈춰요."

우리는 느릿느릿 별말 없이 소나무 숲 끝으로 다가갔다. 어두운 나무 아래로 드문드문 비치는 달빛에 바닥에 깔린 솔잎만이 보였다. 제아무리 제이미라도 그 위를 소리 없이 걸을 수는 없었지만, 마른 솔잎이 바스락대는 소리는 곧 머리 위에 드리운 파릇한 솔잎 사이를 나부끼는 바람 소리에 묻혔다.

이윽고 솔잎 너머로 무언가가 보였다. 숲 바닥에서 솟아오른 화강암 덩어리였다. 제이미는 그곳에 나를 두고 뒤에 선 다음, 내 손발을 이끌어 돌덩이의 무너진 경사면을 오르게 했다. 그 위에 올라가자 나란히 엎드려 있을 만한 공간이 나왔다. 제이미는 내 귓가에 입을 대고 들릴 듯 말 듯 속삭였다.

"9미터 앞 오른쪽을 봐요. 공터가 있어요. 보여요?"

그러자 드디어 보였다. 일단 눈에 보이자 소리도 들려왔다. 그들은 소규모 늑대 무리였다. 여덟 마리에서 열 마리쯤일까. 이들은 하울링을 하지 않았다. 그림자 아래 놓인 먹잇감이 보였다. 한쪽 다리를 위로 쳐든 검은 덩어리였고, 가느다란 막대기 같은 사체의 다리는 살점을 확 물어뜯는 늑대의 이빨 힘 때문에 부르르 떨렸다. 어른 늑대의 먹이에 입을 대려다가 맞고서 깽깽대는 새끼의 소리나, 커다란 늑대가 나지막하게 으르렁대는 소리, 먹이를 삼키고 와그작 뼈를 씹고 부수는 만족스러운 소리만이 간간이 들려왔다.

반짝이는 달빛이 비춘 장면에 시야가 점점 익숙해지자, 나무 아래로 흩어져 있는 늑대들의 형체가 여럿 보였다. 이들은 이미 포식한 후라 평화로워 보인 반면에, 이들이 남긴 사체를 뜯는 늑대들은 이리저리 밀치며 먹을 부분을 찾는 중이었다.

그때였다. 노란 눈을 한 커다란 머리가 달빛 속으로 문득 고개를 들더니 귀를 쫑긋 세웠다. 늑대는 나지막이 다급한 울음을 울었다. 낑낑거림 같기도 하고 으르렁거림 같기도 한 소리에 갑자기 나무 아래 적막이 흘렀다.

짐승의 샛노란 눈빛은 나의 눈동자를 바라보는 것 같았다. 하지만 늑대의 자세에는 두려움도, 호기심도 서려 있지 않았다. 다만 조심스러운 인식뿐이었다. 제이미는 내 등에 손을 얹고 움직이지 말라는 신호를 주었지만, 나 역시 도망쳐야겠다는 마음은 들지 않았다. 이대로 몇 시간이고 늑대의 눈동자를 바라보며 움직이지 않을 수도 있을 것만 같구나. 왜 이런 생각이 드는지는 모르겠지만, 저 늑대는 분명히 암컷일 거야.

이윽고 늑대는 나를 아랑곳하지 않겠다는 듯 귀를 휙 돌리더니, 다시 몸을 굽히고 식사를 시작했다.

우리는 달빛이 평화로이 비치는 가운데 몇 분 동안 늑대 무리를 바라보았다. 마침내 제이미가 이제 가자며 내 팔을 만져 신호를 주었다.

다시 길가의 나무로 돌아가는 동안, 제이미는 내 팔을 잡고 부축했다. 포트윌리엄에서 그가 나를 구한 후, 내 몸에 손대게 둔 건 지금이 처음이었다. 우리는 여전히 늑대를 본 순간에 매료된 채로, 많은 말을 하지 않아도 서로를 다시금 편안하게 느끼기 시작했다.

아까 걸어오며 제이미가 해 준 이야기를 곰곰이 생각하자, 나는 제이미의 행동에 감탄하고 말았다. 대놓고 설명한 것도 아니고 사과를 한 것도 아니었어도, 그는 의도했던 바를 내게 전했으니까. '난 당신에게 정의를 구현했어요. 그러라고 배웠으니까요. 하지만 자비도 베풀었어요. 내가 할 수 있는 만큼 많이요. 당신에게 고통과 수치심을 주고 말았지만, 대신 내가 받은 고통과 수치심도 알려 줄게요. 당신이 조금 견딜 만해지도록요'라는 의미로 말이다.

나는 불쑥 물었다.

"많이 마음에 담고 있었나요? 그러니까, 맞는 거 말이에요. 맞고도 쉽게 털어 버렸나요?"

그는 내 손을 가볍게 쥐었다 놓았다.

"맞은 다음엔 대부분 잊어버렸죠. 하지만 마지막으로 맞았던 건 좀 오래갔어요."

"왜요?"

"아, 그게요. 그때 난 열여섯 살이었거든요. 다 큰 남자가 되어서 맞다니……라는 생각이 들더라고요. 지독하게 아프기도 했고요."

"이야기하고 싶지 않으면 안 해도 괜찮아요. 가슴 아픈 이야기인가요?"

나는 제이미의 주저하는 기색을 눈치채고 말했다. 그는 웃었다.

"맞았을 때만큼 아프지는 않아요. 이야기해도 상관은 없어요. 말하자면 긴 이야기라 그렇죠."

"바그레넌까진 오래 가야 하니까, 시간은 많아요."

"그건 그러네요. 좋아요. 내가 열여섯 살 때 리오흐성에서 1년 동안 살았다고 이야기한 적 있죠? 콜럼과 아버지가 그러기로 합의했거든요. 그래서 난 어머니 씨족과 친해요. 두걸 밑에서 2년 동안 컸고, 성에서 1년 동안 살면서 예의범절과 라틴어 같은 걸 배웠죠."

"아, 그랬군요. 어쩌다 거기에 있게 된 건지 궁금했어요."

"네, 그래서였죠. 나는 나이에 비해 몸집이 컸어요. 음, 몸집은 몰라도 키는 확실히 컸죠. 그리고 그때 이미 검술도 잘했고, 다른 사람보다 말도 더 잘 탔어요."

"참으로 겸손했겠네요."

"별로 겸손하진 않았어요. 지독하게 건방졌죠. 그리고 지금보다 훨씬 더 말을 함부로 했어요."

"세상에, 지금보다 말을 더 함부로 했다니, 그게 가능해요?"

나는 재미있다는 듯 대꾸했다.

"음, 그랬더라고요, 새서나흐. 그땐 내가 말만 하면 사람들이 막 웃는다는 걸 알고서, 누구한테 무슨 말을 하는 건지 생각도 안 하고 마구 내뱉어서 사람들을 웃겼죠. 가끔은 다른 애들에게 잔인하게 굴기도 했어요. 일부러 그런 건 아니었지만, 뭔가 기발한 생각이 나면 참지 못하고 말을 막 해 버렸거든요."

그는 하늘을 올려다보며 시간을 가늠했다. 달이 진 하늘은 더욱 캄캄해졌다. 지평선 근처로 오리온 성좌가 보이자, 익숙한 별자리에서 묘한 위안이 느껴졌다.

"그래서 하루는 도를 넘고 말았어요. 어떤 애들 두 명이랑 복도를 지나가다가 저쪽에 있던 피츠기번스 부인을 봤어요. 부인이 자기 몸집만 한 통을 나르는데, 걸으면서 통이 앞뒤로 막 부딪치더라고요. 당신은 지금 부인이 어떻게 생겼는지 알고 있겠지만, 그때는 몸집이 훨씬 더 작았어요."

제이미는 민망한 기색으로 코를 문질렀다.

"음, 그래서 난 부인의 외모를 두고 터무니없이 심한 말을 늘어놓았죠. 웃기긴 해도, 여자에게 할 말이 아니었죠. 내 말을 듣고 애들

이 아주 재미있어하더라고요. 그런데 부인이 그 소리를 들었을 줄
은 몰랐어요."

리오흐성에 사는 커다란 몸집의 부인이 떠올랐다. 그분은 언제
나 푸근하고 정 많은 분이었지만, 그렇다고 모욕을 받은 상황을 그
냥 넘길 사람은 아닌 것처럼 보였다.

"부인이 어떻게 하셨나요?"

"아무것도 안 했어요. 그 자리에서는요. 난 그분이 들은 줄 모르
고 있었는데, 다음 날 열린 홀에서 내가 한 말을 콜럼에게 전하시더
라고요."

"어머, 세상에. 그래서 어떻게 됐어요?"

콜럼이 피츠 부인을 얼마나 높이 평가하는지 난 알았다. 그러니
부인을 불손하게 대우하는 행위를 절대로 가볍게 여기지 않았을 것
이다.

제이미는 키득키득 웃었다.

"리어리랑 똑같은 벌을 받았어요. 물론 리어리는 받지 않았지만.
난 그때 아주 용감하게도 벌떡 일어서서 주먹으로 맞겠다고 했지
요. 하지만 속에서는 가슴이 쿵쿵 뛰었고, 앵거스의 주먹을 봤을 때
는 구역질마저 치밀었죠. 주먹이 무척 큰 돌덩이 같아 보였거든요.
주먹으로 맞겠다니까 홀에 모인 사람들은 몇몇 웃기도 했어요. 그
땐 내가 지금처럼 키가 크지 않았고 몸무게는 절반밖에 안 됐을 때
였죠. 꼬마 앵거스는 아마 한방에 내 머리를 날려 버릴 수도 있었을
거예요.

어쨌든 콜럼과 두걸은 둘 다 날 보고 얼굴을 찌푸렸어요. 하지만
내심 내가 주먹으로 맞겠다고 배짱을 부려서 조금 대견하기도 했을
거예요. 잠시 후 콜럼이 안 된다고 했어요. 난 어린애처럼 굴었으니
어린애처럼 벌을 받아야 한다고 했죠. 콜럼이 고갯짓을 하니까, 내
가 미처 움직이기도 전에 앵거스가 무릎에 날 올리고는 킬트를 홀

링 걸었어요. 그리고 사람들이 다 보는 앞에서 채찍으로 엉덩이를 물집이 잡히도록 때렸어요."

"세상에, 제이미!"

"으음. 앵거스가 그런 일 굉장히 잘하는 거 봤죠? 난 열다섯 대를 맞았어요. 아직도 채찍이 각각 어디에 떨어졌는지 정확하게 기억나요."

제이미는 그때를 회상하며 부르르 몸서리쳤다.

"그 자국은 일주일이 갔어요."

그는 손을 뻗어 가까이 있던 나무의 솔잎 뭉텅이를 하나 뜯더니, 손가락으로 집어 부채처럼 폈다. 송진 향이 갑자기 훅 끼쳤다.

"근데, 앵거스에게 다 맞고 나서도 조용히 물러가서 상처를 치료할 수가 없었어요. 두걸은 내 목덜미를 잡고 홀 저 끝까지 나를 끌고 갔어요. 그리고 무릎을 꿇은 채로 다시 앞쪽까지 돌바닥을 기어오라고 했죠. 나는 콜럼이 앉은 자리까지 기어 와서 피츠 부인에게 용서해 달라고 빌었어요. 다음에는 콜럼에게 빌고, 마지막으로 홀에 있던 모든 사람에게 건방지게 굴어서 죄송하다고 사과한 다음에 앵거스에게 때려 줘서 고맙다고 말해야 했어요. 난 목이 꽉 막혀서 말도 제대로 못 했지만, 앵거스는 아주 우아하게 사과를 받더라고요. 손을 뻗어서 날 일으켜 줬거든요. 그리고 난 콜럼 옆에 있는 의자에 털썩 주저앉았고, 홀이 끝날 때까지 일어날 수 없었어요."

제이미는 방어적으로 어깨를 움츠렸다.

"그때만큼 최악이었던 때가 없어요. 얼굴은 화끈거리고, 엉덩이도 화끈거리고, 무릎은 다 벗겨진 데다 달리 고개를 들지도 못하고 발끝만 보고 있었거든요. 그런데 최악은 또 따로 있더라고요. 오줌을 누고 싶어서 견딜 수가 없었거든요. 그땐 죽는 줄 알았어요. 배가 터질 것 같아서 이러다 사람들이 다 보는 앞에서 오줌을 쌀 지경이었죠. 정말로 쌀 뻔했죠. 어찌나 땀을 심하게 흘렸던지 셔츠가 다

젖을 정도였거든요."

웃음이 나왔지만 억지로 참으며 난 그에게 물었다.

"콜럼에게 상태가 어떤지 이야기할 수는 없었나요?"

"콜럼은 내 상태가 어떤지 정확히 알고 있었어요. 사실은 홀에 있는 사람들이 다 알고 있었죠. 내가 의자에서 몸을 배배 꼬았으니까요. 내가 과연 참나 못 참나 내기 중이었대요."

제이미는 어깨를 으쓱였다.

"만약 내가 말했다면 콜럼은 날 보내 줬을 거예요. 하지만……뭐, 그땐 좀 오기가 생기더라고요."

제이미는 어둡게 보이는 얼굴 위로 하얀 치아를 드러내며 유순하게 웃었다.

"그래서 콜럼에게 말을 하느니 차라리 죽겠다는 심정이었고, 정말 죽을 뻔했죠. 마침내 콜럼이 나가도 된다고 말하자, 나는 홀에서 나가긴 했지만, 제일 가까운 문으로 나가자마자 한계가 왔죠. 벽에 몸을 턱 세우고 완전 뿜어 댔으니까요. 오줌 줄기가 멈출 줄을 모르더라고요."

그는 자조하듯 손을 쫙 펴서 솔잎 뭉텅이를 떨어뜨리며 덧붙였다.

"자, 이게 나에게 벌어졌던 최악의 매질이었어요."

어쩔 수 없이 웃음이 터졌다. 웃다가 결국 길가에 쪼그려 앉고야 말았다. 제이미는 잠시 참을성 있게 기다렸다가, 결국 무릎을 턱 구부리고 앉아 물었다.

"왜 웃어요? 뭐가 재미있다고."

하지만 이렇게 묻는 그 역시 빙그레 웃고 있었다. 나는 계속 웃으며 고개를 저었다.

"아니, 안 웃겨요. 정말 끔찍한 이야기잖아요. 웃는 건 그냥……당신이 거기 앉아서 오기를 부리면서 이를 악물고 귀에서 김을 뿜는 장면이 눈앞에 선해서요."

제이미는 코웃음을 치다가도 결국 조금 웃었다.

"그렇죠. 열여섯 살로 살기란 참 쉽지가 않잖아요?"

"그래서 리어리라는 아가씨를 불쌍하게 생각하고 도와준 거군요? 그 심정이 어떤지 아니까요."

나는 다시 평정심을 되찾으며 말했다. 그러자 제이미는 깜짝 놀랐다.

"네, 그렇게 말했었죠. 열여섯 살짜리가 사람들 다 보는 데서 엉덩이를 맞기보다야, 스물세 살짜리가 주먹으로 얼굴을 맞는 게 훨씬 쉽죠. 자존심에 멍이 드는 것만큼 나쁜 게 없으니까요. 자존심은 쉽게 멍들기도 하고요."

"왜 당신이 대신 벌을 받아 줄까 궁금했었어요. 주먹으로 입을 맞을 걸 알면서도 씩 웃는 사람은 처음 봤거든요."

"일단 맞고 나면 웃기가 힘들잖아요."

나는 동의하는 마음으로 고개를 끄덕였다.

"으음. 난 그때 당신이……."

문득 민망한 마음이 들어 입을 다물었다. 그러자 제이미는 내 생각을 읽기라도 한 듯 말을 이었다.

"내가 뭐요? 아, 나랑 리어리 사이에 대한 거죠? 당신도 그렇고, 앨릭이랑 다른 사람들도 그렇고, 리어리까지 그렇게 생각했어요. 하지만 리어리가 예쁜 여자가 아니었더라도 난 똑같이 행동했을 거예요."

그는 내 옆구리를 슬쩍 찔렀다.

"물론 당신은 믿지 않겠지만요."

"음, 그게요, 나는 사실 당신이 벽감 속에서 리어리랑 있는 걸 봤거든요. 누구한테 배웠는지는 모르겠지만, 당신은 키스를 아주 잘하던데요."

내가 변명을 하자, 제이미는 당황한 채로 흙바닥에 발을 질질 끌었다. 그리고 수줍게 고개를 숙였다.

"저기요, 새서나흐. 나도 별로 나을 게 없는 남자라고요. 가끔은 참으려고 해 보지만, 잘 안 될 때도 있어요. 사도 바오로가 하셨던 말씀이 있잖아요. '성욕에 불타는 것보다는 결혼하는 편이 낫다'라는 성경 구절 알죠? 음, 그때 난 욕정에 활활 타고 있었거든요."

나는 또 웃었다. 마치 내가 열여섯 살이 된 것처럼 마음이 들뜬 채 제이미를 놀려 댔다.

"그래서 나랑 결혼한 건가요? 죄를 짓지 않으려고?"

"응. 결혼은 그러라고 하는 거잖아요. 결혼한 다음에는 성스러운 행위가 되는 일인데, 결혼 안 한 상태에서 하면 고해 성사를 하러 가야 하니까."

나는 다시 자리에 주저앉았다.

"아, 제이미. 정말 사랑해요!"

이번에는 제이미가 웃고 말았다. 그는 배를 잡고 웃더니, 결국 길가에 주저앉아 꺽꺽대며 웃었다. 그리고 천천히 뒤로 몸을 젖히고는 길게 자란 수풀 위에 누워 숨이 막힌 채로 눈물을 흘리며 웃었다.

"당신, 대체 왜 이래요?"

나는 그를 노려보며 물었다. 하지만 제이미는 한참 후에야 일어나 흐르는 눈물을 닦았다. 그리고 숨을 몰아쉬며 고개를 저었다.

"머타가 여자를 두고 한 말이 딱 맞네요. 새서나흐, 나는 당신을 위해 목숨을 걸었어요. 그래서 물건도 훔치고 불도 지르고 남을 때리기도 하고 결국 사람도 죽였죠. 그런데 그 보답으로 당신은 나한테 욕을 하고 남자의 자존심에 상처를 낸 것도 모자라서 엉덩이를 발로 차고 얼굴을 할퀴기까지 했죠. 그런데 당신을 초주검이 될 때까지 때리고 내가 겪었던 더없이 창피한 일을 전부 말해 줬더니, 오히려 사랑한다고 하잖아요."

제이미는 무릎 위로 고개를 대고는 또 한참을 웃었다. 그리고 마침내 일어서서 한 손으로 눈물을 닦으며 다른 손을 내밀었다.

"당신은 별로 합리적이지 못하네요, 새서나흐. 하지만 당신이 정말 좋아요. 이제 가요."

———

날은 점점 저물어 갔다. 아니, 보기에 따라서는 밝아진다고 해야겠지. 새벽까지 바그레넌에 가려면 빨리 달려야 했다. 이때쯤이면 엉덩이가 많이 나은 참이라, 안 아프지는 않아도 그럭저럭 안장에 앉을 수 있었다.

우리는 얼마간 다정한 침묵 속에서 말을 달렸다. 나는 처음으로 느긋하게 오롯이 생각에 잠겼다. 만약 내가 환상열석으로 돌아갔다면 어떻게 되었을까. 억지로 제이미와 결혼하고 필요하기에 그에게 의존하며 지냈지만, 이제 제이미를 아주 좋아하게 되었다는 건 부정할 수 없었다.

어쩌면 여기서 더욱 중요한 점은 나를 향한 제이미의 감정일지도 모른다. 처음에는 어쩔 수 없는 상황 때문에 붙어 지내다가 서서히 우정이 생겨났고 결국은 놀랍도록 깊은 육체의 열정으로 이어졌지만, 제이미는 내게 지나가는 말로라도 자신의 감정을 밝힌 적이 없었다. 아직까지는.

그는 나를 위해 목숨을 걸었다. 혼인 서약을 했을 때 그러리라고 맹세는 했었다. 마지막 피 한 방울까지도 아끼지 않고 나를 보호하겠다고 했던 말이 진심임을, 난 믿는다.

하지만 더욱 감동적이었던 건 지난 24시간이었다. 갑자기 자기 감정을 솔직하게 고백하고, 개인사와 단점까지 모두 다 말해 주었으니까. 만약 내가 예상하는 것만큼 제이미가 나를 사랑한다면, 내가 뜬금없이 사라졌을 때 어떤 기분이 들까? 이런 불편한 생각들을 하느라 몸이 불편한 것까지 느낄 겨를이 없었다.

이윽고 바그레넌까지 5킬로미터 남짓 남았을 때, 갑자기 제이미가 입을 열었다.

"아버지가 어떻게 돌아가셨는지 아직 말 안 했었죠."

"두걸이 말해 줬어요. 중풍을 맞으셨다면서요. 그러니까, 뇌졸중이요."

나는 깜짝 놀라 대답했다. 제이미 역시 혼자만의 생각에 푹 빠져 있었으니, 아까 나누었던 대화의 연장선상에서 아버지를 무심코 생각했을 거라 예상은 했다. 하지만 무슨 마음으로 이 주제를 꺼낸 걸까.

"맞아요. 하지만 그게…… 아버지는요……."

그는 잠시 말을 고르다가 조심하지 않기로 하고 어깨를 으쓱였다. 그리고 심호흡을 한 뒤 뱉었다.

"알아 두어야 할 게 있어요. 거기엔…… 많은 사정이 있거든요."

이곳 도로는 나란히 말을 타고 갈 수 있을 정도로 넓었지만, 어디에 돌이 튀어나왔는지 유심히 살펴보기도 해야 했다. 아까 두걸에게 내 말의 발굽 사이에 돌이 낀 것 같다는 말은 근거가 없던 게 아니었다.

제이미는 나쁜 곳을 피해 말을 몰며 말했다.

"어제 우리가 있었던 포트윌리엄의 요새 있잖아요. 랜들과 부하들이 날 랄리브로흐에서 잡아다가 거기로 끌고 갔어요. 그리고 채찍질을 했죠. 그자는 이틀째 되던 날에 사무실로 날 불렀어요. 군인 두 명이 날 감옥에서 끌어내 데리고 갔죠. 내가 당신을 찾았던 바로 그 사무실이요. 그래서 당신이 어디 있는지 알았던 거예요.

나는 바로 바깥 뜰에서 아버지를 만났어요. 아버지는 놈들이 나를 어디로 데려갔는지 알아내고는, 혹시 손을 써서 꺼낼 방법이 있는지 알아보려고 왔었어요. 적어도 내가 무사한지는 직접 확인하고 싶었던 것 같아요."

제이미는 말 옆구리를 슬쩍 치고 부드럽게 혀를 차면서 말을 몰았다. 아직 해가 뜰 기미는 없었지만 밤은 변해 가고 있었다. 이제한 시간만 있으면 새벽이었다.

"아버지를 보니까 내가 그간 얼마나 외로웠는지 실감이 나더라고요. 얼마나 무서웠는지도요. 군인들은 우리 둘만 있게 해 주지는 않았지만, 그래도 아버지랑 인사는 하게 해 줬어요."

그는 마른침을 삼키고 말을 이었다.

"난 아버지에게 죄송하다고 했어요. 제니 때문에요. 그리고 상황을 엉망으로 만들어서도요. 하지만 아버지는 됐다고 하면서 나를꼭 껴안았어요. 그리고 내가 심하게 다쳤느냐고 물었죠. 채찍질 당한 걸 알고 계셨거든요. 난 괜찮을 거라고 말했어요. 그러더니 군인들이 이제 가야 한다고 해서, 아버지는 내 팔을 꽉 잡아 주고는 기도하는 걸 잊지 말라고 하셨어요. 그리고 무슨 일이 있어도 곁에 있을 테니까, 고개 숙이지 말고 걱정하지 말라고도 하셨죠. 아버지가내 뺨에 입을 맞춘 다음, 군인들은 날 끌고 갔어요. 그게 내가 본 아버지의 마지막 모습이었죠."

제이미의 목소리는 흔들림이 없었지만, 살짝 굵어졌다. 나는 목이 콱 메었고, 할 수만 있으면 그를 쓰다듬어 주고 싶었지만 길이자그마한 언덕을 따라 좁아지는 바람에 어쩔 수 없이 잠시 그의 뒤로 처져야 했다. 다시 나란히 말을 타게 되었을 때는 제이미는 침착해진 후였다. 그는 다시 심호흡하며 말을 이었다.

"그래서, 나는 랜들 대위를 만나러 갔어요. 그는 부하들을 내보내고 나와 둘만 있게 되자 의자에 앉으라고 하더라고요. 그리고 우리아버지가 나를 풀어 주려고 보석금을 주겠다고 했지만, 내 죄가 너무 심각해서 우리 영토를 다스리는 아가일 공작의 서면 허가 없이는 풀어 줄 수 없다고 했어요. 나는 그래서 아버지가 아가일 공작을 만나러 갈 거라고 생각했죠. 그동안 랜들은 계속 이야기를 했어요. 앞으로 예정된 2차 채찍질에 관해 말하더라고요."

그는 이야기를 어떻게 계속할지 모르겠다는 것처럼 잠시 말을 멈추었다.

"랜들의…… 태도가 이상하단 생각이 들었어요. 아주 우호적이긴 한데, 내가 모를 꿍꿍이가 있는 것 같았죠. 그는 계속 나를 지켜봤어요. 마치 내가 뭘 하기를 기대하는 것처럼요. 하지만 난 그냥 가만히 앉아 있었어요. 급기야 랜들은 나한테 사과 비슷한 것까지 하더라고요. 지금껏 우리 사이가 참 어렵게 되어 유감이다, 상황이 달랐다면 얼마나 좋았을까 생각한다, 뭐 이런 식의 이야기였죠."

제이미는 고개를 절레절레 저었다.

"난 그자의 말을 전혀 이해할 수가 없었어요. 이틀 전에는 날 죽이려고 온 힘을 다하던 사람이었으니까요. 그러다 마침내 랜들이 본론을 말하더라고요. 대놓고 말이죠."

"랜들이 원한 게 뭐였는데요?"

내가 묻자, 제이미는 날 슬쩍 보다 고개를 돌렸다. 얼굴이 어둠에 가려져 보이지 않았지만, 민망해하는 것 같았다.

"나였어요."

그는 불쑥 말했다. 내가 너무 격하게 놀란 나머지 말이 고개를 휙 돌리며 나를 나무라듯 울었다. 제이미는 다시 어깨를 으쓱였다.

"랜들은 아주 솔직하게 말했어요. 내가 만약에…… 윽, 몸을 내준다면 두 번째 채찍질은 면제해 주겠다고요. 하지만 거절한다면, 그땐 태어난 걸 후회하게 해 주겠다고 했어요."

내 속이 심하게 울렁거렸다. 제이미는 우습다는 눈빛으로 말했다.

"근데 난 이미 태어난 걸 후회하고 있었죠. 속은 깨진 유리를 삼킨 것처럼 막 쑤셨고, 앉아 있는데도 무릎에 힘이 들어가질 않더라고요."

"그래서……."

목소리가 갈라져 나왔다. 나는 목을 가다듬고 다시 말을 이었다.

"그래서 당신은 어떻게 했나요?"

제이미는 한숨을 쉬었다.

"음, 거짓말은 하지 않을게요, 새서나흐. 솔직히 말하자면 그럴까도 생각해 봤어요. 첫 번째 채찍질 자국이 아직도 등에 선명하게 남아 있어서 셔츠도 입을 수가 없었거든요. 일어날 때마다 현기증이 났죠. 그런데 또 맞아야 한다고 생각하니까, 그것도 묶여서 하릴없이 채찍질이 떨어지기를 기다리자니……."

제이미는 저도 모르게 부르르 떨더니 씁쓸하게 말했다.

"정말로 그럴 생각은 아니었지만, 뒷구멍을 내주면 그래도 좀 덜 아프겠다 싶었어요. 가끔 채찍질당하다가 죽는 사람이 있거든요, 새서나흐. 그리고 랜들의 얼굴을 보니 정말로 날 죽일 것 같았어요."

그는 다시 한숨을 쉬었다.

"하지만…… 음. 난 아직도 아버지의 입맞춤을 뺨에서 느낄 수 있었어요. 그리고 아버지가 뭐라 하실까도 생각해 봤죠. 그래서…… 난 그럴 수가 없었어요. 결론이 났죠. 그러니까 내가 죽는다면 아버지가 어떻게 될까 하는 생각을 안 할 수가 없더라고요."

마치 뭔가 재미있는 기억이라도 떠올린 듯, 제이미는 피식 웃었다.

"또 이런 생각도 들었어요. 우리 누나를 강간한 놈한테, 미치지 않고서야 나까지 몸을 내주겠냐고요."

난 그 말이 전혀 재미있지 않았다. 잭 랜들이 다시금 생생하게 떠올랐다. 이번에는 새로이 역겨운 관점으로 보였다. 제이미는 목 뒤를 문지른 손을 안장 머리에 대었다.

"그래서, 나는 얼마 안 남은 용기를 그러모아 싫다고 했죠. 큰 소리로요. 그리고 머릿속에 있는 대로 더러운 욕을 떠올려서 퍼부었어요. 고래고래 소리를 질렀죠."

제이미는 얼굴을 찌푸리며 말을 이었다.

"계속 생각하다가 그만 마음이 바뀔까 봐 무서웠어요. 그래서 다시는 돌이킬 수 없게 만들고 싶었죠."

그는 생각에 잠긴 듯 이 말을 덧붙였다.

"그런 식의 제안을 재치 있게 거절할 방법이 있을 것 같지는 않았지만요."

나도 담담하게 동의했다.

"맞아요. 아무리 정중하게 말했더라도, 그자는 거절을 좋아하지 않았을 테니까."

"랜들은 좋아하지 않았어요. 그는 날 닥치게 하려고 손등으로 입을 후려쳤죠. 난 그대로 넘어졌어요. 그때는 아직 약했거든요. 그놈은 앞에 서서 날 그저 내려다봤어요. 난 여기서 일어나면 안 되겠다는 눈치는 있어서, 그대로 누워 있었죠. 결국 랜들은 병사들을 불러서 날 다시 감옥으로 돌려보냈어요."

제이미는 고개를 저었다.

"그는 표정 하나 변하지 않았죠. 내가 나갈 때 '그럼 금요일에 보자'라는 말만 하더라고요. 마치 그때 무슨 사업차 회의 약속을 했다는 듯이요."

제이미는 원래 세 명의 죄수와 한 감방을 썼지만, 이번에 병사들은 그를 작은 독방으로 보내고 아무런 방해꾼 없이 금요일에 있을 채찍질을 기다리도록 했다. 다만 매일 수비대의 주치의가 그의 등을 치료하러 왔다.

"그는 그다지 대단한 치료를 해 주진 않았지만, 나름 친절했어요. 둘째 날에는 거위 기름과 숯 말고도 자그마한 성경 책을 가져다 줬죠. 죽은 죄수의 소지품이었대요. 내가 천주교 신자라는 걸 알았다면서, 하느님의 말씀에서 위안을 얻든 못 얻든, 욥의 고난과 나의 처지를 비교해 볼 수 있을 거라 하더군요."

제이미는 잠시 웃었다.

"그런데 묘하게도, 성경이 정말로 위안이 되더라고요. 우리 주님께서도 형벌을 견뎌야 하셨잖아요. 적어도 나는 십자가에 못 박히려고 끌려 나가는 건 아니라는 게 떠올랐죠. 그리고 한편으로는요……."

그는 사려 깊은 태도로 말했다.

"우리 주님도 본디오 빌라도의 추잡한 제안을 들으셔야 했잖아요."

제이미는 그 작은 성경 책을 계속 가지고 있었다. 그는 안장을 뒤져 성경 책을 꺼내 나에게 보여 주었다. 그건 가죽 표지를 댄 낡은 책으로, 길이가 12센티미터쯤 되고 종이가 아주 얇아서 뒷면 글씨가 비쳐 보였다. 책 앞의 빈 페이지에는 '알렉산더 윌리엄 로더릭 맥그리거, 1733'이라는 글씨가 적혀 있었다. 잉크는 빛이 바래 흐릿해졌고, 표지는 여러 번 젖은 듯 뒤틀려 있었다.

나는 작은 성경 책을 신기한 듯이 넘겼다. 작은 책이었지만, 지난 4년간 여행과 모험을 하면서 이걸 간직하기란 분명 쉽지 않았을 텐데.

"당신이 성경 읽는 모습을 본 적은 없는데요."

나는 책을 돌려주며 말했다.

"응, 읽으려고 가지고 다니는 게 아니니까요."

제이미는 성경 책을 내 손에서 가져가 닳은 가죽 표지 끝을 엄지로 쓸었다. 그리고 안장주머니를 무심코 두드렸다.

"알렉산더 맥그리거에게 갚아야 할 게 있거든요. 언젠가는 마음의 빚을 갚으려고요."

제이미는 다시 자신의 이야기를 시작했다.

"어쨌든, 결국 금요일이 되었어요. 이걸 기뻐해야 하나, 슬퍼해야 하나 알 수가 없었죠. 기다리면서 공포에 떨던 게 맞는 아픔보다 더 심하다고 생각했거든요. 하지만 막상 닥치니까…….”

제이미는 묘하게 어깨를 으쓱이는 듯한 몸짓을 하면서 등 뒤의 셔츠 자락을 폈다.

“뭐, 이미 흉터는 봤잖아요. 어땠을지 당신도 알겠죠.”

“두걸의 이야기를 듣고서야 확실히 알았어요. 거기 있었다면서요.”

제이미는 고개를 끄덕였다.

“네. 두걸이 거기 있었죠. 당시에는 몰랐는데, 우리 아버지도 있었어요. 내게 닥칠 일에만 너무 신경 쓰다 보니 다른 건 눈에 보이지 않았거든요.”

나는 천천히 대답했다.

“아, 그럼 아버지가…….”

“그래요. 그때 돌아가셨던 거예요. 거기 있던 사람들 가운데는 내가 곧 죽을 거라고 생각한 사람들이 있었대요. 아마 아버지도 그렇게 생각하셨던 것 같아요.”

제이미는 머뭇거렸다. 다시 말을 잇는 목소리는 가라앉아 있었다.

“두걸이 나중에 말해 줬어요. 내가 쓰러지자, 아버지는 작은 소리를 내더니 손으로 머리를 짚었대요. 그리고 돌처럼 쓰러져서 다시는 일어나지 못하셨대요.”

새들이 헤더꽃 덤불 속에서 이리저리 오가며, 아직 어두운 나뭇잎 사이에서 지저귀며 서로를 불렀다. 제이미는 고개를 숙이고 얼굴을 보여 주지 않은 채 조용히 말했다.

“나는 아버지가 돌아가신 줄 몰랐어요. 한 달 후에야 들었죠. 그때쯤이면 다시 기운을 차려서 아버지의 일을 이겨 낼 수 있을 거라고 사람들은 생각했대요. 그러니 나는 아들로서 마땅히 치러야 하는 아버지 장례도 치르지 못했던 거예요. 아직까지 아버지 무덤에도 가 보지 못했어요. 집에 가기가 두려워서요."

"제이미. 아, 제이미. 어떡해요."

길게만 느껴지는 침묵이 얼마나 흘렀을까. 나는 가만히 말했다.

"하지만 그건 당신 탓이 아니에요. 당신 책임이라 생각하지 말아요. 제이미, 그때 당신이 할 수 있는 건 아무것도 없었잖아요. 달리 어떻게 행동했겠어요."

"그럴까요. 그럴지도 모르죠. 하지만 난 계속 이런 생각이 들어요. 만약 내가 다른 길을 선택했더라도 이런 일이 벌어졌을까. 어쨌든 결과를 안다 해도 별로 기분이 나아지진 않겠죠. 여전히 아버지를 내 손으로 죽인 기분이 들거든요."

"제이미……."

나는 다시 말하고서 하릴없이 멈춰 섰다. 그는 잠시 조용히 말을 타다가, 자세를 곧추세우고 어깨를 쭉 펴더니 불쑥 말했다.

"이런 말은 아무에게도 한 적 없어요. 하지만 이젠 당신도 알아야 할 것 같았어요. 랜들에 대해서요. 그자와 나 사이에 있었던 일을 알 권리가 있으니까요."

그자와 제이미 사이에 있었던 일. 선량한 남자의 삶과 소녀의 명예. 그리고 피와 공포 속에서 배출구를 찾는 음란한 성욕. 게다가 둘 사이에 놓인 관계의 저울에 이젠 하나가 더 추가되었다는 생각에 속이 뒤집어졌다. 바로 나였다. 처음으로, 나는 제이미의 마음을 깨닫게 되었다. 랜들의 사무실 창문에서 빈 총을 손에 들고 앉았던 순간, 제이미는 어떤 기분이었을까. 그러자 그가 내게 한 짓이 서서히 용서되었다.

마치 내 마음을 읽었다는 듯, 제이미는 날 바라보지도 않은 채 말했다.

"이제 알겠어요……? 그러니까, 내가 왜 당신을 때려야겠다고 생각했는지 이해하게 됐나요?"

대답하기 전, 나는 잠시 생각했다. 그래, 이해한다. 하지만 그게 다는 아니야.

"이해해요. 그리고 그 점에서는 당신을 용서할게요. 하지만 용서가 안 되는 점도 있어요."

참으려 했지만 그만 목소리가 살짝 높아지고 말았다.

"날 때리는 걸 즐겼잖아요!"

제이미는 안장에 앉은 채로 몸을 숙이더니, 안장 머리를 꽉 잡고 한참을 웃었다. 긴장을 풀며 한참을 즐거워하던 그는 마침내 고개를 들고 나를 보았다. 이제 눈에 띄게 밝아진 하늘 아래로 제이미의 얼굴이 보였다. 지치고 긴장된 얼굴이었지만 또 너무 즐거워하는 표정이 아닌가. 뺨에 난 손톱자국은 어둑어둑한 빛을 받아 검게 드러났다.

"즐겼다고요? 새서나흐. 내가 그때 어떤 마음이었는지 당신은 모르겠죠? 그때 당신은 정말…… 아, 진짜! 당신은 너무 아름다웠어요. 난 너무 화가 났는데, 당신은 또 나와 격렬하게 싸웠죠. 당신을 정말이지 아프게 하고 싶지 않았지만, 또 한편으로는 아프게 해 주고 싶었어요…… 맙소사."

제이미는 숨을 헉 몰아쉬며 말하다가 잠시 멈추고 코를 닦았다.

"그래, 맞아요. 즐기긴 즐겼죠. 그렇다면 나도 할 말 있어요. 당신 역시 내가 잘 참은 걸 인정해 줘야 한다고요."

나는 다시금 슬슬 화가 났다. 시원한 새벽 공기에 뺨이 뜨겁게 달아올랐다.

"지금 참았다고 했어요? 내가 보기엔 당신은 왼팔을 잘만 휘두르던데요? 난 이러다 몸을 못 쓰게 되는 줄 알았다고, 이 건방진 스코틀랜드 자식아!"

하지만 제이미는 무심하게 대답했다.

"새서나흐, 내가 당신 몸을 못 쓰게 만들고 싶었다면 그 정도로 끝나지는 않았을 거예요. 난 그 후를 이야기하는 거였는데. 내가 바닥에서 잤던 거 기억 안 나요?"

나는 눈을 가늘게 뜨고 씩씩대며 그를 노려보았다.

"아, 참았다는 게 그 뜻이었어요?"

"음, 제아무리 당신을 안고 싶었어도 그 상태가 된 여자를 범하는 건 옳지 않다고 생각했거든요. 근데도 너무 안고 싶더라고요."

제이미는 다시 웃더니 이렇게 덧붙였다.

"그래서 본능을 심하게 억눌렀죠."

"범한다니요?"

나는 그 표현에 좀 놀랐다.

"그런 상황에서 '사랑을 나누다'라는 말을 쓸 수는 없잖아요?"

제이미의 말에 나는 차분하게 대답했다.

"무슨 말로 표현하든, 시도하지 않기를 잘했군요. 아니면 소중한 신체 부위가 없어졌을 테니까."

"나도 그 생각이 들더라고요."

"버젓이 폭행을 저질렀으면서, 강간은 안 하려고 훌륭하게 자제했다고 해서, 그걸 칭찬해 줘야 한다고 생각하다니……."

말하다가 신물이 확 올라와 목이 메었다.

우리는 말없이 800미터가량을 더 달렸다. 그때 제이미는 한숨을 내쉬었다.

"애초에 이런 말을 하지 말 걸 그랬네요. 내가 물어보려던 건 이게 아니었어요. 이따가 바그레넌에 가면 다시 당신 옆에 누워도 되냐고 물어보려던 건데."

그는 수줍은 듯 잠시 머뭇거렸다.

"바닥에서 자면 춥잖아요."

나는 5분 넘도록 아무 말도 하지 않았다. 그리고 무슨 말을 해야 할지 겨우 정한 다음 고삐를 잡고 길을 가로질러 몸을 돌리고 제이미를 멈춰 세웠다. 이제 저 앞으로 보이는 바그레넌의 건물 지붕이 동터 오는 빛 아래로 드러났다.

나는 제이미의 옆에 바짝 붙었다. 우리 사이가 겨우 한 발짝밖에 떨어지지 않은 상태에서, 나는 제이미의 눈을 족히 1분은 넘게 바라보다가 입을 열었다.

"오, 집안의 가장이 되시는 남편이시여. 부디 저와 침대를 함께 써 주시겠습니까?"

나는 공손하게 물었다. 그러자 제이미는 분명 미심쩍어하는 기색으로 잠시 생각하더니, 역시 정중하게 고개를 끄덕였다.

"그렇게 하겠소. 고맙소."

나는 여전히 공손한 태도로 물었다.

"그러면 한 말씀만 더 드리고 싶습니다."

"무엇이오?"

나는 치마 속에 숨겨진 주머니에서 손을 확 뺐다. 그의 가슴을 누르는 단검 위로 여명이 반짝 빛났다.

나는 이를 악물고 말했다.

"제임스 프레이저, 다시 한번 내게 손을 댔다간 네놈 심장을 도려내어 아침 식사로 튀겨 주겠어!"

그러자 긴 침묵이 흘렀다. 말과 마구가 이리저리 삐그덕대는 소리만이 들려왔을 뿐이다. 이윽고 제이미는 손바닥을 보이며 손을 위로 들었다.

"칼 줘요."

내가 머뭇대자, 그는 성급하게 말했다.

"당신한테 안 쓸 테니까, 어서 달라고!"

제이미는 단검의 날을 잡고 똑바로 세웠다. 칼자루에 박힌 월장석에 햇살이 비쳐 밝게 빛났다. 그는 단검을 십자가처럼 들고 게일어를 암송했다. 그건 콜럼의 홀에서 열린 서약식에서 들어 본 적 있는 말이었다. 제이미는 나를 위해서 다시금 영어로 옮겨 반복했다.

"우리 주 예수 그리스도의 십자가와 제가 든 거룩한 검을 두고, 그대에게 저의 충성을 선서하며 충성을 바칠 것을 맹세합니다. 만약 제가 손을 들어 그대에게 반란을 일으킨다면, 이 거룩한 검이 저의 심장을 꿰뚫게 될 것입니다."

그는 단검의 날과 손잡이가 이어지는 부분에 입을 맞춘 다음 내게 돌려주었다. 그리고 한쪽 눈썹을 치켜뜨며 말했다.

"나는 쓸데없이 남을 협박하지 않아요, 새서나흐. 경솔하게 서약하지도 않고요. 자. 그럼 자러 갈까요?"

23
다시 리오호로

두걸은 붉은 멧돼지 간판 앞을 초조하게 서성이며 우리를 기다리고 있었다.

"잘 왔군?"

내가 아무런 도움 없이 말에서 내려 크게 비틀거리지도 않는 모습을 가만히 지켜보며 두걸이 말했다.

"용감한 아가씨군. 우는 소리 없이 16킬로미터를 이동하다니. 어서 가서 주무시오. 그럴 자격이 있어. 나는 제이미와 함께 말을 넣어 두겠소."

그는 아주 부드럽게 내 엉덩이를 치며 들어가라 했다. 나는 그의 제안을 그저 반갑게만 여기고 들어가 베개에 머리를 대자마자 잠들었다.

제이미가 내 옆에 누운 줄도 모르고 뒤척이지도 않고 잤던 것 같다. 그러다 다음 날 오후 느지막이 갑자기 눈이 번쩍 뜨였다. 이제껏 잊고 있던 중요한 사실이 있었다.

"호록스!"

나는 침대에서 벌떡 일어나 앉으며 불쑥 소리쳤다.

"응?"

곤히 자다가 깜짝 놀란 제이미는 침대 옆으로 확 다가가더니, 옷 더미 위에 둔 단검을 손에 들고 바닥에 웅크렸다. 그리고 방을 정신 없이 돌아보며 물었다.

"뭐지? 뭐야?"

나는 그 모습에 애써 웃음을 참았다. 다 벗은 채로 바닥에 웅크린 채, 빨간 머리를 잔뜩 세운 모습이 꼭 가시를 잔뜩 세운 고슴도치 같았으니까.

"지금 꼭 안달 난 고슴도치 같아 보여요."

내 말에 제이미는 추잡한 눈빛으로 날 쳐다보더니 일어나서 옷 을 놓아 둔 의자 위에 단검을 내려놓았다.

"내가 알아서 일어날 때까지 자게 두면 안 돼요? 꼭 그렇게 내 귀 에다 '고슴도치!'라고 소리쳤어야 했어요? 그럼 내가 더 좋아할 것 같았나요?"

"고슴도치라고 한 거 아니에요. 호록스라고 한 거지. 그 사람과 만난 건 잘되었는지 물어보지 못했다는 게 기억났어요. 그 사람은 찾았나요?"

제이미는 침대에 앉아서 두 손으로 머리를 감싸 쥐었다. 그리고 혈액 순환을 잘 시키려는 듯 얼굴을 세차게 문지르다가, 손가락 사 이로 살짝 어눌하게 말했다.

"응. 찾았어요."

그의 어조를 들어 보니 알 수 있었다. 탈영병이 준 정보가 그다지 좋지 않았구나. 나는 동정 어린 말투로 물었다.

"그자가 당신에게 아무 말도 안 할 거라고 했나요?"

그럴 가능성은 얼마든지 있었다. 제아무리 제이미가 자기 돈을 내주는 건 물론이고 두걸과 콜럼이 돈을 좀 보탠다 해도, 심지어 아 버지의 반지까지 판다 해도 거절할 수 있는 일이었다.

제이미는 내 옆자리에 다시 누워 천장을 바라보다가 말했다.

"아뇨. 나한테 해 주겠다고 했어요. 심지어 적정한 가격으로요."

나는 팔꿈치로 몸을 지탱한 채로 그를 내려다보며 물었다.

"그럼 누구였대요? 누가 하사관을 샀대요?"

제이미는 나를 보며 미소 지었다. 살짝 우울한 미소였다.

"랜들이요."

그는 눈을 꾹 감았다. 나는 멍해지고 말았다.

"랜들이요? 랜들이 왜요?"

제이미는 여전히 눈을 감은 채 말했다.

"모르겠어요. 짐작할 만한 이유가 있기는 한데, 별로 중요하진 않아요. 제길. 이젠 증명할 수 있는 길이 쥐뿔도 없네요."

안타깝지만 그게 사실이었다. 나는 그의 옆에 털썩 누워 낮은 천장의 까만 떡갈나무 들보를 바라보며 물었다.

"그럼 이제 어떡하죠? 프랑스로 갈까요? 아니면……."

순간 멋진 생각이 들었다.

"미국에 가는 건 어때요? 당신은 신대륙에 가서도 잘 살 수 있을 텐데."

하지만 제이미는 몸을 부르르 떨었다.

"대양을 건너라고요? 아니, 그건 못 하겠는데요."

"음, 그럼 어떡할 건데요?"

나는 고개를 돌려 그를 바라보았다. 하지만 그는 한쪽 눈을 뜨고 나를 비뚜름히 노려보기만 했다.

"처음에는 한 시간은 더 잘 수 있을 줄 알았는데, 보니까 못 그럴 것 같네요."

제이미는 체념한 듯 일어나 앉아 벽에 등을 기댔다. 이제껏 난 너무 피곤해서 자기 전에 이불을 들춰 볼 생각도 못 했는데, 지금 보니 제이미의 무릎 근처 이불에 수상쩍은 검은 반점이 보였다. 그가 이야기하는 동안, 나는 그 반점을 주의 깊게 지켜보았다.

"당신 말이 맞아요. 우린 프랑스에 갈 수 있죠."

그 말에 나는 깜짝 놀랐다. 제이미가 어떤 결심을 하든, 이제는 나도 그 결심에 포함된다는 사실을 잠시 까맣게 잊고 있었구나.

제이미는 느긋하게 허벅지를 긁으며 말했다.

"하지만 내가 할 수 있는 건 그다지 많지 않아요. 군인으로 살면 내 생활이란 게 없거든요. 아니면 로마에 가서 제임스왕의 궁정에 들어갈 수도 있겠죠. 그건 할 수 있을 것 같아요. 프레이저 쪽 삼촌과 사촌들이 그쪽에 연줄이 있어서 날 도와줄 수 있거든요. 하지만 난 정치엔 크게 흥미가 없고, 군주들에겐 더 없어요. 뭐, 그래도 그쪽 역시 가능한 일이긴 하죠. 일단은 스코틀랜드에서 먼저 사면을 받고 싶어요. 일단 사면되면 아무리 못해도 프레이저 땅의 농장주로는 살 수 있거든요. 그러니까, 다시 랄리브로흐로 돌아가서 사는 거죠."

그의 얼굴이 흐려졌다. 지금 누나 생각을 하고 있구나.

"나만 생각한다면 거기 가고 싶지는 않아요. 하지만 난 이제 혼자가 아니니까요."

조용히 말한 제이미는 나를 보며 미소를 지었다. 그리고 내 머리카락을 부드럽게 쓰다듬으며 덧붙였다.

"가끔 당신이 있다는 걸 까먹네요, 새서나흐."

순간, 유독 마음이 불편해졌다. 마치 내가 배신자가 된 느낌이었다. 어떻게든 이 남자를 버리려고 애쓰다가 그를 커다란 위험에 빠뜨리는 동안, 그는 나의 안위를 생각하며 자신의 삶을 통째로 바꿀지도 모르는 계획을 세우고 있었던 것이다. 내가 그를 위험에 빠뜨릴 의도가 없었다 해도, 그게 엄연한 사실이었다. 심지어 지금도 나는 프랑스에 가지는 않도록 설득해야겠다는 생각 중이었다. 그러면 나의 목표인 환상열석에서 더 멀어지기 때문이다.

"하지만 스코틀랜드에 머무를 방법이 있을까요?"

나는 제이미를 외면한 채 물었다. 그러다 이불 위의 검은 점이 움직이는 것 같다고 생각했지만, 확실하지는 않아서 계속 점을 노려보았다.

제이미는 손으로 내 머리카락을 파고들어 목덜미를 어루만지며 생각에 잠겼다.

"응, 있을 것 같아요. 그래서 두걸이 날 기다린 거예요. 새로운 소식이 있더라고요."

"정말요? 무슨 소식이요?"

나는 고개를 돌려 제이미를 다시 올려다보았다. 그러자 내 귓가가 그의 손가락에 닿았다. 그가 손가락으로 가볍게 귓가를 어루만지자, 나는 무심코 목을 휘며 고양이처럼 가르랑거리고 싶어졌다. 하지만 그의 말이 무슨 뜻인지 알고 싶은 마음으로 충동을 억눌렀다.

"콜럼이 전령을 보냈어요. 여기서 우리를 만날 거란 생각은 못 했지만, 우연히 두걸을 길에서 마주쳤대요. 곧바로 두걸더러 리오흐 성으로 돌아오라고 전하면서, 나머지 소작료는 네드 고언에게 받아 오라는 명령이었죠. 두걸은 나도 같이 가자고 제안했어요."

"리오흐성으로요? 왜요?"

그곳은 프랑스가 아니지만, 그렇다고 훨씬 나은 것도 아니었다.

"곧 손님이 온다고 해요. 전에 콜럼과 거래했던 잉글랜드 귀족이죠. 그는 권력자라서 어쩌면 나를 위해 힘써 달라고 설득해 볼 수도 있어요. 나는 살인 혐의로 재판을 받거나 유죄 판결을 받은 전적은 없거든요. 그러니 기각시킬 수도 있고, 사면시킬 수도 있어요."

제이미는 쓴웃음을 지으며 덧붙였다.

"내가 짓지도 않은 죄를 사면받는 게 그리 내키지는 않지만, 교수형을 당하는 것보다는 나으니까요."

자세히 보니 정말로 그 검은 점은 움직이고 있었다. 나는 눈을 가늘게 뜨고 그 점에 집중하며 말했다.

"그건 그렇죠. 그 잉글랜드 귀족은 누구인가요?"

"샌드링엄 공작이요."

나는 소리를 지르며 벌떡 일어섰다. 제이미는 깜짝 놀랐다.

"왜 그래요, 새서나흐?"

나는 떨리는 손가락으로 검은 점을 가리켰다. 그것은 느리지만 단호한 속도로 제이미의 다리를 기어오르고 있었다.

"저게 뭔가요?"

내 말에 제이미는 검은 점을 힐끗 보더니 손톱으로 가볍게 튕겼다.

"아, 이거요? 빈대잖아요, 새서나흐. 별것 아닌······."

그는 말을 잇지 못했다. '빈대'라는 단어를 듣자마자 나는 벌떡 일어나서 이불 밖으로 나와 벽에 몸을 바짝 붙였다. 우리의 침대라고 생각했던 곳이 사실은 해충의 온상이었다니. 나는 최대한 그곳에서 몸을 멀리했다.

제이미는 나를 재미있다는 듯 바라보았다.

"아까 나더러 안달 난 고슴도치라고 했었죠? 당신도 지금 딱 그래요."

그는 고개를 갸우뚱거리며 나를 빤히 바라보더니, "으으음" 하고 소리를 내며 손으로 머리를 쓸어 넘겼다.

"고슴도치 같진 않네요. 안달 나 있긴 하지만. 당신은 자다가 일어나면 머리가 참 부스스하군요."

그는 내 쪽으로 다가와 손을 내밀었다.

"이리 와요, 나의 금관화* 아가씨. 더 잘 생각이 없다면······."

결국, 우리는 조금 더 자게 되었다. 좀 딱딱하지만 빈대는 없는 바닥에 나의 망토와 제이미의 킬트를 깔고서, 서로 몸을 얽은 채 평

---

* 금관화는 꽃이 지면 부스스한 솜털이 잔뜩 달린 씨앗을 맺는다.

화롭게 말이다.

———

잘 수 있을 때 자 두어서 다행이었다. 샌드링엄 공작보다 먼저 리오흐성에 도착할 마음이었던 두걸은 빠듯한 일정으로 빠르게 이동했다. 공작과 달리 우리는 마차 없이 길을 갔고, 그 덕분에 도로 사정이 안 좋았어도 시간을 많이 벌 수 있었다. 하지만 두걸이 우리를 계속 재촉하는 바람에 중간중간 푹 쉬지도 못하고 말을 달려야 했다.

다시금 리오흐성에 도착했을 때는, 처음 이곳에 왔을 때와 마찬가지로 온몸이 흙투성이에 기진맥진한 꼴이 되었다.

안뜰에 들어선 나는 말에서 스르르 미끄러져 내리다가 떨어지지 않기 위해 등자를 잡아야 했다. 제이미는 나의 팔을 잡아 주다가, 내가 제대로 설 수조차 없다는 걸 알고는 자기 품으로 나를 휙 안아 들었다. 말은 마구간에서 일하는 아이들이 돌보게 놔 둔 채로, 그는 나를 안고서 아치형 통로로 들어갔다.

"새서나흐, 배고파요?"

그는 복도에 멈춰 서서 내게 물었다. 주방은 저쪽이었고, 계단은 반대편이었다. 나는 어떻게든 눈을 떠 보려고 안간힘을 쓰며 신음했다. 배가 고프긴 했지만, 이 상태로라면 수프를 먹어 보기도 전에 접시에 코를 박을 게 뻔했다.

저편에서 한바탕 소란이 일었다. 눈을 간신히 떠 보자, 놀랍게도 바로 옆에 피츠기번스 부인의 거대한 몸집이 불쑥 나타났다.

"아니, 이 불쌍한 아가씨에게 무슨 일이라도 났니? 혹시 사고를 당했어?"

부인은 제이미에게 물었다.

"아뇨. 별일은 아니고요, 나랑 결혼했을 뿐이에요. 물론 그것도 사고라면 사고겠지만요."

그는 이렇게 대답하고 부엌 하녀와 마부, 요리사와 정원사, 군인을 비롯하여 다양한 성 안 사람들을 피해 한쪽으로 움직였다. 피츠 부인의 우렁찬 질문에 다들 호기심을 품고 모여든 이들이었다.

제이미는 마음을 단단히 먹고서 계단이 있는 오른편으로 몸을 밀어붙이며 사방에서 들려오는 질문 공세에 드문드문 해명했다. 나는 그의 품에 안겨 부엉이처럼 눈을 깜빡이며, 주변에 몰려들어 우리를 환영해 주는 사람들에게 겨우 고갯짓을 했을 뿐이었다. 호기심 어린 사람들은 대부분 그만큼 친절한 기색도 보여 주었다.

복도 모퉁이를 돌자, 다른 이들보다 유독 낯익은 얼굴이 보였다. 바로 리어리라는 소녀였다. 그녀는 제이미의 목소리를 듣자 환하게 얼굴을 빛냈다. 하지만 그의 품에 안긴 나를 보더니 눈을 휘둥그레 뜨며 장밋빛 입술을 어울리지 않게 떡 벌렸다.

하지만 그녀가 미처 질문하기도 전에, 주변의 소란과 소동이 갑자기 멈추었다. 제이미 역시 걸음을 멈추었다. 고개를 들어 보자 콜럼이 보였다. 제이미의 품에 안긴 나와 눈높이가 같은 콜럼의 얼굴에는 놀라움이 서렸다.

"이게 무슨……."

그가 말을 잇기도 전에 피츠 부인이 환하게 웃으며 대답했다.

"둘이 결혼했대요. 얼마나 좋은 일인가요! 영주님, 제가 방을 준비하는 동안 신랑 신부를 축복해 주시면 되겠네요."

이렇게 말한 부인은 돌아서더니 모인 사람들을 휘적휘적 헤치고 계단을 올라갔다. 그 틈 사이로 얼굴이 하얗게 질린 리어리의 모습이 보였다.

콜럼과 제이미는 함께 이야기를 나누며 허공으로 질문과 답변을 마구 던졌다. 나는 정신이 서서히 돌아오기 시작했지만, 그래도 완전히 제정신이라고는 할 수 없었다.

콜럼은 완전히 납득하지는 못한 기색으로 말했다.

"음, 네가 결혼했다면 한 거겠지. 두걸과 네드 고언과 함께 이야기해 봐야겠다. 법적인 문제가 있으니까. 네가 결혼하면 네 어머니의 유산 상속 조건에 따라 네가 받을 게 좀 있다."

제이미의 몸이 살짝 펴지는 느낌이 나더니, 그는 천연덕스럽게 대답했다.

"말씀하셨으니, 그게 사실이겠죠. 그리고 제가 받아야 할 것 중 하나가 매켄지 영토에서 나오는 분기별 임대료의 일부라고 알고 있어요. 두걸이 지금껏 모아 온 걸 갖고 왔으니, 정산할 때 제 몫을 남겨 달라고 말씀해 주시겠어요? 그럼 이제 실례하겠습니다, 삼촌. 제 아내가 피곤해서요."

이 말을 남긴 후, 제이미는 나를 좀 더 단단히 안고서 계단으로 돌아섰다.

———

나는 비틀거리며 방으로 들어갔다. 그리고 다리를 휘청이며 반가운 마음으로 거대한 캐노피 침대에 털썩 쓰러졌다. 이 침대는 신혼부부용으로 주어진 것으로, 부드럽고 포근했으며 피츠 부인이 언제나처럼 힘써 준 덕분에 깨끗했다. 일단 일어나서 세수를 해야겠지만, 과연 자고 싶은 충동을 이기고 씻을 만한 가치가 있는지 의심스러웠다.

최후의 심판 날 나팔이 울린다면 모를까, 아니라면 도저히 못 일어나겠다고 마음먹은 순간 제이미의 모습이 보였다. 그는 얼굴과 손을 씻었을 뿐만 아니라 머리도 빗고 부츠까지 닦은 다음 문으로 향하고 있었다.

"안 잘 거예요?"

나처럼 엉덩이가 아픈 건 아니더라도, 제이미 역시 나만큼 피곤할 게 분명할 텐데.

"조금 있다가요, 새서나흐. 지금은 먼저 할 일이 있거든요."

이윽고 그가 나가자, 나는 배 속 깊이 아주 불쾌한 감정을 느끼며 떡갈나무 문을 쳐다보았다. 아까 모퉁이에서 마주친 리어리가 제이미의 목소리를 듣자 한껏 기대하며 즐거운 표정을 지었던 게 떠올랐다. 그러다가 그의 품에 안긴 날 보자 얼굴을 싹 바꿔 분노와 충격 어린 모습이 되었지. 제이미가 그녀를 본 순간 바짝 긴장했던 느낌도 기억났다. 지금 쉬지도 않고 얼굴을 씻고서 빗질까지 했으니, 리어리를 찾아가 결혼했다는 이야기를 할 가능성이 커. 아까 그의 얼굴을 봤더라면, 적어도 리어리에게 무슨 말을 할 작정인지는 알 수 있었을 텐데.

지난 한 달 동안 벌어진 사건에 정신이 없었던지라 이제껏 나는 리어리를 완전히 잊고 있었다. 제이미는 그 애를 어떻게 생각할까. 또 그 애는 제이미를 어떻게 생각할까. 물론 우리가 갑작스레 결혼하게 되었을 때도 리어리는 어떻게 하느냐는 생각을 했었지만, 제이미는 그녀가 우리의 결혼에 걸림돌이 될 거라는 내색을 하지 않았다.

아니, 잠깐. 리어리의 아버지가 딸이 범죄자와 결혼하는 걸 허락하지 않는다면, 그런데 제이미는 매켄지 씨족의 소작료에서 자기 몫을 챙기기 위해 아내가 필요했다면…… 그 경우 누구를 아내로 맞든 상관없을 테니 제이미는 당연히 결혼할 수 있는 여자가 있기만 하다면 했을 것이다. 나는 제이미를 이제 충분히 잘 알게 되었다. 그에겐 실용적인 이유가 중요하다는 것까지 알게 될 정도로 말이다. 당연히 그렇겠지. 지난 몇 년을 도망 다니며 살아온 남자니까 더더욱. 물론 장밋빛 뺨과 탐스러운 금발의 소녀에게 흔들린다 해서 자신의 결정을 번복하는 남자는 아닐 거라 생각한다. 하지만 그렇다고 해서 예쁜 아가씨의 매력이 사라지는 것도 아니고 감정이 생기지 말라는 법도 없지 않은가.

게다가 이미 벽감에서 제이미가 그 애를 무릎에 앉히고 열렬하게 입맞춤하는 장면도 본 적 있다. (문득 그가 했던 말이 떠올랐다. **전에도 여자와 포옹해 본 적은 있었어요. 가슴이 막 뛰고 숨이 가빠졌죠……**.) 이제 보니 나도 모르게 주먹을 꽉 쥐어서 초록색과 노란색 퀼트 이불에 주름이 잡혔다. 나는 이불을 놓고 치맛자락에 손을 닦다가 손이 얼마나 더러운지 깨달았다. 이틀 동안 씻을 틈도 없이 고삐를 잡으며 흙먼지 길을 달려왔으니 당연했다.

피곤함도 싹 잊은 나는 일어나서 물을 떠 놓은 대야로 갔다. 조금 놀랍게도 제이미가 리어리와 키스한 기억이 떠오르자 너무나도 싫었다. 제이미의 말이 다시금 생각났다. "**성욕에 불타는 것보다는 결혼하는 편이 낫다**'라는 성경 구절 알죠? 음, 그때 난 욕정에 활활 타고 있었거든요." 제이미의 입술이 내 입술에 다가왔을 때 느껴진 효과를 생각하자 얼굴이 확 붉어져서 난 손이 데는 줄 알았다. 두 볼이 정말로 타들어 가는 것만 같구나.

난 얼굴에 물을 끼얹으며 물을 마구 튀겼다. 이 감정을 어서 없애고 싶었다. 난 제이미에게 애정을 요구해서는 안 돼. 속으로는 거듭 마음을 단단히 먹었다. 어쩔 수 없이 그와 결혼한 거잖아. 그리고 제이미 역시 나름의 이유로 나랑 결혼했다고. 그중 첫 번째 이유가 바로 자신의 동정을 버리고 싶다는 솔직한 욕망이었고.

또 다른 이유는 바로 수입을 얻으려면 아내가 필요했다는 것이다. 그런데 자기 씨족 여자와는 결혼할 수 없었던 거다. 첫 번째 이유보다 훨씬 기분 좋을 게 없는 이유로군. 고결하지도 않고.

이젠 정말 잠기운이 사라진 상태라, 나는 천천히 더러운 여행복을 벗고 새 잠옷으로 갈아입었다. 피츠 부인의 하녀들이 대야와 주전자를 가져다 놓으며 함께 둔 잠옷이었다. 제이미가 불쑥 나타나 콜럼에게 갑자기 우리의 결혼을 알리고 나서 얼마 되지도 않아 이 방에 올라왔는데, 부인은 어떻게 그 사이에 신혼부부가 쓸 것을 모두 준비해 놓을 수 있었을까. 정말 불가사의한 일이 아닐 수 없다. 피츠 부인은 월도프 아스토리아 호텔이나 런던 리츠 호텔에서 책임자로 일해도 정말 잘했을 것 같았다.

이런저런 생각을 하다 보니, 이제껏 쭉 지내 왔을 때보다 유독 이 순간 내가 살던 시대가 그리워졌다. **나 여기서 뭐 하는 거지?** 벌써 수천 번 넘도록 스스로 물었다. 이 낯선 곳에서, 익숙한 것들과 너무나 멀리 떨어진 채, 우리 집과 남편과 친구도 없이, 야만인이나 마찬가지인 자들 사이에서 외로이 뭐 하는 거지?

제이미와 함께 한 이 몇 주 동안은 안전함을 느꼈고, 심지어 때때로 행복하기도 했다. 하지만 지금은 안전하기는커녕 그 행복도 환상이라는 걸 깨닫기 시작했다.

물론 제이미가 자신이 책임져야 한다고 생각한 것은 반드시 지키고, 그 어떤 위험과 위협이 닥치더라도 날 계속 보호하리라는 점은 의심하지 않는다. 하지만 야생의 언덕과 흙먼지 길, 더러운 여관과 향긋한 건초에서 보내며 꿈같이 보낸 둘만의 시간이 끝나고 성으로 돌아왔으니, 제이미는 분명히 예전에 만났던 여자들의 매력에 끌렸을 것이다. 우리는 결혼한 후 한 달 동안 무척 가까워졌지만, 요 며칠간의 긴장 상태 가운데 친밀감이 깨지는 것 또한 느꼈다. 그리고 리오흐성의 실제 삶으로 돌아온 지금은 완전히 산산조각 날지도 모른다는 생각이 들었다.

나는 창문을 두른 돌에 머리를 기대고 안뜰을 바라보았다. 저 멀리서 앨릭 맥마흔과 그의 마구간지기 부하 두 명이 우리가 타고 온 말을 닦아 주고 있었다. 이틀 만에 처음으로 먹이를 먹고 물을 충분히 마신 말들은 몸통을 반짝반짝 빗질해 주고 짚을 꼬아 무릎과 발굽 뒤쪽을 닦아 주는 기꺼운 손길에 만족스러운 기색이었다. 마구 간 소년 하나가 작고 통통한 나의 말 시슬을 끌었다. 시슬은 배불리 먹은 나머지 말들을 따라 행복하게 마구간으로 향했다.

저 말을 타고 곧바로 탈출해서 내가 있던 곳으로 돌아가면 어떨까. 아, 프랭크. 감은 눈 아래로 눈물 한 방울이 흘러 콧날 옆으로 주르르 흘렀다. 나는 다시 눈을 크게 뜨고 안뜰을 내려다보다가, 눈을 깜빡이고 꾹 감은 채로 미친 듯이 프랭크의 얼굴을 떠올려 보았다. 하지만 눈을 다시 감은 순간 떠오른 얼굴은 사랑하는 남편이 아니라 입술에 비웃음을 휘어지게 담은 그의 선조 잭 랜들이었다. 나는 머릿속에서 부르르 떨면서 곧바로 제이미의 얼굴을 떠올렸다. 랜들의 개인 사무실 창가에서 봤던, 두려움과 분노가 가득 서린 얼굴을. 아무리 노력해도 프랭크의 얼굴이 또렷하게 떠오르지 않았다.

순간 어찌나 심한 공포가 느껴지는지 한기마저 들어, 나는 두 손으로 팔을 와락 감싸 안았다. 만약 내가 탈출에 성공해서 환상열석으로 돌아간다면 어떻게 될까? 그럼 어떻게 되는 거지? 마음 같아서는 제이미가 곧 다른 여자를 맞이하여 마음을 달래기를 바랐다. 아마 리어리와 살게 되겠지. 내가 없어지면 제이미가 어떻게 반응할지 걱정한 적은 이미 있었다. 하지만 개울의 가장자리에서 성급하게 후회했던 순간을 제외하면, 제이미와 헤어지면 어떤 기분이 들지 궁금한 적은 없었다.

나는 잠옷의 목깃을 조이는 리본 끈을 만지작거리며 묶었다 풀기를 반복했다. 만약 내가 떠날 마음이라면, 우리 둘을 위해서라도 우리 사이의 유대감을 강화하도록 내버려 두는 행동은 하지 않는 편이 낫다. 제이미가 더는 나와 사랑에 빠지도록 두어서는 안 된다.

하지만 만약 제이미가 바람을 피울 작정이라면? 나는 다시금 리어리를, 그리고 제이미가 콜럼과 나누었던 대화를 떠올렸다. 정말로 그가 나와 냉정한 마음으로 결혼했다면, 그의 마음은 나보다 안전할 거야.

피곤하고 배고픈 데다 실망감과 불확실한 현실까지 닥쳐오자, 혼란스러움과 비참함에 괴로운 나머지 급기야 자지도 가만히 앉지도 못하는 상태가 되었다. 그래서 난 기분이 상한 채로 방을 서성이며 하릴없이 아무 물건이나 들었다 놨다를 반복하기만 했다.

빗 끝을 세워 아슬아슬하게 균형 잡고 있던 순간, 문이 열리더니 외풍이 휙 불어와 빗을 넘어뜨렸다. 제이미가 돌아왔구나. 살짝 상기된 그의 얼굴은 묘하게 흥분한 표정이었다.

"아, 일어났군요."

제이미는 분명 나를 보고 놀라고 당황한 기색이었다. 나는 불퉁하게 대답했다.

"그래요. 내가 자고 있기를 바랐나요? 그래서 그 여자 만나러 갈 수 있게?"

순간 제이미는 눈썹을 찡그렸다가 치켜뜨며 되물었다.

"그 여자라니요? 혹시 리어르 말인가요?"

하일랜드 억양을 섞어서 리어리를 '리어르'라고 천연덕스레 발음하는 소리를 듣자 갑자기 화가 치밀었다.

"아, 정말로 그 여자랑 있었나 보네요!"

내가 쏘아붙이는 소리에 제이미는 어리둥절하고 경계하는 표정을 지었다. 살짝 짜증도 섞인 기색이었다.

"네. 나가면서 계단에서 만났어요. 그런데 새서나흐, 괜찮아요? 딱 보니 좀 배고파 보이네요."

그는 나를 찬찬히 바라보았다. 거울을 들고 비춰 보니, 머리카락이 사방으로 산발이 된 데다 눈 아래가 검게 패었다. 나는 거울을 탁 내려놓고 애써 자제심을 발휘하며 물었다.

"아니, 난 완전 괜찮거든요? 그나저나 리어리는 어떻던가요?"

아무렇지 않은 척 묻자, 제이미는 문에 등을 기대고 팔짱을 긴 채로 날 유심히 바라보았다.

"아, 아주 예쁘던데요. 우리가 결혼했다는 소식을 듣고 좀 놀란 모양이지만."

"예쁘다라."

나는 말을 툭 내뱉고 심호흡을 했다. 그리고 고개를 들어 보니, 제이미가 날 보며 씩 웃고 있었다. 그는 대뜸 물었다.

"설마 개 때문에 걱정하는 건 아니겠죠, 새서나흐? 리어리는 당신과 전혀 상관없어요. 나한테도요."

"아, 그래요? 그렇겠죠. 그 앤 당신과 결혼하지 않았을 테니까. 하고 싶어도 못 했겠죠. 하지만 당신은 아내가 필요했으니, 기회가 생겼을 때 나를 얼른 잡은 거잖아요. 그 점에 대해선 뭐라 할 마음은 없긴 하지만……."

아니, 있긴 있었다. 많이는 아니라도.

그는 두 걸음 만에 방을 훌쩍 가로질러 내 손을 잡더니 말을 가로막았다. 그리고 손가락으로 내 턱을 들어 올려 억지로 자신과 눈을 맞추더니, 차분한 목소리로 물었다.

"클레어, 내가 왜 당신과 결혼했는지 때가 되면 말해 준다고 했잖아요. 난 당신에게 솔직하게 말해 달라고 했고, 나 역시 마찬가지로 솔직하게 말했어요. 그리고 지금 솔직하게 이야기하겠는데, 그 여자는 예의를 갖추어 대해야 할 상대일 뿐, 내겐 아무런 의미가 없어요."

제이미는 내 턱을 가볍게 쥐었다.

"하지만 예의를 갖추고 정중하게 대해 달라고 리어리가 요구한다면, 난 따를 거라고요. 알겠어요, 새서나흐?"

그는 내 턱을 놓아 주고 살짝 간지럽히며 말했다. 나는 고개를 홱 돌리고 분한 듯 턱을 문질렀다.

"아, 알았어요! 앞으로도 당신은 그 애한테 아주 예의 바르게 굴겠지요. 하지만 다음번에는 꼭 벽감에 휘장을 잘 치고 만나도록 해요. 난 그 꼴 보고 싶지 않으니까."

그러자 제이미는 구릿빛 눈썹을 치켜떴다. 얼굴도 살짝 달아오른 채, 그는 믿지 못하겠다는 어투로 물었다.

"지금 내가 바람을 피웠다는 건가요? 우리가 성에 온 지 한 시간도 안 됐는데, 난 이틀 동안 안장에서 땀과 먼지를 뒤집어쓰고 무릎이 풀릴 만큼 피곤하게 말을 타고 왔는데, 당신은 내가 열여섯 살짜리 여자애를 꼬드기려고 곧바로 나갔을 거라고 생각했어요?"

그는 충격을 받은 표정으로 고개를 절레절레 저었다.

"이게 대체 무슨 소리인지 모르겠네요, 새서나흐. 혹시 내가 기운이 팔팔한 걸 칭찬하는 말인가요? 아니면 나의 도덕성을 모욕하는 건가요? 어느 쪽이든 마음에 안 드네요. 머타가 나한테 여자들은 비합리적이란 말을 했었지만, 이 정도일 줄이야!"

그가 커다란 손으로 머리를 쓸어 넘기자 짧은 머리카락이 마구 곤두섰다.

"물론 당신이 그 여자를 유혹하려고 했다는 말은 아니었어요. 다만……."

나는 애써 침착한 말투를 구사했다. 그때 갑자기 프랭크가 나를 넌지시 비난했던 기억이 떠올랐다. 그는 같은 상황에서 지금의 나보다 훨씬 더 우아하게 대처했었지. 하지만 그땐 나도 화가 났었다. 배우자에게 그런 가능성을 들이민다는 건 애초에 좋게 말할 방법이 없는 듯했다.

"내가 하려는 말은…… 당신이 나름의 이유를 갖고 나랑 결혼했다는 걸 깨달았다는 거죠. 그 이유는 내가 관여할 바가 아니고요."

나는 성급하게 덧붙였다.

"나는 당신에게 뭐라 할 권리가 없어요. 당신은 마음대로 행동할 권리가 얼마든지 있고요. 만약 당신이…… 다른 여자에게 매력을 느낀다면······ 난······ 간섭하지 않을 거예요.”

결국 어설프게 말을 맺고 말았다. 두 뺨이 화끈거리고 귓가까지 불타올랐다.

고개를 들어 보니 제이미의 귓가도 마찬가지로 생생하게 불타고 있었다. 목덜미부터 온 얼굴이 다 새빨갰다. 심지어 수면 부족으로 충혈된 눈 역시 살짝 불타오르는 것처럼 보였다.

“나에게 뭐라 할 권리가 없다니! 당신은 대체 혼인 서약을 뭐라고 생각하는 겁니까? 그냥 성당에서 몇 마디 지껄인 거라고 생각해요?”

제이미는 버럭 소리를 지르더니 커다란 주먹으로 나무 궤짝을 쾅 내리쳤다. 그 위에 있던 도자기 주전자가 덜컹 떨렸다.

“뭐라 할 권리가 없다니, 마음대로 행동할 권리가 있다니. 그리고 당신이 간섭하지 않을 거라고요?”

그는 혼잣말처럼 중얼대더니 부츠를 벗으려고 몸을 숙였다. 그리고 부츠를 벗어서 하나씩 벽에 있는 힘껏 던졌다. 그의 부츠가 돌벽을 때리고 바닥에 떨어질 때마다 나는 얼굴을 찡그렸다. 이윽고 그는 플래드를 휙 벗어 아무렇게나 뒤에 던진 다음, 눈을 부릅뜨고 내게 다가왔다.

“내게 뭐라 할 권리가 없다고 했나요, 새서나흐? 내가 원하는 대로 마음껏 다른 여자를 만나도 괜찮다는 거죠? 그래요? 응?”

그가 험악하게 묻자, 나는 마음과는 달리 한 걸음 뒤로 물러서며 말했다.

“음, 그게, 맞아요. 그런 말이었어요.”

제이미는 내 팔을 잡았다. 그의 손까지 시뻘겋게 달아올라 있었다. 굳은살이 박인 남자의 손바닥이 너무 뜨겁게 느껴져서 나도 모르게 팔을 잡아 뺐다.

“자, 당신은 나한테 뭐라 할 권리가 없다고 해도, 나는 있다고요!

이리 와요."

그는 두 손으로 내 얼굴을 잡고 입을 맞추었다. 입맞춤에는 정중함이나 부드러움 따위 없었다. 나는 애써 몸을 빼면서 저항했다.

제이미는 주저앉으려는 나의 의도를 싹 무시하고 몸을 굽혀 한쪽 팔을 내 무릎에 대고는 날 번쩍 들었다. 그가 얼마나 힘이 센지 미처 몰랐다.

"이거 놔요! 지금 뭐 하는 거예요?"

"보면 몰라요, 새서나흐?"

그는 이를 악문 채로 대답했다. 고개를 숙인 제이미의 눈빛은 새빨갛게 달구어진 쇳덩이처럼 날 이글이글 쏘아 보았다.

"설명을 들어야겠다면 말해 주죠. 당신과 잘 생각이에요. 지금 당장. 그리고 내가 당신에게 어떤 권리가 있는지 똑똑히 알게 될 때까지 알려 주려고요."

그는 다시금 내게 키스하더니 저항하려는 내 입을 일부러 세차게 막았다.

"당신과 안 잘 거라니까요!"

마침내 그가 내 입에서 얼굴을 들자, 나는 소리쳤다.

"잘 생각은 없어요, 새서나흐. 아직은요."

그는 차분하게 대답하더니 침대로 다가가서 장미 무늬 퀼트 이불 위에 나를 조심스레 올려놓았다.

"내가 무슨 말을 하는 건지 알잖아요!"

나는 몸을 굴려 침대 반대편으로 도망치려 했지만, 그는 내 어깨를 꽉 움켜쥐고 다시 돌아 눕혀 자신을 바라보게 만들었다.

"당신과 사랑을 나누지도 않을 거라고요!"

제이미의 푸르른 눈이 가까이에서 나를 노려보자, 그만 목구멍에 숨이 턱 막히고 말았다. 그는 위험하리만큼 낮은 목소리로 대답했다.

"난 당신 마음이 어떤지 물어보지 않았어요, 새서나흐. 당신은 내 아내라고 몇 번을 말해야 해요? 나랑 결혼하기 싫었다면, 안 할 수 있었잖아요. 결혼식에서 뭐라고 했는지 못 알아들었나 본데, 당신이 분명히 '순종'하겠다고 서약했거든? 당신은 내 아내고, 내가 원한다면 가질 수 있는 여자라고. 그러니 어디 마음대로 해 보시지!"

그의 목소리는 점점 높아져서 마지막엔 거의 고함을 질렀다.

나는 무릎을 대고 벌떡 일어나 양옆으로 주먹을 꾹 쥔 채 그에게 소리를 질렀다. 지금껏 한 시간 동안 너무나 괴로웠던 마음이 이제는 폭발할 지경이 되어 나는 그의 코앞에서 있는 대로 퍼붓기 시작했다.

"어디 한번 해 봐! 내가 가만히 있나 안 있나, 이 못된 놈의 돼지 새끼야! 나한테 침대에 누우라고 명령을 하시겠다? 하고 싶을 때마다 매춘부처럼 날 갖겠다 이거야? 그렇게는 안 돼, 시발 놈아! 그 딴 짓이나 하는데 네가 참 좋아하는 랜들 대위와 네가 다를 게 뭐냐고!"

제이미는 잠시 나를 노려보다가 갑자기 옆으로 비켜섰다.

"그럼 떠나요. 날 정말로 그렇게 생각한다면 가 버리라고요! 안 잡을 테니까."

그는 문으로 고갯짓을 했다.

나는 잠시 머뭇대며 제이미를 바라보았다. 그는 분노에 떨면서 턱에 힘을 주고 마치 로도스의 거상*처럼 나를 내려다보고 있었다. 이번에도 둔즈버리 근처 길가에서처럼 화가 났지만, 그래도 성질을 참는 중이었다. 하지만 그의 말은 진심이었다. 내가 떠나기로 작정한다면, 그는 말리지 않을 것이다.

나는 턱을 도도하게 들고 제이미와 마찬가지로 이를 악문 채 말

---

* 고대 세계 7대 불가사의로 꼽히는 그리스 로도스섬의 거대한 조각상.

했다.

"아니. 이번에는 도망가지 않을 거예요. 그리고 난 당신이 두렵지 않아요."

그의 눈빛은 나의 목덜미를 빤히 바라보았다. 나의 맥박이 미친 듯이 뛰고 있는 지점을 말이다.

"그래, 알았어요."

나를 내려다보는 제이미의 얼굴은 점차 긴장이 풀리면서 마지못해 묵인하는 표정을 지었다. 그는 조심스럽게 침대에 앉았지만, 나와는 멀찍이 떨어진 채였다. 나는 조심스럽게 뒤로 물러나 앉았다. 그는 몇 번 심호흡을 하고 나서 입을 열었다. 시뻘게졌던 얼굴은 원래의 붉은 기가 도는 청동빛으로 살짝 돌아왔다.

"그럼 나도 도망치지 않을게요, 새서나흐. 그런데 말이죠, '시발'이라는 게 무슨 뜻이에요?"

그가 무뚝뚝한 목소리로 물었다. 나는 무척 놀란 표정을 지었던 것 같다.

"당신이 나를 욕하는 건 다 좋다 이거예요. 하지만 내가 알아듣고 반응할 수 없는 말로 욕먹는 건 싫다고요. 당신 말투를 들으면 더러운 말은 분명한데, 정확한 뜻이 뭐예요?"

나는 허를 찔린 채로 약간 떨면서 웃었다.

"그건…… 그러니까…… 방금 당신이 나한테 하려던 짓을 뜻해요."

그러자 제이미는 한쪽 눈썹을 들어 올리며 심술궂도록 재미있다는 기색이 되었다.

"아하, 씹한다는 거였구나? 내 생각이 맞았네요. 더러운 말이었어. 그럼 사디스트는 뭐예요? 저번에 날 사디스트라고 했잖아요."

나는 웃음을 꾹 참았다.

"그건, 음, 어떤 사람이냐면…… 그게, 남을 해치는 걸로 성적인 쾌감을 느끼는 사람이란 뜻이에요."

나는 이제 얼굴이 새빨개졌지만, 입꼬리가 자꾸 살짝살짝 올라가는 걸 막을 수가 없었다. 제이미는 피식 웃었다.

"음, 역시 나한테 좋은 말을 쓴 건 아니었군요. 하지만 당신 관찰력이 아예 틀렸다고 할 수는 없네요."

그는 다시 심호흡을 하고는 두 손을 움켜쥔 채 뒤로 몸을 기댔다. 그리고 손가락을 일부러 쭉 폈다가 무릎 위에 얹은 다음 나를 똑바로 쳐다보았다.

"그럼 대체 왜 이래요? 뭐 하자는 거예요? 그 여자애 때문에 이래요? 내가 그때 똑똑히 말했잖아요. 하지만 그건 입증한다고 해결되는 문제가 아니죠. 당신이 나를 믿느냐 안 믿느냐의 문제니까요. 당신은 나를 믿긴 해요?"

나는 마지못해 인정했다.

"그래요, 믿어요. 하지만 신뢰의 문제가 아니에요. 아니, 신뢰의 문제도 조금 있기는 하지만요."

나는 솔직한 마음으로 대답했다. 그리고 고개를 숙인 채 퀼트 이불의 무늬를 따라 손끝을 움직였다.

"그게…… 내가 보기에는 당신이 돈 때문에 나랑 결혼한 것 같아서요. 내가 뭐라 할 권리는 없다는 거 알아요. 나 역시 이기적인 이유로 당신과 결혼했으니까요. 하지만……."

이쯤에서 나는 입술을 깨물고 마른침을 삼킨 다음 목소리를 가다듬었다.

"하지만 나도 일말의 자존심이란 게 있다고요."

제이미를 슬쩍 쳐다보자, 그는 너무 어이가 없다는 표정으로 나를 바라보고 있었다.

"돈이라고?"

그는 멍하니 대답했다. 아무것도 모르는 척하는 모습에 난 화가 나서 얼굴이 달아올랐다.

"그래요, 돈! 우리가 돌아왔을 때, 콜럼에게 곧바로 말했잖아요. 이제 결혼했으니까 매켄지 씨족의 소작료에서 당신 몫을 달라고 요!"

그는 잠시 나를 빤히 바라보며, 무슨 말을 하려는 듯 입을 자꾸만 벙긋거렸다. 하지만 말을 하지 못하고 고개를 앞뒤로 천천히 끄덕이더니 이젠 웃기 시작했다. 그러다 고개를 뒤로 젖히고는 고함을 지르다가, 갑자기 두 손에 머리를 푹 묻고는 히스테릭하게 웃어 댔다. 나는 너무 화가 나서 베개에 벌렁 누워 버렸다. 이게 웃겨?

여전히 고개를 절레절레 흔들면서 중간중간 흐느껴 웃던 제이미는 벌떡 일어서서 허리띠 버클에 손을 댔다. 그 모습에 나는 그만 움찔했고, 그는 내 두려움을 눈치챘다.

분노와 웃음이 뒤섞여 여전히 새빨개진 얼굴로, 그는 한껏 짜증 난 채 나를 내려다보다가 떨떠름하게 말했다.

"아니, 당신을 때릴 마음은 없었어요. 다시는 그러지 않겠다고 약속했으니까. 하지만 이토록 빨리 그 약속을 후회하게 될 줄이야."

그는 허리띠를 옆에 내려놓고 거기 달린 스포란 안을 더듬었다. 그리고 오소리 가죽 스포란 안에서 잡동사니를 뒤지며 말했다.

"매켄지 씨족의 소작료 중에서 내 몫은 분기에 20파운드예요, 새서나흐. 그것도 잉글랜드 파운드화가 아니라 스코틀랜드 파운드화로요. 암소 반 마리 값밖에 안 돼요."

"그게…… 전부예요? 하지만……."

내가 멍청히 말하자, 그는 확실하게 반복했다.

"그게 전부예요. 내가 매켄지에게서 얻어 낼 수 있는 건 그뿐이에요. 두걸이 절약 정신이 굉장히 투철한 사람이라는 거 봤잖아요. 콜럼은 그보다 두 배는 돈에 인색한 사람이에요. 분기별로 20파운드라는 참으로 어마어마한 돈을 받으려고 결혼을 감수할 가치가 과연 있을지 모르겠네요."

그는 나를 바라보며 빈정대더니, 종이에 싼 자그마한 상자를 불쑥 내밀었다.

"내 몫을 당장 달라고 할 마음은 없었는데요, 사고 싶은 게 있어서 그랬어요. 이것 때문에 나갔다 온 거예요. 리어리를 만난 건 우연이었고요."

"뭘 그토록 사고 싶었던 거예요?"

나는 의심스럽게 물었다. 그러자 제이미는 한숨을 쉬고 잠시 머뭇거리다가, 자그마한 상자를 내 무릎에 탁 던졌다.

"결혼반지예요, 새서나흐. 무기 제조자 유언에게 가서 샀어요. 시간이 나면 이런저런 걸 만드는 사람이라서."

"아."

나는 작은 목소리로 그저 이렇게만 대답했다. 그는 잠시 후 말했다.

"열어 봐요. 어서. 당신 거예요."

손가락에 걸린 자그마한 상자의 윤곽이 그만 흐릿해졌다. 눈을 깜빡이고 코를 들이켜 보았지만 손가락이 움직이지 않았다.

"미안해요."

"응, 당연히 미안해야죠, 새서나흐."

하지만 그 목소리엔 더는 화난 기색이 없었다. 그는 손을 뻗어 내 무릎에서 상자를 들고는 포장을 벗겼다. 그러자 넓적한 은반지가 나왔다. 하일랜드 특유의 인터레이스 무늬로 장식한 반지로, 한가운데에 엉겅퀴를 자코뱅 스타일로 작고 섬세하게 새긴 것이었다.

반지를 한참 보다 보니 다시금 눈앞이 흐려졌다.

어느새 손에 손수건이 쥐이자, 나는 최선을 다해서 눈물을 흘리지 않으려고 했다.

"반지…… 아름답네요."

나는 목을 가다듬고 눈가를 꾹꾹 눌러 닦았다.

"끼워 보겠어요, 클레어?"

이제 제이미의 목소리는 부드러웠다. 나의 이름을 불렀어. 격식을 차릴 때나 내게 애정을 표할 때마다 더없이 정중한 태도로 부르곤 하니까. 나는 그만 또 울 뻔했다.

그는 모아 쥔 손바닥 위로 나를 진지하게 바라보며 말했다.

"반드시 끼우지는 않아도 돼요. 이미 우리의 결혼 계약은 충분히 성립했으니까. 법적으로요. 당신은 신변의 보호를 받고, 체포 영장을 받지 않는 한 무엇에서도 안전해요. 그리고 당신이 리오흐성에 산다면 영장도 소용없어요. 원한다면 우리는 따로 살아도 돼요. 혹시 그럴 마음으로 리어리를 들먹이며 헛소리를 한 거라면 말이죠. 그게 당신의 솔직한 선택이라면, 더는 나한테 다른 소리 할 필요 없어요."

그는 가만히 앉아서 대답을 기다렸다. 그의 심장 가까이에 자그마한 반지를 쥔 채로.

내가 먼저 그에게 주었던 선택권이건만, 제이미는 다시 나에게 선택권을 돌려주었다. 이제껏 상황 때문에 나에게 억지로 강요했던 제이미였지만, 내가 만약 그를 거부한다면 더는 나에게 자신을 강요하지 않을 것이었다. 물론 거기에는 다른 선택지도 있었다. 이 반지를 받는다면, 그에 따르는 모든 것을 다 같이 허락하는 것이다.

바깥에는 해가 지고 있었다. 마지막 햇살이 탁자 위에 놓인 파란 유리병을 투명하게 통과하며 벽에 찬란한 푸른 빛을 그렸다. 지금 나는 마치 저 유리병처럼 연약하고도 빛나는 존재가 된 것만 같았다. 건드리기만 해도 산산이 부서질 것처럼, 바닥에 떨어져 조각조각 흩어질 것처럼. 제이미의 감정이나 내 감정을 더는 커지게 하지 말아야겠다고 마음먹었다 해도, 이미 때는 너무나 늦어 버렸나 봐.

차마 말이 나오지 않았지만, 나는 그에게 오른손을 내밀었다. 떨리는 손가락에 스르르 미끄러져 들어가는 은빛 감촉이 서늘했다. 반지는 손마디 위에서 찬란하게 빛나다가 손가락 밑부분에 꼭 맞게 멈추었다. 잘 맞는구나. 제이미는 잠시 내 손을 잡고 바라보다가 갑자기 내 손마디에 세차게 입을 맞추었다. 그러다 다시 고개를 든 그의 얼굴을 언뜻 본 순간, 사납고 다급한 표정이 눈에 들어왔다. 그는 나를 거칠게 무릎 위로 끌어당겼다.

제이미는 나를 세차게 끌어안았다. 아무 말도 없었지만, 그의 목덜미에서 힘차게 고동치는 맥박이 느껴졌다. 나의 맥박 역시 마찬가지였다. 그의 두 손이 나의 벗은 어깨로 올라가더니 나를 살짝 떼어 냈고, 나는 그의 얼굴을 올려다보게 되었다. 커다랗고도 아주 따스한 남자의 두 손을 느끼자 나는 약간 아찔해졌다.

"당신을 원해, 클레어."

그의 목소리가 메어 왔다. 다음에 무슨 말을 해야 할지 모르겠다는 듯 잠시 머뭇대던 순간이 지나고 말이 이어졌다.

"당신이 너무 좋아요, 그래서 숨도 못 쉴 정도야. 나, 나를…….'"

제이미는 숨을 꿀꺽 삼키고 목을 가다듬더니 불쑥 말했다.

"나를 가져 줄래요?"

이제 나도 다시금 목소리를 되찾았다. 비록 떨리고 갈라진 목소리라도, 소리가 흘러나왔다.

"그래요. 당신을 가질게."

"나…….'"

제이미는 입을 열었다가 멈추었다. 그리고 킬트의 버클을 만지작대다가, 나를 올려다보며 옆으로 늘어뜨린 두 손에 불끈 힘을 주었다. 말하기가 어려워 보였고, 무언가를 심하게 자제하느라 손을 덜덜 떨었다.

"나…… 못 하겠어요……. 클레어, 부드럽게 할 자신이 없어요."

알겠다고, 허락하겠다고 그저 고개를 한 번 끄덕인 순간, 제이미가 나를 자기 앞에서 휙 밀치더니 온몸을 실어 침대에 쓰러뜨렸다.

더는 옷을 벗지도 않았다. 셔츠에선 길가에서 묻은 흙냄새가 났고, 살갗에선 여행길의 햇볕과 땀 내음이 풍겼다. 그는 두 팔을 쭉 뻗어 내 손목을 움켜쥐고 나를 안았다. 한 손이 벽에 스치며 결혼반지 하나가 돌에 긁히는 소리가 났다. 양손에 하나씩 낀 결혼반지는 한쪽은 은, 또 한쪽은 금이었다. 순간 그 가느다란 금속의 무게가 마치 결혼의 구속만큼이나 무겁게만 느껴졌다. 이 반지들은 마치 자그마한 족쇄처럼 나를 침대에 붙들어 매어 두 기둥 사이에 영원히 묶었고, 외로이 바위에 묶여 독수리에게 심장을 찢기는 프로메테우스처럼 내 마음속 사랑을 찢고 있었다.

제이미는 무릎으로 내 허벅지를 벌리고 단숨에 내 안으로 뿌리까지 밀고 들어왔다. 나는 숨이 턱 막혀 버렸고, 그는 신음에 가까운 소리를 내며 나를 더욱 세차게 쥐었다.

"당신은 내 거야, 모 니인 돈."

중얼대는 소리와 함께 그가 내 깊숙이 들어왔다.

"나만의 것이야. 영원히. 좋든 싫든 내 거야."

난 그의 손길에서 벗어나려 했지만, 더 깊숙이 밀어붙이는 남자의 몸짓에 그만 희미한 외마디 소리를 지르며 숨을 들이켜고 말았다.

"그래, 난 당신을 열심히 사용할 마음이야, 나의 새서나흐. 당신을 가질 거야. 오롯이 내 것으로 만들 거야. 몸과 영혼을 모두 다."

나는 살짝 몸부림쳤지만, 제이미는 나를 더욱 압박하며 몸을 쳐 댔다. 단단하고 거침없는 하반신의 움직임은 매번 나의 자궁까지 파고들었다.

"당신이 나를 '주인님'이라고 부르게 만들 거야, 새서나흐."

그의 부드러운 목소리는 마지막 순간에 느꼈던 괴로움을 앙갚음하려는 위협이었다.

"난 당신을 내 것으로 만들고 말겠어."

몸이 떨리며 신음이 흘러나왔다. 몸을 침범하며 마구 쳐 대는 그의 존재에, 살덩이에 경련이 일어나 죄어들었다. 계속되는 움직임은 무자비하게 몇 분간 끊임없이 나를 강타했다. 그것은 즐거움과 고통을 넘나드는 충격이었다. 마치 그의 분신이 공격하는 지점에만 내가 존재하는 것처럼 온몸이 녹아내렸고, 이제는 완전히 항복할 수밖에 없도록 절정으로 치닫고 있었다.

"싫어! 제발 그만해요, 아프단 말이야!"

숨을 헐떡이는 가운데, 제이미의 얼굴에서 흘러내리는 땀방울이 내 가슴과 베개로 뚝뚝 떨어졌다. 이제 우리의 살이 부딪칠 때마다 쾌락을 넘어서는 고통이 느껴졌다. 반복되는 타격에 내 허벅지에는 멍이 들었고, 손목은 부러진 것 같았지만 그의 손아귀는 놓아줄 줄 몰랐다.

"그래, 빌어 봐, 새서나흐. 하지만 들어 주진 않을 거야. 아직은 안 돼."

그의 숨결은 뜨겁고 거칠었지만, 지친 기색은 없었다. 나의 온몸이 경련을 일으키면서, 다리가 올라가 그의 몸을 감싸면서 이 감각을 어떻게든 오롯이 감당하려 했다.

그의 분신이 내 깊숙이 들어올 때마다 배 속이 움찔거렸고, 나갈 때면 수축했다. 나의 엉덩이조차 이성을 배신하고 그의 존재를 환영하듯 올라갔다. 제이미는 나의 반응을 느끼고서 두 배는 세차게 하반신을 움직였고, 이제는 손목이 아니라 어깨를 잡고 온몸을 내리눌렀다.

나의 반응에는 시작도 끝도 없었다. 다만 그가 치고 들어올 때마다 거듭되는 떨림이 절정까지 치솟을 뿐이었다. 내 살에 가해지는 피스톤 운동은 마치 반복되는 질문과도 같이 대답을 요구했다. 그는 내 다리를 다시금 활짝 벌리고 꿰뚫어 이제는 고통을 넘어선 순수한 쾌락으로 굴복시키고 말았다.

"좋아! 아, 세상에, 제이미, 좋아!"

나는 울부짖었다. 제이미는 내 머리카락을 움켜쥐고 고개를 휙 젖혀 자신과 눈을 마주치게 했다. 두 눈은 사나운 승리감으로 번뜩였다.

"그래, 새서나흐. 내가 가게 해 줄게!"

제이미는 이렇게 중얼대더니 내 말이 아니라 몸에 대답했다. 그의 손이 내 가슴으로 내려와 꾹 쥐고 쓰다듬다가 옆구리로 미끄러졌다. 이제는 그의 온몸이 내 위에 올라온 채로, 그는 나의 골반을 잡고 들어 올려 더욱 세차게 삽입해 왔다. 나는 비명을 질렀지만 이내 그의 입술이 내 입을 막았다. 그건 입맞춤이 아니라 또 다른 공격이었고, 억지로 벌어진 입에 이어 입술에 멍이 들고 온 얼굴이 그의 까칠한 수염에 긁혔다. 나의 몸에 이어 영혼까지 덮치려는 것처럼, 제이미는 점점 더 세차고 빠르게 나를 파고들었다. 몸이었을까, 아니면 영혼이었을까. 어딘지 모를 곳에서 그가 내게 붙인 불꽃이 타오르더니, 굴복해 버리고 소진된 잿더미로부터 다시금 열정과 욕망의 분노가 피어올랐다. 나는 몸을 앞으로 구부려 그에게 반응했다. 그가 나를 공격했다면, 나 역시 이제는 그를 공격할 차례였다. 그렇게 그의 입술을 깨물고 피 맛을 보았다.

나의 목에 그의 치아가 와닿았다. 나의 손톱이 그의 등을 파고들었다. 목덜미부터 엉덩이까지 쭉 손톱을 세워 그으며, 그를 자극하고 비명을 지르도록 몰아갔다. 우리는 절박한 욕망에 잠겨 서로를 물고 할퀴고 피를 내려 하고 서로의 존재를 자신에게 끌어당겨 야만적으로 다루었다. 나의 비명이 그의 비명에 섞여 들어가다 마침내 해체되고 완성되는 마지막 순간, 우리는 서로의 존재를 잃고 말았다.

———

정신을 천천히 차려 보니, 나는 제이미의 가슴에 반쯤 기댄 채였다. 둘 다 온몸에 땀을 끈적이며 허벅지를 겹친 자세로 붙어 있었다. 그는 눈을 감은 채 무겁게 숨을 쉬었다. 귓가에 그의 심장 소리가 들렸다. 절정을 경험한 다음 들려오는 심장 박동은 기이할 정도로 느리고도 힘찼다.

내가 깨어났다는 걸 알아챈 제이미는 날 끌어안았다. 마치 우리가 위험한 결합의 마지막 순간에 도달했던 합일의 경지를 조금 더 간직하고픈 듯한 몸짓이었다. 나는 그의 옆에서 웅크린 채로 그 몸을 껴안았다.

문득 제이미는 눈을 뜨고 한숨을 내쉬었다. 나와 눈이 마주치자, 그의 커다란 입이 희미한 미소를 지었다. 나는 말 없는 질문을 던지며 눈살을 찌푸렸다. 제이미는 살짝 유감스럽다는 듯 대답했다.

"아, 그래요, 새서나흐. 나는 당신의 주인님이죠……. 그리고 당신은 나의 주인님이고. 내 영혼을 내주지 않고서는 당신 영혼을 가질 수 없는 것 같으니까요."

그는 나를 옆으로 돌리고는 자신의 몸을 웅크려 감쌌다. 이 방은 창문으로 스머드는 밤바람으로 서늘했기에, 그는 퀼트 이불을 우리 몸에 덮었다. 그래, 넌 눈치가 아주 빠르구나. 나는 꾸벅꾸벅 잠들면서 생각했다. 프랭크는 내가 추워한다는 걸 단 한 번도 알아채지 못했다. 나는 제이미의 팔을 꼭 끌어안고 그의 숨결을 귓가에 따스하게 느끼면서 잠들었다.

———

다음 날 아침에 일어나자 온몸이 쑤시고 힘이 들어가지 않았다. 나는 화장실까지 발을 질질 끌고 갔고, 그다음엔 또 비틀거리며 세숫대야 앞에 섰다. 몸속이 잔뜩 휘저은 버터가 된 느낌이었다. 뭔가 뭉툭한 물체로 얻어맞은 것 같아, 라고 생각하다가 그 말이 사실이라는 걸 또 깨달았다. 다시 침대로 돌아가니 문제의 뭉툭한 물체가 선명하게 보였다. 물론 지금은 어제보다 다소 해로워 보이지 않았지만 말이다. 내가 옆에 앉자, 물체의 주인 역시 일어났다. 그리고 어쩐지 남자가 가질 법한 아주 우쭐한 기색으로 나를 찬찬히 바라보았다.

"어제 말을 심하게 탔나 봐요, 새서나흐. 안장에 쓸려서 이렇게 됐나요?"

그는 나의 안쪽 허벅지에 든 새파란 멍을 살짝 만지며 물었다. 나는 눈을 가늘게 뜨고 손가락으로 그의 어깨에 깊이 난 잇자국을 쓸었다.

"당신은 몸 가장자리가 너덜너덜해 보이네요, 우리 남편 님."

"아, 뭐. 여우랑 같은 침대를 쓰면 물릴 각오를 해야 하니까요."

그는 스코틀랜드 억양을 잔뜩 써서 말했다. 그리고 손을 뻗어 내 목덜미를 쥐더니, 가까이 끌어당겼다.

"이리 와요, 여우님. 나 좀 더 물어 줘요."

"아, 안 돼요. 난 못 해요. 너무 쓰라리다고요."

나는 물러섰지만, 제임스 프레이저는 거절을 받아들일 인간이 아니었다.

"아주아주 부드럽게 할게요."

그는 퀼트 이불 아래로 나를 계속 끌어당기며 애원했다. 그리고 덩치가 하도 커서 한계가 있긴 했지만, 부드럽게 하기는 했다. 마치 나를 메추라기 알처럼 소중하게 감싸 안고 겸손하게 참을성을 보여 가며 비위를 맞추는 걸 보니, 어젯밤 일을 보상해 주겠다는 것 같았다. 하지만 내게 계속 졸라 대는 걸 보면, 실은 이게 어젯밤 참으로 난폭하게 알려 주기 시작한 교훈의 연속선상이라는 걸 알게 되었다. 부드럽게는 하겠지만, 거절은 용납하지 않겠다는 뜻이다.

그는 몸을 풀면서 내 품에 안겨 부르르 떨었다. 애써 움직이지 않으면서, 피스톤 운동으로 날 아프게 하지도 않고 몸을 떨면서 절정의 순간이 오롯이 자신의 몸에 산산이 퍼지도록 두었다.

그 후 여전히 몸을 삽입한 채로, 그는 손가락을 들어 이틀 전 길가에서 생겼던 내 어깨의 멍 자국을 어루만졌다. 그리고 부드럽게 멍 하나하나마다 입맞춤하며 말했다.

"이런 자국을 내서 미안해요, 모 니인 돈. 그땐 흔치 않게 화가 났었어요. 하지만 변명하려는 건 아니에요. 화가 났든 안 났든 여자를 아프게 하다니 부끄러운 일이죠. 다시는 이러지 않을게요."

난 좀 어이없는 기색으로 웃었다.

"그것만 미안해요? 다른 건 안 미안하고? 난 지금 머리끝부터 발끝까지 다 멍투성이라고요!"

제이미는 몸을 젖히고 나를 가만히 훑어보았다.

"그래요? 음, 지금 보면 여기는 내가 사과했고……."

그는 어깨를 만지며 말하더니, 내 엉덩이를 가볍게 치고서 대꾸했다.

"여기는 맞을 만해서 때린 건데. 그러니 사과하지 않을 거라고요. 안 미안하거든요."

이어서 제이미는 나의 허벅지를 쓸며 말했다.

"그리고 이것도 사과 못 하겠어요. 당신도 나를 그만큼 괴롭혔잖아요."

그는 얼굴을 찡그리며 자신의 어깨를 문질렀다.

"당신 때문에 두 군데 넘게 피가 났다고요, 새서나흐. 그리고 등은 미칠 듯이 따갑고요."

나는 방긋 웃으며 대꾸했다.

"뭐, 여우랑 자 놓고서 여우한테 사과를 받겠다는 게 말이 안 되지."

제이미는 대답 대신 웃더니 나를 자기 몸 위로 확 끌어당겼다.

"누가 사과를 받겠다고 했어요? 아까 내가 한 말은 그게 아니었는데. '나 좀 더 물어 줘요'였다고요."

■2권에서 계속

아웃랜더 1

초판 1쇄 인쇄 2022년 8월 22일
초판 1쇄 발행 2022년 9월 5일

지은이 다이애나 개벌돈
옮긴이 심연희
펴낸이 정은선

책임편집 허유민
편집 김영훈 이은지 최민유
마케팅 강효경 왕인정 이선행
디자인 손주영

펴낸곳 ㈜오렌지디
출판등록 제2020 - 000013호
주소 서울특별시 강남구 선릉로 428
전화 02-6196-0380
팩스 02-6499-0323
ISBN 979-11-92186-86-3 03840

www.oranged.co.kr